專賣在日本的華人

日本語単語14,000

（にほんごたんご）

［日中版］（にっちゅうばん）

生活日語萬用單字

（参考図書と注意点）

＊ 語源等については『新明解 国語辞典』（三省堂）、また日本語表記については『記者ハンドブック』（共同通信社）を主に参考とした。

＊ 英語以外の外国語を由来とする言葉については、注にその語源とする言語を表記した。つまり由来とする外国語名がない外来語はすべて英語を由来とする。

＊ “和製英語” とは、日本で生まれた英語風表現のこと。実際はフランス語やオランダ語なども入っているので正確には “英語” とは言えないが、便宜上 “和製英語” と表記した。

（參考圖書和注意點）

＊ 詞彙來源等方面，主要參考了日本的《新明解國語辭典》（三省堂）；而日語的標記主要參考了《記者ハンドブック》（共同通信社）一書。

＊ 有關源於英語之外的外來語，在註解裡對其來源語種作了註記。沒有標誌詞彙語種來源的外來語，即全部皆源自於英語。

＊ “和製英語”是指由日本創造出來的英語化表現的片假名詞彙。但實際上其中也有組合到法語或荷蘭語等，所以也不能正確地說全是“英語”。故為了說明便利，在這書通稱為“和製英語”。

はじめに

前言

隨著進入 21 世紀，台灣與日本的交流日益頻繁。兩國之間，藉由打工遊學、觀光旅行等因素而相互深入理解的人愈來愈多。日本作為台灣的鄰國，在經濟上的相互依存的關係也變得更加緊密。在台日歷史性的緊密合作的當今，也正是促進皆使用的「漢字」的台日兩國間友好關係的大好時機。

本書是將當您在日本旅行、出差等短期滯留時，或當您在日本留學、工作、生活等日常生活之際時應了解和掌握的「日常生活用日語單字」進行分門別類，根據不同場所，不同話題綜合歸納而成。

收錄進來的單字及其應用，都是從最真實的在日生活中精挑細選出來的。詞彙豐富，單字量最少超過 14,000 個。另外更收錄在各種場合一定會用到的會話和語言知識的基本說明。

您可以從自我的愛好及感興趣的場合、話題等開始著手，一邊開口真切地說出日語、一邊親身體驗這些日常生活中必用的日語單字吧！

眾所皆知，在語言學習的交流和溝通中，首重的便是和他人的對話。請不要怕說錯，重要的是要向對方開口說話。從對話中逐漸了解並掌握語言中微妙的語感。

或許有一天，您會因為商務、留學等在日本停留或生活，或是您因為喜歡日語會話交流而漫步在日本街頭時，攜帶此書會對您的產生莫大的幫助。總之，如果此書能對您有所助益，筆者將感到萬分地榮幸。

最後，衷心感謝魏曉螢小姐、高先生及（株）語研編集部的島袋一郎先生對此書編輯出版所提供的幫助。

佐藤正透

目次

目錄

2. 買い物をする（購物）

3. 食べる・飲む（吃吃喝喝）

1.「食」の基本表現（〔吃〕的基本表現）

2. 料理・飲み物（料理・飲料）

3. 食器・調理（餐具・烹飪）

4. 味覚・調味料（味覺・調味料）

5. 食（食品原料）

6. カフェのコーヒーとパンとケーキなど（在咖啡店的咖啡、麵包、蛋糕等）

4.街角を歩く（逛街）

5.乗り物に乗る（搭乘交通工具）

7.公共の場所で（在公共場所）

8. 病気になったら（生病的時候）

1. 病院で（在醫院）

2. 病気・けが（生病・受傷）

3. 薬や栄養成分（藥和營養素）

4. 体の名称（身體部位）

9. オシャレをする（打扮）

1. ファッション（時尚）

2. 美容・理容（美容・美髮）

10. 人を知る、自分を知る（知己知彼）

11. 動物・植物・自然を愛する（愛護動物・植物・自然）

13. 学ぶ（學習）

14. 余暇を楽しむ（娛樂休閒）

16. 働く（工作）

17. 情報を得る・発信する（獲取資訊・發出訊息）

18. その他（其他）

日本語(にほんご)の基本(きほん)を学(まな)ぶ

基礎日語學習

1. 數字・單位・方向等

★数（かず）	★數字	
0（零（れい）），ゼロ（zero）	零（0）	
一（いち）	一	
二（に）	二	
三（さん）	三	
四（よん）	四	＊“**四**”也唸成“**し**”或“**よ**”，比如“**四月**”（しがつ）和“**四時**”（よじ）。另外在唸金額時，則唸“**よ**”或“**よん**”，例如“**四円**”（よえん）和“**四万円**”（よんまんえん）。
五（ご）	五	
六（ろく）	六	
七（しち）	七	＊用在金額時，“**七**”（しち）容易和“**一**”（いち）的發音混淆，多唸成“**なな**”。另外在表示月份和時刻時也唸成“**なな**”。
八（はち）	八	
九（きゅう）	九	＊“**九時**”唸成“**くじ**”。
十（じゅう）	十	＊在口語中，“**十本**”（じっぽん）和“**十階**”（じっかい）也分別唸成“**じゅっぽん**”和”**じゅっかい**”。
十一（じゅういち）	十一	
十二（じゅうに）	十二	
十三（じゅうさん）	十三	

十四（じゅうよん）	十四	＊也唸成“じゅうし”。
十五（じゅうご）	十五	
十六（じゅうろく）	十六	
十七（じゅうしち）	十七	＊也唸成“じゅうなな”。
十八（じゅうはち）	十八	
十九（じゅうきゅう）	十九	＊也唸成“じゅうく”。
二十（にじゅう）	二十	＊“二十歳”也唸成“はたち”。
三十（さんじゅう）	三十	
四十（よんじゅう）	四十	＊歲數時也唸成“しじゅう”。
五十（ごじゅう）	五十	
六十（ろくじゅう）	六十	
七十（ななじゅう）	七十	＊也唸成“しちじゅう”。
八十（はちじゅう）	八十	
九十（きゅうじゅう）	九十	
百（ひゃく）	一百	
百一（ひゃくいち）	一百零一	
二百（にひゃく）	兩百	
三百（さんびゃく）	三百	
四百（よんひゃく）	四百	
五百（ごひゃく）	五百	

ろっぴゃく 六百	六百
ななひゃく 七百	七百
はっぴゃく 八百	八百
きゅうひゃく 九百	九百
せん 千	一千
にせん 二千	兩千
さんぜん 三千	三千
よんせん 四千	四千
ごせん 五千	五千
ろくせん 六千	六千
ななせん 七千	七千
はっせん 八千	八千
きゅうせん 九千	九千
いちまん 一万	一萬
じゅうまん 十万	十萬
ひゃくまん 百万	一百萬
いっせんまん 一千万	一千萬
いちおく 一億	一億
じゅうおく 十億	十億
ひゃくおく 百億	百億

せんおく 千億	千億	
いっちょう 一兆	一兆	
だいじ 大字	大寫	
いち 壱（一）	壹（一）	
に 弐（二）	貳（二）	
さん 参（三）	参（三）	
じゅう 拾（十）	拾（十）	
はんぶん 半分	一半	
ぶんすう 分数	分數	
さんぶん　いち $\frac{1}{3}$（三分の一）	三分之一	
にばい 二倍	兩倍	
さんばい 三倍	三倍	
りつ 率、パーセント（percent）	率、百分比	
はちじゅっパーセント 80％（80 percent）	百分之八十	＊口語中，“80%”也唸成“はちじっぱー”，是把“パーセント”省略成“パー”了。
ひゃくパーセント 100％（100 percent）	百分之百	
しょうすう 小数	小數	
0.2	零點二	＊唸成“れーてんに”。
0.5	零點五	＊唸成“れーてんご”。
イコール（equal）	等於	

～以上（いじょう）	～以上	
～以下（いか）	～以下	＊在日本，“～以上”和“～以下”都包含了“～”所指的數值。
～未満（みまん）、～より少（すく）ない	小於～	
～より多（おお）い	比～多	
マイナス 10（じゅう） (-10、minus 10)	負十	
$\sqrt{3}$（るーとさん）	$\sqrt{3}$	
5^3（ごのさんじょう）	5^3	
四捨五入（ししゃごにゅう）する	四捨五入	
計（はか）る、量（はか）る	計量、測量	
かさばる	佔地方	
第一（だいいち）の、ナンバーワン (No.1、number one)	第一名	
ベストテン (Best 10)	排行前十	＊和製英語。
数（かぞ）えきれない、無数（むすう）の	不計其數	
比率（ひりつ）、割合（わりあい）	比率	
ラッキーナンバー (lucky number)	幸運號碼	
縁起（えんぎ）の悪（わる）い番号（ばんごう）	不吉利的數字	＊在日本“4”和“9”會聯想到“死”（し）和“苦”（く），是不吉利的數字。

★単位（たんい）	★單位
単位（たんい）	單位
重さ（おもさ）、重量（じゅうりょう）	重量
トン（ton）	噸
キログラム（kg）	公斤
グラム（g）	克
ミリグラム（mg）	毫克
ポンド（lb）	磅
オンス（oz）	盎司
容積（ようせき）	容積
体積（たいせき）	體積
キロリットル（kl）	公秉
リットル（l）	公升　＊也叫“リッター”。
デシリットル（dl）	分公升
ミリリットル（ml）——立方（りっぽう）センチメートル（cm³）、CC（シーシー、cubic centimetre）	毫升 立方公分
立方（りっぽう）メートル（m³）	立方公尺
ガロン（gallon）	加侖

バーレル (barrel)	桶	
石（こく）	石	＊“1石”（いっこく）等於“10斗”（じっと），大約 180 公升。
斗（と）	斗	＊“1斗”（いっと）等於“10升”（じっしょう），大約 18 公升。
升（しょう）	升	＊日本的“1升”（いっしょう）大約 1.8 公升。日本酒用的一升瓶等。
合（ごう）	合	＊“1合”（いちごう）是一升的十分之一，大約 180 毫升。如“1合の米”（いちごうのこめ）（一合米）等。

距離（きょり）	距離
長さ（ながさ）	長度
高さ（たかさ）、高度（こうど）	高度
深さ（ふかさ）	深度
縦（たて）	縱、直向
横（よこ）	橫、橫向
——幅（はば）	寬幅

メートル法（ほう）	公制
キロメートル (km)	公里
メートル (m)	公尺
センチメートル (cm)	公分
ミリメートル (mm)	公釐
海里（かいり）	海里

マイル (mile)	英里	
インチ (inch)	英吋	＊一般用在電視尺寸等。
フィート (feet)	英呎	
ヤード (yard)	碼	
寸（すん）	寸	＊日本的"1寸"（いっすん）大約3公分。
尺（しゃく）	尺	＊日本的"1尺"（いっしゃく）大約30公分。
間（けん）	間	＊日本的"1間"（いっけん）大約1.8公尺。
広さ（ひろさ）	寬度	
面積（めんせき）	面積	
——表面積（ひょうめんせき）	表面積	
平方（へいほう）キロメートル (㎢)	平方公里	
平方（へいほう）メートル (㎡)	平方公尺	
ヘクタール (hectare)	公頃	
アール (are)	公畝	
坪（つぼ）	坪	＊"1坪"（ひとつぼ）大約3.3平方公尺。是土地和建築物面積的單位。
反（たん）	反	＊"1反"（いったん）大約10公畝。是土地的面積的單位。
町（ちょう）	町	＊"1町"（いっちょう）是"10反"（じったん），大約100公畝。

（電圧（でんあつ）などの単位（たんい））	（電壓等的單位）	
電圧（でんあつ）（V）	電壓	＊在日本的用電是100V。
ボルト（V、volt）	伏特	
アンペア（A、ampere）	安培	
キロワット（kW、kilowatt）	千瓦	
ワット（W、watt）	瓦特	
キロヘルツ（kHz、kilohertz）	千赫	
ヘルツ（Hz、hertz）	赫	

★方角（ほうがく）と位置（いち）	★方向和位置
方角（ほうがく）、方向（ほうこう）	方向
東（ひがし）	東
西（にし）	西
南（みなみ）	南
北（きた）	北
——東西南北（とうざいなんぼく）	東南西北
——北西（ほくせい）	西北
——北東（ほくとう）	東北
——南東（なんとう）	東南
——南西（なんせい）	西南

位置（いち）	位置
右（みぎ）	右
左（ひだり）	左
——右側（みぎがわ）、左側（ひだりがわ）	右邊、左邊
——左右（さゆう）	左右
前（まえ）	前
後ろ（うしろ）	後
隣（となり）、横（よこ）、そば	旁邊
中（なか）、内側（うちがわ）、内（うち）	裡面
外（そと）、外側（そとがわ）	外面
斜め（ななめ）	斜對面
反対側（はんたいがわ）、向（む）こう側（がわ）、向（む）かい側（がわ）	對面
こちら側（がわ）	這邊
両側（りょうがわ）	兩側

上（うえ）	上
下（した）	下
正面（しょうめん）	正面
中心（ちゅうしん）、真ん中（まんなか）	中心、正中
周り（まわり）、周囲（しゅうい）	周圍

★十二星座（じゅうにせいざ）	★十二星座
十二星座（じゅうにせいざ）	十二星座
おひつじ座（ざ） （牡羊座、3/21-4/19）	白羊座
おうし座（ざ） （牡牛座、4/20-5/20）	金牛座
ふたご座（ざ） （双子座、5/21-6/21）	雙子座
かに座（ざ） （蟹座、6/22-7/22）	巨蟹座
しし座（ざ） （獅子座、7/23-8/22）	獅子座
おとめ座（ざ） （乙女座、8/23-9/22）	處女座
てんびん座（ざ） （天秤座、9/23-10/23）	天秤座
さそり座（ざ） （蠍座、10/24-11/22）	天蠍座
いて座（ざ） （射手座、11/23-12/21）	射手座
やぎ座（ざ） （山羊座、12/22-1/19）	摩羯座
みずがめ座（ざ） （水瓶座、1/20-2/18）	水瓶座
うお座（ざ） （魚座、2/19-3/20）	雙魚座

圖為2012 年完工的東京晴空塔。

圖為在大阪通天閣周邊一帶遍布炸串店、河豚料理店和各種名產店。

2. 時間和時候的表現

★朝（あさ）・昼（ひる）・晩（ばん）	★早上、中午、晚上
夜明け前（よあけまえ）	淩晨
明け方（あけがた）	黎明
早朝（そうちょう）	早晨
朝（あさ）	早上
午前中（ごぜんちゅう）	中午以前
午前（ごぜん）	上午
正午（しょうご）、（お）昼（ひる）	中午
昼間（ひるま）、日中（にっちゅう）	白天　　＊也叫“お昼”（おひる）。
午後（ごご）	下午
夕方（ゆうがた）、夕暮れ（ゆうぐれ）、晩（ばん）	傍晚
夜（よる）、晩（ばん）	夜、晚上
深夜（しんや）	深夜
真夜中（まよなか）、夜中（よなか）	半夜

★“今（いま）”の表現（ひょうげん）	★“現在”的表現
今（いま）、現在（げんざい）	現在
——今（いま）さっき、さっき	剛才

最近(さいきん)、この頃(ごろ)、近頃(ちかごろ)	最近、近來
前回(ぜんかい)、この前(まえ)	上次
今回(こんかい)	這次
次回(じかい)、今度(こんど)、この次(つぎ)	下次
毎回(まいかい)	每次

★時刻(じこく)	★時刻	
時刻(じこく)	時刻	
時間(じかん)	時間	
～時間(じかん)	～個小時	
一時間(いちじかん)	一個小時	
瞬間(しゅんかん)	瞬間	
三時(さんじ)まで	到三點鐘為止	
四時(よじ)までに	四點鐘以前	
六十分(ろくじゅっぷん)	六十分	＊也唸成“ろくじっぷん”。
三十分(さんじゅっぷん)	三十分鐘	＊也唸成“さんじっぷん”。
十五分(じゅうごふん)	十五分鐘	
分(ふん)	分鐘	
秒(びょう)	秒	

（時刻の表現）	（時刻的表現）
いま何時ですか?	現在幾點？
だいたい二時頃です。	大約兩點左右。
三時五分すぎです。	三點過五分。
ちょうど六時です。	六點整。
午前八時二十分です。	上午八點二十分。
十一時五分前です。	差五分十一點。
午後一時三十分です。	下午一點半。
七時少し前です。	快七點了。
九時十五分です。	九點十五分。
十時少しすぎです。	剛過十點。
午前零時三十分です。	午夜十二點半。
——午後零時三十分です。	中午十二點半。＊口語中常説“お昼の十二時半”。

（期間の表現）	（期間的表現）
期間	期間
かかる（時間や日にちなどが）	花、需要（時間等）
二時間ごと	每兩個小時
三時間ちょうど	正好三個小時整
四時間半、四時間三十分	四個半小時

五時間（ごじかん）ほど、五時間（ごじかん）ぐらい	大約五個小時
六時間以内（ろくじかんいない）	六個小時以內
七時間以上（ななじかんいじょう）	七個小時以上
八時間前（はちじかんまえ）	八個小時以前
九時間後（くじかんご）	九個小時以後
数時間（すうじかん）	幾個小時

★日（ひ）	★天
日（ひ）	天
一日（いちにち）	一天
—— 一日（ついたち）	一號、一日
半日（はんにち）	半天
数日（すうじつ）（間（かん））	幾天（之內）　＊也叫“二、三日”（に、さんにち）或“四、五日”（し、ごにち）等。
ある日（ひ）、いつか	有一天、某天
翌日（よくじつ）、次（つぎ）の日（ひ）	次日、第二天
一日中（いちにちじゅう）、朝（あさ）から晩（ばん）まで、終日（しゅうじつ）	整天
昨夜（さくや）、ゆうべ	昨天晚上、昨夜、昨晚
今朝（けさ）	今天早上

きょう　ごご 今日の午後	今天下午	
こんや　こんばん 今夜、今晚	今天晚上	
あす　あさ　みょうちょう 明日の朝、明朝	明天早上	
まいにち 毎日	每天	
かくじつ 隔日	隔日	
まいあさ　まいばん 毎朝［毎晚］	每天早上、每朝〔每天晚上、每晚〕	
いちにち　いっかい 一日に一回	每天一次	
いちにち 一日おきに	每隔一天	
よっかまえ 四日前に	四天前	
いつかご 五日後に	五天後	
さきおととい 一昨昨日	大前天	
おととい 一昨日	前天	＊也唸成“いっさくじつ”或“おとつい”。
きのう 昨日	昨天	＊也唸成“さくじつ”。
きょう 今日	今天	
あす 明日	明天	＊也唸成“あした”或“みょうにち”。
あさって 明後日	後天	＊也唸成“みょうごにち”。
しあさって 明明後日	大後天	

きゅうじつ　やす 休日、休み	假日
ふりかえきゅうじつ 振替休日	補休

しゅくじつ　さいじつ 祝日、祭日	節日、假日	
きねんび 記念日	記念日	

にほん　しゅくじつ （日本の祝日）	（日本的節日、假日）	
がんじつ　いちがつついたち　がんたん 元日（一月一日）、元旦	元旦	＊原本在日本的“元旦”（がんたん）指一月一日的早上。
せいじん　ひ 成人の日 いちがつ　だいにげつようび （一月の第二月曜日）	成人日	＊在日本，到了二十歲後，日本人成為法律上認定的“大人”（おとな），即成已是成人，被授予選舉權，及喝酒、吸菸的權利。
せいじんしき ——成人式	成人儀式	
けんこくきねんび　にがつじゅういちにち 建国記念日（二月十一日）	建國記念日	
しゅんぶん　ひ　さんがつはつかごろ 春分の日（三月二十日頃）	春分日	
しょうわ　ひ　しがつにじゅうくにち 昭和の日（四月二十九日）	昭和之日	
けんぽうきねんび　ごがつみっか 憲法記念日（五月三日）	憲法記念日	
ひ　ごがつよっか みどりの日（五月四日）	綠之日	＊相當於台灣的植樹節。
こ　ひ　ごがついつか 子どもの日（五月五日）	兒童節（男兒節）	
うみ　ひ 海の日 しちがつ　だいさんげつようび （七月の第三月曜日）	海之日	
けいろう　ひ 敬老の日 くがつ　だいさんげつようび （九月の第三月曜日）	敬老日	
しゅうぶん　ひ 秋分の日 くがつにじゅうさんにちごろ （九月二十三日頃）	秋分日	

たいいく ひ 体育の日 じゅうがつ だい に げつよう び （十月の第二月曜日）	體育日
ぶん か ひ じゅういちがつみっ か 文化の日（十一月三日）	文化日
きんろうかんしゃ ひ 勤労感謝の日 じゅういちがつ に じゅうさんにち （十一月二十三日）	勤勞感謝日
てんのうたんじょう び 天皇誕生日 じゅう に がつ に じゅうさんにち （十二月二十三日）	天皇誕辰日

しゅう よう び ★週と曜日	★週和星期
しゅう 週	星期、週
しゅうかん ～週間	～個星期
いっしゅうかん ——一週間	一個星期
に しゅうかん ——二週間	兩個星期
すうしゅうかん ——数週間	幾個星期
へいじつ 平日	平日
しゅうまつ 週末	週末
せんしゅうまつ 先週末	上週末
こんしゅうまつ 今週末	這週末
まいしゅう 毎週	每星期、每週
せんせんしゅう 先々週	上上星期、上上週

せんしゅう 先週	上星期、上週	
こんしゅう 今週	這星期、這週、本週	
らいしゅう 来週	下星期、下週	
さらいしゅう 再来週	下下星期、下下週	
にちようび 日曜日	星期天	＊口語中會把**“日”（び）**省略，直接說**“日曜”**、**“月曜”**等。
げつようび 月曜日	星期一	
かようび 火曜日	星期二	
すいようび 水曜日	星期三	
もくようび 木曜日	星期四	
きんようび 金曜日	星期五	
どようび 土曜日	星期六	
せんしゅう　すいようび 先週の水曜日	上星期三	
らいしゅう　げつようび 来週の月曜日	下星期一	
まいしゅうにちようび 毎週日曜日	每個星期天	
げっすいきん 月水金	星期一、三、五	
どにち 土日	星期六、星期天	

ろくよう　きっきょう
（六曜と吉凶）　（六曜與凶吉）

ろくよう 六曜	六曜	＊也唸成**“りくよう”**。由中國傳來，在日本演變後的日曆凶吉表。

せんしょう 先勝	先勝	＊指上午為吉，下午以後為凶的日子。
ともびき 友引	友引	＊指早上和晚上為吉，午時為凶的日子。
せん ぶ 先負	先負	＊指上午為凶，下午以後為吉的日子。
ぶつめつ 仏滅	佛滅	＊指大凶日的日子。
たいあん 大安	大安	＊指大吉日的日子。
しゃっこう 赤口	赤口	＊指午時吉，此外都是凶時的日子。

つき ★月	★月份	
いちがつ　む つき 一月（睦月）	一月	＊括號內為陰曆的月份名。
に がつ　きさらぎ 二月（如月）	二月	
さんがつ　やよい 三月（弥生）	三月	
し がつ　う づき 四月（卯月）	四月	
ご がつ　さ つき 五月（皐月）	五月	
ろくがつ　み な づき 六月（水無月）	六月	
しちがつ　ふみづき 七月（文月）	七月	
はちがつ　は づき 八月（葉月）	八月	
く がつ　ながつき 九月（長月）	九月	
じゅうがつ　かん な づき 十月（神無月）	十月	
じゅういちがつ　しもつき 十一月（霜月）	十一月	
じゅう に がつ　し わ す 十二月（師走）	十二月	

つき	月	月份	
はんつき	半月	半個月	
さんかげつ かん	三ヶ月（間）	三個月	＊也可以寫成“三か月”、“三カ月”、“三ヵ月”、“三ケ月”、“三箇月”等。
すうかげつ かん	数ヶ月（間）	幾個月	
まいつき まいとし	毎月［毎年］	每月〔每年〕	

せんせんげつ	先々月	上上個月
せんげつ	先月	上個月
こんげつ	今月	這個月
らいげつ	来月	下個月
さらいげつ	再来月	下下個月

つきはじ	月初め	月初
げつまつ	月末	月底
じょうじゅん しょじゅん	上旬、初旬	上旬
ちゅうじゅん	中旬	中旬
げじゅん	下旬	下旬

ひづけ よ かた	（日付の読み方）	（日期的唸法）
いちがつついたち	一月一日	一月一號
いちがつふつか	一月二日	一月二號

いちがつみっか 一月三日	一月三號
にがつよっか 二月四日	二月四號
さんがついつか 三月五日	三月五號
しがつむいか 四月六日	四月六號
ごがつなのか 五月七日	五月七號
ろくがつようか 六月八日	六月八號
はちがつここのか 八月九日	八月九號
くがつとおか 九月十日	九月十號
じゅうがつじゅういちにち 十月十一日	十月十一號
じゅういちがつじゅうごにち 十一月十五日	十一月十五號
じゅうにがつはつか 十二月二十日	十二月二十號

きょう　なんにち 今日は何日ですか？ きょう　じゅうがつとおか ——今日は十月十日です。	今天是幾號？ 今天是十月十號。
きょう　なんようび 今日は何曜日ですか？ きょう　きんようび ——今日は金曜日です。	今天是星期幾？ 今天是星期五。
ことし　にせんじゅうごねん 今年は 2015 年です。	今年是 2015 年。

とし ★年など	★年等相關唸法
とし 年	年
うるうどし 閏年	閏年

へいねん 平年	平年	編註 指沒有閏年的年。
はんとし 半年	半年	
いちねん　かん ——一年（間）	一年	
さんねん　かん ——三年（間）	三年	
すうねん　かん ——数年（間）	幾年	
さきおととし 一昨々年	大前年	
おととし 一昨年	前年	＊也唸成“いっさくねん”。
きょねん 去年	去年	＊稍鄭重的表現為“昨年”（さくねん）。
ことし 今年	今年	
らいねん 来年	明年	
さらいねん 再来年	後年	
ねんまつ　とし　せ 年末、年の瀬	年底	
ねんまつねんし 年末年始	年底年初	
おお 大みそか（大晦日）	除夕	
しんねん 新年	新年	

きせつ ★季節など	★季節等相關唸法
きせつ 季節	季節
しき 四季	四季

春（はる）	春天
夏（なつ）	夏天
秋（あき）	秋天
冬（ふゆ）	冬天

西暦（せいれき）	西元
旧暦（きゅうれき）	農曆、舊曆
年号（ねんごう）、元号（げんごう）	年號
時代（じだい）	時代
——現代（げんだい）	現代
一生（いっしょう）、生涯（しょうがい）	一生
——人生（じんせい）	人生
世紀（せいき）	世紀
——二十一世紀（にじゅういっせいき）	二十一世紀
紀元（きげん）	西元
紀元前（きげんぜん）	西元前

上半期（かみはんき）	上半年
下半期（しもはんき）	下半年
過去（かこ）	過去
現在（げんざい）	現在

みらい 未来	未來	

えと ちょうじゅ いわ ★干支と長寿のお祝いなど	★十二生肖和祝賀長壽等相關唸法	
えと じゅうにし 干支、十二支	十二生肖	＊子（ね）、丑（うし）、寅（とら）、卯（う）、辰（たつ）、巳（み）、午（うま）、未（ひつじ）、申（さる）、酉（とり）、戌（いぬ）、亥（い）。在日本“亥”是野豬的意思。
やくどし 厄年	厄運之年	＊例如男性的 42 歲，女性的 33 歲等。
としおとこ 年男	本命年的男人	編註 指生肖與當年度吻合的男女、負責在日本的傳統行事上撒豆子。
としおんな ──年女	本命年的女人	
かんれき さい 還暦（60 歳）	花甲	
こき さい 古希（70 歳）	古稀	
きじゅ さい 喜寿（77 歳）	喜壽	
さんじゅ さい 傘寿（80 歳）	傘壽	
べいじゅ さい 米寿（88 歳）	米壽	
そつじゅ さい 卒寿（90 歳）	卒壽	
はくじゅ さい 白寿（99 歳）	白壽	

にほん ねんちゅうぎょうじ ★日本の年中行事	★日本一年中的傳統活動	
しょうがつ （お）正月	日本新年	＊一般指 1 月 1 日－1 月 7 日。

はつひ で 初日の出	元旦的日出	
としだま お年玉	壓歲錢	
しめかざ 注連飾り	注連繩裝飾	＊新年掛在門上的大稻草繩。
かどまつ まつかざ 門松、松飾り	門松	＊新年放在門前的松竹裝飾。
かがみもち 鏡餅	鏡餅	＊兩層的圓形供品年糕。
かがみびら ——鏡開き	吃鏡餅	＊開始將供奉多天的鏡餅拿起來吃。
ししまい 獅子舞	獅子舞	
ぞうに （お）雑煮	年糕湯	
りょうり おせち料理	年菜	
とそ お屠蘇	屠蘇酒	
ざけ たる酒（樽酒）	木桶清酒	
はつもうで 初詣	年初時首次到寺廟、神社裡的參拜	
はつゆめ 初夢	初夢	＊指1月1日或者2日晚上做的夢。
ななくさ 七草がゆ（七草粥）	七草粥	
せつぶん 節分	節分	＊立春的前一天，一邊念“鬼怪出去，福氣進來”一邊撒豆驅邪。
ふくまめ ——福豆	福豆	
まめ ——豆まき	撒豆	
おに そと ふく うち ——“鬼は外、福は内”	“鬼怪出去，福氣進來”	

ひな祭(まつ)り（三月三日(さんがつみっか)）、桃(もも)の節句(せっく)	女兒節	
——ひな人形(にんぎょう)（雛人形）	女兒節人形娃娃	
——菱餅(ひしもち)	菱形糕餅	
彼岸(ひがん)	彼岸節	＊春分和秋分的之前和之後的 7 天的期間都稱為“**彼岸**”。
——墓参(はかまい)り	掃墓	
端午(たんご)の節句(せっく)（五月五日(ごがついつか)）	端午節	
——鯉(こい)のぼり	鯉魚旗	
七夕(たなばた)（七月七日(しちがつなのか)）	七夕節	
——笹飾(ささかざ)り	笹竹裝飾	
——短冊(たんざく)	短箋	＊據說將心願寫在短箋上，然後掛上竹枝，心願就會成真。
お盆(ぼん)	盂蘭盆會	
菊(きく)の節句(せっく)（九月九日(くがつここのか)）、重陽(ちょうよう)の節句(せっく)	重陽節	
中秋(ちゅうしゅう)	中秋節	
——月見(つきみ)	賞月	＊“**花見**”（はなみ）、“**月見**”（つきみ）、“**雪見**”（ゆきみ）是日本欣賞自然美景的重點。
——中秋(ちゅうしゅう)の名月(めいげつ)、十五夜(じゅうごや)の月(つき)	中秋明月	

七五三（十一月十五日）(しちごさん じゅういちがつじゅうごにち)	七五三節	＊慶祝男孩的 3 歲和 5 歲，女孩的 3 歲和 7 歲的健康成長的儀式，一般需要穿和服。
——千歳飴(ちとせあめ)	千歲糖	
クリスマス (Christmas、Xmas)	聖誕節	＊在日本也寫成“X' mas”。
クリスマスイブ (Christmas Eve)	平安夜	
クリスマスプレゼント (Christmas present)	聖誕禮物	
クリスマスツリー (Christmas tree)	聖誕樹	
クリスマスソング (Christmas song)	聖誕歌	
サンタクロース (Santa Claus)	聖誕老人	
大掃除(おおそうじ)	大掃除	
第九(だいく)	貝多芬第九交響曲	＊常在年末被演奏。
（お）餅(もち)つき	搗年糕	
大(おお)みそかの夜(よる)	除夕之夜	
年越(としこ)しそば	過年蕎麥麵	
除夜(じょや)の鐘(かね)	除夜之鐘	＊為了去除人間的 108 個煩惱，寺廟在除夕深夜敲鐘 108 下。
『紅白歌合戦』(こうはくうたがっせん)	《紅白歌合戰》	

3. 表示狀態的詞語

★状態（じょうたい）を表（あらわ）す言葉（ことば）	★表示狀態的詞語	
良（い）い	好	＊也唸成“よい”。
——良（よ）くない	不好	
——悪（わる）い	壞	
素敵（すてき）な	非常棒	
素晴（すば）らしい	精彩、出色、傑出	
すごい	驚人	
大（おお）きい、大（おお）きな、でかい	大	＊也叫“でっかい”。
小（ちい）さい、小（ちい）さな、ちっちゃい	小	
厚（あつ）い	厚	
薄（うす）い	薄、淺、淡	
太（ふと）い	粗	
細（ほそ）い	細	
細（こま）かい、細（こま）かな	微小、細微	
広（ひろ）い	寬	
狭（せま）い	窄	
低（ひく）い	低、矮	

高(たか)い	高、貴	
安(やす)い	便宜	
長(なが)い	長	
短(みじか)い	短	
硬(かた)い	硬	＊也寫成“**固い**”或“**堅い**”。
軟(やわ)らかい	軟	＊也寫成“**柔らかい**”。
つるつるした、すべすべした	光滑	
——ざらざらした	不光滑	
平(たい)らな、なだらかな	平坦	
凸凹(でこぼこ)の	凹凸不平	
——凸凹(でこぼこ)、凹凸(おうとつ)	凹凸	
険(けわ)しい	險峻	
強(つよ)い	強	
弱(よわ)い	弱	
深(ふか)い	深	
浅(あさ)い	淺	
重(おも)い	重	
軽(かる)い	輕	
空(から)の、空(から)っぽの	空、空空的	

いっぱいの	滿
密(みつ)な	密
緩(ゆる)い	鬆、緩
忙(いそが)しい	忙
暇(ひま)な	閒
きれいな、清潔(せいけつ)な	乾淨
汚(きたな)い	髒
やさしい、簡単(かんたん)な	容易
難(むずか)しい	難　　＊也唸成“**むつかしい**”。
単純(たんじゅん)な、簡単(かんたん)な	單純、簡單
複雑(ふくざつ)な	複雜
詳(くわ)しい、詳細(しょうさい)な	詳細

新(あたら)しい	新
古(ふる)い	舊
若(わか)い	年輕
年(とし)を取(と)った	老
年上(としうえ)の	年長
年下(としした)の	年少
多(おお)い	多

すく 少ない	少
さまざま いろいろな、様々な	各種各樣
おな 同じ	一樣、相同
ちが　おな ——違う、同じでない	不一樣、不同　＊“**違う**”也有“不對”的意思。
はんたい　ぎゃく 反対の、逆の	相反
はや 早い	早
はや 速い	快
おそ 遅い	晚、慢
あんぜん 安全な	安全
きけん 危険な	危險
ちか 近い	近
とお 遠い	遠
あか 明るい	亮
くら 暗い	暗
あつ　あつ 暑い、熱い	熱
む　あつ 蒸し暑い	悶熱
あたた 暖かい	暖和
すず 涼しい	涼快
さむ　つめ 寒い、冷たい	冷

正(ただ)しい	對、正確
本当(ほんとう)の	真
偽(にせ)の	假
有名(ゆうめい)な	有名
無名(むめい)の	無名
重要(じゅうよう)な、大切(たいせつ)な、大事(だいじ)な	重要
必要(ひつよう)な	必要
——不必要(ふひつよう)な	不必要
有用(ゆうよう)な、役(やく)に立(た)つ	有用
有意義(ゆういぎ)な	有意義
適切(てきせつ)な、適当(てきとう)な	適當
——不適切(ふてきせつ)な、不適当(ふてきとう)な	不適當
可能(かのう)な	可能
——不可能(ふかのう)な	不可能
便利(べんり)な、都合(つごう)がいい	方便
——不便(ふべん)な、都合(つごう)が悪(わる)い、不都合(ふつごう)な	不方便
不思議(ふしぎ)な	不可思議
奇妙(きみょう)な、変(へん)な、怪(あや)しい	奇妙、奇怪（怪怪的）、可疑
おかしい	可笑、奇怪

かんじょうてき 感情的な	感性的、不理性的
かんどうてき 感動的な	感動的
いんしょうてき 印象的な	印象深刻的

かくじつ　たし 確実な、確かな	確實、明確
ふ かくじつ ──不確実な	不確實
せいかく 正確な	準確
ふ せいかく ──不正確な	不準確
いいかげんな	草率、隨便
ざつ 雑な	粗糙
おお 大まかな	粗枝大葉
めんどう 面倒な、ややこしい	麻煩
さ 避けられない	不可避免
び みょう 微妙な	微妙
あいまい 曖昧な	含糊、模糊
あき 明らかな	明顯

いち じ てき 一時的な	暫時的
ひょうじゅんてき 標準的な	標準的
いっぱんてき 一般的な	一般的
ふ へんてき 普遍的な	普遍的

平凡(へいぼん)な	平凡
普通(ふつう)の	普通的、一般的
当(あ)たり前(まえ)の	當然
共通(きょうつう)の	共同的、共通的
急(きゅう)な	急的、突然的
突然(とつぜん)の	突然的
緊急(きんきゅう)の	緊急的
平均(へいきん)の	平均的
ほかの、別(べつ)の	別的

珍(めずら)しい	珍奇
貴(とうと)い、貴重(きちょう)な	貴重
正常(せいじょう)な	正常
——異常(いじょう)な	異常
狂(くる)った、異常(いじょう)な	瘋狂
非凡(ひぼん)な	非凡
特別(とくべつ)な、特殊(とくしゅ)な	特別
——独特(どくとく)の、ユニークな (unique)	獨特
唯一(ゆいいつ)の	唯一的
典型的(てんけいてき)な	典型的

独創的（どくそうてき）な、オリジナルの（original）	獨創的、原創的
完全（かんぜん）な	完整
——不完全（ふかんぜん）な	不完整
専門的（せんもんてき）な	專業性的
技術的（ぎじゅつてき）な	技術性的
科学的（かがくてき）な	科學性的

アットホームな（at home）	自在
親（した）しい	親近、親密
快適（かいてき）な	舒適
爽（さわ）やかな、すがすがしい	清爽
穏（おだ）やかな	平穩
静（しず）かな	安靜
やかましい、騒々（そうぞう）しい	吵鬧
にぎやかな	熱鬧

民間（みんかん）の	民間的
公共（こうきょう）の、公的（こうてき）な、公（おおやけ）の	公共的、公家的
個人（こじん）の、私的（してき）な	私人的
個人的（こじんてき）な	個人的
自然（しぜん）の	自然的

じんこう 人工の	人工的
さいだい 最大の	最大
ま 真っすぐな	筆直
とうめい 透明な	透明

ろんりてき 論理的な	有邏輯的
じつようてき 実用的な	實用的
ぜったいてき 絶対的な	絕對性的
そうたいてき 相対的な	相對性的
ちゅうしょうてき 抽象的な	抽象的
ぐたいてき 具体的な	具體的
しゅかんてき 主観的な	主觀的
きゃっかんてき 客観的な	客觀的
かいほうてき 開放的な	開放的、外放的
へいさてき 閉鎖的な	封閉的
ごうりてき 合理的な	合理的
ふごうり ——不合理な	不合理的
きほんてき 基本的な	基本的
ほんしつてき 本質的な	本質上的
フィジカルな（physical）	肉體的

メンタルな (mental)	精神面的
あんてい 安定した	穩定、安定
こ てい 固定した	固定

げんじつ 現実の、リアルな (real)	實際的、真實的、寫實的
こくさいてき 国際的な	國際性的
ゆうがい 有害な	有害的
じ どう 自動の、オートマチックの (automatic)	自動的

しゅよう　おも 主要な、主な	主要的
すべての	所有的
む げん 無限の	無限的
しんせい 神聖な	神聖
おごそ　げんしゅく 厳かな、厳粛な	嚴肅
ぶん か てき 文化的な	文化性的
こうしき　せいしき 公式の、正式な	正式的
ひ こうしき ——非公式の	非正式的
えん ぎ 縁起のいい	吉利

じ ゆう 自由な	自由的
ふ じ ゆう ——不自由な	不自由的

十分（じゅうぶん）な、充分（じゅうぶん）な	充分
──不十分（ふじゅうぶん）な、不充分（ふじゅうぶん）な	不充分
有利（ゆうり）な	有利的
不利（ふり）な	不利的
無理（むり）な	勉強
楽（らく）な	輕鬆
酷（こく）な	嚴酷
幸運（こううん）な	幸運
不運（ふうん）な	不幸
立派（りっぱ）な	出色的
偉（えら）い	偉大
見苦（みぐる）しい	難看、丟臉
ひどい	殘酷、厲害、過分
惨（みじ）めな	悲慘
気（き）の毒（どく）な	（兩人對話時，形容第三者）可憐、值得同情
深刻（しんこく）な	嚴重
困難（こんなん）な	困難
怖（こわ）い、恐（おそ）ろしい	可怕、恐怖
うらやましい	羨慕

4. 句型和連接語

★最重要語(さいじゅうようご)&表現(ひょうげん)	★重要詞彙 & 表現
～したい	想～
～できる	會～、能～
～してもよい	即使～也可以
～かもしれない	也許～、說不定～
～すべきだ	應該～
～にちがいない	一定～、鐵定是～
～してはいけない	不應該～
～する必要(ひつよう)はない	不用～、沒必要～
～するな！	別～！、不要～！、不準～！
もし～なら	如果～（的話～）
もし～でなかったら	如果不是～（的話～）
——そうでなければ	若不是那樣的話
もう少(すこ)しで～しそうになる	差點（就）～
～である以上(いじょう)は	既然～
まさか～ではないだろう	難道～嗎！、該不會～吧！
見(み)たところ～のようだ	看起來～的樣子

～だそうだ	聽說～
～のようだ	好像～
言(い)うまでもない	不用說
一般的(いっぱんてき)に言(い)って	一般來說
正直(しょうじき)に話(はな)すと	老實說
道理(どうり)で～だ	怪不得～、難怪～
とても～	很～
非常(ひじょう)に、チョー、むっちゃ	非常　＊關西的年輕人常說“**むっちゃ**”或“**めっちゃ**”、關東則說“**チョー**”（**超**）等。
割(わり)と、比較的(ひかくてき)	比較
最(もっと)も～	最～
少(すこ)し、ちょっとだけ	一點～、有點～
まだ	還
すでに	已經
しかし	但是
～と～	～和～
または	或者、還是
また	又
～ごとに	每～

～すら、～さえ	連～
だから	所以
たぶん、おそらく	大概、也許
必(かなら)ず、きっと	一定
やはり	果然
例(たと)えば	比如說
たとえ～でも	即使～
～にもかかわらず	儘管～
～だけれども	雖然～
～に及(およ)ばない	到是不必～、沒有必要～
だいたい、およそ、約(やく)	大約
だいたい同(おな)じ	差不多、大致相同
実際(じっさい)は、本当(ほんとう)は	其實
いずれにせよ	反正、不論如何
万一(まんいち)	萬一
ほかに	另外
その上(うえ)	況且
さらに、再(ふたた)び	再、更加
少(すく)なくとも	至少

多(おお)くても、せいぜい	至多、盡量
などなど	等等

一生懸命(いっしょうけんめい)に	盡力、竭盡所能
どうしても	無論如何
偶然(ぐうぜん)に	偶然
幸運(こううん)にも	幸虧
不幸(ふこう)にも	不幸
故意(こい)に、わざと	故意
思(おも)いがけず	居然、意想不到
ピンからキリまで、ピンキリ	從最好到最壞
きちんと	整整齊齊、俐落地
ちゃんと	好好地

ますます	越來越～
少(すこ)しずつ	一點一點地
一歩(いっぽ)ずつ	一步一步地
一人(ひとり)ずつ	一個人一個人地
～と一緒(いっしょ)に	跟～（一起～）
一緒(いっしょ)に	一起、一塊

各自(かくじ)	各自

向(む)かい合(あ)って、面(めん)と向(む)かって	面對面
自(みずか)ら	親自
お互(たが)いに	互相

主(おも)に	主要
直接的(ちょくせつてき)に	直接地
間接的(かんせつてき)に	間接地
至(いた)る所(ところ)に	到處
生(う)まれつき	生來、與生俱來
本来(ほんらい)、もともと	本來
はっきりと	清楚
ぼんやりと	糊塗、恍忽
簡単(かんたん)に	簡單地
流暢(りゅうちょう)に	流利
無駄(むだ)に	白費

ときどき	有時候
何度(なんど)か	好幾次
たびたび、しばしば	常常、屢屢
いつも、常(つね)に	經常
随時(ずいじ)、好(す)きなときにいつでも	隨時

しばらくの間（あいだ）、一時的（いちじてき）に	暫時
臨時（りんじ）に	臨時
少（すこ）しの間（あいだ）	一會兒

もう一度（いちど）	再一次
初（はじ）めて	第一次
年（ねん）に一度（いちど）	一年一次
永遠（えいえん）に	永遠
遅（おそ）かれ早（はや）かれ	早晚、遲早
間（ま）もなく	不久
すぐに、すぐ	馬上
ちょっと	一下
突然（とつぜん）	忽然
時計（とけい）が進（すす）んでいる	（錶、時鐘）變快
時計（とけい）が遅（おく）れている	（錶、時鐘）變慢
ゆっくり	慢慢地
急（いそ）いで	趕緊、儘快

時間（じかん）どおりに	按時
同時（どうじ）に	同時
前（まえ）もって、事前（じぜん）に	事先

当時（とうじ）、その頃（ころ）	當時
初（はじ）めから	從開始
それ以来（いらい）	從那以後
小（ちい）さい時（とき）から、子（こ）どもの頃（ころ）から	從小
昔（むかし）	過去、從前
かつて	曾經
以前（いぜん）	以前
これまでずっと	從來
始（はじ）めから終（お）わりまで、終始（しゅうし）	始終
今後（こんご）、以後（いご）	今後
将来（しょうらい）	將來
まず、最初（さいしょ）に	首先
次（つぎ）に	接下來
それから	然後
最後（さいご）に	最後
結局（けっきょく）	結果
やっと	好不容易、終於
～から	從～
～まで	到～

～の方(ほう)へ、～に向(む)かって	朝向～
～しながら～	一邊～一邊～
～のために	為了～
～に関(かん)して、～について	關於～
～に基(もと)づいて	基於～
～によって	根據～
～以外(いがい)は	除了～

★ひとこと疑問構文(ぎもんこうぶん)	★短疑問句型
いくつ?	幾個？　＊“いくつ？”也有“幾歲？”的意思。
いくら?	多少錢？
どのくらい（の時間(じかん)）？	多長時間？
どのくらい（遠(とお)い）？	多遠？
何(なに)？	什麼？
これは何(なに)？	這是什麼？
何(なん)のために?	為了什麼？
どうして?	為什麼？
いつ?	什麼時候？
いつから?	從什麼時候？

いつまで?	到什麼時候？	
だれ 誰？	誰？	
だれ 誰の?	誰的？	
だれ 誰と?	跟誰？	
どれ?	哪個？	
ほうこう どっちの方向？	哪個方向？	
なまえ 名前は?	什麼名字？	
いみ どういう意味？	什麼意思？	
なんさい 何歳？／いくつ?	幾歲？	＊“いくつ？”用於同齡或比自己小的人。
なんしゅるい 何種類？	幾種？	
なんにん 何人？	幾個人？	
なにご 何語？	哪種語言？	
どこへ?	去哪兒？	
どこから?	從哪兒來？	
どこに（ある、いる）？	在哪兒？	
なんびょう なんぷん 何秒？[何分？]	幾秒？〔幾分？〕	
なんじ 何時（に）？	幾點？	
なんじ 何時から?	從幾點開始？	
なんじ 何時まで?	到幾點結束？	
なんにちかん なんにち 何日間？／何日？	幾天？	

何日（なんにち）？	幾號？
何週間（なんしゅうかん）？	幾個星期？
何曜日（なんようび）？	星期幾？
何ヶ月間（なんかげつかん）？／何ヶ月（なんかげつ）？	幾個月？
何月（なんがつ）？	幾月？
何年間（なんねんかん）？／何年（なんねん）？	幾年？
何年（なんねん）？	哪年？

★"私（わたし）"・"あなた"と数（かず）の数（かぞ）え方（かた）	★"你"、"我"和數數	
私（わたし）	我	＊也唸成"**わたくし**"。多為女性用語，男性使用於商務的場合。年輕的男生也會説"**僕**"（ぼく）或"**俺**"（おれ）。
あなた、君（きみ）	你	＊"**君**"用於同齡或比自己小的人，對陌生及長輩使用極不禮貌。
彼（かれ）	他	
彼女（かのじょ）	她	
私（わたし）たち	我們	
あなたがた、君（きみ）たち	你們	
彼（かれ）ら	他們	
彼女（かのじょ）ら	她們	
自分（じぶん）、自身（じしん）	自己	

みんな	大家

これ	這個
この	這
それ	（離說話者較遠的）那個；（聽的人不知道詳細情況的）那個
その	（離說話者較遠的）那；（聽的人不知道詳細情況的）那
あれ	（離說話者、聽者都遠的）那個；（聽者跟說話者的人都知道詳細情況的）那個
あの	（離說話者、聽者都遠的）那；（聽者跟說話者的人都知道詳細情況的）那
ここ、こっち	這裡　編註 **こっち**是比較不正式的說法。
そこ、そっち	那裡　編註 **そっち**是比較不正式的說法。
あそこ、あっち	那裡　編註 **あっち**是比較不正式的說法。
このように	這樣

（数(かず)の数(かぞ)え方(かた)）	（數數）
一(ひと)つ	一個
二(ふた)つ	兩個
三(みっ)つ	三個
四(よっ)つ	四個
五(いつ)つ	五個
六(むっ)つ	六個
七(なな)つ	七個

やっ 八つ	八個
ここの 九つ	九個
とお 十	十個
じゅういち 十一	十一個
ひとり 一人	一個人
ふたり 二人	兩個人
さんにん 三人	三個人
よにん 四人	四個人
ごにん 五人	五個人
ろくにん 六人	六個人
ななにん 七人	七個人　＊也唸成“しちにん”。
はちにん 八人	八個人
きゅうにん 九人	九個人　＊也唸成“くにん”。
じゅうにん 十人	十個人
じゅういちにん 十一人	十一個人
いっぽん 一本	一條　編註　“本”是細長物體的量詞。
にほん 二本	兩條
さんぼん 三本	三條
よんほん 四本	四條

五本（ごほん）	五條	
六本（ろっぽん）	六條	
七本（ななほん）	七條	
八本（はっぽん）	八條	
九本（きゅうほん）	九條	
十本（じゅっぽん）	十條	＊也唸成“じっぽん”。
十一本（じゅういっぽん）	十一條	
一階（いっかい）	一樓	
二階（にかい）	二樓	
三階（さんがい）	三樓	＊也唸成“さんかい”。
四階（よんかい）	四樓	
五階（ごかい）	五樓	
六階（ろっかい）	六樓	
七階（ななかい）	七樓	
八階（はっかい）	八樓	
九階（きゅうかい）	九樓	
十階（じゅっかい）	十樓	＊也唸成“じっかい”。
十一階（じゅういっかい）	十一樓	
一分（いっぷん）	一分鐘	

二分(にふん)	兩分鐘	
三分(さんぷん)	三分鐘	
四分(よんぷん)	四分鐘	
五分(ごふん)	五分鐘	
六分(ろっぷん)	六分鐘	
七分(ななふん)	七分鐘	
八分(はっぷん)	八分鐘	＊也唸成“はちふん”。
九分(きゅうふん)	九分鐘	
十分(じゅっぷん)	十分鐘	＊也唸成“じっぷん”。
十一分(じゅういっぷん)	十一分鐘	

一日(ついたち)	一日
二日(ふつか)	二日
三日(みっか)	三日
四日(よっか)	四日
五日(いつか)	五日
六日(むいか)	六日
七日(なのか)	七日
八日(ようか)	八日
九日(ここのか)	九日

とおか 十日	十日	
じゅういちにち 十一日	十一日	
じゅうににち 十二日	十二日	
じゅうさんにち 十三日	十三日	
じゅうよっか 十四日	十四日	＊注意十四日的發音與其他的發音模式不同。
じゅうごにち 十五日	十五日	
じゅうろくにち 十六日	十六日	
じゅうななにち 十七日	十七日	＊也唸成“**じゅうしちにち**”。
じゅうはちにち 十八日	十八日	
じゅうくにち 十九日	十九日	
はつか 二十日	二十日	＊注意二十日的發音有特別唸法。
にじゅういちにち 二十一日	二十一日	
にじゅうににち 二十二日	二十二日	
にじゅうさんにち 二十三日	二十三日	
にじゅうよっか 二十四日	二十四日	＊注意發音。
にじゅうごにち 二十五日	二十五日	
にじゅうろくにち 二十六日	二十六日	
にじゅうななにち 二十七日	二十七日	＊也唸成“にじゅうしちにち”。
にじゅうはちにち 二十八日	二十八日	
にじゅうくにち 二十九日	二十九日	

さんじゅうにち 三十日	三十日
さんじゅういちにち 三十一日	三十一日
いっさい 一歳	一歳
に さい 二歳	二歳
さんさい 三歳	三歳
よんさい 四歳	四歳
ご さい 五歳	五歳
ろくさい 六歳	六歳
ななさい 七歳	七歳
はっさい 八歳	八歳
きゅうさい 九歳	九歳
じゅっさい 十歳	十歳　　＊也唸成**“じっさい”**。
じゅういっさい 十一歳	十一歳
じゅう に さい 十二歳	十二歳
じゅうさんさい 十三歳	十三歳
じゅうよんさい 十四歳	十四歳
じゅう ご さい 十五歳	十五歳
じゅうろくさい 十六歳	十六歳
じゅうななさい 十七歳	十七歳

じゅうはっさい 十八歳	十八歲	
じゅうきゅうさい 十九歳	十九歲	
はたち 二十歳	二十歲	
にじゅういっさい 二十一歳	二十一歲	
にじゅうにさい 二十二歳	二十二歲	
にじゅうさんさい 二十三歳	二十三歲	
にじゅうよんさい 二十四歳	二十四歲	
にじゅうごさい 二十五歳	二十五歲	
にじゅうろくさい 二十六歳	二十六歲	
にじゅうななさい 二十七歳	二十七歲	
にじゅうはっさい 二十八歳	二十八歲	
にじゅうきゅうさい 二十九歳	二十九歲	
さんじゅっさい 三十歳	三十歲	*也唸成“さんじっさい”。
さんじゅうごさい 三十五歳	三十五歲	
よんじゅっさい 四十歳	四十歲	*也唸成“よんじっさい”。
よんじゅうろくさい 四十六歳	四十六歲	
ごじゅっさい 五十歳	五十歲	*也唸成“ごじっさい”。
ごじゅうななさい 五十七歳	五十七歲	
ろくじゅっさい 六十歳	六十歲	*也唸成“ろくじっさい”。
ろくじゅうはっさい 六十八歳	六十八歲	

ななじゅっさい 七十歳	七十歲	＊也唸成“ななじっさい”。
ななじゅうななさい 七十七歳	七十七歲	
ななじゅうきゅうさい 七十九歳	七十九歲	
はちじゅっさい 八十歳	八十歲	＊也唸成“はちじっさい”。
はちじゅうはっさい 八十八歳	八十八歲	
きゅうじゅっさい 九十歳	九十歲	＊也唸成“きゅうじっさい”。
きゅうじゅうきゅうさい 九十九歳	九十九歲	
ひゃくさい 百歳	一百歲	

5. 常用會話短句

★（1）−1. 挨拶（あいさつ）～出会（であ）いの表現（ひょうげん）	★（1）-1. 問候－見面時的表現	
おはようございます。／おはよう。	早安。	
こんにちは。	你好。／您好。	＊“は”唸成“わ”。依場合的不同，“こんにちは”、“さようなら”、“ありがとう”、“すみません”皆可以用“どうも”來替用。
こんばんは。	晚安。	＊“は”唸成“わ”。
お久（ひさ）しぶりです。	好久不見了。	
お元気（げんき）ですか？	您好嗎？	
ご家族（かぞく）はお元気（げんき）ですか？	您家人身體好嗎？	
――ええ，元気（げんき）です。あなたはどうですか？	很好。你呢？	
――私（わたし）も体（からだ）の調子（ちょうし）はいいです。	我也身體很好。	
――相変（あいか）わらずです。	還是老樣子。	
――まあまあです。	馬馬虎虎。	
久（ひさ）しぶり！　元気（げんき）？	好久不見了！ 你好嗎？	
――元気（げんき）。	很好。	
最近（さいきん）、どう？	你最近怎麼樣？	
どこ行（い）くの？	你要去哪裡？	

★（1）ー2. 挨拶(あいさつ)～訪問時(ほうもんじ)の表現(ひょうげん)	★ (1) -2. 問候－訪問時的表現
ごめんください！／すみません！	有人嗎？
こんにちは。いらっしゃい。 ——はじめまして。本田(ほんだ)と申(もう)します。よろしくお願(ねが)いします。	你好。歡迎歡迎。 你好。我是本田。請多多關照。
どうぞお入(はい)りください。 ——おじゃまします。	請進。 不好意思，打攪了。
どうぞ、お座(すわ)りください。／おかけください。（椅子(いす)などに）	請坐。
お楽(らく)にどうぞ。	請隨便。

★（1）ー3. 挨拶(あいさつ)～お祝(いわ)い・お悔(く)やみの表現(ひょうげん)	★ (1) -3. 問候－慶祝和慰問時的表現
おめでとうございます！／おめでとう！	恭喜，恭喜！
お誕生日(たんじょうび)おめでとうございます！／お誕生日(たんじょうび)おめでとう！	生日快樂！

明けましておめでとうございます。本年もどうぞよろしくお願いします。	新年快樂！今年也請多關照！
よいお年を！	祝你有個好年！

本当に残念です！	真遺憾！
元気を出してね。	振作起來。
困ったことがあったら、何でも言ってね。	有困難時，無論如何請告訴我。

★（1）－4. 挨拶～別れを告げるときの表現	★（1）-4. 問候－告別時的表現
今日は本当にありがとうございました。	今天真謝謝你了。
おじゃましました！	打攪您了！
それでは、失礼します。	那麼我就先失禮（告別）了。
すみません、急用ができたので、お先に失礼します。	對不起。我有急事，我先走了。
奈美さんによろしくお伝えください。	請幫我向奈美小姐問好。
お体にお気を付けください。	請多保重身體。
お気をつけて。／気をつけて！	請慢走！、路上小心！

さようなら！／さよなら！	再見！
おやすみなさい！／おやすみ！	晚安！
バイバーイ！(Bye-bye!)	拜拜！
また、あとでね！	晚點見！
じゃあ、またね！	改天見吧！
また、明日(あした)ね！	明天見吧！
来週(らいしゅう)の月曜日(げつようび)にね！	下星期一見吧！
また、いつかね！	找一天再見吧！
行(い)ってきます！ ——行(い)ってらっしゃい！	我去了！、我出門了！ 請慢走！、路上小心！
ただいま！ ——お帰(かえ)り！	我回來了！ 你回來啦！

★(2) 感謝(かんしゃ)の言葉(ことば)と答(こた)え方(かた)	★(2) 道謝和回應
ありがとうございます。／ありがとう。／サンキュー(Thank you.)。	謝謝！
本当(ほんとう)にありがとうございます。	真的很感謝。
大変(たいへん)お世話(せわ)になりました。	非常感謝您的照顧。

とてもうれしいです。	我太開心了。
どういたしまして。／気(き)にしないでください。	不客氣。
とんでもありません！	不敢當！

★（3）おわびの言葉(ことば)と答(こた)え方(かた)	★（3）道歉和回應
ごめんなさい！	不好意思！
すみません（でした）。／すいません（でした）。	對不起！　＊正確的唸法是“すみません”，但口語中常音變唸成“すいません”。
本当(ほんとう)に申(もう)し訳(わけ)ありません。	實在是相當抱歉。
すみませんが～／すいませんが～	對不起，請問一下～
すみません、知(し)りませんでした。	對不起，我不知道。
ご面倒(めんどう)をおかけしまして、申(もう)し訳(わけ)ありません。	麻煩您了，真是抱歉。
遅(おく)れてすみません。	對不起，我遲到了。
すみません、私(わたし)が間違(まちが)っていました。	對不起，我弄錯了。
大丈夫(だいじょうぶ)です、何(なん)でもありません！	別擔心、這沒什麼！
その必要(ひつよう)はありません。	沒有這個必要。

君(きみ)のせいじゃないよ。	並不是你害的！、並不是你的問題！、不怪你！
考(かんが)え過(す)ぎないようにね。	別想太多。
もうそれはいいです。	算了吧！

★（4）聞(き)き返(かえ)すとき	★（4）沒聽清楚的時候
え?／何(なん)ですか?	什麼？／請你再說一次？
何(なん)と言(い)ったのですか?	你說什麼？
すみませんが、もう一度(いちど)おっしゃってください。	對不起，請再說一遍。
もう少(すこ)しゆっくりお願(ねが)いします。	請慢慢地說。

★（5）相手(あいて)の言(い)うことがわからないとき	★（5）不了解對方所說的內容的時候
すみません、よくわからないんですが。	對不起，我不太懂。
全(まった)くわからないんですが。	完全不懂。
あなたの言(い)う意味(いみ)がわからないんですが。	我不明白你的意思。

★（6）うまく話(はな)せないとき	★（6）無法清楚表達的時候
うまく言(い)えません。	我說得不好。；我沒辦法清楚表達。
日本語(にほんご)はうまく話(はな)せません。	我日語說得不流利。

私(わたし)の言(い)うことがわかりますか?	你明白我說的話嗎？
私(わたし)の話(はな)す日本語(にほんご)はわかりますか?	我說的日語，你有聽懂嗎？
私(わたし)の言(い)いたいのはそうではありません。	我的意思不是這樣的。

★(7) 相手(あいて)の同意(どうい)や確認(かくにん)を得(え)るときの問(と)い方(かた)・答(こた)え方(かた)	★(7) 徵求對方同意及確認時的問答
そうでしょう?	對不對？
——ええ、そうですね。	對的。；沒錯，就是那樣。
——いいえ、そうではないですよ。	不對，不是那樣的。
どう思(おも)いますか?	你怎麼認為？
——いいと思(おも)いますよ。	我覺得還不錯。
——私(わたし)もそう思(おも)います［私(わたし)はそう思(おも)いません］。	我也是那樣認為的。〔我不是那樣認為的。〕
知(し)ってる?	你知道嗎？
——ええ、知(し)っています。	嗯，知道。
——いえ，知(し)りません。	不，不知道。
いいですか?	好嗎？、可以嗎？

——いいですよ。	好！
——だめです。	不行！

★(8) あいづちなど返答(へんとう)の表現(ひょうげん)	★(8)附和等及回應的表現
もちろん！／当然(とうぜん)です！	當然了！／那當然！
そのとおりです。	沒錯！、就是那樣！
そうかもしれません。	也許就是那樣也說不定！
きっとそうです。	一定是那樣的！
たぶんね。	也許吧！
いい考(かんが)えですね。	好主意。
あっ、そうなんですか？	嗯，是這（那）樣啊？
聞(き)いたことがありません。 ——初耳(はつみみ)です。	沒聽說過。 初次聽到。
信(しん)じられない！	不敢置信！難以置信！
そんなはずないよ！	不應該是那樣吧！不太可能是那樣吧！
まさか！／あり得(え)ない！／うそでしょう！	真的假的!?／不太可能吧！／騙人的吧！
冗談(じょうだん)でしょう！	開玩笑吧！
本当(ほんとう)に？／まじで？	真的嗎？

本気なの?	你是認真的嗎？
確かなの?	你確定嗎？

★(9) 間をとるとき	★(9) 表示保留答話時思考空檔的時候
うーん。	嗯。
えーっと。／じゃあ。	那…那個。／那麼。
えーっと、どう言ったらいいのかなあ。	那麼，該怎麼說才好呢！
えーっと。／あのー。	那個。／那個。

★(10) 許可を求めたり、お願いするとき	★(10) 請求允許的時候
ここはたばこが吸えますか? ――はい。 ――いいえ、だめです。	這裡可以吸菸嗎？ 可以。 不可以。
ここに座ってもいいですか?	可以坐這兒嗎？
ペンを貸してもらえますか?	可以借你的鋼筆嗎？
手伝ってもらえますか?	能請你幫我嗎？
お願いがあるのですが。	我有事想拜託你。
ちょっと考えさせてください。	讓我考慮一下。

★(11) 説明(せつめい)してもらうとき	★(11) 請求說明的時候
これはどうやって使(つか)うんですか?	這個怎麼用?
これでいいですか?	這樣好嗎?
どうして知(し)ってるの?	是怎麼知道的?
──というのは~だから	因為~

★(12) その他(た)の便利(べんり)なひとこと	★(12) 其他的常用短句	
頑張(がんば)れ![頑張(がんば)って!]/ファイト!(fight)	加油!	
マイペースで頑張(がんば)って。	用屬於你自己的方式努力進行。	*"マイペース"是"my pace"的和製英語。
頑張(がんば)ります。	我會努力加油。	
お疲(つか)れさま!/お疲(つか)れ!/ご苦労(くろう)さま!	辛苦了!	
やったー!	真棒!	
すごい!/素晴(すば)らしい!	很厲害!	*年輕人也説"すげー"或"やばい!"。
完璧(かんぺき)!	真完美!	
いいねー!	真好!	
かわいい!	真可愛!	
面白(おもしろ)い!	真有趣!	

面白(おもしろ)そう！	看起來很有趣！
かわいそう！	太可憐了！
もったいない！	真浪費！
ついてる！／ラッキー！(lucky)	運氣真好！
ついていない！／ツキがない！	真倒霉！
うれしい！	真高興！
楽(たの)しい！	真好玩！真期待！
びっくりした！	嚇死我了！
あせらないで！	別著急！
落(お)ち着(つ)いて！	冷靜點！
リラックスして！(relax)	請放鬆！
間(ま)に合(あ)うよ！	來得及！
間(ま)に合(あ)わないよ！	來不及！
大丈夫(だいじょうぶ)！	沒問題！
頭(あたま)いい！	聰明！
偶然(ぐうぜん)だね！	真巧！
うらやましい！	好羨慕！
みっともない！	真丟人（現眼）！真難堪！

微妙(びみょう)！	很微妙！
めんどくさいな！／面倒(めんどう)だな！／じゃまくさいな！	很麻煩！
退屈(たいくつ)！	太無聊了！
ばかだね！（男性）／ばかね！（女性）	笨蛋！
何(なに)するんだよ！（男性）／何(なに)するの！（女性）	幹嘛？
静(しず)かに！	別吵！
変(へん)だよ！	奇怪！
頭(あたま)にくる！	生氣！
けばい！	化妝太濃！、衣服太花俏！
うっとうしい！／うざい！	鬱悶！／厭煩！
最低(さいてい)！	沒品！、低劣！
つまらない！	沒勁！、無趣！
しまった！	糟糕了！
どうしよう？	怎麼辦？
どうしたの？	怎麼了？
ひどい！	真慘！
またか！	又來了！

どっちでもいいです。	無所謂。
お好(す)きなように。	隨便。
状況次第(じょうきょうしだい)です。	看情況再說。
君(きみ)には関係(かんけい)ないよ。	和你沒關係。
しかたがありません。／ しかたがないね。	沒辦法啊！
どうしようもありません。	無可奈何。
気(き)にしません。	不在乎。
恥(は)ずかしい。	不好意思。
口(くち)だけだね。	就只剩一張嘴巴、很會講不會作。
よく似(に)てるね。	很像。
これは役(やく)に立(た)つね。	這個幫得上忙。
タイミングが悪いな。／ 間(ま)が悪(わる)いな。	不是時候。
あ、そうだ！	對了！
ああ、よかった！	太好了！
お先(さき)にどうぞ。	您先請。
ばんざーい！ ——万歳三唱(ばんざいさんしょう)	萬歲！ 連呼三次萬歲
ノーコメント。 (No comment)	不予置評、無可奉告

以往發源於大阪，在節分時吃「**恵方巻（えほうまき，大的紫菜卷壽司）**」的風俗習慣，現在已普及到了全日本。據説向著「惠方（年神所去的方向）」吃惠方卷的話，便能諸事大吉。照片裡的頭像是日本的“**鬼（おに）**”的形象。

圖為穿越住宅區的馬路。告示牌上的交通注意事項是針對汽車、公車和機車所寫的。

圖為京都龍安寺的淨手石池。水池用漢字石刻裝飾，盛水處是“口”字，配以四周的漢字組成“唯吾知足”。

買(か)い物(もの)をする

購物

1. 在商店

★最重要語（さいじゅうようご）&表現（ひょうげん）	★重要詞彙 & 表現	
(お)店（みせ）、商店（しょうてん）	商店	＊“お店”的“お”是被作為敬語的美化語的一種使用。以下括號內的“お”是美化語的表現。
(お)土産物屋（みやげものや）	名產店	
市場（いちば）	市場	
──朝市（あさいち）	早市	
──夜市（よいち）、夜店（よみせ）、ナイトマーケット(night market)	夜市	
フリーマーケット(flea market)、フリマ、蚤の市（のみいち）	跳蚤市場	
──値段（ねだん）を吹（ふ）っかける	抬價	
──値切（ねぎ）る	殺價	
スーパー(super)、スーパーマーケット(supermarket)	超市	＊也寫成“スーパー・マーケット”。在報紙之類的文章中，兩個外來語字彙連用的時候“・”（なかてん）被省略，三個單字以上的時候一般要使用“・”（なかてん）標開。
ショッピングセンター(shopping center)、ショッピングモール(shopping mall)	購物中心	
デパート、百貨店（ひゃっかてん）	百貨商場	＊“デパート”是“デパートメントストア”(department store)的簡稱。
──デパ地下（ちか）	地下百貨商場	＊“デパートの地下”（でぱーとのちか）的簡稱。

コンビニ	便利店	＊“コンビニエンスストア”（convenience store）的簡稱。
100円(ひゃくえん)ショップ、百円均一(ひゃくえんきんいつ)、百均(ひゃっきん)	（日元）百元商店	
リサイクルショップ（recycle shop）、中古店(ちゅうこてん)	二手商店	＊和製英語（只在日本使用的英語）。
ディスカウントショップ（discount shop）、ディスカウントストア（discount store）	（大型）折扣商店	
アウトレットストア（outlet store）、アウトレットモール（outlet mall）	暢貨中心	
量販店(りょうはんてん)	量販店	＊因大批量進貨減少成本從而能低價銷售。家用電器或服裝等的專業商店比較多。
——家電量販店(かでんりょうはんてん)	家電量販店	
——郊外型量販店(こうがいがたりょうはんてん)	倉儲量販店	
ホームセンター（home center）	家居賣場	
チェーンストア（chainstore）、チェーン店(てん)	連鎖店	
フランチャイズ（franchise）	特許加盟	
値段(ねだん)、価格(かかく)、料金(りょうきん)	價格	＊“**価格**”是比“**値段**”更鄭重的說法。用在服務費等時，也多使用“**料金**”。
——オープン価格(かかく)	公開價格	＊販賣店指定價格。“**オープン**”的語源是英語的“**open**”。
定価(ていか)	定價	

ねふだ 値札	價格標籤	
むりょう 無料、ただ	免費	
しょうひぜい 消費税	消費稅	＊在日本的消費稅是一種增值稅。對所有的商品加稅 5%。
レシート (receipt)	（收銀機打的電子）收據	
りょうしゅうしょ 領収書	收據	＊在結帳索要發票時，當店家詢問付款單位名稱（**宛名、あてな**），這時告訴付款單位名或者說“**上で**”（**うえで**）（即不特明公司抬頭，類似貴寶號）就可以了。
ねだん　たか （値段が）高い	貴	
ねだん　やす （値段が）安い	便宜	
てごろ　ねだん 手頃な値段	適當的價格	
かね お金	錢	
げんきん 現金、キャッシュ (cash)	現金	
クレジットカード (credit card)	信用卡	

(いろいろなクレジットカード)	（各種信用卡）
アメックスカード (AMEX card)	美國運通卡
ダイナースクラブカード (Diners Club Card)	大來卡
ビザカード (VISA card)	VISA 卡
マスターカード (MasterCard)	萬事達卡
ジェーシービーカード (JCB card)	JCB 卡

銀聯（ぎんれん）カード	銀聯卡	編註 銀聯卡是源自中國的信用卡。

★買（か）い物（もの）	★購物	
買（か）い物（もの）、ショッピング (shopping)	購物、買東西	＊“**買い物**”也寫成“**買物**”。
買（か）い物（もの）に行（い）く	去買東西	
——衝動買（しょうどうが）い	衝動性購買	
ウインドーショッピング (window shopping)	閒逛、只看不買	
ショーウインドー (show window)	櫥窗	
ドア (door)、扉（とびら）、戸（と）	門	＊日語的“**門**”（もん）專指房屋或公共建築物兩扇合而為一的大門。
自動（じどう）ドア	自動門	
出入（でい）り口（ぐち）	出入口	
引（ひ）く	拉	
押（お）す	推	
入（はい）る	進	
出（で）る	出	
買（か）う	買	
売（う）る	賣	
探（さが）す	找	

選(えら)ぶ	挑選	
試着(しちゃく)する	試穿	
値段(ねだん)を比(くら)べる	比較價格	
値引(ねび)きする	減價	
値段(ねだん)をまける	打折	
お金(かね)を払(はら)う、払(はら)う	付款	＊“払う”也表現為“支払う”（しはらう）。
現金(げんきん)で払(はら)う、現金払(げんきんばら)い	付現金	
クレジットカードで払(はら)う、カード払(ばら)い	刷卡	
分割(ぶんかつ)で払(はら)う、分割払(ぶんかつばら)い、リボ払(ばら)い	分期付款	＊“リボ払い”（revolving）指與消費的次數和金額無關，每月定期支付的方式。
月払(つきばら)いで払(はら)う、月賦(げっぷ)	按月分期付款	
お金(かね)を使(つか)う	花錢	
注文(ちゅうもん)する	訂	
返品(へんぴん)する	退貨	
払(はら)い戻(もど)す、返金(へんきん)する	退款	
交換(こうかん)する	交換	
取(と)り替(か)える	替換	
催促(さいそく)する	催促	

つつ 包む	包
ほうそう ——包装する	包裝
れつ なら れつ つく 列に並ぶ、列を作る	排隊
れつ わ こ よこはい 列に割り込む、横入りする	插隊
かね かぞ お金を数える	數錢
せつやく 節約する	節約
ろうひ 浪費する	浪費
かね むだづか かね お金を無駄遣いする、お金 むだ つか を無駄に使う	亂花錢、浪費錢
——へそくり	私房錢
したど ——下取り	以舊換新、折抵部分價格
あ ドアを開ける	開門
し ドアを閉める	關門
かいてん みせ あ 開店する、店を開ける	開店
へいてん みせ し 閉店する、店を閉める	關店
えいぎょうじかん 営業時間	營業時間
かいてんじかん 開店時間	開門時間
へいてんじかん 閉店時間	關門時間
えいぎょう えいぎょう 営業、営業する	營業、跑業務

二十四時間営業（にじゅうよじかんえいぎょう）	24 小時營業

（お店の表示）（みせ ひょうじ）	（商店的標誌）
「営業中」（えいぎょうちゅう）	〔營業中〕
「準備中」（じゅんびちゅう）	〔準備中〕
「売り切れ」（う き）	〔售完、賣光〕
「ドアを閉めてください」（し）	〔請關門〕
「ご来店ありがとうございました」（らいてん）	〔謝謝光臨〕
「新装開店」（しんそうかいてん）	〔全新開幕〕
「年中無休」（ねんじゅうむきゅう）	〔全年無休〕
「定休日」（ていきゅうび）	〔公休日〕

（ウインドーの宣伝文句）（せんでんもんく）	（櫥窗廣告用語）
大安売り！、大売り出し！、バーゲンセール！(bargain sale)、バーゲン（おおやすう、おおうだ）	降價特惠！
バーゲンプライス！(bargain price)	優惠價！
割引！、ディスカウント！(discount)（わりびき）	大減價！
出血大サービス！（しゅっけつだい）	賠本出清！ ＊"サービス"的語源是英語的"service"。
感謝セール！（かんしゃ）	感恩回饋大特賣！
歳末大売り出し！（さいまつおおうだ）	歲末大特賣！

しんねんおおうだ 新年大売り出し!	元旦特惠價！	
ふくぶくろ 福袋セール!	福袋特賣！	＊商家在正月特價出售福袋。除此之外，為感謝顧客，七月上旬－中旬和年末和還有特售活動。
ふくぶくろ ——福袋	福袋	
へいてん 閉店セール!	跳樓大拍賣！	＊“セール”的語源是英語的“sale”。“閉店売りつくしセール！”（へいてんうりつくしせーる）也很多。
ざいこいっそう 在庫一掃セール!、クリアランスセール (clearance sale)、大処分市 (だいしょぶんいち)	清倉大拍賣！	
はんがく 半額！	半價！	
び 20%引き!	打 8 折！	＊“20%”（にじゅっぱーせんと）也唸成“にじゅっぱー”。
とっか 特価！	特價！	
とくばい 特売！	特賣！	
とくばいび 特売日	特賣日	
とっかひん 特価品	特價品	
とくばいひん ひん 特売品、バーゲン品	特賣品	＊“バーゲン”的語源是英語的“bargain”。
しょうひんけん 商品券	禮券	
わりびきけん 割引券、クーポン (coupon)	折價券	＊其語源來自法語。
やすものが ぜにうしな ——安物買いの銭失い。	便宜沒好貨。	
やす わる ——安かろう悪かろう。	便宜沒好貨。	

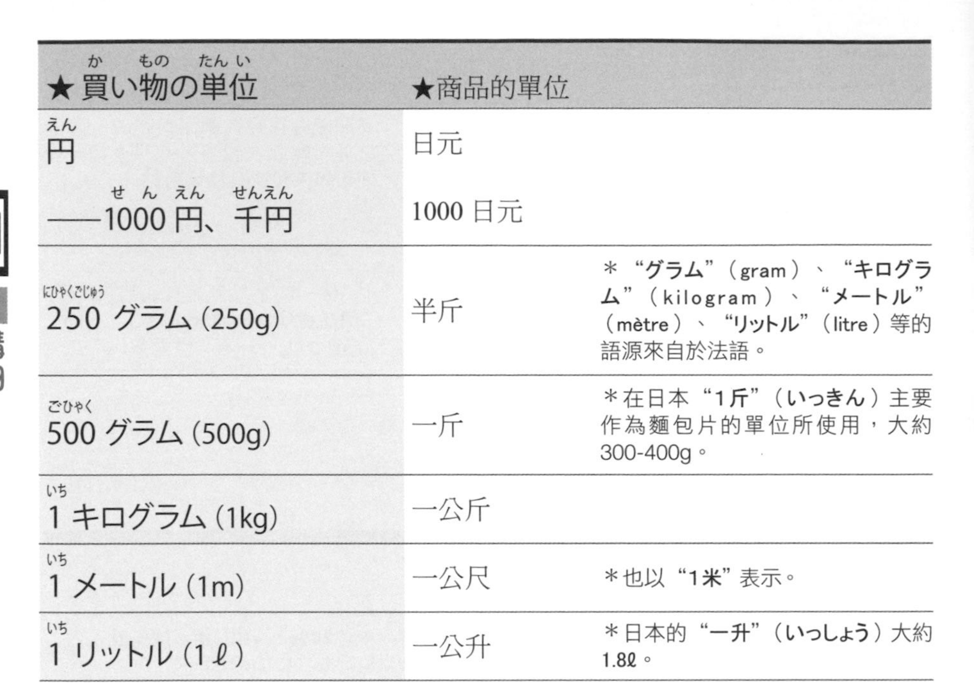

★買(か)い物(もの)の単位(たんい)	★商品的單位	
円(えん)	日元	
——1000円(せんえん)、千円(せんえん)	1000日元	
250(にひゃくごじゅう)グラム（250g）	半斤	＊"グラム"（gram）、"キログラム"（kilogram）、"メートル"（mètre）、"リットル"（litre）等的語源來自於法語。
500(ごひゃく)グラム（500g）	一斤	＊在日本"1斤"（いっきん）主要作為麵包片的單位所使用，大約300-400g。
1(いち)キログラム（1kg）	一公斤	
1(いち)メートル（1m）	一公尺	＊也以"1米"表示。
1(いち)リットル（1ℓ）	一公升	＊日本的"一升"（いっしょう）大約1.8ℓ。

★店(みせ)の中(なか)	★在商店裡	
（お）客(きゃく)	客人	
——"お客様(きゃくさま)は神様(かみさま)です"	"顧客就是衣食父母"	
お得意(とくい)さま	老主顧	
——招待客(しょうたいきゃく)、来賓(らいひん)	來賓	
店員(てんいん)、販売員(はんばいいん)	店員／售貨員	
店長(てんちょう)	店長	
店(みせ)のオーナー（owner）	店主	
地階(ちかい)	地下	＊有時也有一樓的意思。

ちか　いっかい　ビーワン 地下一階、B 1	地下一層	＊“B”的語源是“basement”的頭文字。
ちか　にかい　ビーツー 地下二階、B2	地下二層	
いっかい 一階	一樓	
にかい 二階	二樓	
さんがい 三階	三樓	＊也唸成“さんかい”。
うえ　かい 上の階	樓上	
した　かい 下の階	樓下	
かいだん 階段	樓梯	
エスカレーター（escalator）	電扶梯	＊在東京搭乘電扶梯時人們習慣靠左側站立，在大阪時則相反。
エレベーター（elevator）	電梯	
——エレベーターガール（elevator girl）	電梯小姐	＊和製英語。
あんない 案内カウンター、サービスカウンター（service counter）	服務台	＊和製英語。
う　ば ～売り場	～賣場	
しちゃくしつ 試着室	更衣室	
かがみ 鏡	鏡子	
ぼうはん　かんし 防犯カメラ、監視カメラ	監視錄影機	
まんびき ——万引	順手牽羊	＊指暗中盜竊商店商品的行為。

★店員(てんいん)と話(はな)す	★和銷售員的對話
いらっしゃいませ！（店員(てんいん)）	歡迎光臨！（店員）
何(なに)かお探(さが)しですか？（店員(てんいん)）	請問您需要什麼嗎？（店員）
——見(み)ているだけです。	我只是看看而已。
これを見(み)せてもらえますか？	能讓我看一下這個嗎？
ちょっとそれを見(み)せてください。	請給我看看那個！
ほかのはありますか？	請問還有別的嗎？
ほかの色(いろ)はありますか？	請問有別的顏色的嗎？
もっと小(ちい)さい［大(おお)きい］ものはありますか？	請問還有更小〔大〕一點的嗎？
もう少(すこ)し小(ちい)さいサイズはありますか？	有再稍微更小尺碼的嗎？
——申(もう)し訳(わけ)ありませんが、売(う)り切(き)れました。（店員(てんいん)）	對不起，已經賣完了。（店員）
——申(もう)し訳(わけ)ありませんが、ございません。（店員(てんいん)）	對不起，沒有。（店員）
いつ入荷(にゅうか)しますか？	什麼時候到貨呢？
これを試着(しちゃく)してもいいですか？	這件可以試穿一下嗎？
——はい、どうぞ。（店員(てんいん)）	可以的，請。（店員）

——申(もう)し訳(わけ)ありませんが、試着(しちゃく)はご遠慮(えんりょ)いただいております。（店員(てんいん)）	對不起，不太方便。（店員）	*這句是很禮貌的表現。
大(おお)きさはちょうどいいです。	尺寸剛好。	
お似合(にあ)いです。（店員(てんいん)）	很好看、很適合您。（店員）	
これは何(なん)ですか？	這個是什麼？	
これは何(なん)というものですか？／これは何(なん)という名前(なまえ)ですか？	這是什麼樣的東西／這個叫什麼名字？	
これは何(なん)に使(つか)うのですか？	這個幹什麼用的？	*“何”（なん）也唸成“なに”。
これは何(なん)でできていますか？	這個用什麼做的？	*“何”（なん）也唸成“なに”。
これはどうやって使(つか)うのですか？	這個要怎麼使用？	
これは女性用(じょせいよう)ですか？ ——女性(じょせい)［男性(だんせい)、子(こ)ども］用(よう)	這是女性用的嗎？ 女性〔男性、兒童〕用	
これは品質(ひんしつ)がいい［悪(わる)い］です。	這個品質好〔差〕。	
ここが壊(こわ)れて（破(やぶ)れて、割(わ)れて、汚(よご)れて）います。	這裡壞〔破、碎、髒〕了。	
別(べつ)のものと交換(こうかん)してもらえますか？	可以換成別的嗎？	
これにします。	我買這個。	

これをください。	請給我這個。　＊“ください”也寫成“下さい”。
これはいくらですか？ ——1020円(せんにじゅうえん)です。	這個多少錢？ 一千零二十日元。
これは一(ひと)ついくらですか？	這個一個多少錢？
全部(ぜんぶ)でいくらですか？	一共多少錢？
税込(ぜいこ)みですか？	含稅嗎？　＊當商品價格包含消費稅時表示為“**税込み**”，或者“**内税**”（**うちぜい**）。
次(つぎ)の方(かた)どうぞ。（レジ係(がかり)）	下一位，請。（收銀員）
ポイントカードはお持(も)ちですか？（レジ係(がかり)）	您有集點卡嗎？（收銀員）
このカードは使(つか)えますか？	可以用這張卡嗎？
ビザカードは使(つか)えますか？	可以用 VISA 卡嗎？
すいません、小銭(こぜに)を持(も)っていません。	對不起，我沒有零錢。
あの、お釣(つ)りをもらっていませんが。	對不起，還沒找錢呢！
おつりが間違(まちが)ってるようですが。	好像找錯錢了。
これは贈(おく)り物(もの)ですか？（店員(てんいん)）	這是送禮用的嗎？（店員）
袋(ふくろ)をもう一枚(いちまい)ください。	請再給我一個袋子。

一(ひと)つずつ包(つつ)んでもらえますか?	能幫我分開包裝嗎？
プレゼント用(よう)に包(つつ)んでもらえますか?	能幫我包裝一下嗎？我要送禮用的。
日曜日(にちようび)も営業(えいぎょう)していますか?	星期天也有營業嗎？

（ディスカウントの時(とき)，また断(ことわ)る時(とき)の表現(ひょうげん)）	（講價和回絕的表現）
高(たか)いよ！／高(たか)いですね！	太貴了！
少(すこ)し安(やす)くなりませんか?	能算便宜一點嗎？
少(すこ)しまけてください！	請算便宜一點！
もっと安(やす)くしてください！	請算再便宜一點！
要(い)りません。結構(けっこう)です。	沒關係，我不要了。
興味(きょうみ)がありません。	我不感興趣、我沒興趣。

（よく使(つか)う表現(ひょうげん)）	（常用表現）	
ここは何時(なんじ)に開(ひら)き［閉(し)まり］ますか?	這兒幾點開門〔打烊〕？	
～が買(か)いたいのですが。	我想買～	＊在日語中，當主語很明確時會被省略。
すいませんが、～はありますか?	請問有沒有～？	
～はどこで売(う)っていますか?	請問哪裡有賣～？	

★レジ	★收銀台、收銀員	
レジ台（だい）、レジ	收銀台	＊“レジ”是“キャッシュレジスター”（cash register）的簡稱。
レジ係（がかり）、レジ	收銀員	
小銭（こぜに）、お釣（つ）り、釣（つ）り銭（せん）	零錢	＊“**小銭**”指少額的錢。
財布（さいふ）	錢包、皮包	
札入（さつい）れ	皮夾子	
小銭入（こぜにい）れ	零錢包	
電子（でんし）マネー	電子貨幣	＊“**マネー**”的語源是英語的“money”。
買（か）い物（もの）かご	購物籃	
袋（ふくろ）	袋子	
買（か）い物袋（ものぶくろ）	購物袋	
エコバッグ（eco bag）	環保購物袋	
マイバッグ（my bag）	自備環保袋	＊和製英語。
ビニール袋（ぶくろ）、レジ袋（ぶくろ）	塑膠袋	＊“**ビニール**”的語源是英語的“vinyl”。“**レジ袋**”指在收銀台領取的塑膠袋。
紙袋（かみぶくろ）	紙袋	
包装紙（ほうそうし）	包裝紙	

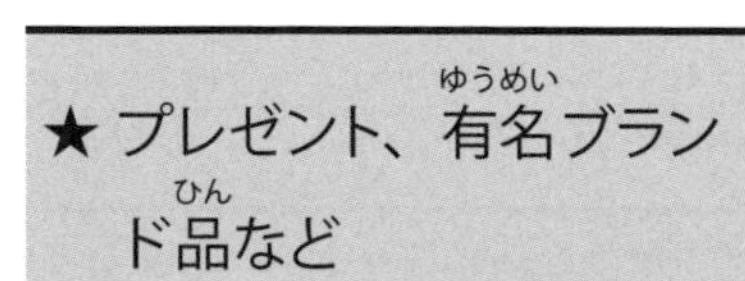

★プレゼント、有名（ゆうめい）ブランド品（ひん）など	★禮品和名牌產品等

プレゼント（present）、贈り物（おくりもの）、贈答品（ぞうとうひん）、（お）土産（みやげ）	禮品、禮物、名產	
──旅行（りょこう）のお土産（みやげ）、お土産（みやげ）、手土産（てみやげ）	伴手禮、名產	＊訪問親友時所拿的禮物叫“手土產”（てみやげ）。
特産品（とくさんひん）、特産物（とくさんぶつ）	特產品	
名産品（めいさんひん）、名産物（めいさんぶつ）	名產	
お中元（ちゅうげん）	中元節禮品	
お歳暮（せいぼ）	年終禮品	
こっとう品（ひん）、アンティーク（antique）	古玩、古董	＊“アンティーク”的語源來自法語。
手工芸品（しゅこうげいひん）、ハンドクラフト（handcraft）	手工藝品	
有名（ゆうめい）ブランド品（ひん）	名牌商品	
──ブランド（brand）	品牌（亦有指“名牌”之意。）	
──有名（ゆうめい）ブランド	名牌	
──プライベートブランド（private brand）、PB	自有品牌	＊超市等自行生產、創造、出品的牌子。
偽（にせ）ブランド品（ひん）	假貨	
海外（かいがい）ブランド	國外品牌	
国産（こくさん）ブランド	國產品牌	

売れ筋商品（うれすじしょうひん）、ヒット商品（しょうひん）、人気商品（にんきしょうひん）	熱賣品、熱銷商品、當紅炸子雞	
——ヒットする（hit）	熱賣	
日本製品（にほんせいひん）	日本產品	＊"日本"也唸作"にっぽん。
台湾製品（たいわんせいひん）	台灣產品	
中国製品（ちゅうごくせいひん）	中國產品	
輸入製品（ゆにゅうせいひん）	進口產品	
新製品（しんせいひん）	新產品	
模造品（もぞうひん）、模倣品（もほうひん）、コピー商品（しょうひん）	仿造品	
偽物（にせもの）、偽造品（ぎぞうひん）	仿冒品	
本物（ほんもの）	正牌貨	
新品（しんぴん）	新貨	
中古品（ちゅうこひん）	二手貨	
保証書（ほしょうしょ）	保證書	
取扱説明書（とりあつかいせつめいしょ）、取説（とりせつ）	使用說明書	
アフターサービス（after service）	售後服務	＊和製英語。
保証期間（ほしょうきかん）	保固期	
クーリングオフ制度（せいど）（cooling off）	凍卻期制度	＊和製英語。指購買或立契約後，消費者在一段時間內都可以退貨、解約的制度。

消費生活センター（しょうひせいかつセンター）	消費生活中心、消費者協會	＊“センター”的語源是英語的“center”。指在日本對於商品的意見之類的公辦民間諮詢中心。
通信販売（つうしんはんばい）、通販（つうはん）、カタログ販売（はんばい）	郵購	
訪問販売（ほうもんはんばい）	上門推銷	
ネット販売（はんばい）、ネット通販（つうはん）、インターネット販売（はんばい）	網路購物	
テレビショッピング (TV shopping)、テレショップ	電視購物	＊和製英語。

（人気（にんき）のデパートやスーパーなど）	（（在日本）受歡迎的百貨商場和超市等）
三越（みつこし）／伊勢丹（いせたん）	三越百貨／伊勢丹百貨 編註 在台灣的三越百貨因為是跟新光集團合作，所以台灣人會習慣通稱「新光三越」；但是在日本的三越百貨並沒有新光集團的投資，所以單純就稱為「三越百貨」。
大丸（だいまる）／松坂屋（まつざかや）	大丸百貨／松坂屋百貨
高島屋（たかしまや）	高島屋百貨
そごう／西武（せいぶ）	崇光百貨／西武百貨
阪急（はんきゅう）／阪神（はんしん）	阪急百貨／阪神百貨
東急（とうきゅう）	東急百貨
イオン (AEON)	AEON 購物中心 編註 AEON昔日曾以「永旺」的名稱進駐新竹風城購物中心。
イトーヨーカドー (Ito Yokado)	伊藤洋華堂

(専門店(せんもんてん)・ファッションビルやディスカウントストアなど)	((在日本的) 專賣商店 / 時尚廣場、廉價商店等)	
パルコ (PARCO)	PARCO	
丸井(まるい) (〇I〇I)	丸井百貨	
渋谷(しぶや) 109	109 百貨	＊ “109” (いちまるきゅう) 也簡稱 “まるきゅう”。
ラフォーレ原宿(はらじゅく)	Laforet 原宿	
ユニクロ (UNIQLO)	優衣庫 (即 UNIQLO)	
ドン・キホーテ (Don Quijote)、ドンキ	唐吉訶德	

(雑貨専門店(ざっかせんもんてん)など)	((在日本的) 雜貨專賣店等)
東急(とうきゅう)ハンズ (TOKYU HANDS)	東急 HANDS
ロフト (Loft)	Loft
無印良品(むじるしりょうひん)	無印良品
プラザ　ギンザ (PLAZA GINZA)	PLAZA GINZA

(家電量販店(かでんりょうはんてん))	((在日本的) 家電量販店)
ヤマダ電機(でんき)	山田電機
エディオン (EDION)	榮電
ヨドバシカメラ (Yodobashi Camera)	淀橋
ケーズデンキ (K's)	K's

ビックカメラ（BIC CAMERA）	BIC CAMERA
コジマ（Kojima）	Kojima

だいひょうてき

（代表的なコンビニエンスストア）	（（在日本的）代表性的便利商店）
セブン－イレブン （7-Eleven）	7-Eleven
ローソン（LAWSON）	Lawson
ファミリーマート （FamilyMart）、ファミマ	全家

にんき　でんし

（人気の電子マネー）	（（在日本）受歡迎的電子貨幣）
nanaco（ナナコ）	nanaco
Edy（エディ）	Edy
Suica（スイカ）	Suica
PASMO（パスモ）	PASMO

2 購物

2. 買禮品

にほん　みやげ ★日本のお土産	★日本的名産	
にほんにんぎょう 日本人形	日本人偶	
こけし	（圓頭圓身的小木偶人）木芥子	
ごがつにんぎょう 五月人形	五月人偶	*慶祝日本端午節所陳設的武士人偶。
むしゃにんぎょう ——武者人形	武士偶人	
かざ ——よろい飾り（鎧飾り）	鎧甲擺飾	
かざ ——かぶと飾り（兜飾り）	頭盔擺飾	
まね　ねこ 招き猫	招財貓	*舉右手能招財，舉左手可以帶來幸福。
にんぎょう ひな人形（雛人形）、おひなさま	雛人形	*慶祝女兒節所陳設的穿古裝的人偶。
びじゅつとうけん 美術刀剣	美術刀劍	編註 指在日本具有藝術收藏價值的日本刀、劍具。
ふうりん 風鈴	風鈴	
ぶくろ におい袋（匂い袋）	香袋	
こうた お香立て	小香爐、香盒	編註 日本香道使用的物品。
お　がみ 折り紙	折紙	*折紙用的紙也叫**"千代紙"**（ちよがみ）。
お　がみ　お ——折り紙を折る	（動作）折紙	
お　づる ——折り鶴	紙鶴	
せんばづる ——千羽鶴	千紙鶴	*在日本一般是送給病人祝他們早日康復。

彫金工芸品（ちょうきんこうげいひん）	雕金工藝品	
刺繍入り風呂敷（ししゅういりふろしき）	繡花日式包巾	
——風呂敷（ふろしき）	日式包巾	
浮世絵のハンカチ（うきよえのハンカチ）	浮世繪圖案的日本手帕	＊“**ハンカチ**”是“**ハンカチーフ**”（handkerchief）的簡稱。
富士山の絵はがき（ふじさんのえはがき）	富士山的風景明信片	
だるま（達磨）	不倒翁	＊許願的時候先畫上一個眼睛，心願實現之后再畫上另一個眼睛。
縁起物（えんぎもの）	吉祥物	
伝統工芸品（でんとうこうげいひん）	傳統工藝品	
切子（きりこ）、カットグラス（cut glass）	雕花玻璃杯	＊“**江戸切子**”（えどきりこ、東京）和“**薩摩切子**”（さつまきりこ、鹿児島）等很有名。
シルク製品（シルクせいひん）	絲綢製品	＊“**シルク**”的語源為英語的“silk”。
陶磁器（とうじき）、焼き物（やきもの）、瀬戸物（せともの）	陶瓷	編註「**瀬戸物**」除了陶瓷器的總稱之外，也有指愛知縣瀨戶市一帶以細燒為特色的特有陶瓷器的意思。
磁器（じき）	瓷器	
陶器（とうき）	陶器	
——陶芸（とうげい）	陶器工藝	
漆器（しっき）	漆器	

（有名な焼き物）（ゆうめいなやきもの）	（有名的陶瓷）	
有田焼（ありたやき）（佐賀県（さがけん））	有田燒	＊因為從日本的伊萬里港出貨，所以也叫“**伊萬里焼**”（いまりやき）。
九谷焼（くたにやき）（石川県（いしかわけん））	九谷燒	

せとやき　あいちけん 瀬戸焼（愛知県）	瀨戶燒
みのやき　ぎふけん 美濃焼（岐阜県）	美濃燒
ましこやき　とちぎけん 益子焼（栃木県）	益子燒
しがらきやき　しがけん 信楽焼（滋賀県）	信樂燒
びぜんやき　おかやまけん 備前焼（岡山県）	備前燒

2 購物

にんき　めいか （人気の銘菓）	（人氣日本名產點心）
しろ　こいびと　ほっかいどうさっぽろし 『白い恋人』（北海道札幌市）	〔白色戀人〕　＊白色巧克力餅乾。
はぎ　つき　みやぎけんせんだいし 『萩の月』（宮城県仙台市）	〔萩之月〕
ようかん　とうきょうと 『とらや羊羹』（東京都）	〔虎屋羊羹〕
にんぎょうやき　とうきょうと 『人形焼』（東京都）	〔人形燒〕
はと 『鳩サブレー』 かながわけんかまくらし （神奈川県鎌倉市）	〔鴿子餅乾〕
『うなぎパイ』 しずおかけんはままつし （静岡県浜松市）	〔鰻魚派〕
きんちょうえんまんじゅう 『金蝶園饅頭』 ぎふけんおおがきし （岐阜県大垣市）	〔金蝶園豆沙包〕
『ういろう』 あいちけんなごやし （愛知県名古屋市）	〔外郎糕〕
ささ　にいがたし 『笹だんご』（新潟市）	〔小竹米粉丸子〕
や　はし　きょうとし 『八ツ橋』（京都市）	〔八橋〕

『赤福』(三重県伊勢市)	〔赤福〕
『きびだんご』(岡山市)	〔吉備團子〕
『もみじ饅頭』(広島市)	〔紅葉饅頭〕
『ひよ子』(福岡市)	〔小雞蛋糕〕
『カステラ』(長崎市)	〔長崎蛋糕〕
『茂木びわゼリー』(長崎市)	〔茂木枇杷果凍〕
『ボンタンアメ』(鹿児島市)	〔柚子糖〕
『ちんすこう』(沖縄県)	〔金楚糕〕

3. 茶

2 購物

★最重要語&表現	★重要詞彙 & 表現	
お茶（ちゃ）	茶	＊“濃い”（こい）是“濃”、“薄い”（うすい）是“淡”、“渋い”（しぶい）是“澀”的意思。
お茶の葉（ちゃ は）、茶葉（ちゃば）	茶葉	
ティーバッグ (tea bag)	茶	
茶さじ（ちゃ）	茶葉匙	
茶器（ちゃき）	茶具	
茶筒（ちゃづつ）、茶缶（ちゃかん）	茶葉筒	＊在日本“茶缶”是金屬製的。
湯飲み（ゆの）、茶飲み（ちゃの）	茶杯	
——がいわん (蓋碗)	碗蓋	
急須（きゅうす）、ティーポット (teapot)	小茶壺	＊“ティーポット”專用於紅茶。
——取っ手（とて）	柄、把手	
茶渋（ちゃしぶ）	茶垢	
お茶を入れる（ちゃ い）、お茶を注ぐ（ちゃ そそ）	沏茶	
お茶を飲む（ちゃ の）	喝茶	
“番茶ですが（ばんちゃ）(粗茶ですが（そちゃ）)、どうぞ”	“一點粗茶，請用”	
茶柱が立つ（ちゃばしら た）	茶柱立起來	＊在日本，茶柱立起來指好運的前兆。

——茶柱（ちゃばしら）	茶柱	

★日本の代表的なお茶（にほんのだいひょうてきなおちゃ）	★代表性的日本茶	
日本茶（にほんちゃ）	日本茶	
緑茶（りょくちゃ）	綠茶	
グリーンティー（green tea）	綠茶	
玉露（ぎょくろ）	玉露茶	
せん茶（ちゃ）（煎茶）	煎茶	
ほうじ茶（ちゃ）（焙じ茶）	焙茶	
玄米茶（げんまいちゃ）	玄米茶	
麦茶（むぎちゃ）	（大）麥茶	
昆布茶（こぶちゃ）	海帶茶	＊也唸成"こんぶちゃ"。
そば茶（ちゃ）（蕎麦茶）	蕎麥茶	
——韃靼そば茶（だったんそばちゃ）	韃靼黃金蕎麥茶	
新茶、一番茶（しんちゃ、いちばんちゃ）	新茶	＊從 4 月下旬到 5 月下旬最初摘取的茶葉。
——八十八夜摘み新茶（はちじゅうはちやつしんちゃ）	第八十八夜茶	＊從立春起 88 天（大約5月2日）摘的茶葉最好喝。
番茶、二番茶、三番茶（ばんちゃ、にばんちゃ、さんばんちゃ）	粗茶	＊6月中旬以後第二回摘取的茶葉。
茶摘み（ちゃつ）	採茶	
ダイエット茶（ちゃ）	減肥茶	＊"ダイエット"的語源為英語的"diet"。

カテキン（catechin）	兒茶素	

まっちゃ さどう ★抹茶と茶道	★抹茶和茶道	
さどう ちゃ ゆ ちゃ 茶道、茶の湯、お茶	茶道	
うらせんけ ——裏千家	裏千家	＊茶道的流派有，「**裏千家（うらせんけ）**、**表千家（おもてせんけ）**、**武者小路千家（むしゃこうじせんけ）**」等。
せんのりきゅう 千利休	千利休	＊千利休生於大阪，為 16 世紀“**わび茶**”的創始人。
ちゃ わび茶	侘茶	
わび	寂靜	＊閑靜平淡的狀態。日本獨特的美的境界。
さび	古色古香	＊古風和凋零的情趣。
いちごいちえ 一期一会	一生一次	編註 這個詞常被標榜為日式的服務業精神。即一生也許只會服務到某位客人一次，但是也要做得盡善盡美的宗旨。
まっちゃ 抹茶	抹茶	＊是嫩茶葉所磨成的粉末茶。

さどう ちゃどうぐ （茶道の茶道具など）	（茶道茶具）
ふうろ 風炉	火爐
みずさ 水差し	水瓶
ひしゃく	竹製的水勺、勺子
なつめ 棗	茶棗
まっちゃちゃ 抹茶茶わん	抹茶茶碗

茶(ちゃ)きん（茶巾）	刷抹茶茶碗的布
茶(ちゃ)せん（茶筅）	茶筅　　＊圓形的竹製茶刷。
茶(ちゃ)しゃく（茶杓）	茶勺

（抹茶(まっちゃ)の立(た)て方(かた)）	（點抹茶的方法）
1. おわん型(がた)の大(おお)きめの茶(ちゃ)わんに、約(やく)2グラムの抹茶(まっちゃ)を入(い)れる。	1. 在專用的茶碗內放入約 2 克的粉末茶。
2. 80 度(はちじゅうど)くらいのお湯(ゆ)を静(しず)かに注(そそ)ぐ。	2. 輕輕注入約 80 度的開水。
3. 茶(ちゃ)せんを細(こま)かく動(うご)かす。	3. 用茶筅細細攪拌。
4. 細(こま)かく泡立(あわだ)ったら、茶(ちゃ)せんを取(と)り上(あ)げる。	4. 起泡後取出茶筅。
5. 細(こま)かい泡(あわ)が消(き)えないうちに、飲(の)む。	5. 在小氣泡消失前飲用。

（お）茶室(ちゃしつ)	茶室
路地(ろじ)	茶室庭院
（お）茶会(ちゃかい)	茶會
亭主(ていしゅ)	茶會的主人　　＊“亭主”還有「丈夫」的意思。
（お）茶菓子(ちゃがし)、お茶(ちゃ)うけ	茶點心
——落雁(らくがん)	落雁　　＊用米粉做的像綠豆糕的點心。

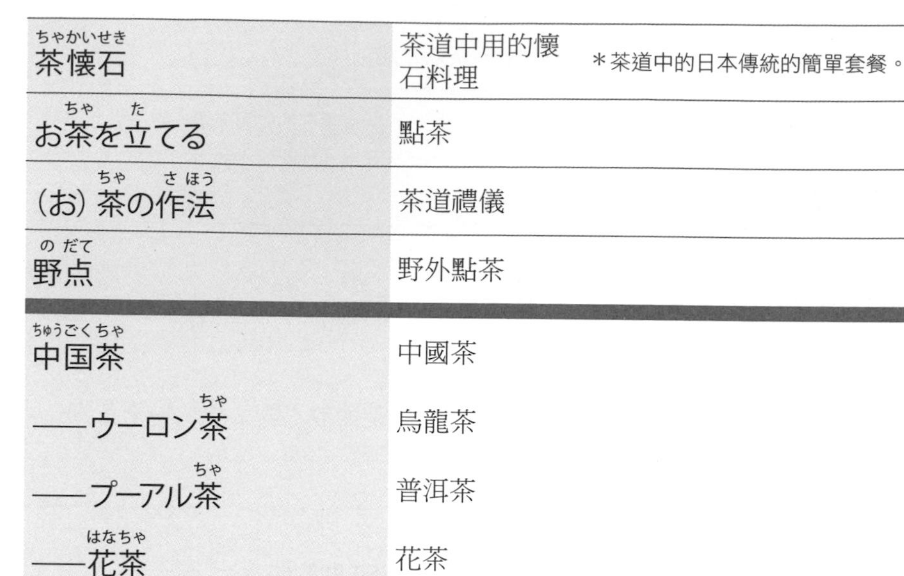

茶懐石（ちゃかいせき）	茶道中用的懷石料理　＊茶道中的日本傳統的簡單套餐。
お茶を立てる（ちゃ・た）	點茶
（お）茶の作法（ちゃ・さほう）	茶道禮儀
野点（のだて）	野外點茶
中国茶（ちゅうごくちゃ）	中國茶
――ウーロン茶（ちゃ）	烏龍茶
――プーアル茶（ちゃ）	普洱茶
――花茶（はなちゃ）	花茶

（日本の銘茶）（にほん・めいちゃ）	（日本的名茶）
宇治茶（京都府）（うじちゃ・きょうとふ）	宇治茶
狭山茶（埼玉県）（さやまちゃ・さいたまけん）	狹山茶
静岡茶（静岡県）（しずおかちゃ・しずおかけん）	靜岡茶

4. 酒・香菸

★日本酒と焼酎（にほんしゅ、しょうちゅう）	★日本酒和燒酒	
(お)酒（さけ）	酒	
日本酒（にほんしゅ）、清酒（せいしゅ）	日本酒	＊用米釀造的酒。
——どぶろく、濁り酒（にごりざけ）	濁酒	＊用煮剩下的米和酒糟發酵的酒。
——一升瓶（いっしょうびん）	一升瓶	＊1.8 公升的日式酒瓶。
生酒（なまざけ）	日本生酒	＊也稱為“**なましゅ**”或者“**しぼりたて**”。指未加熱殺菌的清酒。
フグのヒレ酒（ざけ）	河豚酒	
イワナの骨酒（こつざけ）	岩魚骨酒	＊“**骨酒**”也唸成“**こつしゅ**”。
冷酒（れいしゅ）、冷や酒（ひやざけ）、冷や（ひや）	冰的日本酒	
燗（かん）をする	熱酒、溫酒	＊在日本，冬天有喝溫酒的習慣。

(燗の温度)（かんのおんど）	（日本酒的溫度）	
熱かん（あつかん）(約 50～55 度)	燙的酒	
上かん（じょうかん）(約 45～50 度)	熱的酒	
ぬるかん (約 40～45 度)	溫的酒	
人肌かん（ひとはだかん）(約 35～40 度)	常溫的酒	
焼酎（しょうちゅう）	燒酒	＊用穀類釀造的蒸餾酒。
お湯割り（おゆわり）	燒酒加熱水	

2 購物

チューハイ（酎ハイ）	燒酒加蘇打水	＊“焼酎ハイボール（highball）”的簡稱。“レモンハイ”（燒酒加蘇打水和檸檬汁）和“ウーロンハイ”（燒酒加蘇打水和烏龍茶）很受歡迎。
──缶（かん）チューハイ	加蘇打水的罐裝燒酒	
サワー（sour）	沙瓦	
──ホッピー（Hoppy）	Hoppy	＊啤酒味的無酒精飲料。與燒酒一起飲用。
名酒（めいしゅ）、銘酒（めいしゅ）	名酒	
地酒（じざけ）	當地酒	
利き酒（きざけ）（をする）	品酒	
おちょこ（お猪口）	小酒杯	
とっくり（徳利）、銚子（ちょうし）	酒壺	＊在居酒屋再點酒時說“お銚子、もう1本！”。
──イカとっくり	烏賊形狀酒壺	
デカンター（decanter）	醒酒器	
蔵元（くらもと）	釀酒廠	
杜氏（とうじ）	釀酒師	＊也唸成“とじ”。

（日本酒（にほんしゅ）の分類例（ぶんるいれい））　（日本酒的分類）

本醸造酒（ほんじょうぞうしゅ）、純米酒（じゅんまいしゅ）	本釀造酒、純米酒	＊用去掉 30% 米皮後的米膽部分釀造成的酒。
吟醸酒（ぎんじょうしゅ）、純米吟醸酒（じゅんまいぎんじょうしゅ）	吟釀酒、純米吟釀酒	＊用去掉 40% 米皮後的米膽部分釀造成的酒。
大吟醸（だいぎんじょう）、純米大吟醸（じゅんまいだいぎんじょう）	大吟釀酒、純米大吟釀酒	＊用去掉 50% 米皮後的米膽部分釀造成的酒。

（日本の名酒（にほんめいしゅ））	（日本的名酒）
『越乃寒梅（こしのかんばい）』（新潟県（にいがたけん））	〔越乃寒梅〕
『久保田（くぼた）』（新潟県（にいがたけん））	〔久保田〕
『八海山（はっかいさん）』（新潟県（にいがたけん））	〔八海山〕
『雪中梅（せっちゅうばい）』（新潟県（にいがたけん））	〔雪中梅〕
『十四代（じゅうよんだい）』（山形県（やまがたけん））	〔十四代〕
『浦霞（うらかすみ）』（宮城県（みやぎけん））	〔浦霞〕
『一ノ蔵（いちくら）』（宮城県（みやぎけん））	〔一之藏〕
『鬼（おに）ころし』（岐阜県（ぎふけん））	〔鬼殺〕
『千代（ちよ）の亀（かめ）』（愛媛県（えひめけん））	〔千代之龜〕
『澤乃井（さわのい）』（東京都（とうきょうと））	〔澤乃井〕

（いろいろな焼酎（しょうちゅう））	（各種燒酒）	
米焼酎（こめしょうちゅう）	大米燒酒	
——泡盛（あわもり）	沖繩燒酒	＊使用泰國香米為原料所製，沖繩特產的大米燒酒。
麦焼酎（むぎしょうちゅう）	大麥燒酒	
いも焼酎（しょうちゅう）	日本芋燒酒	
そば焼酎（しょうちゅう）	蕎麥燒酒	
黒糖焼酎（こくとうしょうちゅう）	黑糖燒酒	

★ビール	★啤酒	
ビール (bier)	啤酒	＊其語源來自荷蘭語。指 67% 的麥芽比率。
缶(かん)ビール	罐裝啤酒	
瓶(びん)ビール	瓶裝啤酒	＊有 633ml 的“**大瓶**”（おおびん）、500ml 的“**中瓶**”（ちゅうびん）、334ml 的“**小瓶**”（こびん）。
生(なま)ビール、ドラフトビール	生啤酒	＊“**ドラフト**”來自於英語的“**draft**”。
ドライビール	（較辣口的）啤酒	＊和製英語。“**ドライ**”源於英語的“**dry**”。為日本所開發的啤酒。
黒(くろ)ビール	黑啤酒	
地(じ)ビール	現地的啤酒	
発泡酒(はっぽうしゅ)	發泡酒	＊指麥芽使用量不足 2/3，或者和果汁一起加工的酒。比啤酒價格便宜。
第三(だいさん)のビール	第三啤酒	＊啤酒味的酒精飲料。比發泡酒價格便宜。
ノンアルコールビール	無酒精啤酒	＊源於“Non-alcoholic beer”。
ビアガーデン (beer garden)、ビアホール (beer hall)	露天啤酒吧	
ビール飲(の)み放題(ほうだい)	（啤酒）喝到飽	
ビール腹(ばら)	啤酒肚	
ビールジョッキ	啤酒杯	＊源自荷蘭語的“bier”和“jug”的和製英語。
モルト (malt)、麦芽(ばくが)	麥芽	
ホップ (hop)	啤酒花	
泡(あわ)	泡沫	

（日本(にほん)や世界(せかい)の有名(ゆうめい)なビール）（日本名牌和世界名牌啤酒）

『アサヒビール』(Asahi)	〔朝日啤酒〕
『キリンビール』(KIRIN)	〔麒麟啤酒〕
『サッポロビール』(SAPPORO)	〔三寶樂啤酒〕
『サントリービール』(SUNTORY)	〔三得利啤酒〕
『ハイネケン』(Heineken)	〔海尼根〕
『バドワイザー』(Budweiser)	〔百威〕
『ギネス』(Guinness)	〔健力士〕
『コロナ』(Corona)	〔可樂娜〕
『サンミゲル』(San Miguel)	〔生力〕

（日本(にほん)で人気(にんき)の中国(ちゅうごく)のお酒(さけ)）（在日本的中國名酒）

『紹興酒(しょうこうしゅ)』	〔紹興酒〕
『桂花陳酒(けいかちんしゅ)』	〔桂花陳酒〕
『茅台酒(まおたいちゅう)』	〔茅台酒〕
『チンタオビール』	〔青島啤酒〕
老酒(らおちゅう)	老酒
白酒(ぱいちゅう)	白酒

★洋酒（ようしゅ）など	★洋酒等
洋酒（ようしゅ）	洋酒
ウイスキー（whisky）	威士忌
（日本（にほん）の二大（にだい）ウイスキーメーカー）	（日本的兩大威士忌廠家）
サントリー（SUNTORY）	三得利
ニッカウヰスキー（NIKKA）	NIKKA　　＊“ヰ”是“イ”的舊假名。
ハイボール（highball）	Highball
水割（みずわ）り	加水威士忌
オン・ザ・ロック（on the rocks）	加冰威士忌
ストレート（straight）	純威士忌
トニックウオーター（tonic water）	通寧水
炭酸水（たんさんすい）、ソーダ（soda）	汽水、蘇打水　＊其語源來自荷蘭語。
蒸留酒（じょうりゅうしゅ）	蒸餾酒
リキュール（liqueur）	利口酒　　＊其語源來自法語。
テキーラ（tequila）	龍舌蘭酒
ラム酒（しゅ）（rum）	蘭姆酒
ウオツカ	伏特加　　＊其語源來自俄語。

ジン (gin)	琴酒	
ブランデー (brandy)	白蘭地	
コニャック (cognac)	干邑白蘭地	＊其語源來自法語。
カクテル (cocktail)	雞尾酒	
——マティーニ (martini)	馬丁尼	
ワイン (wine)、ブドウ酒(しゅ)（葡萄酒）	葡萄酒	＊“山梨県”（やまなしけん）、“長野県”（ながのけん）、“山形県”（やまがたけん）、“北海道”（ほっかいどう）等地都是葡萄酒的名產地。
赤(あか)ワイン	紅葡萄酒	
白(しろ)ワイン	白葡萄酒	
ロゼワイン	粉紅酒	＊“ロゼ”源自於法語的“rosé”。
ボジョレーヌーボー (Beaujolais nouveau)	薄酒萊新葡萄酒	＊其語源來自於法語。
シェリー酒(しゅ)（sherry）	雪莉酒	
シャンパン (champagne)	香檳酒	＊其語源來自於法語。
スパークリングワイン (sparkling wine)、発泡(はっぽう)ワイン	氣泡酒	
オーガニックワイン (organic wine)	有機葡萄酒	
地(じ)ワイン	當地的葡萄酒	
ソムリエ (sommelier)	侍酒師	＊其語源來自於法語。
ワイングラス (wine glass)	紅酒杯	

コルク栓（せん）、コルク (cork)	軟木塞	
ラベル (label)	標籤	
収穫年（しゅうかくねん）	採收年份	
アルコール度数（どすう）	酒精濃度	＊“アルコール”的語源為英語的“alcohol”。
アルコール飲料（いんりょう）	酒精飲料	
果実酒（かじつしゅ）	水果酒	
薬用酒（やくようしゅ）	藥酒	
梅酒（うめしゅ）	梅酒	

★居酒屋（いざかや）	★居酒屋	
生中二つ（なまちゅうふた）！	中杯的啤酒 2 杯！	＊“生中”是“生ビールの中ジョッキ”的意思。
僕（ぼく）はビール！(男性（だんせい）)	我要啤酒！（男性用語）	
私（わたし）はライムサワー！	我要一杯藍姆沙瓦！	
熱（あつ）かんを一本（いっぽん）！	一壺燙的酒！	＊在酒館點日本酒後，店員會詢問要熱的還是冷的。
これはサービスです、どうぞ！(店員（てんいん）)	這個是招待的，請！（店員）	＊這個場合的“サービス”（service）是免費的意思。
乾杯（かんぱい）！	乾杯！	
ラストオーダーとなりますが、何（なに）か注文（ちゅうもん）されますか？(店員（てんいん）)	打烊前最後一輪的點餐，請問要什麼？（店員）	＊“ラストオーダー”的語源來自英語的“last order”。

お勘定（かんじょう）をお願（ねが）いします！	不好意思，請結帳！	
飲（の）み屋（や）	酒館	
料亭（りょうてい）	日本料亭	＊政治家和財界人士、演員等密談時使用的高級料理店。另外提供精品菜，只有吧台座位的小酒館叫**“小料理屋”**（**こりょうりや**）。
居酒屋（いざかや）	居酒屋	＊很便宜的大眾酒館。
——のれん	短門簾	＊**“のれん”**源於中文的“暖簾”。掛著的時候是營業中，沒掛的時候是準備中。
——赤（あか）ちょうちん	紅燈籠	
立（た）ち飲（の）み屋（や）	站著喝的日式酒吧	
バー（bar）	酒吧	
ママ（mama）	老板娘	＊也親密的稱為**“ママさん”**。
——チーママ	小老板娘	＊**“小さいママ”**的意思。酒吧的二號老板娘。
マスター（master）	老板	
バーテン（bartender）	酒保	
ホステス（hostess）、フロアレディ	酒店女公關、酒店小姐	＊**“フロアレディ”**是和製英語。
プールバー（pool bar）	（附有撞球設備的）酒吧	
ダーツバー（darts bar）	飛鏢酒吧	
ゲイバー（gay bar）	同志酒吧、gay bar	
パブ（pub）	Pub	
スナック（snack bar）	日式酒吧	＊比 Pub 稍小一點的店。

ナイトクラブ (nightclub)	日式夜總會	＊在銀座的高級夜總會相當有名。
キャバレー (cabaret)	cabaret 酒店	＊語源源自法語。 編註 是設有舞台，提供舞蹈及喜劇表演的餐廳或酒店。
キャバクラ	（氣氛活絡的）酒店	＊源於“キャバレークラブ”（cabaret club）。在這裡工作的女性叫“キャバクラ嬢”（きゃばくらじょう），也簡稱“キャバ嬢”（きゃばじょう）。
ホストクラブ (hostclub)	牛郎店	＊和製英語。
——ホスト (host)	牛郎	
風俗店（ふうぞくてん）	色情店	
ディスコ (disco)、クラブ (club)	迪士哥、（跳舞的）夜店	

★その他（た）お酒関連（さけかんれん）の表現（ひょうげん）	★其他的飲酒表現	
上戸（じょうご）	酒量好的人、酒鬼	
——泣き上戸（なきじょうご）	喝醉就哭的人	
——笑い上戸（わらいじょうご）	喝醉就笑的人	
下戸（げこ）	酒量差的人	
大酒飲み（おおざけのみ）	海量	＊俗稱“ざる”。
酔っぱらい（よっぱらい）	醉鬼、爛醉如泥的人	
酒ぐせが悪い（さけぐせがわるい）	酒品差	
——酒乱（しゅらん）	酒瘋	

ちゃんぽんで飲(の)む	混著喝各種不同的酒	
酒(さけ)に酔(よ)う	喝醉	
はしご酒(ざけ)	不停轉換場所去喝的酒	
やけ酒(ざけ)	悶酒	
祝(いわ)い酒(ざけ)	祝賀時喝的酒	
二日酔(ふつかよ)い	宿醉	＊醉酒後第二日，頭痛、噁心等的身體症狀。
酒(さけ)をやめる、禁酒(きんしゅ)する	戒酒	
酒(さけ)の肴(さかな)、つまみ	下酒菜	＊美化語也叫“おつまみ”。
アルコール依存症(いぞんしょう)、アルコール中毒(ちゅうどく)	酒精中毒	＊簡稱為“アル中”（あるちゅう）。

★おでんと豆腐(とうふ)、酒(さけ)の肴(さかな)	★關東煮和豆腐、下酒菜	
おでん	黑輪、（關西的說法）關東煮	

（おでんの人気(にんき)の具(ぐ)）	（黑輪的人氣食材）	
こんにゃく（蒟蒻）	蒟蒻	＊煮蘿蔔和煮雞蛋也很受歡迎。
——糸(いと)こんにゃく、糸(いと)こん	蒟蒻絲	＊更細一點的叫“しらたき”。
牛筋(ぎゅうすじ)	牛筋	
ちくわ	竹輪	＊用小麥粉做的竹輪形的食材叫“ちくわぶ”。
がんもどき、がんも	混入細蔬菜末的油炸豆腐	

はんぺん	半片	＊混入山藥的魚糕。
つみれ	日式魚丸	
昆布巻き（こぶまき）	海帶卷	＊也稱為“こんぶまき”。

（人気の酒の肴）（にんき さけ さかな）	（人氣下酒菜）	
（ゆでた）枝豆（えだまめ）	煮毛豆	
もろきゅう	沾味噌吃的醬黃瓜	
梅きゅう（うめ）	梅醬黃瓜	
冷やしトマト（ひ）	凍番茄	
モズク	水雲	
豚足（とんそく）	豬腳	
するめ、アタリメ	乾魷魚	
メザシ（目刺）	日本鯷魚乾	
冷ややっこ（ひ）	涼拌豆腐	
豆腐（とうふ）	豆腐	＊豆腐的單位是“丁”（ちょう），數成“1丁”（いっちょう）、“2丁”（にちょう）。

（いろいろな豆腐と豆腐料理など）（とうふ とうふりょうり）	（各種豆腐和豆腐料理）
木綿豆腐（もめんどうふ）	木綿豆腐
絹ごし豆腐（きぬ どうふ）	絹豆腐
ごま豆腐（どうふ）	芝麻豆腐

たまごどうふ 卵豆腐	雞蛋豆腐	
こうやどうふ 高野豆腐	高野豆腐	＊把豆腐凍結，乾燥後的保存食品。
あ だ どうふ 揚げ出し豆腐	油炸豆腐	
ゆどうふ 湯豆腐	豆腐湯	
や どうふ 焼き豆腐	（只有表面微焦的）日式烤豆腐	
でんがく みそ田楽	味噌田樂	＊把豆腐和蒟蒻串起來，塗上味噌醬料的烤串豆腐。
う はな おから、卯の花	豆腐渣	
あぶら あ 油揚げ、あぶらげ、あげ	薄切油炸豆腐片	＊厚的叫**“厚揚げ”（あつあげ）**。
きんちゃく	包著年糕的油炸豆腐	
ゆ ば 湯葉	豆腐皮	
や とり 焼き鳥	烤雞肉串	

や とり **（いろいろな焼き鳥）**	（各種烤雞肉串）
て ばさき 手羽先	雞翅膀（串）
もも	雞腿（串）
すなぎも 砂肝	雞胗（串）
ハツ	雞心（串）
きも レバー、肝	雞肝（串）
かわ 皮	雞皮（串）
なんこつ 軟骨	雞脆骨（串）

ボンジリ	雞屁股（串）	
ささみ	雞胸肉（串）	
つくね	雞肉丸（串）	
ネギマ	香蔥雞肉（串）	

★たばこ	★香菸	
たばこ（煙草、tabaco）	香菸	＊其語源來自葡萄牙語。
紙巻(かみま)きたばこ	捲菸	
——強(つよ)い	嗆的	
——軽(かる)い	淡的	
——『マイルドセブン（MILD SEVEN）』	〔七星〕	
メントール（Menthol）、メンソール	薄荷味	＊其語源來自德語。
灰皿(はいざら)	菸灰缸	
一本(いっぽん)	一支	
二本(にほん)	兩支	
三本(さんぼん)	三支	
一箱(ひとはこ)	一包	
二箱(ふたはこ)	兩包	
三箱(みはこ)	三包	＊也唸成“さんはこ”。

1カートン(ワン)	一條	＊“カートン”的語源來自英語的“carton”。
2カートン(ツー)	兩條	＊也可以說成“ニカートン”。
3カートン(スリー)	三條	＊也可以說成“サンカートン”。
成人識別(せいじんしきべつ) ICカード、taspo（タスポ）	成人識別用IC卡	＊在日本，自動售貨機買菸時的必需品。
たばこを吸(す)う	抽菸	
禁煙(きんえん)をする	戒菸	
ヘビースモーカー（heavy smoker）	老菸槍	
受動喫煙(じゅどうきつえん)	吸二手菸	
ニコチン（nicotine）	尼古丁	
タール（tar）	焦油	
一酸化炭素(いっさんかたんそ)	一氧化碳	
マッチ（match）	火柴	
マッチ箱(ばこ)	火柴盒	
ライター（lighter）	打火機	
——100円(ひゃくえん)ライター、使(つか)い捨(す)てライター	拋棄式打火機	
葉巻(はまき)	雪茄	
パイプ（pipe）	菸斗	
キセル	菸桿	＊其語源來自柬埔寨語。

フィルター（filter）	過濾嘴
す　がら 吸い殻	菸屁股
はい たばこの灰	菸灰
けむり 煙	煙
けいたいはいざら 携帯灰皿	隨身菸灰缸

鰻魚是夏天日本人養精蓄銳的美食。“蒲”是邊蘸上甜醬邊烤的方式。在東京“蒲”是先把鰻魚蒸熟再烤，在大阪則是不蒸直接烤。

食(た)べる・飲(の)む

吃吃喝喝

1.〔吃〕的基本表現

★最重要語（さいじゅうようご）&表現（ひょうげん）	★重要詞彙 & 表現	
和食（わしょく）、日本食（にほんしょく）、日本料理（にほんりょうり）	日本料理、日本菜	
食（た）べる	吃	
飲（の）む	喝	
試食（ししょく）する	試吃	
試飲（しいん）する	試喝	
おなかがすく、おなかがへる	餓	＊男性也說“腹がへる”（はらがへる）。
のどが渇（かわ）く	渴	
いただきます！	我開動了！	＊這句是用餐之前說的話。
お代（か）わり！	再來（一碗、一杯）！	
ごちそうさま！	多謝款待！	＊這句是用餐之後說的話。
食（く）いしん坊（ぼう）	貪吃鬼	
——大食（おおぐ）い	食量大、很會吃的人	
——早食（はやぐ）い	吃得快	
——腹八分目（はらはちぶんめ）	八分飽	＊吃東西吃八分飽時對身體較好。
グルメ (gourmet)、食通（しょくつう）、美食家（びしょくか）	美食家	＊**グルメ**的語源來自法語。

出前(でまえ)、宅配(たくはい)、デリバリー(delivery)、店屋物(てんやもの)	外賣	
——出前(でまえ)を取(と)る	叫外賣	
——ピザの配達(はいたつ)をお願(ねが)いします。	我要披薩外送。	
食(く)わず嫌(ぎら)い	（還沒吃過）光看了就討厭吃	
好(す)き嫌(きら)いが激(はげ)しい	很會挑食	＊其反意為“**好き嫌いがない**”。
ゲテモノ食(ぐ)い	喜歡吃奇異的東西的人	＊“**ゲテモノ（下手物）**”指與一般事物不同的東西。
食欲(しょくよく)	食慾	
——食欲(しょくよく)がある	有食慾	
食(た)べ合(あ)わせ（が悪(わる)い）	相剋食物	＊也可說成“**くいあわせが悪い**”。在日本，據說天婦羅和西瓜、鰻魚和梅干等不宜一起吃。
医食同源(いしょくどうげん)	醫食同源	＊語源來自於中文的“藥食同源”。
メニュー（menu）、お品書(しながき)き	菜單	
——ランチメニュー（lunch menu）	午餐菜單	＊午餐的特價菜單。
——食品(しょくひん)サンプル、食品模型(しょくひんもけい)	食品模型	＊“**サンプル**”源於英語的“sample”。
料理法(りょうりほう)、レシピ（recipe）	烹飪法	
食券(しょっけん)	餐券	
チップ（tip）	小費	＊在日本沒有支付小費的習慣。

（レストランの看板(かんばん)の表現(ひょうげん)）	（餐廳的廣告招牌的表現）	
「おふくろの味(あじ)」	〔媽媽的味道〕	＊“**おふくろ**”是“母親”的意思。
「大衆割烹(たいしゅうかっぽう)」	〔大眾日本料理〕	
「商(あきな)い中(ちゅう)」、「春夏冬中(あきないちゅう)」	〔營業中〕	＊日語中“**商い**”（あきない）的意思是營業，和它同發音的還有“**秋ない**”（あきない），沒有秋天的意思。所以“**春夏冬**”也表示營業中。
料理(りょうり)を注文(ちゅうもん)する	點菜	
追加(ついか)する	追加	
おごる、ごちそうする	請客	
割(わ)り勘(かん)にする	分攤費用、平攤費用	
——割(わ)り勘(かん)	一起攤	
別々(べつべつ)に払(はら)う	各付各的	
ウエートレス（waitress）	女服務員	
ウエーター（waiter）	男服務員	＊男服務員和女服務員都也叫“**ホールスタッフ**”（hall staff）或者“**フロアスタッフ**”（floorstaff），這些是和製英語。
料理人(りょうりにん)、板前(いたまえ)、コック（kok）	廚師	＊“**コック**”其語源來自於荷蘭語。基本上在日本料理稱廚師為“**板前**”（**いたまえ**），日本料理以外的店則稱“**コック**”。
料理長(りょうりちょう)、シェフ（chef）、板長(いたちょう)	廚師長	＊其語源來自於法語。在日本料理會稱“**板長**”，在法國料理等則稱“**シェフ**”。
——調理師免許(ちょうりしめんきょ)（証(しょう)）	廚師證照	

しゅしょく 主食	主食	
はん ご飯	米飯、飯	＊“ご飯”同時含有米飯和吃飯這兩個意思。古時候則叫“めし”。在吃日本料理的時候叫“ご飯”、吃西餐時叫“ライス”（rice）。
あさ　はん　ちょうしょく　あさめし 朝ご飯、朝食、朝飯	早飯	＊“朝飯”、“昼飯”、“晩飯”等基本上是男性用語。
ひる　はん　ちゅうしょく　ひるめし 昼ご飯、昼食、昼飯	午飯	
ばん　はん　ゆう　はん　ゆうしょく 晩ご飯、夕ご飯、夕食、 ばんめし 晩飯	晚飯	＊年輕人也會講“夜ご飯”（よるごはん）。
や しょく 夜食	宵夜	
かいしょく 会食	會餐	
がいしょく ——外食する	在外面吃飯	
がいしょくさんぎょう 外食産業	餐飲業	
た　もの 食べ物	吃的東西	
おかず	菜餚	
りょう り 料理	料理、菜	
りょう り おすすめ料理	主廚推薦	
きょう ど りょう り 郷土料理	地方特色料理	
おきなわりょう り ——沖縄料理	沖繩料理	＊沖繩料理也被稱為長壽料理。
か ていりょう り 家庭料理	家常菜	
りょう り ベジタリアン料理	素食料理	＊“ベジタリアン”的語源是英語的“vegetarian”。

精進料理（しょうじんりょうり）	日式素食	
海鮮料理（かいせんりょうり）、シーフード（seafood）	海鮮料理	
懐石料理（かいせきりょうり）	懷石料理	＊即「在餐廳」享用的“茶懷石料理”。
会席料理（かいせきりょうり）	會席料理	＊正式的宴會上出的日本料理。
コース料理（りょうり）、セット料理（りょうり）、定食（ていしょく）	套餐	＊“コース”的語源是英語的“course”、“セット”的語源則是英語的“set”。“コース料理”基本上用於高級西餐和高級日本料理等場合。
一品料理（いっぴんりょうり）	單點	
（お）弁当（べんとう）	便當	＊便當也稱為“ほか弁”（ほかべん）或者“コンビニ弁當”（こんびにべんとう）。“ほか弁”是在便當專賣店賣，“コンビニ弁當”是在便利店（コンビニエンスストア）賣。

（定食屋（ていしょくや）の定番（ていばん）メニュー）	（套餐店的招牌菜）	
サバの味噌煮定食（みそにていしょく）	味噌煮鯖魚套餐	
焼き魚定食（やきざかなていしょく）	烤魚套餐	
サンマの塩焼き定食（しおやきていしょく）	鹽烤秋刀魚套餐	
ブリの照り焼き定食（てりやきていしょく）	照燒鰤魚套餐	
白身魚（しろみざかな）のフライ定食（ていしょく）	炸白肉魚套餐	
エビフライ定食（ていしょく）	炸蝦套餐	＊“フライ”的語源是英語的“fry”，指油炸的食品。
刺身定食（さしみていしょく）	生魚片套餐	＊“刺身”也寫成“刺し身”。
とんかつ定食（ていしょく）	炸豬排套餐	

——とんかつ	炸豬排	
——カツレツ (cutlet)	炸肉排	
しょう<ruby>が<rt>や</rt></ruby>焼き<ruby>定食<rt>ていしょく</rt></ruby>	薑燒豬肉套餐	
<ruby>豚<rt>ぶた</rt></ruby>の<ruby>角<rt>かく</rt></ruby><ruby>煮<rt>に</rt></ruby><ruby>定食<rt>ていしょく</rt></ruby>	焢肉套餐	
<ruby>肉<rt>にく</rt></ruby>じゃが<ruby>定食<rt>ていしょく</rt></ruby>	馬鈴薯燉肉套餐	＊"じゃが"指"じゃがいも"（馬鈴薯）。
<ruby>若鶏<rt>わかどり</rt></ruby>の<ruby>空<rt>から</rt></ruby><ruby>揚<rt>あ</rt></ruby>げ<ruby>定食<rt>ていしょく</rt></ruby>	日式炸雞塊套餐	＊"空揚げ"也寫成"唐揚げ"。也可以把"鶏の空揚げ"簡稱"鶏から"（とりから）。
<ruby>野菜炒<rt>やさいいた</rt></ruby>め<ruby>定食<rt>ていしょく</rt></ruby>	炒蔬菜套餐	
レバニラ<ruby>定食<rt>ていしょく</rt></ruby>	韭菜炒豬肝套餐	＊"レバ"的語源來自於德語的"レバー"（Leber）。
ラーメン<ruby>定食<rt>ていしょく</rt></ruby>	日式拉麵套餐	

（<ruby>人気<rt>にんき</rt></ruby>の<ruby>弁当<rt>べんとう</rt></ruby>）	（人氣便當）	
<ruby>幕<rt>まく</rt></ruby>の<ruby>内弁当<rt>うちべんとう</rt></ruby>	幕間便當	＊由白米飯和多種菜餚所組成的日本典型的便當。最早是提供觀眾在觀看戲劇時所吃的便當，因而得名。
ハンバーグ<ruby>弁当<rt>べんとう</rt></ruby>	日式漢堡牛肉餅便當	
のり<ruby>弁当<rt>べんとう</rt></ruby>	海苔便當	
しゃけ<ruby>弁当<rt>べんとう</rt></ruby>	鹽烤鮭魚便當 ＊"しゃけ"指鮭魚。	
<ruby>空揚<rt>からあ</rt></ruby>げ<ruby>弁当<rt>べんとう</rt></ruby>	日式炸雞塊便當	
<ruby>焼<rt>や</rt></ruby>き<ruby>肉弁当<rt>にくべんとう</rt></ruby>	烤牛肉便當	
<ruby>飲<rt>の</rt></ruby>み<ruby>放題<rt>ほうだい</rt></ruby>、ドリンクバイキング (drink viking)	喝到飽	＊"ドリンクバイキング"是和製英語。

お子様(こさま)ランチ	兒童午餐套餐	＊ “ランチ” 的語源來自英語的 “lunch”。
——食(た)べ残(のこ)し	剩菜剩飯	
食(た)べ放題(ほうだい)、バイキング形式(けいしき)(viking)、ビュッフェスタイル (buffet style)、バイキング料理(りょうり)	吃到飽	＊和製英語。
飲(の)み物(もの)、飲料(いんりょう)	飲料	＊ **“飲料”** 是更鄭重的說法。包含酒精類飲料。
(お) 水(みず)	水	
——水道水(すいどうすい)	自來水	
——井戸水(いどみず)	井水	
硬水(こうすい)	硬水	
軟水(なんすい)	軟水	＊日本的自來水是軟水。據説軟水適合日本料理，硬水適合西餐。
ミネラルウオーター (mineral water)	礦泉水	
氷水(こおりみず)	冰水	
氷(こおり)	冰	
お湯(ゆ)	開水、熱水	
白湯(さゆ)	白開水	
湯冷(ゆざ)まし	冷卻掉的開水	

★レストランなど	★餐廳等	
レストラン（restaurant）	餐廳	＊其語源來自於法語。
——「ミシュランガイド（Michelin Guide）」	〔米其林指南〕	
——三つ星（みぼし）レストラン	三顆星的餐廳	
ファミリーレストラン（family restaurant）、ファミレス	家庭餐廳	
——ドリンクバー（drink bar）	飲料自助吧	＊和製英語。
——サラダバー（salad bar）	沙拉自助吧	
定食屋（ていしょくや）、大衆食堂（たいしゅうしょくどう）	定食屋	
弁当専門店（べんとうせんもんてん）	便當專賣店	
総菜店（そうざいてん）	日式惣菜店	
——総菜（そうざい）	日式惣菜	＊也寫成“**惣菜**”。

（そのほかの料理専門店（りょうりせんもんてん））	（其他的特色餐館）	
（お）すし屋（や）	壽司店	
回転（かいてん）ずし	回轉壽司店	＊最早是在 1958 年源起於大阪。
とんかつ屋（や）	炸豬排店	＊比起“**屋**”（**や**）來，稱“**店**”（**てん**）則等級更高，如“**とんかつ店**”、“**鉄板焼き店**”等。
串（くし）かつ屋（や）	炸串店	＊“**串かつ**”指由肉、蔬菜所串起來的串，裹上麵包粉炸。
鉄板焼（てっぱんや）き屋（や）	鐵板燒餐廳	

ステーキハウス（steak house）、ステーキ専門店（せんもんてん）	牛排店
お好（この）み焼（や）き屋（や）	大阪燒餐廳
焼（や）き肉（にく）屋（や）	烤肉店
焼（や）き鳥（とり）屋（や）	烤雞肉串店
ホルモン焼（や）き屋（や）	烤下水店　＊“ホルモン”源於德語的“hormon”。也叫“モツ”。
おでん屋（や）	黑輪店、關東煮店
ふぐ料理（りょうり）屋（や）	河豚料理店
かに料理（りょうり）屋（や）	螃蟹料理店
うなぎ屋（や）	鰻魚料理店
カレー専門店（せんもんてん）	咖哩飯店
牛丼（ぎゅうどん）屋（や）	牛肉蓋飯店
中華料理（ちゅうかりょうり）屋（や）	中華料理餐廳
ラーメン屋（や）	拉麵店　＊“ラーメン”的語源來自中文的“拉麵”。
——ラーメン屋台（やたい）	日式拉麵屋台
そば屋（や）（蕎麦屋）	蕎麥麵店
——立（た）ち食（ぐ）いそば屋（や）	站著吃的蕎麥麵店
うどん屋（や）	烏龍麵店

★レストランでの会話（かいわ）	★餐廳的會話
いらっしゃいませ！（店員）	歡迎光臨！（服務生）
何人様（なんにんさま）ですか？（店員）	請問有幾位？（服務生）
どうぞこちらへ。（店員）	這邊請。（服務生）
少々（しょうしょう）お待（ま）ちください。（店員）	請稍等一下。（服務生）
二人（ふたり）ですが、席（せき）はありますか？	兩個人，有座位嗎？
——申（もう）し訳（わけ）ありませんが、満席（まんせき）です。（店員）	真是不好意思，客滿了。（服務生）
どれくらい待（ま）たないといけませんか？	要等多久？
テーブルをかわってもいいですか？	可以換桌（子）嗎？
予約（よやく）してある、田（でん）といいます。	我姓田，我有訂位。
すいません！	麻煩一下！
メニューをお願（ねが）いします。	請給我菜單！
お飲（の）み物（もの）は何（なに）になさいますか？（店員）	請問喝什麼呢？（服務生）
まずビールを一本（いっぽん）ください！	請先來一瓶啤酒！
この店（みせ）の人気料理（にんきりょうり）は何（なん）ですか？	這店受歡迎的菜是什麼？

何(なに)がおすすめですか?	有什麼推薦的菜嗎？
私(わたし)はベジタリアンです。	我是吃素的。
これはどういう料理(りょうり)ですか?	這是什麼菜？
この料理(りょうり)はすぐにできますか?	這菜能馬上做好嗎？
私(わたし)は辛(から)いのが好(す)きです。	我喜歡辣的。
これをください!	請給我這個！
あれと同(おな)じ料理(りょうり)をください。	請來和那個一樣的。 ＊指著別的客人吃的菜（說）。
三人分(さんにんぶん)の量(りょう)はありますか?	三個人夠吃嗎？
とりあえず、それだけ。	先這樣吧。
これはどうやって食(た)べるんですか?	這個怎麼吃？
料理(りょうり)がまだ来(き)てないんですが?	怎麼菜還沒來呀？
これは注文(ちゅうもん)していません。	我沒有點這道菜。
これは私(わたし)が注文(ちゅうもん)したものではありません。	這道不是我點的菜。
もう注文(ちゅうもん)しました。	已經點（菜）了。
グラスをもう一(ひと)つください。	請再給一個杯子。

おいしそう!	看起來真好吃！
いい香(かお)り!	真香！

この料理(りょうり)はお口(くち)に合(あ)いますか?	這菜合你胃口嗎?	
とってもおいしいです。	很好吃。／很好喝。	
おいしい!	好吃!／好喝!	*若是男性也能說“うまい!”。
まずい!	不好吃!／不好喝!	*這句是程度很深的強烈表現。
あまりおいしくないね。	不怎麼好吃。	
塩味(しおあじ)が足(た)りないね。	不夠鹹。	
味(あじ)が薄(うす)いね。／味(あじ)がないね。	沒有什麼味道。	

もっと食(た)べますか?	還要再吃一點嗎?	
——いいえ、もう食(た)べられません。	不了,已經吃不下了。	
おなかいっぱいです。	吃飽了。	
とてもおいしかったです。	非常好吃。	
これを持(も)ち帰(かえ)りたいんですが。	麻煩你,我要打包。	

お勘定(かんじょう)!	麻煩請結帳!	*在日本,一般都是拿著帳單到入口附近的收銀台結帳。
お勘定(かんじょう)が間違(まちが)っています。	算錯錢了。	
領収書(りょうしゅうしょ)をお願(ねが)いします。	請給我發票。	
私(わたし)がおごります。	我請客。	
割(わ)り勘(かん)にしましょう。	一起攤吧。	
——別々(べつべつ)で。(レジで)	各付各的。(在收銀台)	

★電話で予約する時の必須表現	★打電話訂位時的必要表現
予約をしたいんですが。	我要訂位。
今晩の八時に四人でお願いします。	訂今晚八點鐘，共四個人。
趙といいます。	我姓趙。
予約を取り消したいんですが。	我想取消訂位。
予約を変更したいんですが。	我想更改訂位內容。

2. 料理・飲料

★日本で食べる中華料理	★在日本吃的中華料理	
中華料理、中国料理	中國菜、中華料理	＊“**中華料理**”也有日本風味的中國菜的意思。
焼き飯、チャーハン（炒飯）	炒飯	
天津飯	天津飯	＊是把“天津芙蓉蟹肉飯”裡的蟹肉換成了蝦。
かに玉	芙蓉蟹肉炒雞蛋	＊“**玉**”是指“**玉子**”（たまご）。
酢豚	糖醋排骨	
八宝菜	八寶菜	
チンジャオロース（青椒肉絲）	青椒肉絲	
マーボー豆腐（麻婆豆腐）	麻婆豆腐	
マーボー春雨（麻婆春雨）	麻婆冬粉	
ホイコーロー（回鍋肉）	回鍋肉	
エビのチリソース煮、エビチリ	乾燒蝦仁	
バンバンジー（棒棒鶏）	棒棒雞	
ジャージャーメン（ジャージャー麺）	炸醤麵	
タンタンメン（担担麺）	擔擔麵	
ワンタンメン（雲呑麺）	餛飩麵	

シュウマイ（焼売）	燒賣	
ギョーザ（餃子）	煎餃	
焼（や）きギョーザ	鍋貼	＊水餃是“水ギョーザ”（すいぎょうざ）、蒸餃是“蒸しギョーザ”（むしぎょうざ）。在日本一般最大眾的口味都是吃鍋貼。
ショーロンポー（小籠包）	小籠包	
杏仁豆腐（あんにんどうふ）	杏仁豆腐	
北京（ぺきん）ダック	北京烤鴨	＊“ダック”的語源來自英語的“duck”。
ピータン（皮蛋）	皮蛋	
フカヒレ	魚翅	＊“フカ”（鱶）指的是“サメ（鮫）”。
ツバメの巣（す）	燕窩	
ザーサイ（搾菜）	榨菜	
コリアンダー（coriander）、パクチー、中国（ちゅうごく）パセリ	香菜	＊“パクチー”的語源來自泰語。

★洋食（ようしょく）など	★西餐等	
洋食（ようしょく）	西餐、洋食	
フランス料理（りょうり）、フレンチ（French）	法國菜、法式料理	＊“フランス”的語源來自英語的“France”。
スペイン料理（りょうり）	西班牙菜、西班牙式料理	＊“スペイン”的語源來自英語的“Spain”。
イタリア料理（りょうり）、イタリアン（Italian）	義大利菜、義式料理	

エスニック料理（りょうり）	民族風料理	＊“エスニック”的語源來自英語的“ethnic”。
無国籍料理（むこくせきりょうり）	無國籍料理	
カレーライス（curry rice）、カレー	咖哩飯	＊和製英語。咖哩飯源於印度。但日本的咖哩飯是經由英國傳來的。
——カレーのルー（roux）	咖哩汁、咖哩塊	＊其語源來自法語。
——カツカレー	咖哩豬排飯	
ハヤシライス（hashed rice）	日式牛肉燴飯	＊和製英語。加入西紅柿醬和黃油炒的小麥粉等的咖哩飯。
オムライス	蛋包飯	＊源於法語的“オムレツ”（omelette）和英語的“ライス”（rice）組成的和製英語。
チキンライス（chicken rice）	雞肉炒飯	＊和製英語。加入番茄醬的雞肉炒飯。
ドライカレー（dry curry）	咖哩炒飯	＊和製英語。
ピラフ（pilaf）	用炒過的飯搭配食材燉煮的土耳其式燉飯	
ドリア（doria）	焗飯	＊其語源來自法語。
スパゲティ（spaghetti）	義大利麵	＊其語源來自義大利語。
ハンバーグ（Hamburg）	漢堡肉	＊和製英語。
ミートボール（meatball）	炸肉丸	＊番茄醬風味的丸子。
コロッケ（croquette）	可樂餅	＊其語源來自法語。
シチュー（stew）	燉菜	
グラタン（gratin）	焗烤蔬菜	＊其語源來自法語。
シリアル（cereal）	麥片穀類食品	

コーンフレーク（cornflakes）	玉米片	
オートミール（oatmeal）	燕麥片	
ビーフステーキ（beefsteak）、ステーキ、ビフテキ	牛排	
T（ティー）ボーンステーキ（T-bone steak）	T 骨牛排	
サーロインステーキ（sirloin steak）	沙朗牛排	
——ウェルダン（well-done）	全熟	
——ミディアム（medium）	五分熟	
——ミディアムレア（medium rare）	三分熟	
——レア（rare）	一分熟	
ヒレ肉（にく）、フィレ（filet）、テンダーロイン（tenderloin）	里肌	＊“ヒレ”及“ヒィレ”的語源來自法語。牛後脊上部含脂肪較多的肉叫“**サーロイン**”（sirloin），也可稱和製英語的“**ロース**”（roast）。
——霜降（しもふ）り肉（にく）	霜降牛肉	
スープ（soup）	湯	
コンソメスープ（consommé）	法式清湯	＊其語源來自法語。
ポタージュスープ（potage）	法式濃湯	＊其語源來自法語。
カボチャスープ	南瓜湯	
サラダ（salad）	沙拉	
野菜（やさい）サラダ	生菜沙拉	

シーフードサラダ (seafood salad)	海鮮沙拉	
ポテトサラダ (potato salad)	馬鈴薯沙拉	
チーズ (cheese)	起司、奶酪	
——粉(こな)チーズ	起司粉	
オムレツ (omelette)	法式蛋包飯	＊其語源來自法語。
ハムエッグ (ham egg)	火腿蛋	＊和製英語。
ハム (ham)	火腿	
ソーセージ (sausage)	香腸	＊在日本，腸的直徑不足 2 公分的叫“ウインナソーセージ”、不足 3.6 公分的叫“フランクフルトソーセージ”。
ベーコン (bacon)	培根	
サラミ (salami)	薩拉米香腸	＊其語源來自義大利語。
コンビーフ (corned beef)	粗鹽腌牛肉	＊也寫成“コーンビーフ”。
フルコース (full course)	全餐	
オードブル (hors-d'œuvre)、前菜(ぜんさい)	冷盤	＊其語源來自法語。
メーンディッシュ (main dish)	主菜	
食前酒(しょくぜんしゅ)、アペリティフ (apéritif)	餐前酒	＊其語源來自法語。
——食後酒(しょくごしゅ)、ディジェスティフ (digestif)	餐後酒	＊其語源來自法語。

★いろいろな日本料理(にほんりょうり)	★各種日本料理	
(お) すし	壽司	＊“**酢飯**”（すめし）的總稱。“**すし**”的漢字有“**寿司**”、“**鮨**”、“**鮓**”等。
江戸前(えどまえ)ずし	江戸前壽司	＊原來是指用在東京灣捕獲的魚蝦做成的手握壽司。現在泛指所有的手握壽司。
すしの盛(も)り合(あ)わせ	壽司拼盤	＊壽司和鰻魚料理一般按“**特上**”（とくじょう）、“**上**”（じょう）、“**並**”（なみ）分等級，以及“**松**”（まつ）、“**竹**”（たけ）、“**梅**”（うめ）等方法分類。

(すし屋(や)の言葉(ことば))	（壽司店的專用術語）	
さび抜(ぬ)きでお願(ねが)いします。	不要放芥末。	
わさび、さび、なみだ	芥末	
むらさき	醬油	
あがり	茶	
ガリ	醋薑片	＊用甜醋泡的生薑。
シャリ、酢飯(すめし)、すし飯(めし)	壽司飯	
(すし) ネタ、すし種(だね)	海鮮食材	＊指壽司飯上的材料。“**ネタ**”是“**種**”（たね）的逆讀。
玉(ぎょく)	煎雞蛋	
かっぱ (河童)	黃瓜	
一人前分(いちにんまえぶん)、一人前(いちにんまえ)	一人份	＊壽司一般來一人份是兩個。
一貫(いっかん)	兩個	＊“**貫**”（かん）是壽司的單位。“**一貫**”（いっかん）是兩個，可是在中高級店裡，好的壽司也只有一個的。

時価（じか）	時價	

（いろいろなすし）（各種壽司）

にぎりずし	手握壽司	
押（お）しずし	押壽司	
——さばずし、バッテラ (bateira)	鯖魚壽司	＊“**バッテラ**”的語源來自葡萄牙語。此一説法流通於大阪地區。有柿子葉的叫“**柿の葉ずし**”（かきのはずし）。
ちらしずし	散壽司	
稲荷（いなり）ずし	稻荷壽司	＊壽司飯塊被包在炸豆皮中。
助六（すけろく）ずし	助六壽司	＊是把稻荷壽司和海苔壽司放在一起的壽司。
巻（ま）きずし、海苔巻（のりま）き	海苔壽司、海苔捲	
——太巻（ふとま）き、恵方巻（えほうま）き	大的海苔捲壽司、惠方捲	
手巻（てま）きずし	手捲壽司	＊圓錐形的壽司捲。
なれずし	熟壽司	＊壽司的原型。將魚、鹽、米飯攪拌在一起，發酵後製成。
——ふなずし（鮒寿司）	鯽魚壽司	＊熟壽司的一種。把有魚卵的鯽魚裝入米飯，發酵後製成。是滋賀縣的名物。
茶巾（ちゃきん）ずし	茶巾壽司	

（人気（にんき）の巻（ま）きずし・手巻（てま）きずし）（人氣海苔壽司及手捲壽司）

キュウリ巻（ま）き、かっぱ巻（ま）き	小黃瓜捲	＊傳説中的動物“**河童**”（かっぱ）喜歡黃瓜，所以也叫“**かっぱ巻き**”。
鉄火巻（てっかま）き	鐵火捲	

ネギトロ巻(ま)き	蔥鮪魚捲	＊糊狀的金槍魚腩和蔥攪拌在一起的紫菜捲。
サラダ巻(ま)き	生菜沙拉捲	
納豆(なっとう)巻(ま)き	納豆捲	
漬(つ)け物(もの)巻(ま)き、おしんこ巻(ま)き	用醃菜作的手捲	
カリフォルニアロール（California roll）	加州捲	＊美國加州發明的卷著酪梨的捲壽司。

★人気(にんき)のすしネタなど	★具人氣的壽司的食材等
マグロ（鮪） ——マグロの解体(かいたい)ショー	鮪魚 鮪魚解體秀

（いろいろなマグロ）	（各種鮪魚）
クロマグロ（黒マグロ）、本(ほん)マグロ	黑鮪魚
キハダマグロ	黃鰭鮪魚
メバチマグロ	大目鮪魚
ビンナガマグロ、ビンチョウマグロ	長鰭鮪魚

（マグロのすしネタ）	（鮪魚壽司：部位）	
赤身(あかみ)	紅肉	＊魚背上的紅色魚肉。
中落(なかお)ち	中落肉	＊中間脊背部分的紅色魚肉。

トロ	TORO（高脂質的鮪魚腹部肉部分）	＊脂肪多的部分。最高級的部分叫**“大トロ”**（**おおとろ**），其次叫**“中トロ”**（**ちゅうとろ**）。
サーモン(salmon)、サケ(鮭)	鮭魚	＊作為食材的時候叫**“シャケ”**。
ハマチ(鰤)	小鰤魚	
カンパチ	紅魽魚	
スズキ(鱸)	鱸魚	
タイ(鯛)	鯛魚	＊在日本是一種吉祥的魚。
アナゴ(穴子)	星鰻	
ウナギ(鰻)	鰻魚	
シラウオ	白魚	
アジ(鯵)	竹莢魚	
サバ(鯖)	鯖魚	
イワシ(鰯)	沙丁魚	
コハダ	鯽魚	
サンマ(秋刀魚)	秋刀魚	
カツオ(鰹)	鰹魚	
カジキ	旗魚	
カレイ(鰈)	鰈魚	
ヒラメ(鮃、平目)	比目魚	
——ヒラメ、カレイ	比目魚	＊眼、嘴在左側的叫**“ヒラメ”**、在右側的叫**“カレイ”**。

——えんがわ	比目魚鰭邊	＊魚鰭、魚鰓的部分類似於日式房子內的**“縁側”**（**えんがわ**），因此得名。
アワビ（鮑）	鮑魚	
——干（ほ）しアワビ	乾鮑魚	
アカガイ（赤貝）	赤貝	
ホタテガイ（帆立貝）	扇貝	
——ホタテの貝柱（かいばしら）	干貝	
ホッキガイ	北寄貝	
ミルガイ	西施舌	
バカガイ	中華馬珂蛤	
——アオヤギ	剝出的中華馬珂蛤	
トリガイ	鳥蛤	
イカ（烏賊）	花枝	＊觸手的部分通稱**“ゲソ”**。
タコ（蛸、章魚）	章魚	
エビ（海老、蝦）	蝦	
——甘（あま）エビ	甜蝦	
シャコ（蝦蛄）	蝦蛄	＊與此同音的**“車庫”**（しゃこ），也稱為**“ガレージ”**（garage）。
カニ（蟹）	螃蟹	
——カニみそ	蟹黃	
カニかまぼこ、カニかま	蟹肉條	

イクラ	魚子醬	＊其語源來自俄語。
数の子(かずのこ)	鯡魚卵	
ウニ（海胆、海栗）	海膽	

★刺身(さしみ)など	★生魚片等	
刺身(さしみ)、お造(つく)り	生魚片	＊“お造り”是大阪的叫法。
——活(い)け造(づく)り	活魚生魚片	
——刺身(さしみ)のツマ	生魚片的配菜	
ダイコンの千六本(せんろっぽん)	被切成極細的蘿蔔絲	
大葉(おおば)	紫蘇葉	
海藻(かいそう)	海藻	
フグ刺(さ)し、てっさ	河豚生魚片	
イカそうめん	墨魚切成細絲的生魚片	
カツオのたたき	鰹魚半敲燒	＊鰹魚的表面烤完以後，冷却的生魚片。
アジのたたき	竹莢魚半敲燒	
しめサバ、きずし	醋漬鯖魚	

（魚介類以外(ぎょかいるいいがい)の刺身(さしみ)）	（其他的生肉片）
馬刺(ばさ)し	生馬肉片
牛刺(ぎゅうさ)し	生牛肉片

——レバ刺し（さ）	生牛肝片	＊“レバ”源自於德語的“レバー”（Leber）。
鶏刺し（とりさ）	生雞肉片	
刺身コンニャク（さしみ）	刺身蒟蒻	

(日本の珍味)（にほんのちんみ）	(日本的山珍海味)	
白子（しらこ）	魚白	＊鱈魚或河豚的精囊。
からすみ	烏魚子	＊烏魚的卵巢。
このわた	海參腸	＊海參的腸。
ほや	海鞘	
くさや	臭魚乾	
あん肝（きも）	鮟鱇魚肝	

3 吃吃喝喝

★すき焼き（や）、てんぷら、鍋料理（なべりょうり）など	★牛肉火鍋、天婦羅、火鍋料理等	
すき焼き（や）	壽喜燒	
しゃぶしゃぶ	涮涮鍋	
——牛しゃぶ（ぎゅう）	涮牛肉	
——豚しゃぶ（ぶた）	涮豬肉	
ジンギスカン	成吉思汗烤羊肉	＊源於蒙古帝國的“ジンギスカン”（成吉思汗）的名稱。
焼き肉（やにく）	烤肉	

——バーベキュー（barbecue）	巴比 Q、BBQ（barbecue）

（牛肉、ホルモンのいろいろ）（各種牛肉、內臟等）

骨付きカルビ	牛肋骨
ロース	里肌
タン	舌頭
ハツ	心臟
レバー	肝臟
ミノ	瘤胃
ハチノス	蜂巢胃
センマイ	重瓣胃
ギアラ	皺胃
テッチャン	大腸
コブチャン	小腸
シビレ	胰臟
コブクロ	子宮
ハラミ、サガリ	橫膈膜
テール	尾巴
鉄板焼き	鐵板燒
焼きそば	日式炒麵

お好(この)み焼(や)き	大阪燒、御好燒	
——広島焼(ひろしまや)き	廣島燒	＊加入麵的大阪燒。
もんじゃ焼(や)き	文字燒	＊水分很多，比大阪燒更黏稠更鬆軟。
たこ焼(や)き	章魚燒	
イカ焼(や)き	花枝燒	
天(てん)ぷら	天婦羅	＊也寫成“**天麩羅**”。其語源來自葡萄牙語的“tempero”。指油炸裹上麵粉的魚蝦、蔬菜的食品。
天(てん)つゆ	天婦羅沾醬	
おろしショウガ	生薑泥	
大根(だいこん)おろし	蘿蔔泥	
もみじおろし	辣蘿蔔泥	＊加入辣椒的蘿蔔泥。
鍋料理(なべりょうり)、鍋物(なべもの)	日式火鍋、火鍋料理	
——鍋奉行(なべぶぎょう)	鍋奉行	＊吃日式火鍋時，決定放菜順序和調味，替大家忙東忙西的人。
——ヤミ鍋(なべ)（闇鍋）	在烏漆抹黑的空間裡的日式火鍋吃法	＊親友各自拿來特別的材料，在光線暗的房間吃的日式火鍋。

（人気(にんき)の鍋料理(なべりょうり)）	（人氣日式火鍋）	
寄(よ)せ鍋(なべ)	海鮮寄世鍋	
ちゃんこ鍋(なべ)	相撲火鍋	
ふぐ鍋(なべ)、ふぐちり、てっちり	河豚火鍋	
石狩鍋(いしかりなべ)（北海道(ほっかいどう)）	石狩鍋	＊用鮭魚和蔬菜所做的大醬味的日式火鍋。產於北海道。

あんこう鍋	鮟鱇魚火鍋	
いのしし鍋、しし鍋、ぼたん鍋	野豬火鍋	
かも鍋	鴨肉火鍋	
キムチ鍋	韓國泡菜火鍋	
きりたんぽ鍋（秋田県）	切蒲英火鍋	
さくら鍋	馬肉火鍋	*馬肉呈櫻花色，因此得名。
牛もつ鍋	牛腸火鍋	
すっぽん鍋、まる鍋	日式鱉鍋	
柳川鍋	柳川鍋	
水炊き	水炊鍋、雞肉火鍋	*也唸成“**みずだき**”。

★丼もの	★蓋飯	
丼もの	蓋飯	
カツ丼	豬排蓋飯	*“**どん**”指“**どんぶり**”。“**カツ**”的發音和“**勝つ**”（**かつ**）的發音相同，所以在考試，比賽前吃，帶來好運。
玉子丼、玉丼	玉子丼	編註 只摻入雞蛋跟蔬菜的蓋飯。
親子丼	親子丼	*因為料使用雞肉和雞蛋，所以叫“**親子**”。
他人丼	他人丼	*將親子丼肉的部份換成豬肉或牛肉，因為「雞蛋」與豬、牛是不同生物的關係，所以叫“**他人丼**”。

てんどん 天丼	天婦羅蓋飯	＊“天ぷら丼”（てんぷらどんぶり）的簡稱。
てん ——エビ天	炸蝦天婦羅	
てん ——イカ天	炸花枝天婦羅	
あ ——かき揚げ	日式什錦天婦羅	
どん うな丼	鰻魚蓋飯	＊“うな”指“うなぎ”。被裝在“重箱”（じゅうばこ）裡的鰻魚蓋飯叫“うな重”（うなじゅう）。
きもす ——うなぎの肝吸い	鰻魚肝湯	
ぎゅうどん 牛丼	牛肉蓋飯	
ぶたどん 豚丼	豬肉蓋飯	
ちゅうかどん 中華丼	中華丼	
てっかどん 鉄火丼	鐵火丼	
どん イクラ丼	鹽漬鮭魚子蓋飯	
どん ウニ丼	海膽蓋飯	
かいせんどん 海鮮丼	海鮮蓋飯	
あ　どん かき揚げ丼	日式什錦天婦羅蓋飯	

かていりょうり ★家庭料理	★家常菜	
ちゃづ お茶漬け	茶泡飯	＊是“茶漬け”的美化語。
はん ふりかけご飯	香鬆飯	＊“ふりかけ”是撒在米飯上的細末調料，很受兒童歡迎。
たまご　はん 卵かけご飯	生雞蛋拌飯	

山芋(やまいも)ご飯(はん)、とろろご飯(はん)	山藥泥拌飯	
麦(むぎ)とろご飯(はん)	山藥泥麥飯	
炊(た)き込(こ)みご飯(はん)、五目飯(ごもくめし)、かやくご飯(はん)	日式什錦飯	
栗(くり)ご飯(はん)	日式栗子飯	
豆(まめ)ご飯(はん)	日式豌豆飯	
赤飯(せきはん)、おこわ	紅豆糯米飯	*在日本是結婚、入學、畢業等慶祝的時候吃的。
雑炊(ぞうすい)、おじや	日式雜燴粥	
おかゆ(お粥)	粥、稀飯	*是“**かゆ**”的美化語。
おにぎり、おむすび、にぎり飯(めし)	飯糰	
焼(や)きおにぎり	烤飯糰	

(おにぎりの代表的(だいひょうてき)な具(ぐ)など)	(主要的飯糰配料等)
梅干(うめぼ)し	鹹梅干
おかか、かつお節(ぶし)	柴魚片
つくだ煮(に)(佃煮)	佃煮
——昆布(こんぶ)のつくだ煮(に)	海帶佃煮
——海苔(のり)のつくだ煮(に)	紫菜佃煮
タラコ(鱈子)	鱈魚子

めんたいこ（明太子）	明太子	
ツナマヨネーズ、ツナマヨ	鮪魚沙拉醬	
汁物(しるもの)	湯品	
お吸(す)い物(もの)、おすまし、すまし汁(じる)、	日式清湯	
みそ汁(しる)（味噌汁）、おみおつけ	味噌湯	＊女性通常説為美化語的“おみそ汁”。此外“おみおつけ”是“みそ汁”的丁寧語。
（人気(にんき)のみそ汁(しる)）	（人氣日式醬湯）	
わかめ汁(じる)	日式海帶芽湯	
豆腐汁(とうふじる)	日式豆腐湯	
ねぶか汁(じる)（根深汁）	日式蔥湯	＊“ねぶか”是蔥的別名。
しじみ汁(じる)	日式蜆仔湯	
あさり汁(じる)	日式蛤蜊醬湯	
なめこ汁(じる)	日本滑菇湯	
納豆汁(なっとうじる)	日式納豆湯	
豚汁(とんじる)	日式豬肉湯	＊也唸成“ぶたじる”。
三平汁(さんぺいじる)（北海道(ほっかいどう)）	三平湯	
かす汁(じる)（粕汁）	酒糟湯	
焼(や)き魚(ざかな)	烤魚	

煮物(にもの)	燉菜	
肉(にく)じゃが	馬鈴薯燉肉	＊“じゃが”是指“じゃがいも”。
焼(や)きのり	烤海苔	
——のり（海苔）	海苔	
昆布(こんぶ)、こぶ	海帶	
わかめ	海帶芽	
納豆(なっとう)	納豆	＊在大阪很多人不喜歡納豆。
じゃこおろし	（一撮）魩仔魚	
イカの塩辛(しおから)	日式鹽辛花枝	
おひたし	涼拌青菜	
酢(す)の物(もの)、なます	日式加醋的涼拌青菜	
きんぴらごぼう	金平牛蒡	
ひじき	羊栖菜	
一夜干(いちやぼ)し	一夜干（魚種）	
魚肉(ぎょにく)ソーセージ	魚香腸	＊“ソーセージ”的語源是英語的“sausage”。
かまぼこ（蒲鉾）	魚板	

（人気(にんき)の卵料理(たまごりょうり)など） （人氣雞蛋料理等）

ゆで卵(たまご)	水煮雞蛋
——半熟卵(はんじゅくたまご)	半熟蛋

温泉卵（おんせんたまご）	溫泉煮蛋	＊以溫泉水煮的水煮嫩蛋。
スクランブルエッグ (scrambled egg)、炒り卵（いりたまご）	炒蛋	
卵焼き（たまごやき）	煎蛋	＊不攪拌，保持原有形狀煎蛋叫 **"目玉焼き"（めだまやき）**。
だし巻き卵（だしまきたまご）	玉子燒	
伊達巻き（だてまき）	伊達卷	
茶わん蒸し（ちゃわんむし）	茶碗蒸	

★漬け物（つけもの）	★醬菜、醃菜	
漬け物（つけもの）、おしんこ（お新香）	醬菜、醃菜	
福神漬け（ふくしんづけ）	福神醬菜	＊也唸成 **"ふくじんづけ"**。是吃咖哩飯時放的醬菜。
奈良漬け（ならづけ）（奈良県（ならけん））	奈良醬菜	
千枚漬け（せんまいづけ）（京都府（きょうとふ））	千枚漬	
野沢菜漬け（のざわなづけ）	野澤漬菜	
高菜漬け（たかなづけ）	高菜漬	
キムチ	韓國泡菜	
——韓国料理（かんこくりょうり）	韓國料理	

めんるい ★麺類など	★麵、麵條等	
めんるい 麺類	麵類	
ちゅうかめん ——中華麺	中華麵	
ての　めん 手延べ麺	手工拉麵	
かんそうめん　かんめん 乾燥麺、乾麺	乾燥麵	
ビーフン	米粉	＊“ビーフン”其語源來自中文的“米粉”。
はるさめ 春雨	冬粉	
インスタントラーメン	泡麵	＊“インスタント”源於“instant”。最早起源於日清食品的『チキンラーメン』（1958 年）。
めん カップ麺、カップラーメン	杯、碗裝泡麵	
ふくろめん 袋麺	袋裝泡麵	
ちゅうか ラーメン、中華そば	日式拉麵	＊“ラーメン”其語源來自中文的“拉麵”。

(いろいろなラーメン)	（各種日式拉麵）	
とんこつ 豚骨ラーメン	豚骨拉麵	
しょうゆラーメン	正油拉麵	＊正油拉麵的湯頭是雞骨熬製的。
しお 塩ラーメン	鹽味拉麵	
みそラーメン	味噌拉麵	
とんこつ 豚骨しょうゆラーメン	豚骨醬油拉麵	
しおとんこつ 塩豚骨ラーメン	鹽味豚骨拉麵	

(ラーメンの具(ぐ))	(日式拉麵的食材)	
メンマ	乾筍	＊其語源來自中文的“麵碼兒”。
チャーシュー(叉焼)、焼(や)き豚(ぶた)	叉燒	
ワンタン	餛飩	＊其語源來自廣東話的“雲吞”。
刻(きざ)みネギ	蔥花	
鳴門巻(なるとま)き、鳴門(なると)	鳴門卷	＊是很像**“鳴門海峽”(なるとかいきょう)**旋渦狀的魚板。除此之外還有水煮蛋和烤海苔等吃麵必不可少的配菜。

(日本三大(にほんさんだい)ラーメンと沖縄(おきなわ)そばなど)	(日本三大拉麵和沖繩拉麵等)	
札幌(さっぽろ)ラーメン(北海道(ほっかいどう))	札幌拉麵	
博多(はかた)ラーメン(福岡県(ふくおかけん))	博多拉麵	
喜多方(きたかた)ラーメン(福島県(ふくしまけん))	喜多方拉麵	
沖縄(おきなわ)そば(沖縄県(おきなわけん))	沖繩拉麵	
長崎(ながさき)ちゃんぽん(長崎県(ながさきけん))	長崎拉麵	＊是源於福建料理的拉麵。
冷(ひ)やし中華(ちゅうか)、冷麺(れいめん)	中華涼麵	＊煮熟後冷却，放入黃瓜和火腿等。
つけ麺(めん)	沾醬料湯吃的日式拉麵	
そうめん(素麺)	日式細麵	＊**“揖保乃糸”(いぼのいと)**和**“三輪素麵”(みわそうめん)**的麵條是很有名。沾醬料吃。此外還有加溫後吃的叫**“にゅうめん”**。
——流(なが)しそうめん	流水細麵	

——卵麺（たまごめん）	日式雞蛋麵	＊在小麥粉中拌入雞蛋及鹽做成的麵條。
冷や麦（ひやむぎ）	涼麵條	＊直徑不到 1.3mm 的小麥麵叫“そうめん”；1.3mm-1.6mm 的叫“冷や麥”；1.7mm 以上的叫“うどん”。
そば（蕎麦）	蕎麥麵	＊用 80% 的蕎麥粉做的叫“二八そば”（にはちそば）；用 60% 做的叫“六割そば”（ろくわりそば）。
ざるそば、盛り（も）そば、せいろそば	蕎麥冷麵	
——そば湯（ゆ）	蕎麥麵湯	
かけそば	熱蕎麥湯麵	
手打（てう）ちそば	手工蕎麥麵	
生（なま）そば、生（き）そば	純蕎麥麵	＊也稱為“十割そば”（じゅうわりそば）。
更科（さらしな）そば	更科蕎麥麵	＊用高級的蕎麥粉做的麵條。
田舎（いなか）そば	日式田園蕎麥麵	＊放入蕎麥殼的蕎麥粉麵條。
——そばがき	蕎麥糕	

（人気（にんき）のそば）	（人氣蕎麥麵）	
月見（つきみ）そば	月見蕎麥麵	＊是打入生雞蛋的蕎麥麵。
天（てん）ぷらそば、天（てん）そば	天婦羅蕎麥麵	
コロッケそば	可樂餅蕎麥麵	＊“コロッケ”是語源來自法語的“croquette”。
山菜（さんさい）そば	山菜蕎麥麵	
とろろそば	山藥泥蕎麥麵	＊“とろろ”是指“とろろイモ”。

きつねそば（関東地方(かんとうちほう)）	豆皮蕎麥麵（關東地區食品）	＊放入油炸豆皮的蕎麥麵。據說狐狸很喜歡油炸豆皮，所以叫“**きつねそば**”。
たぬきそば	油渣蕎麥麵	＊大阪叫“**ハイカラそば**”。在大阪“**たぬきそば**”指油炸豆腐屑蕎麥麵。
五目(ごもく)そば	日式什錦蕎麥麵	
鴨南蛮(かもなんばん)	鴨南蠻	＊也唸成“**かもなんば**”。指放入香蔥和鴨肉的蕎麥麵或者烏龍麵。

うどん	烏龍麵	＊香川縣的“**讃岐うどん**”（さぬきうどん）很有名。一般來說關東人喜歡蕎麥麵、關西人喜歡烏龍麵。醬汁是關東味道濃，關西味道淡。
——手打(てう)ちうどん	手打烏龍麵	
かけうどん	陽春烏龍湯麵	＊沒有加配菜的烏龍麵也叫“**素うどん**”（すうどん）。
月見(つきみ)うどん	月見烏龍麵	
きつねうどん	豆皮烏龍麵	
カレーうどん	咖哩烏龍麵	
ざるうどん	釜竹烏龍麵	
焼(や)きうどん	日式炒烏龍麵	
鍋焼(なべや)きうどん	鍋燒烏龍麵	
ぶっかけうどん、冷(ひ)やしうどん	冷烏龍麵	
煮込(にこ)みうどん	熱湯烏龍麵	
みそ煮込(にこ)みうどん（愛知県(あいちけん)）	味噌烏龍麵	
——きしめん（愛知県(あいちけん)）	基子麵	

★デザート、お菓子(かし)	★飯後甜點、點心	
デザート(dessert)	飯後甜點	
スイーツ(sweets)	甜品	
お菓子(かし)	點心	＊是“**菓子**”的美化語。袋裝的零食則叫“**スナック菓子**”(すなっくがし、snack)。
——和菓子(わがし)	日式點心	
——洋菓子(ようがし)	西點、西式點心	
間食(かんしょく)、おやつ	午後茶點	
甘党(あまとう)	甜食族	＊喜歡甜食的人叫“**甘党**”(あまとう)、喜歡酒的人叫“**辛党**”(からとう)。
みつ豆(まめ)	日式什錦甜涼粉	
あんみつ	日式餡蜜	
お汁粉(しるこ)	日式年糕紅豆湯	＊是“**汁粉**”(しるこ)的美化語。
ぜんざい(善哉)	(有加年糕或湯圓的)紅豆粥	
——白玉(しらたま)	白湯圓	
クリの甘露煮(かんろに)	栗子甘露煮	
ところてん(心太)	日式涼粉	＊用海藻等製造的形狀類似於麵的涼粉。把日式涼粉冷凍，乾燥後的叫“**寒天**”(かんてん)。
くず湯(ゆ)(葛湯)	日式葛粉糊	
——くず(葛)	葛粉	
しょうが湯(ゆ)	薑湯	

ミルクがゆ（ミルク粥）	牛奶粥	＊“ミルク”的語源來自英語的“milk”。

（代表的(だいひょうてき)な和菓子(わがし)など）　（代表性的日式點心）

まんじゅう（饅頭）	日式豆沙包	＊也叫美化語的“**おまんじゅう**”。源於 14 世紀中，中國傳過去的羊肉包、豬肉包。在慶祝日等的時候更有“**紅白まんじゅう**”（**こうはくまんじゅう**）。
どら焼(や)き	銅鑼燒	＊在兩塊蛋糕片中有紅豆餡的餅。是多啦 A 夢最喜歡的食品。
今川焼(いまがわや)き、回転焼(かいてんや)き	今川燒	＊呈半圓形的中間包有紅豆餡的餅。
たい焼(や)き（鯛焼き）	鯛魚燒	
もなか（最中）	最中餅	＊包有薄皮的紅豆餡點心。
練(ね)り切(き)り	練切和菓子	＊很漂亮的白豆沙點心。
甘納豆(あまなっとう)	甜納豆	

（中華(ちゅうか)まんなど）　（包子等）

中華(ちゅうか)まん、中華(ちゅうか)まんじゅう	包子	
——肉(にく)まん、豚(ぶた)まん	肉包子	
——あんまん	豆沙包	＊除此以外，“**ピザまん**”和“**カレーまん**”也很受歡迎。
月餅(げっぺい)	月餅	
せんべい（煎餅）	仙貝	＊美化語也稱為“**おせんべい**”。
——えびせん、えびせんべい	蝦餅	

おかき	御欠餅	＊“おかき”是“かきもち”的美化語。稍大一點叫“おかき”、小一點的叫“あられ”。
あられ	霰餅	
——柿の種（かきのたね）	柿種米果	＊很像柿子核的小零食。
おこし	日式米香	＊東京的『雷おこし』（かみなりおこし）和大阪的『粟おこし』（あわおこし）相當有名。
かりんとう	花林糖	＊在日本的是和小指差不多的大小。
干（ほ）しいも	日式地瓜	
芋（いも）ケンピ（高知県（こうちけん））	日式地瓜條	
コンペイトー（confeito）、金平糖（こんぺいとう）	金平糖	＊其字源來自葡萄牙語。表面有突起的糖。
（お）餅（もち）	麻糬	
——餅（もち）つき、餅（もち）をつく	搗麻糬	＊在日本據説月亮表面的樣子很像兔子在搗年糕。
あん（餡）、あんこ	內餡	
——こしあん	紅豆沙餡	
——粒（つぶ）あん、小倉（おぐら）あん	紅豆餡	
——白（しろ）あん	白豆沙餡	

（餅菓子（もちがし））	（麻糬點心）	
ぼた餅（もち）（牡丹餅）、おはぎ（お萩）	牡丹麻糬	＊依據季節不同名稱也不一樣。比如春天吃時叫“ぼた餅”、秋天吃時叫“おはぎ”等。
よもぎ餅（もち）（蓬餅）、草餅（くさもち）	日式艾草麻糬	

大福餅（だいふくもち）、大福（だいふく）	大福麻糬	＊有"豆大福"（まめだいふく）、"イチゴ大福"、"クリーム大福"、"ゴマ大福"等。
きな粉（こ）餅（もち）	黃豆粉麻糬	＊靜岡縣的『安倍川もち』（あべかわもち）等。
おろし餅（もち）	日式蘿蔔泥麻糬	
柏餅（かしわもち）	柏餅	＊用槲樹葉包著的麻糬。
桜餅（さくらもち）、道明寺（どうみょうじ）	櫻餅	＊用有鹽漬過的櫻花葉包著的麻糬。
わらび餅（もち）（蕨餅）	蕨餅	＊用蕨粉和糖做的夏天的日式點心。
くず餅（もち）（葛餅）	葛餅	
ちまき	日式粽子	
磯辺焼（いそべや）き	磯邊燒	＊有海苔包著的醬油味烤麻糬。
ようかん（羊羹）	羊羹	＊據說是在 13 世紀－16 世紀左右從中國傳到日本。
——練（ね）りようかん	煉羊羹	
——栗（くり）ようかん	栗子羊羹	
——柿（かき）ようかん	柿子羊羹	＊岐阜縣大垣市的特產。
——いもようかん	地瓜羊羹	
——水（みず）ようかん	水羊羹	＊比煉羊羹更軟的羊羹。
ういろう（外郎）、ういろ	外郎糕	
水（みず）あめ（水飴）	麥芽糖	
りんごあめ	蘋果的冰糖葫蘆	
金太郎（きんたろう）あめ	金太郎糖	＊精美的棒狀糖。怎麼咬都會出現金太郎的臉譜。

しょうが糖（とう）（生姜糖）	生薑糖	
酢昆布（すこんぶ）	日式泡醋昆布	
冷凍（れいとう）みかん	冷凍橘子	
（お）団子（だんご）	日式丸子	＊一般都用竹籤串起來吃。
みたらし団子（だんご）	日式醬油丸子	＊沾有砂糖及醬油的串燒烤丸子。
三色団子（さんしょくだんご）、花見団子（はなみだんご）	日式三色丸子	＊有粉紅色、艾草綠及白色的丸子串。
月見団子（つきみだんご）	月見丸子	

★その他（た）のお菓子類（かしるい）	★其他的甜品、點心等	
スイートポテト（sweet potato）	日式地瓜	
焼（や）きいも	日式烤番薯	
焼（や）き甘栗（あまぐり）	糖炒栗子	在日本，**“天津甘栗”**（**てんしんあまぐり**）相當有名。
ポップコーン（popcorn）	爆米花	＊一般有加入鹽和奶油。
チョコレート（chocolate）、チョコ	巧克力	
——板（いた）チョコ	板狀巧克力	
——ウイスキーボンボン（whisky bonbon）	酒心巧克力	＊和製英語。
クッキー（cookie）、ビスケット（biscuit）	餅乾	＊很淡的鹽味的也叫**“クラッカー”**（**cracker**）。

ポテトチップス（potato chips）	洋芋片	
アメ（飴）、キャンデー（candy）	糖果	＊硬的糖和牛奶糖等都也叫“アメ”。北海道的“**バター飴**”（ばたーあめ）（牛奶糖）很有名。
——ペロペロキャンデー	棒棒糖	
キャラメル（caramel）	焦糖	
チューインガム（chewing gum）、ガム	口香糖	
風船（ふうせん）ガム	泡泡糖	
ゼリー菓子（がし）、グミ（gummi）	橡皮糖	＊“**ゼリー**”的語源來自“jelly”，而“**グミ**”的語源來自德語。
——コーヒーゼリー	咖啡凍	

★ドライフルーツなど	★乾果等	
ドライフルーツ（dried fruit）	水果乾	
干（ほ）しブドウ、レーズン（raisin）	葡萄乾	
干（ほ）しイチジク	無花果乾	
干（ほ）しアンズ	杏桃乾	
干（ほ）し柿（がき）	日本柿餅	
プルーン（prune）	李子乾	
バナナチップス（banana chips）	炸香蕉片	＊和製英語。
ナッツ（nuts）	堅果	

ピーナッツ（peanuts）、 らっかせい　なんきんまめ 落花生、南京豆	花生	＊“**落花生**”指帶殼花生。於 17 世紀初由中國傳自日本，所以也叫“**南京豆**”（なんきんまめ）。
クルミ（胡桃）	核桃	
カシューナッツ （cashew nuts）	腰果	
アーモンド（almond）	杏仁	
ヘーゼルナッツ（hazelnuts）	榛果	
ピスタチオ（pistachio）	開心果	
マカダミアナッツ （macadamia）、マカデミアナッツ	夏威夷豆	
クリ（栗）	栗子	
ペカン（pecan）	胡桃	
み マツの実（松の実）	松子	
たね カボチャの種	南瓜子	
たね ヒマワリの種	香花子	＊在日本，生的葵花子是當動物的飼料用。
フードテーマパーク （food thema park）	特色美食街	＊和製英語。多以一類食物為主題的食物匯集地。

にんき
（人気のフードテーマパーク）　（受歡迎的特色美食街）

しんよこはま　はくぶつかん 新横浜ラーメン博物館 かながわけんよこはまし （神奈川県横浜市）	新橫濱拉麵博物館

池袋餃子スタジアム（東京）	池袋餃子博物館
——アイスクリームシティ（icecream city）	冰淇淋城
——東京デザート共和国	東京甜點共和國

3. 餐具・烹飪

★テーブルの食器類など	★餐桌上的餐具等	
食器	餐具	
おわん	碗	*是“わん”的美化語。
お茶わん	飯碗	*“茶わん”的美化語。“お茶わん”是指盛飯的碗，即飯碗。
丼	大碗	*當作餐點名時唸成“どん”。
(お) 皿	盤子	
小皿、取り皿	小碟子	*在分盤的時候叫“取り皿”。
大皿	大盤子	
——スープ皿	湯盤	*“スープ”的語源是英語的“soup”。
(お) 箸	筷子	*筷子的單位是“膳”（ぜん）。數成“一膳”（いちぜん），“二膳”（にぜん）。在日本放筷子的習慣是與餐桌平行。
割り箸	免洗筷	
取り箸	公筷	
箸立て	筷筒	
箸置き	筷架	
ナイフ (knife)	餐刀、刀子	
フォーク (fork)	叉子	
スプーン (spoon)	西式小湯匙	

れんげ	中式湯匙	
ストロー（straw）	吸管	
ナプキン（napkin）	餐巾	
紙（かみ）ナプキン、ポケットティッシュ（pocket tissue）	餐巾紙	＊和製英語。“ポケットティッシュ”是袖珍面紙。
グラス（glass）	玻璃杯	
コップ（kop）、カップ（cup）	杯子	＊“コップ”的語源來自荷蘭語。“カップ”指有握把的杯子。
——紙（かみ）コップ	紙杯	
おしぼり	濕紙巾	
つまようじ、ようじ	牙籤	
コースター（coaster）	杯墊	
トレー（tray）、お盆（ぼん）	托盤	
弁当箱（べんとうばこ）	便當盒	
飯盒（はんごう）	（不鏽鋼製）手提式便當盒	

圖為在日本的中華料理門口，陳列著吸引客人的各種可口逼真食品模型及醒目的價格。

★調理（ちょうり）	★烹飪
焼（や）く	烤、燒
——網（あみ）で焼（や）く	用網架烤
——鉄板（てっぱん）で焼（や）く	在鐵板上烤
——丸焼（まるや）き	將食物整個拿去烤；烤全～
揚（あ）げる	炸
——衣（ころも）なしで揚（あ）げる	乾炸
——衣揚（ころもあ）げにする	裹粉後再炸
——空揚（からあ）げにする	僅塗薄麵衣後再炸
炒（いた）める	炒、煎
蒸（む）す、ふかす	蒸
ゆでる	燙、汆燙
煮（に）る、炊（た）く	煮
煮込（にこ）む	燉、熬
しょうゆ風味（ふうみ）で煮込（にこ）む	紅燒
お湯（ゆ）を沸（わ）かす	燒開水
——沸騰（ふっとう）する	沸騰
温（あたた）める	加熱
冷（ひ）やす	弄冷

冷凍（れいとう）する、凍（こお）らせる	冷凍
洗（あら）う	洗
皮（かわ）をむく	削皮、剝皮
——手（て）でむく	剝
切（き）る	切
——細切（ほそぎ）り	切絲
——薄切（うすぎ）り	切片
——角切（かくぎ）り	切丁
——ぶつ切（ぎ）り	切塊
——みじん切（ぎ）り	切末
刻（きざ）む	剁
つぶす	弄碎
すりおろす	磨末
和（あ）える	拌
混（ま）ぜる	混合、攪拌
かき混（ま）ぜる	攪拌
泡立（あわだ）てる	攪拌至起泡
ひっくり返（かえ）す	翻面
だしを取（と）る	從～提取湯汁

味付(あじつ)けをする	調味	
テーブルマナー (table manner)	餐桌禮儀	
——マナー (manner)	禮儀	

(箸使(はしづか)いのマナー違反(いはん))	(在日本，失禮的筷子用例)	
迷(まよ)い箸(ばし)	迷筷	*指不知吃什麼好，筷子在菜上晃來晃去。
突(つ)き箸(ばし)、刺(さ)し箸(ばし)	刺筷	*用筷子去戳菜。
くわえ箸(ばし)	銜筷	*用嘴巴咬著筷子。
なめ箸(ばし)	舔筷	
合(あ)わせ箸(ばし)	渡筷	編註 因為這會讓日本人聯想到死後撿骨，不吉利。
寄(よ)せ箸(ばし)	移筷	*用筷子推移盤子。

4. 味覺・調味料

★味の表現（あじ ひょうげん）	★味道的表現	
味（あじ）	味道	
風味（ふうみ）	風味	
食感（しょっかん）	食感	
喉通り（のどどお）、喉越し（のどご）	吞嚥時的感覺	
香り（かお）、匂い（にお）	香味	＊會感到不快的氣味用“**臭い**”（**におい**）表示。
——香り（かお）がいい	香	
臭い（くさ）	臭	
——生臭い（なまぐさ）、魚臭い（さかなくさ）	腥	
生の（なま）	生鮮	
新鮮な（しんせん）	新鮮	
濃い（こ）、くどい	濃	
薄い（うす）	淡	
——あっさり味（あじ）、薄味（うすあじ）	淡味	
——隠し味（かく あじ）	提味	
具（ぐ）が少（すく）ない	料少	
具（ぐ）が多（おお）い	料多	

塩辛(しおから)い、しょっぱい	鹹	
甘(あま)い	甜	
——甘口(あまくち)	甜味	
辛(から)い	辣	
——辛口(からくち)	辣味	
酸(す)っぱい	酸	
甘酸(あまず)っぱい	酸甜	
苦(にが)い	苦	
渋(しぶ)い	澀	
あぶらっこい、しつこい	油膩	
かたい	硬	
やわらかい	軟	
さくさくしている	脆	

★調味料(ちょうみりょう)など	★調味料等	
調味料(ちょうみりょう)	調味料	
うま味調味料(みちょうみりょう)、化学調味料(かがくちょうみりょう)	味精	
——「味(あじ)の素(もと)」	〔味之素〕	＊是牌子名。1908 年池田菊苗發明。
砂糖(さとう)	砂糖	

——氷砂糖（こおりざとう）	冰糖	
塩（しお）	鹽	＊日本料理的基本調味料被稱為“さしすせそ”。“さ”指“砂糖”（さとう）、“し”指“塩”（しお）、“す”指“酢”（す）、“せ”指“醤油”（せうゆ、“しょうゆ”的舊稱），“そ”指“味噌”（みそ）。
——岩塩（がんえん）	岩鹽	
——食卓塩（しょくたくえん）	鹽罐	
酢（す）	醋	＊美化語也叫“お酢”。“お塩”、“お砂糖”、“おしょうゆ”、“おみそ”，同上。
——米酢（こめず）	米醋	＊也唸成“こめす”。
——黒酢（くろず）	黑醋	
——ポン酢（ず）(pons)、[味（あじ）ポン]	橘醋	＊「ポン」的語源是荷蘭語。「味ポン」是牌子名。
しょうゆ（醤油）	醬油	＊有稍淡的“薄口しょうゆ”（うすくちしょうゆ）和深色的“濃口しょうゆ”（こいくちしょうゆ）。
——刺身（さしみ）じょうゆ	生魚片醬油	
——XO ジャン	XO 醬	＊唸成“えっくすおーじゃん”。
ドレッシング (dressing)	調味醬	
マヨネーズ (mayonnaise)	美奶滋	＊其語源來自於法語。
ケチャップ (ketchup)	番茄醬	
ソース (sauce)	醬、sauce	＊有時也指“ウスターソース”。

(いろいろなソース)	（各種醬）	
ウスターソース (Worcestershire sauce)	伍斯特醬	
とんかつソース	炸豬排醬	
タルタルソース (tartar sauce)	韃靼醬	
オイスターソース (oyster sauce)	蠔油	
ホワイトソース (white sauce)	白醬	
トマトソース (tomato sauce)	番茄醬	
チリソース (chili sauce)	辣醬	
パスタソース (pasta sauce)	義大利麵調味醬	
みそ (味噌)	味噌	＊「金山寺みそ」（きんざんじみそ、和歌山産）、「信州みそ」（しんしゅうみそ、長野産）、「八丁みそ」（はっちょうみそ、愛知産）等都很有名。
——赤(あか)みそ	紅味噌	
——白(しろ)みそ	白味噌	
——合(あ)わせみそ	混合味噌	
トウバンジャン	豆瓣醬	
みりん	味醂	
料理酒(りょうりしゅ)	烹調用酒	＊在日本，有時也用日本酒替代。

★スパイスやハーブなど	★香辛料和香草等	
スパイス (spice)、香辛料（こうしんりょう）	香辛料	
ハーブ (herb)、香草（こうそう）	香草	
トウガラシ (唐辛子)	辣椒	
——鷹（たか）の爪（つめ）、赤（あか）トウガラシ	紅辣椒	
一味唐辛子（いちみとうがらし）	辣椒粉	
七味唐辛子（しちみとうがらし）、七味（しちみ）	七味粉	＊包含辣椒粉在內的七種材料合成的香辛料。
タバスコ (Tabasco)	青辣椒醬	＊吃義大利麵或比薩時用的辣醬。
からし、マスタード (mustard)	（黃）芥末	
コショウ (胡椒)	胡椒	
——ユズコショウ (柚子胡椒)	柚子胡椒	
チンピ (陳皮)	陳皮	
ニンニク (大蒜)	蒜	
ショウガ (生姜)	薑	＊“おろしショウガ”指生薑泥。
ミョウガ (茗荷)	茗荷、蘘荷	＊在日本，據說一吃蘘荷就會變得健忘。
サンショウ (山椒)	日本花椒	
ゴマ (胡麻)	芝麻	
サフラン (saffraan)	番紅花	＊其語源來自於荷蘭語。

ナツメグ（nutmeg）	肉豆蔻	
チョウジ（丁字）、クローブ（clove）	丁香	
シナモン（cinnamon）、ニッケイ（肉桂）	肉桂	
ハッカク（八角）、スターアニス（star anise）	八角	

しそ	紫蘇葉	
パセリ（parsley）	巴西里	
バジル（basil）	羅勒	
ローリエ（laurier）、月桂樹(げっけいじゅ)の葉(は)	月桂葉	＊其語源來自於法語。
ウイキョウ（茴香）、フェンネル（fennel）	茴香	＊“**フェンネル**”指乾的茴香種子。
ローズマリー（rosemary）	迷迭香	
タイム（thyme）	百里香屬	
セージ（sage）	鼠尾草	
オレガノ（oregano）	牛至	
バニラ（vanilla）	香草	＊在冰淇淋等西式糕點中常用的芳香材料。

だし（出汁）	高湯	＊美化語也叫“**おだし**”。用於西餐的固體狀的叫“**ブイヨン**”（**bouillon**），源於法語。另外粒狀的叫“**だしの素**”（**だしのもと**）。
天(てん)かす、揚(あ)げ玉(たま)	天滓	

青(あお)のり	青海苔粉	
小麦粉(こむぎこ)	麵粉	
きな粉(こ)	黃豆粉	
片栗粉(かたくりこ)	日式太白粉	
はったい粉(こ)	炒大麥粉	編註 是一種在日本將大麥經過焙炒後磨製的粉。
パン粉(こ)	麵包粉	
ベーキングパウダー (baking powder)、ふくらし粉(こ)	發粉	
——イースト (yeast)、酵母(こうぼ)	酵母	
油(あぶら)、オイル (oil)	油	
植物油(しょくぶつゆ)	植物油	
サラダオイル (salad oil)、サラダ油(ゆ)	沙拉油	
菜種油(なたねゆ)	菜籽油	＊也唸成“なたねあぶら”。
ヒマワリ油(ゆ)	葵花籽油	
オリーブオイル (olive oil)	橄欖油	
天(てん)ぷら油(あぶら)	天婦羅油	編註 在日本炸天婦羅時的特別用油。
ラー油(ゆ)	辣油	
ゴマ油(あぶら)	芝麻油	
ラード (lard)	豬油	

バター（butter）	奶油
——ピーナッツバター （peanut butter）	花生醬
マーガリン（margarine）	乳瑪琳
ジャム（jam）	果醬
マーマレード（marmalade）	橘子醬
ハチミツ（蜂蜜）	蜂蜜

5. 食品原料

★肉類（にくるい）	★肉類	
食材（しょくざい）	食材	
肉（にく）	肉	
牛肉（ぎゅうにく）、ビーフ（beef）	牛肉	
和牛（わぎゅう）	和牛	＊和牛是一種品種。
——黒毛和牛（くろげわぎゅう）	黑毛和牛	
国産牛（こくさんぎゅう）	日本國產牛	＊不論牛的原生地來自哪裡，在日本長期飼養的牛皆屬之。
国産和牛（こくさんわぎゅう）	日本國產和牛	
——トレーサビリティー（traceability）	追溯履歷制度	編註 日本的國產和牛有建立追溯履歷制度，並可使用智慧型手機或網路查詢了解牛隻飼育的生產地。
外国牛（がいこくぎゅう）	外國牛	＊在外國長期飼養的牛。
輸入牛（ゆにゅうぎゅう）	進口牛	
ブランド牛（ぎゅう）	名牌牛肉	
豚肉（ぶたにく）、ポーク（pork）	豬肉	
鶏肉（とりにく）、チキン（chicken）	雞肉	
——地鶏（じどり）	日本土雞	
——ブロイラー（broiler）	肉雞	
羊肉（ひつじにく）、マトン（mutton）	羊肉	

——ラム (lamb)	羔羊肉
鴨肉 かもにく	（野鴨）鴨肉
豚バラ肉 ぶた にく	五花肉
スペアリブ (spareribs)、 骨付きバラ肉 ほねつ にく	排骨
もも肉 にく	腿肉
脂身 あぶらみ	肥肉
赤身 あかみ	瘦肉
牛の干し肉、ビーフジャー キー (beef jerky) うし ほ にく	牛肉乾
ひき肉、ミンチ (mince) にく	絞肉
（日本のブランド牛） にほん ぎゅう	（日本的名牌肉牛）
松阪牛（三重県） まつさかぎゅう みえけん	松阪牛
神戸牛（兵庫県）、神戸ビ ーフ こうべぎゅう ひょうごけん こうべ	神戸牛
米沢牛（山形県） よねざわぎゅう やまがたけん	米澤牛
近江牛（滋賀県） おうみぎゅう しがけん	近江牛
飛騨牛（岐阜県） ひだぎゅう ぎふけん	飛驒牛
前沢牛（岩手県） まえさわぎゅう いわてけん	前澤牛
佐賀牛（佐賀県） さがぎゅう さがけん	佐賀牛

みやざきぎゅう　みやざきけん 宮崎牛（宮崎県）	宮崎牛

にほん　ゆうめい　じどり **（日本の有名な地鶏）**	（有名的日本土雞）
ひないじどり　あきたけん 比内地鶏（秋田県）	比內土雞
さつまじどり　かごしまけん 薩摩地鶏（鹿児島県）	薩摩土雞
なごや　あいちけん 名古屋コーチン（愛知県）	名古屋土雞
あわおどり　とくしまけん 阿波尾鶏（徳島県）	阿波尾土雞

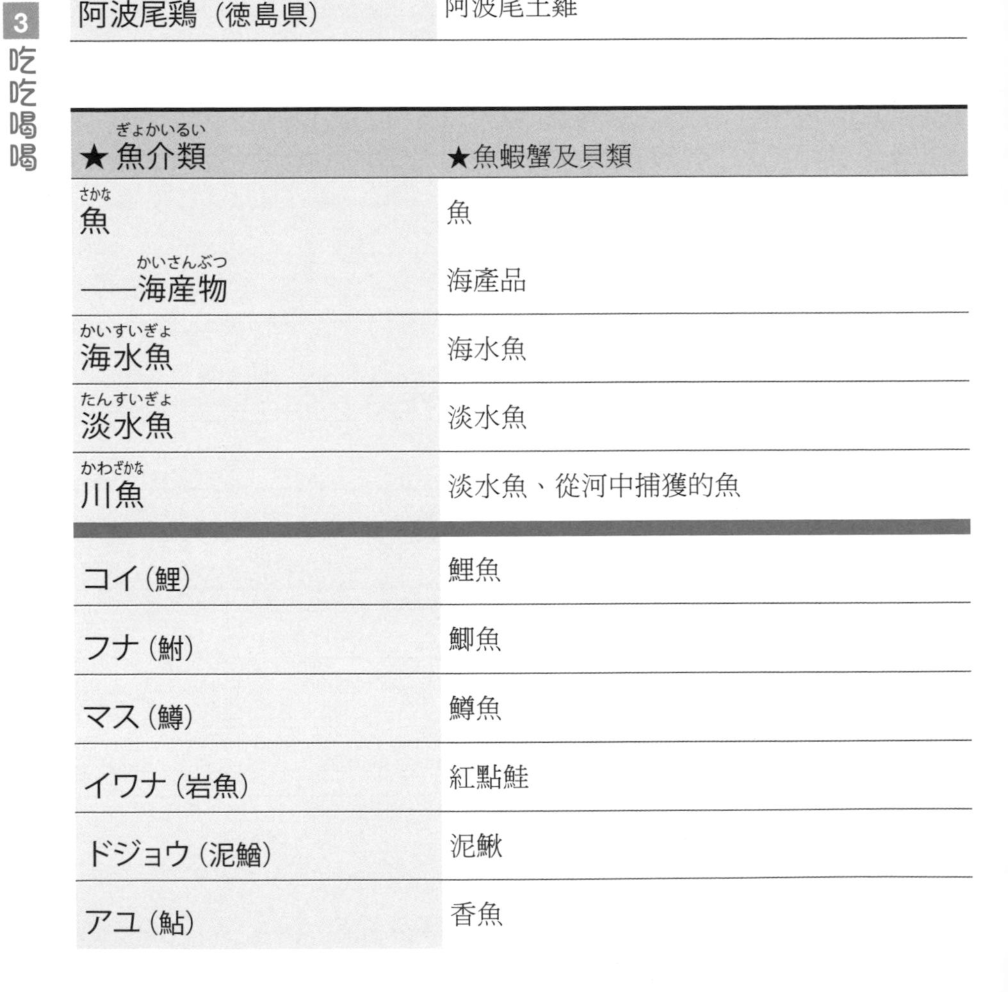

ぎょかいるい **★魚介類**	**★魚蝦蟹及貝類**
さかな 魚	魚
かいさんぶつ ——海産物	海產品
かいすいぎょ 海水魚	海水魚
たんすいぎょ 淡水魚	淡水魚
かわざかな 川魚	淡水魚、從河中捕獲的魚
コイ（鯉）	鯉魚
フナ（鮒）	鯽魚
マス（鱒）	鱒魚
イワナ（岩魚）	紅點鮭
ドジョウ（泥鰌）	泥鰍
アユ（鮎）	香魚

──天然(てんねん)アユ	野生香魚	編註 不論是純野生的或人類放養的皆屬之。
──養殖(ようしょく)アユ	養殖香魚	
ソウギョ（草魚）	草魚	＊在日本不太吃草魚、鱧魚、鯰魚、鱔魚等。
ライギョ（雷魚）	鱧魚	
ナマズ（鯰）	鯰魚	
タウナギ（田鰻）	鱔魚	
マナガツオ	白鯧	
サワラ（鰆）	魠魠魚	
タチウオ（太刀魚）	白帶魚	
ハタ	石斑魚	
イシモチ	白姑魚	
ハモ（鱧）	灰海鰻	
キス	沙鮻（沙腸仔）	
シシャモ（柳葉魚）	長體油胡瓜魚（柳葉魚）	
ニシン（鰊）	鯡魚	
タラ（鱈）	鱈魚	
ボラ	鯔魚（烏魚）	
カサゴ	石狗公	
トビウオ（飛魚）	飛魚	

イワシ（鰯）	沙丁魚	＊沙丁魚、秋刀魚、鯖魚、竹筴魚等叫 **“大衆魚”**（**たいしゅうぎょ**），鯛魚等叫 **“高級魚”**（**こうきゅうぎょ**）。
アンチョビ（anchovy）、カタクチイワシ（片口鰯）	鯷魚	＊ **“アンチョビ”** 多指製成後的鹹魚。
アイナメ	大瀧六線魚	
シタビラメ（舌平目、舌鮃）	舌鰨	
アンコウ（鮟鱇）	鮟鱇魚	
フグ（河豚）	河豚	＊在日本，做河豚料理除了要 **“調理師免許”**（**ちょうりしめんきょ**）外，還要有 **“ふぐ調理師免許”** 才行。
魚(さかな)の卵(たまご)	魚卵	
切(き)り身(み)	魚塊、魚片、肉塊、肉片	
伊勢(いせ)エビ、ロブスター（lobster）	龍蝦	
大正(たいしょう)エビ	大正蝦	
芝(しば)エビ	周氏新對蝦	
テナガエビ	沼蝦	
クルマエビ（車海老）	日本對蝦（班節蝦）	
ブラックタイガー（black tiger prawn）	草對蝦（草蝦）	
ズワイガニ、越前(えちぜん)ガニ、松葉(まつば)ガニ	松葉蟹	
タラバガニ	帝王蟹	＊此日文單字是因多在 **“タラバ”**（鱈魚的漁場）捕獲到，因此得名。

ワタリガニ	三疣梭子蟹（金門市仔、市仔）	
ケガニ	伊氏毛甲蟹（北海道毛蟹）	
タカアシガニ	甘氏巨螯蟹（高腳蟹）	＊是世界上最大的蟹。
——ザリガニ、アメリカザリガニ	淡水龍蝦	＊在日本不太當作海鮮食材用。
かい 貝	貝類	
ま　がい 巻き貝	螺	
に まいがい 二枚貝	雙殼貝類	
シジミ（蜆）	蜆（蜆仔）	
アサリ（浅蜊）	蛤仔、蛤蜊	
ハマグリ（蛤）	文蛤	
カキ（牡蠣）	牡蠣	
マテガイ	竹蟶（竹蛆）	
がい ムール貝（moule）	九孔	＊其語源來自於法語。
サザエ	角蠑螺	
タニシ（田螺）	田螺	
モンゴウイカ（紋甲烏賊）	紋甲烏賊	
ヤリイカ（槍烏賊）	澎湖小管	
けんさき 剣先イカ	透抽	

アオリイカ（障泥烏賊）	萊氏擬烏賊（軟絲仔）
ホタルイカ（蛍烏賊）	螢火魷
スッポン（鼈）	鱉、甲魚
ナマコ（海鼠）	海參

3 吃吃喝喝

たまご　ぎゅうにゅう ★卵と牛乳など	★蛋和牛奶等
たまご 卵	蛋
たまご　けいらん 卵、鶏卵	雞蛋
ウズラ（鶉）の卵（たまご）	鵪鶉蛋
なまたまご 生卵	生雞蛋
らんおう 卵黄	蛋黃
らんぱく 卵白	蛋白
にゅうせいひん 乳製品	乳製品
ぎゅうにゅう 牛乳、ミルク（milk）	牛奶
むしぼうぎゅうにゅう ——無脂肪牛乳	零脂肪鮮奶
ていしぼうぎゅうにゅう ——低脂肪牛乳	低脂鮮奶
せいぶんちょうせいぎゅうにゅう ——成分調整牛乳	成分調整鮮奶
ていおんさっきんぎゅうにゅう ——低温殺菌牛乳	低溫殺菌鮮奶

★穀物（こくもつ）	★穀類	
穀物（こくもつ）、穀類（こくるい）	穀類、五穀	
米（こめ）、うるち米（まい）	米	＊也稱美化語的“**お米**”（おこめ）。到收穫年的第二年的十月前的叫“**新米**”（しんまい），之後的叫“**古米**”（こまい）。
玄米（げんまい）	糙米	
——白米（はくまい）	白米	
発芽玄米（はつがげんまい）、発芽米（はつがまい）	發芽糙米	
五穀米（ごこくまい）	五穀米	＊米、小麥、小米、豆子、黍或者日本稗粟的混合米。
——無洗米（むせんまい）	無洗米	
——ブレンド米（まい）	混合米	＊“**ブレンド**”源於“**blend**”。多個品種的米的混合品，價格偏低。
もち米（ごめ）	糯米	
稲（いね）	稻子	

（人気（にんき）のお米（こめ）の銘柄（めいがら））	（受歡迎的名牌米）
「コシヒカリ」	〔越光米〕
「ササニシキ」	〔笹錦米〕
「ヒノヒカリ」	〔日光米〕
「ひとめぼれ」	〔一見鐘情〕
「あきたこまち」	〔秋田小町米〕
「キヌヒカリ」	〔絹光米〕

麦（むぎ）	麥	
小麦（こむぎ）	小麥	
トウモロコシ（玉蜀黍）	玉米	
アワ（粟）	小米	
コーリャン（高粱）	高粱	
ジャガイモ	馬鈴薯	＊“**ジャガタライモ**”的簡稱。經由雅加達（“**ジャガタラ**”，即“**ジャカルタ**”的舊稱）傳入日本，所以叫“**ジャガイモ**”。
サツマイモ	地瓜	＊因 17 世紀傳入日本時在九州的“**薩摩**”（さつま）廣泛栽培而得名。
サトイモ（里芋）	芋頭	
ヤマイモ（山芋）、ヤマノイモ	（日本產的）薯蕷	
マメ（豆）	豆子	
大豆（だいず）	黃豆、大豆	
——枝豆（えだまめ）	毛豆	
——モヤシ	豆芽菜	
小豆（あずき）	紅豆	
緑豆（りょくとう）	綠豆	
ササゲ	豇豆	
インゲンマメ（隠元豆）	四季豆	＊17 世紀由中國的隱元禪師傳入日本，因此得名。
ソラマメ	蠶豆	

エンドウマメ	青豌豆	
——トウミョウ	豆苗	
タピオカ (tapioca)	粉圓	＊其語源來自西班牙語。

★野菜(やさい)やキノコ類(るい)	★蔬菜和菇類	
野菜(やさい)	蔬菜	
山菜(さんさい)	山野菜	
緑黄色野菜(りょくおうしょくやさい)	黃綠色蔬菜	
有機野菜(ゆうきやさい)	有機蔬菜	
——有機栽培(ゆうきさいばい)	有機栽培	
無農薬野菜(むのうやくやさい)	無農藥蔬菜	
——無農薬栽培(むのうやくさいばい)	無農藥栽培	
キュウリ (胡瓜)	黃瓜	
トマト (tomato)	番茄	
ナス (茄子)	茄子	
カボチャ (南瓜)	南瓜	＊據說是 16 世紀由葡萄牙人從柬埔寨（**カンボジア**）傳入日本，因此得名。
ニガウリ (苦瓜)	苦瓜	＊沖繩的方言稱為“**ゴーヤー**”。
トウガン (冬瓜)	冬瓜	
ピーマン (piment)	青椒	＊其語源來自法語。

ハクサイ（白菜）	白菜
コマツナ（小松菜）	小松菜
ホウレンソウ	菠菜
ニラ（韮）	韭菜
ネギ（葱）	葱
──長(なが)ネギ	長葱
タマネギ（玉葱）	洋葱
アスパラガス（asparagus）	蘆筍
ブロッコリー（broccoli）	綠色花椰菜
カリフラワー（cauliflower）	花椰菜
セロリ（celery）	芹菜
チンゲンサイ	青江菜
クウシンサイ	空心菜
レタス（lettuce）	萵苣
キャベツ（cabbage）	高麗菜
──芽(め)キャベツ	甘藍
ニンジン（人参）	紅蘿蔔
ゴボウ（牛蒡）	牛蒡
ダイコン（大根）	白蘿蔔

ハツカダイコン（二十日大根）	櫻桃蘿蔔
カブ（蕪）、カブラ	蕪菁
レンコン（蓮根）	蓮藕
クワイ	慈姑
キクラゲ（木耳）	木耳
タケノコ（竹の子、筍）	竹筍
キノコ（茸）	菇類
マッシュルーム（mushroom）	洋菇
マツタケ（松茸）	松茸
――“においマツタケ、味（あじ）シメジ”	香在松茸，味在玉蕈。
シイタケ（椎茸）	香菇
シメジ	玉蕈
ナメコ	滑菇
マイタケ（舞茸）	舞茸
エノキダケ（榎茸）	金針菇

（山菜（さんさい）など）	（山野菜等）
ゼンマイ	紫萁
ワラビ（蕨）	蕨

フキ (蕗)	蜂斗菜	＊早春時的花莖叫 **“フキノトウ”**。
ツクシ (土筆)	筆頭草	

くだもの ★ 果物	★水果	
くだもの 果物	水果	
トロピカルフルーツ (tropical fruit)	熱帶水果	
たね 種	種子	
か にく 果肉	果肉	
じゅく ——熟していない	沒熟	
じゅく ——熟した	熟了	
みかん (蜜柑)	橘子	＊和歌山縣和愛媛縣出產的橘子很有名。
なつ あまなつ 夏みかん、甘夏	日本夏橙	
ポンカン	椪柑	
ザボン (zamboa)	柚子	＊其語源來自於葡萄牙語。
キンカン	金桔	
グレープフルーツ (grapefruit)	葡萄柚	
オレンジ (orange)	柳橙	
レモン (lemon)	檸檬	
ライム (lime)	萊姆	

カボス	日本臭橙	
ユズ（柚子）	香橙	
リンゴ（林檎）	蘋果	＊青森縣產的蘋果很有名。
メロン（melon）	哈密瓜	
——マスクメロン（musk melon）	麝香哈密瓜	
——夕張（ゆうばり）メロン	夕張哈密瓜	
——アンデスメロン	安第斯哈密瓜	
——カンタロープ（cantaloupe）	美國哈密瓜	
マクワウリ	日本真桑瓜	
スイカ（西瓜）	西瓜	
モモ（桃）	桃子	
ネクタリン（nectarine）	油桃	
ナシ（梨）	梨子	＊“幸水”（こうすい）、“豊水”（ほうすい）、“二十世紀”（にじゅっせいき）等品種很有名。
洋（よう）ナシ（洋梨）	西洋梨	
ビワ（枇杷）	枇杷	
ザクロ（石榴）	石榴	
イチゴ（苺）	草莓	＊“とちおとめ”、“さちのか”、“とよのか”、“あまおう”等品種很有名。

——イチゴ狩(が)り	採草莓	＊根季節的不同，尚有“**ブドウ狩り**”、“**ナシ狩り**”、“**キノコ狩り**”等。
ブルーベリー（blueberry）	藍莓	
ラズベリー（raspberry）	蔓越莓	
ブドウ（葡萄）	葡萄	
——種(たね)なしブドウ	無籽葡萄	
——デラウエア（delaware）	珍珠紅葡萄	
——マスカット（muscat）	麝香葡萄	
——巨峰(きょほう)	巨峰葡萄	
——ルビーロマン（Ruby Roman）	羅馬紅寶石	＊是日本最大的葡萄。
サクランボ（桜桃）	櫻桃	
——アメリカンチェリー（American cherry）	美國櫻桃	
イチジク（無花果）	無花果	
カキ（柿）	柿子	
スモモ（李）	李子	
アンズ（杏）	杏桃	
キウイ、キウイフルーツ（kiwifruit）	奇異果	
オリーブ（olive）	橄欖	

（トロピカルフルーツなど）	（熱帶水果等）
バナナ (banana)	香蕉
パイナップル (pineapple)	鳳梨
マンゴー (mango)	芒果
パパイア (papaya)	木瓜
グアバ (guava)	芭樂
マンゴスチン (mangosteen)	山竹
ドリアン (durian)	榴槤
ジャックフルーツ (jack fruit)	菠蘿蜜
スターフルーツ (star fruit)	楊桃
アボカド (avocado)	酪梨
ココナッツ (coconut)	椰子
サトウキビ (砂糖黍)	甘蔗
ライチー、レイシー	荔枝

しょくひん　ようき　しょくひんひょうじ ★食品・容器と食品表示など	★食品・容器和食品標註等
しょくひん 食品	食品
しぜんしょくひん 自然食品	自然食品
けんこうしょくひん 健康食品	健康食品

遺伝子組み換え食品（いでんしくかしょくひん）	基因改造食品	
加工食品（かこうしょくひん）	加工食品	
調理済み食品（ちょうりずしょくひん）	熟熟食品	
インスタント食品（しょくひん）	即食食品	
——インスタントカレー (instant curry)、レトルトカレー (retort curry)	速食咖哩	＊和製英語。
——レトルトパック (retort pack)	鋁箔包	＊和製英語。
レトルト食品（しょくひん）	調理包	
冷凍食品（れいとうしょくひん）	冷凍食品	
紙（かみ）パック	立樂包	＊“パック”其語源來自英語的“pack”。
——紙（かみ）パック牛乳（ぎゅうにゅう）	盒裝牛奶	
ペットボトル (PET bottle)	保特瓶	＊和製英語。用“ポリエチレンテレフタレート”（Polyethylene terephthalate）做的容器。
瓶（びん）	瓶子	
缶（かん）	罐子	
——缶（かん）ジュース	罐裝飲料	＊“ジュース”其語源來自英語的“juice”。
——プルトップ式（しき）の缶（かん） (pull-top)	易開罐	
——空（あ）き缶（かん）	空罐	
缶詰（かんづめ）	罐頭	

——ツナ缶（かん）（tuna）	鮪魚罐頭（海底雞）	
——みかんの缶詰（かんづめ）	橘子罐頭	
——モモの缶詰（かんづめ）、桃缶（ももかん）	桃子罐頭	

（食品表示（しょくひんひょうじ）の見方（みかた））	（食品標註的資訊）	
成分（せいぶん）	成分	
消費期限（しょうひきげん）	保存期限	＊安全食用的期限。
賞味期限（しょうみきげん）	賞味期限	＊食品最好吃的期限。
期限切れ食品（きげんぎれしょくひん）	過期食品	
シュガーレス（sugarless）、 ノンシュガー（non-sugar）、 無糖（むとう）	無糖	
シュガーオフ（sugar off）、 低糖（ていとう）	低糖	＊和製英語。
ノンカロリー（non-calorie）、 カロリーゼロ（calorie-zero）	無卡路里	＊和製英語。
カロリーオフ（calorie off）	低卡路里	＊和製英語。
食品添加物（しょくひんてんかぶつ）	食品添加物	
無添加（むてんか）、添加物（てんかぶつ）なし	無添加物	
——保存料無添加（ほぞんりょうむてんか）	無防腐劑	
——着色料無添加（ちゃくしょくりょうむてんか）	無色素	
——砂糖無添加（さとうむてんか）	無添加砂糖	

6. 在咖啡店的咖啡、麵包、蛋糕等

★注文時(ちゅうもんじ)の重要表現(じゅうようひょうげん)	★點菜時的重要表現	
次(つぎ)のかたどうぞ！(店員(てんいん))	下一位，請！（服務員）	
お持(も)ち帰(かえ)りですか、それとも店内(てんない)でお召(め)し上(あ)がりですか？(店員(てんいん))	在店裡吃還是帶走？（服務員）	
——持(も)ち帰(かえ)りで。／テイクアウトで(takeout)。	帶走。	
——店内(てんない)で。	在店裡吃。	
カフェオレをください。	請給我歐蕾咖啡。	
喫煙席(きつえんせき)はありますか？	有吸菸座嗎？	
モーニングサービス(morning service)	經濟早餐	＊和製英語。
——モーニングセット(morning set)	西式早餐套餐	＊和製英語。含咖啡、麵包、水煮蛋等的早餐套餐。
喫茶店(きっさてん)、カフェ(café)	咖啡館	＊“**カフェ**”的語源來自法語。據説“**喫茶店**”源於中國禪師説的“**喫茶去**”的話。另外“**カフェ**”指的是現代式的店。
インターネットカフェ(internet café)、ネットカフェ	網咖	
マンガ喫茶(きっさ)、マン喫(きつ)	漫畫咖啡廳	
メードカフェ(maid café)	女僕咖啡廳	＊和製英語。也寫成“**メイドカフェ**”。

(人気のカフェなど)	（人氣咖啡店等）	
スターバックス (Starbucks coffee)、スタバ	星巴克	
タリーズ (Tully's coffee)	Tully's	
ドトールコーヒー (Doutor Coffee)	羅多倫咖啡店	＊日本最大的咖啡連鎖店。另外，**"エクセルシオール"**（Excelsior caffé）也是羅多倫咖啡集團旗下的事業。
ミスタードーナツ (Mister Donut)、ミスド	Mister Donut	

★コーヒーと紅茶など	★咖啡和紅茶等	
コーヒー (coffee)	咖啡	＊字源本來源於荷蘭語的"koffie"。
——ブレンドコーヒー (blended coffee)	混合咖啡	
——ブラックコーヒー (black coffee)	黑咖啡	
アメリカンコーヒー (American coffee)	美式咖啡	＊和製英語。
カフェオレ (café au lait)	歐蕾咖啡	＊其語源來自於法語。
エスプレッソ (espresso)	義式濃縮咖啡	＊其語源來自於義大利語。
カフェラテ (caffè latte)	拿鐵咖啡	＊其語源來自於義大利語。
カプチーノ (cappuccino)	卡布奇諾咖啡	＊其語源來自於義大利語。
キャラメルマキアート (caramel macchiato)	焦糖瑪奇朵	＊其語源來自於義大利語。

カフェモカ（café mocha）、モカコーヒー（Mocha coffee）	摩卡咖啡	＊其語源來自於法語。
ウインナコーヒー（Vienna coffee）	維也納咖啡	＊和製英語。
ダッチコーヒー（Dutch coffee）	荷蘭咖啡	
トルココーヒー（Turkish coffee）	土耳其咖啡	
アイスコーヒー（ice coffee）	冰咖啡	＊和製英語。在關西也稱為“レーコー”。
インスタントコーヒー（instant coffee）	即溶咖啡	
——コーヒー豆（まめ）	咖啡豆	＊在日本，高級的藍山咖啡（“ブルーマウンテン”）很受歡迎。
缶（かん）コーヒー	罐裝咖啡	
ココア（cocoa）	可可	
ホットチョコレート（hot chocolate）	熱巧克力	
ホットミルク（hot milk）	熱牛奶	
コーヒー牛乳（ぎゅうにゅう）	咖啡牛奶	
バナナ牛乳（ぎゅうにゅう）	香蕉牛奶	
イチゴ牛乳（ぎゅうにゅう）	草莓牛奶	
カフェイン（Kaffein）	咖啡因	＊其語源來自於德語。
コーヒーカップ（coffee cup）	咖啡杯	

コーヒーポット (coffeepot)	咖啡壺	
サイホン (siphon)	虹吸式咖啡壺	＊也寫成“サイフォン”。
コーヒーメーカー (coffee maker)	咖啡機	
コーヒーミル (coffee mill)	咖啡豆研磨機	
紅茶(こうちゃ)	紅茶	
アイスティー (ice tea)	冰紅茶	＊和製英語。

(いろいろなティー)	（各種紅茶等）	
ミルクティー (milk tea)	奶茶	＊和製英語。多加牛奶的紅茶也叫“ロイヤルミルクティー”（royal milk tea）。
レモンティー (lemon tea)	檸檬紅茶	＊和製英語。
ジャスミンティー (jasmine tea)	茉莉花茶	＊在沖繩叫“さんぴん茶”，源於中文的“香片茶”。
ハーブティー (herb tea)	香草茶	
白砂糖(しろざとう)、グラニュー糖(とう)	白糖	＊“グラニュー”的語源來自英語的“granulated”。
黒砂糖(くろざとう)、黒糖(こくとう)	黑糖	
角砂糖(かくざとう)	方糖	
生(なま)クリーム	鮮奶油	＊“クリーム”的語源來自英語的“cream”。
ホイップクリーム (whip cream)	鮮奶油	
練乳(れんにゅう)、コンデンスミルク (condensed milk)	煉乳	

粉(こな)ミルク	奶粉	＊“**ミルク**”的語源來自英語的“milk”。
豆乳(とうにゅう)	豆漿	

★ジュースなど	★飲料等	
ジュース(juice)、ソフトドリンク(soft drink)、清涼飲料(せいりょういんりょう) 水(すい)	（一般無酒精）飲料	
サイダー(cider)、炭酸飲料(たんさんいんりょう)	碳酸飲料	＊和製英語。“**サイダー**”（西打）指無色透明的碳酸飲料。
ラムネ	彈珠汽水	＊其語源來自於“**レモネード**”（lemonade）。
ジンジャエール(ginger ale)	薑汁汽水	
クリームソーダ(cream soda)	冰淇淋汽水	＊和製英語。
——炭酸(たんさん)	碳酸	
——ドライアイス(dry ice)	乾冰	
スムージー(smoothie)	冰沙、思慕昔	
フルーツジュース(fruit juice)	（水）果汁	
ミックスジュース(mix juice)	混合果汁	
ミカンジュース	橘子汁	
オレンジジュース(orange juice)	柳橙汁	

リンゴジュース	蘋果汁
レモンジュース (lemon juice)	檸檬汁
——レモネード (lemonade)	檸檬水
グレープフルーツジュース (grapefruit juice)	葡萄柚汁
マンゴージュース (mango juice)	芒果汁
パイナップルジュース (pineapple juice)	鳳梨汁
トマトジュース (tomato juice)	番茄汁
野菜(やさい)ジュース	蔬菜汁
『コカコーラ』(Coca-Cola)	〔可口可樂〕
『ペプシコーラ』(PEPSI)	〔百事可樂〕
『スプライト』(Sprite)	〔雪碧〕
『ファンタ』(Fanta)	〔芬達〕
『セブンアップ』(7up)	〔七喜〕
『三(み)ツ矢(や)サイダー』(MITSUYA CIDER)	〔三矢汽水〕
『キリンレモン』(KIRIN LEMON)	〔麒麟檸檬〕
『UCC(ユーシーシー) コーヒー』	〔UCC 咖啡〕

『ポカリスエット』	〔寶礦力水得〕	
『アクエリアス』(AQUARIUS)	〔水瓶座運動飲料〕	
『リポビタン D(ディー)』	〔力保美達 D〕	
『オロナミン C(シー)』	〔歐樂納蜜 C〕	
『カルピス』	〔可爾必思〕	
『ヤクルト』	〔養樂多〕	
乳酸菌飲料(にゅうさんきんいんりょう)	乳酸菌飲料	
麦芽飲料(ばくがいんりょう)	麥芽飲料	
スポーツ飲料(いんりょう)	運動飲料	＊“スポーツ”的語源來自英語的“sports”。
栄養(えいよう)ドリンク、スタミナドリンク (stamina drink)	能量飲料	＊和製英語。“スタミナ”指體力和耐力。

★カフェで人気(にんき)のパンなど	★在咖啡館裡的人氣麵包等	
クロワッサン (croissant)	牛角麵包	＊其語源來自於法語。
サンドイッチ (sandwich)	三明治	＊也寫成“サンドウイッチ”。

(いろいろなサンドイッチ)	(各種三明治)	
ツナサンド (tuna sandwich)	鮪魚三明治	＊“サンド”是“サンドイッチ”的簡稱。
カツサンド	炸豬排三明治	＊“カツ”是指“とんかつ”。
卵(たまご)サンド	雞蛋三明治	

ハムサンド (hum sandwich)	火腿三明治	
野菜(やさい)サンド	蔬菜三明治	
トースト (toast)	烤吐司	
フレンチトースト (French toast)	法式吐司	
ガーリックトースト (garlic toast)	香蒜麵包	
フランスパン、バゲット (baguette)	法國麵包	＊“フランスパン”源於和製英語的“France pão”。以下叫“～パン”是都和製英語。
ホットドッグ (hot dog)	熱狗	
ピザ (pizza)	披薩	＊其語源來自義大利語。
スコーン (scone)	司康	
ベーグル (bagel)	貝果	
デニッシュ (Danish pastry)	丹麥麵包	
ドーナツ (doughnut)	甜甜圈	＊也寫成“ドーナッツ”。
ワッフル (waffle)	格子鬆餅	
マフィン (muffin)	瑪芬	
クレープ (crêpe)	可麗餅	＊其語源來自於法語。

★食(しょく)パンや菓子(かし)パンなど	★吐司和甜麵包等	
パン (pão)	麵包	＊其語源來自於葡萄牙語。
——ライ麦(むぎ)パン	裸麥麵包	
食(しょく)パン	白吐司	
——パンの耳(みみ)	吐司邊	
菓子(かし)パン	甜麵包	
コッペパン	熱狗麵包	
ロールパン	餐包	＊“ロール”的語源是英語的“roll”。
——バターロール (butter roll)	奶油捲	
あんパン	紅豆麵包	＊明治時代發明的日本甜麵包。
クリームパン	奶油麵包	＊“クリーム”的語源是英語的“cream”。
ジャムパン	果醬麵包	＊“ジャム”的語源是英語的“jam”。
メロンパン	菠蘿麵包	＊“メロン”的語源是英語的“melon”。
コロッケパン	可樂餅麵包	＊“コロッケ”源於法語的“croquette”。夾可樂餅的麵包。
焼(や)きそばパン	炒麵麵包	＊夾炒麵的麵包。
カレーパン	咖哩麵包	＊“カレー”的語源是英語的“curry”。
揚(あ)げパン	炸甜麵包	
蒸(む)しパン	日式蒸麵包	

★ケーキなど	★西式蛋糕等	
ケーキ（cake）	西式蛋糕	
デコレーションケーキ（decoration cake）	裝飾蛋糕	＊和製英語。
ロールケーキ（roll cake）	蛋糕捲	＊和製英語。
スポンジケーキ（sponge cake）	海綿蛋糕	
カステラ（castilla）	蜂蜜蛋糕	＊其語源來自於葡萄牙語。
ホットケーキ（hot cake）、パンケーキ（pancake）	小鬆餅	＊“ホットケーキ”是和製英語。
ショートケーキ（shortcake）	草莓蛋糕	
チョコレートケーキ（chocolate cake）	巧克力蛋糕	
チーズケーキ（cheese cake）	起司蛋糕	
抹茶（まっちゃ）ケーキ	抹茶蛋糕	
アイスクリームケーキ（ice cream cake）	冰淇淋蛋糕	
ティラミス（tiramisu）	提拉米蘇	＊其語源來自於義大利語。
ミルフィーユ（mille-feuille）	法式千層派	＊其語源來自於法語。
マドレーヌ（madeleine）	瑪德蓮蛋糕	＊其語源來自於法語。
タルト（tarte）	水果塔	＊其語源來自於法語。
バウムクーヘン（Baumkuchen）	年輪蛋糕	＊其語源來自於德語。

パイ（pie）	派	
──源氏パイ（げんじ）	源氏派	＊心型的派。
──アップルパイ（apple pie）	蘋果派	
シュークリーム（chou cream）	泡芙	＊和製英語。
マカロン（macaron）	馬卡龍	

★プリンやアイスクリームなど	★布丁和冰淇淋等	
プリン（pudding）	布丁	
カスタードプリン（custard pudding）	卡士達布丁	＊最普通的一種。
牛乳（ぎゅうにゅう）プリン	牛奶布丁	
コーヒープリン（coffee pudding）	咖啡布丁	
チョコレートプリン（chocolate pudding）	巧克力布丁	
抹茶（まっちゃ）プリン	抹茶布丁	
豆乳（とうにゅう）プリン	豆漿布丁	
紫（むらさき）いもプリン	紫地瓜布丁	
マンゴープリン（mango pudding）	芒果布丁	

チョコレートムース (chocolate mousse)	巧克力慕斯	
タピオカ入(い)りココナッツミルク	椰奶西米露	＊"**タピオカ**"的語源來自英語的"tapioca"，"**ココナッツミルク**"的語源來自英語的"coconut milk"。
ヨーグルト (yogurt)	優格	

アイスキャンデー (ice candy)	冰棒	＊和製英語。
かき氷(ごおり)	刨冰	
シャーベット (sherbet)	雪酪	
パフェ (parfait)	聖代	＊其語源來自於法語。
サンデー (sundae)	聖代	
アイスクリーム (ice cream)、アイス	冰淇淋	
──コーン (cone)	甜筒	
──カップ (cup)	杯子	

★ファストフード	★快餐	
ファストフード (fast food)	速食	＊也寫成"**ファーストフード**"。
──スローフード (slow food)	慢食	
ジャンクフード (junk food)	垃圾食品	

(注文時によく使う表現)	(常用的點菜表現)
このセットをください!	請給我這個套餐!
もう少しナプキンをもらえますか?	可以再給我一些餐巾紙嗎?
ケチャップをあと三つください!	請再給我三包番茄醬!
ハンバーガー (hamburger)	漢堡
チーズバーガー (cheeseburger)	起司漢堡
ダブルチーズバーガー (double cheeseburger)	雙層起司漢堡
てりやきバーガー (照り焼きバーガー)	照燒肉漢堡
ビッグマック (Big Mac)	大麥克
フィレオフィッシュ (Filet-O-Fish)	麥香魚
チキンマックナゲット (Chicken McNuggets)	麥克雞塊
シェイク、ミルクシェイク (milk shake)	奶昔
フライドポテト (fried potato)	薯條　＊和製英語。
フライドチキン (fried chicken)	炸雞

★ファストフード店（てん）	★快餐店	
マクドナルド（McDonald's）	麥當勞	＊在關東簡稱"マック"、在關西簡稱"マクド"。
バーガーキング（Burger King）	漢堡王	
モスバーガー（Mos Burger）	摩斯漢堡	
フレッシュネスバーガー（Freshness Burger）	Freshness Burger	
ファーストキッチン（First kitchen）	First Kitchen	
ロッテリア（Lotteria）	儂特利	
A（エー）&（アンド） W（ダブリュー）	A & W	＊在日本只有沖繩有。
サブウェイ（Subway）	Subway	
ケンタッキー・フライド・チキン（KFC）	肯德基	
ピザーラ（PIZZA-LA）	PIZZA-LA	
ピザハット（Pizza Hut）	必勝客	
ドミノピザ（Domino's Pizza）	達美樂	
ハーゲンダッツ（Häagen-Dazs）	哈根達斯	
サーティワンアイスクリーム（Baskin 31 Robbins）	31 冰淇淋	
ファストフード店（てん）	快餐店	

パン屋（や）	麵包店	＊以下，口語中也用“～さん”。比如“パン屋さん”、“ケーキ屋さん”等。
ケーキ屋（や）	蛋糕店	
アイスクリーム屋（や）	冰淇淋店	
お菓子屋（かしや）	日式點心店	
駄菓子屋（だがしや）	日式零食店	
ピザ屋（や）	披薩店	
——宅配ピザ屋（たくはい・や）	披薩外送店	
——ドライブスルー（drive-through）	得來速	

街角(まちかど)を歩(ある)く

逛街

1. 在街頭

★街角(まちかど)を歩(ある)く	★逛街	
街角(まちかど)を歩(ある)く、街(まち)をぶらぶらする	逛街	
散歩(さんぽ)する、ぶらぶら歩(ある)く	散步、四處閒晃	
——犬(いぬ)を散歩(さんぽ)させる	遛狗	
街(まち)に出(で)る	上街	
歩行者天国(ほこうしゃてんごく)	徒步區	＊與台灣不同，在日本是把車道、馬路分時間段專門提供給行人使用。
通行人(つうこうにん)、歩行者(ほこうしゃ)	行人	
——遊歩道(ゆうほどう)	遊樂步道	＊散步等專用的道路。
呼(よ)び込(こ)み	叫賣、招攬客人	
キャッチセールス (catch sales)	路上兜售	＊和製英語。
ポケットティッシュ配(くば)り	發面紙	
ビラ配(くば)り、チラシ配(くば)り	發傳單	
駐車監視員(ちゅうしゃかんしいん)	停車監視員	編註 是日本一種由警方委派的民間巡察員。他們有固定的制服，主要工作去巡邏，若有發現違規停車的話，便會通知警察前來取締。
ゲームセンター (game center)、ゲーセン	電玩中心	＊和製英語。

4 逛街

——UFO（ユーフォー）キャッチャー (UFO catcher)	抓娃娃機	
——プリクラ	大頭貼機	＊是名牌“プリント倶楽部”（print club）的簡稱。
カラオケボックス	KTV 包廂	＊“ボックス”的語源來自英語的“box”。
——カラオケ	卡拉 OK	＊卡拉OK在日語裡是虛構的交響樂團的簡稱。
——マイク (mike)	話筒、麥克風	
DVD レンタルショップ (DVD rental shop)	DVD 出租店	＊口語也叫“ビデオ屋さん”或“レンタル屋さん”。
——会員（かいいん）カード	會員卡	
パチンコ店（てん）	柏青哥店	
——パチンコ	柏青哥	＊日本的賭博機。1930 年發源於名古屋。
——パチスロ、スロット、スロットマシン (slot machine)	吃餃子老虎	
ドラッグストア (drugstore)	藥妝店	
金券（きんけん）ショップ、チケットショップ (ticket shop)	票券行	＊是日本專賣便宜票券（電影票等）的店。
——金券（きんけん）	金券	＊非貨幣，但與貨幣一樣流通的有價證券。
宝（たから）くじ売（う）り場（ば）	彩券亭	
自動販売機（じどうはんばいき）、自販機（じはんき）、自販（じはん）	自動販賣機	
ガチャガチャ、ガシャポン、ガチャポン	扭蛋機	＊塑膠扭蛋中都有附小玩具。

スピード写真(しゃしん)のボックス	快照機	＊“スピード”的語源來自英語的“speed”、“ボックス”則源自於英語的“box”。
中華街(ちゅうかがい)、チャイナタウン(Chinatown)	唐人街、中華街	
コリアタウン(Koreatown)、コリアンタウン(Korean town)	韓國街	
——在日(ざいにち)コリアン、在日(ざいにち)	在日韓人	＊指因為大時代歷史背景因素被帶到日本生活的韓國人及其後代子孫。
(日本三大中華街(にほんさんだいちゅうかがい))	(在日本的三大中華街)	
横浜中華街(よこはまちゅうかがい)(神奈川県(かながわけん))	橫濱中華街	
神戸南京町(こうべなんきんまち)(兵庫県(ひょうごけん))	神戶南京町	
長崎新地中華街(ながさきしんちちゅうかがい)(長崎県(ながさきけん))	長崎新地中華街	
繁華街(はんかがい)	鬧區、繁華街	
歓楽街(かんらくがい)	歡樂街	＊有很多娛樂場所等的街道，多指情色場所聚集地。
商店街(しょうてんがい)	商店街	
——地下商店街(ちかしょうてんがい)	地下商店街	
アーケード街(がい)	商店街	＊“アーケード”的語源來自英語的“arcade”。
——アメヤ横町(よこちょう)、アメ横(よこ)	阿美橫丁	＊位在東京都台東區的大約 400 米長的商店街。年末賣生鮮食品很有名。
地下街(ちかがい)	地下街	
学生街(がくせいがい)	學生街	編註 指學生們常聚集、便利他們生活所需的地方。

官庁街（かんちょうがい）	政府機關街	編註 指政府機關緊鄰的地方。
電気街（でんきがい）	電氣街	＊例如東京秋葉原等。
古本屋街（ふるほんやがい）	二手書店街	＊例如東京神田神保町等。
骨董街（こっとうがい）	古董街	

（有名（ゆうめい）なビルやタワーなど）	（有名的大廈和高塔等）	
横浜（よこはま）ランドマークタワー（Yokohama Landmark Tower、神奈川県（かながわけん））	橫濱地標塔大廈	
ミッドタウン・タワー（Midtown Tower、東京都（とうきょうと））	中城大廈	
サンシャイン60（ろくじゅう）（Sunshine 60、東京都（とうきょうと））	陽光 60 展望台	
六本木（ろっぽんぎ）ヒルズ森（もり）タワー（東京都（とうきょうと））	六本木之丘森展望台	
東京（とうきょう）スカイツリー（Tokyo Sky Tree、東京都（とうきょうと））	東京晴空塔	＊高度大約 634 公尺。
東京（とうきょう）タワー（東京都（とうきょうと））	東京鐵塔	＊高度大約 333 公尺。
名古屋（なごや）テレビ塔（とう）（愛知県（あいちけん））	名古屋電視塔	
京都（きょうと）タワー（京都府（きょうとふ））	京都塔	
通天閣（つうてんかく）（大阪府（おおさかふ））	通天閣	

神戸(こうべ)ポートタワー (Kobe Port Tower、兵庫県(ひょうごけん))	神戸港塔	
タワー (tower)	高塔	
広場(ひろば)	廣場	
日本庭園(にほんていえん)	日本庭園	
──鹿威(ししおど)し	日本庭園水流裝置	＊也寫成“**獅子脅し**”。用水發出的聲音來驅逐鳥獸。
公園(こうえん)	公園	
──ベンチ (bench)	長椅	
──噴水(ふんすい)	噴水池	
──池(いけ)	池塘	
──スワンボート (swan boat)	天鵝船	
国立公園(こくりつこうえん)	（由中央政府直接管理的）國立公園	
国定公園(こくていこうえん)	（由地方政府進行管理的）國定公園	

（日本(にほん)の人気(にんき)の公園(こうえん)）	（在日本的人氣公園）	
大通公園(おおどおりこうえん)（北海道札幌市(ほっかいどうさっぽろし)）	大通公園	
偕楽園(かいらくえん)（茨城県水戸市(いばらぎけんみとし)）	偕樂園	＊與岡山市的“**後楽園**”（こうらくえん）及金澤市的“**兼六園**”（けんろくえん）被稱為日本三大名園。
日比谷公園(ひびやこうえん)（東京都千代田区(とうきょうとちよだく)）	日比谷公園	

4 逛街

みなと み おかこうえん 港の見える丘公園 か ながわけんよこはまし （神奈川県横浜市）	港見丘公園	
ひがしやまこうえん 東山公園 あいちけんなごやし （愛知県名古屋市）	東山公園	
ならこうえん ならけんならし 奈良公園（奈良県奈良市）	奈良公園	
まるやまこうえん きょうとふきょうとし 円山公園（京都府京都市）	圓山公園	
おおさかじょうこうえん 大阪城公園 おおさかふおおさかし （大阪府大阪市）	大阪城公園	
なかのしまこうえん 中之島公園 おおさかふおおさかし （大阪府大阪市）	中之島公園	

きねんひ 記念碑、モニュメント （monument）	記念碑	
どうぞう 銅像	銅像	＊有時候也稱作“ブロンズ像”（ぶろんずぞう、bronze）。

ゆうめい どうぞう
（有名な銅像） （有名的銅像）

にのみやそんとくぞう 二宮尊徳像	二宮尊德銅像
さいごうたかもりぞう 西郷隆盛像 とうきょう うえのこうえん （東京の上野公園）	西鄉隆盛銅像
こうぞう ハチ公像 とうきょう しぶやえきまえ （東京の渋谷駅前）	忠犬八公銅像

きんたろうぞう 金太郎像 かながわけんみなみあしがらし （神奈川県南足柄市）	金太郎銅像	
かんばん 看板	招牌	＊店舗等商業用的招攬顧客用的廣告牌。
けいじばん 掲示板	公告欄	
けいじ ——掲示する	公告	
はがみ ——張り紙	公告（紙）	
——ポスター（poster）	海報	
——ビラ、チラシ	宣傳單、廣告單	＊"**ビラ**"多指宣揚主張、意見的傳單；"**チラシ**"多指商家促銷、打折的傳單。
らくが ——落書き	塗鴉	

まち ちいき ちく ★町の地域、地区など	★地域、地區等	
としん 都心	都心	
ふくとしん 副都心	副都心	
しんとしん 新都心	新都心	
だいとし 大都市	大都市	
とし とかい 都市、都会	都市、都會	＊"**都会**"是相對於鄉下的詞彙。
まち 町	城鎮	
しがいち 市街地	市區	
こうがい 郊外	郊外	

4 逛街

地方（ちほう）	地方	＊首都和大都市圈以外的地域。
田舎（いなか）	鄉間、故鄉	＊"**田舍**"有相對於大都市的意思。也有故鄉的意思。
農村（のうそん）	農村	
村（むら）	村	
街並み（まちなみ）	街景	
下町（したまち）	下町	
山の手（やまのて）	高級住宅區	
——スラム街（がい）(slum)	貧民區	＊現今在日本已不存在。
——ホームレス (homeless)	街友	
——こじき (乞食)	乞丐	＊"**こじき**"的語義較重，因此大眾傳媒多改用"**路上生活者**"（**ろじょうせいかつしゃ**）或"**ホームレス**"來形容。
商業地域（しょうぎょうちいき）	商業區、商圈	
——ビジネス街（がい）、オフィス街（がい）	商務辦公街	
住宅地域（じゅうたくちいき）、住宅街（じゅうたくがい）	住宅區	
ベッドタウン (bedtown)	郊區住宅區	＊和製英語。

★道を尋ねる（みちをたずねる）	★問路
東京（とうきょう）スカイツリーはどう行（い）けばいいですか？	請問到東京晴空塔怎麼走？
歩（ある）いて行（い）けますか？	請問走路到得了嗎？

歩(ある)いてどのくらいかかりますか?	要走多久？
ほかに行(い)く方法(ほうほう)（手段(しゅだん)）はありますか?	還有別的去法嗎？
トイレ［繁華街(はんかがい)］はどこですか?	廁所〔繁華街〕在哪兒？
このあたりにいいレストランはありますか?	這附近有什麼好餐廳嗎？
このあたりにインターネットカフェはありますか?	這附近有網咖嗎？
すみません、地下鉄(ちかてつ)の駅(えき)はどこにありますか?	對不起，請問地鐵站在哪裡？
すみません、この道(みち)をまっすぐ行(い)ったら京都駅(きょうとえき)ですか?	請問，這條路直走就是京都站嗎？
遠(とお)いですか?	請問會很遠嗎？
ここから遠(とお)いですか?	從這裡去會很遠嗎？
この通(とお)りの名前(なまえ)は何(なん)ですか?	這條路的路名是？
ここはどこですか?	這裡是哪裡？
道(みち)に迷(まよ)ってしまいました。	我迷路了。

（よく使(つか)う表現(ひょうげん)）	（常用的表現）
～に行(い)きたいんですが。	我想去～
～にはどうやって行(い)けばいいですか?	要到～去要怎麼走才好呢？

～はどこにありますか?	～在哪裡呢？	＊在找人的時候，可以說“～はどこにいますか？”、或者禮貌的說“～はどこにおられますか？”。
～を教(おし)えてください。	請告訴我～	
～までどのくらい時間(じかん)がかかりますか?	請問到～要多少時間？	
まっすぐ行(い)く	一直走	
右(みぎ)［左(ひだり)］へ曲(ま)がる	往右〔左〕轉	
通(とお)り［橋(はし)、川(かわ)］を渡(わた)る	過馬路〔橋、河〕	
──通(とお)りのこちら側(がわ)	路的這邊	
──通(とお)りの向(む)こう側(がわ)	路的對面	
坂(さか)を上(あ)がる［下(くだ)る］	上〔下〕坡	
──坂道(さかみち)、坂(さか)	坡道	
──右側通行(みぎがわつうこう)	靠右走	＊在日本，車子靠左側行駛，行人靠右側行走。
道(みち)に迷(まよ)う	迷路	＊在日本，“**迷路**”（めいろ）是“**迷宮**”的意思。
方向(ほうこう)を失(うしな)う	迷失方向	
道(みち)を尋(たず)ねる、道(みち)を聞(き)く	問路	
──近道(ちかみち)	捷徑	

（街角(まちかど)でよく目(め)にする日本語(にほんご)）（路上常見的日語）

～通(どお)り	～路	
入(い)り口(ぐち)	入口	＊也寫成“**入口**”。

でぐち 出口	出口
ゆうりょうちゅうしゃじょう 有料駐車場	收費停車場
——パーキングメーター (parking meter)	停車收費器
まんしゃ ——満車	車位已滿
くうしゃ ——空車	有空車位
つきぎめちゅうしゃじょう 月極駐車場	月租停車場
こうしゅう 公衆トイレ	公共廁所
ゆうりょう 有料トイレ	收費廁所
ふじんよう　じょせいよう ——婦人用、女性用	女性用
しんしよう　だんせいよう ——紳士用、男性用	男性用
か 貸します！	出租！
う 売ります！	出售！
か 買います！	收購！
ぼしゅう ～募集	～招募
ぼしゅう アルバイト募集！	徵求 Part time 人員！　＊“アルバイト”的語言源自德語的“arbeit”。
ある　きんし 歩きタバコ禁止！	禁止邊走邊吸菸！　＊在東京都千代田區和品川區等、行人吸菸會被罰款。
ろじょうきつえんきんし 路上喫煙禁止！	禁止在路上吸菸！
す　きんし ポイ捨て禁止！	禁止亂丟垃圾！

たちしょうべんげんきん 立小便厳禁！	嚴禁任意小便！	＊在看到此警語的地方有時會畫有象徵神社的“**鳥居**”（**とりい**）。
かきげんきん 火気厳禁！	嚴禁煙火！	
ちゅうい 注意！	小心！	
ぬ ペンキ塗りたて！	油漆未乾！	＊“**ペンキ**”的語言源自荷蘭語的“pek”。
ちゅうしゃきんし　ちゅうきん 駐車禁止！、駐禁！	禁止停車！	
ちゅうりんきんし 駐輪禁止！	禁停腳踏車！	
は　がみきんし 張り紙禁止！	禁止張貼！	
もうけんちゅうい 猛犬注意！	內有惡犬！	
こしょうちゅう 故障中！	故障中！	
こうじちゅう 工事中！	施工中！	
きけん 危険！	危險！	
～センター（center）	～中心	
ドライクリーニング（dry cleanning）	乾洗	
カラーコピー（color copy）	彩色影印	

2. 大馬路和交叉路口

おおどお こうさてん み ★大通りと交差点で見えるもの	★在大馬路和交叉路口	
とお 通り	路、街道	
おおどお 大通り	大道、大馬路	
ろじ 路地	巷子	
ふくろこうじ い ど 袋小路、行き止まり	死巷	
つ 突きあたり	盡頭	
がいとう 街頭	街頭	
なみきみち 並木道	林蔭大道	
がいろじゅ なみき ——街路樹、並木	行道樹	＊櫻花樹的行道樹叫“**桜並木**”（さくらなみき）。
ほどう 歩道	人行道、步道	
じてんしゃどう 自転車道	自行車道	＊在日本很少見。一般情況自行車在汽車道騎行。在寬闊的人行道上，自行車也可以行駛。
つうがくろ 通学路	上學的路	
ちかどう 地下道	地下道	
おうだんほどう 横断歩道	斑馬線	
おうだんき ——横断旗	禮讓小旗	＊小朋友過馬路時舉的小黃旗。
ほどうきょう りっきょう 歩道橋、陸橋	天橋	

こうさてん 交差点	交叉路口	
ま かど かど 曲がり角、角	轉角	
すみ ——隅	角落	
はし はし ——端、端っこ	端、側	
じゅうじろ よ かど 十字路、四つ角	十字路口	
ていじろ じろ 丁字路、T字路	丁字路口	＊口語叫“**T字路**”（ていーじろ）。
さんさろ 三差路	三叉路口	＊也寫成“**三叉路**”。
はし 橋	橋	
ふみきり 踏切	平交道	
しんごうき しんごう 信号機、信号	紅綠燈	
あかしんごう ——赤信号	紅燈	
あおしんごう ——青信号	綠燈	＊雖然是綠色，但在日本習慣被稱為“**青**”（**藍色**）。
きしんごう ——黄信号	黃燈	＊口語叫“**黃色信號**”（きいろしんごう）或“**黃色の信號**”（きいろのしんごう）。
ガソリンスタンド	加油站	＊和製英語。
でんちゅう でんしんばしら 電柱、電信柱	電線桿	
がいとう 街灯	路燈	
ネオン (neon)	霓虹燈	
えんとつ 煙突	煙囪	
マンホール (manhole)	下水道入口	

──マンホールのふた	人孔蓋	
ごみ箱(ばこ)	垃圾箱	
──ごみ	垃圾	＊也寫成“ゴミ”。

在每年年末時，滿懷夢想的人們在人氣的彩券行門口排隊購買彩券。

日本在都心、鬧區等地方，禁菸區域在不斷增加。另外，走路吸菸和隨地扔菸頭更被嚴厲禁止。

在日本，到處遍佈方便的自動販賣機。除了賣香菸、賣飲料、還有賣冰淇淋、賣香蕉等的各種五花八門的自動售貨機。

3. 建築物和商店

★建物(たてもの)とお店(みせ)の名称(めいしょう)	★建築物和商店的名稱	
ビル	大廈	＊“ビルディング”（building）的簡稱。
超高層(ちょうこうそう)ビル	摩天大廈	＊有時也稱為**“摩天楼”**（まてんろう）。
オフィスビル (office building)	辦公大樓	
ショッピングビル (shopping building)	購物大樓	＊和製英語。
建物(たてもの)、建築物(けんちくぶつ)	建築物	
眼鏡店(めがねてん)	眼鏡行	＊以下的單字，店名後用“～店”（てん）的，在口語中多叫“**～屋さん**”（やさん）。比如“**眼鏡屋さん**”、“**本屋さん**”、“**花屋さん**”等。
クリーニング店(てん)	洗衣店	
コインランドリー (coin laundry)	投幣式洗衣店、投幣式洗衣機	
CD ショップ (CD shop)	唱片行	
パソコンショップ	電腦賣場	＊“パソコン”是“パーソナルコンピューター”（personal computer）的簡稱。
電器店(でんきてん)	電器行	
家具店(かぐてん)	家具行	
ブティック (boutique)	精品店	＊其語源來自於法語。

ようふくてん 洋服店	服裝店	
アンティークショップ (antique shop)	古董店	
しちや 質屋	當舖	＊也有很多地方只掛有“**質**”一個字。
ようひんてん スポーツ用品店	體育用品店	
あいかぎや　かぎや 合鍵屋、鍵屋	鑰匙行	
あいかぎ ——合鍵、スペアキー (spare key)	備份鑰匙	＊和製英語。
あいかぎ　つく ——合鍵を作ってほしいんですが。	我要打鑰匙。	

みせ （そのほかのお店）	（其他的商店）	
はなや 花屋	花店	
ぶんぼうぐてん　ぶんぐてん 文房具店、文具店	文具店	
や おもちゃ屋	玩具店	＊更鄭重的表現為“**玩具店**”（がんぐてん）。
アダルトグッズショップ (adult goods shop)	情趣用品店	＊和製英語。情趣用品也叫“**大人のおもちゃ**”（おとなのおもちゃ）。
がっきてん 楽器店	樂器行	
ざっかてん 雑貨店	日式雜貨店	編註 日式雜貨店與台灣的柑仔店的印象截然不同，一般走的是比較精緻的店家風格路線。
こうすいてん 香水店	香水店	
ほうせきてん 宝石店	珠寶店	
ひかくせいひんせんもんてん 皮革製品専門店	皮革製品專賣店	

くつや 靴屋	鞋店	
とけいてん 時計店	鐘錶行	
しんぐてん 寝具店	寢具店	
かなものてん 金物店	五金行	
さかや 酒屋	酒專賣店	
やおや 八百屋	蔬果行	
くだものや 果物屋	水果行	
にくや　せいにくてん 肉屋、精肉店	日式肉品專賣店	編註 為日本專賣生鮮肉品的店。
さかなや 魚屋	魚店	
かんぶつや 乾物屋	日式乾燥食品店	編註 為日本專賣蔬菜、海鮮等乾燥食品的店。
かんぶつ ——乾物	乾燥食品	

圖為假日時遊客人山人海的東京淺草寺仲見世街。兩側是各種名產店和禮品店。

圖為大阪的鬧區心齋橋筋。這四周群聚了年輕人喜歡的各種店家。

圖為大阪名產章魚燒。是大阪街頭隨處可見的日常小吃。

美味的鯛魚燒的祕密在於：要把小魚的「肚子裡」都塞滿紅豆沙！

4
逛街

日本有很多「**立食**（站著吃）」的簡單飲食店。對於“趕時間，又要吃壽司”的人們，這種站著吃壽司的小店就十分方便了。

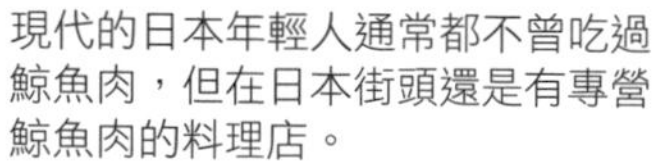

現代的日本年輕人通常都不曾吃過鯨魚肉，但在日本街頭還是有專營鯨魚肉的料理店。

乗り物に乗る

搭乘交通工具

1. 搭乘計程車

★最重要語&表現（さいじゅうようご ひょうげん）	★重要詞彙 & 表現	
タクシー (taxi)	計程車	＊在日本計程車後門是自動開的。
——流し（なが）のタクシー	日式野雞車	＊指普通計程車。 編註 在台灣搭計程車時，在路邊舉手就攔是一種普遍的習慣。但在日本的都會區人們多遵守在計程車招呼站搭車的習慣，所以像台灣這樣在路邊攔的車就叫「**流れのタクシー**」。
——個人（こじん）タクシー	個人計程車	
——ハイヤー (hire)	租車、接送車	＊指只接受電話叫的接送車。外表就是一般客車，不是計程車的樣子。
タクシーを借（か）り切（き）る（貸（か）し切（き）る）	包車	
一日（いちにち）借（か）り切（き）る	包車一天	
半日（はんにち）借（か）り切（き）る	包車半天	
タクシー乗（の）り場（ば）	計程車招呼站	
タクシードライバー (taxi driver)	計程車司機	
運転手（うんてんしゅ）、ドライバー (driver)	司機	
——ペーパードライバー (paper driver)	掛牌司機	＊和製英語。雖然有駕駛證，但不怎麼開車的人。
——運転代行（うんてんだいこう）	代客開車	＊多指客人飲酒後不能開車，找人代開的服務。

乗務員証（じょうむいんしょう）	執業登記證	
初乗り料金（はつのりりょうきん）	起跳價	
料金（りょうきん）メーター	碼錶器	＊“メーター”的語源來自英語的“meter”。
“タバコはご遠慮（えんりょ）ください”	〔請勿吸菸〕	

(タクシーの表示（ひょうじ）)	（計程車的標識）	
空車（くうしゃ）	空車	
賃走（ちんそう）、実車（じっしゃ）	載客中	
回送（かいそう）	暫停載客	
予約車（よやくしゃ）	預約叫的車	
割増（わりまし）	加程	
タクシーを拾（ひろ）う、タクシーをつかまえる	叫計程車、招計程車	
タクシーに乗（の）る	上計程車、搭計程車	
タクシーから降（お）りる	下計程車	
シートベルトを締（し）める[はずす]	繫〔解開〕安全帶	＊“シートベルト”的語源來自英語的“seat belt”。
タクシー[バス／自動車（じどうしゃ）／飛行機（ひこうき）／船（ふね）]で行（い）く	搭計程車〔公車、車、飛機、船〕去	
——自転車（じてんしゃ）で行（い）く	騎腳踏車去	
左側通行（ひだりがわつうこう）	靠左行駛	＊在日本，汽車的方向盤在右邊，車行則靠左行駛。

渋滞（じゅうたい）（する）	塞車、交通堵塞	
ノーカーデー（no car day）	無車日	
初心者（しょしんしゃ）マーク、若葉（わかば）マーク	若葉標誌	＊“マーク”源於“mark”。在日本，新手上路司機一定要貼。
高齢者（こうれいしゃ）マーク、シルバーマーク（silver mark）	紅葉標誌	編註 在日本，老人超過70歲駕駛時，就要貼這個上這個標誌。
暴走族（ぼうそうぞく）	暴走族	
ベンツ（Benz）	賓士	
BMW	BMW	＊在日本用字母的外來語音唸成“ビーエムダブリュー”，簡稱“ビーエム”。
近道（ちかみち）をする	抄小路、走捷徑	
遠回（とおまわ）りをする、回（まわ）り道（みち）をする	繞遠路	
——回（まわ）り道（みち）（をする）、迂回路（うかいろ）	繞路	
交通機関（こうつうきかん）	交通系統	
交通手段（こうつうしゅだん）、乗（の）り物（もの）	交通工具	
交通網（こうつうもう）	交通網	
交通量（こうつうりょう）	交通流量	
モーターショー（motor show）	車展	

★乗車、車中の表現	★乘車時、在車內的表現
どちらへ行きましょうか?（タクシードライバー）	您到哪兒去？（計程車司機）
——マンダリンオリエンタル東京（Mandarin Oriental Tokyo）までお願いします。	請到東京文華東方酒店。
——この住所へお願いします。（住所を見せて）	麻煩你到這個地址。（出示地址給司機看）
——新宿まで。	到新宿去。
原宿までだいたいいくらですか?	到原宿去要大概多少錢？
ここから秋葉原までどのくらい時間がかかりますか?	這兒到秋葉原要多久時間？
どのくらい時間がかかりますか?	要多久時間？
いま渋滞してますか?	現在有塞車嗎？
急いでください!	請快一點！
まだ遠いですか?	還很遠嗎？
——もうすぐですよ。（タクシードライバー）	馬上就到了。（計程車司機）
——まだ遠いですよ。（タクシードライバー）	還很遠。（計程車司機）

まっすぐ行ってください。	請往前一直走。

右(みぎ)［左(ひだり)］に曲(ま)がってください。	請往右〔左〕轉彎。
引(ひ)き返(かえ)してください。	麻煩請往回開。
Uターンしてください。	麻煩請掉頭。　＊“Uターン”唸成“ユーターン”。
ここで止(と)めてください。	麻煩請停在這裡。
ここで少(すこ)し待(ま)っていてください。（写真(しゃしん)を撮(と)る時(とき)などに）	請在這稍等一會兒。（想拍照的時候等）
次(つぎ)の信号(しんごう)の手前(てまえ)で止(と)めてください。	麻煩請在下一個紅綠燈前停下來。
次(つぎ)の信号(しんごう)を越(こ)えて止(と)めてください。	請在下一個紅綠燈停下來。
——次(つぎ)の信号(しんごう)［角(かど)］	下一個紅綠燈〔轉角〕
——もう少(すこ)し先(さき)へ。	再往前點。
止(と)めてください、降(お)ります。	請停車，我要下車。
1万円札(いちまんえんさつ)でお釣(つ)りはありますか?	一萬日元能找嗎？
どちらの国(くに)の人(ひと)ですか?（タクシードライバー）	您是哪國人？（計程車司機）
どちらからですか?（タクシードライバー）	您從哪兒來？（計程車司機）

★車内(しゃない)と部品名(ぶひんめい)	★車內和相關物品名
運転免許証(うんてんめんきょしょう)、免許証(めんきょしょう)	駕照

5 搭乘交通工具

こくさいうんてんめんきょしょう ——国際運転免許証	國際駕照	
ナンバープレート (number plate)	車牌	
くるま 車のナンバー (number)	車牌號碼	
しゃけんしょう 車検証	驗車證明	編註 在日本，每次驗車合格後會發給證明，在車子行駛時必須攜帶。意義上，類似台灣的行照。
しゃ オートマ車	自排汽車	＊“オートマ”是“オートマチック・トランスミッション”（automatic transmission）的簡稱。
しゃ マニュアル車	手排汽車	＊“マニュアル”是“マニュアル・トランスミッション”（manual transmission）的簡稱。
エンジン	引擎	
ガソリンエンジン (gasoline engine)	汽油引擎	
ディーゼルエンジン (diesel engine)	柴油引擎	
キャブレター (carburetor)	化油器	
ラジエーター (radiator)	散熱器、水箱	
ファンベルト (fan belt)	風扇皮帶	
サスペンション (suspension)	懸吊	
マフラー (muffler)	消音器	
ハンドル (handle)	方向盤	＊和製英語。
クラクション (klaxon)、 ホーン (horn)	汽車喇叭	
カーナビ	汽車導航系統	＊是“カー・ナビゲーション・システム”(car navigation system) 的簡稱。

エアバッグ（air bag）	安全氣囊	
シフトレバー（shift lever）、変速（へんそく）レバー	變速桿	
クラッチ（clutch）	離合器	
ギア（gear）	排檔桿	＊也寫成“ギヤ”。
ローギア（low gear）、一速（いっそく）	一檔	
セカンドギア（second gear）、二速（にそく）	二檔	
サードギア（third gear）、三速（さんそく）	三檔	
ニュートラル（neutral）	空檔	
バックギア（back gear）、後退（こうたい）ギア	倒車檔	＊和製英語。
ブレーキ（brake）	煞車	
サイドブレーキ（side brake）、ハンドブレーキ（hand brake）	手煞車	＊“サイドブレーキ”是和製英語。
アクセル	油門	＊源自於“accelerator”的和製英語。
シートベルト（seat belt）	安全帶	
スピードメーター（speedometer）	車速表	
ワイパー（wiper）	雨刷	
フロントガラス（front glas）	擋風玻璃	＊和製英語。

ヘッドライト（headlight）	大燈、車頭燈	
バンパー（bumper）	保險桿	
ウインカー（winker）	方向燈	
サイドミラー（side mirror）	照後鏡	＊也稱為“ドアミラー”（door mirror）或“フェンダーミラー”（fender mirror）。
ルームミラー（room mirror）	車內後視鏡	＊“サイドミラー”和“ルームミラー”也稱為和製英語的“バックミラー”（back mirror）。
テールランプ（taillamp）、テールライト（taillight）	尾燈、後車燈、車尾燈	

タイヤ（tire）	輪胎	
──スタッドレスタイヤ（studless tire）	防滑胎	
──スノータイヤ（snow tire）	雪地胎	
──タイヤチェーン（tire chain）	輪胎雪鏈	
車輪（しゃりん）	車輪	
チャイルドシート（child seat）	兒童座椅	＊和製英語。
トランク（trunk）	後車箱	
ジャッキ（jack）	千斤頂	

★車（くるま）を運転（うんてん）する	★駕駛汽車
車（くるま）を運転（うんてん）する	駕駛汽車

——運転(うんてん)する	駕駛、開車	
追(お)い越(こ)す、追(お)い抜(ぬ)く	超車	＊ **“追い越す”** 指變換車道超車、**“追い抜く”** 指不變換車道超車。
アクセル［ブレーキ］を踏(ふ)む	踩油門〔煞車〕	
ブレーキをかける	踩煞車	
ギアチェンジする (gear change)	換擋	
駐車(ちゅうしゃ)（する）、停車(ていしゃ)（する）、車(くるま)を止(と)める	停車	＊ **“駐車”** 指司機離開車體的長時間停車；**“停車”** 指搬送貨物時等，五分鐘以內可以開走的暫停。
——止(と)める、止(と)まる	停	
車(くるま)をバックさせる	倒車	＊ **“バック”** 的語源來自英語的“back”。
曲(ま)がる	轉彎	
エンストする	引擎故障	＊ **“エンスト”** 是和製英語 **“エンジンストップ”**（engine stop）的簡稱。
オーバーヒートする (overheat)	引擎過熱	
タイヤに空気(くうき)を入(い)れる	給輪胎充氣	
ガソリンがなくなった。	沒油了。	＊ **“ガソリン”** 的語源來自英語的“gasoline”。
給油(きゅうゆ)する、ガソリンを入(い)れる	加油	
——満(まん)タンにしてください。	請加滿油。	＊ **“タン”** 的語源來自英語的“tank”，指油箱。
セルフ式(しき)ガソリンスタンド	自助加油站	
——セルフサービス (self-service)	自助加油服務	

時速（じそく）	時速
燃費（ねんぴ）	油錢、耗油量
排気量（はいきりょう）	排氣量

車（くるま）を借（か）りたいんですが。	我想租車。
1日（いちにち）いくらですか?	一天要多少錢?
保険（ほけん）は含（ふく）まれていますか?	有含保險了嗎?

★交通事故（こうつうじこ）と修理（しゅうり）・点検（てんけん）	★交通事故和檢查、修理	
交通事故（こうつうじこ）	交通事故、車禍	
——交通事故（こうつうじこ）にあう	遇到交通事故、發生車禍	
急（きゅう）カーブ	急彎道	＊“カーブ”的語源來自英語的“curve”。

車（くるま）が衝突（しょうとつ）する	撞車	
——衝突（しょうとつ）する、ぶつかる	撞上	
飲酒運転（いんしゅうんてん）をする	酒後駕車	
居眠（いねむ）り運転（うんてん）をする	疲勞駕駛	
信号無視（しんごうむし）をする	闖紅燈	
無免許運転（むめんきょうんてん）をする	無照駕駛	
スピード違反（いはん）	超速	＊“スピード”的語源來自英語的“speed”。
駐車違反（ちゅうしゃいはん）、違法駐車（いほうちゅうしゃ）	違規停車	

空気(くうき)を入(い)れる	打氣	
タイヤがパンクしました。	爆胎了。	＊ “**パンク**” 的語源來自於英語的 “puncture”。
バッテリーがあがってしまいました。	電池沒有電了。	
エンジンがかかりません。	引擎發不動。	
修理(しゅうり)できますか?	可以修理嗎？	
自動車修理工場(じどうしゃしゅうりこうじょう)	汽車維修廠	
自動車整備士(じどうしゃせいびし)、自動車修理工(じどうしゃしゅうりこう)	汽車維修人員、黑手	
——故障(こしょう)	故障	
JAF (日本自動車連盟(にほんじどうしゃれんめい))	日本自動車連盟	＊唸成 “**ジャフ**”。“Japan Automobile federation” 的簡稱。 編註 是日本的駕駛族群自行加入的一個全國性的組織。組織的主要事業主要是交通事故的協助諮詢處理、開車旅行資訊提供等。

★ 道路(どうろ)と交通標識(こうつうひょうしき)	★公路和道路交通標誌
道路(どうろ)、道(みち)	公路、道路
国道(こくどう)	國道
幹線道路(かんせんどうろ)	幹道
高速道路(こうそくどうろ)、ハイウエー (highway)	高速公路
有料道路(ゆうりょうどうろ)	收費公路

料金所（りょうきんじょ）	收費站	
ETC	ETC	＊唸作“イーティーシー”。“Electronic Toll Collection system”（自動料金収受システム，じどうりょうきんしゅうじゅしすてむ）的簡稱。
サービスエリア（service area）、パーキングエリア（parking area）	休息站、服務區	
ドライブイン（drive-in）	得來速	

車線（しゃせん）	車道	
——走行車線（そうこうしゃせん）	慢車道	
——追（お）い越（こ）し車線（しゃせん）	快車道	
アスファルト道路（どうろ）	柏油路	＊“アスファルト”源於“asphalt”。
ガードレール（guardrail）	護欄	
交通標識（こうつうひょうしき）、道路標識（どうろひょうしき）	道路交通標誌、路標	
一方通行（いっぽうつうこう）	單行道	

自動車学校（じどうしゃがっこう）、自動車教習所（じどうしゃきょうしゅうじょ）、教習所（きょうしゅうじょ）	駕訓中心、駕訓班
立体交差橋（りったいこうさきょう）	立體交差橋
ロータリー（rotary）	圓環

（交通標識（こうつうひょうしき）など）	（道路交通標誌等）
「徐行（じょこう）」	〔減速慢行〕

「踏切注意（ふみきりちゅうい）」	〔停看聽　鐵路平交道　小心高壓電〕
「追い越し禁止（おいこしきんし）」	〔禁止超車〕
「止まれ（とまれ）」	〔停車再開〕
「通行止（つうこうどめ）」	〔禁止通行〕

★いろいろな車（くるま）	★各種汽車	
自動車（じどうしゃ）、車（くるま）	汽車	
軽自動車（けいじどうしゃ）	輕型汽車	編註 在日本的小客車規格裡，指長3.4公尺、寬1.48公尺及高2.0公尺以下，總排氣量在660cc以下的小型車。
ガソリン車（しゃ）	汽油車	＊"ガソリン"的語源來自於英語的"gasoline"。
ディーゼル車（しゃ）	柴油車	＊"ディーゼル"的語源來自於英語的"diesel"。
ハイブリッドカー（hybrid car）、ハイブリッド車（しゃ）	混合動力車	
電気自動車（でんきじどうしゃ）	電動車	
——燃料電池車（ねんりょうでんちしゃ）	FCV、燃料電池車	
——ソーラーカー（solar car）	太陽能車	
水素自動車（すいそじどうしゃ）	氫氣車	
エコカー（eco car）、低公害車（ていこうがいしゃ）	環保車	
乗用車（じょうようしゃ）	轎車	

自家用車（じかようしゃ）、マイカー (my car)	自用車	＊和製英語。
商用車（しょうようしゃ）	商務用車	
レンタカー (rent-a-car)	租賃車	
大（おお）［中（ちゅう）、小（こ）］型車（がたしゃ）	大〔中、小〕型車	
セダン (sedan)	四門車	＊高級車的也稱為“サルーン”（saloon）。
クーペ (coupé)	雙門車	＊其語源來自於法語。
ワゴン (wagon)、ステーションワゴン (station wagon)	旅行車	＊商務使用時，也叫和製英語的“ライトバン”（light van）。有時“ワゴン”指休旅車。
ミニバン (minivan)	多功能休旅車	＊和製英語。比旅行車要高，有三排座的車。
ハッチバック (hatch back)	掀背車	
ワンボックスカー (one box car)	休旅車	＊和製英語。
ピックアップトラック (pickup truck)	得利卡	
SUV	SUV	＊唸成“エスユーブイ”。“sport utility vehicle”（スポーツ・ユーティリティ・ビークル）的簡稱。也叫“スポーツ多目的車”（すぽーつたもくてきしゃ）或“RV”（アールブイ、Recreational vehicle）。
スポーツカー (sports car)	跑車	
オープンカー (open car)、カブリオレ (cabriolet)、コンバーチブル (convertible)	敞篷車	＊“オープンカー”是和製英語。
リムジン (limousine)	豪華轎車	
四輪駆動車（よんりんくどうしゃ）	四輪驅動車	

——四輪駆動(よんりんくどう)、四駆(よんく)、4WD (4 wheel drive)、4W	四輪驅動	＊“4WD”唸成“ヨンダブリューディー”，“4W”唸成“ヨンダブ”。
ジープ (Jeep)	吉普車	
オフロード車(しゃ) (off-road)	越野車	
トラック (truck)	卡車	
ダンプカー (dump car)	傾倒車	＊和製英語。
救急車(きゅうきゅうしゃ)	救護車	
消防車(しょうぼうしゃ)	消防車	
パトカー	警車	＊是“パトロールカー”(patrol car)的簡稱。小型無後車廂的警車也叫“ミニパト”。
——白(しろ)バイ	警用機車	＊“バイ”是“オートバイ”的簡稱。指日本的白色警察用摩托車。
郵便車(ゆうびんしゃ)	郵務車	
ごみ収集車(しゅうしゅうしゃ)	垃圾車	
散水車(さんすいしゃ)	灑水車	
除雪車(じょせつしゃ)	除雪車	編註 與台灣不同，由於日本會下雪，所以會使用這種車清除道路上的積雪。
タンクローリー (tank lorry)	油罐車	＊和製英語。
クレーン車(しゃ) (crane)	吊車	
フォークリフト (forklift)	堆高機	
ブルドーザー (bulldozer)	推土機	
ショベルカー (shovel car)、油圧(ゆあつ)ショベル、ユンボ	挖土機、怪手	＊和製英語。“ユンボ”是商品名。

新車（しんしゃ）	新車	
中古車（ちゅうこしゃ）	二手車	
国産車（こくさんしゃ）	國產車	
輸入車（ゆにゅうしゃ）	進口車	
外車（がいしゃ）	外國車	

★燃料（ねんりょう）など	★燃料等	
ガソリン (gasoline)	汽油	
軽油（けいゆ）	柴油	
LP（エルピー）ガス、液化石油（えきかせきゆ）ガス	液化石油氣	＊"LPガス"是"liquefied petroleun gas"的簡稱。"プロパン"（propane）和"ブタン"（butane）為主要成分。
エタノール混合（こんごう）ガソリン	乙醇汽油、酒精汽油	＊"エタノール"的語源來自於英語的"ethanol"。
太陽電池（たいようでんち）	太陽能電池	
水素燃料（すいそねんりょう）	氫燃料	
ドラム缶（かん）	油桶	＊"ドラム"的語源來自於英語的"drum"，可以裝 200 升的大桶。
ガソリン代（だい）	加油費	
エンジンオイル (engine oil)	機油	

★モータースポーツ、F1など	★賽車運動、F1 賽車等
モータースポーツ (motor sports)	賽車運動

F1	F1 賽車	＊“Formula One”的簡稱。唸成“エフワン”。
F1ドライバー	F1 賽車手	
F1 世界(せかい)チャンピオン (champion)	F1 世界冠軍	
サーキット (circuit)、レース場(じょう)	賽道	＊“レース”的語源來自英語的“race”。

(日本(にほん)のサーキット)	(在日本的賽道)
鈴鹿(すずか)サーキット (三重県(みえけん))	鈴鹿賽道
富士(ふじ)スピードウェイ (静岡県(しずおかけん))	富士賽道
岡山国際(おかやまこくさい)サーキット (岡山県(おかやまけん))	岡山國際賽道

(日本(にほん)の主(おも)な自動車(じどうしゃ)メーカー・オートバイメーカー)	(日本的主要汽車、越野車廠商)	
トヨタ自動車(じどうしゃ) (TOYOTA)	豐田汽車	
本田技研工業(ほんだぎけんこうぎょう) (HONDA)	本田技研工業	
日産自動車(にっさんじどうしゃ) (NISSAN)	日產汽車	
スズキ (SUZUKI)	鈴木	
富士重工業(ふじじゅうこうぎょう) (FUJI HEAVY INDUSTRIES)	富士重工業	
いすゞ自動車(じどうしゃ) (ISUZU)	五十鈴汽車	＊“ゞ”是帶濁音的重覆符號，例如“いすゞ”是“いすず”的意思。

ヤマハ発動機（はつどうき）（YAMAHA）	山葉發動機	
川崎重工業（かわさきじゅうこうぎょう）（KAWASAKI）	川崎重工業	

★オートバイ、自転車（じてんしゃ）に乗（の）る	★騎野車、自行車	
オートバイ、バイク、自動二輪車（じどうにりんしゃ）	摩托車	＊和製英語“**オードバイシクル**”（autobicycle）的簡稱。
原付（げんつき）、スクーター（scooter）	輕型機車	＊“**原付**”是“**原動機付自転車**”（**げんどうきつきじてんしゃ**）的簡稱。俗稱“**原チャリ**”（**げんちゃり**），是 50cc 以下的機車。“**スクーター**”是指雙腳可併攏的騎乘車型。
——ヘルメット（helmet）	安全帽	
自転車（じてんしゃ）	自行車、腳踏車	＊也叫“**じでんしゃ**”。俗稱“**ちゃりんこ**”。年輕人也叫“**バイク**”（bike）。
マウンテンバイク（mountain bike）、MTB	越野自行車	＊“MTB”唸成“**エムティービー**”。
折（お）り畳（たた）み自転車（じてんしゃ）	折疊腳踏車、小折	
レンタサイクル（rent-a-cycle）、レンタルサイクル（rental cycle）	出租用自行車	
ママチャリ	淑女車	＊其語源來自於“**ママ**”（mama）和俗語的“**ちゃりんこ**”。
三輪車（さんりんしゃ）	（兒童用）三輪車	
自転車（じてんしゃ）に乗（の）る	騎自行車、騎腳踏車	
自転車（じてんしゃ）に鍵（かぎ）をかける	將自行車上鎖	

駐輪所(ちゅうりんじょ)、自転車置き場(じてんしゃおきば)	腳踏車停車場	
自転車防犯登録(じてんしゃぼうはんとうろく)	自行車防盜登記	編註 所謂的「**自転車防犯登録**」，是日本的一種防止持車人的腳踏車受到偷盜或各種受害而產生的登記制度。一般由各都道府縣中的官方團體委派給相關機構執行此項業務。

★自転車の部品名など(じてんしゃのぶひんめいなど)	★自行車的零件名	
ハンドル (handle)	手把	
ブレーキレバー (brake lever)	煞車握把	
ベル (bell)	車鈴	
ライト (light)	車燈	
サドル (saddle)	車座	
ペダル (pedal)	腳踏板	
チェーン (chain)	鏈條	
スタンド (stand)	腳柱	
荷台(にだい)	後車架	
変速機(へんそくき)	變速器	
空気入れ(くうきいれ)	打氣筒	＊還有煞車是 “**ブレーキ**”（brake）、車輪是 “**車輪**”（しゃりん）、車胎是 “**タイヤ**”（tire）。
ロック (lock)	車鎖、鎖具	＊也使用 “**ワイヤーロック**”（wire lock）。

5 搭乘交通工具

2. 搭乘列車・地鐵

★最重要語(さいじゅうようご)&表現(ひょうげん)	★重要詞彙 & 表現	
鉄道(てつどう)、線路(せんろ)	鐵路	＊"**線路**"指軌道。
JR（ジェイアール）	JR	＊"Japan Railway"的簡稱。JR 是 1987 年日本國營鐵路改制私營化以後的稱呼。
私鉄(してつ)	私營鐵路	
電車(でんしゃ)、列車(れっしゃ)、汽車(きしゃ)	電車、列車、火車	
——始発(しはつ)、始発電車(しはつでんしゃ)、始発(しはつ)バス	頭班車	
——最終(さいしゅう)、終電(しゅうでん)、最終電車(さいしゅうでんしゃ)、最終(さいしゅう)バス	末班車	
モノレール（monorail）	單軌電車	
路面電車(ろめんでんしゃ)、チンチン電車(でんしゃ)	路面電車	＊"**チンチン**"是邊行駛邊發出的鐘聲。
上(のぼ)り	上行	＊東京都為中心，朝向東京運行的車為"**上り**"、遠離東京方向的車為"**下り**"。
——上(のぼ)り電車(でんしゃ)［列車(れっしゃ)］	上行列車	
下(くだ)り	下行	
——下(くだ)り電車(でんしゃ)［列車(れっしゃ)］	下行列車	
外回(そとまわ)り	右環	＊在東京的山手線、大阪的環狀線裡，"**外回り**"是右環、"**内回り**"是左環。

うちまわ 内回り	左環	
えき 駅	火車站	＊沒有站員的火車站叫 **“無人駅”**（むじんえき）。
りょこう びゅうプラザ（旅行カウンター）	JR 東日本旅行服務中心	
きっぷう　ば 切符売り場	售票處	
まんせき ——満席	客滿	
くうせき ——空席	空座、空位	
まどぐち みどりの窓口	綠色窗口	＊一般來說，都設有外語的服務。
じどうけんばいき 自動券売機	自動售票機	
じどうせいさんき 自動精算機	自動補票機	
せいさん ——精算する	補票	
きっぷ　りょうきん　きっぷだい 切符の料金、切符代	票價	
ラッシュアワー（rush hour）	尖峰時段	
つうきん ——通勤ラッシュ	通勤尖峰時段	
きせい ——帰省ラッシュ	回鄉尖峰時段	＊在日本，主要發生在盂蘭盆會和新年等時候。
じょせいせんようしゃりょう ——女性専用車両	婦女專用車廂	
ちえんしょうめいしょ ——遅延証明書	誤點證明	＊因天災等不可抗力之因素而造成誤點的證明文件。
えきべん 駅弁	火車便當	
の　もの　よ 乗り物に酔う	暈車	＊也叫 **“車に酔う”**、**“バスに酔う”**、**“電車に酔う”** 等。
ちかてつ 地下鉄	地鐵	

“次の駅は～です、～線に乗り換えるかたは～”(地下鉄内のアナウンス)	“下一站是～站，請要轉車的乘客～”（地鐵的廣播）
地下鉄の駅	地鐵站
地下鉄の路線図	地鐵路線圖
地下鉄の出入口	地鐵出入口
地下鉄［電車］に乗る	上地鐵〔列車〕
地下鉄［電車］から降りる	出地鐵〔下列車〕
地下鉄［電車］を乗り換える	轉乘地鐵〔列車〕

★切符と座席	★車票和座位	
切符、乗車券、チケット(ticket)	車票	＊“**切符**”是“**乗車券**”和另外的“**急行券**”、“**特急券**”等的總稱。
往復切符、往復乗車券	來回票	
片道切符、片道乗車券 ――片道／往復	單程票 單程／來回	
回数券	回數票	＊在日本，買十張則會送一張。 編註 日本的「**回数券**」指的是在搭乘列車時，先購買一定張數的票券，並在某站與某站間搭乘使用。與現場購票的差別在於，當購票量達到一定張數之後，有多送一張的優惠。因其字面恐使人聯想台灣高速公路使用「回數票」，但這兩樣是截然不同的東西。

定期券(ていきけん)、定期(ていき)	月票	編註 日本的「**定期券**」指得是在搭乘列車，一個月間花一定金錢購買，即能某站與某站間無限次搭乘使用的票券。
——定期券入れ(ていきけんいれ)、定期入れ(ていきいれ)	月票夾	
Suica（スイカ）	Suica	＊是“Super Urban Intelligent card”的簡稱。JR東日本開發的自動識別IC卡。另外有JR東海的“TOICA（トイカ）”、JR西日本的“ICOCA（イコカ）”。
PASMO（パスモ）	PASMO	＊關東地區的私營鐵路和地鐵等賣的自動識別IC卡。
急行券(きゅうこうけん)	快車票	＊搭乘快車，除了要“**乗車券**”（じょうしゃけん）之外，還需要“**急行券**”（きゅうこうけん）。
特急券(とっきゅうけん)	特快車票	＊坐新幹線和特快車時需要“**新幹線特急券**”（しんかんせんとっきゅうけん）或“**在来線特急券**”（ざいらいせんとっきゅうけん）。座位有自由席、指定席、頭等席等。
——グリーン券(けん)	頭等車廂票	＊“**グリーン**”的語源來自於英語的“green”。
入場券(にゅうじょうけん)	月台票	
寝台券(しんだいけん)	寢台票	＊有分“**A寝台券**”（えーしんだいけん）和“**B寝台券**”（びーしんだいけん）兩種。
一日乗車券(いちにちじょうしゃけん)	一日券	
——『青春18きっぷ』(せいしゅんじゅうはち)	〔青春18車票〕	＊春天、夏天、冬天時定期販賣的JR一日用普通車票，五票為一組，對旅行者很划算。

（席の種類(せきのしゅるい)）	（各種座位）
自由席(じゆうせき)	自由席
指定席(していせき)	指定席、對號席

——普通席(ふつうせき)	一般座席	
——グリーン席(せき)	頭等席	

★乗車(じょうしゃ)から到着(とうちゃく)まで	★搭乘列車過程	
切符(きっぷ)を買(か)う	買票	
切符(きっぷ)を払(はら)い戻(もど)す	退票	
電車(でんしゃ)［地下鉄(ちかてつ)、バス、車(くるま)］を待(ま)つ	等車	
乗車(じょうしゃ)する、乗(の)る	上車	
発車(はっしゃ)する	發車	
乗(の)り換(か)える	轉乘	
駅(えき)［バス停(てい)］に着(つ)く	到站	
下車(げしゃ)する、降(お)りる	下車	＊在日本，出車站時，車票都要被回收。
途中下車(とちゅうげしゃ)をする	中途下車	＊在日本，如持有長距離乘列車（101 公里以上）的“**乗車券**”可以在指定的期間內中途隨便停留再上列車的。
出発(しゅっぱつ)する、出(で)る	出發	
到着(とうちゃく)する、着(つ)く	到達	
席(せき)を譲(ゆず)る	讓座	
乗(の)り遅(おく)れる	錯過班次	
駅(えき)［バス停(てい)］を乗(の)り越(こ)す	坐過站	

時間を間違える(じかんをまちがえる)	弄錯時間
——間に合わない(まにあわない)	沒趕上、來不及
——間に合う(まにあう)	趕上

（電車内で多い迷惑行為）(でんしゃないでおおいめいわくこうい)	（列車內的多種給別人造成困擾的不當行為）
1. 大声での携帯電話の通話。(おおごえでのけいたいでんわのつうわ)	1. 講手機講的很大聲。
2. 携帯音楽プレーヤーのヘッドフォンの音漏れ。(けいたいおんがく、おとも)	2. 隨身音樂播放器的音樂開得很大聲，弄到全車廂裡都聽到。
3. 混んでいる電車内で足を組んで座っている人。(こ、でんしゃない、あし、く、すわ、ひと)	3. 坐在擁擠的列車內翹二郎腿。
4. 電車内で人目をはばからず化粧する女性。(でんしゃない、ひとめ、けしょう、じょせい)	4. 在列車內女性無視他人目光進行化妝。
5. 電車内の床に座りこんで飲み食いする若者。(でんしゃない、ゆか、すわ、の、く、わかもの)	5. 坐在列車地板上開始飲食的年輕人們。

★駅(えき)	★火車站	
始発駅(しはつえき)	發車站	
終着駅、終点(しゅうちゃくえき、しゅうてん)	終點站	
次の駅［バス停］(つぎのえき［ばすてい］)	下一站	＊依次類推是“2つ目の駅”（ふたつめのえき）、“3つ目の駅”（みっつめのえき）等。

1つ前の駅［バス停］（まえ えき てい）	前一站、上一站	＊依次類推是“2つ前の駅”（ふたつまえのえき）、“3つ前の駅”（みっつまえのえき）等。
改札口、改札（かいさつぐち かいさつ）	驗票口	
自動改札機（じどうかいさつき）	自動閘門驗票機	
プラットホーム（platform）、ホーム	月台	
——八番ホーム、八番線（はちばん はちばんせん）	八號月台	
待合室（まちあいしつ）	候車大廳	
売店（ばいてん）	販賣部	＊在車站的販賣部也叫“キオスク”或“キヨスク”。
案内所、インフォメーション（information）（あんないじょ）	服務台	
手荷物預かり所（てにもつあず じょ）	行李寄存處	
忘れ物取扱所（わす ものとりあつかいじょ）	失物招領處	
——忘れ物（わす もの）	遺失物、丟失的物品	
コインロッカー（coin locker）	投幣式寄物櫃	＊和製英語。
靴磨き（くつみが）	擦鞋匠、日式擦鞋店	編註 在日本，一些車站附近都會有「以店家型式」經營的「擦鞋店」。
時刻表（じこくひょう）	時刻表	
——発車時間（はっしゃじかん）	發車時間	
——到着時間（とうちゃくじかん）	到達時間	
——行き先（い さき）	目的地	＊也唸成“ゆきさき”。

ダイヤ	鐵路列車運行表	＊“**ダイヤグラム**”（diagram）的簡稱。因天氣或事故發生的列車運行混亂叫“**ダイヤの乱れ**”（**だいやのみだれ**）。
ダイヤ改正（かいせい）	鐵路列車運行修正表	
鉄道警察（てつどうけいさつ）	鐵路警察	

★切符（きぷ）を買（か）う時（とき）の表現（ひょうげん）など	★買車票時的表現等
次（つぎ）の大阪（おおさか）行（い）きの電車（でんしゃ）は何（なん）時（じ）に出（で）ますか？	下一班到大阪的電車是什麼時候發車？
京都（きょうと）には何時（なんじ）に着（つ）きますか？	什麼時候到達京都？
往復（おうふく）でどのくらい時間（じかん）がかかりますか？	來回約花多少時間？
学生割引（がくせいわりびき）はありますか？	學生有沒有打折？
横浜（よこはま）行（い）きの特急（とっきゅう）の切符（きっぷ）を二枚（にまい）ください。	我要買兩張去橫濱特急列車的票。
札幌（さっぽろ）行（い）きの寝台券（しんだいけん）を一枚（いちまい）お願（ねが）いします。	我要買一張前往札幌的寢台票。
電車（でんしゃ）を乗（の）り換（か）えなければいけませんか？	我需要換車嗎？
この列車（れっしゃ）は広島（ひろしま）に行（い）きますか？	這班車有去廣島嗎？
何番線（なんばんせん）から出（で）ますか？（何（なん）番（ばん）ホームから出（で）ますか？）	從幾號月台出發（搭車）？

手荷物(てにもつ)預(あず)かり所(じょ)はどこですか？	行李寄存處在哪？
今(いま)のアナウンスは何(なん)と言(い)ったのですか？	剛才的廣播在說什麼？
この駅(えき)にはどのくらい止(と)まりますか？	會在這站停多久？
停車時間(ていしゃじかん)はどれだけですか？	會停留大概多久？
次(つぎ)の駅(えき)は何(なん)という駅(えき)ですか？	下一站是什麼站呢？
ここは私(わたし)の席(せき)なんですが。	這裡是我的座位。
この席(せき)は空(あ)いていますか？(指(ゆび)で示(しめ)しながら)	這個位置有人坐嗎？（用手指著說）
——はい、空(あ)いています。	沒人坐。
——いいえ、空(あ)いていません。	有人坐。

電車(でんしゃ)で行(い)くことができますか？	可以搭電車去嗎？
この切符(きっぷ)をキャンセルしたいのですが。	我想取消這張車票。

★いろいろな列車(れっしゃ)と車両(しゃりょう)	★各種列車和車廂	
普通列車(ふつうれっしゃ)、各駅停車(かくえきていしゃ)、各停(かくてい)	普通列車、區間車	＊也稱為“鈍行列車”（どんこうれっしゃ）或“鈍行”（どんこう）。

じゅんきゅうれっしゃ 準急列車	準急列車	編註 「**準急列車**」停靠的車站比「**快速列車**」、「**急行列車**」多一點，而比「普通列車」少一點。
かいそくれっしゃ 快速列車	快速列車	編註 「**快速列車**」只停某些比較大的站，類似台灣的莒光號。
きゅうこうれっしゃ 急行列車	急行列車	編註 「**急行列車**」只停某些主要站，類似台灣的自強號。
とっきゅうれっしゃ 特急列車	特急列車	*寢台列車也叫“**寝台特急**”（**しんだいとっきゅう**）。 編註 「特急列車」是比「急行列車」速度更快的列車。
やこうれっしゃ　よぎしゃ 夜行列車、夜汽車	夜車	
かもつれっしゃ 貨物列車	貨物列車	
でんききかんしゃ 電気機関車	電力火車	
きかんしゃ ディーゼル機関車	柴油火車	*“**ディーゼル**”的語源來自英語的“Diesel”。
じょうききかんしゃ 蒸気機関車、SL	蒸汽火車	*“SL”是“steam locomotive”的簡稱，唸成“**エスエル**”。
しんだいしゃ 寝台車	寢台車	
しんだい ——寝台	臥鋪	
ビーしんだい ——B寝台	標準臥鋪	
エーしんだい ——A寝台	豪華臥鋪	
じょうだんしんだい ——上段寝台	上鋪	
げだんしんだい ——下段寝台	下鋪	
しょくどうしゃ 食堂車	餐車	*在車站或列車內的小食堂。語源來自法語的“**ビュッフェ**”（buffet）。
しゃりょう 車両	車廂	
きゃくしゃ 客車	旅客車廂	

禁煙車（きんえんしゃ）	禁煙車廂	
展望車（てんぼうしゃ）	景觀車廂	
——トロッコ列車（れっしゃ）	日式小火車	
在来線（ざいらいせん）	既有線	＊新幹線以外原本就有的普通鐵路。
新幹線（しんかんせん）	新幹線	
——ミニ新幹線（しんかんせん）	迷你新幹線	＊“ミニ”的語源來自英語的“mini”。使用改良型的普通鐵路鐵軌的新幹線。
リニアモーターカー (linear motor car)	磁浮列車	＊和製英語。只花40 分鐘就可以從東京到達名古屋。預定在 2027 年通車。

(人気（にんき）の特急列車（とっきゅうれっしゃ）)	（人氣特快車）
『成田（なりた）エクスプレス』(Narita Express、東京近郊（とうきょうきんこう）－成田国際空港（なりたこくさいくうこう）)、N'EX	〔成田特快〕
『北斗星（ほくとせい）』(上野（うえの）〔東京（とうきょう）〕－札幌（さっぽろ）〔北海道（ほっかいどう）〕)	〔北斗星號寢台列車〕
『カシオペア』(Cassiopeia、上野（うえの）－札幌（さっぽろ）)	〔仙后座號寢台列車〕
『トワイライトエクスプレス』(Twilight Express、大阪（おおさか）－札幌（さっぽろ）)	〔曙光號寢台列車〕

おど　こ 『スーパービュー踊り子』 (Superview Odoriko、 とうきょう　いず きゅうしもだ 東京ー伊豆急下田)	〔伊豆踊子號〕

えきいん ★駅員など	★站員等	
えきちょう 駅長	站長	
えきいん 駅員	站員	
うんてんし 運転士	駕駛員	
しゃしょう　じょうむいん 車掌、乗務員	乘務員	
けんさつ　きっぷ ——検札する、切符をチェックする	查票	
じょうきゃく 乗客	乘客	
ろせんず 路線図	交通線路圖	
りょうきんひょう 料金表	票價表	
れっしゃばんごう 列車番号	車次	
しゃりょうばんごう 車両番号	車廂號碼	
ざせきばんごう 座席番号	座位號碼	
かわ つり革	吊環	＊在體操中使用的叫 **“つり輪”**（つりわ）。
あみだな 網棚	列車行李架	
トンネル (tunnel)	隧道	＊更鄭重的表現為 **“隧道”**（ずいどう）。

せいかん ——青函トンネル	青函隧道	＊連結本州和北海道的隧道，全長 53.85 公里。
たんせん 単線	單向	
ふくせん 複線	雙向	
レール (rail)	鐵軌	
まくら ぎ 枕木	枕木	
てつどうはくぶつかん 鉄道博物館	鐵道博物館	
てつどう 鉄道ファン、てっちゃん	鐵道迷	＊“てっちゃん”是俗稱。

ほんしゅう しゅよう ろ せん かんじょうせん (本州の主要路線と環状線など)	（在本州的主要線路和環狀線等）	
とうほくほんせん うえ の とうきょう 東北本線（上野〔東京〕 もりおか はちのへ あおもり －盛岡、八戸－青森）	東北本線	
とうかいどうほんせん とうきょう な ご や 東海道本線（東京－名古屋 きょう と おおさか こう べ －京都－大阪－神戸）	東海道本線	
ちゅうおうほんせん 中央本線 とうきょう しおじり な ご や （東京－塩尻－名古屋）	中央本線	
かんさいほんせん 関西本線 な ご や な ら なん ば （名古屋－奈良－難波）	關西本線	
さんようほんせん こう べ も じ 山陽本線（神戸－門司）	山陽本線	
やまのてせん 山手線 とうきょう と く ない かんじょうせん （東京都区内の環状線）	山手線	＊也唸成“やまてせん”。

大阪環状線（おおさかかんじょうせん）（大阪市内（おおさかしない）の環状線（かんじょうせん））、環状線（かんじょうせん）	大阪環狀線

（東京（とうきょう）の地下鉄（ちかてつ）など）	（在東京的地鐵等）
東京（とうきょう）メトロ（Tokyo Metro）	東京 Metro 地鐵
都営地下鉄（とえいちかてつ）	都營地鐵
東京（とうきょう）モノレール（Tokyo Monorail）	東京單軌電車
ゆりかもめ	百合海鷗號
りんかい線（せん）（東京臨海高速鉄道（とうきょうりんかいこうそくてつどう））	臨海線（東京臨海高速鐵道）

（東海道新幹線（とうかいどうしんかんせん）の列車名（れっしゃめい））	（東海道新幹線的電車名）
のぞみ	希望號
ひかり	光號
こだま	回音號

（人気（にんき）の駅弁（えきべん））	（受歡迎的火車便當）
『いかめし』（北海道（ほっかいどう））	〔花枝飯〕
『かきめし』（北海道（ほっかいどう））	〔蚵仔飯〕
『うに弁当（べんとう）』（岩手県（いわてけん））	〔海膽飯〕
『峠（とうげ）の釜（かま）めし』（群馬県（ぐんまけん））	〔釜鍋便當〕

『シウマイ弁当(べんとう)』(神奈川県(かながわけん))	〔燒賣便當〕
『名古屋(なごや)みそかつ弁当(べんとう)』(愛知県(あいちけん))	〔名古屋味噌豬排便當〕
『ますのすし』(富山県(とやまけん))	〔鱒魚壽司〕
『越前(えちぜん)かにめし』(福井県(ふくいけん))	〔越前蟹便當〕
『かしわめし弁当(べんとう)』(九州(きゅうしゅう))	〔日式雞肉什錦菜便當〕

新型的流線形新幹線 N700 系的車頭形似鴨嘴獸。這樣的形狀使空氣阻力變得很小。

圖為 JR 車站的自動售票機。上部醒目的張貼著四通八達的鐵道路線圖，並註明了到每站的詳細價格。

3. 搭乘巴士・船等

★最重要語(さいじゅうようご)&表現(ひょうげん)	★重要詞彙 & 表現	
バス (bus)、路線(ろせん)バス	巴士、公車、公共汽車	
高速(こうそく)バス、ハイウェイバス (highway bus)	高速巴士	＊和製英語。也寫成“**ハイウエーバス**”。深夜行駛的叫“**夜行バス**”（**やこうばす**）。
送迎(そうげい)バス	接駁巴士	
大型(おおがた)バス	大巴士	＊在日本的定義為容下定員三十人以上的巴士。
マイクロバス (microbus)	小巴士	＊在日本的定義為容下定員十一人到二十九人之間的巴士，也叫“**ミニバス**”（minibus）。
ノンステップバス (non step bus)	低底盤公車	＊和製英語。底座很低，便於乘坐的公車。
トロリーバス (trolley bus)	無軌電車	
バス停(てい)、停留所(ていりゅうじょ)	公車站牌	
バスターミナル (bus terminal)	公車總站	
路線(ろせん)、ルート (route)	路線	
ワンマンバス (one man bus)	（只有司機的）一人公車	＊和製英語。 編註 與台灣不同，在日本的一些長程或觀光性質的巴士仍附有車掌等乘務員，故有此一用語產生。
アイドリングストップ (idling stop)	怠速熄火	＊和製英語。指等紅或停車時，將引擎完全熄火，有利於環保。
——アイドリング (idling)	怠速	

運賃投入(うんちんとうにゅう)ボックス	公車投幣箱	＊“**ボックス**”其語源來自於“box”。
料金一律(りょうきんいちりつ)、単一料金(たんいつりょうきん)	單一票價	
降車(こうしゃ)ブザー	下車鈴	
優先席(ゆうせんせき)	博愛座	＊還有和製英語的“**シルバーシート**”（silver seat）。

バスを待(ま)つ	等公車
バスに乗(の)る	上公車
バスから降(お)りる	下公車
バスを乗(の)り換(か)える	轉乘公車
バスを乗(の)り間違(まちが)える	搭錯（公）車
バスに乗(の)り遅(おく)れる	沒趕上公車
——次(つぎ)のバス	下一班公車
——三番(さんばん)のバス	3路公車
——混(こ)んでいる（バスなどの中(なか)が）	很擁擠（公車等的裡面）

★バスターミナルでの表現(ひょうげん)など	★在總站的表現
札幌(さっぽろ)まで一枚(いちまい)、お願(ねが)いします。	我要買一張到札幌的車票。
バスは一日(いちにち)に何便(なんびん)ありますか?	一天有多少班次（車班）？

何時(なんじ)に出発(しゅっぱつ)［到着(とうちゃく)］しますか?	什麼時候出發〔到達〕？
どのバスが神戸(こうべ)に行(い)きますか?	哪輛巴士會開去神戶？
広島行(ひろしまい)きのバスは、どこで乗(の)るのですか?	去廣島的車在哪裡坐？
どのくらい時間(じかん)がかかりますか?	要花多少時間？（車程需要多久）
——二時間(にじかん)くらいです。	兩個小時左右。
——道路(どうろ)が混(こ)んでなかったら、一時間(いちじかん)くらいです。	不塞車的話，一個小時就到了。
——道路(どうろ)の混(こ)み具合(ぐあい)によりますね。	要看會不會遇到塞車才知道。
すいませんが、東京駅(とうきょうえき)へは何番(なんばん)のバスに乗(の)ったらいいですか?	請問要到東京車站應該坐幾路公車才行？
このバスは横浜駅(よこはまえき)へ行(い)きますか?	請問這台公車有開往橫濱站嗎？
京都駅(きょうとえき)に着(つ)きましたか?	已經到京都車站了嗎？
——まだです。	還沒到。
——もう過(す)ぎました。	已經過了。
長崎(ながさき)に着(つ)いたら教(おし)えてください。	到了長崎後請告訴我。

★船(ふね)に乗(の)る	★搭船
船(ふね)はどの船着(ふなつ)き場(ば)から出(で)ますか?	請問船從幾號碼頭出發？
船酔(ふなよ)いなんですが。	我暈船了。

船(ふね)に乗(の)る、上船(じょうせん)する	上船
船(ふね)から降(お)りる、下船(げせん)する	下船
出航(しゅっこう)する	起航
停泊(ていはく)する	停泊
——錨(いかり)	船錨
航海(こうかい)する	航海
揺(ゆ)れる	搖晃顛簸
沈(しず)む、沈没(ちんぼつ)する	沉沒
浮(う)く	浮、浮起
船(ふね)に酔(よ)う、船酔(ふなよ)いする	暈船
——酔(よ)い止(ど)めの薬(くすり)、酔(よ)い止(ど)め	暈船藥

船長(せんちょう)	船長
船員(せんいん)	船員
港(みなと)	港口
波止場(はとば)、埠頭(ふとう)、船着(ふなつ)き場(ば)、桟橋(さんばし)	碼頭 ＊在碼頭，從岸上延伸到水中的橋叫“**棧橋**”（さんばし）。

ボート(boat)、小舟(こぶね)	小船、小艇	
——オール(oar)、櫂(かい)	船槳	
——ボートをこぐ	划船	
船(ふね)	船	*用人力划行的船也寫成“**舟**”(ふね)。
——船室(せんしつ)	船艙	
——客室(きゃくしつ)、キャビン(cabin)	客艙	
——甲板(かんぱん)、デッキ(deck)	甲板	
客船(きゃくせん)	客船	
豪華客船(ごうかきゃくせん)、クルーズ船(せん)(cruise)	郵輪、豪華郵輪	
遊覧船(ゆうらんせん)、観光船(かんこうせん)	觀光船	
屋形船(やかたぶね)	屋形船	*外型長得像日式房子、可以在裡面開宴會(內部為和室擺飾)的觀光船。
汽船(きせん)	輪船	
フェリーボート(ferryboat)、フェリー	渡輪	
渡し船(わたしぶね)	渡船	
漁船(ぎょせん)	漁船	
——漁業監視船(ぎょぎょうかんしせん)	漁業巡護船	
タンカー(tanker)	油輪	
貨物船(かもつせん)	貨船	

タグボート (tugboat)	拖船
かいぞくせん 海賊船	海盜船
ちんぼつせん 沈没船	沉船
まるきぶね 丸木舟	獨木舟

隅田川上的觀光船。照片中部是東京鐵塔，偏下碼頭一帶是出名的日本魚市場：築地市場。

4. 搭乘飛機

4. 搭乗飛機

★最重要語＆表現	★重要詞彙＆表現	
飛行機（ひこうき）	飛機	
航空会社（こうくうがいしゃ）、エアライン（airline）	航空公司	
格安航空会社（かくやすこうくうがいしゃ）、格安（かくやす）エアライン、LCC	廉價航空公司	＊ "LCC"（エルシーシー）是 "ローコストキャリア"（Low-Cost Carrier）的簡稱。
機長（きちょう）	機長	
副躁縦士（ふくそうじゅうし）、副機長（ふくきちょう）	副機師、副機長	
パイロット（pilot）	飛行員	
客室乗務員（きゃくしつじょうむいん）、フライトアテンダント（flight attendant）、キャビンアテンダント（cabin attendant）	空姐	＊也叫 "キャビンクルー"（cabin crew）。
──スチュワーデス（stewardess）	空姐	
──スチュワード（steward）	空少	
エコノミークラス（economy class）	經濟艙	
ビジネスクラス（business class）	商務艙	
ファーストクラス（first class）	頭等艙

飛行機（ひこうき）のチケットを予約（よやく）する	訂機票
飛行機（ひこうき）のチケットを変更（へんこう）する	變更機票
飛行機（ひこうき）のチケットをキャンセルする (cancel)	取消機票
——キャンセル料（りょう）	（取消）手續費
キャンセル待（ま）ちをする	等候補位
——ウエイティングリスト (waiting list)	候補名單
リコンファームをする (reconfirm)	再確認
チェックインする (check in)	辦理登機手續
消費税（しょうひぜい）の払（はら）い戻（もど）しを受（う）ける	退消費稅
搭乗（とうじょう）する、乗（の）る	搭乘
離陸（りりく）する	起飛
着陸（ちゃくりく）する	降落
飛（と）ぶ	飛、飛行
飛行機（ひこうき）に乗（の）り遅（おく）れる	飛機誤點
空港（くうこう）で出迎（でむか）える	接機
空港（くうこう）で見送（みおく）る	送機
欠航（けっこう）する	停飛

予定より遅れて到着する	延遲抵達
——予定より遅れる	延誤
時間どおりに出発［到着］する	按時出發〔到達〕
～を経由する	經由～
搭乗手続き	登機手續
税関手続き	通關手續
出国手続き	出境手續
入国手続き	入境手續
出発［到着］時間	出發〔到達〕 時間

(空港でよく使う表現)	(在機場的常用的表現)
次の便は何時ですか?	下一個航班是什麼時候?
ほかに便はありますか?	有沒有別的航班?
それはすべてを含んだ料金ですか?	這是全部加起來的價錢嗎?
ウエイティングリストに載せてください。	請把我加入補位名單。
リコンファームしたいんですが。	我想再次確認。

★航空券と荷物など	★機票和行李等	
航空券、飛行機のチケット	機票	
格安チケット、格安航空券、ディスカウントチケット（discount ticket）	廉價機票	
e チケット（e-ticket）	電子機票	＊唸成“イーチケット”。
オープンチケット（open ticket）	可以改時間的機票	
フィックスチケット（fix ticket）	不能改時間的機票	＊和製英語。
燃油サーチャージ、サーチャージ（surcharge）	燃油附加費	
空港税、空港使用料	機場稅	
マイレージ（mileage）	里程	
——マイレージカード（mileage card）	累積里程信用卡	
搭乗券、ボーディングパス（boarding pass）	登機證	＊座位號碼叫“**座席番號**”（ざせきばんごう）。
フライト（flight）	航班	
フライトナンバー（flight number）、航空便名、便名	班機號碼	＊也叫“**航空機便名**”（こうくうきびんめい）。
直航便	直達航班	＊也寫成“**直行便**”。
税関申告書	海關申報表	

──申告する（しんこく）	申報	
携帯品・別送品申告書（けいたいひん・べっそうひんしんこくしょ）	攜帶品・託運行李申報表	
国際予防接種証明書（こくさいよぼうせっしゅしょうめいしょ）、イエローカード (yellow card)	國際預防接種證明書	＊去非洲等較為衛生環境不佳的地區旅遊時，有時必須附上。
機内持ち込み手荷物（きないもちこみてにもつ）、手荷物（てにもつ）	隨身行李	
預け入れ荷物（あずけいれにもつ）	託運行李	
超過手荷物（ちょうかてにもつ）	超重行李	
──重量超過料金（じゅうりょうちょうかりょうきん）	超重費	
預け入れ荷物引換証（あずけいれにもつひきかえしょう）、クレームタグ (claim tag)	行李牌	
身分証明書（みぶんしょうめいしょ）、ID（アイディー）カード (identification card)	身分證	＊在日本通常使用駕駛證、學生證、健保卡等做身分證。
パスポート (passport)、旅券（りょけん）	護照	
ビザ (visa)、査証（さしょう）	簽證	
外国人出入国記録用紙（がいこくじんしゅつにゅうこくきろくようし）、出入国カード（しゅつにゅうこくカード）	外國人出入境登記表	

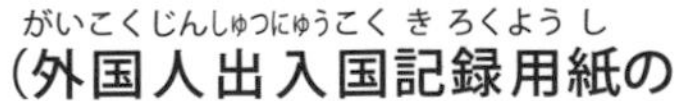

(外国人出入国記録用紙の記入項目)（がいこくじんしゅつにゅうこくきろくようしのきにゅうこうもく）　（填寫外國人出入境登記表事項）

名前（なまえ）、氏名（しめい）、姓名（せいめい）	姓名

こくせき 国籍	國籍
せいねんがっぴ 生年月日	出生年月日
げんじゅうしょ 現住所	現住址
しょくぎょう 職業	職業
りょけんばんごう 旅券番号	護照號碼
こうくうきびんめい　せんめい 航空機便名／船名	班機號碼／船名
とこうもくてき 渡航目的	入境目的
にほんたいざいよていきかん 日本滞在予定期間	在日逗留期間
にほん　れんらくさき 日本の連絡先	日本的聯繫地址
しょめい 署名	簽名

くうこうない ★空港内	★在機場
くうこう 空港	機場
くうこう ──ハブ空港（hub）	中心機場
エアターミナル（air terminal）	航廈
かんせいとう 管制塔	塔臺
かっそうろ 滑走路	飛機跑道
こくさいせん 国際線	國際線
こくないせん 国内線	國內線

出発ロビー（しゅっぱつ）	出境大廳	＊“ロビー”的語源來自英語的“lobby”。
到着ロビー（とうちゃく）	到境大廳	
搭乗ゲート（とうじょう）、搭乗口（とうじょうぐち）	登機門	＊“ゲート”的語源來自英語的“gate”。
——ゲート番号（ばんごう）	登機門號碼	
チェックインカウンター（check in counter）	登機手續櫃台	
荷物検査（にもつけんさ）	行李檢查	
セキュリティーチェック（security check）	安全檢查	
ボディーチェック（body check）	搜身	＊和製英語。
出入国審査（しゅつにゅうこくしんさ）、パスポートコントロール（passport control）	出入境檢查	
——出国審査（しゅっこくしんさ）	出境檢查	
——入国審査（にゅうこくしんさ）	入境檢查	
トランジットカウンター（transit counter）	轉機櫃台	
——トランジット（transit）、乗り継ぎ（のつ）	轉機	
——トランジットカード（transit card）	過境卡	
——ストップオーバー（stop over）	過境	

5 搭乘交通工具

手荷物受取所(てにもつうけとりじょ)、ターンテーブル (turntable)	行李轉盤	
税関(ぜいかん)	海關	
——税関職員(ぜいかんしょくいん)	海關人員	
検疫(けんえき)	檢疫	
——検疫官(けんえきかん)	檢疫員	
インフォメーションカウンター (information counter)	服務台	
チケットカウンター (ticket counter)	售票櫃台	
遺失物取扱所(いしつぶつとりあつかいじょ)	失物招領處	
免税店(めんぜいてん)	免稅店	
——免税品(めんぜいひん)	免稅品	
喫煙(きつえん)ルーム	吸菸室	＊“ルーム”的語源來自英語的“room”。
カート (cart)	行李推車	
空港(くうこう)バス、リムジンバス (limousine bus)	利木津巴士	＊和製英語。此外“計程車招呼站”叫“タクシー乗り場”（たくしーのりば），“外幣兌換處”叫“両替所”（りょうがえじょ）。
タラップ (trap)	登機梯	＊其語源來自荷蘭語。

★機中(きちゅう)、その他(た)	★在飛機裡、其他	
窓側(まどがわ)の席(せき)	靠窗座位	
通路側(つうろがわ)の席(せき)	靠走道座位	
——（席(せき)を）倒(たお)す	將（座椅）推倒	
——（席(せき)を）戻(もど)す	將（座椅）還原	
酸素(さんそ)マスク	氧氣罩	＊“**マスク**”的語源來自英語的“mask”。此外“**安全帯**”叫“**シートベルト**”（seat belt）、“救生衣”叫“**救命胴衣**”（**きゅうめいどうい**）。
非常口(ひじょうぐち)	緊急出口	
機内(きない)トイレ	機內廁所	
——［使用中(しようちゅう)］	〔使用中〕	
——［空(あ)き］	〔無人使用〕	
機内(きない)サービス	機內服務	＊“**サービス**”的語源來自英語的“service”。
機内食(きないしょく)	飛機餐	
——空弁(そらべん)	機場便當	＊是“**空港の弁当**”（**くうこうのべんとう**）的簡稱。
日付変更線(ひづけへんこうせん)	國際換日線	
現地時間(げんちじかん)、ローカルタイム (local time)	當地時間	
時差(じさ)	時差	＊日本和台灣的時差是 1 小時，台灣時間晚 1 小時。
——時差(じさ)ボケです。	我時差顛倒了。	
乱気流(らんきりゅう)	亂流	

ゆ　じょうげ　ゆ 揺れる、上下に揺れる	搖晃	
みみな 耳鳴りがする	耳鳴	
ひこうき　よ 飛行機に酔う	暈機	
ブラックボックス (black box)	黑盒子	
——フライトレコーダー (flight recorder)	飛行記錄器	
——ボイスレコーダー (voice recorder)	座艙語音紀錄器	＊和製英語。
ボーイング (Boeing)	波音	
エアバス (Airbus)	空中巴士	
ヘリコプター (helicopter)	直升機	＊直升機停機坪稱為“ヘリポート”(heliport)。

にほん　しゅよう　くうこう **(日本の主要な空港)**	(在日本的主要機場)	
なりたくうこう　ちばけん 成田空港（千葉県)、 なりたこくさいくうこう 成田国際空港	成田國際機場	＊舊稱是“**新東京國際空港**”(しんとうきょうこくさいくうこう)。
だいいち ——第一ターミナル	第一航廈	＊“**ターミナル**”的語源是英語的“terminal”。
だいに ——第二ターミナル	第二航廈	
はねだくうこう　とうきょうと 羽田空港（東京都)、 とうきょうこくさいくうこう 東京国際空港	羽田機場、東京國際機場	
かんさいこくさいくうこう　おおさかふ 関西国際空港（大阪府)、 かんくう 関空	關西國際機場	

<ruby>大阪国際空港<rt>おおさかこくさいくうこう</rt></ruby>（<ruby>大阪府<rt>おおさかふ</rt></ruby>、 <ruby>兵庫県<rt>ひょうごけん</rt></ruby>）、<ruby>大阪空港<rt>おおさかくうこう</rt></ruby>、<ruby>伊丹<rt>いたみ</rt></ruby> <ruby>空港<rt>くうこう</rt></ruby>	大阪國際機場	
<ruby>中部国際空港<rt>ちゅうぶこくさいくうこう</rt></ruby>（<ruby>愛知県<rt>あいちけん</rt></ruby>）、 セントレア（Centrair）	中部國際機場	
<ruby>新千歳空港<rt>しんちとせくうこう</rt></ruby>（<ruby>北海道<rt>ほっかいどう</rt></ruby>）	新千歳機場	
<ruby>那覇空港<rt>なはくうこう</rt></ruby>（<ruby>沖縄県<rt>おきなわけん</rt></ruby>）	那霸機場	
（<ruby>日本<rt>にほん</rt></ruby>の<ruby>航空会社<rt>こうくうがいしゃ</rt></ruby>）	**（日本的航空公司）**	
<ruby>日本航空<rt>にっぽんこうくう</rt></ruby>（JAL）、<ruby>日航<rt>にっこう</rt></ruby>	日本航空	＊也唸成"にほんこうくう"。"JAL"唸作"ジャル"。與香港的國泰航空都是寰宇一家（ワンワールド（oneworld））的一員。
<ruby>全日本空輸<rt>ぜんにっぽんくうゆ</rt></ruby>（ANA）、 <ruby>全日空<rt>ぜんにっくう</rt></ruby>	全日空航空	＊"ANA"唸成"アナ"。和國航、上海航空都是星空聯盟（スターアライアンス（Star Alliance））的一員。

観光地を訪ねる

造訪觀光景點

1. 去旅遊

★最重要語(さいじゅうようご)&表現(ひょうげん)	★重要詞彙 & 表現
ようこそ！	歡迎光臨！
観光案内所(かんこうあんないじょ)	遊客服務中心
旅行(りょこう)に行(い)く	去旅遊、去玩、去觀光、去旅行
旅行(りょこう)（する）	旅遊、旅行
──旅行者(りょこうしゃ)	旅遊者
──旅行先(りょこうさき)	旅遊目的地
──旅費(りょひ)、旅行費用(りょこうひよう)	旅費
──旅行保険(りょこうほけん)	旅遊保險
観光(かんこう)（する）	觀光
──観光客(かんこうきゃく)	觀光客
見物(けんぶつ)（する）、遊覧(ゆうらん)（する）	遊覽
見学(けんがく)（する）	參觀
──見学客(けんがくきゃく)	參觀者、觀客

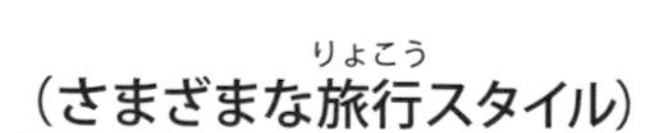

（さまざまな旅行(りょこう)スタイル）　（各種旅遊方式）

パック旅行(りょこう)、パックツアー、ツアー（tour）	跟團旅行、套裝行程	＊“パックツアー”是パッケージツアー（package tour）的簡稱。由旅行社制定的，是包含交通費、住宿費、指定旅行路線的服務。只包含往返交通費和住宿費的叫“フリープランの旅行（free plan）”。

個人旅行（こじんりょこう）	自助旅行	編註 「**個人旅行**」指的是不依賴旅行社的各種旅行方式的總稱。不過雖然漢字寫著「**個人**」，但即使是一兩個好友等「少數人」一起出發的皆屬之。
自由旅行（じゆうりょこう）	自助旅行	編註 「**自由旅行**」屬於「**個人旅行**」的一種，指從頭到尾都沒有依賴旅行社，自己規劃並實踐旅遊行程。甚至於只買機票就出發的行為亦屬之。
団体旅行（だんたいりょこう）	團體旅行	＊人少的話，也稱為“**グループ旅行**”。
家族旅行（かぞくりょこう）	家庭旅行	
観光旅行（かんこうりょこう）	觀光旅行	
冒険旅行（ぼうけんりょこう）	探險旅行	
バックパッカーの旅（たび）	背包旅行	
——バックパッカー（backpacker）	背包客	
——一人旅（ひとりたび）	一個人旅行	
海外旅行（かいがいりょこう）	出國旅行	
国内旅行（こくないりょこう）	國內旅行	
旅行（りょこう）のガイドブック（guidebook）	旅遊指南	＊在日本，『**地球の歩き方**』（**ちきゅうのあるきかた**）這套旅遊指南很有名。
観光（かんこう）のパンフレット	旅遊手冊	
地図（ちず）	地圖	

（いろいろな地図（ちず）など） （各種地圖等）

観光地図（かんこうちず）	觀光地圖

ロードマップ（road map）、道路地図（どうろちず）	路線圖	
市街地図（しがいちず）	市區地圖	
地図帳（ちずちょう）	地圖集	

ゴールデンウイーク（golden week、GW）	黃金週	＊和製英語。
連休（れんきゅう）	連假	
大型連休（おおがたれんきゅう）	時間較長的連假	
行楽（こうらく）シーズン	遊樂季	
行楽地（こうらくち）	遊樂地點	

バカンス（vacances）、バケーション（vacation）	長假	＊“**バカンス**”其語源來自於法語。
――レジャー（leisure）、余暇（よか）	閒暇、空閒	
パレード（parade）	遊行	
イベント（event）、行事（ぎょうじ）	活動	

観光（かんこう）バス	觀光巴士	
定期観光（ていきかんこう）バス	定期觀光巴士	
――はとバス	哈多巴士	＊經營東京一日遊、半日遊等遊走於東京和橫濱之間的觀光巴士。
――バスガイド（bus guide）	巴士導遊	＊和製英語。

にかいだ 二階建てバス、ダブルデッカー（double decker）	雙層巴士	
ハイデッカー（high decker）	高底盤車	＊為了更好地看風景，把座位設置得很高的旅遊車。
か き ──貸し切りバス	包下來的巴士	＊也寫成“**貸切バス**”。
ばしゃ 馬車	馬車	
じんりきしゃ 人力車	人力車	＊1868 年發源於日本，傳至中國、印度、東南亞後蓬勃發展。現在在東京淺草、京都銀閣寺一帶等觀光景點還存在。
かんこうれっしゃ 観光列車	觀光列車	
ざしきれっしゃ ──お座敷列車	設有榻榻米房間的列車	＊車內設有榻榻米的宴會用列車。
ケーブルカー（cable car）	路面電車	
ロープウエー（ropeway）	纜車	
すいじょう 水上バス	水上巴士	

せかいいさん かんこうち ★世界遺産と観光地など	★世界遺產和觀光景點等	
せかいいさん 世界遺産	世界遺產	
かんこうめいしょ 観光名所	觀光勝地	
かんこうち 観光地	觀光地	
かんこう 観光スポット	旅遊景點、觀光景點	＊“**スポット**”其語源來自於英語的“spot”。
めいしょきゅうせき 名所旧跡	名勝古蹟	
いせき 遺跡	遺蹟	

景色(けしき)、風景(ふうけい)	景色、風景
夜景(やけい)	夜景
展望台(てんぼうだい)	瞭望台

入場券(にゅうじょうけん)、チケット (ticket)	門票
——入場料(にゅうじょうりょう)、チケット代(だい)	門票
学生料金(がくせいりょうきん)（チケットなどの）	學生票（泛指門票等）
学生割引(がくせいわりびき)、学割(がくわり)	學生折
入場無料(にゅうじょうむりょう)	免費入場
無料(むりょう)	免費
——有料(ゆうりょう)の～	收費～
——おとな (大人)	大人、成人
——こども (子ども、子供)	兒童、小孩

（観光地(かんこうち)に多(おお)い注意書(ちゅういが)き）	（在風景區的禁止標識）
「～禁止(きんし)」	〔禁止～〕
「写真撮影禁止(しゃしんさつえいきんし)」	〔禁止拍照〕
「フラッシュ禁止(きんし)」(No flash)	〔禁止使用閃光燈〕
「立(た)ち入(い)り禁止(きんし)」	〔禁止進入〕　＊也寫成“**立入禁止**”。
「芝生(しばふ)立(た)ち入(い)り禁止(きんし)」	〔禁止踐踏草坪〕
「禁煙(きんえん)」	〔禁止吸菸〕

「手を触れないでください」 て ふ	〔請勿動手〕
「関係者以外立入禁止」 かんけいしゃ い がいたちいりきん し (Staff Only)	〔非工作（相關）人員禁止進入〕
「餌を与えないでください」 えさ あた	〔請勿餵食〕　＊一般是為了不讓野生動物被餵食習慣，進而騷擾、甚至傷害遊客。

（人気の観光地など） にん き　かんこう ち	（人氣逛街地點和風景區）
秋葉原電気街（東京都）、 あき は ばらでん き がい　とうきょう と アキバ	秋葉原電器街
新宿歌舞伎町（東京都） しんじゅく か ぶ き ちょう　とうきょう と	新宿歌舞伎町
築地市場（東京都） つき じ し じょう　とうきょう と	築地市場　＊全日本最大的魚市場。
立山黒部アルペンルート たてやまくろ べ （富山県、長野県） と やまけん　なが の けん	立山黑部阿爾卑斯山脈路線
富士登山 ふ じ と ざん （静岡県、山梨県） しずおかけん　やまなしけん	富士山登山健行
飛騨高山／白川郷・五箇 ひ だ たかやま　しらかわごう　ご か 山（岐阜県、富山県） やま　ぎ ふ けん　と やまけん	飛驒高山／白川郷、五箇山　＊白川郷、五箇山屬於飛驒高山觀光區的一部分。而白川郷、五箇山裡的「**合掌造り**」（合掌村）於西元 1995 年被指定為世界遺產（文化遺產）。
紅葉の京都（京都府） こうよう　きょう と　きょう と ふ	京都賞楓
──芸者、芸子 げいしゃ　げい こ	藝妓
──舞妓 まい こ	舞妓　＊漢字也可寫成"**舞子**"。為見習的藝妓。
甲賀／伊賀の忍者の里 こう が　い が　にんじゃ　さと （滋賀県／三重県） し が けん　み え けん	甲賀／伊賀忍者的故鄉
原爆ドーム（広島県） げんばく　ひろしまけん	原爆圓頂

（に ほんさんけい） （日本三景）	（日本三景）
まつしま　みや ぎ けん 松島（宮城県）	松島
あまのはしだて　きょう と ふ 天橋立（京都府）	天橋立
いくしま　ひろしまけん　　あ き　みやじま 厳島（広島県）、安芸の宮島	厳島

りょこうだい り てん ★ 旅行代理店とツアー	★旅行社和旅遊團	
りょこうだい り てん　　りょこうがいしゃ 旅行代理店、旅行会社	旅行社	
ハイシーズン（high season）、 シーズン（season）	旺季	
オフシーズン（off-season）、 シーズンオフ（season off）	淡季	＊"シーズンオフ"是和製英語。
りょこう 旅行のオフシーズン	旅遊淡季	
りょこう 旅行のシーズン	旅遊旺季	
かんこう　　　　　かんこう 観光コース、観光ルート	旅遊行程	
りょこう　　にっていひょう 旅行の日程表	旅程表	
けんがく じ かん 見学時間	參觀時間	
じ ゆう じ かん 自由時間	自由活動時間	
しゅうごう じ かん 集合時間	集合時間	
けいたい パスポートを携帯する	帶護照	
しゅっぱつ び　もど　ひ　へんこう 出発日［戻りの日］を変更 する	更改出發日〔回程日〕

出発日(しゅっぱつび)を延期(えんき)する	延後出發日
出発日(しゅっぱつび)を繰(く)り上(あ)げる	提前出發日
添乗員(てんじょういん)、ツアーコンダクター(tour conductor)、ツアコン	領隊　　＊和製英語。
現地(げんち)ガイド	地陪
ツアーガイド(tour guide)、ガイド、ガイドする、観光(かんこう)案内(あんない)をする	導遊
——ガイド料(りょう)	導遊費
通訳(つうやく)	口譯（人員）

(いろいろな現地(げんち)のツアー)	（各種小型旅遊）
エコツアー(eco tour)	生態旅遊
グルメツアー(gourmet tour)	美食旅遊
一日観光(いちにちかんこう)ツアー、日帰(ひがえ)りツアー	一日遊
半日観光(はんにちかんこう)ツアー	半日遊
ナイトツアー(night tour)	夜遊

★日本(にほん)のお祭(まつ)りと縁日(えんにち)	★在日本的慶典和廟會
(お)祭(まつ)り	慶典、祭祀

夏祭り（なつまつり）	夏日慶典	
盆踊り（ぼんおどり）	盂蘭盆舞	
おみこし（お神輿、お御輿）	神轎	＊“みこし”的美化語。
ふんどし	兜襠布	
法被（はっぴ）	法被	＊慶典等時穿著的日本傳統上衣。
ちょうちん（提灯）	手提燈籠	
縁日（えんにち）	日式迎神日	
露店（ろてん）、屋台（やたい）	攤販、屋台	＊**“屋台”**一般指賣食物的攤子，**“露店”**則指玩具等，食物以外的攤子。

（縁日（えんにち）の露店（ろてん）など）	（日式迎神日的各種活動小攤販等）	
金魚（きんぎょ）すくい	撈金魚	＊用撈網撈金魚的遊戲。
水（みず）ヨーヨー釣（つ）り、水風船釣（みずふうせんつ）り	釣水球	
射的（しゃてき）	射擊遊戲	
輪投（わな）げ	套圈圈	
スマートボール（smart ball）	打彈珠、彈珠台	＊和製英語。
似顔絵描（にがおえか）き	似顏繪	
お面屋（めんや）	日式面具攤	
——お面（めん）	面具	

わたがし　わた 綿菓子、綿あめ	棉花糖	
りんごあめ	蘋果糖葫蘆	＊把融化的白糖澆在蘋果上。
チョコバナナ (chocolate banana)	巧克力香蕉	
あまざけ 甘酒	日本甘酒	
うらないし 占い師	算命師	
うらな 占い	算命	
ほしうらな　せんせいじゅつ 星占い、占星術	占星術	
にんそううらな 人相占い	相面算命	
てそううらな 手相占い	手相算命	
せいめいはんだん 姓名判断	姓名測字	
あいしょううらな　あいしょうしんだん 相性占い、相性診斷	愛情占卜	

はなびたいかい ★花火大会	★煙火大會	
はなびたいかい 花火大会	煙火大會	
すみだがわはなびたいかい　とうきょう ——隅田川花火大会（東京）	隅田川煙火大會	＊這是從江戶時代便延續下來的煙火大會。
——“たまやー！”、“かぎやー！”	“玉屋！”、“鍵屋！”	＊當煙火射到天空時的歡呼聲。“たまや”（玉屋）和“かぎや”（鍵屋）是江戶時代的煙火製造商。
はなび 花火	煙火	

うあはなび 打ち上げ花火	升空型煙火	編註 射到天空後，會在天空爆出圖形的煙火。
ふだはなび 噴き出し花火	花筒煙火	編註 放在地上的筒狀煙火，點燃後會向上急遽噴出美麗煙花，但筒子不會動的煙火。
はなび ロケット花火（rocket）	沖天炮	編註 舉凡能朝向遠距離射出的煙火（鞭炮）皆屬之。
てもはなび 手持ち花火	仙女棒	
せんこうはなび ——線香花火	仙女棒	＊日本傳統的手持仙女棒。
はなび ——ネズミ花火	日式環狀仙女棒	＊點燃在地上後會高速轉動，最後炸裂。

にほん だいひょうてき まつ （日本の代表的なお祭り）	（在日本具有代表性的慶典）	
ながさき 長崎ランタンフェスティバル ながさきし いちがつ にがつ （長崎市、一月／二月）	長崎燈會	＊在長崎由華人所籌辦慶祝春節的活動。
ばくちく ——爆竹	鞭炮	
ゆき さっぽろ雪まつり ほっかいどうさっぽろし にがつ （北海道札幌市、二月）	札幌雪祭	
かまくら あきたけんよこてし にがつ （秋田県横手市、二月）	雪屋祭	
せど なまはげ柴灯まつり あきたけんおがし にがつ （秋田県男鹿市、二月）	生鬼柴燈祭	＊是由人扮成妖怪的而出名的燈會。
ながはまひきやま 長浜曳山まつり しがけんながはまし しがつ （滋賀県長浜市、四月）	長濱曳山祭	編註 源自於安土桃山時代名君豐臣秀吉因歡慶長男誕生而賜金於百姓，而百姓們運用這筆錢打造台車遊行。為滋賀縣長濱市的慶典。
さんじゃまつり とうきょうと ごがつ 三社祭（東京都、五月）	三社祭	＊知名淺草神社所舉辦，在東京最大的祭典。

あおいまつり きょうとし ごがつ 葵祭（京都市、五月）	葵祭	編註 為京都三大祭典之一。由下鴨神社及上賀茂神社一同舉辦。
ながさき せんしゅけんたいかい 長崎ペーロン選手権大会 ながさきし しちがつ （長崎市、七月）	長崎龍舟錦標賽	
ぎ おんまつり きょうとし しちがつ 祇園祭（京都市、七月）	京都祇園祭	*日本三大祭典之一，亦是京都的三大祭典之一。
あき た かんとう 秋田竿燈まつり あきたし はちがつ （秋田市、八月）	秋田竿燈祭	編註 能看到進行者單以一根長竿，竿頂頂住許多燈籠的驚人景像。為祈求豐收為宗旨的慶典。
あおもり まつり 青森ねぶた祭 あおもりし はちがつ （青森市、八月）	青森睡魔祭	*由許多人推出巨型紙糊的大燈籠組成遊行的燈會。在弘前稱為"ねぷた"。
せんだいたなばた 仙台七夕まつり みやぎけんせんだいし はちがつ （宮城県仙台市、八月）	仙台七夕祭	編註 在仙台市裡人們會架起用竹子與日式和紙裝飾的美麗笹竹，當天大家可以在和紙上寫下心願掛在笹竹祈求願望達成。但與台灣不同的是，這天跟愛情無關，並不是情人節。
やまがたはながさ 山形花笠まつり やまがたし はちがつ （山形市、八月）	山形花笠祭	編註 由成群結隊的舞者，戴上用花裝飾的斗笠，穿著相同的和服，在大馬路上以舞蹈行進的慶典。
まつ よさこい祭り こうちし はちがつ （高知市、八月）	Yosakoi 鳴子舞祭	編註 高知市夏天的狂歡活動，會有上百個團體，在高知市內各地進行集體的舞蹈表現。
あ わ とくしまし はちがつ 阿波おどり（徳島市、八月）	阿波舞	編註 與「山形花笠まつり」模式相似，以舞蹈行進的慶典。
じ だいまつり きょうとし じゅうがつ 時代祭（京都市、十月）	時代祭	編註 京都三大祭典之一。當天會有許多人裝扮成日本重要的歷史人物，依序遊行於京都市內。

にほん しろ ★日本のお城	★日本的城堡
しろ （お）城	城堡

ほり (お) 堀	護城河	
じょう か まち 城下町	城下町	＊指城堡的周圍的街區。
じょうへき 城壁	城牆	
いしがき ——石垣	石牆	
ほんまる 本丸	城堡的中心	＊周圍還有“**二の丸**”（にのまる）和“**三の丸**”（さんのまる）等。
てんしゅかく　てんしゅ 天守閣、天守	天守閣	＊為城堡內最高的警戒塔。

に ほん　めいじょう **(日本の名城)**	（日本知名的城堡）	
ご りょうかく　ほっかいどう 五稜郭 (北海道)	五稜郭城	
え ど じょう　とうきょう と 江戸城 (東京都)	江戶城	＊現在是“**皇居**”（こうきょ）。
まつもとじょう　なが の けん　からすじょう 松本城 (長野県)、烏城	松本城	
いぬやまじょう　あい ち けん 犬山城 (愛知県)	犬山城	
ひこ ね じょう　し が けん 彦根城 (滋賀県)	彥根城	
に じょうじょう　きょう と ふ 二条城 (京都府)	二條城	
おおさかじょう　おおさか ふ 大阪城 (大阪府)	大阪城	＊也寫成“**大坂城**”。跟“**名古屋城**”（なごやじょう）和“**熊本城**”（くまもとじょう）被譽為“**日本三名城**”（にほんさんめいじょう）。
ひめ じ じょう　ひょう ご けん　はく ろ じょう 姫路城 (兵庫県)、白鷺城	姬路城	＊「**白鷺城**」也唸作“**しらさぎじょう**”，被指定為世界遺產。

てら　ぜん ★お寺や禅など	★寺廟與禪等	
てら　じ いん (お) 寺、寺院	寺廟	
じゅうしょく　お しょう 住職、和尚	住持	＊為表尊敬，多稱為“**住職さん**”和“**和尚さん**”。

お坊(ぼう)さん、僧(そう)、僧侶(そうりょ)	和尚、僧侶	＊“**僧**”（**そう**）和“**僧侶**”（**そうりょ**）是較鄭重的表現。另外“**坊主**”（**ぼうず**）是對和尚的更直接的説法，有時是蔑稱。
おみくじ	神籤	＊籤紙上寫有“**大吉**”（**だいきち**）、“**吉**”（**きち**）、“**中吉**”（**ちゅうきち**）、“**小吉**”（**しょうきち**）、“**凶**”（**きょう**）等。
──おみくじを引(ひ)く	求籤	
お守(まも)り	護身符	
──開運(かいうん)	提升運氣	
──厄(やく)よけ	消災	
──無病息災(むびょうそくさい)	無災無病	
──子宝(こだから)	添丁	
──交通安全(こうつうあんぜん)	交通安全	
──商売繁盛(しょうばいはんじょう)	生意興隆	
絵馬(えま)	繪馬	＊在畫有馬等形狀的木牌上寫下心願，然後掛在寺廟、神社裡祈求實現。

仏教(ぶっきょう)	佛教	＊在日本，生活中有很多宗教儀式：孩子出生要去神社祈福，十二月要過聖誕節，元旦去神社新年參拜，二月要過情人節，在教堂舉行結婚典禮，用佛教儀式舉行葬禮等。
仏教徒(ぶっきょうと)	佛教徒	
仏様(ほとけさま)、仏(ほとけ)	佛	
お釈迦様(しゃかさま)	釋迦牟尼佛	
菩薩(ぼさつ)	菩薩	

——地蔵菩薩（じぞうぼさつ）、お地蔵（じぞう）さん	地藏王菩薩	
如来（にょらい）	如來	
仏舎利（ぶっしゃり）	舍利子	
仏塔（ぶっとう）	佛塔	
三重塔（さんじゅうのとう）	三重塔	
五重塔（ごじゅうのとう）	五重塔	＊ **“法隆寺”（ほうりゅうじ、奈良）**的五層塔是世界最古老的木造五層塔，被指定為世界遺產。
鐘楼（しょうろう）	吊鐘樓	
——鐘（かね）	大鐘	
——鐘（かね）をつく	撞鐘	
仏像（ぶつぞう）	佛像	
石仏（せきぶつ）	石佛	
（お）さい銭（せん）（お賽銭）	香油錢	
（お）さい銭箱（せんばこ）	油錢箱	
（お）線香（せんこう）	香	＊比台灣的更短、更細，顏色為綠色。
ろうそく	蠟燭	
お供（そな）え物（もの）	供品	
信仰（しんこう）する	信仰	
お参（まい）りする、参拝（さんぱい）する、参詣（さんけい）する	參拜	

祈る、願う（いの、ねが）	祈禱、祝願	
礼拝する（らいはい）	禮拜	＊“**礼拝**”在佛教中唸成“**らいはい**”，天主教中唸成“**れいはい**”。指佛教人士雙手合十向前拜的動作。
供える（そな）	供奉	
お経を読む（きょう、よ）	誦經	
極楽（ごくらく）	極樂	
天国（てんごく）	天堂	
地獄（じごく）	地獄	
禅（ぜん）	禪	＊據説是“**達磨**”（**だるま**）從印度傳到中國的。
座禅（ざぜん）	坐禪	＊也寫成“**坐禅**”（**ざぜん**）。
座禅を組む（ざぜん、く）	打禪	
——警策（けいさく）	警策香板	＊也唸成“**きょうさく**”。竹製的叫“**しっぺい**”。坐禪犯睏的時候，僧人就會用這種東西打肩同時大唱一聲“喝！”（**かつ**）。
作務衣（さむえ）	作務衣	＊在禪寺勞動用的工作服。
枯山水（かれさんすい）	枯山水	＊是指沒有水的庭院風景。被指定為世界遺產的京都“**龍安寺**”（**りょうあんじ**）的枯山水相當有名。
無常（むじょう）	無常	＊“萬物皆有死，萬物皆有變”，為一種佛教的世界觀。
めいそう（瞑想）、メディテーション（meditation）	冥想	
——一休さん（いっきゅう）	一休	＊“**一休宗純**”（**いっきゅう　そうじゅん、1394–1481年**）。京都出身的禪僧，天生機智，留下無數軼事的名僧。

死(し)ぬ、亡(な)くなる	死亡、去世	＊"亡くなる"（なくなる）是稍婉轉的表現。
遺書(いしょ)	遺書	
遺言(ゆいごん)	遺言	
葬式(そうしき)、告別式(こくべつしき)	葬禮、告別式	
——北枕(きたまくら)	頭朝北睡	＊釋迦牟尼頭朝北睡圓寂，在日本用於死者。但活人頭朝北睡表不祥。
火葬(かそう)	火葬	
法要(ほうよう)、法事(ほうじ)	法事	
(お) 焼香(しょうこう)	燒香	＊多為粉末狀的香。
数珠(じゅず)	念珠	
香典(こうでん)	奠儀	
木魚(もくぎょ)	木魚	
墓地(ぼち)	墓地	
(お) 墓(はか)	墓、墳墓	

(京都(きょうと)・奈良(なら)の名刹(めいさつ)など)	（在京都和奈良的寶剎等）
金閣寺(きんかくじ)	金閣寺
銀閣寺(ぎんかくじ)	銀閣寺
清水寺(きよみずでら)	清水寺
東寺(とうじ)	東寺
桂離宮(かつらりきゅう)	桂離宮

とうだいじ 東大寺	東大寺	
ほうりゅうじ 法隆寺	法隆寺	
やくしじ 薬師寺	藥師寺	

しんとう　じんじゃ ★神道と神社	★神道教和神社	
しんとう 神道	神道教	＊崇拜自然和祖先的日本民族固有宗教。
かみさま　かみ 神様、神	神明、神	
じんじゃ 神社	神社	
かんぬし 神主	祭司	＊尊稱為“**神主さん**”。神社的祭司。
みこ 巫女	女巫	＊尊稱為“**巫女さん**”。協助祭司的女孩。
けいだい 境内	神社、寺廟的腹地內	
とりい 鳥居	鳥居	＊設置在神社入口。
いぬ こま犬（狛犬）	石獅子	＊設在右邊的石獅子稱為“**あ**”（**阿**）、左邊的稱為“**うん**”（**吽**）。
——シーサー	沖繩石獅子	＊其語源來自沖繩方言。
いしどうろう 石灯籠	石燈籠	
すず 鈴	鈴	
じんぐう 神宮	神宮	＊是神社的最高的稱號。
たいしゃ 大社	大神社	
じんじゃ えびす神社、えべっさん	惠比壽神社	＊“**えびす**”也寫成“**恵比壽**”，“**夷**”、“**戎**”、“**恵美須**”等。是司掌商業和農業的神明。

稲荷神社（いなりじんじゃ）、お稲荷（いなり）さん	稻荷神社	＊有大紅鳥居和狐狸石像的神社，供奉司掌農業及全部產業的神明。
天満宮（てんまんぐう）、天神（てんじん）さん	天滿宮	＊供奉日本的學問之神菅原道真，很多準備考試的學生會去參拜。
道祖神（どうそじん）	道祖神	＊也唸成“**どうそしん**”。在村落、邊境岔路等地會看見的守護神。

（神社（じんじゃ）の参（まい）り方（かた））	（參拜神社的禮儀）
手（て）を清（きよ）める	淨手（身）
おさい銭（せん）を上（あ）げる	投入香油錢
鈴（すず）を鳴（な）らす	搖鈴
二回柏手（にかいかしわで）を打（う）つ	拍手兩次

（七福神（しちふくじん））	（七福神）	＊在日本代表福氣的七個神。
恵比寿（えびす）	惠比壽	
弁財天（べんざいてん）、弁天（べんてん）	弁財天	＊也寫成“**弁才天**”。
大黒天（だいこくてん）	大黑天	
毘沙門天（びしゃもんてん）	毘沙門天	
福禄寿（ふくろくじゅ）	福祿壽	
寿老人（じゅろうじん）	壽老人	
布袋（ほてい）	布袋	

儒教（じゅきょう）	儒教
孔子（こうし）	孔子
孟子（もうし）	孟子

どうきょう 道教	道教	
ろうし 老子	老子	
そうし 荘子	莊子	
ぶっきょう　きょう チベット仏教、ラマ教 （喇嘛教）	喇嘛教	＊“チベット”的語源來自於英語的“Tibet”。
きょう イスラム教	回教、 伊斯蘭教	＊“イスラム”的語源來自於阿拉伯語。
きょう キリスト教	基督教、 天主教	＊“キリスト”的語源來自於葡萄牙語的“Christo”。
きょう ヒンズー教	印度教	＊也寫成“ヒンドゥー教”。語源來自“Hindu”。
むしんろんしゃ 無神論者	無神論者	
しゅうきょう 宗教	宗教	
てんし 天使	天使	
あくま 悪魔	惡魔	
じゅうじか 十字架	十字架	
せいしょ 聖書	聖經	
きょうかい 教会	教會	
しんぷ 神父	神父	
ぼくし 牧師	牧師	
しんじゃ　しんと 信者、信徒	教徒	＊也可以使用“教徒”（きょうと）一詞，但多用在“仏教徒”（ぶっきょうと）、“キリスト教徒”（きりすときょうと）等結合名詞。

(初詣に人気の神社仏閣など)(新年參拜時的人氣神社和寺廟等)

明治神宮(東京都)	明治神宮
浅草寺(東京都)	淺草寺
成田山新勝寺(千葉県)	成田山新勝寺
川崎大師(神奈川県)	川崎大師
鶴岡八幡宮(神奈川県)	鶴岡八幡宮
熱田神宮(愛知県)	熱田神宮
伏見稲荷大社(京都府)	伏見稻荷大社
平安神宮(京都府)	平安神宮
春日大社(奈良県)	春日大社
伊勢神宮(三重県)	伊勢神宮
住吉大社(大阪府)	住吉大社
四天王寺(大阪府)	四天王寺

2. 去度假村

(1) 温泉に行く	(1) 去溫泉	
★温泉	★溫泉	
リゾート (resort)、リゾート地	渡假村	
避暑地	避暑勝地	
温泉	溫泉	＊在日本溫泉溫度超過 25 度以上，或溫泉水中包含氡、鋰離子、硫、氟離子等的既屬溫泉。在日本約有 3900 所溫泉地。
温泉地	溫泉地	
——温泉マーク (♨)、逆さクラゲ	溫泉標誌	＊(♨)是溫泉或公共浴場位置的地圖記號。**"クラゲ"** 是水母，而 **"逆さクラゲ"** 一詞是由倒過來的水母形狀聯想出來的名稱。
湯治場	溫泉治療地	編註 具有溫泉，提供遊客透過泡溫泉得到治療，並達到旅遊目地的地方。
銭湯、風呂屋	公共澡堂、錢湯	＊入口寫著 **"男湯"**（**おとこゆ**）的是男浴池、**"女湯"**（**おんなゆ**）的是女浴池。另外根據季節變化，端午節有 **"菖蒲湯"**（**しょうぶゆ**），冬至有 **"柚子湯"**（**ゆずゆ**）等。
湯船につかる	泡澡	
のぼせる	溫泉泡太久而昏眩	
——長湯、長風呂	久泡	

スパ（spa）、健康（けんこう）ランド、スーパー銭湯（せんとう）	水療中心	＊“ランド”的語源來自英語的“land”、“スーパー”的語源來自英語的“super”。
足湯（あしゆ）、足浴（あしよく）	泡腳池	
半身浴（はんしんよく）	半身浴	
ゲルマニウム温浴（おんよく）（Germanium）	鍺溫泉浴	＊“ゲルマニウム”的語源來自於德語。
岩盤浴（がんばんよく）	岩盤浴	
打（う）たせ湯（ゆ）	沖擊浴	
泡風呂（あわぶろ）	泡泡浴	
砂風呂（すなぶろ）、砂湯（すなゆ）、砂蒸（すなむ）し風呂（ぶろ）	沙浴	
黄金風呂（おうごんぶろ）	黃金浴缸	
露天風呂（ろてんぶろ）	露天浴池	
——混浴（こんよく）	男女混浴	＊是指健康的公共浴場。雖然共同使用浴池，但男女更衣室有別。
洗面器（せんめんき）	臉盆	
手拭（てぬぐ）い	日式手帕	＊擦汗時或洗澡時使用的日式傳統的手帕。
浴衣（ゆかた）	浴衣	＊輕便和服，主要在溫泉度假區或夏季節日時穿。
げた（下駄）	木屐	

（温泉（おんせん）の入（はい）り方（かた）と注意点（ちゅういてん））	（進入溫泉的禮儀和注意事項）
湯船（ゆぶね）に入（はい）る前（まえ）に、湯（ゆ）で体（からだ）の汚（よご）れを落（お）として入（はい）ること。	先把身體沖洗乾淨後再進入浴池。

ゆぶね　てぬぐ　い 湯船に手拭いなどを入れてはいけない。	禁止帶毛巾等進入浴池。

ゆうめい　おんせんち （有名な温泉地）	（有名的溫泉地）
のぼりべつおんせん　ほっかいどう 登別温泉（北海道）	登別溫泉
とうやこおんせん　ほっかいどう 洞爺湖温泉（北海道）	洞爺湖溫泉
とかちだけおんせん　ほっかいどう 十勝岳温泉（北海道）	十勝岳溫泉
はなまきおんせん　いわてけん 花巻温泉（岩手県）	花卷溫泉
にゅうとうおんせんきょう　あきたけん 乳頭温泉郷（秋田県）	乳頭溫泉鄉
なるこおんせん　みやぎけん 鳴子温泉（宮城県）	鳴子溫泉
ざおうおんせん　やまがたけん 蔵王温泉（山形県）	藏王溫泉
えちごゆざわおんせん　にいがたけん 越後湯沢温泉（新潟県）	越後湯澤溫泉
きぬがわおんせん　とちぎけん 鬼怒川温泉（栃木県）	鬼怒川溫泉
くさつおんせん　ぐんまけん 草津温泉（群馬県）	草津溫泉
はこねおんせん　かながわけん 箱根温泉（神奈川県）	箱根溫泉
かわぐちこおんせん　やまなしけん 河口湖温泉（山梨県）	河口湖溫泉
あたみおんせん　しずおかけん 熱海温泉（静岡県）	熱海溫泉
いとうおんせん　しずおかけん 伊東温泉（静岡県）	伊東溫泉
わくらおんせん　いしかわけん 和倉温泉（石川県）	和倉溫泉
げろおんせん　ぎふけん 下呂温泉（岐阜県）	下呂溫泉
しらはまおんせん　わかやまけん 白浜温泉（和歌山県）	白濱溫泉

なんきかつうらおんせん　わかやまけん 南紀勝浦温泉（和歌山県）	南紀勝浦溫泉
ありまおんせん　ひょうごけん 有馬温泉（兵庫県）	有馬溫泉
きのさきおんせん　ひょうごけん 城崎温泉（兵庫県）	城崎溫泉
どうごおんせん　えひめけん 道後温泉（愛媛県）	道後溫泉
べっぷおんせん　おおいたけん 別府温泉（大分県）	別府溫泉
ゆふいん　ゆのひらおんせん 湯布院・湯平温泉 おおいたけん （大分県）	湯布院／湯平溫泉
くろかわおんせん　くまもとけん 黒川温泉（熊本県）	黑川溫泉
いぶすきおんせん　かごしまけん 指宿温泉（鹿児島県）	指宿溫泉

＊東京的“**大江戸温泉物語**”（**おおえどおんせんものがたり**）和“**Spa LaQua**”（**スパ　ラクーア**）及大阪的“**Spa World**”（**スパ　ワールド**）等的水療中心也很知名。

さんだいびじん　ゆ **（三大美人の湯）**	（日本三大美人溫泉）＊據說有美容效果的溫泉。
かわなかおんせん　ぐんまけん 川中温泉（群馬県）	川中溫泉
りゅうじんおんせん　わかやまけん 龍神温泉（和歌山県）	龍神溫泉
ゆ　かわおんせん　しまねけん 湯の川温泉（島根県）	湯之川溫泉

京都嵐山車站月台上的“**足湯**”（泡腳的溫泉）。

(2) ビーチリゾート	(2) 海濱渡假村	
★日光浴（にっこうよく）をする	★曬日光浴	
日光浴（にっこうよく）をする	曬日光浴	
ビーチを散歩（さんぽ）する	海濱散步	
日焼（ひや）けする	曬黑	
海開（うみびら）き	開放海水浴場	
潮干狩（しおひが）り	趁退潮時去撿拾遺留在海灘上的魚、貝類	
ビーチ (beach)、砂浜（すなはま）、浜辺（はまべ）	海濱	
海女（あま）	海女	＊在日本，以潛入海中採貝類和海藻為業的女性。
パラソル (parasol)、日傘（ひがさ）	陽傘	
ビーチパラソル (beach parasol)	海灘遮陽傘	＊和製英語。
デッキチェア (deck chair)	（海灘）躺椅	
ハンモック (hammock)	吊床	
ビーチマット (beach mat)	海灘墊	
ビーチサンダル (beach sandal)	人字拖	＊和製英語。
スポーツサンダル (sports sandal)	運動拖鞋	＊和製英語。
ビーチタオル (beach towel)	沙灘巾	

サンバイザー (sun visor)	遮陽帽	
サングラス (sunglasses)	墨鏡	
日焼(ひや)け止(ど)めクリーム	防曬乳	
サンオイル (sun oil)	防曬油	＊和製英語。
——日焼(ひや)けサロン	日曬中心	＊“**サロン**”的語源來自法語的“salon”。
——日焼(ひや)けマシン	日曬機	＊“**マシン**”語源來自英語的“machine”。
貝殻(かいがら)	貝殼	
テングサ (天草)	石花菜	
クラゲ (水母、海月)	水母	
——エチゼンクラゲ	越前水母	
ヒトデ (海星)	海星	
イソギンチャク	海葵	
サンゴ (珊瑚)	珊瑚	
ホラガイ (法螺貝)	大法螺	
フジツボ	藤壺	
ヤドカリ	寄居蟹	

★泳(およ)ぐ	★游泳
泳(およ)ぐ、水泳(すいえい)	游泳

海水浴場（かいすいよくじょう）	海水浴場	
——“危険！遊泳禁止”（きけん　ゆうえいきんし）	“水深危險！禁止游泳”	
水着（みずぎ）	泳衣	
海水パンツ（かいすい）、海パン（かい）	泳褲	
ビーチパンツ (beach pants)	海灘褲	
スクール水着（みずぎ）	校園泳裝	＊“スクール”的語源來自於英語的“school”。為日本在高中之前，上游泳課時需穿著的制式泳衣。
ワンピース水着（みずぎ）、ワンピース (one-piece)	（女用）連身式泳衣	
ビキニ (Bikini)	比基尼	＊另外，和製英語的“ハイレグ（high leg）”指的是「高衩泳裝」。
パレオ (pareo)	泳裝罩衫	
浮き輪（うきわ）、浮き袋（うきぶくろ）	游泳圈	
救命胴衣（きゅうめいどうい）、ライフジャケット (life jacket)	救生衣	
ビーチボール (beach ball)	海灘球	
ゴムボート (gom boat)	橡皮艇	＊和製英語。
波（なみ）	海浪、波浪	
ブイ (buoy)	浮標	
灯台（とうだい）	燈塔	
ライフセーバー (lifesaver)、救助隊員（きゅうじょたいいん）	救生員	

自由形(じゆうがた)、クロール(crawl)	自由式
平泳(ひらおよ)ぎ	蛙式
バタフライ(butterfly)	蝶式
背泳(せおよ)ぎ	仰式
横泳(よこおよ)ぎ	側式
立(た)ち泳(およ)ぎ	踩水、踢水
犬(いぬ)かき	狗爬式
個人(こじん)メドレー	個人混泳　＊“メドレー”的語源是英語的“medley”。
シンクロナイズド・スイミング(synchronized swimming)、シンクロ	花式游泳
ノーズクリップ(nose clip)	游泳鼻夾
スイムキャップ(swim cap)、水泳帽(すいえいぼう)	泳帽
スイムゴーグル(swim goggles)	蛙鏡
シュノーケリング(snorkeling)	浮潛
——シュノーケル(snorkel)	呼吸管
——水中眼鏡(すいちゅうめがね)	潛水面鏡
——フィン(fin)、足(あし)ヒレ	蛙鞋

★その他(た)のマリンスポーツなど	★其他的海洋運動等	
マリンスポーツ (marine sports)	海洋運動	
スキューバダイビング (scuba diving)	水肺潛水	＊也稱為“スクーバダイビング”。
——酸素(さんそ)ボンベ	氧氣筒	＊“ボンベ”的語源是德語的“bombe”。
ラフティング (rafting)	泛舟	
水上(すいじょう)バイク、ジェットスキー (Jet Ski)	水上摩托車	
水上(すいじょう)スキー	滑水	
カヌー (canoe)	獨木舟	
サーフィン (surfing)	衝浪	
——サーフボード (surfboard)	衝浪板	
ウインドサーフィン (windsurfing)	水上活動風帆	
モーターボート (motorboat)	快艇	＊擁有室內船艙的叫“クルーザー”（cruiser）。
帆船(はんせん)、ヨット (yacht)	帆船	
——マスト (mast)、帆柱(ほばしら)	桅杆	
——帆(ほ)	船帆	
——へさき、船首(せんしゅ)	船頭	
——とも、船尾(せんび)	船尾	

★海と自然（うみ しぜん）	★海和自然	
海（うみ）	海	
——太平洋（たいへいよう）	太平洋	
——大西洋（たいせいよう）	大西洋	
——日本海（にほんかい）	日本海	
——東シナ海（ひがし かい）	東海	
——南シナ海（みなみ かい）	南海	
海流（かいりゅう）	海流	
——干潮／満潮（かんちょう まんちょう）	退潮／漲潮	
海峡（かいきょう）	海峽	
水平線、地平線（すいへいせん ちへいせん）	水平線／地平線	＊“**水平線**”指水面和天空交界的陵線、“**地平線**”指地面和天空交界的陵線。
島（しま）	島	
海岸（かいがん）	海岸	
海辺（うみべ）	海邊	
岬（みさき）	海岬	
洞窟（どうくつ）	洞穴	
入り江、湾（い え わん）	海灣	＊“**灣**”比“**入り江**”更大。
河口（かこう）	河口	
半島（はんとう）	半島	

(3) 山(やま)とキャンピング	(3) 登山和露營	
★キャンピング	**★露營**	
キャンピング (camping)、キャンプ (camp)、キャンプをする	露營	
キャンプ場(じょう)	營地	
キャンピングカー (camping car)	露營車	*和製英語。
キャンプファイア (campfire)、たき火(び) (焚き火)	篝火、營火	* “**たき火**” 指冬秋時取暖用的。
飯盒炊(はんごうすい)さん	野外煮飯	編註 提供登山客休息、避難而建的小屋子。
山小屋(やまごや)	山中小屋	
山開(やまびら)き	封山解禁	
雪山(ゆきやま)	雪山	編註 唸成「**ゆきやま**」時，是指冬季山上覆滿雪的狀態的山。台灣的固有定名的雪山則唸成「**セツザン**」。
——標高(ひょうこう)、海抜(かいばつ)	海拔	
ヒマラヤ (Himalaya)	喜馬拉雅山	
——エベレスト (Everest)	珠穆朗瑪峰	
トレッキング (trekking)	健行	
登山(とざん) (をする)	登山	
——登(のぼ)る	登、爬	
——登山家(とざんか)	登山家	

ロッククライミング (rock climbing)	攀岩	
フリークライミング (free climbing)	自由攀岩	
バードウオッチング (bird watching)	賞鳥	
ザック (Sack)、デイパック (daypack)、リュックサック (Rucksack)、リュック	背包	＊"**ザック**"和"**リュックサック**"的語源來自德語。
トレッキングシューズ (trekking shoes)	登山鞋	編註 用較軟材質製成，適合到山野間健行、一般登山的鞋子。
登山靴（とざんぐつ）	登山鞋	編註 用較硬材質製成，能產生微溫，適合到高海拔登山的鞋子。
シュラフ (Schlaf)、寝袋（ねぶくろ）	睡袋	＊其語源來自於德語。
コンパス (kompas)、方位磁石（ほういじしゃく）	指南針	＊其語源來自於荷蘭語。
テント (tent)	帳篷	
多機能（たきのう）ナイフ	瑞士刀	＊"**ナイフ**"的語源是英語的"knife"。
懐中電灯（かいちゅうでんとう）	手電筒	
虫（むし）よけスプレー	防蟲噴霧	
かゆみ止（ど）めクリーム、かゆみ止（ど）め	止癢膏	
シェルパ (Sherpa)、登山（とざん）ガイド	登山嚮導	編註 「**シェルパ**」(Sherpa) 一語源自於尼泊爾的少數民族「雪巴族」，其族人多在喜瑪拉雅山從事登山嚮導的工作，故「**シェルパ**」已經成了為登山嚮導的代稱。

ポーター（porter）	（登山）挑夫	編註 在一些類似喜瑪拉雅山的登山地區，登山們可以雇用一些適應當地水土氣候的當地人幫忙揹、運登山行李，而這些人則稱之為「ポーター」。
ピッケル（Pickel）	冰鎬	＊其語源來自於德語。
アイゼン（Eizen）	冰爪	＊其語源來自於德語。
ザイル（Seil）	登山繩索	＊其語源來自於德語。
カラビナ（Karabiner）	登山扣環	＊其語源來自於德語。

★ウインタースポーツ	★冬季運動	
ウインタースポーツ（winter sports）	冬季運動	
スキー（ski）、スキーをする	滑雪	
——スキー板（いた）	滑雪板	
——スキーブーツ（ski boots）、スキー靴（ぐつ）	滑雪靴	
——ストック（Stock）	滑雪杖	＊其語源來自於德語。
——ゴーグル（goggles）	雪鏡	
——スキー帽（ぼう）	滑雪帽	
スノーボード（snow board）、スノボ	滑板滑雪	
そり（橇）	雪橇	

スキー場（じょう）	滑雪場	
ゲレンデ（Gelande）	滑雪坡	＊其語源來自於德語。
シュプール（Spur）	滑雪痕	＊其語源來自於德語。
アイスバーン（Eisbahn）	冰坡	＊其語源來自於德語。這個字也可用在指被凍結的道路路面。
リフト（lift）	吊椅式纜車	
ゴンドラ（gondola）	纜車廂	＊其語源來自於義大利語。
スノーモービル（snowmobile）	雪地摩托車	
スキースクール（ski school）、スキー学校（がっこう）	滑雪學校	

アイススケート（ice skate）	溜冰	＊和製英語。
スケート靴（ぐつ）	溜冰鞋	
スケートリンク（skate rink）	溜冰場	＊和製英語。
フィギュアスケート（figure skate）	花式溜冰	＊和製英語。
スピードスケート（speed skate）	競速滑冰	＊和製英語。
アイスホッケー（ice hockey）	冰上曲棍球	
カーリング（curling）	冰壺、冰上滾石	編註 每隊4個人分2隊相互競賽。每隊推出的冰壺愈接近畫在比賽場地上的圓心時便得分，最後比哪隊分數較高的競賽。

（日本の人気のスキー場）	（在日本的人氣滑雪場）
ニセコマウンテンリゾートグラン・ヒラフ（北海道）	新雪谷 Grand Hirafu 滑雪場
ニセコアンヌプリ国際スキー場（北海道）	新雪谷 Annupuri 國際滑雪場
サホロリゾート（北海道）	佐幌度假村
アルファリゾート・トマム（北海道）	ALPHA RESORT TOMAMU 滑雪場
ルスツリゾート（北海道）	留壽都度假區
富良野スキー場（北海道）	富良野滑雪場
札幌国際スキー場（北海道）	札幌國際滑雪場
たざわ湖スキー場（秋田県）	田澤湖滑雪場
月山スキー場（山形県）	月山滑雪場
山形蔵王温泉スキー場（山形県）	山形藏王溫泉滑雪場
オニコウベスキー場（宮城県）	ONIKOUBE 滑雪場
みやぎ蔵王えぼしスキー場（宮城県）	宮城藏王烏帽子滑雪場

にっこう ゆ もとおんせん じょう 日光湯元温泉スキー場 とちぎけん （栃木県）	日光湯元溫泉滑雪場
みょうこうすぎ はら じょう 妙高杉ノ原スキー場 にいがたけん （新潟県）	妙高杉原滑雪場
なえ ば じょう にいがたけん 苗場スキー場（新潟県）	苗場滑雪場
かわ ば じょう ぐん ま けん 川場スキー場（群馬県）	川場滑雪場
し き もり 四季の森ホワイトワールド お ぜ いわくら ぐん ま けん 尾瀬岩鞍（群馬県）	四季森白色世界尾瀨岩鞍
くさ つ こくさい じょう 草津国際スキー場 ぐん ま けん （群馬県）	草津國際滑雪場
ブランシュたかやまスキー なが の けん リゾート（長野県）	Blanche 高山滑雪度假村
の ざわおんせん じょう 野沢温泉スキー場 なが の けん （長野県）	野澤溫泉滑雪場
と がりおんせん じょう 戸狩温泉スキー場 なが の けん （長野県）	戶狩溫泉滑雪場
し が こうげん じょう 志賀高原スキー場 なが の けん （長野県）	志賀高原滑雪場
はく ば はっぽう お ね じょう 白馬八方尾根スキー場 なが の けん （長野県）	白馬八方尾根滑雪場

スノータウン Yeti（イエティ） （静岡県（しずおかけん））	Snowtown Yeti　＊位於富士山，每年十月左右開放，是日本最早開放的滑雪場。
チャオ御岳（おんたけ）スノーリゾート （岐阜県（ぎふけん））	岐阜 CIAO 御岳滑雪場
奥伊吹（おくいぶき）スキー場（じょう）（滋賀県（しがけん））	奥伊吹滑雪場

★山（やま）と自然（しぜん）	★山和自然
大陸（たいりく）	大陸
山脈（さんみゃく）	山脈
——日本（にほん）アルプス（Alps）	日本阿爾卑斯山脈
山（やま）	山
——里山（さとやま）	靠近村莊的山脈或森林
——山奥（やまおく）	深山裡
火山（かざん）	火山
——マグマ（magma）	岩漿
——溶岩（ようがん）	溶岩
丘（おか）、小山（こやま）	小山丘
峰（みね）	山峰
山頂（さんちょう）、頂上（ちょうじょう）	山頂
ふもと	山腳、山麓

尾根（おね）	山脊
谷（たに）	山谷
——渓谷（けいこく）	溪谷
峠（とうげ）	山的至高點向下坡處
崖（がけ）	山崖
森林（しんりん）、森（もり）	森林
——ジャングル (jungle)、密林（みつりん）	密林
林（はやし）	樹林
雑木林（ぞうきばやし）	雜木林
砂漠（さばく）	沙漠
高原（こうげん）	高原
盆地（ぼんち）	盆地
山地（さんち）	山地
平野（へいや）	平原
平地（へいち）	平地
滝（たき）、瀑布（ばくふ）	瀑布　＊ “**瀑布**” 指的是大型的瀑布。
——滝壺（たきつぼ）	瀑潭
湖（みずうみ）	湖泊
沼（ぬま）	沼澤

かわ 川	河流	＊大型的河流也寫成“**河**”（かわ）。
おがわ 小川	小河	
かわら　かせんじき 河原、河川敷	河畔	
しばふ　しば 芝生、芝	草坪	
いわ 岩	岩石	＊稍鄭重的表現為“**岩石**”（がんせき）。
いし 石	石頭	
つち 土	土、土壤	
ねんど ——粘土	粘土	
すな 砂	沙子	
じめん 地面	地面	
にんき　やま **（トレッキングで人気の山）**	（登山活動中的名山）	＊日語中，“**山**”的唸法有“**～やま**”、“**～さん**”、“**～ざん**”、“**～せん**”等多種發音，請特別注意。
ふじさん　しずおかけん　やまなしけん 富士山（静岡県、山梨県）	富士山	＊標高3,776公尺，為「日本的最高峰」。
だいせつざん　ほっかいどう 大雪山（北海道）	大雪山	＊也唸成“**たいせつざん**”。
ちょうかいさん　やまがたけん　あきたけん 鳥海山（山形県、秋田県）	鳥海山	＊也唸成“**ちょうかいざん**”。
しろうまだけ　ながのけん　とやまけん 白馬岳（長野県、富山県）	白馬岳	
つるぎだけ　とやまけん 剣岳（劔岳）（富山県）	劍岳	
はくさん　いしかわけん　ふくいけん　ぎふけん 白山（石川県、福井県、岐阜県）	白山	
やつがたけ　ながのけん　やまなしけん 八ヶ岳（長野県、山梨県）	八岳	

槍ヶ岳（長野県、岐阜県） やりがたけ　ながのけん　ぎふけん	槍岳
穂高岳（長野県、岐阜県） ほたかだけ　ながのけん　ぎふけん	穗高岳
大峰山（奈良県） おおみねさん　ならけん	大峰山
大山（鳥取県） だいせん　とっとりけん	大山

圖為日本的富士山。冬季會封山，每年７月上旬舉行開山儀式後，始開放讓登山客進入。

3. 觀光時碰到困擾、糾紛和政府機關等

★盗（ぬす）まれる、だまされる、失（な）くす	★被偷・被騙・弄丟
助（たす）けて！	救命！
やめて！（女性（じょせい））／ やめろよ！（男性（だんせい））	住手！
あっちへ行（い）って！（女性（じょせい））／ あっちへ行（い）けよ！（男性（だんせい））	走開！
泥棒（どろぼう）！	有小偷！
つかまえて！	抓住他（她）！
警察（けいさつ）を呼（よ）んでください！	請報警！
危（あぶ）ない！	危險！／小心！
火事（かじ）だー！	失火了！
盗難証明書（とうなんしょうめいしょ）を書（か）いてください。	請填寫一下失竊證明。
ハンドバッグを盗（ぬす）まれました。	手提包被偷了。
ひったくりにあいました。	遇到搶劫了。
財布（さいふ）を失（な）くしました。	錢包不見了。
盗（ぬす）まれました。	被偷了。

だまされました。	被騙了。	
警察(けいさつ)に通報(つうほう)する	報警	
——盗難証明書(とうなんしょうめいしょ)	失竊證明	
大使館(たいしかん)に知(し)らせる	通報大使館	
台北駐日経済文化代表処(タイペイちゅうにちけいざいぶんかだいひょうしょ)に知(し)らせる	通報台北駐日經濟文化代表處	
失(な)くす、なくなる、紛失(ふんしつ)する	弄丟	
だます	騙	
盗(ぬす)む	偷、偷盜	
泥棒(どろぼう)	小偷	
スリ	扒手	
置(お)き引(び)き	趁機竊取	＊也寫成“置引き”。指隨身的物品、行李及財物，在一不留神的情況下遭人竊取。
ひったくり	近身搶劫	＊指犯人騎機車等，接近目標搶劫財物後立刻逃跑。
窃盗(せっとう)	盜竊	
強盗(ごうとう)	強盜	
痴漢(ちかん)	色狼	＊“漢”在日本也是指成年男子。還有“**熱血漢**”（ねっけつかん）、“**硬骨漢**”（こうこつかん）、“**巨漢**”（きょかん）、“**大食漢**”（たいしょくかん）等詞。
警察署(けいさつしょ)、警察(けいさつ)	警察局	

けいさつかん　けいかん　まわ 警察官、警官、お巡りさん	警察	＊口語中會説“お巡りさん”。
ふじんけいかん 婦人警官	女警	
きどうたい 機動隊	特勤隊	編註 類似台灣的霹靂小組的特勤警備隊。但業務的司掌有些出入，日本的「**機動隊**」除了維持治安之外，還負責天災等災難的援助。
こうばん　はしゅつじょ 交番、派出所	派出所	＊在日本，警察工作和生活在一起的叫**“駐在所”（ちゅうざいしょ）**。
しょうぼうしょ 消防署	消防隊	
しょうぼうし　しょうぼうたいいん ──消防士、消防隊員	消防隊員	
ひ　け　しょうか ──火を消す、消火する	滅火	
しょうかせん ──消火栓	消火栓	
じこ 事故	事故	
じこ ──事故にあう	遭遇事故	
トラブル（trouble）	碰上麻煩	
ぼうはん 防犯グッズ	防身用品	＊“グッズ”的語源來自於英語的“goods”。
けいたいぼうはん 携帯防犯ブザー	隨身警報器	＊“ブザー”的語源來自於英語的“buzzer”。
さいるい 催涙スプレー	催淚噴霧器	＊“スプレー”的語源來自於英語的“spray”。

た　てつづ ★ビザ、その他の手続きなど	★簽證及其他的手續等
えんちょう ビザの延長をしたいんですが。	我想延長簽證。
しょるい　ひつよう どんな書類が必要ですか？	需要準備什麼文件呢？

どう記入(きにゅう)すればいいですか？	要怎麼填寫？
申請用紙(しんせいようし)に記入(きにゅう)する	填申請表
必要書類(ひつようしょるい)を用意(ようい)する	準備必要的文件
必要書類(ひつようしょるい)をコピーする	拷貝必要文件　＊“必要書類”也稱為“提出書類”（ていしゅつしょるい）。
ビザなし	免簽（證）
ビザを申請(しんせい)する	申請簽證
ビザの延長(えんちょう)をする、ビザを延長(えんちょう)をする	延長簽證
ビザを取得(しゅとく)する	取得簽證
ビザの期限(きげん)が切(き)れる	簽證到期
手続(てつづ)き	手續
——手続(てつづ)きをする	辦理手續
期限(きげん)	期限
有効期限(ゆうこうきげん)	有效期限
有効(ゆうこう)な、効果的(こうかてき)な	有效
——無効(むこう)の	無效
再発行(さいはっこう)する	再發行
更新(こうしん)する	更新
保証人(ほしょうにん)になる	當保證人

——身元保証人（みもとほしょうにん）	身分保證人
法律相談（ほうりつそうだん）	法律諮詢

許可証（きょかしょう）	許可證
証明書（しょうめいしょ）	證明書
必要書類（ひつようしょるい）	必備文件
申請書（しんせいしょ）	申請書
コピー（copy）	影本
外国人登録証明書（がいこくじんとうろくしょうめいしょ）	外國人登錄證

国際結婚（こくさいけっこん）	國際婚姻
偽装結婚（ぎそうけっこん）	假結婚
偽造（ぎぞう）パスポート	假護照
密入国（みつにゅうこく）	偷渡
——不法入国（ふほうにゅうこく）	非法入境
不法滞在（ふほうたいざい）、オーバーステイ（overstay）	非法居留
強制送還（きょうせいそうかん）	強制遣返

★役所（やくしょ）と日本（にほん）の行政区分（ぎょうせいくぶん）	★政府機關和日本的行政區劃
入国管理局（にゅうこくかんりきょく）、入管（にゅうかん）	出入境管理局
大使館（たいしかん）	大使館

タイペイちゅうにちけいざいぶんかだい ——台北駐日経済文化代 ひょうしょ 表処	台北駐日經濟文化代表處	編註 由於台灣與日本無正式邦交，故「**台北駐日経済文化代表処**」則成為形同大使館一般地位的單位。
りょうじかん 領事館	領事館	
にほんせいふ 日本政府	日本政府	
たいわんせいふ 台湾政府	台灣政府	
やくしょ　かんちょう 役所、官庁	政府機關	
ちゅうおうかんちょう　ちゅうおうしょうちょう 中央官庁、中央省庁	中央行政機關	
しょう 省	部、委員會	
ざいむしょう ——財務省	財務部	
がいむしょう ——外務省	外交部	
けんちょう 県庁	省政府	
しやくしょ 市役所	市政府	
まちやくば 町役場	鄉鎮市公所	
むらやくば 村役場	（村）里辦公處	
こうむいん 公務員	公務員	
かんりょう 官僚	官員	
こうきゅうかんりょう ——高級官僚	高級官員	
——キャリア（career）	候補公務員	＊和製英語。是考上國家公務員Ⅰ種等的候補幹部，考上其他國家公務員考試者則叫 **“ノンキャリア”**（non career）。
たんとうしゃ　せきにんしゃ　かかりいん 担当者、責任者、係員	負責人	

ぎょうせいくぶん 行政区分	行政區域劃分	
とどうふけん 都道府県	都道府縣	＊相當於美國的“州”、泰國的“府”、越南或中國的“省”一般的行政區域劃分。
けん 県	縣	
し 市	市	
しゅと 首都	首都	
せいれいしていとし 政令指定都市	政令指定都市	＊在日本，指人口超過 50 萬人以上的城市。
けんちょうしょざいち 県庁所在地	縣政府所在地	
ちじ 知事	知事	＊都道府縣的最高長官。
しちょう 市長	市長	
ちょうちょう 町長	鎮長	
そんちょう 村長	村長	
こうみんかん　けんみんかいかん　しみんかいかん 公民館、県民会館、市民会館	市民文化會館	編註 這是在日本，為了發展當地居民在生活上的教育、文化、學術而設立的教育設施。
ほんせきち 本籍地	戶籍地址	
こせき 戸籍	戶籍	
じゅうみんひょう 住民票	戶籍謄本	

圖為日本的警告標語。
「小心近身搶劫！」。

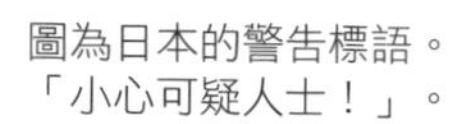
圖為日本的警告標語。
「小心可疑人士！」。

4. 在飯店（旅館）

★最重要語（さいじゅうようご）&表現（ひょうげん）	★重要詞彙 & 表現
予約（よやく）している陳（ちん）といいます。	我姓陳，我有預約。
予約（よやく）してないんですが、部屋（へや）はありますか？	我沒有預訂。請問有沒有空房？
——あいにくですが、満室（まんしつ）です。	對不起，全部客滿了。
一泊（いっぱく）いくらですか？	請問房價一天多少錢？
ほかの部屋（へや）はありませんか？	有沒有別的房間？
もっと静（しず）かな［安（やす）い］部屋（へや）はありませんか？	還有沒有更安靜〔便宜〕的房間？
その部屋（へや）を見（み）せてもらえますか？	我可以看一下房間嗎？
朝食（ちょうしょく）は付（つ）いてますか？	請問有附早餐嗎？
もう一泊（いっぱく）したいんですが。	我想再多住一天。
303 号室（ごうしつ）のキーをお願（ねが）いします。	請給我 303 房的鑰匙。　＊房間號碼的“303”唸成“さんびゃくさん”或者“さんまるさん”。
チェックアウトを願（ねが）いします。	我要退房。
中国語（ちゅうごくご）を話（はな）せる人（ひと）はいませんか？	請問有沒有會說中文的人呢？
部屋（へや）を予約（よやく）する	預約房間

予約(よやく)をキャンセルする	取消預約
予約(よやく)を変更(へんこう)する	更改預約

ホテルに泊(と)まる	住飯店
——泊(と)まる	住宿
——「空室(くうしつ)あり」	有空房
——「満室(まんしつ)」	客滿
滞在(たいざい)する	逗留
五(いつ)つ星(ぼし)ホテル	五星級酒店

（いろいろなホテルなど）	（各種飯店等）	
ホテル（hotel）	飯店	
ビジネスホテル（business hotel）	商務飯店	＊和製英語。基本上為出差者用的簡易飯店。離車站很近的飯店也稱為和製英語的“ターミナルホテル”（terminal hotel）。
シティホテル（city hotel）	大型飯店	＊和製英語。指在鬧市的大型飯店。
カプセルホテル（capsule hotel）	膠囊旅館	＊和製英語。
ラブホテル（love hotel）	情趣旅館	＊和製英語。
ユースホステル（youth hostel）	青年旅館	
ゲストハウス（guesthouse）	日式背包客旅館	編註 指在日本只有約4個房間以下，臥床設有上下鋪的小空間簡易旅館。
旅館(りょかん)	日式旅館	編註 以和式房間為主，中、大型規模經營的旅館。

民宿(みんしゅく)	日式民宿	編註 以和式房間為主，小規模經營，浴室、廁所及部分空間與經營人一家用共的旅館。
ペンション (pension)	歐風家庭旅館	＊和製英語。多設在觀光名勝區或者海邊。 編註 以洋式的房間及其他設施為主，小規模經營的旅館。
——短期賃貸(たんきちんたい)マンション	短期公寓	＊按週租的叫 **“ウイークリーマンション”**（weekly mansion）、按月租的叫 **“マンスリーマンション”**（monthly mansion），皆為和製英語。

(いろいろな部屋(へや))	（各種房間）
静(しず)かな部屋(へや)	安靜的房間
眺(なが)めのいい部屋(へや)	景觀房
海(うみ)に面(めん)した部屋(へや)	海景房

★ トラブル処理(しょり)と依頼(いらい)の表現(ひょうげん)	★處理小糾紛的表現	
部屋(へや)が汚(よご)れているんですが。	這房間很髒。	＊“～ですが”的後面省略了“どうしてですか？”或者“どうにかしてください”等表現。
お湯(ゆ)が出(で)ないんですが。	沒熱水。	
トイレがつまりました。	廁所堵住了。	
電気(でんき)がつかないんですが。	沒有電。	
エアコンの調子(ちょうし)が悪(わる)いんですが。	空調怪怪的（好像壞了）。	
部屋(へや)の鍵(かぎ)が開(あ)かないんですが。	房間的門鎖打不開。	
隣(となり)の部屋(へや)がうるさいんですが。	隔壁太吵了。	

部屋(へや)を替(か)えてもらいたいんですが。	我想換房間。
シーツを取(と)り替(か)えてもらえますか？	可以幫我換床單嗎？ 編註 日本的一些飯店在Room service時亦推廣環保及節省資源概念，當若是同一個客人住在同一間客房連續幾天的話，中間不會主動幫客人換床單。這一點與台灣不太一樣，所以當房客有需要時，就必須主動跟房務員講。
荷物(にもつ)を預(あず)かってもらえますか？	請問我能寄放行李嗎？
荷物(にもつ)を夕方(ゆうがた)まで置(お)いていてもいいですか？	行李能寄放到傍晚嗎？
ホテルの入(い)り口(ぐち)は何時(なんじ)に閉(し)まりますか？	飯店大門是幾點關呢？
部屋(へや)で朝食(ちょうしょく)をとれますか？	請問能在房間用早餐嗎？
朝八時(あさはちじ)に起(お)こしてください。	請在早上八點叫醒我。
タクシーを呼(よ)んでもらえますか？	請幫我叫一輛計程車。
空港(くうこう)までタクシーを一台(いちだい)お願(ねが)いします。	麻煩我要一輛計程車到機場。

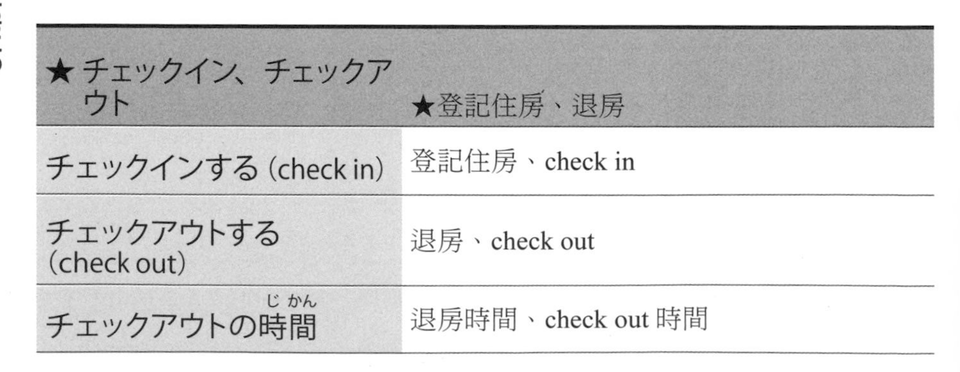

★チェックイン、チェックアウト	★登記住房、退房
チェックインする（check in）	登記住房、check in
チェックアウトする（check out）	退房、check out
チェックアウトの時間(じかん)	退房時間、check out 時間

チェックインの手続(てつづ)き	住房手續、Check in 手續	
チェックアウトの手続(てつづ)き	退房手續、Check out 手續	
予約(よやく)する	預約（客房）	
キャンセルする (cancel)、取(と)り消(け)す	取消	
預(あず)ける	寄存	
保管(ほかん)する	保管	
記入(きにゅう)する	填寫	
サインをする (sign)、署名(しょめい)をする	簽名	＊和製英語。
一晩(ひとばん)	一夜、一晚	
二晩(ふたばん)	兩夜、兩晚	
一泊二日(いっぱくふつか)	兩天一夜	
二泊三日(にはくみっか)	三天兩夜	
208 号室(ごうしつ)	208 號房間	＊房間號碼的“208”唸“にひゃくはち”或者“にーまるはち”。
宿泊客(しゅくはくきゃく)	房客	
——宿泊名簿(しゅくはくめいぼ)	住房名單	
費用(ひよう)、料金(りょうきん)	費用	
宿泊費(しゅくはくひ)	住宿費	
サービス料(りょう)	服務費	

デポジット（deposit）	押金	＊依應用場合不同也分別稱為“**頭金**”（あたまきん）、“**保証金**”（ほしょうきん）、“**敷金**”（しききん）等。
予約確認書（よやくかくにんしょ）、バウチャー（voucher）	預約確認書	編註 在日本的飯店 Check in 時出示的訂房文件。
前払い（まえばらい）	預付	

★ルーム&サービス	★房間 & 服務	
シングルルーム（single room）	單人房	
ダブルルーム（double room）、ツインルーム（twin room）	雙人房	＊“**ダブルルーム**”指有一張雙人床的房間；“**ツインルーム**”指有兩張單人床的房間。
スイートルーム（suite room）	（同時附有客廳、接待室等大空間的）豪華客房	
ドミトリー（dormitory）	日式大通舖	編註 在日本的旅館，會設置上、下鋪的臥床的多人共住房。
ルームサービス（room service）	客房送餐服務、room service	
モーニングコールサービス（morning call service）	Morning call	＊和製英語。
ランドリーサービス（laundry service）	洗衣服務	
——ランドリーバッグ（laundry bag）	洗衣袋	
——ドライクリーニング（dry cleaning）	乾洗	
朝食付き（ちょうしょくつき）	附早餐	
——朝食券（ちょうしょくけん）	早餐券	

★ロビー内(ない)など	★在飯店大廳等	
ホテルのエントランス(entrance)、ホテルの入(い)り口(ぐち)	飯店大門	
——回転(かいてん)ドア	旋轉門	
ロビー(lobby)、ホール(hall)	大廳、Lobby	
受付(うけつけ)、フロント(front)	大廳櫃台	＊"フロント"是"フロントデスク"(front desk)的簡稱。
セーフティーボックス(safety box)、金庫(きんこ)	保險箱	＊和製英語。
——貴重品(きちょうひん)	貴重物品	
クローク(cloak)	衣帽間	＊是"クロークルーム"(cloakroom)的簡稱。
屋内(おくない)プール(pool)	室內游泳池	
大浴場(だいよくじょう)	大浴池	
サウナ(sauna)	三溫暖	＊其語源來自於芬蘭語。
シャワールーム(shower room)	淋浴間	
食堂(しょくどう)	食堂	
宴会場(えんかいじょう)	宴會廳	
廊下(ろうか)	走廊	
非常口(ひじょうぐち)	安全門	
——AED(エーイーディー)、自動体外式(じどうたいがいしき)除細動器(じょさいどうき)	AED、自動體外除顫器(傻瓜電擊器)	＊"AED"是"Automated External Defibrillator"的簡稱。

本館（ほんかん）	主要大樓	
新館（しんかん）	新大樓	
別館（べっかん）	別館	
ホテルの支配人（しはいにん）	飯店總經理	
コンシェルジュ (concierge)	大廳服務中心人員	＊其語源來自於法語。 編註 主要的業務有協助觀光資訊提供、代訂票、旅遊計劃的企畫諮詢，類似台灣某些飯店設置的旅遊櫃台人員。
ポーター (porter)、ベルボーイ (bellboy)	行李員	
ドアマン (doorman)	門衛、Doorman	
受付係（うけつけがかり）	櫃台人員	
メード (maid)、客室清掃員（きゃくしつせいそういん）	客房清潔員、內將	＊“メード”也寫成“メイド”。更親切的叫法為“メードさん”。
警備員（けいびいん）、ガードマン (guard man)	警衛	＊和製英語。“ガードマン”指男性的警衛。

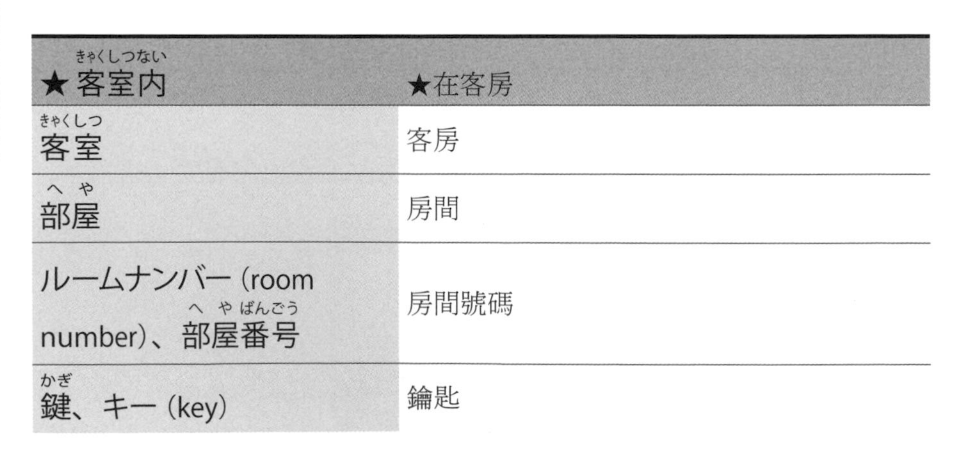

★客室内（きゃくしつない）	★在客房
客室（きゃくしつ）	客房
部屋（へや）	房間
ルームナンバー (room number)、部屋番号（へやばんごう）	房間號碼
鍵（かぎ）、キー (key)	鑰匙

——キーホルダー (key holder)	鑰匙圈	＊和製英語。
ルームキー (room key)	房間鑰匙	
——カードキー (card key)	房門卡	
オートロック (auto lock)	自動鎖	＊和製英語。
錠前（じょうまえ）、錠（じょう）、ロック (lock)	鎖	
——南京錠（なんきんじょう）	掛鎖	＊在舊日本，對於從海外來的新奇的小物品等會在前面加上“唐”或者“南京”。比如“唐辛子”（とうがらし）、“唐傘”（からかさ）、“南京豆”（なんきんまめ）、“南京虫”（なんきんむし）等。

エアコン、クーラー (cooler)	空調	＊“エアコン”是“エアコンディショナー”（air conditioner）的簡稱。夏天時也叫“クーラー”（和製英語）。
扇風機（せんぷうき）	電風扇	
テレビ	電視	＊“テレビジョン”（television）的簡稱。也寫成“TV”。
カラーテレビ	彩色電視	＊“カラーテレビジョン”（color television）的簡稱。
リモコン	遙控器	＊是和製英語的“リモート・コントロール”（remote control）的簡稱。
チャンネル (channel)	頻道	
目覚（めざ）まし時計（どけい）	鬧鐘	
消火器（しょうかき）	滅火器	
スイッチ (switch)	開關	
差（さ）し込（こ）みプラグ	插頭	＊“プラグ”的語源是英語的“plug”。
コンセント	插座	＊和製英語的“concentric plug”的簡稱。 ※outlet（英語）

旅行かばん（りょこう）	旅行袋
スーツケース (suitcase)、トランク (trunk)	行李箱
キャリーバッグ (carry bag)	手拉式行李箱　＊和製英語。 ※roller bag（英語）
荷物（にもつ）	行李
——荷造りする（にづく）	準備行李
着替え（きが）	換穿的衣服
洗面用具（せんめんようぐ）	盥洗用具
携帯音楽プレーヤー（けいたいおんがく）	隨身聽

寝具（しんぐ）	寢具
ベッド (bed)	床
シーツ (sheet)	床單
——ベッドカバー (bedcover)	床罩　＊和製英語。

布団（ふとん）	棉被
——羽毛布団（うもうぶとん）	羽絨被
敷き布団（しぶとん）	（睡覺時）鋪在身體下面的被子
掛け布団（かぶとん）	（睡覺時）蓋在身體上面的被子
マットレス (mattress)	床墊
毛布（もうふ）	毛毯

日語	中文	備註
電気毛布（でんきもうふ）	電熱毯	
枕（まくら）	枕頭	
——枕カバー（まくら）	枕頭套	＊“カバー”的語源是英語的“cover”。

(いろいろなベッド)	（各種床）
ダブルベッド (double bed)	雙人床
シングルベッド (single bed)	單人床
折り畳み式ベッド（お たた しき）	折疊床
エキストラベッド (extra bed)	加床
ソファーベッド (sofa bed)	沙發床
二段ベッド（に だん）	雙層床
ウオーターベッド (waterbed)	水床

京都市的地標建築：京都塔。
塔的下半部是一間大飯店。

★浴室（よくしつ）、トイレ内（ない）	★在浴室、廁所	
浴室（よくしつ）、バスルーム (bathroom)	浴室	
バスタブ (bathtub)、浴槽（よくそう）、湯船（ゆぶね）	浴缸	
ジャグジー (Jacuzzi)、ジェットバス (jet bath)	按摩浴缸	＊“ジェットバス”是和製英語。
シャワー (shower)	淋浴	
シャワーカーテン (shower curtain)	浴簾	
洗面台（せんめんだい）	洗手台	
歯（は）ブラシ	牙刷	＊“ブラシ”的語源是英語的“brush”。
電動歯（でんどうは）ブラシ	電動牙刷	
練（ね）り歯磨（はみが）き、歯磨（はみが）き粉（こ）	牙膏	＊雖然現代的牙膏不是粉狀，但是也叫“歯磨き粉”。
デンタルフロス (dental floss)、糸（いと）ようじ	牙線	＊“糸ようじ”是帶柄的牙線。
歯間（しかん）ブラシ	牙間刷	
マウスウオッシュ (mouthwash)	漱口水	
せっけん (石鹸)	肥皂、香皂	＊“せっけん”包含肥皂和香皂。
化粧（けしょう）せっけん	香皂	
洗顔（せんがん）ソープ、洗顔（せんがん）せっけん	洗面皂、潔面乳	

ハンドソープ（hand soap）	洗手乳	
ボディソープ（body soap）、ボディシャンプー（body shampoo）	沐浴乳	＊和製英語。
シャンプー（shampoo）	洗髮精	
リンス（rinse）、ヘアコンディショナー（hair conditioner）、トリートメント（treatment）	潤絲精、護髮乳	＊“ヘアコンディショナー”是保護頭髮表面的作用，而“トリートメント”則有更全面護髮的作用。
タオル（towel）	毛巾	
バスタオル（bath towel）	浴巾	
フェイスタオル（face towel）	洗臉巾	
ハンドタオル（hand towel）	擦手巾	
浴室用タオル（よくしつよう）	浴室內的擦拭巾	
バスローブ（bathrobe）	浴袍	
入浴剤（にゅうよくざい）	入浴劑	
トイレ、お手洗い（てあら）、便所（べんじょ）	洗手間、廁所	＊“トイレ”是“トイレット”（toilet）的簡稱。一般女性說“お手洗い”。有的男性則直接說“便所”。還有的廁所會寫“WC”（water closet）。
——和式（わしき）トイレ	蹲式便器	
——洋式（ようしき）トイレ	坐式馬桶	
——水洗（すいせん）トイレ	抽水馬桶	
便座（べんざ）	馬桶蓋	

べんざ 便座シート	馬桶座墊紙	＊“シート”的語源是英語的“sheet”。
べんざ 便座カバー	馬桶座墊套	＊“カバー”的語源是英語的“cover”。
ウォシュレット (Washlet)、 おんすいせんじょうべんざ 温水洗浄便座	免治馬桶	＊“ウォシュレット”是 TOTO 公司旗下的名牌商品。
ビデ (bidet)	坐浴盆	＊其語源來自於法語。
トイレットペーパー (toilet paper)	衛生紙	＊在日本，衛生紙全部丟入馬桶內沖掉的。
ティッシュペーパー (tissue paper)	面紙	

圖為多銷售本地熱門名產的小點心攤位。

5. 照相、攝影

★最重要語&表現	★重要詞彙&表現
写真を撮ってもいいですか?	請問我可以照相嗎？
あなたと一緒に写真を撮ってもいいですか?	請問我可以跟你一起照相嗎？
私の写真を撮ってもらえますか?	請問可以幫我照相嗎？
一緒に写真を撮りましょう!	我們一起照相吧！
ここを押すだけです。(シャッターを指して)	按這個地方就可以了。　＊指著快門。
はい、チーズ(cheese)　!	來，笑一個！　編註 因為唸「チーズ」時，口型會變成在笑的樣子。所以拍照者會說這句話，引導被拍者作表情。
はい、笑って!	來，笑一個！
写真を送りますから、メールアドレスを教えてくれますか?	我要寄照片給你，請你告訴我你的郵件地址。
電池［バッテリー］がなくなりました。	電池用完了。
写真	照片、相片
ピントを合わせる	對焦

シャッターを押(お)す、シャッターを切(き)る	按下快門
——半押(はんお)し	半按快門
写真(しゃしん)を撮(と)る	照相
ビデオを撮(と)る、撮影(さつえい)する	攝影
写真写(しゃしんうつ)りが良(い)い［悪(わる)い］	上相〔不上相〕
順光(じゅんこう)	順光
逆光(ぎゃっこう)	背光
ピント (punt)	焦距　＊其語源來自荷蘭語。
オートフォーカス (autofocus)	自動對焦
シャッター (shutter)	快門
セルフタイマー (self-timer)	自拍定時器
露出(ろしゅつ)	曝光
露出(ろしゅつ)オーバー［アンダー］	曝光過度〔不足〕　＊“オーバー”的語源是英語的“over”、“アンダー”是“under”。
自動露出(じどうろしゅつ)、AE (Automatic Exposure)	自動曝光
絞(しぼ)り	光圈
コントラスト (contrast)	反差
ハレーション (halation)	光暈

★写真館(しゃしんかん)で	★在照相館
証明書用(しょうめいしょよう)の写真(しゃしん)を４枚(よんまい)お願(ねが)いします。	我要照四張大頭照。
プリントをお願(ねが)いします。	麻煩您，我要洗照片。
現像(げんぞう)をお願(ねが)いします。	麻煩您，我要洗照片。
いつ受(う)け取(と)れますか？	什麼時候能取件呢？
——もう少(すこ)し早(はや)くなりませんか？	能不能再早一點呢？
写真(しゃしん)を受(う)け取(と)りに来(き)ました。	我來取件（拿照片）。
スピード写真(しゃしん)のボックスはどこにありますか？	請問哪裡有快照亭？

写真店(しゃしんてん)、写真館(しゃしんかん)	照相館	＊“**寫真館**”主要經營照相的相關業務。另外，“**カメラ店**”則以販賣相機為主。
証明写真(しょうめいしゃしん)、証明書用(しょうめいしょよう)の写真(しゃしん)	大頭照	
スピード写真(しゃしん)	快照	＊“**スピード**”的語源是英語的“speed”。
D.P.E	DPE	＊“D.P.E”（**ディーピーイー**）是“Develop-ment, Printing, Enlargement”（**フィルムの現像、焼き付け、引き伸ばし**）的簡稱。指這三項業務或有這三項業務的店。
現像(げんぞう)する	顯影	
焼(や)き付(つ)ける	沖洗	
焼(や)き増(ま)しをする	加洗	
引(ひ)き伸(の)ばす	放大（沖洗）	

どうじ 同時プリント	顯影及沖洗	編註 在日本以前仍風行沖洗相片的時代，在日本的相館裡，底片的顯影及沖洗是分開的業務，客人也可以只要求顯影底片而不沖洗。這一點與早期台灣的習慣不太一樣。
こうたく　しゃしん 光沢あり（の写真）	亮面（照片）	
こうたく　しゃしん 光沢なし（の写真）	非亮面（照片）	
はんしんしゃしん　じょうはんしん　しゃしん 半身写真、上半身の写真	半身照	
ぜんしんしゃしん 全身写真	全身照	
しゃしん ピンぼけ写真	模糊的照片	＊“ピンぼけ”是“ピントがぼけている”的簡稱。
しゃしん パノラマ写真（panorama）	全景照片	
こんれいしゃしん　けっこんしゃしん 婚礼写真、結婚写真	結婚照	＊在日本並不像台灣一樣，結婚時都會拍婚紗照。
しゅうごうしゃしん 集合写真	團體照	
じんぶつしゃしん 人物写真、ポートレート（portrait）	人像照	
ふうけいしゃしん 風景写真	風景照	
しゃしん コラージュ写真（collage）、 ごうせいしゃしん 合成写真	合成照	
しゃしん ヌード写真（nude）	裸照	
ほうどうしゃしん 報道写真	新聞照片	
せんそうしゃしん 戦争写真	戰爭照片	
げいじゅつしゃしん 芸術写真	藝術照片	
しゃしん スナップ写真、スナップショット（snapshot）	快照照片	

★カメラやレンズなど	★相機和鏡頭等
カメラ（camera）	相機
デジタルカメラ（digital camera）	數位相機
――デジタル一眼（いちがん）レフカメラ	數位單眼相機　＊“レフ”的語源是英語的“reflex”。
一眼（いちがん）レフカメラ	單眼相機
コンパクトカメラ（compact camera）	傻瓜相機
使（つか）い捨（す）てカメラ	即可拍相機
デジタルビデオカメラ（digital video camera）	數位攝影機
ビデオカメラ（video camera）	攝影機
――隠（かく）しカメラ	針孔攝影機
メモリーカード（memory card）	記憶卡
SD（エスディー）カード	SD 卡
メモリースティック（memory stick）	隨身碟
画素数（がそすう）	畫素
――1000万画素（いっせんまんがそ）	1000 萬畫素
手（て）ブレ補正機能（ほせいきのう）	防手晃功能　＊“手ブレ”是指“手でぶれる”。
HD（エイチディー）動画（どうが）	高清影片
フィルム（film）	底片

——白黒（しろくろ）フィルム、モノクロフィルム（monochrome film）	黑白底片
——カラーフィルム（color film）	彩色底片
レンズ（lens）	鏡頭
ズームレンズ（zoom lens）	變焦鏡頭
光学（こうがく）ズーム	光學變焦
デジタルズーム（digital zoom）	數位變焦
望遠（ぼうえん）レンズ	遠攝鏡頭
広角（こうかく）レンズ	廣角鏡頭
魚眼（ぎょがん）レンズ	魚眼鏡頭
フィルター（filter）	濾光鏡、UV 鏡
レンズキャップ（lens cap）	鏡頭蓋
レンズフード（lens hood）	遮光罩
フラッシュ（flash）、ストロボ（Strobo）	閃光燈
三脚（さんきゃく）	三腳架
リフレクター（reflector）	反射罩
暗室（あんしつ）	暗房

ルーペ (Lupe)、拡大鏡(かくだいきょう)、虫眼鏡(むしめがね)	放大鏡	＊其語源來自於德語。
写真家(しゃしんか)、カメラマン (cameraman)	攝影師	
パパラッチ (paparazzi)	狗仔隊	＊其語源來自於義大利語。
写真展(しゃしんてん)	攝影展	
写真集(しゃしんしゅう)	寫真集	
アルバム (album)	相簿	

★充電(じゅうでん)する	★充電	
充電(じゅうでん)する	充電	
電池(でんち)、バッテリー (battery)	電池	＊“バッテリー”主要是指手機、電腦、汽車等使用的可充電的電池。
——アルカリ電池(でんち)	鹼性電池	＊“アルカリ”的語源是荷蘭語的“alkali”。
——ボタン電池(でんち)	鋰電池	＊“ボタン”的語源是葡萄牙語的“botão”。
乾電池(かんでんち)	乾電池	
——単(たん)1電池(でんち)	1 號電池	＊口語會説“単1”（たんいち）、“単2”（たんに）、“単3”（たんさん）、“単4”（たんよん）的表現。
——単(たん)2電池(でんち)	2 號電池	
——単(たん)3電池(でんち)	3 號電池	
——単(たん)4電池(でんち)	4 號電池	

充電器（じゅうでんき）	充電器
変圧器（へんあつき）	變壓器
アダプター (adapter)	轉接器
変換プラグ（へんかん）	電源變換插頭　＊“プラグ”的語源是英語的“plug”。

公共(こうきょう)の場所(ばしょ)で

在公共場所

1. 打電話

★ 最重要語 さいじゅうようご	★重要詞彙	
電話 でんわ	電話	
電話機 でんわき	電話機	
固定電話 こていでんわ	有線電話	＊口語中，家裡的電話也叫 "家電"（いえでん）。
IP 電話 でんわ	網路電話	＊ "IP（アイピー）" 是 "internet protocol" 的簡稱。
電話ボックス、公衆電話 でんわ　こうしゅうでんわ	公共電話（亭）	＊ "ボックス" 的語源是英語的 "box"。
――カード式公衆電話 しきこうしゅうでんわ	磁卡式公共電話	
コードレス電話（cordless） でんわ	無線電話	
留守番電話、留守電 るすばんでんわ　るすでん	語音信箱	
受話器 じゅわき	電話聽筒、話筒	
電話番号 でんわばんごう	電話號碼	＊電話號碼裡的 "0" 唸成 "ゼロ" 或 "マル"（丸）。另外一般 "7" 唸成 "ナナ"、"4" 唸成 "ヨン"。
――1 ケタ（一桁） ひと	一位數	
――2 ケタ（二桁） ふた	兩位數	＊也唸成 "にけた"。
――3 ケタ（三桁） み	三位數	＊也唸成 "さんけた"。
――10 ケタ（十桁） じゅう	十位數	＊也唸成 "じっけた"。
フリーダイヤル（free dial）	免費電話	＊和製英語。如 0120 等（等同台灣的 0800）。

テレフォンカード (telephone card)、テレカ	電話卡	＊和製英語。

★携帯電話（けいたいでんわ）	★手機	
携帯電話（けいたいでんわ）、携帯（けいたい）	手機	＊"携帯"也寫成"ケイタイ"或"ケータイ"。日本的電信業者有"NTTドコモ"、"au（KDDI）"、"ソフトバンクモバイル"（SoftBank mobile）等。
——スマートフォン (smartphone)、スマホ	智慧型手機	
プリペイド式携帯電話（しきけいたいでんわ）	預付卡式手機	＊"プリペイド"的語源來自於英語的"prepaid"。
携帯番号（けいたいばんごう）	手機號碼	
携帯（けいたい）ストラップ	手機吊飾	＊"ストラップ"的語源來自於英語的"strap"。
PHS、ピッチ	PHS	＊"PHS（ピーエッチエス）"是"personal handyphone system"的簡稱。
SIM（シム）カード	SIM 卡	
ワンセグ (one seg)	one seg	＊和製英語。指專為手機提供的電視播放。
タッチパネル (touch panel)、タッチスクリーン (touchscreen)、タッチ画面（がめん）	觸控式螢幕	
——液晶保護（えきしょうほご）シート	螢幕保護貼	＊"シート"的語源來自於英語的"sheet"。
待ち受け画面（まうがめん）	待機畫面	
マナーモード (manner mode)	震動模式	＊和製英語。

着信音(ちゃくしんおん)、着(ちゃく)うた、着(ちゃく)メロ	手機鈴聲	＊“着メロ”是“着信メロディー（melody）”的簡稱。“着うた”是歌曲，“着メロ”是音樂。
番号(ばんごう)ポータビリティー、ナンバーポータビリティー (number portability)	門號可攜	
ナンバーディスプレイ (number display)	來電顯示	＊和製英語。
着信履歴(ちゃくしんりれき)	來電紀錄	
非通知(ひつうち)	來電隱藏	
携帯(けいたい)メール、SMS	簡訊	＊“SMS（エスエムエス）”是“short message service/system”的簡稱。
——メールアドレス (mail address)、メルアド	手機郵件地址	編註 日本與台灣不同，在日本幾乎沒什麼人在使用手機簡訊。都是以郵件傳輸的方法傳送訊息至手機的較多。
——メール友達(ともだち)、メル友(とも)	手機郵件裡往來連絡的朋友	
写(しゃ)メール、写(しゃ)メ	手機照片傳送功能、有附件照片的郵件	
デコメール	deco-mail	＊和製英語。“デコレーションメール”（decoration mail）的簡稱。 編註 透過cHTML模式編輯，以可愛或亮麗的繪文字、插圖所構成的郵件。
空(から)メール	空白郵件	
絵文字(えもじ)	繪文字	＊用繪文字和表情符號等修飾內容的叫“デコメール”或“デコレーションメール”（decoration mail）。
顔文字(かおもじ)	表情符號	
GPS(ジーピーエス)機能(きのう)	GPS 功能	＊“GPS”（ジーピーエス）是“Global Positioning System”的簡稱。

QR コード	QR 碼	＊“QRコード（キューアールコード）”是“Quick Response code”的簡稱。
バリ3（さん）	滿格	
ワン切り（ぎ）	響一聲就斷掉	＊“ワン”源於和製英語的“one call”。
いたずら電話（でんわ）、イタ電（でん）	騷擾電話、惡作劇電話	

★電話（でんわ）をかける、電話（でんわ）に出る	★打電話、接電話	
電話（でんわ）をかける、電話（でんわ）をする	打電話、撥電話	
電話（でんわ）に出（で）る、電話（でんわ）を受（う）ける	接電話	＊也叫“**受話器を取る**”或“**電話を取る**”。
電話（でんわ）を切（き）る	掛電話	
電話（でんわ）をかけ直（なお）す	重撥	
折（お）り返（かえ）し電話（でんわ）をかける	回電話、回電	
電話（でんわ）を転送（てんそう）する	轉接電話	
電話（でんわ）が鳴（な）る	電話鈴響	
電話（でんわ）で話（はな）す	用電話講、電話裡談	
長電話（ながでんわ）をする	電話一講就講了很久	
混線（こんせん）する	搭錯線	
コイン［カード］を入（い）れる	投幣〔插入卡〕	＊“**コイン**”的語源是英語的“coin”、“**カード**”的語源是英語的“card”。
ダイヤルする（dial）	撥電話	＊現代雖然已經很少見轉盤式的電話了，但在口語中也還會說“**ダイヤルする**”。

メールを送(おく)る	發簡訊（手機郵件）	
メールを受(う)け取(と)る	收到簡訊（手機郵件）	
メッセージを残(のこ)す、伝言(でんごん)する	留言	＊“メッセージ”的語源是英語的“message”。
電話(でんわ)の呼(よ)び出(だ)し音(おん)	電話鈴聲	
話(はな)し中(ちゅう)の音(おと)	表示電話中的響音	
直通(ちょくつう)	直撥	
アスタリスク（asterisk、＊）	米字鍵	
シャープ（sharp、＃）	井字鍵	

★電話(でんわ)の簡単会話(かんたんかいわ)	★簡單的電話交談	
もしもし！	喂！	＊這句發語詞據説源自**“言う”**（いう）的謙讓語**“申す”**（もうす）。
もしもし、高倉(たかくら)さんのお宅(たく)ですか？	喂！請問這是高倉先生的家嗎？	
どちら様(さま)ですか？	請問您是哪位？	
どなたにおかけですか？	請問您找誰？	
楊(よう)といいますが、愛子(あいこ)さんはおられますか？	我姓楊，請問愛子小姐在嗎？	
優斗君(ゆうとくん)と話(はな)したいのですが、お願(ねが)いします。	麻煩你，我要找優斗。	
あなたは美咲(みさき)さんですか？	請問您是美咲小姐嗎？	

すいませんが、208号室(にひゃくはちごうしつ)の中田(なかた)さんをお願(ねが)いします。	麻煩您，我找 208 號房的中田。
317号室(さんびゃくじゅうごうしつ)をお願(ねが)いします。	麻煩請轉接 317 號房。
しばらくお待(ま)ちください。 ——ちょっと待(ま)ってください。	請稍等一下。 請等一下。
彼女(かのじょ)は今(いま)いませんが。 ——いつ戻(もど)られますか？	她現在不在。 她什麼時候會回來呢？
そんな人(ひと)はここにはいませんが。	這裡沒有這個人。
すいません、かけ間違(まちが)いました！	對不起，我打錯了！
そちらは～番(ばん)ではありませんか？	您的電話號碼是～的嗎？
じゃ、また後(あと)でかけ直(なお)します。	那我等一下再打。
すいません、よく聞(き)こえませんが。	對不起，我沒聽清楚。
もう少(すこ)し大(おお)きな声(こえ)で話(はな)していただけますか？	麻煩請大聲一點，好嗎？
電話(でんわ)が通(つう)じません。／電話(でんわ)がつながりません。	電話不通。
携帯(けいたい)のバッテリーが切(き)れそうです。	手機快沒電了。

君か！（男性）／あなたなの！（女性）	是你呀！
久しぶり！	好久不見！
じゃ、きっとな！（男性）／じゃ、きっとね！（女性）	好的，那就不見不散！
じゃ、そういうことで！（男性）／じゃ、そういうことでね！（女性）	好，就這樣吧！

国際電話をかけたいんですが。	我要打國際電話。
——どちらの国へですか？（電話交換手など）	打到哪個國家呢？（接線總機等）
台湾に電話をかけたいんですが。	我要打一通電話到台灣。
コレクトコールで台湾に電話をかけたいんですが。	我想用對方付費方式打電話到台灣。
電話をお切りにならずに、お待ちください。（電話交換手など）	請稍等一下，別掛斷電話。（接線總機等）
現在お話し中です。（電話交換手など）	對方現在正在電話中。（接線總機等）

どなたもお出（で）になりませんが。（電話交換手（でんわこうかんしゅ）など）	現在沒人接電話。（接線總機等）

★電話（でんわ）の各種（かくしゅ）サービスなど	★各種電話服務等	
市内電話（しないでんわ）、市内通話（しないつうわ）	市內電話	
長距離電話（ちょうきょりでんわ）、長距離通話（ちょうきょりつうわ）	長途電話	
国際電話（こくさいでんわ）	國際電話	
コレクトコール（collect call）	對方付費電話	
指名通話（しめいつうわ）	指名接聽電話	編註 在撥打國際電話等情況下，自己所要找的對象接聽後才需付費的電話。
番号通話（ばんごうつうわ）	代播國際電話	編註 是日本電信公司KDDI的一項國際通話服務。撥打人將想要撥打的電話號碼告訴接線總機，請總機直接代播的服務。
電話帳（でんわちょう）	電話簿、黃頁	
──タウンページ（Town Page）	Town Pag	編註 「タウンページ」是對由日本的通信公司NTT所發行，依職業別分類電話簿的愛稱。
──ハローページ（Hello Page）	Hello Page	編註 「ハローページ」是對由日本的通信公司NTT所發行，將企業名、人名依五十音的順序分類電話簿的愛稱。
内線（ないせん）	內線	
外線（がいせん）	外線	
電話交換手（でんわこうかんしゅ）	接線總機	

テレフォンオペレーター（telephone operator）、電話(でんわ)オペレーター	接線生
番号案内(ばんごうあんない)サービス	電話查號台
サービスセンター（service center）	服務中心
コールセンター（call center）	電話中心
国番号(くにばんごう)	國碼
市外局番(しがいきょくばん)	區碼
緊急通報用電話番号(きんきゅうつうほうようでんわばんごう)	緊急電話號碼
——110番(ばん)（ひゃくとおばん）	110（報警專線）
——119番(ばん)（ひゃくじゅうきゅうばん）	119（通報火警、呼叫急救專線）

2. 在銀行

★最重要語&表現	★重要詞彙&表現
口座を開きたいんですが。	我想開戶。
こちらの用紙にご記入ください。（銀行員）	請填寫這張申請單。（銀行職員）
口座を開く、口座をつくる	開戶
口座を閉じる	（結清）銷戶
預金する、お金を預ける、貯金する	存款
預金を下ろす、預金を引き出す	提款、領錢
——キャッシング (cashing)	信用卡取現
送金する	匯款
振り込む	匯入
銀行振り込み	銀行轉帳
口座振替、自動振替、自動引き落とし	自動轉帳
キャッシュカード (cash card)、ATM カード	提款卡

せいたいにんしょう 生体認証、バイオメトリクス認証（biometrics）、身体認証 （にんしょう / しんたい / にんしょう）	生物識別	＊利用指紋、聲紋、網膜等身體特徵確認身份的技術。
あんしょうばんごう 暗証番号	密碼	
こぎって 小切手	支票	
てがた　かわせてがた 手形、為替手形	匯票	
かへい　つうか 貨幣、通貨	貨幣	
こうか 硬貨、コイン（coin）	硬幣	
いちえんこうか　いちえんだま ——一円硬貨、一円玉	一日元硬幣	
ごえんこうか　ごえんだま ——五円硬貨、五円玉	五日元硬幣	
じゅうえんこうか　じゅうえんだま ——十円硬貨、十円玉	十日元硬幣	
ごじゅうえんこうか　ごじゅうえんだま ——五十円硬貨、五十円玉	五十日元硬幣	
ひゃくえんこうか　ひゃくえんだま ——百円硬貨、百円玉	一百日元硬幣	
ごひゃくえんこうか　ごひゃくえんだま ——五百円硬貨、五百円玉	五百日元硬幣	
しへい　さつ 紙幣、（お）札	紙幣	
せんえんさつ ——千円札	一千日元紙幣	
にせんえんさつ ——二千円札	兩千日元紙幣	＊主要流通於沖繩。
ごせんえんさつ ——五千円札	五千日元紙幣	
いちまんえんさつ　まんさつ ——一万円札、万札	一萬日元紙幣	
にせさつ ——偽札	偽鈔	

銀行預金（ぎんこうよきん）	銀行存款
銀行口座（ぎんこうこうざ）	銀行帳戶
普通預金口座（ふつうよきんこうざ）	活期存款帳戶
定期預金口座（ていきよきんこうざ）	定期存款帳戶
当座預金口座（とうざよきんこうざ）	支存帳戶、甲存帳戶
預金者（よきんしゃ）	儲戶
預金通帳（よきんつうちょう）、通帳（つうちょう）	儲蓄存摺
預金総額（よきんそうがく）	存款總額
預金残高（よきんざんだか）	存款餘額
口座番号（こうざばんごう）	銀行帳號

★両替（りょうがえ）をする	★兌換
台湾（たいわん）ドルを日本円（にほんえん）に換（か）えたいんですが。	我要用台幣兌換日幣。
手数料（てすうりょう）はいくらですか?	請問手續費是多少？
小額紙幣（しょうがくしへい）にしてください。	請換成小額紙鈔。

両替（りょうがえ）をする	兌換外幣
——一万円札（いちまんえんさつ）をくずす	將一萬日元兌換成小額紙鈔
外貨両替所（がいかりょうがえじょ）、両替所（りょうがえじょ）	外幣兌換處
——外貨両替窓口（がいかりょうがえまどぐち）	外幣兌換窗口

外国為替（がいこくかわせ）	外匯
為替（かわせ）レート	外匯匯率
両替（りょうがえ）のレート	私人敲匯　＊“レート”的語源是英語的“rate”。
両替（りょうがえ）のレシート	私人敲匯收據　＊“レシート”的語源是英語的“receipt”。
手数料（てすうりょう）	手續費
トラベラーズチェック (traveler's check)	旅行支票
外貨（がいか）	外幣

（主要な外貨（しゅようながいか）など）　（主要的外幣等）

日本円（にほんえん）	日幣
台湾（たいわん）ドル	新台幣
中国（ちゅうごく）の元（げん）、人民元（じんみんげん）	人民幣
香港（ほんこん）ドル	港幣
アメリカドル、米（べい）ドル (dollar)	美金
カナダドル (Canadian dollar)	加幣
オーストラリアドル (Australian dollar)	澳幣
ユーロ (euro)	歐元
イギリスポンド (英ポンド、pound)	英鎊
スイスフラン (Swiss franc)	瑞士法郎

ルーブル (ruble)	盧布	

★日本(にほん)の銀行(ぎんこう)と ATM など	★日本的銀行和自動櫃員機等	
日本銀行(にっぽんぎんこう)、日銀(にちぎん)	日本銀行	＊也唸成“にほんぎんこう”。日本的中央銀行。
銀行(ぎんこう)	銀行	
——本店(ほんてん)	總行	
——支店(してん)	分行	
——窓口(まどぐち)	窗口	
——貸(か)し金庫(きんこ)	出租保險箱	
——銀行員(ぎんこういん)	銀行職員	
メガバンク (megabank)	（資本雄厚的）大型銀行	

(日本(にほん)のメガバンク)	（日本的大型銀行）	
三菱東京(みつびしとうきょう) UFJ(ユーエフジェイ) 銀行(ぎんこう)	三菱東京 UFJ 銀行	
みずほ銀行(ぎんこう)	瑞穗銀行	
三井住友銀行(みついすみともぎんこう)	三井住友銀行	

都市銀行(としぎんこう)、都銀(とぎん)	城市銀行	
地方銀行(ちほうぎんこう)、地銀(ちぎん)	地方銀行	
信用金庫(しんようきんこ)	信用金庫	＊主要便利於中小企業相關業務的非營利性金融機構。
信用組合(しんようくみあい)	信用組合	＊“信用協同組合”（しんようきょうどうくみあい）的簡稱。為成員相互扶助，非營利性目的的金融機構。

消費者金融（しょうひしゃきんゆう）	消費信貸	＊口語中，也稱“**サラリーマン金融**”或簡稱的“**サラ金**”（さらきん）。
金融機関（きんゆうきかん）	金融機構	
印鑑（いんかん）、はんこ、印（いん）	印章	
実印（じついん）	原留印鑑	＊認證過的印章。
認印（みとめいん）	一般印章	＊未認證的印章，即任何能代替簽名的印章，在不需要原留印鑑的場合下使用，一樣具有法律效應。很便宜的也叫“**三文判**”（さんもんばん）。
銀行印（ぎんこういん）、届出印（とどけでいん）	原留印鑑	編註「**銀行印**」雖與「**実印**」一樣屬原留印鑑，但只限在銀行使用的場合上。
朱肉（しゅにく）	印泥	
ATM	自動櫃員機	＊“ATM（エーティーエム）”是“automatic teller machine”的簡稱。

（ATMの画面表示（がめんひょうじ））	（自動櫃員機的螢幕顯示）
お引き出し（ひきだし）	提款
お預け入れ（あずけいれ）	存款
お振り込み（ふりこみ）	轉賬
残高照会（ざんだかしょうかい）	餘額查詢
取消（とりけし）、キャンセル（cancel）	取消
クリア（clear）	更正
エンター（enter）	輸入

元本（がんぽん）	本金	
利子（りし）、利息（りそく）	利息	
担保（たんぽ）、抵当（ていとう）	抵押	
お金（かね）を借（か）りる、借金（しゃっきん）する	借款	
お金（かね）を貸（か）す	貸款	
——銀行（ぎんこう）ローン	銀行貸款	＊“ローン”的語源來自英語的“loan”。
返済（へんさい）する	還（貸）款	

3. 在郵局

さいじゅうようご ★最重要語	★重要詞彙	
ゆうびんきょく 郵便局	郵局	
ゆうびんはいたつにん 郵便配達人	郵差	＊口語中，也說成“**郵便配達の人**”（ゆうびんはいたつのひと）或“**郵便の人**”（ゆうびんのひと）。
ゆうびん 郵便ポスト、ポスト (post)	郵筒	
とうかんぐち ——投函口	投遞口	＊在日本的郵筒左邊的投遞口是投明信片、普通郵件專用的，右邊則是大型郵件或限時郵件等專用。
ゆうびんぶつ 郵便物	郵件	
こづつみ 小包	包裹	＊口語中，也說成“**荷物**”（にもつ）。
そくたつ 速達	快捷郵件、限時郵件	
EMS	EMS 國際快捷	＊“EMS”（**イーエムエス**）是“Express Mail Service”（**国際スピード郵便**）的簡稱。
ゆうびんりょうきん 郵便料金	郵資	
そうりょう 送料	運費	
おくる、ゆうそう 送る、郵送する	寄、郵寄	
ゆうびんばんごう 郵便番号	郵遞區號	
さしだしにん 差出人	寄件人	
うけとりにん 受取人	收件人	
あてな、あてさき 宛名、宛先	收件人姓名	＊是除了收件人的名字以外，還有指住所地址。

——宛先不明(あてさきふめい)	查無此地址

(宛名(あてな)の敬称(けいしょう)) (收件人的尊稱)

～親展(しんてん)	～親啟	
～様(さま)	～先生 (～女士)	＊收信人不分男女，名字後方都用 **"様"** 敬稱。
～御中(おんちゅう)	～貴寶號收	＊用於稱呼對方公司或團體名稱時。
～気付(きづけ)	敬請轉交～	＊請飯店或暫居地址的人轉交給收信人的時候用。

★郵便局(ゆうびんきょく)でよく使(つか)う表現(ひょうげん)など	★在郵局常用的表現等
台湾(たいわん)までです。	是寄到台灣的。
航空便(こうくうびん)［船便(ふなびん)］でお願(ねが)いします。	請用空運〔海運〕。
台湾(たいわん)まで何日(なんにち)かかりますか?	寄到台灣需要幾天呢？
台湾(たいわん)までいくらですか?	寄到台灣要多少錢呢？
——航空便(こうくうびん)	航空郵件、空運
——船便(ふなびん)	海運郵件、海運

手紙(てがみ)を書(か)く	寫信
切手(きって)を貼(は)る	貼郵票
手紙(てがみ)を出(だ)す	寄信
手紙(てがみ)を受(う)け取(と)る	收信

返事(へんじ)を書(か)く、返信(へんしん)を書(か)く	回信
ポストに入(い)れる	投入郵筒
荷物(にもつ)［小包(こづつみ)］の重(おも)さを量(はか)る	秤包裹重量
荷物(にもつ)を郵便(ゆうびん)で送(おく)る、小包(こづつみ)をゆうパックで送(おく)る	郵寄包裹
電報(でんぽう)を打(う)つ	打電報
配達(はいたつ)する	投遞
電報(でんぽう)	電報
——国際電報(こくさいでんぽう)	國際電報
——祝電(しゅくでん)	賀電
書留郵便(かきとめゆうびん)	掛號郵件
現金書留(げんきんかきとめ)	郵寄現金　＊使用現金袋郵寄現金。
郵便貯金(ゆうびんちょきん)	郵政儲金

★手紙(てがみ)やはがきなど	★信件和明信片等
手紙(てがみ)	信件
封筒(ふうとう)	信封
——返信用封筒(へんしんようふうとう)	回郵信封
便箋(びんせん)	信紙

はがき	明信片
絵（え）はがき、ポストカード (postcard)	風景明信片
往復（おうふく）はがき	往返明信片 編註 是日本一種兩面交差設計長型對摺的明信片。寄件人在明信片的正面左邊寫上收件人及地址，往內翻後在背面右邊的空間則寫成上來件事由，背面的左邊則是回寄時的正面，收件人再會寫上自己的名字及地址，而收件人可以在正面的右邊針對寄件人的邀約等作出回覆，再反折將寄件人地址那面當作正面回寄即可。
——往信用（おうしんよう）はがき	寄信用的那一面
——返信用（へんしんよう）はがき	回信用的那一面
年賀状（ねんがじょう）、年賀（ねんが）はがき	賀年卡、賀年明信片　＊在十二月十五日－二十五日期間放入郵筒，就會在一月一日寄到。
——お年玉年賀（としだまねんが）はがき	紅包明信片
暑中見舞（しょちゅうみまい）はがき	暑期問候明信片
残暑見舞（ざんしょみまい）はがき	殘暑慰問明信片
グリーティングカード (greeting card)	賀卡
バースデーカード (birthday card)	生日賀卡
クリスマスカード (Christmas card)	聖誕卡

★宅配便（たくはいびん）など	★宅配等
宅配便（たくはいびん）	宅配
——ゆうパック	郵包　＊“パック”的語源是英語的“pack”。

——宅急便（たっきゅうびん）	黑貓宅急便	*日本「**ヤマト運輸**」公司的知名宅配服務。
送り状（小包用の）（おくりじょう（こづつみよう））	包裹寄送單	
代金着払い、送料受取人払い（だいきんちゃくばらい、そうりょううけとりにんばらい）	運費由收貨人支付	
段ボール箱（だんボールばこ）	瓦楞紙箱	*“**ボール**”的語源是英語的“board”。
段ボール紙（だんボールがみ）	瓦楞紙板	
発泡スチロール（はっぽうスチロール）	保麗龍	*“**スチロール**”的語源是英語的“styrene”。
プチプチ、エアーキャップ（aircap）	氣泡棉	*“**エアーキャップ**”是品牌名。
接着のり、のり（糊）（せっちゃく）	漿糊、白膠	
——水のり（みず）	膠水	

（小包の注意書き）（こづつみのちゅういがき）	（包裹上的提醒）
“割れもの！　取扱注意！”（わ、とりあつかいちゅうい）	“易碎品！ 小心輕放！”
“天地無用！”（てんちむよう）	“嚴禁倒置！”
——“上下を逆さまにしないでください！”（じょうげ、さか）	“請勿倒置！”

★切手など（きって）	★郵票等
この切手セットを2セットください。（きって）	請給我兩套這個郵票。
切手（きって）	郵票

きねんきって 記念切手	紀念郵票	
きって 切手セット	成套郵票	＊“セット”的語源是英語的“set”。
みしようきって 未使用切手	新郵票、尚未使用過的郵票	
けしいんつ　きって 消印付き切手	蓋了郵戳的郵票	
きって エラー切手	錯體郵票	＊“エラー”的語源是英語的“error”。 編註 指印刷時發生狀況的郵票。文字與圖案倒置、沿邊的撕痕錯設到郵票正中間的狀況等等。
きって　あつ　きってしゅうしゅう 切手を集める、切手収集	集郵	
きってしゅうしゅうか 切手収集家	集郵迷	
きって 切手アルバム	集郵冊	
きってよう 切手用ピンセット	郵票鑷子	＊“ピンセット”的語源是荷蘭語的“pincet”。
けしいん 消印	郵戳	
むりょうさてい 無料査定	免費估價	
オークション（auction）、 けいばい 競売	拍賣	＊“競売”也唸成“きょうばい”。

4. 在書店

★本屋(ほんや)さん	★書店	
書店(しょてん)、本屋(ほんや)	書店	*口語也親切地叫“**本屋さん**”。
オンライン書店(しょてん)	網路書店	*“**オンライン**”的語源是英語的“online”。
——アマゾン(Amazon)	亞馬遜(網路書店)	
古本屋(ふるほんや)、古書店(こしょてん)	二手書店	*“**古書店**”是指專門販賣很有價值的古籍等的書店。
古本市(ふるほんいち)	二手書市	*每年秋天在東京神田舉辦的“**神田古本まつり**”(かんだふるほんまつり)是日本最大規模的二手書市。
図書券(としょけん)、図書(としょ)カード	圖書禮券	
活字離(かつじばな)れ	文字脫離	編註 指一些高識字率的國家,人民已經開始從電子媒體取得資訊,報紙及書籍的閱讀使用率下降的狀況。
——本(ほん)の虫(むし)	書呆子、愛書成痴	
——読書(どくしょ)(をする)、本(ほん)を読(よ)む	讀書、看書	
再販制度(さいはんせいど)	(圖書)再販制度	*是“**再販売価格維持制度**”(さいはんばいかかくいじせいど)的通稱。指書籍、雜誌、報紙等必須維持固定價格販賣的制度。但對於舊書沒有此限制。

(日本(にほん)で人気(にんき)の本屋(ほんや)さん)	(在日本的人氣書店)
紀伊國屋書店(きのくにやしょてん)	紀伊國屋書店
丸善(まるぜん)	丸善

ジュンク堂書店（どうしょてん）	淳久堂書店	
八重洲（やえす）ブックセンター (Yaesu Book Center)	八重洲圖書中心	
ブックオフ (Book Off)	BOOK OFF	＊在日本最大的舊書連鎖店。

★いろいろな本（ほん）	★各種書	
本（ほん）	書	
——書名（しょめい）	書名	
——ハードカバー (hardcover)、上製本（じょうせいぼん）	精裝書	
——ソフトカバー (softcover)、並製本（なみせいほん）	平裝書	
単行本（たんこうぼん）	單行本	＊指 12.7cm × 18.8cm 的書，或是 15.2cm × 21.8cm 的精裝書。
文庫本（ぶんこぼん）、文庫（ぶんこ）	文庫本	＊通常尺寸為 10.5cm × 14.8cm 的平裝單行本，約在出版 1-2 年後會以文庫本形式再發售，價格也變便宜了。
新書（しんしょ）	新書版	＊通常是指 17.3cm × 10.5cm 的平裝書。
ノベルス (novels)	新書版的小說	＊和製英語。
新刊本（しんかんぼん）、新刊書（しんかんしょ）、新刊（しんかん）	新書	
古本（ふるほん）	二手書	
上巻（じょうかん）／下巻（げかん）	上冊／下冊	
全集（ぜんしゅう）	全集	

洋書（ようしょ）	外國書	
原書（げんしょ）	原版書	
ペーパーバック（paperback）	西式平裝書	

★日本（にほん）のマンガ	★日本的漫畫書	
マンガ（漫画）、コミック（comic）	漫畫書	＊也寫成“まんが”。
アニメ、アニメーション（animation）	卡通	
マンガ週刊誌（しゅうかんし）	漫畫週刊	
コミックマーケット（comic market）、コミケ	同人作品展賣會	＊和製英語。每年8月和12月會在東京舉行的世界最大的漫畫同人志書市。
——同人誌（どうじんし）	同人誌	＊專為同人漫畫書迷而編製的雜誌。
——コスプレ（cosplay）	角色扮演	＊和製英語。“コスチュームプレイ”（costume play）的簡稱。
——サブカルチャー（subculture）	次文化	

★ベストセラーと小説（しょうせつ）	★暢銷書和小說
ベストセラー（best seller）	暢銷書
ロングセラー（long seller）	長銷書
フィクション（fiction）	虛構文學

ノンフィクション(nonfiction)、実話(じつわ)	非虛構文學	
ルポルタージュ (reportage)、ルポ	紀錄文學	＊其語源來自於法語。
文学(ぶんがく)	文學	
詩(し)	詩	
小説(しょうせつ)	小說	
——長編小説(ちょうへんしょうせつ)	長篇小說	
——短編小説(たんぺんしょうせつ)	短篇小說	
ジャンル (genre)	分類（項）	＊其語源來自於法語。

(いろいろな小説(しょうせつ)) （各種小說）

ミステリー小説(しょうせつ) (mystery)、推理小説(すいりしょうせつ)	偵探小說、推理小說	
サスペンス小説(しょうせつ) (suspense)	懸疑小說	
ファンタジー小説(しょうせつ) (fantasy)	奇幻小說	
冒険小説(ぼうけんしょうせつ)	冒險小說	
ホラー小説(しょうせつ) (horror)	恐怖小說	
SF小説(しょうせつ)	科幻小說	＊“SF（エスエフ）”是“サイエンスフィクション”（science fiction）的簡稱。
歴史小説(れきししょうせつ)	歷史小說	

恋愛小説（れんあいしょうせつ）	愛情小說；言情小說	
ユーモア小説（しょうせつ）（humor）	幽默小說	
官能小説（かんのうしょうせつ）	官能小說	
——エロ	情色	＊是“エロチック”（erotic）的簡稱。
——グロ	奇形怪狀	＊是“グロテスク”（grotesque）的簡稱。一般指偏噁心、恐怖、變態感類的事物。

★エッセーや民話（みんわ）など	★隨筆和民間故事等	
エッセー（essay）、随筆（ずいひつ）	隨筆、散文	
伝記（でんき）	傳記	
——自伝（じでん）	自傳	
絵本（えほん）	繪本	
童話（どうわ）、おとぎ話（ばなし）	童話	＊有時也説成德語中的“メルヘン”（Marchen）。
物語（ものがたり）、昔話（むかしばなし）	故事、以往的故事	
民話（みんわ）	民間故事	
伝説（でんせつ）	傳說	
神話（しんわ）	神話	

★雑誌（ざっし）やフリーペーパーなど	★雜誌和免費報刊等
雑誌（ざっし）	雜誌

——ムック (mook)	Mook	＊“mook”是用“magazine”和“book”產生的詞。
ざっし ゴシップ雑誌	八卦雜誌	＊“ゴシップ”的語源是英語的“gossip”。
ざっし フリー雑誌	免費雜誌	
テレビガイド (TV guide)	TV guide	編註 是一種介紹電視節目、節目表，並討論演出人員話題的雜誌。在日本，會以各種不同的型態編輯「TV guide」並鋪貨在書店、超商、車站商店販售。
しゅうかんし 週刊誌	周刊雜誌	
げっかんし 月刊誌	月刊雜誌	
きかんし 季刊誌	季刊雜誌	
にっかん ——日刊	日刊	
しゅうかん ——週刊	周刊	
げっかん ——月刊	月刊	
かくげつかん ——隔月刊	雙月刊	
きかん ——季刊	季刊	
バックナンバー (back number)	過期雜誌、過刊	
フリーペーパー (free paper)	免費報刊	
しじん 詩人	詩人	
しょうせつか 小説家	小說家	
ずいひつか 随筆家、エッセイスト (essayist)	隨筆作家、散文作家	

さっか 作家	作家
——ペンネーム (pen name)	筆名
ちょしゃ 著者	著者、作者
ほんやくか 翻訳家	譯者
ほんやく ——翻訳	翻譯
どくしゃ 読者	讀者

にほんぶんがく ★日本文学	★日本文學	
ぶんがくしょう ノーベル文学賞	諾貝爾文學獎	＊“ノーベル”源於“Nobel”。日本作家**川端康成**（かわばたやすなり）和**大江健三郎**（おおえけんざぶろう）都曾獲得過此一獎項。
あくたがわしょう 芥川賞	芥川獎	
なおきしょう 直木賞	直木獎	
えどがわらんぽしょう 江戸川乱歩賞	江戸川亂歩獎	

むらかみはるき　おも　さくひん **（村上春樹の主な作品）**	（村上春樹主要作品）
いちきゅーはちよん　ねん 『１Ｑ８４』(2009年～)	《1Q84》
ねん 『アフターダーク』(2004年)	《黑夜之後》
うみべ　ねん 『海辺のカフカ』(2002年)	《海邊的卡夫卡》
こいびと 『スプートニクの恋人』 ねん (1999年)	《人造衛星情人》

『ねじまき鳥(どり)クロニクル』(1994・1995年(ねん))	《發條鳥年代記》
『国境(こっきょう)の南(みなみ)、太陽(たいよう)の西(にし)』(1992年(ねん))	《國境之南，太陽之西》
『ダンス・ダンス・ダンス』(1988年(ねん))	《舞！舞！舞！》
『ノルウェイの森(もり)』(1987年(ねん))	《挪威的森林》
『世界(せかい)の終(お)わりとハードボイルド・ワンダーランド』(1985年(ねん))	《世界末日與冷酷異境》
『羊(ひつじ)をめぐる冒険(ぼうけん)』(1982年(ねん))	《尋羊冒險記》
『１９７３年(せんきゅうひゃくななじゅうさんねん)のピンボール』(1980年(ねん))	《1973年的彈珠玩具》
『風(かぜ)の歌(うた)を聴(き)け』(1979年(ねん))	《聽風的歌》

(日本(にほん)の人気(にんき)のマンガ)	（受歡迎的日本漫畫書）
『ワンピース　ONE PIECE』(1997年－)	《航海王（海賊王）》
『NARUTO －ナルトー』(1999年－)	《火影忍者》
『バガボンド』(1998年－)	《浪人劍客》
『HUNTER × HUNTER』(1998年－)	《獵人》

『銀魂』(2003年ー)	《銀魂》
『BLEACH／ブリーチ』(2001年ー)	《死神》
『魔法先生ネギま！』(2003年ー)	《魔法老師》
『名探偵コナン』(1994年ー)	《名偵探柯南》
『金田一少年の事件簿』(1992年ー)	《金田一少年之事件簿》
『はじめの一歩』(1989年ー)	《第一神拳》
『あずみ』(1994年ー)	《百人斬少女》
『ジョジョの奇妙な冒険』(1987年ー)	《JoJo 的奇妙冒險（JoJo 冒險野郎）》
『ベルセルク』(1989年ー)	《烙印勇士》
『けいおん！』(2007－2010年)	《K-ON！輕音部》
『鋼の練金術師』(2001－2010年)	《鋼之煉金術師》
『のだめカンタービレ』(2001－2010年)	《交響情人夢》
『テニスの王子様』(1999－2008年)	《網球王子》
『犬夜叉』(1996－2008年)	《犬夜叉》
『ブラックジャックによろしく』(2002－2006年)	《醫界風雲》

『20世紀少年』（1999 － 2007年）	《20世紀少年》
『ラブ☆コン』（2001 － 2007年）	《戀愛情結》
『DEATH　NOTE』（2003 － 2006年）	《死亡筆記本》
『フルーツバスケット』（1998 － 2006年）	《魔法水果籃》
『NANA －ナナ－』（2005 － 2006年）	《NANA》
『ハチミツとクローバー』（2000 － 2006年）	《蜂蜜幸運草》
『遊☆戯☆王』（1996 － 2004年）	《遊戲王》
『ヒカルの碁』（1999 － 2003年）	《棋靈王》
『GTO』（1997 － 2002年）	《麻辣教師GTO》
『MONSTER　モンスター』（1994 － 2001年）	《怪物》
『最終兵器彼女』（2001年）	《最終兵器少女》
『封神演義』（1996 － 2000年）	《封神演義》
『るろうに剣心』（1994 － 1999年）	《神劍闖江湖》
『スラムダンク』（1990 － 1996年）	《灌籃高手》

『行け！稲中卓球部』（1993 － 1996 年）	《去吧！！稻中桌球社》
『らんま1／2』（1987 － 1996 年）	《亂馬½（七笑拳）》
『うしおととら』（1990 － 1996 年）	《潮與虎（魔力小馬）》
『幽☆遊☆白書』（1990 － 1994 年）	《幽遊白書》
『寄生獣』（1988 － 1995 年）	《寄生獸》
『MASTER　キートン』（1988 － 1994 年）	《危險調查員》
『BANANA　FISH』（1985 － 1994 年）	《BANANA FISH（戰慄殺機）》
『ドラゴンボール』（1984 － 1995 年）	《七龍珠》
『聖闘士星矢』（セイントセイヤ）（1986 － 1990 年）	《聖鬥士星矢》
『北斗の拳』（1983 － 1988 年）	《北斗神拳》
『めぞん一刻』（1980 － 1987 年）	《相聚一刻》
『タッチ』（1981 － 1986 年）	《Touch 鄰家美眉》
『Dr．スランプ』（1980 － 1984 年）	《怪博士與機器娃娃》
『ブラックジャック』（1973 － 1983 年）	《怪醫黑傑克》

病気(びょうき)になったら

生病的時候

1. 在醫院

★最重要語(さいじゅうようご)&表現(ひょうげん)	★重要詞彙 & 表現
気分(きぶん)が悪(わる)いんですが。	我覺得不舒服。
風邪(かぜ)をひきました。	我感冒了。
風邪(かぜ)をひいたみたいです。	我好像感冒了。
ここが痛(いた)いんです。	這裡會痛。
診断書(しんだんしょ)をお願(ねが)いします。	請給我診斷證明書。
気分(きぶん)が良(よ)くなりました。	感覺好多了。
痛(いた)い、痛(いた)む	痛
気分(きぶん)が悪(わる)い	不舒服
顔色(かおいろ)が悪(わる)い	臉色不好
熱(ねつ)がある	發燒
——熱(ねつ)が39度(さんじゅうくど)ある	高燒至 39 度
血圧(けつあつ)が高(たか)い [低(ひく)い]	血壓高〔低〕
風邪(かぜ)をひく、風邪(かぜ)	感冒
——インフルエンザ (influenza)、流行性感(りゅうこうせいかん)冒(ぼう)、流感(りゅうかん)	流感
——鼻風邪(はなかぜ)	輕微感冒

(いろいろな症状(しょうじょう))	(各種症狀)	
頭(あたま)が痛(いた)い、頭痛(ずつう)がする	頭痛	
偏頭痛(へんずつう)がする	偏頭痛	* “**偏頭痛**”(へんずつう)也寫成“**片頭痛**”。
喉(のど)が痛(いた)い	喉嚨痛	
せきが出(で)る、せきをする、せき(咳)	咳嗽	
くしゃみが出(で)る、くしゃみをする	打噴嚏	
——くしゃみ	噴嚏	
鼻水(はなみず)が出(で)る	流鼻涕	
——鼻(はな)づまり	鼻塞	
目(め)まいがする	頭暈、眩暈	
寒気(さむけ)がする	發冷	
吐(は)き気(け)がする	噁心	
——吐(は)く	嘔吐	*更鄭重的表現為“**嘔吐する**”(おうとする)。
おなかが痛(いた)い	肚子疼	
——腹痛(ふくつう)	腹痛	*也唸成“**はらいた**”。
胃(い)が痛(いた)い	胃痛	
下痢(げり)をする、おなかをこわす	拉肚子	
便秘(べんぴ)になる、便秘(べんぴ)	便秘	

食欲(しょくよく)がない	胃口不好、沒有食慾
——消化不良(しょうかふりょう)	消化不良
——胸焼(むねや)け	胸口灼熱
貧血(ひんけつ)	貧血
——気(き)を失(うしな)う	昏迷
筋肉痛(きんにくつう)	肌肉酸痛
不整脈(ふせいみゃく)	心律不整
救急車(きゅうきゅうしゃ)を呼(よ)ぶ	叫急救車
ストレッチャー (stretcher)	推床
担架(たんか)	擔架
応急処置(おうきゅうしょち)、応急手当(おうきゅうてあて)	急救
——人工呼吸(じんこうこきゅう)	人工呼吸
生命(せいめい)、命(いのち)	生命
健康(けんこう)	健康
体(からだ)、身体(しんたい)	身體　＊“身體”也唸成“からだ”。
体調(たいちょう)、体(からだ)の調子(ちょうし)、調子(ちょうし)	身體狀況
——体(からだ)の調子(ちょうし)がいい	身體狀況很好
症状(しょうじょう)	症狀

★医者(いしゃ)と病院(びょういん)	★醫生和醫院	
医者(いしゃ)、医師(いし)	醫生	＊“**医師**”是稍鄭重的表現。口語中，常親切地或尊稱為“**お医者さん**”。
——名医(めいい)	名醫	
——やぶ医者(いしゃ)	蒙古大夫、庸醫	
歯医者(はいしゃ)	牙醫	＊口語中，常親切地或尊稱為“**歯医者さん**”。
看護師(かんごし)	護士	
——看護婦(かんごふ)、女性看護師(じょせいかんごし)	女護士	＊口語中，常親切的稱法為“**看護婦さん**”。
薬剤師(やくざいし)	藥劑師	＊口語中，常親切地稱為“**薬剤師さん**”。
栄養士(えいようし)	營養師	＊口語中，常親切地稱為“**栄養士さん**”。
インターン (intern)、医学研修生(いがくけんしゅうせい)	實習醫生	
病人(びょうにん)、患者(かんじゃ)	病人、患者	＊“**患者**”（かんじゃ）只是從醫生們的角度説的用語。
けが人(にん)	傷患	
病院(びょういん)	醫院、病院	
——医院(いいん)、クリニック (clinic)、診療所(しんりょうじょ)	診所	＊“**診療所**”也唸成“**しんりょうしょ**”。
専門病院(せんもんびょういん)	專科醫院	
総合病院(そうごうびょういん)	綜合醫院	
大学病院(だいがくびょういん)	大學醫院	

しかいいん 歯科医院	牙醫診所	
きゅうきゅう 救急センター	急診室	編註 「救急センター」指的是大型醫院的急診室。
せきじゅうじ 赤十字	紅十字	
しんさつしつ 診察室	診間	
きゅうかんしんりょうしつ 急患診療室	急診室	編註 「急患診療室」指的是定義在日本「**一般病院**」（中型醫院）以下規模的急診室，或指施行急救處理的診間。
しゅじゅつしつ 手術室	手術室	
しゅうちゅうちりょうしつ 集中治療室、ICU	加護病房	＊“ICU（アイシーユー）”是英語“Intensive Care Unit”的簡稱。
ちりょうしつ 治療室	治療處	編註 一般進行普通傷病治療的地方。不見得是房間，也可能是公開空間。
びょうしつ 病室	病房	
びょういん まちあいしつ 病院の待合室	候診室、候診處	
うけつけ 受付	掛號處	
しんりょうじかん 診療時間	門診時間	
めんかいじかん 面会時間	會客時間	
めんかいしゃぜつ ——面会謝絶	謝絕會客	
りょうようじょ 療養所、サナトリウム (sanatorium)	療養院	＊也唸成“**りょうようしょ**”。“**サナトリウム**”指設在高原或海邊的療養院。
ろうじん 老人ホーム	養老院、老人院	＊“**ホーム**”的語源是英語的“home”。
ふくししせつ ——福祉施設	養老機構	

保健所（ほけんじょ）	衛生所

（診療科目）（しんりょうかもく）	（醫院的各科）
内科（ないか）	內科
外科（げか）	外科
泌尿器科（ひにょうきか）	泌尿科
産婦人科（さんふじんか）	婦產科
歯科（しか）	牙科
眼科（がんか）	眼科
皮膚科（ひふか）	皮膚科
耳鼻咽喉科（じびいんこうか）	耳鼻喉科
小児科（しょうにか）	兒科
整形外科（せいけいげか）	骨科
形成外科（けいせいげか）	整形外科　編註 指以醫療目的為前提進行整形的科。
精神科（せいしんか）、心療内科（しんりょうないか）	精神科

★病気（びょうき）から治療（ちりょう）まで	★生病和治療等
病気（びょうき）になる、病気（びょうき）	生病
医者（いしゃ）を呼（よ）ぶ	請（叫）醫生來
病院（びょういん）に行（い）く	去醫院
健康診断（けんこうしんだん）を受（う）ける	做體檢

入院(にゅういん)する	住院	
通院(つういん)する	經常或定期去醫院	
看護(かんご)する、看病(かんびょう)する	看護	
(お)見舞(みま)いに行(い)く	去探病	
回復(かいふく)する	康復	
病気(びょうき)が治(なお)る	痊癒	
元気(げんき)になる、元気(げんき)が出(で)る	恢復精神、好轉	
リハビリをする	做復健	
——リハビリ	復健	＊“リハビリ”是“リハビリテーション”(rehabilitation)的簡稱。
——寝(ね)たきり	臥床不起	
退院(たいいん)する	出院	
安静(あんせい)にする	靜養	
静養(せいよう)する、休養(きゅうよう)する	靜養、休養	
予防(よぼう)する	預防	

(お見舞(みま)いの時(とき)の表現(ひょうげん))	(去探病時的表現)	
早(はや)く元気(げんき)になってね!(友人(ゆうじん)などに)	趕快好起來喲。(對朋友等說)	
早(はや)く良(よ)くなってください。	祝你早日康復!	
お大事(だいじ)に。	請多保重。	＊在日本,去探病時,因為有根的花帶有更長久的意思。所以是探病時不方便帶的禁忌花種。另外白色和黃色的花會使人聯想起葬禮,也不能帶。

診察(しんさつ)する	看診	
診断(しんだん)する	診斷	
治療(ちりょう)する、手当(てあ)てをする、治(なお)す	治療	
体温(たいおん)［血圧(けつあつ)］を測(はか)る	量體溫〔血壓〕	
脈(みゃく)をとる、脈(みゃく)を測(はか)る	量脈膊、把脈	
レントゲンを撮(と)る、X線(せん)を撮(と)る	照 X 光	＊“レントゲン”的語源是德語的“Röntgen”。

(血液型(けつえきがた))	（血型）	
A型(エーがた)	A 型	＊約 40% 的日本人的血型是 A 型、約 30% 的是 O 型。
O型(オーがた)	O 型	
B型(ビーがた)	B 型	
AB型(エービーがた)	AB 型	

(検査項目(けんさこうもく))	（檢查項目）	
——X線検査(エックスせんけんさ)、レントゲン検査(けんさ)	X 光檢查	＊也寫成“エックス線検査”。
——血液検査(けつえきけんさ)	血液檢查	
——尿検査(にょうけんさ)	尿液檢查	
——便検査(べんけんさ)	糞便檢查	

——胃カメラ検査（いカメラけんさ）	胃鏡検查、照胃鏡	＊“カメラ”的語源是英語的“camera”。
——超音波検査（ちょうおんぱけんさ）	超音波檢查	
——眼底検査（がんていけんさ）	眼底檢查	
——心電図（しんでんず）	心電圖	
——CT スキャン（シーティースキャン）(CT scan)	CT 掃描	
——MRI（エムアールアイ）	MRI	
注射をする（ちゅうしゃをする）	打針	
——注射器（ちゅうしゃき）	針筒	
——予防注射（よぼうちゅうしゃ）	預防注射	
手術をする（しゅじゅつをする）	做手術	
——手術（しゅじゅつ）	手術	
——整形手術（せいけいしゅじゅつ）	整形手術	
——メス (mes)	手術刀	＊其語源來自於荷蘭語。
麻酔をする（ますいをする）、麻酔をかける（ますいをかける）	施打麻醉	
——麻酔（ますい）	麻醉	
——麻酔薬（ますいやく）	麻醉劑	
——モルヒネ (morfine)	嗎啡	＊其語源來自於荷蘭語。
輸血をする（ゆけつをする）	輸血	
点滴をする（てんてきをする）、点滴を打つ（てんてきをうつ）	打點滴	

——ブドウ糖（とう）	葡萄糖	
人工透析（じんこうとうせき）	洗腎	
傷口を洗う（きずぐち　あら）	清洗傷口	
傷口を消毒する（きずぐち　しょうどく）	消毒傷口	
——消毒する（しょうどく）	消毒	
包帯を巻く（ほうたい　ま）	包繃帶	
ギプスをする	打石膏	
——ギプス（Gips）	石膏	＊其語源來自於德語。
処方箋を書く、薬を処方する（しょほうせん　か　くすり　しょほう）	開處方箋、開藥	
人間ドック（にんげん）	健診中心、健康檢查	＊“ドック”的語源是英語的“dock”。
健康診断、健診（けんこうしんだん　けんしん）	體檢、健康檢查	
検査する（けんさ）	檢查	

★カルテや診察用具など（しんさつようぐ）	★病歷和診察器具等	
カルテ（Karte）	病歷表	＊其語源來自於德語。
診断書（しんだんしょ）	診斷書	
健康保険（けんこうほけん）	健康保險	
国民健康保険、国保（こくみんけんこうほけん　こくほ）	國民健康保險	＊在日本，主要是針對個人投保而設的保險。上班族、公務員等則以公司、團體組合等方式投保。

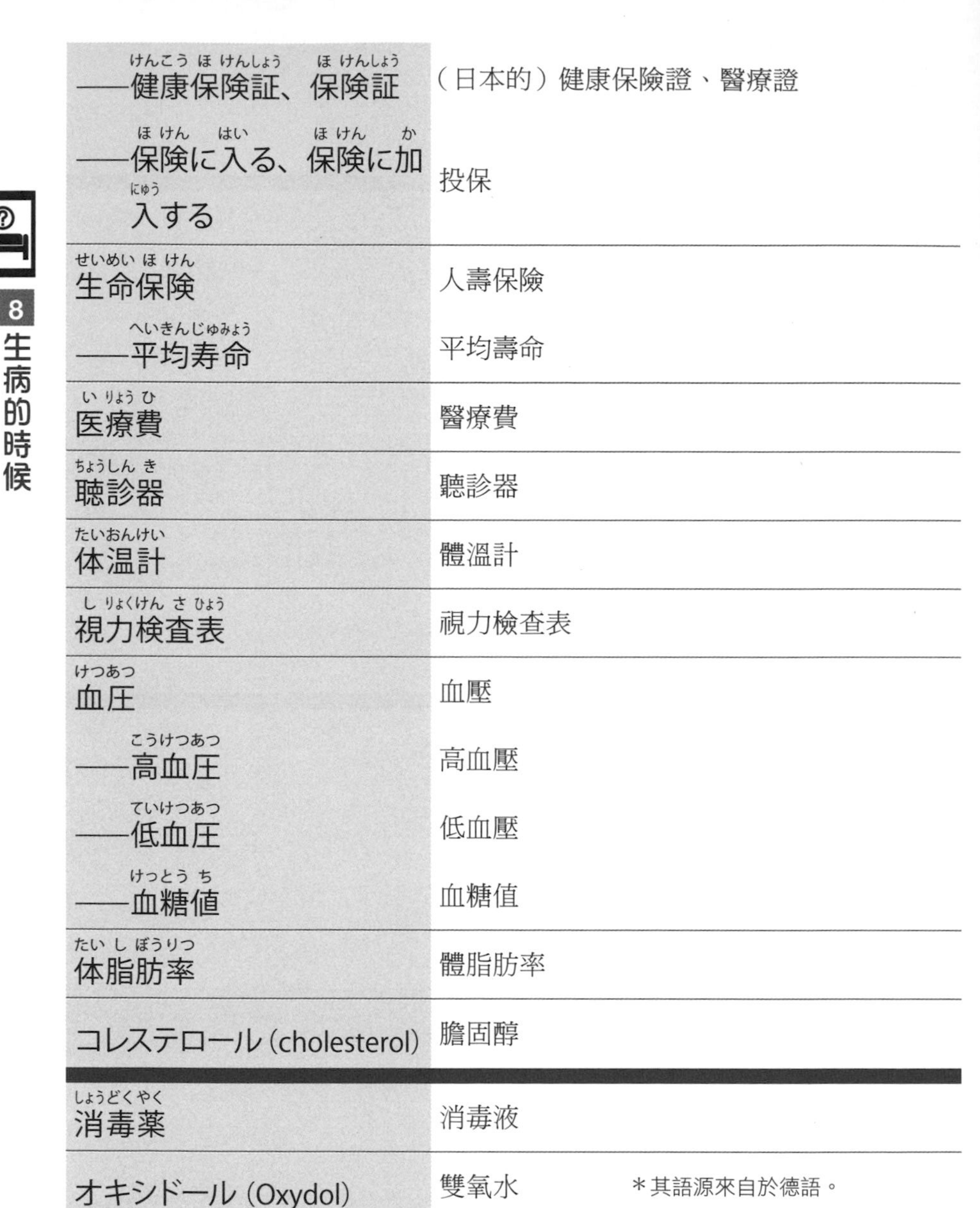

——健康保険証（けんこうほけんしょう）、保険証（ほけんしょう）	（日本的）健康保險證、醫療證
——保険（ほけん）に入（はい）る、保険（ほけん）に加入（かにゅう）する	投保
生命保険（せいめいほけん）	人壽保險
——平均寿命（へいきんじゅみょう）	平均壽命
医療費（いりょうひ）	醫療費
聴診器（ちょうしんき）	聽診器
体温計（たいおんけい）	體溫計
視力検査表（しりょくけんさひょう）	視力檢查表
血圧（けつあつ）	血壓
——高血圧（こうけつあつ）	高血壓
——低血圧（ていけつあつ）	低血壓
——血糖値（けっとうち）	血糖值
体脂肪率（たいしぼうりつ）	體脂肪率
コレステロール（cholesterol）	膽固醇
消毒薬（しょうどくやく）	消毒液
オキシドール（Oxydol）	雙氧水　＊其語源來自於德語。
ヨードチンキ（Jodtinktur）、ヨーチン	碘酒　＊其語源來自於德語。在日本，現代已不常使用。
包帯（ほうたい）	繃帶

ガーゼ (Gaze)	紗布	＊其語源來自於德語。
だっ し めん 脱脂綿	脫脂棉	
ばんそうこう (絆創膏)	OK 繃	
バンドエイド (Band-Aid)	OK 繃	＊Band-Aid 是知名的品牌，因商品知名，變成了另一個對「OK 繃」的習慣叫法。
がんたい 眼帯	眼罩	
さんかくきん 三角巾	三角巾	＊口語稱為“さんかっきん”。
ひょう 氷のう	冰袋	
こおりまくら　みずまくら 氷枕、水枕	冰枕頭	
ピンセット (pincettes)	鑷子	＊其語源來自於法語。
マスク (mask)	口罩	
くるま い す 車椅子	輪椅	
まつ ば づえ 松葉杖	拐杖	
つえ 杖、ステッキ (stick)	手杖	＊“ステッキ”則是西式手杖。

ぞう き い しょく **(臓器移植など)**	（器官移植等）
ぞう き い しょく 臓器移植	器官移植
ドナー (donor)、 ぞう き ていきょうしゃ 臓器提供者	器官捐贈者
レシピエント (recipient)、 い しょく き ぼうしゃ 移植希望者	器官接受者

のうし 脳死	腦死
そんげんし 尊厳死	有尊嚴地死去
あんらくし 安楽死	安樂死

2. 生病・受傷

★病気（びょうき）など	★生病等	
生活習慣病（せいかつしゅうかんびょう）	生活習慣病	＊以前叫“**成人病**”（せいじんびょう）。
メタボリック症候群（しょうこうぐん）、メタボ	新陳代謝症候群	＊即指“**メタボリックシンドローム**”（metabolic syndrome）。
新型（しんがた）インフルエンザ	新型流感	
──タミフル（tamiflu）	克流感	
エイズ（AIDS）	愛滋病	
──HIV（エイチアイブイ）	HIV	
がん（癌）	癌症	＊日本人的死因中，有許多死因是癌症、心臟病、腦栓塞等。
──ポリープ（Polyp）	息肉	＊其語源來自於德語。
──良性腫瘍（りょうせいしゅよう）	良性腫瘤	
──悪性腫瘍（あくせいしゅよう）	惡性腫瘤	
──発（はつ）がん性物質（せいぶっしつ）	致癌物質	
──抗（こう）がん剤（ざい）	抗癌劑	
──がんワクチン	癌症疫苗	
心臓病（しんぞうびょう）	心臟病	
脳卒中（のうそっちゅう）	腦中風	
高（こう）コレステロール血症（けっしょう）	高膽固醇血症	

——動脈硬化（どうみゃくこうか）	動脈硬化	
高血圧症（こうけつあつしょう）	高血壓症	
糖尿病（とうにょうびょう）	糖尿病	
痛風（つうふう）	痛風	
骨粗しょう症（こつそしょうしょう）	骨質疏鬆症	
更年期障害（こうねんきしょうがい）	停經症候群	
認知症（にんちしょう）	失智症	＊早期稱為“**痴呆症**”（ちほうしょう）。
アルツハイマー病（びょう）(Alzheimer)	阿茲海默症、老人痴呆症	＊其語源來自於德語。
肝炎（かんえん）	肝炎	
——A型肝炎（エーがたかんえん）	A 型肝炎	
——B型肝炎（ビーがたかんえん）	B 型肝炎	
気管支炎（きかんしえん）	支氣管炎	
肺炎（はいえん）	肺炎	
——SARS（サーズ）、新型肺炎（しんがたはいえん）	SARS	
結核（けっかく）	結核	
扁桃腺炎（へんとうせんえん）、扁桃炎（へんとうえん）	扁桃腺發炎	
ぼうこう炎（えん）（膀胱炎）	膀胱炎	
虫垂炎（ちゅうすいえん）、盲腸（もうちょう）	闌尾炎	

ぜんそく（喘息）	氣喘	
胃潰瘍（いかいよう）	胃潰瘍	
ヘルニア（hernia）	疝氣	
痔（じ）	痔瘡	
性感染症（せいかんせんしょう）、性病（せいびょう）	性病	
梅毒（ばいどく）	梅毒	
淋病（りんびょう）	淋病	
クラミジア（chlamydia）	披衣菌	
勃起不全（ぼっきふぜん）、ED	勃起功能障礙	＊早期稱為“**インポ**”。“ED”（**イーディー**）的語源是英語的“Erectile Dysfunction”。另外威而剛的日語叫“**バイアグラ**”（Viagra）。
熱中症（ねっちゅうしょう）	中暑	編註 相當於中文「中暑」的用語，在日語裡分得很細。「**熱中症**」是「**熱射病**」、「**日射病**」等各種中暑現象的總稱。
熱射病（ねっしゃびょう）	熱衰竭	
日射病（にっしゃびょう）	中暑	編註 「**日射病**」也是「中暑」的形態之一，指得是在酷熱的天候下激烈運動或工作等因大量流汗而流失水份，致使回流到心臟的血液過少，產生休克的狀況。
アレルギー、過敏症（かびんしょう）	過敏	＊“**アレルギー**”的語源是德語的“Allergie”。
——食物（しょくもつ）アレルギー	食物過敏	
——猫（ねこ）アレルギー	對貓過敏	
アトピー性皮膚炎（せいひふえん）	過敏性皮炎	＊“**アトピー**”的語源是英語的“atopy”。
花粉症（かふんしょう）	花粉症	

じんましん	蕁痲疹	
——湿疹（しっしん）、あせも	濕疹	
——できもの	（人體）突出的病灶	
食中毒（しょくちゅうどく）	食物中毒	
O 157（オー いちごーなな）	O157 型大腸桿菌	＊“O157（おーいちごーなな）”的“O”是德語的“Ohne”的首文字。
——抗菌（こうきん）	抗菌	
PTSD（ピーティーエスディー）	創傷後壓力症候群	＊“PTSD（ピーティーエスディー）”是“post-traumatic stress disorder”（**心的外傷後ストレス障害**、しんてきがいしょうごすとれすしょうがい）的簡稱。
——トラウマ (Trauma)、心的外傷（しんてきがいしょう）	心理創傷	＊其語源來自於德語。
精神障害（せいしんしょうがい）	精神障礙	＊早期叫“**精神病**”（せいしんびょう）。
うつ病（びょう）	憂鬱症	
ノイローゼ (Neurose)	精神官能症	＊其語源來自於德語。
ヒステリー (Hysterie)	歇斯底里	＊其語源來自於德語。
——ストレス (stress)	抑壓、精神壓力	
——精神的（せいしんてき）ショック	精神創傷	＊“**ショック**”的語源來自於英語的“shock”。
——発作（ほっさ）が起（お）きる	發作	
不眠症（ふみんしょう）	失眠症	
性同一性障害（せいどういつせいしょうがい）	性別認同障礙	

じへいしょう 自閉症	自閉症
せっしょくしょうがい 摂食障害	進食障礙
きょしょくしょう 拒食症	厭食症
かしょくしょう 過食症	暴食症
ひまん ——肥満	肥胖
きゅうせい びょうき 急性の病気	急性病
まんせい びょうき 慢性の病気	慢性病
いでんせい びょうき 遺伝性の病気	遺傳病
とり 鳥インフルエンザ	禽流感
きょうぎゅうびょう うしかいめんじょうのうしょう 狂牛病、牛海綿状脳症 ビーエスイー （BSE）	狂牛病
こうていえき ——口蹄疫	口蹄疫

しょうじょう ★けがと症状など	★受傷和症狀等	
きず 傷、けが（怪我）	傷	＊在語感上，“けが”比“傷”感覺更嚴重。
きずぐち ——傷口	傷口	
き きず ——切り傷	刀傷	
きず ——かすり傷	擦傷	
けがをする、けが	受傷	
しゅっけつ 出血する	出血	

——内出血（ないしゅっけつ）	內出血
——血（ち）、血液（けつえき）	血、血液
——血液型（けつえきがた）	血型
腫（は）れる	腫（起）
化膿（かのう）する	化膿
炎症（えんしょう）を起（お）こす	發炎
ねんざする	挫傷、扭傷
打撲（だぼく）する	撞傷
——打（う）ち身（み）、打撲傷（だぼくしょう）	碰傷、跌打損傷
——あざ	痣
——こぶ	瘤
関節（かんせつ）が外（はず）れる、脱臼（だっきゅう）する	脫臼
骨折（こっせつ）する	骨折
やけどする	燒傷、燙傷、曬傷
虫（むし）に刺（さ）される	被蚊蟲叮
虫（むし）にかまれる	被蚊蟲咬
——かゆい	發癢
——ヒリヒリする	帶有辛辣感的灼痛
腰（こし）が痛（いた）い、腰痛（ようつう）	腰痛

肩(かた)がこる、肩(かた)こり	肩頸痠痛
足(あし)がだるい	腿痠
ぎっくり腰(ごし)	閃到腰

★目(め)や歯(は)の治療(ちりょう)など	★眼睛和牙齒的治療等
目薬(めぐすり)をさす	點眼藥水
——目(め)やに	眼屎
結膜炎(けつまくえん)	結膜炎
近視(きんし)	近視
遠視(えんし)	遠視
乱視(らんし)	散光
老眼(ろうがん)	老花眼
ドライアイ (dry eye)	乾眼症
レーシック (LASIK)	LASIK（雷射原位層狀角膜成塑形）
歯(は)が痛(いた)い、歯痛(しつう)	牙痛　＊“**歯痛**”也唸成“**はいた**”。
奥歯(おくば)を抜(ぬ)く	拔臼齒
歯(は)がぬける	掉牙、牙齒脫落
口内炎(こうないえん)	口腔炎
虫歯(むしば)	蛀牙
歯(し)こう、プラーク (plaque)	牙垢

しせき 歯石	牙結石	
ししゅう 歯周ポケット	牙周囊袋	＊“ポケット”的語源來自英語的“pocket”。
ししゅうびょう 歯周病	牙周病	
は つ 歯の詰めもの	填充物、填補物	＊補牙的填充材料。
しれつきょうせい 歯列矯正ブリッジ、ブリッジ（bridge）	牙套	
い ば ぎし 入れ歯、義歯	假牙	
きんば 金歯	金牙	
デンタル・インプラント（dental implant）	（牙科）植體	
せいりつう 生理痛	經痛、生理痛	
せいり 生理	月經	
せいりよう 生理用ナプキン	衛生棉	＊“ナプキン”的語源來自英語的“napkin”。
タンポン（Tampon）	衛生棉條	＊其語源來自於德語。
かんせんしょう でんせんびょう 感染症、伝染病	傳染病	
めんえき 免疫	免疫	
ウイルス（virus）	病毒	＊其語源來自於拉丁語。
ワクチン（Vakzin）	疫苗	＊其語源來自於德語。
びょうげんきん 病原菌	病菌	
さいきん 細菌	細菌	
きせいちゅう 寄生虫	寄生蟲	

3. 藥和營養素

★薬(くすり)を飲(の)む	★吃藥	
薬屋(くすりや)、薬局(やっきょく)、薬店(やくてん)	藥房、藥店	＊在日本的醫院旁邊的有常駐藥劑師的是“**薬局**”。主要經營販售藥品的是“**薬店**”。而“**薬屋**”則包含了前述的兩種。
処方箋(しょほうせん)	處方箋	
薬(くすり)	藥、藥品	
——ジェネリック医薬品(いやくひん)、後発医薬品(こうはついやくひん)	學名藥、非專利藥	＊“**ジェネリック**”的語源來自英語的“generic”。
オブラート（oblaat）	糖衣	＊其語源來自於荷蘭語。
医薬分業(いやくぶんぎょう)	醫藥分業	

薬(くすり)を飲(の)む	吃藥	
——食前(しょくぜん)に［食後(しょくご)に］	飯前〔飯後〕	
——寝(ね)る前(まえ)に	睡前	
——食間(しょっかん)に	兩餐之間	
——空腹時(くうふくじ)に	空腹時	
一日三回服用(いちにちさんかいふくよう)、毎回三錠(まいかいさんじょう)。	一天服三次，每次三粒（顆、錠）。	
この薬(くすり)はよく効(き)く	這種藥很有效	
副作用(ふくさよう)がある	有副作用	

ふく さ よう ——副作用	副作用	
こうのう　き　め 効能、効き目	功效	
し ようじょう　ちゅう い 使用上の注意	使用注意事項	
ふくようりょう 服用量	服用量	

くすり ★いろいろな薬	★各種藥品	
こうせいぶっしつ 抗生物質	抗生素	
か ぜ ぐすり 風邪薬	感冒藥	
ず つうやく 頭痛薬	頭痛藥	
——アスピリン（Aspirin）	阿司匹靈	＊其語源來自於德語。
げ ねつざい 解熱剤	退燒藥	
ちんつうざい　いた　ど 鎮痛剤、痛み止め	止痛藥	
げ り ど 下痢止め	止瀉藥	
べん ぴ やく　げ ざい 便秘薬、下剤	瀉藥	
い ぐすり 胃薬	胃藥	
い ちょうやく 胃腸薬	腸胃藥	＊日本的**“正露丸”**（せいろがん）很有名。
すいみんやく 睡眠薬	安眠藥	
ちんせいざい　せいしんあんていざい 鎮静剤、精神安定剤	鎮靜劑	
ど　ど せき止めトローチ、せき止めドロップ	喉糖	＊**“トローチ”**的語源是英語的**“troche”**、**“ドロップ”**的語源是英語的**“drop”**。

せき止(ど)めシロップ	止咳糖漿	＊“**シロップ**”的語源是荷蘭語的“siroop”。
うがい薬(ぐすり)	漱口水	＊為了預防感冒等，給喉嚨消毒用的。
目(め)薬(ぐすり)	眼藥水	
内服薬(ないふくやく)、飲(の)み薬(ぐすり)	內服藥	
錠剤(じょうざい)	藥片、藥丸	
——カプセル (Kapsel)	膠囊	＊其語源來自於德語。
粉薬(こなぐすり)	藥粉	
水薬(みずぐすり)	藥水	
塗(ぬ)り薬(ぐすり)	藥膏	
——なんこう (軟膏)	藥膏（軟膏）	
座薬(ざやく)	塞劑	
湿布薬(しっぷやく)、膏薬(こうやく)	藥布、貼布	

★漢方薬(かんぽうやく)	★中藥	
漢方薬(かんぽうやく)	中藥	
漢方医(かんぽうい)	中醫師	
煎(せん)じ薬(ぐすり)	湯藥	
しんきゅう (鍼灸)	針灸	編註 相當於中文「針灸」的用語，在日語裡分得很細。「**しんきゅう**」指的是「（鍼）針灸」、「（灸）熱灸」這兩種療法的總稱。
おきゅう (お灸)	熱灸	

はり（鍼）	針灸	編註 指得是使用針灸針刺激穴道或插在穴道上，進行治療的方法。
モグサ（艾）	艾絨	
ツボ	穴道	
吸（す）い玉（だま）、カッピング（cupping）	拔罐器	

★栄養成分（えいようせいぶん）など	★營養成分等
栄養（えいよう）	營養
栄養素（えいようそ）、栄養成分（えいようせいぶん）	營養素、營養成分
タンパク質（しつ）（蛋白質）、プロテイン（protein）	蛋白質
炭水化物（たんすいかぶつ）	碳水化合物
脂肪（しぼう）	脂肪
食物繊維（しょくもつせんい）	食物纖維
繊維質（せんいしつ）	纖維質
ビタミンC（シー）（vitamin C）	維他命 C
——ビタミン剤（ざい）	維他命劑
ミネラル（mineral）	礦物質
鉄分（てつぶん）	鐵質
塩分（えんぶん）	鹽分

脂肪分（しぼうぶん）	脂肪成分	
乳酸菌（にゅうさんきん）	乳酸菌	
——発酵（はっこう）する	發酵	
カロリー（calorie）	卡路里	
サプリメント（supplement）、サプリ、栄養補助食品（えいようほじょしょくひん）	營養補給品	
アミノ酸（さん）	氨基酸	＊“**アミノ**”的語源是英語的“amino”。
イオン（ion）	離子	＊其語源來自於希臘語。
——マイナスイオン（minus ion）	負離子	＊和製英語。

4. 身體部位

★体(からだ)の名称(めいしょう)	★身體名稱
頭(あたま)	頭
脳(のう)、脳(のう)みそ	腦；腦漿
髪(かみ)の毛(け)、毛髪(もうはつ)、髪(かみ)	頭髮
──体毛(たいもう)	體毛
──産毛(うぶげ)	寒毛
──つむじ	髮旋
顔(かお)	臉
額(ひたい)、おでこ	額頭
こめかみ	太陽穴
眉間(みけん)	眉頭
もみあげ	鬢角
ひげ	鬍子
頬(ほお)	臉頰　＊也唸成“ほほ”。
えくぼ	酒窩
眉(まゆ)、眉毛(まゆげ)	眉毛
まつげ	睫毛

まぶた	眼皮	
——一重（ひとえ）まぶた	單眼皮	
——二重（ふたえ）まぶた	雙眼皮	
目（め）	眼睛	
瞳（ひとみ）	眼珠、眼球	
虹彩（こうさい）	虹膜	
耳（みみ）	耳朵	
耳（みみ）たぶ	耳垂	
鼓膜（こまく）	鼓膜	
鼻（はな）	鼻子	
小鼻（こばな）	鼻翼	
鼻（はな）の頭（あたま）	鼻頭	
鼻（はな）の穴（あな）	鼻孔	
口（くち）	嘴	
唇（くちびる）	嘴唇	
歯（は）	牙齒	＊日語的**“牙”**（きば）是指老虎、大象等大型猛獸的牙齒。
前歯（まえば）、門歯（もんし）	門牙	
奥歯（おくば）、臼歯（きゅうし）	臼齒	
——親知（おやし）らず	智齒	
乳歯（にゅうし）	乳牙	

歯茎（はぐき）	牙齦
舌（した）	舌頭
顎（あご）	下巴
喉（のど）	咽喉
喉仏（のどぼとけ）	喉結

首（くび）	脖子	
肩（かた）	肩膀	
胴（どう）	（不含頭部及四肢部位的）胴體	
——胴体（どうたい）	軀體	
胸（むね）	胸部	
乳房（ちぶさ）	乳房	＊口語中也說 **"胸"**（むね）或 **"バスト"**（bust）。
乳首（ちくび）	乳頭	
腹（はら）、おなか	肚子	
（お）へそ	肚臍	
背中（せなか）	後背	
腰（こし）、ウエスト（waist）	腰	
お尻（しり）	屁股、臀部	

腕（うで）	胳膊
肘（ひじ）	手肘

手首（てくび）	手腕
手（て）	手
手（て）のひら	手掌
手（て）の甲（こう）	手背
げんこつ、握（にぎ）りこぶし	拳頭
指（ゆび）	指、趾
親指（おやゆび）	大拇指
人差（ひとさ）し指（ゆび）	食指
中指（なかゆび）	中指
薬指（くすりゆび）	無名指
小指（こゆび）	小指
爪（つめ）	指甲
——手（て）の爪（つめ）	手指甲
指紋（しもん）	指紋
脚（あし）	腳、腿　＊也寫成“足”（あし）。
もも（腿）、太（ふと）もも	大腿
膝（ひざ）	膝蓋
すね	小腿
ふくらはぎ	小腿肚

足首（あしくび）	腳踝	
くるぶし	腳踝兩側骨頭突起的部位	
足（あし）	腳	
かかと（踵）	腳跟	
——アキレス腱（けん）	阿基里斯腱	＊“アキレス”源於荷蘭語的“Achilles”。
爪先（つまさき）	腳尖	
足の裏（あしのうら）	腳掌	
土踏まず（つちふまず）	足弓	
足の指（あしのゆび）	腳趾	
皮膚（ひふ）、肌（はだ）	皮膚	
——皮膚の色（ひふのいろ）、肌の色（はだのいろ）	膚色	
骨（ほね）	骨頭	
肋骨（ろっこつ）、あばら骨（ぼね）	肋骨	
関節（かんせつ）	關節	
筋肉（きんにく）	肌肉	
神経（しんけい）	神經	
リンパ節（せつ）、リンパ腺（せん）	淋巴結	＊“リンパ”的語源是拉丁語的“lympha”。
血管（けっかん）	血管	
動脈（どうみゃく）	動脈	

じょうみゃく 静脈	靜脈
せいしょくき 生殖器	生殖器
せいし 精子	精子
しきゅう 子宮	子宮
らんそう 卵巣	卵巢
らんし 卵子	卵子
ホルモン（Hormon）	荷爾蒙　　＊其語源來自於德語。
じょせい ——女性ホルモン	女性荷爾蒙
だんせい ——男性ホルモン	男性荷爾蒙
ないぞう 内臓	內臟
しんぞう 心臓	心臟
はい 肺	肺
い 胃	胃
ちょう 腸	腸
かんぞう 肝臓	肝臟
じんぞう 腎臓	腎臟
すいぞう 膵臓	胰臟
ぼうこう（膀胱）	膀胱

東京澀谷車站前的忠犬八公銅像。這裡也是知名的約見面地點。所以一到了黃昏，就聚集了大量的人潮。

東京上野公園的西鄉隆盛銅像。在賞櫻的時節這裡總是群聚了眾多的賞花客。江戶時代後期討伐幕府的重要人物，為日本維新三傑之一。

背著薪柴去賣的途中也在努力看書學習的二宮尊德的銅像。二宮尊德是江戶時代後期的農政家、思想家。他出生於農家，後來成了幕府的大臣。

オシャレをする

打扮

1. 時尚

★ファッション	★時尚	
ファッション (fashion)	時尚、時裝	
ファッションモデル (fashion model)	時尚模特兒	
——スーパーモデル (supermodel)	超模	
ファッションショー (fashion show)	時尚秀	
ファッションデザイナー (fashion designer)	時尚設計師	
スタイリスト (stylist)	造型師	
ファストファッション (fast fashion)	快速時尚	
ファッション雑誌(ざっし)	時尚雜誌	
マネキン人形(にんぎょう)、マネキン (mannequin)	假人模特兒	
グラビアモデル (gravure model)、グラビアアイドル (gravure idol)	性感寫真女郎	＊和製英語。
レースクイーン (race queen)	賽車女郎	＊和製英語。另外，車展 show girl 的日語稱為 **"モーターショーのコンパニオン"**。
キャンペーンガール (campaign girl)、キャンギャル、イベントコンパニオン (event companion)	（活動）促銷小姐	＊和製英語。

ミスコンテスト（miss contest）、ミスコン	選美比賽	＊和製英語。
デザイン（design）、スタイル（style）	款式	
トレンド（trend）、流行（りゅうこう）	流行	
ブーム（boom）	熱潮	
人気（にんき）ブランド	人氣品牌	
人気（にんき）の（ある）～	人氣～	
定番（ていばん）の～	經典的～	
──流行遅（りゅうこうおく）れの～、時代遅（じだいおく）れの～	過時的～	
オシャレをする	作時髦的打扮	
アパレル産業（さんぎょう）	成衣服飾業	＊“アパレル”的語源是英語的“apparel”。
TPOに合（あ）った服（ふく）	適時適地的服裝	＊和製英語的“TPO（ティーピーオー）”是“time”（時）、“place”（場所）、“occasion”（場合）的簡稱。
衣替（ころもが）え	換季	＊6月和10月是學校等制服換季的時間。
紳士服（しんしふく）	男裝	
婦人服（ふじんふく）	女裝	
子供服（こどもふく）	童裝	＊也寫成“子ども服”。
ベビー服（ふく）	嬰兒裝	＊“ベビー”的語源是英語的“baby”。
古着（ふるぎ）	舊衣服	

★衣服	★衣服	
服、衣服、洋服、衣類	衣服	＊現在一般穿著和服的場較少，所以在日本**“服”**（ふく）是指西式服裝。
（服を）着る、（パンツ，靴などを）はく	穿	＊**“着る”**主要是在穿上半身的衣物時使用。**“はく”**則主要是在穿下半身的褲子和鞋、襪子等時使用。
（服、パンツ，靴などを）脱ぐ	脫	
（帽子を）かぶる、（眼鏡を）かける、（コンタクト、アクセサリーなどを）つける	戴	
（帽子を）脱ぐ、（眼鏡、コンタクト、アクセサリーなどを）はずす	摘	
礼服、フォーマルウエア（formal wear）、フォーマルスーツ（formal suit）	禮服	
——えんび服（燕尾服）、イブニングコート（evening coat）	燕尾服	
——モーニングコート（morning coat）、モーニング	早禮服	
——ドレス（dress）	禮服	＊大多是指連身的正式禮裙。
——イブニングドレス（evening dress）、タキシード（tuxedo）	晚禮服	＊**“イブニングドレス”**是指女性用、**“タキシード”**則是指男性用。
——チャイナドレス（China dress）	旗袍	＊和製英語。

─喪服（もふく）	喪服	
カジュアルウエア (casual wear)、普段着（ふだんぎ）	（輕）便服	
スポーツウエア (sportswear)、トレーニングウエア (training wear)、ジャージ (jersey)、スエット (sweat)	運動服	
ワンピース (one-piece)	連身裙	
スカート (skirt)	裙子	
タイトスカート (tight skirt)	花苞裙（OL 裙）	
フレアスカート (flare skirt)	短百摺裙	＊和製英語。
キュロットスカート (culotte skirt)	迷你百摺（褲裙）	＊和製英語。
デニムスカート (denim skirt)	牛仔裙	
ミニスカート (miniskirt)	迷你裙	
ロングスカート (long skirt)	長裙	
スーツ (suit)	套裝	
背広（せびろ）	西裝	＊另外男性西裝上衣、背心、褲子整套來說，也被稱為“スリーピース”（three piece）或“三つ揃え”（みつぞろえ）。
レディーススーツ (ladies' suit)	女性套裝	＊和製英語。

ビジネススーツ(business suit)	商務套裝	
——ジャケット(jacket)	西裝外套	
ブラウス(blouse)、シャツ(shirt)、ワイシャツ(Yシャツ)	襯衫	＊“**ブラウス**”是女用襯衫、“**シャツ**”則是男用襯衫。“**ワイシャツ**”是“**ホワイトシャツ**”(white shirt)的簡稱。但是現在“**ワイシャツ**”這個字也指白色以外的襯衫。另外在關西叫稱和製英語“**カッターシャツ**”(cutter shirt)。
ベスト(vest)	西裝背心	
ネクタイ(necktie)	領帶	
——蝶(ちょう)ネクタイ	領結、蝴蝶結	
ネクタイピン(necktie pin)、タイピン	領帶夾	＊和製英語。
カフスボタン(cuffs botão)	袖扣	＊和製英語。
コート(coat)、オーバーコート(overcoat)	外套	
ハーフコート(half coat)	縮腰外套	＊和製英語。
ショートコート(short coat)	短大衣	
レインコート(raincoat)	雨衣	
ピーコート(pea coat)	雙排扣短大衣	＊也寫成“**Pコート**”。
トレンチコート(trench coat)	風衣	
ウインドブレーカー(windbreaker)、パーカ(parka)	短風衣	＊也可稱為“**パーカー**”。

ダッフルコート (duffel coat)	牛角扣大衣	
ダウンジャケット (down jacket)、ダウン	羽絨外套	*和製英語。
ブルゾン (blouson)、ジャンパー (jumper)	夾克	*"ブルゾン"的語源來自法語，"ジャンパー"是和製英語。
革(かわ)ジャン	皮衣	*"革製のジャンパー"的簡稱。
ジージャン (G ジャン)	牛仔夾克	*為和製英語"ジーンズジャンパー"(jeans jumper)的簡稱。
スカジャン	運動外套	*據說"横須賀(よこすか)ジャンパー"的簡稱。
スタジャン	棒球外套	*和製英語"スタジアムジャンパー"(stadium jumper)的簡稱。

★カジュアルウエアなど	★便服等	
T(ティー)シャツ (T-shirt)	T 恤	
アロハシャツ (aloha shirt)	夏威夷襯衫、花襯衫	*和製英語。
ポロシャツ (polo shirt)	Polo 衫	
タンクトップ (tank top)	無袖背心	
キャミソール (camisole)、キャミ	無袖女用胸衣	
カーディガン (cardigan)	針織衫	
セーター (sweater)	毛衣	
パンツ (pants)、ズボン (jupon)	褲子	*"ズボン"的語源來自法語。另外"パンツ"也有內褲的意思。

ジーンズ (jeans)、ジーパン (G パン)	牛仔褲	＊和製英語的“ジーパン”的語源是“jeans pants”。
綿(めん)パン、チノパン (chino pants)	棉褲	＊據説最早是美國從中國購入的，所以稱為“チノパン”（chino pants）。
カーゴパンツ (cargo pants)	工作褲	＊帶背帶的工裝褲叫“オーバーオール”（overalls）。
バミューダパンツ (Bermuda pants)	百慕達短褲	＊和製英語。
短(たん)パン、半(はん)ズボン	短褲	＊“パン”的語源來自英語的“パンツ”（pants）。
レギンス (leggings)	內搭褲	
スパッツ (spats)	塑身褲	

★下着(したぎ)、靴下(くつした)など	★內衣、襪子等	
下着(したぎ)、肌着(はだぎ)	內衣	編註 在日本穿衣的概念是分即使字面寫著「下着」、「上着」，但事實上是差穿在裡面跟外面般的「內與外」的差別，而不是「上與下」的差別。
——上着(うわぎ)	上衣	＊是外衣的通稱，也有穿在最外面的衣服的意思。
ランジェリー (lingerie)	女性內衣	＊其語源來自於法語。
パンツ (pants)、ショーツ (shorts)、パンティー (panties)	內褲	＊“ショーツ”和“パンティー”是指女性用的內褲。
ブリーフ (briefs)、トランクス (trunks)	四角褲	＊“ブリーフ”是緊身型的、“トランクス”則是非緊身型。
T(ティー)バック (T-back)	丁字褲	＊和製英語。
ブラジャー (brassiere)	胸罩	

——A [B、C] カップ（A [B,C] cup）	A [B, C] 罩杯	＊和製英語。
——ノーブラ	不穿胸罩	＊為和製英語“no brassiere”的簡稱。
ガーター（garter）	吊帶襪	
パンティーストッキング（panties stockings）、パンスト	褲襪	＊和製英語。稍厚一點的叫“**タイツ**”（tights）。
——伝線（でんせん）する	脫線	
ストッキング（stocking）	絲襪	
靴下（くつした）、ソックス（socks）	襪子	
ランニングシャツ（running shirt）	運動背心	＊和製英語。
ももひき	衛生褲	
パジャマ（pajamas）、ネグリジェ（négligé）	睡衣	＊“**ネグリジェ**”的語源是法語，指女性連身裙型的非緊身睡衣。
レオタード（leotard）	緊身衣	

★帽子（ぼうし）、小物（こもの）など	★帽子、小飾品等
帽子（ぼうし）	帽子
——帽子（ぼうし）のつば	帽緣
麦（むぎ）わら帽子（ぼうし）	草帽
キャップ（cap）	鴨舌帽

——野球帽（やきゅうぼう）	棒球帽	
ハンカチ	手帕	＊為“ハンカチーフ”（handkerchief）的簡稱。
バンダナ (bandanna)	（印有花紋的）頭巾	
スカーフ (scarf)	領巾	
肩掛（かたか）け、ショール (shawl)、ストール (stole)	披肩	
マフラー (muffler)、襟巻（えりまき）	圍巾	
手袋（てぶくろ）	手套	
ベルト (belt)	腰帶	
——バックル (buckle)	腰帶扣環	
かばん、バッグ (bag)	手提包	
ショルダーバッグ (shoulder bag)	肩揹包	＊另外長背帶的小挎包，語源是法語“**ポシェット**”（pochette）。
ハンドバッグ (handbag)	手提包	＊是指女性用的手提包。
ポーチ (pouch)	化妝包	
ウエストバッグ (waist bag)、ウエストポーチ (waist pouch)	霹靂包	＊和製英語。

★履物（はきもの）	★鞋類
履物（はきもの）	鞋類
靴（くつ）	鞋

9 打扮

革靴（かわぐつ）	皮鞋	
パンプス (pumps)	低跟鞋	＊指鞋上沒有繫帶和飾物，鞋跟較低的一般女鞋。
ハイヒール (high heels)	高跟鞋	
ローヒール (low heels)	平底鞋	
スニーカー (sneaker)	輕便運動鞋	
スポーツシューズ (sports shoes)、運動靴（うんどうぐつ）	運動鞋	
ウオーキングシューズ (walking shoes)	休閒鞋	
ブーツ (boots)	馬靴	
長靴（ながぐつ）	橡膠雨鞋	
サンダル (sandal)、ミュール (mule)	涼鞋	＊“ミュール”的語源來自於法語，是指俏麗的女用高跟涼鞋。
スリッパ (slipper)	室內拖鞋	
ヒール (heel)、かかと	鞋跟	
靴底（くつぞこ）	鞋底	
靴（くつ）の中敷（なかじ）き	鞋墊	
靴（くつ）ひも	鞋帶	
靴（くつ）べら	鞋扒子	
靴（くつ）のサイズ	鞋子的尺寸	

★アクセサリーやジュエリー	★裝飾品和珠寶	
アクセサリー (accessory)	裝飾品、首飾	
ネックレス (necklace)	項鏈	
ペンダント (pendant)	墜飾	
ブローチ (broach)	胸針	
ブレスレット (bracelet)	手鐲	
イヤリング (earring)	耳環	
ピアス (pierce)	耳釘、耳環	＊和製英語。
指輪（ゆびわ）	戒指	
髪止め（かみど）、ヘアピン (hairpin)	髮夾	
ヘアバンド (hair band)	髮帶	
カチューシャ (Катюша)	髮箍	＊其語源來自於俄語。
ジュエリー (jewelry)	珠寶	＊ 附有寶石、貴重金屬的首飾。
宝石（ほうせき）	寶石	
貴金属（ききんぞく）	貴重金屬	
プラチナ (platina)、白金（はっきん）	白金	＊其語源來自於荷蘭語。
金（きん）	黃金	
——純金（じゅんきん）	純金	
——１８金（じゅうはちきん）（18K）	18K 金	

ぎん 銀	銀	
ダイヤモンド（diamond）	鑽石	＊也簡稱 **“ダイヤ”**。
——カラット（carat）	克拉	
ルビー（ruby）	紅寶石	
エメラルド（emerald）	綠寶石	
サファイア（sapphire）	藍寶石	
トパーズ（topaz）	黃玉、拖帕石	
オパール（opal）	蛋白石	
アクアマリン（aquamarine）	海藍寶石	
ガーネット（garnet）、 ざくろいし 石榴石	石榴石	
いし トルコ石、ターコイズ （turquoise）	土耳其石	＊ **“トルコ”** 源於葡萄牙語的“Turco”。
ラピスラズリ（lapis lazuli）	青金石	
すいしょう 水晶	水晶	
むらさきすいしょう 紫水晶、アメジスト （amethyst）	紫水晶	
ヒスイ（翡翠）	翡翠	
メノウ（瑪瑙）	瑪瑙	
こはく（琥珀）	琥珀	
しんじゅ 真珠、パール（pearl）	珍珠	＊三重縣的珍珠很有名。

──天然真珠（てんねんしんじゅ）	天然珍珠	
──養殖真珠（ようしょくしんじゅ）	養殖珍珠	
サンゴ（珊瑚）	珊瑚	
象牙（ぞうげ）	象牙	

★時計と眼鏡など（とけい めがね）	★鐘錶和眼鏡等	
時計（とけい）	鐘錶	
腕時計（うでどけい）	手錶	
──腕時計のバンド（band）（うでどけい）	錶帶	
電波時計（でんぱどけい）	電波錶	
懐中時計（かいちゅうどけい）	懷錶	
クロノメーター（chronometer）	精密計時錶	
短針、時針（たんしん じしん）	短針、時針	
長針、分針（ちょうしん ふんしん）	長針、分針	
秒針（びょうしん）	秒針	
腕時計の文字盤（うでどけい もじばん）	錶面	
腕時計のつまみ、竜頭（うでどけい りゅうず）	錶冠	編註 即指針式手錶的錶面邊，調整手錶時用的圓形控制旋鈕。
眼鏡（めがね）	眼鏡	
眼鏡のレンズ（lens）（めがね）	鏡片	＊其語源來自於荷蘭語。

めがね 眼鏡のフレーム(frame)	鏡架、鏡框
めがね 眼鏡ケース(case)	眼鏡盒
ろうがんきょう 老眼鏡	老花眼鏡
だてめがね 伊達眼鏡	平光眼鏡
コンタクト、コンタクトレンズ(contact lens)	隱形眼鏡
カラーコンタクト、 カラーコンタクトレンズ (color contact lens)	彩色隱形眼鏡
つか す 使い捨てコンタクトレンズ	拋棄式隱形眼鏡
せんじょうほぞんえき 洗浄保存液	隱形眼鏡保養液

もよう ★模様など	★圖樣等	
もよう がら 模様、柄	圖案	
ストライプ(stripe)、 もよう しま模様	條紋	＊帶條紋圖案的衣料，衣物等。下面同樣。
はながら はなもよう 花柄、花模様	花樣圖案	
がら チェック柄(check)	格子	
みずたまもよう 水玉模様	水滴圖案	
きかがくもよう 幾何学模様	幾何圖形	
むじ 無地	素色	

優雅(ゆうが)な、エレガントな(elegant)、上品(じょうひん)な	優雅	＊語源為法語的“シックな”（chic），是形容穩重高雅的魅力時使用。
豪華(ごうか)な	豪華	
派手(はで)な	花俏	
けばけばしい	太過花俏	＊年輕人也簡稱為“けばい”。
下品(げひん)な、品(ひん)のない	低級、俗氣	
地味(じみ)な	土裡土氣	
古(ふる)くさい	老氣	

★サイズなど	★大小、尺碼、尺寸等	
サイズ(size)、大(おお)きさ	大小、尺碼、尺寸	
服(ふく)のサイズ	衣服的尺寸	
L(エル)サイズ(large)	L 號	＊在日本，L 號女裝等於“11號”（じゅういちごう）。此外，比“L”更大的還有“LL”（えるえる）、“XL”（えっくすえる）或“2L”（にーえる）等。
M(エム)サイズ(medium)	M 號	＊在日本，M 號女裝等於“9號”（きゅうごう）。
S(エス)サイズ(small)	S 號	＊在日本，S 號女裝等於“7號”（ななごう）。另外比“S”小的叫“SS”（えすえす）。
フリーサイズ(freesize)	One size	＊和製英語。
スリーサイズ(three size)	三圍	＊和製英語。
——バスト(bust)	胸圍	

——ウエスト (waist)	腰圍	
——ヒップ (hip)	臀圍	

もう一つ上［下］のサイズの	再大〔小〕一號的	
体にぴったり合う	合身	
きつい [ゆるい]	緊〔鬆〕	

★色	★顏色	
色	顏色	*日語的**"顔色"**（かおいろ）指的是臉色。
赤色	紅色	
——真っ赤	血紅色	*"**真っ赤**"、"**真っ白**"（まっしろ）、"**真っ黒**"（まっくろ）等是用"**真っ**"的接頭語來強調程度很強。
朱色	（紅橘相間的）朱色	
ピンク色（pink)、桃色	粉紅色	
ショッキングピンク (shocking pink)	（鮮亮的）粉紅色	
黄色	黃色	
オレンジ色（orange)、橙色	橘色	
緑色	綠色	
黄緑色	黃綠色	
青色	藍色	

水色（みずいろ）、空色（そらいろ）	天藍色	
藍色（あいいろ）、紺色（こんいろ）	靛藍色	＊“**紺色**”指更濃的深藍色。
赤紫色（あかむらさきいろ）	紫紅色	
紫色（むらさきいろ）	紫色	＊濃紫色也叫“**すみれ色**”。
藤色（ふじいろ）	淺紫色	
茶色（ちゃいろ）	棕色	
焦（こ）げ茶色（ちゃいろ）、褐色（かっしょく）	茶色、褐色	
栗色（くりいろ）	深棕色	
コーヒー色（いろ）（coffee）	咖啡色	
ベージュ（beige）、肌色（はだいろ）	米色	＊其語源來自法語。比米色稍濃偏黃的叫“**クリーム色**”（cream）。
カーキ色（いろ）（Khaki）	卡其色	＊其語源來自烏爾都語。
灰色（はいいろ）、グレー（grey）、ねずみ色（いろ）	灰色	
黒色（くろいろ）	黑色	
白色（しろいろ）	白色	
純白（じゅんぱく）	純白色	
スケルトンカラー（skeleton color）、半透明（はんとうめい）	半透明色	＊和製英語。
金色（きんいろ）	金色	
銀色（ぎんいろ）	銀色	

明るい色（あかるいいろ）	亮色
暗い色（くらいいろ）	暗色
濃い色（こいいろ）	深色
薄い色（うすいいろ）	淺色
ラッキーカラー（lucky color）	幸運色

★生地と素材（きじとそざい）	★布料和質地	
生地（きじ）、布地（ぬのじ）、布（ぬの）	布料	
織物（おりもの）	紡織品	
絹織物（きぬおりもの）	絲織品	
毛織物（けおりもの）	毛織品	
繊維（せんい）	纖維	
化学繊維（かがくせんい）	化學纖維	
合成繊維（ごうせいせんい）	合成纖維	
シルク（silk）、絹（きぬ）	絲綢	
レーヨン（rayon）	人造絲	
コットン（cotton）、綿（めん）	棉	
リネン（linen）、亜麻（あま）	亞麻	＊在口語中，總體概念也包含麻的部分。
麻（あさ）	麻	

ウール (wool)、羊毛(ようもう)	羊毛
カシミア (cashmere)	喀什米爾
綿羊(めんよう)	綿羊毛
ダウン (down)、羽毛(うもう)	羽絨
フリース (fleece)	搖粒絨
コーデュロイ (corduroy)	燈芯絨
フランネル (flannel)	法蘭絨
ベルベット (velvet)、ビロード (veludo)	天鵝絨　＊"ビロード"的語源來自葡萄牙語。
サテン (satin)	綢緞
ポリエステル (polyester)	聚酯纖維
アクリル (acryl)	壓克力
ナイロン (nylon)	尼龍
プラスチック (plastic)、ビニール (vinyl)	塑膠
皮革(ひかく)、革(かわ)	皮革
本革(ほんがわ)	真皮
——ワニ革(がわ)	鱷魚皮
人工皮革(じんこうひかく)、合成皮革(ごうせいひかく)	人造革
皮(かわ)	皮

毛皮（けがわ）	皮草	
——ミンクの毛皮（けがわ）	貂皮	＊“ミンク”的語源來自英語的“mink”。
フェルト (felt)	羊毛氈	
スエード (suède)	麂皮	＊其語源來自於法語。
金属（きんぞく）	金屬	
チェーン (chain)、鎖（くさり）	鏈子	

★衣服（いふく）の部分名（ぶぶんめい）など	★衣服的部分名稱等	
上着丈（うわぎたけ）	衣服的長度	
パンツ丈（たけ）、ズボン丈（たけ）	褲子的長度	
スカート丈（たけ）	裙子的長度	
袖丈（そでたけ）	袖子的長度	
股上（またがみ）	褲襠	
股下（またした）	褲腿	
表地（おもてじ）	表布	
裏地（うらじ）	內裡	
ボタン (botão)	鈕扣	＊其語源來自於葡萄牙語。
ボタンホール (botão hole)	扣眼	＊和製英語。
襟（えり）、カラー (collar)	領子	

——クルーネック (crew neck)、ラウンドネック (round neck)	圓領	＊也稱為“**丸首**”（まるくび）。
——タートルネック (turtleneck)	高領	
——V(ブイ)ネック	V 領	
ポケット (pocket)	口袋	
——胸(むね)のポケット	胸前口袋	
——内(うち)ポケット	衣服內側口袋	
——サイドポケット (side pocket)	側邊口袋	
——ヒップポケット (hip pocket)，後(うし)ろのポケット	後方口袋	
裾(すそ)	下擺	
裾(すそ)の折(お)り返(かえ)し	反折褲腳	
パンツ［ズボン］の折(お)り目(め)	褲子上的折線	
袖(そで)	袖子	
袖口(そでぐち)	袖口	
——長袖(ながそで)	長袖	
——七分袖(しちぶそで)	七分袖	
——半袖(はんそで)	短袖	
ノースリーブ (no sleeve)	無袖	＊和製英語。

ファスナー (fastener)、ジッパー (zipper)	拉鏈	
マジックテープ (Magic Tape)、ベルクロ (Velcro)	魔鬼氈	＊“ベルクロ”是從品牌名變成的單字。
伸(の)びる (洗濯後(せんたくご)に)	(洗衣服後) 變大	
縮(ちぢ)む (洗濯後(せんたくご)に)	(洗衣服後) 縮水	
しわになる、しわができる	皺折	
色(いろ)が落(お)ちる、色(いろ)があせる	褪色	
変色(へんしょく)する	變色	

★仕立(した)てる	★訂做	
スーツを仕立(した)ててもらいたいんですが。	我想訂做西裝。	
いつ仕上(しあ)がりますか？	什麼時候能做好呢？	
仕立(した)てる、オーダーメードする (order made)	訂做	＊和製英語。
既製服(きせいふく)	成衣	
——レディーメード (ready made)、既製(きせい)の	現成的	
体(からだ)の寸法(すんぽう)を測(はか)る	量身體尺寸	
——首回(くびまわ)り	頸圍	
——肩幅(かたはば)	肩寬	

織(お)る	織造	
縫(ぬ)う、裁縫(さいほう)をする	縫紉	
——繕(つくろ)う	縫補	
編(あ)む、編(あ)み物(もの)をする	編織	
すそを短(みじか)くする、すそを直(なお)す	把褲腳改短	
ミシン	縫紉機	＊據説最早縫紉機傳來日本時，是因為誤將“ソーイングマシン”（sewing machine）的“マシン”聽成“ミシン”，結果一直將錯就錯地沿用“ミシン”至今。
針(はり)	針	
糸(いと)	線	
——毛糸(けいと)	毛線	
刺(し)しゅう（刺繡）	刺繡	
レース（lace）	蕾絲	
ニット（knit）、編(あ)み物(もの)	針織物	
ひだ、プリーツ（pleats）	褶襇	＊在領子或袖口的稱為“フリル”（frill）。
リボン（ribbon）	緞帶	
バッジ（badge）、記章(きしょう)	徽章	

★和服(わふく)	★和服	
和服(わふく)、着物(きもの)	和服	＊日本女性會在婚禮和新年等特別的慶典時，穿著和服出席。

振り袖（ふりそで）	振袖	＊為未婚的女性所穿的長袖和服。
留め袖（とめそで）	留袖	＊為已婚的女性穿的和服。
小袖（こそで）	小袖	＊指袖口縫製的較狹小的輕便和服。
じゅばん（襦袢）	襦袢	編註 指穿著日本和服時，穿在內層的一層白色內衣。
帯（おび）	和服腰帶	
足袋（たび）	足袋	＊指與和服搭配穿著的白色短布襪。
草履（ぞうり）	日式草履	＊與和服搭配穿著的草鞋。
——わらじ（草鞋）	草鞋	＊是指從前用稻草編製的鞋。
巾着（きんちゃく）	日式小提袋	
椿油（つばきあぶら）	山茶花油	
かんざし	簪子	
扇子（せんす）、扇（おうぎ）	折扇	
——白檀（びゃくだん）の扇子（せんす）	檀香扇	
着付け（きつけ）	和服的穿法	
呉服店（ごふくてん）	和服店	＊也稱為**“呉服屋”**（ごふくや）。是賣和服的布料和小飾物等的店。

2. 美容・美髪

★最重要語&表現	★重要詞彙 & 表現	
理髪店（りはつてん）、床屋（とこや）	理髮店	＊在理髮店前的三色的旋轉燈稱為**“サインポール”**（signpole），這個字是和製英語。
美容院（びよういん）、美容室（びようしつ）、ヘアサロン（hair salon）	美容院	＊注意**“美容院”**（びよういん）和**“病院”**（びょういん）的發音很相似，一般人常弄錯。
理容師（りようし）	理髮師	
美容師（びようし）	美髮師	
料金表（りょうきんひょう）	價目表	
髪（かみ）を少（すこ）し切（き）ってください。	請剪短一點。	
ここをもう少（すこ）し切（き）ってください。	這裡請再剪短一點。	
カットをお願（ねが）いします。	請幫我剪髮。	
セットをお願（ねが）いします。	請幫我做造型。	
この髪型（かみがた）をお願（ねが）いします。（髪型（かみがた）のサンプルを示（しめ）しながら）	請幫我剪這個髮型。（指著髮型書說）	
——髪型（かみがた）を変（か）える	換髮型	
ショートヘアにしたいんですが。	我想剪成短髮。	
髪（かみ）を染（そ）めたいんですが。	我要染髮。	

★いろいろなサービス	★各種服務	
カットする（cut）、髪（かみ）を切（き）る	剪髮	＊男性也能說“**散髪する**”（さんぱつする）。
シャンプーする（shampoo）、髪（かみ）を洗（あら）う、頭（あたま）を洗（あら）う	洗髮	
ブローする（blow）、髪（かみ）を乾（かわ）かす	吹髮	
髪（かみ）をとかす、ブラッシング（brushing）	梳頭	
髪（かみ）をセットする（set）	做造型	
髪（かみ）をわける	將頭髮分線	
パーマをかける	燙髮	＊“**パーマ**”是和製英語“permanent wave”的簡稱。
——ストレートパーマ	燙直（髮）	＊和製英語。“**ストレート**”的語源是英語的“straight”。
——パンチパーマ	電棒髮雕燙髮	＊和製英語。“**パンチ**”的語源是英語的“punch”。用於男性燙髮。
髪（かみ）を染（そ）める、カラーリング（coloring）	染髮	
——茶髪（ちゃぱつ）にする、茶髪（ちゃぱつ）に染（そ）める	將頭髮染成茶色	
——メッシュにする（méche）、メッシュを入（い）れる	挑染	＊其語源來自於法語。
脱色（だっしょく）する	漂白	
ひげをそる	刮鬍子	
——無精（ぶしょう）ひげ	鬍渣	

丸刈り(まるがり)にする、坊主(ぼうず)にする	剃光頭	
★理髪店(りはつてん)の用品(ようひん)など	★理髮用品等	
ヘアスプレー (hair spray)	噴膠噴霧	
ヘアカラー (hair color)	染髮劑	
ヘアムース (hair mousse)	造型慕斯	
ヘアジェル (hair gel)	髮膠	
ヘアリキッド (hair liquid)	髮妝水	＊和製英語。另外具有保護頭皮效果的叫 **"ヘアトニック"**（hair tonic）。
ヘアローション (hair lotion)	免沖洗護髮乳	
ポマード (pomade)	髮油	
理容(りよう)ばさみ、カットばさみ	剪髮刀	
くし	梳子	
ブラシ (brush)	刷子	
ヘアブラシ (hairbrush)	（有柄的）半圓梳	
ヘアカーラー (hair curler)	髮卷	
ヘアドライヤー (hair drier)、ドライヤー	吹風機	
カールアイロン (curl iron)	電棒捲	＊和製英語。 編註 「**カールアイロン**」一般是指主要功能為燙捲髮的捲燙棒。但近來已經有部分廠牌等已經研發出同時能燙捲及燙平的商品。

ストレートアイロン (straight iron)	離子夾	＊和製英語。**“ヘアアイロン”**（hair iron）為諸燙髮器的總稱。
バリカン	推剪	＊其語源來自法語的“Barriquand et Marre”。
電動(でんどう)バリカン、電気(でんき)バリカン	電推剪	
かみそり、ひげそり	刮鬍刀	
電気(でんき)かみそり、電気(でんき)シェーバー	電動刮鬍刀	＊**“シェーバー”**的語源是英語的“shaver”。
シェービングクリーム (shaving cream)	刮鬍泡	
アフター・シェーブ・ローション (after shaving lotion)	鬍後水	

★ヘアスタイル	★髮型	
ヘアスタイル (hair style)、髪型(かみがた)	髮型	
ロングヘア (long hair)、長髪(ちょうはつ)	長髮	＊**“長髪”**和**“短髪”**主要是男性使用。
ショートヘア (short hair)、短髪(たんぱつ)	短髮	
ストレートヘア (straight hair)	直髮	＊和製英語。
ポニーテール (ponytail)	馬尾	

ツインテール（twin tail）	雙馬尾	＊和製英語。
シニョン（chignon）	法國髻	＊其語源來自於法語。
ボブ（Bob）、おかっぱ	鮑伯頭	
三(み)つ編(あ)み	麻花辮	
スポーツ刈(が)り、角刈(かくが)り	平頭	
丸刈(まるが)り、坊主刈(ぼうずが)り、坊主頭(ぼうずあたま)	光頭	
——刈(か)り上(あ)げ	二分區式型	
オールバック（all back）	油頭	＊和製英語。
ドレッド（dread）	雷鬼頭	＊和製英語。

★髪(かみ)の色(いろ)や質(しつ)など	★髮色和髮質等	
前髪(まえがみ)	瀏海	
後(うし)ろ髪(がみ)	後髮	

（髪(かみ)の色(いろ)など）	（髮色等）	
黒髪(くろかみ)	黑髮	
茶髪(ちゃぱつ)、茶色(ちゃいろ)の髪(かみ)	茶色頭髮	
栗色(くりいろ)の髪(かみ)	棕髮	
白髪(はくはつ)	白髮	＊當白髮比較少的時候，“**白髪**”唸成“**しらが**”。
——白髪交(しらがま)じり	摻混著白髮	

きんぱつ 金髪	金髮	
あかげ 赤毛	紅髮	
まげ ちぢげ 巻き毛、縮れ毛	捲髮	＊當頭髮捲了一大片時也稱為“カーリーヘア”（curly hair）。
てんねん てん 天然パーマ、天パー	天然捲	
ドライ［オイリー］ヘア（dry［oily］hair）	乾性〔油性〕髮質	
ノーマルヘア（normal hair）	一般髮質	
かつら、ウイッグ（wig）	假髮	＊一般“かつら”是男性用的假髮、“ウイッグ”是女性用的假髮。
エクステ	接髮	＊“エクステンションヘア”（extension hair）的簡稱。
はげ	禿頭	
ようもうざい ——養毛剤	生髮劑	
とうひ 頭皮、ふけ	頭皮	

けしょう ★お化粧をする	★化妝	
けしょう （お）化粧（をする）、メーク（をする）	化妝	＊“メーク”的語源是英語的“make”。女性一般説美化語的“お化粧”（おけしょう）。
けしょう なお けしょうなお 化粧を直す、化粧直しをする	補妝	
けしょう お 化粧を落とす	卸妝	
あつげしょう ——厚化粧	濃妝	
うすげしょう ——薄化粧、ナチュラルメーク	淡妝	＊“ナチュラルメーク”的語源是英語的“natural makeup”。

——すっぴん	素顏	
化粧品（けしょうひん）	化妝品	
——スキンケア化粧品（けしょうひん）	護膚化妝品	＊“スキンケア”的語源是英語的“skin care”。
手鏡（てかがみ）	小鏡子	
綿棒（めんぼう）	棉花棒	
ウエットティッシュ（wet tissue）	濕紙巾	＊和製英語。
コンパクト（compact）	粉餅	
パフ（puff）	粉撲	
下地（したじ）クリーム	隔離霜	
ファンデーション（foundation）	粉底液	
フェイスパウダー（face powder）	蜜粉	
ほお紅（べに）、チーク（cheek）	腮紅	
口紅（くちべに）	口紅	
リップクリーム（lip cream）、リップカラー（lip color）	護唇膏（潤唇膏）	＊“リップカラー”是有顏色的潤唇膏。
リップグロス（lip gloss）	唇蜜	
香水（こうすい）	香水	
デオドラント（deodorant）、制汗剤（せいかんざい）	止汗（除臭劑）	

アイシャドー（eye shadow）	眼影	
アイライナー（eyeliner）	眼線筆	
マスカラ（mascara）	睫毛膏	
アイラッシュカーラー（eyelash curler）、ビューラー（beauler）	睫毛夾	＊"ビューラー"是和製英語。
アイブロウペンシル（eyebrow pencil）	眉筆	
洗顔（せんがん）クリーム、クレンジングクリーム（cleansing cream）	洗面乳	
ハンドクリーム（hand cream）	護手霜	
スキンクリーム（skin cream）	護膚霜	
ナイトクリーム（night cream）	晚霜	
乳液（にゅうえき）	乳液	
化粧水（けしょうすい）、ローション（lotion）	化妝水	
オーデコロン（eau de Cologne）	古龍水	＊其語源來自於法語。

★エステ	★全身美容	
エステサロン、ビューティーサロン（beauty salon）	美容沙龍	＊其語源來自於法語。"エステサロン"是"エステティックサロン"（esthétique salon）的簡稱。

エステティック (esthétique)、エステ	全身美容	＊其語源來自於法語。
——エステティシャン (esthéticien)	美容師	＊其語源來自於法語。
アロマセラピー (aromatherapy)、アロマテラピー (aromathérapie)	芳香療法	＊ **"アロマテラピー"** 的語源來自於法語。
マッサージ (massage)、マッサージをする	按摩	＊中老年人也會説 **"按摩"**（あんま）。
——フェイシャルマッサージ (facial massage)	臉部按摩	
——足裏（あしうら）マッサージ	腳底按摩	
——オイルマッサージ (oil massage)	精油按摩	
スキンケア (skin care)	皮膚護理	
パック (pack)	面膜	
美白（びはく）パック	美白面膜	
ネイルケア (nail care)	指甲護理	
ネイルアート (nail art)	指甲彩繪	
マニキュア (manicure)、ネイルカラー (nail color)	指甲油	
——ネイルサロン (nail salon)	指甲沙龍	
——マニキュアをつける、マニキュアをする	修指甲	

——ペディキュアをつける(pedicure)、ペディキュアをする	修腳趾甲
ネイルチップ(nail tip)、つけ爪(づめ)	指甲片
除光液(じょこうえき)、リムーバー(remover)	除光液
爪(つめ)やすり、ネイルファイル(nail file)	指甲銼刀
爪切り(つめき)	指甲刀
毛抜き(けぬ)	拔毛小鑷子
脱毛剤(だつもうざい)	脫毛劑
脱毛(だつもう)クリーム	脫毛膏
あぶらとり紙(がみ)	吸油面紙
毛穴(けあな)パックシート(pack sheet)	妙鼻貼
しわ	皺紋
そばかす	雀斑
しみ	斑點
——しみ取り(と)り	除斑
にきび	青春痘
ほくろ	黑痣

いぼ	疣
かんそう　あぶら　はだ 乾燥［脂］肌	乾性〔油性〕皮膚　＊“**脂肌**”也可寫成“**油肌**”。
びんかんはだ 敏感肌	敏感肌膚
コラーゲン（collagen）	膠原蛋白
ローヤルゼリー（royal jelly）	蜂王乳
アガリスク（agaricus）、ヒメマツタケ	姬松茸

圖為東京原宿的竹下通街道，這裡匯集了愛美追時髦的女子中學生們喜歡的流行用品。

圖為東京澀谷，這裡是年輕人的天堂。這裡不論晝夜都充滿了活力四射的時尚年輕男女。

10. 人を知る・自分を知る

知己知彼

1. 一天的行程

★一日（いちにち）の行動（こうどう）	★一天的行程	
目（め）が覚（さ）める	醒來	
起（お）きる	起床	＊更鄭重的表現為“**起床する**”（きしょうする）。
——起（お）こす	叫醒	
早起（はやお）きをする	早起	＊有時也會把“**～をする**”的“**を**”省略掉。比如“**早起きする**”、“**朝寝坊する**”等。
朝寝坊（あさねぼう）をする	睡懶覺	
眼鏡（めがね）をかける [はずす]	戴〔摘下〕眼鏡	
窓（まど）を開（あ）ける [閉（し）める]	打開〔關上〕窗戶	
スイッチを入（い）れる	打開開關	＊“**スイッチ**”的語源是英語的“switch”。
スイッチを切（き）る	關閉開關	
明（あ）かりをつける [消（け）す]、電気（でんき）をつける [消（け）す]	開〔關〕燈	
エアコンをつける [消（け）す]	開〔關〕冷氣（空調）	
トイレに行（い）く	上廁所	
——おしっこ、小便（しょうべん）	小便	
——うんこ、大便（だいべん）	大便	
手（て）を洗（あら）う [ふく]	洗〔擦〕手	

顔(かお)を洗(あら)う[ふく]	洗〔擦〕臉
歯(は)を磨(みが)く	刷牙
うがいをする	漱口
着替(きが)える	換衣服
服(ふく)を着(き)る[脱(ぬ)ぐ]	穿〔脫〕衣服
T(ティー)シャツを着(き)る	穿T恤
ズボンをはく	穿褲子
ボタンをとめる[はずす]	扣〔解開〕扣子

火(ひ)をつける、点火(てんか)する	點火
——マッチを擦(す)る	摩擦火柴
料理(りょうり)を作(つく)る、料理(りょうり)をする	做菜
——食事(しょくじ)を作(つく)る	做飯
ご飯(はん)を炊(た)く	煮飯
お菓子(かし)を作(つく)る	做點心
朝食(ちょうしょく)の支度(したく)をする	準備早飯
ご飯(はん)を盛(も)る	盛飯、添飯
ご飯(はん)を食(た)べる、食事(しょくじ)をする	吃飯
朝食(ちょうしょく)［昼食(ちゅうしょく)］を食(た)べる	吃早餐〔午餐〕 ＊“吃午餐”也可説成“お昼を食べる”（おひるをたべる）。
おかゆを食(た)べる	吃稀飯、喝粥

みそ汁(しる)を飲(の)む	喝味噌湯
お茶(ちゃ)を飲(の)む	喝茶
コーヒーを飲(の)む	喝咖啡
休(やす)む、休憩(きゅうけい)する	休息
気分転換(きぶんてんかん)をする	轉換心情
新聞(しんぶん)を読(よ)む	看報紙
テレビをつける［消(け)す］	打開〔關〕電視
——チャンネルをかえる	轉台
——テレビを見(み)る	看電視
音楽(おんがく)を聞(き)く	聽音樂　　＊“聞く”也可寫成“聴く”。
ボリュームを上(あ)げる［下(さ)げる］	提高〔降低〕音量
家事(かじ)をする	做家事
——家事(かじ)	家事
皿(さら)を洗(あら)う	洗碗
部屋(へや)を掃除(そうじ)する	打掃房間
部屋(へや)を整理(せいり)する、部屋(へや)を片付(かたづ)ける	收拾房間
——整理(せいり)する、片付(かたづ)ける	收拾、整理
床(ゆか)にモップをかける	拖地板

テーブルをふく	擦桌子
ごみを捨(す)てる	倒垃圾
歌(うた)を歌(うた)う	唱歌
合唱(がっしょう)する	合唱
ギター［ピアノ］を弾(ひ)く	彈吉他〔鋼琴〕
笛(ふえ)を吹(ふ)く	吹笛子
絵(え)を描(か)く	畫畫
セーターを編(あ)む	織毛衣
お花(はな)を習(なら)う	學插花
ヨガをする（yoga）	練瑜伽
キャッチボールをする（catch ball）	（棒球）接球及傳球練習　＊和製英語。
柔道(じゅうどう)の練習(れんしゅう)をする	練柔道
公園(こうえん)を散歩(さんぽ)する	逛公園
家(いえ)で過(す)ごす	待在家裡
昼寝(ひるね)をする	睡午覺
口紅(くちべに)をつける	塗口紅
香水(こうすい)をつける	噴香水
指輪(ゆびわ)をはめる［はずす］	戴〔摘下〕戒指
イヤリングをする	戴耳環

ベルト［ネクタイ］を締める、ベルト［ネクタイ］をする	繫皮帶〔領帶〕
帽子をかぶる［脱ぐ］	戴〔摘下〕帽子
マフラーをする	圍圍巾
手袋をする	戴手套
鏡を見る	照鏡子
靴を磨く	擦皮鞋
靴を履く［脱ぐ］	穿〔脫〕鞋
ドアを開ける［閉める］	開〔關〕門
——鍵を掛ける	上鎖
ノックをする (knock)	敲門
呼び鈴を鳴らす	按電鈴、按門鈴
ドアに鍵を掛ける	鎖門
鍵でドアを開ける	用鑰匙開門
傘を持って行く	帶傘去
傘をさす	開傘、撐傘
——傘を畳む	收傘、摺傘
雨宿りをする	避雨、躲
階段を上る［下りる］	上〔下〕樓梯
エレベーターで昇る［降りる］	坐（搭）電梯上〔下〕去

行(い)く	去
——来(く)る	來
——戻(もど)る	返回
出(で)かける、外出(がいしゅつ)する	外出
店(みせ)に買(か)い物(もの)に行(い)く	去商店買東西
食(た)べに行(い)く	去吃飯
昼食(ちゅうしょく)に行(い)く	去吃午飯
喫茶店(きっさてん)に行(い)く	去咖啡店
飲(の)みに行(い)く	去喝酒
遊(あそ)びに行(い)く	去玩
映画(えいが)を見(み)に行(い)く	去看電影
クラブに行(い)く	上舞廳
カラオケに行(い)く	去卡拉 OK
——カラオケを歌(うた)う	唱卡拉 OK
散歩(さんぽ)に行(い)く	去散步
犬(いぬ)の散歩(さんぽ)に行(い)く	去遛狗
スポーツジムに行(い)く	去健身房
サッカーを見(み)に行(い)く	去看足球（賽）
花見(はなみ)に行(い)く	去賞櫻花

紅葉狩(もみじが)りに行(い)く、紅葉見物(こうようけんぶつ)に行(い)く	去賞楓
歌舞伎(かぶき)を見(み)に行(い)く	去看歌舞伎
学校(がっこう)［仕事(しごと)］に行(い)く	去上學〔工作〕
仕事(しごと)を始(はじ)める	開始工作
居眠(いねむ)りをする	打盹
日(ひ)なたぼっこをする	曬太陽
道草(みちくさ)をする、寄(よ)り道(みち)をする	途中耽擱、途中繞到別的地方去
家(いえ)に帰(かえ)る、帰宅(きたく)する	回家
お風呂(ふろ)に入(はい)る	洗澡
シャワーを浴(あ)びる	淋浴
体(からだ)を洗(あら)う	洗身體
体(からだ)をふく	擦乾身體
爪(つめ)を切(き)る	剪指甲
耳(みみ)の掃除(そうじ)をする	掏耳朵、挖耳朵
体重(たいじゅう)を量(はか)る	量體重
身長(しんちょう)を測(はか)る	量身高
献立(こんだて)を考(かんが)える	想菜單、思考要煮什麼
夕食(ゆうしょく)を食(た)べる	吃晚飯

ビールを冷(ひ)やす	把啤酒弄冰
乾杯(かんぱい)する	乾杯
やけ酒(ざけ)を飲(の)む	喝悶酒
酔(よ)う	醉

日記(にっき)をつける	寫日記	
目覚(めざ)まし時計(どけい)を朝(あさ)７時(じ)にセットする	把鬧鐘調到早上七點	
布団(ふとん)を敷(し)く	鋪棉被	
——布団(ふとん)を畳(たた)む	折棉被	
横(よこ)になる、寝転(ねころ)がる	躺	
——眠(ねむ)い、眠(ねむ)たい	想睡、感覺睏	
寝(ね)る、眠(ねむ)る	睡覺	＊“寝る”也有躺的意思。
——大(だい)の字(じ)に寝(ね)る	躺成「大」字形	
——川(かわ)の字(じ)に寝(ね)る	躺成「川」字形	編註 指爸媽睡兩旁，孩子睡中間，變成好像一個「川」字形的睡法。
——寝相(ねぞう)が悪(わる)い	睡相很差（難看）	
眠(ねむ)る	睡覺	
眠(ねむ)れない	睡不著	
寝返(ねがえ)りを打(う)つ	翻身	
——寝不足(ねぶそく)、睡眠不足(すいみんぶそく)	睡眠不足	
熟睡(じゅくすい)する、ぐっすり眠(ねむ)る	熟睡	

夜更(よふ)かしをする	熬夜
徹夜(てつや)をする	開夜車、熬夜
歯(は)ぎしりをする	磨牙
いびきをかく	打呼
寝言(ねごと)を言(い)う	說夢話
——寝言(ねごと)	夢話
——夢遊病(むゆうびょう)	夢遊症
夢(ゆめ)を見(み)る	做夢
——悪夢(あくむ)	惡夢

★その他(た)の生活表現(せいかつひょうげん)	★其他的生活表現
挨拶(あいさつ)をする	問候、打招呼
自己紹介(じこしょうかい)をする	自我介紹
紹介(しょうかい)する	介紹
招待(しょうたい)する	邀請
招待(しょうたい)される、招待(しょうたい)を受(う)ける	受邀
訪問(ほうもん)する	訪問
歓迎(かんげい)する	歡迎
パーティーを開(ひら)く	開派對、開 Praty
楽(たの)しい時間(じかん)を過(す)ごす	歡度愉快的時光、度過歡樂的時光

——過(す)ごす	度過
東京(とうきょう)を案内(あんない)する	導引～到東京旅遊
海外旅行(かいがいりょこう)に行(い)く	出國旅行
外国(がいこく)に行(い)く	去國外
日本(にほん)の生活(せいかつ)に慣(な)れる	習慣日本的生活
北海道(ほっかいどう)で休暇(きゅうか)を過(す)ごす	在北海道渡假
家出(いえで)をする	離家出走
子守(こもり)をする	顧孩子
留守番(るすばん)をする	看家
——居留守(いるす)を使(つか)う	假裝不在家　＊指雖然人在家裡，可是故意不開門。
希望(きぼう)が叶(かな)う	實現願望
夢(ゆめ)を実現(じつげん)する	實現夢想
賞(しょう)を取(と)る	得獎
帰省(きせい)する	回老家
台湾(たいわん)に帰(かえ)る	回台灣

じゅうたん（絨毯）を敷(し)く	鋪地毯
上(うえ)の階(かい)に上(あ)がる	上樓
下(した)の階(かい)に下(お)りる	下樓
砂糖(さとう)を入(い)れる	加糖

アメをなめる	（帶有含、舐動作的）吃糖
スイカを割(わ)る	打破西瓜
ヒッチハイクをする (hitchhike)	搭便車
手(て)がかりを探(さが)す	尋找線索
お化(ば)け［幽霊(ゆうれい)］が出(で)る	鬧鬼
家(いえ)を建(た)てる	蓋房子
ふたをする［開(あ)ける］	蓋上〔打開〕蓋子
パンにバターを塗(ぬ)る	在麵包上塗奶油
シールを貼(は)る	貼貼紙　＊小張的貼紙稱為“シール”（seal）、大張的則稱為“ステッカー”（sticker）。

圖為街頭的公告欄，貼滿了各種徵求 Part time 人員、學習外語以及有益的當地生活資訊等各種廣告和告示。

★田舎(いなか)の生活(せいかつ)	★在鄉下的生活
田舎(いなか)に住(す)む	住在鄉下
田植(たう)えをする	插秧
農薬(のうやく)をまく	撒農藥
草刈(くさか)りをする、草(くさ)を刈(か)る	除草
稲刈(いねか)りをする、稲(いね)を刈(か)る	割稻
種(たね)をまく	播種
芽(め)が出(で)る	發芽
花(はな)に水(みず)をやる	給花澆水
花(はな)が咲(さ)く	開花
リンゴがなる	結蘋果、蘋果樹結了果實
モモをもぎる	摘桃子
枯(か)れる	枯萎
葉(は)が散(ち)る	樹葉飄落
木(き)を植(う)える、植樹(しょくじゅ)する	種樹
木(き)の枝(えだ)を折(お)る	折樹枝
木(き)を切(き)る	伐木
ウシの乳(ちち)しぼりをする	擠牛奶
ブタ [ヒツジ] を飼(か)う	養豬〔羊〕
ヒツジを放牧(ほうぼく)する	放羊

2. 感情

★感情（かんじょう）	★感情
感情（かんじょう）	感情
——感情表現（かんじょうひょうげん）	表達感情
——感情（かんじょう）を抑（おさ）える	抑制感情
感（かん）じ、感（かん）じる	感覺、感到
気持（きも）ち	心情、（內心的）感受、感覺
心（こころ）	心、心裡
気持（きも）ちがいい、気分（きぶん）がいい	舒服
幸（しあわ）せな、幸福（こうふく）な	幸福
——不幸（ふしあわ）せな	不幸
うれしい、喜（よろこ）ぶ	高興
愉快（ゆかい）な、楽（たの）しい	愉快
——不愉快（ふゆかい）な	不愉快
楽（たの）しい、機嫌（きげん）がいい	開心
——楽（たの）しくない、機嫌（きげん）が悪（わる）い	不開心
楽（たの）しむ	期待、開心、樂在其中
満足（まんぞく）する	滿足

10 知己知彼

リラックスする（relax）、のんびりする	放鬆
興味(きょうみ)がある、関心(かんしん)がある	感興趣
忙(いそが)しい	繁忙
——とっても忙(いそが)しい、猫(ねこ)の手(て)も借(か)りたいくらい忙(いそが)しい	忙不過來、忙翻了
恥(は)ずかしい	感到羞恥、慚愧
——恥(は)ずかしがる、照(て)れる	害羞
怖(こわ)い、恐(おそ)れる	害怕
ゆううつな（憂鬱な）	憂鬱
悲(かな)しい	悲傷
悲(かな)しむ	傷心
寂(さび)しい	寂寞　＊也唸成“さみしい”。
つらい、苦労(くろう)する	辛苦
苦(くる)しい	痛苦
決心(けっしん)する	下定決心
信(しん)じる、信用(しんよう)する	相信、信任
信頼(しんらい)する	信賴
頼(たの)む	請求

約束（やくそく）する	約定
約束（やくそく）を守（まも）る［破（やぶ）る］	遵守約定；失約
祕密（ひみつ）を守（まも）る	保守祕密、守祕
——祕密（ひみつ）	祕密
——企業祕密（きぎょうひみつ）	商業機密
謝（あやま）る、詫（わ）びる	道歉
許（ゆる）す	原諒
努力（どりょく）する	努力
頑張（がんば）る	加油
まねをする	模仿
安心（あんしん）する	放心、安心
心配（しんぱい）する	擔心
——心配事（しんぱいごと）がある	有心事
気（き）にする	在意
遠慮（えんりょ）する	有所顧忌、辭退、辭謝
ためらう、躊躇（ちゅうちょ）する	猶豫、躊躇、踟躕
気（き）を使（つか）う、気遣（きづか）う	操心、用心注意
気（き）をつける、注意（ちゅうい）する	當心、小心
気付（きづ）く	發覺、察覺
残念（ざんねん）に思（おも）う	遺憾　＊更鄭重的表現為“遺憾に思う”（いかんにおもう）。

後悔(こうかい)する、悔(く)やむ	後悔
緊張(きんちょう)する	緊張
あがる	失常、亂了步調
焦(あせ)る	著急
急(いそ)ぐ	趕時間、趕著去
意識(いしき)する	意識到
夢中(むちゅう)になる、熱中(ねっちゅう)する、ハマる	入迷、沉迷、熱中、聃溺
興奮(こうふん)する	興奮
感動(かんどう)する	感動
感激(かんげき)する	感激
驚(おどろ)く、びっくりする	吃驚、嚇一跳
落(お)ち着(つ)く	沉著、鎮靜
憧(あこが)れる	憧憬
希望(きぼう)する	希望
誓(ちか)う	發誓
祝(いわ)う	祝賀
尊敬(そんけい)する	尊敬
感謝(かんしゃ)する	感謝
自慢(じまん)する	自豪

からかう	作弄、嘲笑、嘲弄	
おだてる	吹捧、拍馬屁	
ごまをする、機嫌(きげん)をとる	討人歡心進而取寵	
飽(あ)きる	膩、厭倦	
疲(つか)れる	累、疲倦	
——疲(つか)れ	疲勞	＊稍鄭重的表現為“**疲う**”（ひろう）。
夏(なつ)バテする	酷夏造成疲累	＊“**バテ**”的語源是英語的“ばてる”，是特別累的意思。
困(こま)る	為難、困擾	
悩(なや)む	煩惱	
苦労(くろう)する	吃苦	
我慢(がまん)する、辛抱(しんぼう)する、耐(た)える	忍耐	＊“**忍耐**”（にんたい）在日語中是名詞。
——我慢(がまん)できない、耐(た)えられない	受不了、難以忍受	
やせ我慢(がまん)する	硬撐	
挫折(ざせつ)する	受挫折	
落(お)ち込(こ)む	意志消沉	＊更鄭重的表現為“**意気消沈する**”（いきしょうちんする）。
がっかりする	灰心	
失望(しつぼう)する	失望	
絶望(ぜつぼう)する	絕望	

気(き)が狂(くる)う、発狂(はっきょう)する	發瘋、抓狂	
あきらめる	死心	
同情(どうじょう)する	同情	
慰(なぐさ)める	安慰	
励(はげ)ます	鼓勵	
助(たす)ける	救、幫助、協助	
手伝(てつだ)う	幫忙	
疑(うたが)う	懷疑	
けんかをする（喧嘩をする）	吵架、打架	
怒(おこ)る、腹(はら)を立(た)てる	生氣	＊另外莫名其妙地而突然發怒的情況，則稱為“**キレる**”。
迷惑(めいわく)をかける	添麻煩	
邪魔(じゃま)をする	妨礙	＊稍鄭重的表現為“**妨害する**”（**ぼうがいする**）。
侮辱(ぶじょく)する	侮辱	
ばかにする、軽蔑(けいべつ)する	輕蔑、當作傻瓜	
メンツを失(うしな)う、恥(はじ)をかく	丟臉、沒面子	
メンツを重(おも)んじる	愛面子	
——メンツ（面子）、世間体(せけんてい)	面子	
うそをつく	撒謊	
——うそ（嘘）	謊言	

ごまかす	朦混、打馬虎眼	
裏切(うらぎ)る	背叛	
虐待(ぎゃくたい)する	虐待	
ねたむ、嫉妬(しっと)する	嫉妒	
恨(うら)む	怨恨	
嫌(いや)がる	討厭	
嫌(きら)う	厭惡	
憎(にく)む	憎惡	＊更鄭重的表現為“**憎悪する**”（ぞうおする）。
ドタキャンする、約束(やくそく)をすっぽかす	放鴿子	
イメチェンする	改變印象	＊“**イメチェン**”是“**イメージチェンジ**”（image change）的簡稱。
かまととぶる	惺惺作態	

3. 性格・能力等

★性格（せいかく）・能力（のうりょく）など	★性格、能力等
性格（せいかく）	性格
——性格（せいかく）がいい［悪（わる）い］	性格好〔不好〕
性質（せいしつ）	性情
人柄（ひとがら）	人品
人格（じんかく）	人格
——二重人格（にじゅうじんかく）	雙重人格
——多重人格（たじゅうじんかく）	多重人格
気質（きしつ）、気性（きしょう）	氣質、性情
才能（さいのう）	才能
能力（のうりょく）	能力
——コミュニケーション能力（のうりょく）（communication）	溝通能力
——超能力（ちょうのうりょく）	超能力、特異功能
個性（こせい）	個性
アイデンティティー（identity）	自我認同

癖（くせ）	壞習慣
——口癖（くちぐせ）	口頭禪
長所（ちょうしょ）	長處、優點
——短所（たんしょ）	短處、缺點
感性（かんせい）	感性
感受性（かんじゅせい）	感受性
アウトドア派（は）（outdoor）	戶外型的人　編註 指休閒娛樂喜歡戶外活動的人。
インドア派（は）（indoor）	室內型的人　編註 指休閒娛樂喜歡在家閒適的人。
親切（しんせつ）な	親切
——不親切（ふしんせつ）な	不親切
優（やさ）しい	和藹、善良
明（あか）るい、陽気（ようき）な、朗（ほが）らかな	開朗
——暗（くら）い、陰気（いんき）な	沉悶
面白（おもしろ）い	好玩、可笑、有趣
気（き）さくな	直爽
素直（すなお）な	率直、老實
正直（しょうじき）な	正直
まじめな（真面目な）、誠実（せいじつ）な	認真、誠實

——ふまじめな（不真面目な）	不認真、不正經
——うそつきな	撒謊的、滿口謊言
かんだい 寛大な	寬大、寬容
ロマンチックな（romantic）	浪漫
かんしょうてき 感傷的な、センチメンタルな（sentimental）	感傷、感性
そうぞうりょく ゆた 想像力が豊かな	想像力豐富的
そうぞうりょく か ——想像力が欠けている、 そうぞうりょく ひんこん 想像力が貧困な	缺乏想像力的
す きら 好き嫌いがない	沒有什麼喜歡不喜歡

じょうねつてき 情熱的な	熱情
ねっけつかん ——熱血漢	熱血男兒
かっぱつ かつどうてき 活発な、活動的な	活潑
ねっしん 熱心な	熱心
い よくてき 意欲的な	積極主動
せっきょくてき まえ む 積極的な、前向きな	積極
しょうきょくてき うし む ——消極的な、後ろ向きな	消極
がいこうてき 外向的な	外向的
ないこうてき ——内向的な	內向的
おやこうこう 親孝行な	孝順父母的

——親不孝（おやふこう）な	不孝的
純粋（じゅんすい）な	單純、老實
純真（じゅんしん）な	純真
無邪気（むじゃき）な	天真無邪
——天真爛漫（てんしんらんまん）な	天真爛漫
大胆（だいたん）な	大膽
——小心（しょうしん）な	膽小、謹慎
勇敢（ゆうかん）な、勇（いさ）ましい	勇敢
——臆病（おくびょう）な	膽怯、膽小
男（おとこ）らしい	有男子氣概的
エネルギッシュな（energisch）	精力旺盛的　＊其語源來自於德語。
負（ま）けず嫌（ぎら）いな	逞強、不服輸
楽観的（らっかんてき）な	樂觀
——悲観的（ひかんてき）な	悲觀
勤勉（きんべん）な	勤奮
——怠（なま）け者（もの）	懶人、懶蟲、懶惰鬼
おとなしい、温和（おんわ）な	溫和
きちょうめんな	一板一眼
まめな	（反覆勤快做某件事）勤於

しんちょう 慎重な	慎重
うたが　ぶか　うたぐ　ぶか 疑い深い、疑り深い	多疑
たよ 頼りになる	可靠
けんきょ 謙虚な	謙虛
こし　ひく 腰が低い	身段（姿態）低、謙遜；低調
けんしんてき 献身的な	犧牲奉獻的
ちゅうじつ 忠実な	忠實

たんじゅん 単純な	單純
じゅんぼく　そぼく 純朴な、素朴な	純樸
ひとよ ——お人好し	好好先生
ゆうじゅうふだん 優柔不断な	優柔寡斷
むてっぽう　む　み 無鉄砲な、向こう見ずな	魯莽、莽撞
こわ　し 怖いもの知らず	天不怕地不怕的、魯莽
たんき 短気な、せっかちな	性急
——のんきな	不慌不忙
けいそつ そそっかしい、軽率な	冒失
どじな	成事不足的
うちき シャイな (shy)、内気な、 き　ちい　は 気が小さい、恥ずかしがり や 屋	怕羞的、內向的

おしゃべりな	愛講話、長舌	
——無口(むくち)な	不太愛講話、木訥	
口(くち)やかましい、小言(こごと)が多(おお)い	愛挑剔、愛嘮叨、碎碎唸	
口(くち)が軽(かる)い	口風不牢	
口(くち)がうまい	嘴巴很甜	
——口八丁手八丁(くちはっちょうてはっちょう)	能說會做、說得到做得到	
口(くち)が堅(かた)い	口風很緊	
口下手(くちべた)な	不善言談、不太會講話	
うわさ好(ず)きな	愛說閒話、愛講八卦	
いたずら好(ず)きな、やんちゃな	調皮	
ミーハーな	盲目追趕流行	*這個單字有貶義，使用時請注意。
優秀(ゆうしゅう)な	優秀	
賢(かしこ)い、頭(あたま)がいい	聰明	*更鄭重的表現為**"聡明な"**（**そうめいな**）。
器用(きよう)な	靈巧	
——不器用(ぶきよう)な	笨拙	
手先(てさき)が器用(きよう)な	手很巧	
——手先(てさき)が不器用(ぶきよう)な	笨手笨腳	
有能(ゆうのう)な	能幹	
——無能(むのう)な	無能	

気(き)が利(き)く、頭(あたま)の回転(かいてん)が速(はや)い、機転(きてん)が利(き)く	機靈	
——気(き)が利(き)かない、機転(きてん)が利(き)かない	不機靈	
上手(じょうず)な	拿手的	
——下手(へた)な	拙劣的	
得意(とくい)な	擅長的	
——苦手(にがて)な	不擅長的	
鋭(するど)い	敏鋭、犀利	
敏感(びんかん)な	敏感	
——鈍(にぶ)い、鈍感(どんかん)な	遲鈍	
頭(あたま)が悪(わる)い、ばか（馬鹿）	笨、傻	＊在關西也說成“あほ”。
金持(かねも)ちの、リッチな（rich）	有錢的、富有的	
大金持(おおがねも)ちの	富甲一方的	
——億万長者(おくまんちょうじゃ)	億萬富翁	
貧(まず)しい、貧乏(びんぼう)な	貧窮	
ケチな	小氣	
欲張(よくば)りな	貪得無厭	＊更鄭重的表現為“貪欲な”（どんよくな）。
マニアックな（maniac）	（對某事、物）狂熱	
——マニア（mania）	～迷	

──おたく	御宅族
厳(きび)しい、厳格(げんかく)な	嚴厲
がんこな（頑固な）	頑固
保守的(ほしゅてき)な	保守的
──革新的(かくしんてき)な	創新的
神経質(しんけいしつ)な	神經質的
繊細(せんさい)な	細膩
方向音痴(ほうこうおんち)の	路痴
厚(あつ)かましい、ずうずうしい、面(つら)の皮(かわ)が厚(あつ)い	厚臉皮、厚顏無恥
自分勝手(じぶんかって)な、利己的(りこてき)な	自私
自己中心的(じこちゅうしんてき)な	自我中心的　＊口語中也簡稱說為“じこちゅう”（自己中）。
わがままな	任性
──世間知(せけんし)らず	不了解人情世故
気(き)まぐれな	心情浮躁、反覆無常
大(おお)げさな	誇張的
退屈(たいくつ)な、つまらない	無聊
ごうまんな（傲慢な）	傲慢
生意気(なまいき)な	（不知天高地厚的）囂張　＊“生意気な”一般是對年少者使用。

嫉妬深い（しっとぶかい）	極度嫉恨、愛吃醋	
偽善的な（ぎぜんてきな）	偽善	
しつこい	煩人、執拗	
冷淡な（れいたんな）、冷たい（つめたい）	冷淡	
ずるい	狡猾	＊更鄭重的表現為“狡猾な”（こうかつな）。
意地悪な（いじわるな）	壞心眼	
ひきょうな（卑怯な）	卑怯	

(“～っぽい”の表現（ひょうげん）)	（“～っぽい”的表現）	
子（こ）どもっぽい	孩子氣	＊“～っぽい”前接名詞或形容詞等，是指有前述詞意的感覺，且表示的程度很深。
怒（おこ）りっぽい	愛發脾氣	
忘（わす）れっぽい	健忘	
飽（あ）きっぽい、移（うつ）り気（ぎ）な	沒定性的	

(“～がいい”の表現（ひょうげん）)	（“～がいい”的表現）
行儀（ぎょうぎ）がいい［悪（わる）い］、礼儀正（れいぎただ）しい［礼儀知（れいぎし）らず］	有〔沒有〕禮貌
丁寧（ていねい）な［失礼（しつれい）な］	有禮〔失禮〕
運（うん）がいい［悪（わる）い］	運氣好〔不好〕
センスがいい［悪（わる）い］	品味好〔不好〕、很有〔很沒〕sense

勘(かん)がいい [悪(わる)い]	第六感很好〔差〕、直覺很準〔差〕	
——ヤマ勘(かん)、あてずっぽう	瞎猜	
記憶力(きおくりょく)がいい [悪(わる)い]	記憶力好〔不好〕、記憶力很強〔差〕	
付(つ)き合(あ)いがいい [悪(わる)い]	喜歡〔不喜歡〕交際	
聞(き)き分(わ)けがいい [悪(わる)い]	聽話〔不聽話〕	＊通常用於大人說小孩的場合。
感(かん)じがいい	感覺很好	
——感(かん)じが悪(わる)い、印象(いんしょう)が悪(わる)い	感覺不好、印象不佳	

(“～が強(つよ)い”の表現(ひょうげん))	(“～が強い”的表現)	
気(き)が強(つよ)い [弱(よわ)い]、強気(つよき)な [弱気(よわき)な]	剛強〔懦弱〕	
好奇心(こうきしん)が強(つよ)い	好奇心強	
自尊心(じそんしん)が強(つよ)い	自尊心強	
我慢強(がまんづよ)い、辛抱強(しんぼうづよ)い	忍耐力強、韌性強	＊也可以說成“**根性がある**”(**こんじょうがある**)。
責任感(せきにんかん)が強(つよ)い	責任心強、責任感強	
コンプレックスが強(つよ)い、劣等感(れっとうかん)が強(つよ)い	自卑感強、很自卑	＊“**コンプレックス**”的語源是英語的“complex”。
——ファザコン	戀父情結	＊為和製英語的“**ファザーコンプレックス**”(father complex)的簡稱。
——マザコン	戀母情結	＊為和製英語的“**マザーコンプレックス**”(mother complex)的簡稱。

——ロリコン	蘿莉控	＊為和製英語的“**ロリータコンプレックス**”（Lolita complex）的簡稱。有時也稱為“**萌え**”（もえ）。

(“～がある”の表現(ひょうげん))	（“～がある”的表現）	
やる気(き)がある［ない］	有〔沒有〕幹勁	
元気(げんき)がある［ない］	有〔沒有〕活力	
ユーモアがある［ない］	有〔沒有〕幽默感	
常識(じょうしき)がある［ない］	有〔沒有〕常識	＊“**常識がない**”也可以說成“**非常識な**”（ひじょうしきな）。
才能(さいのう)がある［ない］	有〔沒有〕才能	
想像力(そうぞうりょく)がある［ない］	有〔沒有〕想像力	
理性(りせい)がある［ない］	有〔沒有〕理性	
責任感(せきにんかん)がある［ない］	有〔沒有〕責任心	＊“**責任感がない**”也可以說成“**無責任な**”（むせきにんな）。
経験(けいけん)がある［ない］	有〔沒有〕經驗	
体力(たいりょく)がある［ない］	有〔沒有〕體力	
度胸(どきょう)がある［ない］	有〔沒有〕膽識	
リズム感(かん)がある［ない］	有〔沒有〕節奏感	
土地勘(とちかん)がある［ない］	對當地很通曉〔沒概念〕	
ストレスがある［ない］	有［沒有］壓力	
コンプレックスがある［ない］、コンプレックスを持(も)っている［持(も)っていない］	有〔沒有〕自卑感	

カリスマ性(せい)がある［ない］	有〔沒有〕超凡的魅力	＊“カリスマ”源於德語的“Charisma”。

10 知己知彼

4. 外貌・表情・動作等

★外見（がいけん）、体格（たいかく）など	★外貌、體格等	
体格（たいかく）、体（からだ）つき	體格、身材	
——体格（たいかく）がいい	體格好	
外見（がいけん）、見（み）た目（め）	外貌	
顔立（かおだ）ち	相貌	＊更鄭重的表現為“容貌”（ようぼう）。
しぐさ、身振（みぶ）り手振（てぶ）り、動作（どうさ）	動作	
態度（たいど）、振（ふ）る舞（ま）い	態度	
行（おこな）い	行為	
チャームポイント (charm point)	魅力點、迷人之處	＊和製英語。
体重（たいじゅう）	體重	
身長（しんちょう）、背丈（せたけ）、背（せ）	身高	
——背（せ）が高（たか）い	高個子	
——背（せ）が低（ひく）い	矮個子	
身長（しんちょう）はいくつですか?	你的身高是多少？	
——177 です。	177（公分）。	＊“177”唸成“ひゃくななじゅうなな”。一般會話時，公分（センチ（cm））會被省略。

体重(たいじゅう)はどれだけですか?	你的體重是多少?	
——70 キロです。	70(公斤)。	*一般來説,**“キログラム”**(kg)會被簡稱為**“キロ”**。
太(ふと)った、太(ふと)る	胖	
——でぶ	胖子	*這個單字有貶義,使用時請特別小心。
スリムな (slim)	苗條	
やせた、やせる	瘦	
ダイエットする (diet)	減肥、瘦身	*提到運動選手在減肥時稱為**“減量”**(げんりょう)。
——ダイエットを始(はじ)める	開始減肥	
——シェイプアップ (shape up)	塑身	
中肉中背(ちゅうにくちゅうぜい)	不高不矮不胖不瘦、中等身材	
いかり肩(がた)	鎖骨線向外側隆起,兩側看起來較平行且直角狀的肩型	
なで肩(がた)	鎖骨線向外側低垂,兩側看起來斜度較高的肩型	
がに股(また)	O 型腿	編註 **「がに股」**是指大腿骨向外側彎曲,膝蓋頭看起來向外側偏移的O型腿。
内股(うちまた)	內八(字腳)	
O脚(きゃく)	O 型腿	*唸成**“おーきゃく”**。 編註 **「O 脚」**是指大腿骨向內側彎曲,膝蓋頭看起來向內側偏移的O型腿。
——X脚(きゃく)	X 型腿	*唸成**“えっくすきゃく”**。
左利(ひだりき)き、サウスポー (southpaw)	左撇子	

——右利き（みぎき）	右撇子	
スタイルがいい	身材好	
グラマーな (glamour)、豊満な（ほうまん）	豐腴	
胸（むね）が大（おお）きい	大胸部	
色白（いろじろ）の	皮膚白的	
ひげを生（は）やしている	留著鬍子的、有蓄鬍的	
毛深（けぶか）い	體毛濃密	
髪（かみ）の薄（うす）い	頭髮稀疏	
裸（はだか）の	赤裸的	
はだし、素足（すあし）	赤腳	
若々（わかわか）しい、若（わか）く見（み）える	看起來很年輕	
健康（けんこう）な	健康	
丈夫（じょうぶ）な	結實	
体（からだ）が丈夫（じょうぶ）な	身體強壯的	
力（ちから）が強（つよ）い	力氣大	
たくましい	健壯	
体（からだ）が弱（よわ）い	體弱	
ハーフ (half)、クオーター (quarter)	混血兒	＊和製英語。“**ハーフ**”是指父母中的一方是外國人、“**クオーター**”則是指祖父母中的一方是外國人。

★口（くち）	★嘴	
口（くち）を開（あ）ける［閉（と）じる］	張開〔閉上〕嘴	
舌（した）を出（だ）す	伸出舌頭	
唇（くちびる）をなめる	舔嘴唇	
舌打（したう）ちをする	咋舌	
つばを吐（は）く	吐唾沫	
——つば、唾液（だえき）	口水	
たんを吐（は）く	吐痰	
——たん（痰）	痰	
口笛（くちぶえ）を吹（ふ）く	吹口哨	
あくびをする	打哈欠	
——あくび	哈欠	
ため息（いき）をつく	嘆氣	
息（いき）をする、呼吸（こきゅう）をする	呼吸	
——深呼吸（しんこきゅう）をする	做深呼吸	
——息（いき）を吐（は）く［吸（す）う］	吐〔吸〕氣	
げっぷをする、げっぷが出（で）る	打嗝	編註 指因為吃得太飽等，將口中的氣體向外排出的現象。亦可稱為「噯氣」。
しゃっくりをする、しゃっくりが出（で）る	打嗝	編註 指因為橫膈膜收縮所造成人體快速吸氣，進一步聲門瞬間受到影響所造成發出「嗝」聲的現象。

食(た)べる／飲(の)む	吃／喝	
飲(の)み込(こ)む	吞下	
食(た)べられない	吃不下、吃不起、吃不了、吃不上、吃不著、不能吃	
かむ	咀嚼、咬	
言(い)う、話(はな)す、しゃべる	說	＊ **“話す”** 也有聊天的意思。另外 **“しゃべる”** 是 **“話す”** 的口語表現。
──はっきり話(はな)す	說清楚	
──伝(つた)える	傳達	
言(い)い間違(まちが)える	說錯	
おしゃべりをする、世間話(せけんばなし)をする、雑談(ざつだん)をする	聊天	
昔話(むかしばなし)をする	講故事	
ささやく	嘀嘀咕咕、小聲交談	
呼(よ)ぶ	呼叫、稱為	
叫(さけ)ぶ	叫、叫喊	
ほらを吹(ふ)く	吹牛	
──ほら吹(ふ)き	吹牛大王	＊ **“ほら”**（**法螺**）是指 **“法螺貝”**（**ほらがい**），打孔後拿來吹會發出很大的聲響。
大(おお)げさに言(い)う	誇大其辭	
冗談(じょうだん)を言(い)う	開玩笑	

話(はなし)をする	說話、談話
笑(わら)い話(ばなし)をする	講笑話
——笑(わら)い話(ばなし)	笑話
お礼(れい)を言(い)う	道謝
お世辞(せじ)を言(い)う	奉承、拍馬屁
——お世辞(せじ)	奉承話
本当(ほんとう)のことを言(い)う	說真話、說實話
口実(こうじつ)を探(さが)す、言(い)い訳(わけ)を考(かんが)える	找藉口
——口実(こうじつ)、言(い)い訳(わけ)	藉口
言(い)い訳(わけ)をする、弁解(べんかい)する	辯解
文句(もんく)を言(い)う、不平(ふへい)を言(い)う	抱怨
独(ひと)り言(ごと)を言(い)う	自言自語
悪口(わるぐち)を言(い)う	說壞話
陰口(かげぐち)を言(い)う	背地裡罵人、在背後說人壞話
うわさをする	說閒話、講八卦
——うわさ（噂）	傳言、八卦
——デマ	流言蜚語 ＊“デマ”是德語的“デマゴギー”（Demagogie）的簡稱。更鄭重的表現為“**流言飛語**”（りゅうげんひご）。
黙(だま)る	閉嘴、沉默

★目（め）	★眼睛
目（め）を開（あ）ける［閉（と）じる］	睜開〔閉上〕眼
ウインクする（wink）	拋媚眼
泣（な）く	哭泣
すすり泣（な）く	啜泣
大声（おおごえ）で泣（な）く、大泣（おおな）きする	嚎啕大哭
涙（なみだ）を流（なが）す	流眼淚
涙（なみだ）をふく	擦眼淚
──涙（なみだ）	眼淚
見（み）る	看
見（み）える	看得到、看得見
見（み）えない	看不到、看不見
見（み）つめる	凝視　＊更鄭重的表現為"**凝視する**"（ぎょうしする）。
眺（なが）める	眺望
盗（ぬす）み見（み）る、のぞく	偷看
目（め）をそらす、視線（しせん）をそらす	移開視線
無視（むし）する	無視
見間違（みまちが）える	看錯
見（み）てわかる	看得懂
見（み）てわからない	看不懂

見(み)せる	出示、給～看
目(め)の不自由(ふじゆう)な人(ひと)、目(め)の見(み)えない人(ひと)	盲人

★鼻(はな)	★鼻子	
におう、においがする	聞見	
（においを）かぐ	聞、嗅	
鼻(はな)をつまむ	捏鼻子	
鼻(はな)をかむ	擤鼻涕	
鼻歌(はなうた)を歌(うた)う、ハミングする（humming）	哼唱	
おならをする	放屁	＊口語中，男性會說**“屁をこく”（へをこく）**。另外文章體也寫作**“放屁”**（ほうひ）。

★耳(みみ)	★耳朵
音(おと)がする	發出聲音
聞(き)く	聽
聞(き)こえる	聽得見、聽得到
聞(き)こえない	聽不見、聽不到
はっきり聞(き)こえない	聽不清楚
うわさを聞(き)く	聽傳言、聽八卦

聞(き)き間違(まちが)える	聽錯
盗(ぬす)み聞(ぎ)きをする	偷聽
（聞(き)いて）わかる	聽得懂
（聞(き)いて）わからない	聽不懂
耳(みみ)が悪(わる)い、耳(みみ)が遠(とお)い	聽力不好
聞(き)き心地(ごこち)がいい	好聽
聞(き)き苦(ぐる)しい	難聽
音痴(おんち)	音痴

声(こえ)、音(おと)	聲音
——大声(おおごえ)［小声(こごえ)］	大聲〔小聲〕
——美(うつく)しい声(こえ)	好聽的聲音
——甘(あま)い声(こえ)	甜美的聲音
——騒音(そうおん)	噪音
——雑音(ざつおん)	吵雜聲

★手(て)	★手
拍手(はくしゅ)をする、手(て)をたたく	拍手
手拍子(てびょうし)をする、手拍子(てびょうし)を取(と)る、手拍子(てびょうし)を打(う)つ	用手打拍子

握手(あくしゅ)をする	握手
手(て)に持(も)つ、持(も)つ	手持、拿
手(て)を上(あ)げる	舉手　＊也寫成“手を挙げる”。另外更鄭重的表現為“挙手する”（きょしゅする）。
——手(て)を下(お)ろす	放下手
手(て)を振(ふ)る	揮手
両手(りょうて)を合(あ)わせる、合掌(がっしょう)する	合掌
指(ゆび)をさす、指(ゆび)さす	用手指指
親指(おやゆび)を立(た)てる	豎起大拇指
指(ゆび)を鳴(な)らす、指(ゆび)パッチンをする	彈手指
ハイタッチ (high touch)	擊掌、Give me five
くすぐる	搔癢
つかむ、つかみ取(と)る	抓、抓住
つまむ	捏
握(にぎ)る	握
突(つ)く	戳、撞擊、突刺
触(さわ)る、触(ふ)れる	觸摸、觸碰
触(さわ)って壊(こわ)す	弄壞、（易碎物）打破
触(さわ)って汚(よご)す	弄髒

投（な）げる	投擲、扔
受（う）ける	接到、受到
返（かえ）す	交還
渡（わた）す	交、交付
結（むす）ぶ	打結、綁在一起
縛（しば）る	束縛、綁起
ほどく	解開
たたく	拍、打、敲
殴（なぐ）る	毆打　＊更鄭重的表現為“**殴打する**”（おうだする）。
平手打（ひらてう）ちをする、ビンタをする	甩耳光、甩巴掌
捨（す）てる	丟棄
拾（ひろ）う	拾、撿、招（計程車）
置（お）く	放、放置
掛（か）ける	掛、掛上
あげる、くれる	給
ある、いる	在、有
手話（しゅわ）	手語
点字（てんじ）	點字

★その他(た)	★其他
お辞儀(じぎ)をする	鞠躬、行禮 編註 日本的「**お辞儀をする**」大致分為三種：①「**会釈（えしゃく）**」指 15℃，敬意最低，一般是碰到打招呼的行禮；②「**敬礼（けいれい）**」，敬意中等，一般是在商場上碰到客人時行的禮；③「**最敬礼（さいけいれい）**」，敬意最高，一般是對極為重要的人物，或是在婚喪喜慶等場合中使用。
頭(あたま)を横(よこ)に振(ふ)る	搖頭
うなずく	點頭
振(ふ)り向(む)く、振(ふ)り返(かえ)る	回頭
頬杖(ほおづえ)をつく	托腮
腕(うで)を組(く)む	雙手抱胸
——脚(あし)を組(く)む	蹺二郎腿
貧乏(びんぼう)ゆすりをする	抖腳
立(た)つ	站
立(た)ち上(あ)がる、起(お)き上(あ)がる	起立
座(すわ)る	坐
正座(せいざ)をする	跪坐
横座(よこずわ)りをする	（雙腿向某一邊歪斜的）側身跪坐
あぐらを組(く)む、あぐらをかく	盤腿
しゃがむ	蹲
ひざまずく	跪
またぐ	跨

かた 肩をすくめる	聳肩
かたぐるま 肩車をする	坐肩
せ お 背負う	背
だ 抱く	抱
だ ——抱きしめる	抱緊
さか だ　　　　とうりつ 逆立ちをする、倒立をする	倒立
わら 笑う	笑
え がお ——笑顔	笑臉
おおわら 大笑いする	大笑
え ほほ笑む（微笑む）	微笑
せきめん　　あか 赤面する、赤くなる	臉紅
ばち　あ 罰が当たる	遭到報應
あせ　　　あせ　で 汗をかく、汗が出る	出汗、流汗
とりはだ　た 鳥肌が立つ	起雞皮疙瘩
と 跳ぶ、ジャンプする（jump）	跳
ある 歩く	走
はし 走る	跑
すべ 滑る	滑
ころ 転ぶ	摔倒

踏む（ふ）	踏、踩	
蹴る（け）	踢	
蹴飛ばす（けと）	踢飛、踢開	

スキンシップ（skinship）	肌膚接觸	＊和製英語。指母子或朋友等相互擁抱、握手等的一種深情的表現。
ガッツポーズ（guts pose）	握拳振臂	＊和製英語。通常在得到勝利時，興奮作出的動作。
ピースサイン（peace sign）、Vサイン（ブイ）（V sign）	（比出）V字手勢、勝利手勢	

五感（ごかん）	五感	
視覚（しかく）	視覺	
聴覚（ちょうかく）	聽覺	
嗅覚（きゅうかく）	嗅覺	
味覚（みかく）	味覺	
触覚（しょっかく）	觸覺	

（ことわざなど）	（諺語等）	
武士は食わねど高楊枝（ぶし く たかようじ）	武士極餓卻裝飽	＊可引申指雖然遭遇困難，但也假裝沒事的一種表現。
郷に入っては郷に従え（ごう い ごう したが）	入境隨俗	
渡る世間に鬼はない（わた せけん おに）	人間處處有溫情	＊電視劇〔冷暖人間〕的原名是**『渡る世間は鬼ばかり』**（**わたるせけんはおにばかり**）。
サルも木から落ちる（き お）	智者千慮，必有一失	＊指再高明的人也有失敗。也可說成**"弘法にも筆の誤り"**（**こうぼうにもふでのあやまり**）。

こういってん 紅一点	萬綠叢中一點紅
ほうがん 判官びいき	同情弱者　＊也唸成“はんがんびいき”。
けんか りょうせいばい 喧嘩両成敗	兩敗俱傷
てき しお おく 敵に塩を送る	對敵人伸出援手　＊指向競爭對手伸出援手。
えび たい つ 海老で鯛を釣る	拋磚引玉
うわさ かげ 噂をすれば影	說曹操，曹操就到
ななころ や お 七転び八起き	不屈不撓、人世浮沉
へび やぶ蛇（藪蛇）	自找麻煩、打草驚蛇
なか やぶの中（藪の中）	真相不明
あ あし と 揚げ足を取る	抓住別人的失誤後，持續找麻煩
に まい 二の舞になる	重蹈覆轍　＊也說成“二の舞を演ずる”（にのまいをえんずる）。
よ さばを読む	（數量上）打馬虎眼、隨便帶過　＊也說成“数をごまかす”（かずをごまかす）。
しゅっせ 出世する	出人頭地
た おうじょう 立ち往生する	（交通工具）中途拋錨；進退兩難
あご つか 顎で使う	頤指氣使
くび なが ま 首を長くして待つ	引頸期盼
き お 気が置けない	沒有隔閡、推心置腹
はや もの が 早い者勝ち	先到先贏
めちゃくちゃ、むちゃくちゃ （無茶苦茶）	亂七八糟

5. 戀愛

★恋人（こいびと）たち	★戀人們	
恋人（こいびと）	戀人	
恋人（こいびと）、彼女（かのじょ）、ガールフレンド（girl friend）	女朋友	＊“**彼女**”也有單純“她”的意思。
恋人（こいびと）、彼氏（かれし）、ボーイフレンド（boy friend）	男朋友	
——元（もと）カノ［元（もと）カレ］	前女友〔前男友〕	＊即使是剛分手的也稱“**前カノ［前カレ］**”（**まえかの［まえかれ］**）。
女（おんな）の友達（ともだち）、女友達（おんなともだち）	女性的朋友	
男（おとこ）の友達（ともだち）、男友達（おとこともだち）	男性的朋友	
異性（いせい）の友達（ともだち）	異性的朋友	
——異性（いせい）／同性（どうせい）	異性／同性	
思春期（ししゅんき）	青春期	
カップル（couple）	情侶	＊也稱“**ペア**”（pair）或“**ツーショット**”（two shot）。中老年人的情況也稱為“**アベック**”（avec），其語源來自於法語。
バレンタインデー（Valentine Day）	情人節	
——バレンタインチョコ	情人節巧克力	
——本命（ほんめい）チョコ	本命巧克力	＊送給真心喜愛的男性的巧克力。
——義理（ぎり）チョコ	義理巧克力	＊單純送給週遭認識的男性巧克力。

ホワイトデー（White Day）	白色情人節	＊和製英語。是指 3 月 14 日這天，那些在 2 月 14 日收到巧克力的男性向送禮的女性回贈禮物的節日。
たんじょうび 誕生日	生日	
あいあいがさ 相合傘	同打一把傘	
ペアルック（pair look）	情侶裝	＊和製英語。
ラブラブ（love love）	熱戀中	＊和製英語。
ラブレター（love letter）	情書	
ラブソング（love song）	情歌	
な あだ名、ニックネーム（nickname）	外號	編註 日語中，「**あだ名**」一般是偏指他人取的綽號，而「**ニックネーム**」則是偏指當事人自己取的綽號。

あいじょうひょうげん ★愛情表現	★愛情表現	
す　この 好き、好む	喜歡	＊日本的戀人們之間一般不說“我愛你”（**愛している**），普遍是說“我喜歡你”（**好き**）。
あい　あい 愛する、愛	愛	
れんあい　こい 恋愛（をする）、恋をする	戀愛	
えんきょりれんあい　えんれん ——遠距離恋愛、遠恋	遠距離戀愛	＊也稱為“**えんこい**”。
であ 出会い	邂逅	
はつこい 初恋	初戀	
ひとめ 一目ぼれ（一目惚れ）	一見鍾情	
だいいちいんしょう ——第一印象	第一印象	

し あ 知り合う	結識、相互認識
す 好きになる	愛上、喜歡上
こい お 恋に落ちる	墜入愛河
かたおも 片思いをする	單戀、單相思
す ひと ——好きな人	心上人
き あ 気が合う	合得來
なか 仲がいい	感情好
にん き もてる、人気がある	吃香、人見人愛
ナンパする	泡妞、搭訕　＊“ナンパ”的語源是“軟派”（なんぱ）。
ゆうわく 誘惑する	誘惑
く ど 口説く	追求
さそ デートに誘う	邀請約會
あ やくそく 会う約束をする、デートをする、デート（date）	約會
こくはく す 告白する、好きだという	示愛、告白
こうさい つ あ 交際する、付き合う こいびと （恋人として）	交往
あ 会う	見面
て 手をつなぐ	牽手
キスをする（kiss）	親吻、接吻

投げキスをする（な）	飛吻	
——ディープキス (deep kiss)	深吻	
——キスマーク (kiss mark)	口紅印	＊和製英語。
抱き合う（だ・あ）	相互擁抱	
同棲する（どうせい）	同居	
かわいい（可愛い）	可愛	
きれいな	漂亮	＊“きれい”也有“乾淨”的意思。
美しい（うつく）	美麗	
魅力的な（みりょくてき）	誘人、很有魅力	
セクシーな (sexy)	性感	
色っぽい（いろ）	嫵媚、有魅力	
——美人（びじん）	美人	
——美少女（びしょうじょ）	美少女	
——大和撫子（やまとなでしこ）	大和撫子	＊是指日本的女性像長萼嬰麥那樣，外表美麗纖弱但內心強韌。
——お嬢さまタイプ（じょう）	大家閨秀型	
——家庭的な女性（かていてき・じょせい）	持家型女性	
——おてんば	野丫頭	
——立てば芍薬、座れば牡丹、歩く姿は百合の花（た・しゃくやく・すわ・ぼたん・ある・すがた・ゆり・はな）	立如芍藥，坐如牡丹，行如百合	＊形容美人的姿勢的成語。
——整形美人（せいけいびじん）	整型美人	

——ブス	醜女.	
——かわいくない	不可愛	
かっこいい	帥	
——二枚目（にまいめ）、イケメン、美男子（びだんし）	美男子	＊“二枚目”原本是歌舞伎的用語。另外“イケメン”是“いけてる面”（“面”指臉），或“いけてるmen”（“men”指男性）的簡稱。
——三枚目（さんまいめ）	滑稽的人	＊字源也是來自歌舞伎的用語。
クールな（cool）	酷	
ハンサムな（handsome）	英俊	
エッチな、すけべな	好色的	＊據説“エッチ”是取自於“変態”（へんたい、Hentai）的頭文字“H”。另外年輕人則把“セックスをする”也説成“H（エッチ）する”。
——S（エス）	虐待狂	＊其語源是英語“sadist”（サディスト）的頭文字。
——M（エム）	被虐狂	＊其語源是英語“masochist”（マゾヒスト）的頭文字。
女（おんな）たらし、プレーボーイ（playboy）	花花公子	
愛人（あいじん）	地下情人、情婦	
同性愛者（どうせいあいしゃ）、ゲイ（gay）、ホモ、おかま、ニューハーフ（new half）、レズ	同性戀	＊“レズ”是“レズビアン”（Lesbian）的簡稱，指女同性戀。“ホモ”則是“ホモセクシュアル”（homosexual）的簡稱，指男同性戀。“おかま”和“ニューハーフ”是男扮女，其中“ニューハーフ”是指扮相很漂亮的。

★自己紹介(じこしょうかい)、恋人(こいびと)との会話(かいわ)など	★自我介紹、與戀人的會話等
お名前(なまえ)は何(なん)ですか?	您叫什麼名字？
——私(わたし)は木村正広(きむらまさひろ)といいます。	我叫木村正廣。
どちらのご出身(しゅっしん)ですか?	您從哪兒來的？
私(わたし)は台湾(たいわん)から来(き)ました。	我從台灣來的。
仕事(しごと)は何(なに)をしていらっしゃいますか?	您是做什麼工作的？
君(きみ)は学生(がくせい)ですか?	你是學生嗎？　＊一般男性會用“**君**”稱呼同齡或比自己小的男性，但不適合對陌生人使用。對於比自己大的人或是女性交談時，則會使用“**あなた**”等。
歳(とし)はいくつ?	你多大了？
——二十歳(はたち)です。	二十歲。
誕生日(たんじょうび)はいつ?	你生日什麼時候？
どこに住(す)んでるの?	你住在哪？
いつ台湾(たいわん)に帰(かえ)るの?	你什麼時候回台灣？
君(きみ)は何(なに)が好(す)き?	你喜歡什麼？
この週末(しゅうまつ)は何(なに)をするの?	這週末你打算做什麼呢？
先週(せんしゅう)の日曜日(にちようび)には何(なに)をしたの?	上星期天你做什麼了呢？
また会(あ)いたいな。	我想再跟你見面。
明日(あした)は暇(ひま)?	明天有空嗎？　＊“**明日**”也唸成“**あす**”。

いつ暇(ひま)なの？	你什麼時候有空？
——午後(ごご)は空(あ)いています。	下午有空。
——時間(じかん)がありません。	沒有時間。
——いつも忙(いそが)しいです。	總是很忙。
いつ会(あ)いましょうか？	什麼時候見個面呢？
どこで会(あ)いましょうか？	在哪見面好呢？
何時(なんじ)に会(あ)いましょうか？	幾點見面？
——八時(はちじ)に会(あ)いましょう。	八點見吧！
携帯番号(けいたいばんごう)は何番(なんばん)？	你的手機號碼是幾號？
今夜(こんや)電話(でんわ)するよ。（男性(だんせい)）／今夜(こんや)電話(でんわ)するね。（女性(じょせい)）	今天晚上打電話給妳（你）喲！
家(いえ)まで送(おく)るよ。（男性(だんせい)）	我送妳回家喲！
私(わたし)を忘(わす)れないでね。（女性(じょせい)）	別忘了我。 ＊男性說“我”的時候會用“**僕**”（ぼく）或“**俺**”（おれ）。
恋人(こいびと)はいるの？	你有男朋友〔女朋友〕嗎？
——ええ、います。	有。
——いません。	沒有。
彼女(かのじょ)は僕(ぼく)のタイプじゃない。（男性(だんせい)）	她不是我的菜。
どんなタイプの男性(だんせい)／女性(じょせい)が好(す)き？	你喜歡哪種類型的男〔女〕生？

彼女(かのじょ)の印象(いんしょう)はどう?	對她的印象如何？
その女(おんな)の子(こ)を紹介(しょうかい)してよ。(男性(だんせい))	把她介紹給我。
君(きみ)が好(す)きです。(男性(だんせい))	我喜歡妳。
[僕(ぼく)、俺(おれ)]／私(わたし)のこと好(す)き?(男性(だんせい)／女性(じょせい))	你喜歡我嗎？
キスして。	親我。
僕(ぼく)と結婚(けっこん)してください。(男性(だんせい))	請和我結婚（請嫁給我）。
彼(かれ)とは気(き)が合(あ)わないわ。(女性(じょせい))	我跟他合不來。
ボーイフレンドができました。(女性(じょせい))	我交了個男朋友。
彼女(かのじょ)は少(すこ)し太(ふと)っています。	她稍微有點胖。
彼(かれ)は背(せ)が高(たか)いです。	他的個子高。
あの二人(ふたり)はいま付(つ)き合(あ)っています。	他們倆正在交往。
浮気(うわき)をする ——不倫(ふりん)	外遇 婚外情
やきもちを焼(や)く、嫉妬(しっと)する	吃醋

口(くち)げんかをする	吵架
仲直(なかなお)りをする	和好
失恋(しつれん)する	失戀
別(わか)れる	分手
振(ふ)る	甩
振(ふ)られる	被甩
避(さ)ける	回避、避開
駆(か)け落(お)ちをする	私奔
三角関係(さんかくかんけい)	三角戀情

★結婚(けっこん)する	★結婚	
結婚相手(けっこんあいて)を探(さが)す	找對象	
お見合(みあ)いをする	相親	＊“**お見合い**”是“**見合い**”的美化語。
プロポーズする (propose)	求婚	
婚約(こんやく)する	訂婚	
婚約指輪(こんやくゆびわ)、エンゲージリング (engage ring)	訂婚戒指	＊和製英語。
結納(ゆいのう)	男女雙方交換訂婚禮物	
——結納品(ゆいのうひん)	日式訂婚禮物	編註 日本的訂婚禮物通常是一些具有日本傳統吉祥意義的小飾品。與台灣送互衣物、金鍊等概念明顯不同。更不是指以聘禮、嫁妝形態的傢俱之類的。

——結納金（ゆいのうきん）	聘金	
婚約者（こんやくしゃ）、フィアンセ（fiancé、fiancée）	未婚夫（妻）	＊其語源來自於法語。
新郎（しんろう）、花婿（はなむこ）	新郎	
新婦（しんぷ）、花嫁（はなよめ）	新娘	
——新郎新婦（しんろうしんぷ）	新郎新娘	
仲人（なこうど）、媒酌人（ばいしゃくにん）	媒人	＊也稱為**"月下氷人"**（げっかひょうじん）。
結婚（けっこん）する、結婚（けっこん）	結婚	
——見合い結婚（みあいけっこん）	相親結婚	
——恋愛結婚（れんあいけっこん）	自由戀愛結婚	
ジミ婚（こん）	裸婚	
できちゃった婚（こん）	奉子成婚、先上車後補票	＊是**"子どもができちゃってからの結婚"**的意思。也稱為**"おめでた婚"**（おめでたこん）。

★結婚式（けっこんしき）	★婚禮	
結婚式（けっこんしき）	婚禮	
海外（かいがい）ウエディング	海外婚禮	＊**"ウエディング"**的語源是英語的"wedding"。
教会式（きょうかいしき）	教堂式	
神前式（しんぜんしき）	神前式	編註 指遵循日本傳統神道教的古禮而辦的婚禮。
——白無垢（しろむく）	白無垢	＊結婚時穿的傳統白色婚禮和服。
——角隠し（つのかくし）	角隱	＊結婚時戴的白色頭飾。

──三三九度（さんさんくど）	日式交杯酒	*把神酒注入大中小三個杯子裡，新郎新娘交替著各飲三次。
──三方（さんぽう）	三方	編註 指神道教在儀式中，放置獻給神明或地位崇高的人供品的日式底座。通常底座會在中間、左邊、右邊都有打開一個洞。
結婚披露宴（けっこんひろうえん）、披露宴（ひろうえん）	婚宴	
祝辞を述べる（しゅくじをのべる）	致賀詞	
結婚指輪（けっこんゆびわ）	結婚戒指	
ダイヤモンドリング (diamond ring)	鑽戒	
ウエディングドレス (wedding dress)	婚紗	
ブーケ (bouquet)	新娘花束	*其語源來自於法語。
ウエディングケーキ (wedding cake)	結婚蛋糕	
──ケーキカット (cake cut)、ケーキ入刀（にゅうとう）	切蛋糕	
嫁入り道具（よめいりどうぐ）	嫁妝	
引き出物（ひきでもの）	婚宴的回禮	編註 指出席日本的宴會時，由主人家發給各位賓客的一套禮物。有可能會是茶杯、碗、蛋糕之類的。
紅白まんじゅう（こうはくまんじゅう）	日式紅白豆沙包	編註 具有祈求日後夫妻生活幸福美滿之類意思的甜品。
招待状（しょうたいじょう）	請帖	
祝儀（しゅうぎ）	結婚禮金	

10 知己知彼

しゅうぎぶくろ 祝儀袋	日式紅包袋	*日式紅包袋上會用彩色軟鐵絲折出禮簽點綴。折成鮑魚形的禮簽稱為“熨斗”（のし）、花繩結狀的則稱為“水引”（みずひき）。 編註 日本的紅包多半是白色的，純白象徵純潔、潔淨之類的吉祥之意。使用上與白包作為葬禮時用的台灣大相逕庭，實際應用時請多注意。
にゅうせき　こんいんとどけ　だ 入籍する、婚姻届を出す	登記結婚	
しんこん 新婚	新婚	
しんこんりょこう 新婚旅行、ハネムーン（honeymoon）	新婚旅行、渡蜜月	*對日本的新人而言，夏威夷是渡蜜月的首選。
てきれいき 適齢期	適婚年齡	
いわ　ごと　いわ 祝い事、お祝い	喜事	
りょうえん 良縁	良緣	
えん ──縁	緣分	
はなよめしゅぎょう 花嫁修業	新娘培訓	*指為了婚姻生活而學習茶道、插花等。
たま 玉のこし（玉の輿）	釣到金龜婿	
ぎゃくたま ──逆玉	少奮鬥二十年	
マリッジブルー（marriage blue）	婚前憂鬱症	*和製英語。
どくしん 独身	單身	
どくしんきぞく 独身貴族	單身貴族	
パラサイトシングル（parasite single）	單身寄生蟲、啃老族	
きこんしゃ 既婚者	已婚	

★夫婦（ふうふ）	★夫婦	
夫婦（ふうふ）、夫妻（ふさい）	夫婦	＊“**夫妻**”是比“**夫婦**”更有禮貌的詞。
主婦（しゅふ）	家庭主婦	
——専業主婦（せんぎょうしゅふ）	全職主婦	
——主夫（しゅふ）	家庭主夫	
夫（おっと）	丈夫	＊謙稱自己的丈夫時會説“**夫**”（おっと）或“**主人**”（しゅじん）等；敬稱他人的丈夫時會説“**ご主人**”（ごしゅじん）或“**旦那さん**”（だんなさん）等。在日語中“**丈夫**”（じょうぶ）是健康、結實的意思。
妻（つま）	妻子	＊謙稱自己的太太時會説“**妻**”（つま）、“**家内**”（かない）或“**女房**”（にょうぼう）等；敬稱他人的太太時會説“**奥様**”（おくさま）或“**奥さん**”（おくさん）等。在日語中“**妻子**”（さいし）是妻子和孩子的意思。
——恐妻家（きょうさいか）	妻管嚴	
——亭主関白（ていしゅかんぱく）	在家中丈夫掌權	
配偶者（はいぐうしゃ）	配偶	

（日本語（にほんご）の敬称（けいしょう））	（日語的尊稱）	
～さん、～君（くん）、～氏（し）、～先生（せんせい）	先生（小姐）	＊“**～君**”是稱呼同齡或比自己年紀小的男性；“**～氏**”是文章體，對某位人士的稱呼；“**～先生**”是對老師、醫生、議員等社會地位較高的人士的尊稱；另外“**～ちゃん**”則是多是大人對小孩的稱呼。

10 知己知彼

★出産(しゅっさん)と赤(あか)ちゃん、その他(た) ★分娩和嬰兒及其他

避妊(ひにん)する	避孕	
ピルを飲(の)む	吃避孕藥	
——ピル(pill)、経口避妊薬(けいこうひにんやく)	避孕藥	
コンドーム(condom)	保險套	
中絶(ちゅうぜつ)する	墮胎	＊也叫“堕胎する”（だたいする）。
流産(りゅうざん)する	流產	
妊娠検査薬(にんしんけんさやく)	驗孕劑	
生理(せいり)がこない	月經沒來	
出産(しゅっさん)する、子(こ)どもを産(う)む、お産(さん)、出産(しゅっさん)	分娩	＊更鄭重的表現為“分娩”（ぶんべん）。
——安産(あんざん)［難産(なんざん)］	順利生產〔難產〕	
——生(う)まれる	出生	
妊娠(にんしん)する	懷孕、妊娠	
陣痛(じんつう)がする	發生陣痛	
——つわり	孕吐	
——帝王切開(ていおうせっかい)	剖腹產	＊據說羅馬帝王凱撒（シーザー）就是剖腹出生的，因此而得名。
——分娩室(ぶんべんしつ)	分娩室	
名前(なまえ)を付(つ)ける	取名字	

赤ちゃんの世話をする、 赤ちゃんの面倒を見る	照顧嬰兒
子どもを抱く	抱小孩
お乳を飲ませる	哺乳
育てる	養育　＊更鄭重的表現為“**養育する**”（よういくする）。
——成長する	成長
——育児、子育て	育兒
甘やかす	寵、溺愛
叱る	責罵、批評
ほめる	褒獎、誇讚
子どもをしつける	教養孩子
父親［母親］になる	當爸爸〔媽媽〕
保育器	保溫箱
おしゃぶり	奶嘴
粉ミルク	奶粉
哺乳瓶	奶瓶
ベビーフード（baby food）	嬰兒食品
——離乳食	離乳食
ベビーパウダー （baby powder）	嬰兒撲粉

ベビーベッド（baby bed）	嬰兒床	
——揺(ゆ)りかご	搖籃	
——子守歌(こもりうた)	搖籃曲	
ベビーカー（baby car）	嬰兒車	＊和製英語。
おむつ、おしめ	尿布	
——紙(かみ)おむつ	紙尿布	
でんでん太鼓(だいこ)	波浪鼓	
ベビーシッター（baby-sitter）	臨時褓姆	
——子守(こもり)をする	照顧嬰兒	
母子手帳(ぼしてちょう)	親子手冊	
保育園(ほいくえん)、保育所(ほいくじょ)、託児所(たくじしょ)	托兒所	
保育士(ほいくし)、保母(ほぼ)さん	保育員	＊“**保母さん**”指女性的保育員。
赤(あか)ちゃん	小 baby、小寶寶、嬰兒	
子(こ)ども	孩子、兒童	＊漢字也寫成“**子供**”。
双子(ふたご)	雙胞胎	
一人(ひとり)っ子(こ)	獨生子、獨生女	
——一姫二太郎(いちひめにたろう)	頭一胎生女孩、第二胎再生男孩	＊指在日本人的觀念裡，第一胎先生女孩，第二胎以後再生男孩會比較好。

（離婚(りこん)など）	（離婚等）
別居(べっきょ)する	分居

日本語	中文	備註
離婚（りこん）する	離婚	
再婚（さいこん）する	再婚	
前（まえ）の夫（おっと）［妻（つま）］	前夫〔妻〕	
男（おとこ）やもめ	鰥夫	＊更鄭重的表現為**“寡夫”**（かふ）。
未亡人（みぼうじん）	寡婦	＊更鄭重的表現為**“寡婦”**（かふ）。
バツイチ	離過一次婚的人	＊離過二次的稱為**“バツ2”**（ばつに）、三次的則稱為**“バツ3”**（ばつさん）等。

★日本（にほん）の家庭（かてい）	★日本的家庭	
家庭（かてい）	家庭	
家族（かぞく）	家族	＊對方的家族叫**“ご家族”**。
——核家族（かくかぞく）	小家庭	
——共働（ともばたら）き	雙薪家庭	
母子家庭（ぼしかてい）、父子家庭（ふしかてい）	單親家庭	
——シングルマザー（single mother）	單親媽媽	
親戚（しんせき）	親戚	＊對方的親戚叫**“ご親戚”**。
両親（りょうしん）、父母（ふぼ）、親（おや）	雙親、父母	＊對方的父母叫**“ご両親”**。

ちちおや 父親	父親	＊一般在口語中稱自己的父親時會說“**父**”（**ちち**），稱對方或其他親友的父親則會稱為“**お父さん**”（**おとうさん**）或“**父さん**”（**とうさん**）。此外也有時會稱“**おやじ**”。附帶一提，“**おやじ**”也有指中老年的男人的意思。
ははおや 母親	母親	＊一般在口語中稱自己的母親時會說“**母**”（**はは**），稱對方或其他親友的母親則會稱為“**お母さん**”（**おかあさん**）或“**かあさん**”。此外，也有時會稱“**おふくろ**”。
むすこ 息子	兒子	＊稱對方的兒子叫“**息子さん**”。
むすめ 娘	女兒	＊稱對方的女兒叫“**娘さん**”。
きょうだい 兄弟、きょうだい	兄弟姐妹	＊漢字也寫成“**兄妹**”、“**姉妹**”、“**姉弟**”。其中“**姉妹**”也唸成“**しまい**”。稱對方的兄弟姐妹則說“**ご兄弟**”。
ふたりきょうだい ——二人兄弟	兩兄弟	
さんにんしまい　さんしまい ——三人姉妹、三姉妹	三姐妹	
あに 兄	哥哥	＊稱對方的哥哥則說“**お兄さん**”（**おにいさん**）。
おとうと 弟	弟弟	＊稱對方的弟弟則說“**弟さん**”。
あね 姉	姐姐	＊稱對方的姐姐則說“**お姉さん**”（**おねえさん**）。
いもうと 妹	妹妹	＊稱對方的妹妹則說“**妹さん**”。
まご 孫	孫子、外孫、孫女、外孫女	＊稱對方的孫子等則說“**お孫さん**”。
いとこ	堂哥（堂弟、堂姊、堂妹）；表哥（表弟、表姊、表妹）	＊當“**いとこ**”提到男性時，漢字可以寫成 “**従兄弟**”、形容女性時，則可寫成“**従姉妹**”。另外稱堂哥（表哥）、堂姊（表姊）時，可以分別寫成“**従兄**”及“**従姉**”；稱堂弟（表弟）、堂妹（表妹）時則可分別寫成“**従弟**”及“**従妹**”。

日文	中文	說明
おい	侄子、外甥	＊稱對方的侄子等叫“**おいごさん**”。
めい	侄女、外甥女	＊稱對方的侄女等叫“**めいごさん**”。
そ ふ 祖父	祖父、外祖父	＊親切的稱法是“**おじいちゃん**”。
そ ぼ 祖母	祖母、外祖母	＊親切的稱法是“**おばあちゃん**”。
お じ 伯父（さん）	伯伯、（爸爸的姊姊的丈夫）姑丈、（媽媽的哥哥）舅舅、（媽媽的姊姊的丈夫）姨丈	
お じ 叔父（さん）	叔叔、（爸爸的妹妹的丈夫）姑丈、（媽媽的弟弟）舅舅、（媽媽的妹妹的丈夫）姨丈	
お ば 伯母（さん）	伯母、（爸爸的姊姊）姑姑、（媽媽的哥哥的太太）舅媽、（媽媽的姊姊）阿姨	
お ば 叔母（さん）	嬸嬸、（爸爸的妹妹）姑姑、（媽媽的弟弟的太太）舅媽、（媽媽的妹妹）阿姨	
ぎ り ちち しゅうと、義理の父	岳父、公公	
ぎ り はは しゅうとめ、義理の母	岳母、婆婆	
むすめむこ ぎ り むす こ 娘婿、義理の息子	女婿	＊更鄭重的表現為“**女婿**”（**じょせい**）。
よめ ぎ り むすめ 嫁、義理の娘	媳婦	
せん ぞ そ せん 先祖、祖先	祖先	
し そん 子孫	子孫	
あと と あと つ 跡取り、跡継ぎ	後嗣	
きゅうせい 旧姓	舊姓	＊指日本女性結婚前的原姓。與台灣不同的是，日本女性普遍在結婚後會把舊姓拿掉，改成夫姓。
ふう ふ べっせい 夫婦別姓	夫妻不同姓	＊指日本女性結婚後也不改姓，夫婦各自使用原本的姓氏。
よう し 養子	養子	

男(おとこ)の人(ひと)、男性(だんせい)	男人、男性	
女(おんな)の人(ひと)、女性(じょせい)	女人、女性	
男子(だんし)	男子	
女子(じょし)	女子	
男(おとこ)の子(こ)	男孩子	
女(おんな)の子(こ)	女孩子	
少年(しょうねん)／少女(しょうじょ)	少男／少女	
未成年者(みせいねんしゃ)、未成年(みせいねん)	未成年人	＊在日本，是指不到二十歲的年輕人。
若者(わかもの)	年輕人	
中年(ちゅうねん)	中年	
——年配(ねんぱい)の人(ひと)	上了年紀的人	
(お) 年寄(としよ)り	老人	
——おじいさん	爺爺、外公	
——おばあさん	奶奶、外婆	

圖為街頭日式中國料理店。招牌上的「餃子」是指的是鍋貼。

圖為東京築地魚市場裡的人氣壽司店。每天到了午餐時間，諸多外國觀光客就會大排長龍地等候用餐。

圖為以牛肉蓋飯等聞名的吉野家總店。原本於西元 1899 年創業於東京的總店因遭受到關東大地震的影響，故於西元 1923 年遷址到現在築地的所在位置。

動物・植物・自然を愛する
(どうぶつ・しょくぶつ・しぜん・あい)

愛護動物・植物・自然

1. 寵物

★犬（いぬ）や猫（ねこ）など	★貓和狗等
ペット（pet）	寵物
ペットショップ（pet shop）	寵物商店
ペットを飼（か）う	養寵物
育（そだ）てる（動物（どうぶつ）を）、飼（か）う、飼育（しいく）する、栽培（さいばい）する（植物（しょくぶつ）を）	養
ペットフード（pet food）	寵物食品
——ドッグフード（dog food）	狗食
——キャットフード（cat food）	貓食
動物病院（どうぶつびょういん）	動物醫院、獸醫院
獣医（じゅうい）	獸醫
犬（いぬ）	狗　＊女性多愛稱“ワンちゃん”。
——犬（いぬ）の首輪（くびわ）	狗的項圈
——リード（lead）	狗鍊
ペット犬（けん）、愛玩犬（あいがんけん）	寵物犬
子犬（こいぬ）	幼犬

こがたけん　おおがたけん 小型犬／大型犬	小型狗／大型狗	
て　まわ ──お手！／お回り！／ すわ　ふ お座り！／伏せ！	握手！／轉圈！／坐下！／趴下！	
もうどうけん 盲導犬	導盲犬	
ばんけん 番犬	看門狗	
のらいぬ 野良犬	流浪狗	
ねこ 猫	貓	
のらねこ 野良猫	流浪貓	
か　ねこ　いぬ 飼い猫［犬］	家貓〔狗〕	
みけねこ　ねこ 三毛猫、ぶちの猫	花貓	＊“**ぶちの猫**”也稱為“**ぶち猫**”，有兩種色的毛。

にほん　いぬ
（日本の犬など）　（日本的犬種等）

あきたいぬ 秋田犬	秋田犬	＊也唸成“**あきたけん**”。以下各個“**犬**”都唸“**いぬ**”或“**けん**”。
かいけん 甲斐犬	甲斐犬	
きしゅうけん 紀州犬	紀州犬	
しばいぬ 柴犬	柴犬	
まめしば ──豆柴	豆柴（犬）	
しこくけん 四国犬	四國犬	
ほっかいどうけん 北海道犬	北海道犬	＊也叫“**アイヌ犬**”（**あいぬけん**）。
ちん（狆）	日本狆	＊據說是原產於西藏的小型狗。

（人気のペット犬など）	（人氣寵物犬種等）
ダックスフント（Dachshund）	臘腸狗
——ミニチュアダックスフント（Miniature Dachshund）	迷你臘腸狗
チワワ（Chihuahua）	吉娃娃
プードル（Poodle）	貴賓狗
——トイプードル（Toy Poodle）	紅貴賓
ヨークシャーテリア（Yorkshire Terrier）	約克夏
パピヨン（Papillon）	蝴蝶狗
ポメラニアン（Pomeranian）	博美狗
ウェルシュコーギー（Welsh Corgi）	（威爾斯）柯基
ブルドッグ（Bulldog）	鬥牛犬
——フレンチブルドッグ（French Bulldog）	法國鬥牛犬
マルチーズ（Maltese）	瑪爾濟斯
ゴールデンレトリバー（Golden Retriever）	黃金獵犬
ラブラドールレトリバー（Labrador Retriever）	拉不拉多
パグ（Pug）	哈巴狗
チャウチャウ（Chow Chow）	鬆獅犬

シーズー（Shih Tzu）	西施犬	
日本(にほん)スピッツ、スピッツ（Spitz）	狐狸狗	
ジャーマンシェパード（German Shepherd）、シェパード（Shepherd）	德國牧羊犬、狼狗	
コリー（Collie）	蘇格蘭牧羊犬	
セントバーナード（Saint Bernard）	聖伯納犬	
ハムスター（hamster）	倉鼠	
リス（栗鼠）	松鼠	
ウサギ（兎）	兔子	＊兔子的單位是“羽”（わ）。計算時和鳥一樣，數“1羽”（いちわ）、“2羽”（にわ）。
ノウサギ（野兎）	野兔	
——ミニウサギ	迷你兔	＊“ミニ”源於和製英語的“mini”。
フェレット（ferret）	雪貂	

（動物(どうぶつ)の鳴(な)き声表現(ごえひょうげん)）	（動物叫聲的表現）
ワンワン（犬(いぬ)）	汪汪
ニャオニャオ、ニャーニャー（猫(ねこ)）	喵喵
モーモー（牛(うし)）	哞哞
メーメー（羊(ひつじ)）	咩咩

コケコッコー（鶏 にわとり）	咕ㄍㄟ咕	
ブーブー（豚 ぶた）	ㄍㄡˊ ㄍㄡˊ	

★熱帯魚や昆虫など（ねったいぎょ こんちゅう）	★熱帶魚和昆蟲等	
観賞魚（かんしょうぎょ）	觀賞魚	
キンギョ（金魚）	金魚	＊據説金魚是 14-16 世紀由中國傳入日本的。
——金魚鉢（きんぎょばち）	金魚缸	
デメキン（出目金）	凸眼金魚	
頂天眼（ちょうてんがん）	朝天眼	
錦鯉（にしきごい）	錦鯉	
メダカ	青鱂	＊以前很常見，現在面臨滅絕。
熱帯魚（ねったいぎょ）	熱帶魚	
エンゼルフィッシュ（angelfish）	天使魚	
グッピー（guppy）	孔雀魚	
キッシンググラミー（kissing gourami）	接吻魚	
カクレクマノミ	小丑魚	
アロワナ（arowana）	紅龍	
カメ（亀）	龜	

リクガメ（陸亀）／ウミガメ（海亀）	陸龜／海龜	
ミドリガメ（緑亀）	小巴西龜	
カミツキガメ	磕頭龜、假鱷龜	
タツノオトシゴ（竜の落とし子）	海馬	
卵(たまご)を産(う)む、産卵(さんらん)する	產卵	
水槽(すいそう)	魚缸	
スズムシ（鈴虫）	日本鈴蟲	＊牠的鳴聲是日本秋天的象徵。
クワガタムシ（鍬形虫）、クワガタ	鍬形蟲	
カブトムシ（兜虫、甲虫）	獨角仙	＊因為角很像日本武士的頭盔（かぶと），因此得名。
——コーカサスオオカブト	南洋大兜蟲	＊“コーカサス”的語源是英語的“Caucasus”。為亞洲最大的甲蟲。
——ヘラクレスオオカブト	長戟大兜蟲	＊“ヘラクレス”的語源是英語的“Hercules”。為拉丁美洲世界裡最大的甲蟲。
——ネプチューンオオカブト	黑長戟大兜蟲、海神大兜蟲	＊“ネプチューン”的語源是英語的“Neptune”。為南美洲世界裡第二大的甲蟲。
昆虫採集(こんちゅうさいしゅう)	採集昆蟲	
虫(むし)かご	蟲籠	
虫(むし)捕(と)り網(あみ)、昆虫網(こんちゅうあみ)	捕蟲網	
昆虫標本(こんちゅうひょうほん)	昆蟲標本	

2. 動物和動物園

★人気(にんき)の動物(どうぶつ)	★人氣動物	
動物園(どうぶつえん)	動物園	
水族館(すいぞくかん)	水族館	＊口語中的發音是“すいぞっかん”。
生物(せいぶつ)、生(い)き物(もの)	生物	
動物(どうぶつ)	動物	
野生動物(やせいどうぶつ) ——雄(おす)、牡(おす) ——雌(めす)、牝(めす)	野生動物 雄 雌	
群(む)れ	成群	
角(つの)	角	
牙(きば)	獠牙	＊專指凶猛動物的牙。
尾(お)、しっぽ	尾巴	
天然記念物(てんねんきねんぶつ)	天然紀念物	＊指日本的國家指定的保護物種（包括動物、植物、地質礦物等）。
特別天然記念物(とくべつてんねんきねんぶつ)	特別天然紀念物	＊價值很高的天然紀念物。
トラ（虎）	老虎	
ライオン（lion）	獅子	
ジャイアントパンダ（giant panda）	大貓熊	

レッサーパンダ (lesser panda)	小貓熊	
キンシコウ	金絲猴	
コアラ (koala)	無尾熊	
カンガルー (kangaroo)	袋鼠	
キリン (麒麟)	長頸鹿	
ゾウ (象)	大象	
——アフリカゾウ	非洲象	＊"アフリカ"語源是英語的"Africa"。
——アジアゾウ	亞洲象	＊"アジア"語源是英語的"Asia"。
——インドゾウ	印度象	＊"インド"語源是英語的"India"。
ヤマネコ (山猫)	山貓	
イリオモテヤマネコ (西表山猫)	西表山貓	＊棲息在沖繩的西表島（いりおもてじま）的山貓，屬於特別天然紀念物。
アマミノクロウサギ	琉球兔	＊屬於日本特別天然紀念物。
ニホンカモシカ	日本長鬃山羊	＊屬於日本特別天然紀念物。
サル (猿)	猴子	
ニホンザル (日本猿)	日本獼猴	＊是日本地理位置中最北端的猴子，以會泡溫泉而出名。
オランウータン (orangutan)	紅毛猩猩、人猿	
ゴリラ (gorilla)	大猩猩	
チンパンジー (chimpanzee)	大金剛、黑猩猩	

ボノボ (bonobo)	侏儒黑猩猩	
ヒヒ (狒狒)	狒狒	
アイアイ (aye-aye)	指猴	
ナマケモノ	樹懶	＊因動作遲緩，所以叫“**ナマケモノ**（**怠け者**）”。
クマ (熊)	熊	
ツキノワグマ (月輪熊)	亞洲黑熊	編註 台灣黑熊為其亞種之一，日語是「**タイワンツキノワグマ**」。
ヒグマ	棕熊	
北極(ほっきょく)グマ、シロクマ (白熊)	北極熊	
アライグマ (洗熊)	浣熊	
アリクイ (蟻食)	食蟻獸	
ヒョウ (豹)	豹	
カバ (河馬)	河馬	
サイ (犀)	犀牛	
シカ (鹿)	鹿	
ニホンジカ (日本鹿)	日本梅花鹿	
エゾシカ	蝦夷鹿	＊“**エゾ**”（**蝦夷**）是北海道的舊稱。
トナカイ	馴鹿	＊其語源來自愛奴語。
ヘラジカ	麋鹿	
バク (獏)	貘	
シマウマ (縞馬)	斑馬	

ラクダ（駱駝）	駱駝	
——ヒトコブラクダ	單峰駱駝	
——フタコブラクダ	雙峰駱駝	＊“**ヒトコブ**”是“**ひとつのこぶ**”（單峰）、“**フタコブ**”是“**ふたつのこぶ**”（雙峰）的意思。
オオカミ（狼）	狼	＊在日本，野生的狼已經絕種。
キツネ（狐）	狐狸	
キタキツネ	北狐	
タヌキ（狸）	狸貓	
イタチ（鼬）	鼬鼠	
ヤマネ、ニホンヤマネ	日本睡鼠	
ムササビ	鼯鼠	
アルマジロ（armadillo）	犰狳	
ヤマアラシ（山荒らし）	豪豬	
センザンコウ（穿山甲）	穿山甲	
エゾリス	蝦夷松鼠	
ハリネズミ（針鼠）	刺猬	
カワウソ	水獺	
ニホンカワウソ	日本水獺	
コウモリ（蝙蝠）	蝙蝠	

た　りくせいどうぶつ ★その他の陸生動物	★其他陸上動物	
かちく 家畜	家畜	
うし 牛	牛	
おうし ──雄牛	公牛	＊也寫成“**牡牛**”（**おうし**）。
めうし ──雌牛	母牛	＊也寫成“**牝牛**”（**めうし**）。
こうし ──子牛	小牛	
にゅうぎゅう 乳牛	乳牛	
にくぎゅう 肉牛	肉牛	
ウマ（馬）	馬	
どさんこ ──道産子	在北海道出生的馬	＊也可以指在北海道出生的人。
ロバ（驢馬）	驢	
ラバ（騾馬）	騾	
ヒツジ（羊）	羊	
ヤギ（山羊）	山羊	
ブタ（豚）	豬	
イノシシ（猪）	野豬	
モグラ（土竜）	土撥鼠	
ネズミ（鼠）	老鼠	
──ハツカネズミ（二十日鼠）	小隻的家鼠、小白鼠	

★鳥類（ちょうるい）	★鳥類
鳥（とり）	鳥
小鳥（ことり） ——翼（つばさ）、羽（はね） ——くちばし ——鳥（とり）の巣（す）	小鳥 翅膀 喙 鳥巢
鳥（とり）かご	鳥籠

トキ（朱鷺）	朱鸛、朱鷺
キジ（雉）	綠雉、雉雞　＊日本國鳥。
ヤンバルクイナ	沖繩秧雞　＊在沖繩的不會飛的鳥。
タカ（鷹） ——ワシ（鷲）	鷹 老鷹
オオワシ	虎頭海雕
カンムリワシ	大冠鷲
ハゲワシ（禿鷲）、ハゲタカ（禿鷹）	禿鷹
ダチョウ（駝鳥）	鴕鳥
ガチョウ（鵞鳥）	鵝
フラミンゴ（flamingo）	紅鶴、火鶴
ペンギン（penguin）	企鵝

クジャク（孔雀）	孔雀	
ツル（鶴）	鶴	＊在日本，白鶴也是長壽的象徵。並有“ツルは千年、カメは万年”（千年鶴、萬年龜）這樣一句俗語。
タンチョウヅル（丹頂鶴）、タンチョウ	丹頂鶴	＊是候鳥，在北海道濕地能見到。
ハクチョウ（白鳥）	天鵝	
オオハクチョウ（大白鳥）	黃嘴天鵝	
マナヅル（真鶴、真名鶴）	白枕鶴	
ナベヅル（鍋鶴）	白頭鶴	
コウノトリ（鸛）	東方白鸛	
アホウドリ（信天翁）	信天翁	
フクロウ（梟）、ミミズク	貓頭鷹、鴞	
ライチョウ（雷鳥）	岩雷鳥	＊特別天然紀念物。
カササギ（鵲）	喜鵲	
ムクドリ（椋鳥）	灰椋鳥	
ブッポウソウ（仏法僧）	三寶鳥	
キツツキ（啄木鳥）	啄木鳥	
ノグチゲラ（野口啄木鳥）	野口啄木鳥	
クマゲラ（熊啄木鳥）	黑啄木鳥	
カッコウ（郭公）	布穀鳥	＊這個日語單字的字源是源於牠的啼聲（カッコー）。
ツグミ（鶇）	斑點鶇	

ヒバリ（雲雀）	雲雀	
カワセミ（翡翠、川蝉）	翠鳥	
ハチドリ（蜂鳥）	蜂鳥	
チドリ（千鳥）	鴴	
カモメ（鴎）	海鷗	
ウミネコ（海猫）	黑尾鷗	
トビ（鳶）、トンビ	黑鳶	
ハト（鳩、鴿）	鴿子	
——伝書（でんしょ）バト	信鴿	
カラス（烏、鴉）	烏鴉	
ツバメ（燕）	燕子	
スズメ（雀）	麻雀	＊在日本，**"麻雀"**（マージャン）指的是麻將。
カナリア（canaria）	金絲雀	＊其語源來自葡萄牙語。
インコ（鸚哥）、オウム（鸚鵡）	鸚鵡	
ブンチョウ（文鳥）	文鳥	
キュウカンチョウ（九官鳥）	九官鳥	
ウグイス（鶯）	日本樹鶯	＊啼聲是"**ホーホケキョ**"。
ニワトリ（鶏）	雞	
——ヒヨコ（雛）	小雞	

★その他の爬虫類、両生類など	★其他爬蟲類、兩棲動物等	
ワニ（鰐）	鱷魚	
ヘビ（蛇）	蛇	
ハブ	飯匙倩	＊棲息在琉球群島等地，是日本最大的毒蛇。
コブラ（cobra）	眼鏡蛇	
ガラガラヘビ	響尾蛇	＊因為響尾蛇興奮時會搖尾，並發出“**ガラガラ**”的響聲，而造就了這個單字的語源。
ウミヘビ（海蛇）	海蛇	
カメレオン（chameleon）	變色龍	
アオウミガメ（青海亀）	綠蠵龜	
トカゲ（蜥蜴）	蜥蜴	
ヤモリ（家守）	壁虎	
サンショウウオ（山椒魚）	山椒魚	
オオサンショウウオ（大山椒魚）	娃娃魚	＊為特別天然紀念物。
カエル（蛙）	青蛙	
トノサマガエル（殿様蛙）	青蛙	編註 「**カエル**」是「蛙類」的總稱。「**トノサマガエル**」則是一般常見的該種「青蛙」。
ヒキガエル、ガマガエル、ガマ	蟾蜍	
ウシガエル（牛蛙）	牛蛙	

オタマジャクシ	蝌蚪
イモリ	蠑螈

★クジラ、その他(た)の水生動物(すいせいどうぶつ)と魚(さかな)	★鯨魚、其他的水生動物和魚　＊其他食用魚類請參照第三章等。
クジラ（鯨）	鯨魚
シロナガスクジラ（白長須鯨）	藍鯨
ナガスクジラ（長須鯨）	長鬚鯨
マッコウクジラ（抹香鯨）	抹香鯨
ミンククジラ	小鬚鯨
ザトウクジラ（座頭鯨）	大翅鯨、座頭鯨
セミクジラ（背美鯨）	北太平洋露脊鯨
コククジラ（克鯨）	灰鯨
イッカク（一角）	一角鯨
シャチ（鯱）、オルカ（orca）	虎鯨　編註 即俗稱的「殺人鯨」。
イルカ（海豚）	海豚
スナメリ（砂滑）	江豚（露脊鼠海豚）
ジュゴン（儒艮）	儒艮　＊在琉球群島也看得見儒艮的蹤跡。即一般傳説裡的美人魚。
マナティー（manatee）	海牛

トド	北海獅	
アシカ	海獅	
セイウチ	海象	＊其語源來自於俄語。
ゾウアザラシ（象海豹）	象海豹	
アザラシ（海豹）	海豹	
オットセイ	海狗	＊其語源來自於愛奴語。
ラッコ	海獺	＊其語源來自於愛奴語。
カモノハシ	鴨嘴獸	
カワウソ（獺、川獺）	水獺	
ビーバー（beaver）	海狸	

サメ（鮫）	鯊魚	＊在關西地區也叫**"フカ"**（**鱶**）。
ホオジロザメ（頬白鮫）	大白鯊	
ジンベイザメ（甚平鮫）	鯨鯊（豆腐鯊）	
ノコギリザメ（鋸鮫）	鋸鯊	
シュモクザメ（撞木鮫）	雙髻鯊	＊這個日語單字是因其頭部像**撞木**（**シュモク**）（T 字型的敲鐘木）而得名。
チョウザメ（蝶鮫）	鱘魚	

ウツボ	鯙	
マンボウ（翻車魚）	翻車魨（翻車魚）	
エイ	魟魚	

アカメ（赤目）	日本尖吻鱸	
ムツゴロウ	大彈塗魚	＊能用鰭在陸上移動的魚，棲息在九州的有明海等地。
ピラニア（piranha）	食人魚	＊其語源來自於葡萄牙語。
シーラカンス（coelacanth）	腔棘魚	

★昆虫類（こんちゅうるい）など	★昆蟲類等
昆虫（こんちゅう）、虫（むし）	昆蟲、蟲
——幼虫（ようちゅう）	幼蟲
——さなぎ（蛹）	蛹
——成虫（せいちゅう）	成蟲
——益虫（えきちゅう）	益蟲
——害虫（がいちゅう）	害蟲
——駆除（くじょ）する	驅除
カミキリムシ	天牛
コガネムシ（黄金虫）	金龜子
テントウムシ	瓢蟲
——ナナホシテントウ	七星瓢蟲
ホタル（蛍）	螢火蟲
——ホタル狩（が）り	捉捕螢火蟲（的遊戲）
トンボ（蜻蛉）	蜻蜓

アキアカネ（秋茜）、赤(あか)トンボ	紅蜻蜓	
カゲロウ（蜉蝣）	蜉蝣	
セミ（蝉）	蟬	
アブラゼミ（油蝉）	日本油蟬	
ミンミンゼミ	日本鳴鳴蟬	＊其啼鳴聲類似“ミーンミンミンミー”的節奏。
ツクツクボウシ	寒蟬	＊其啼聲類似“ツクツクボーシ”的節奏。
ヒグラシ	日本暮蟬	
カメムシ	椿象	
チョウチョウ（蝶蝶）	蝴蝶	＊在口語中，也稱為“チョーチョ”。
モンシロチョウ（紋白蝶）	紋白蝶（白粉蝶）	
アゲハチョウ（揚羽蝶）	鳳蝶	
ギフチョウ（岐阜蝶）	日本虎鳳蝶	
バッタ（飛蝗）	蚱蜢	
イナゴ（蝗）	蝗蟲	
キリギリス	螽斯	
コオロギ（蟋蟀）	蟋蟀	
カマキリ（蟷螂）	螳螂	
ゴキブリ	蟑螂	
ノミ（蚤）	跳蚤	
ハエ（蠅）	蒼蠅	

カ（蚊）	蚊子
——ボウフラ	孑孓
ガ（蛾）	蛾
——カイコ（蚕）	蠶
——シャクトリムシ（尺取り虫）	尺蠖
——ミノムシ（蓑虫）	蓑蟲
——毛虫（けむし）	毛毛蟲
シロアリ（白蟻）	白蟻
ヒアリ	紅火蟻
アリ（蟻）	螞蟻
——働き（はたら）アリ	工蟻
——兵隊（へいたい）アリ	兵蟻
——女王（じょおう）アリ	蟻后

＊蟻巢叫**“アリの巢”**（ありのす）。

ハチ（蜂）	蜜蜂
スズメバチ（雀蜂）	虎頭蜂
ミツバチ（蜜蜂）	蜜蜂
——女王（じょおう）バチ	女王蜂
——働き（はたら）バチ	工蜂
——ハチの巣（す）	蜂巢

編註 「**ハチ**」是「蜂類」的總稱。「**ミツバチ**」則是一般蜂類裡最常見的「蜜蜂」。

クモ（蜘蛛）	蜘蛛

——クモの巣(す)	蜘蛛網
——クモの糸(いと)	蜘蛛絲
ムカデ(百足)	蜈蚣
ヤスデ	馬陸
カタツムリ(蝸牛)、デンデンムシ	蝸牛
ナメクジ	蛞蝓
ミミズ(蚯蚓)	蚯蚓

(人気(にんき)の動物園(どうぶつえん)、水族館(すいぞくかん)など)(人氣動物園、水族館等)

上野動物園(うえのどうぶつえん)(東京都(とうきょうと))	上野動物園
旭川市旭山動物園(あさひかわしあさひやまどうぶつえん)(北海道(ほっかいどう))	旭川市旭山動物園
名古屋市東山動植物園(なごやしひがしやまどうしょくぶつえん)(愛知県(あいちけん))	名古屋市東山動植物園
大阪市天王寺動物園(おおさかしてんのうじどうぶつえん)(大阪府(おおさかふ))	大阪市天王寺動物園
海遊館(かいゆうかん)(大阪府(おおさかふ))	海遊館
鴨川(かもがわ)シーワールド(Kanagawa Sea World、千葉県(ちばけん))	鴨川海洋世界
鳥羽水族館(とばすいぞくかん)(三重県(みえけん))	鳥羽水族館
サンシャイン国際水族館(こくさいすいぞくかん)(Sunshine International Aquarium、東京都(とうきょうと))	太陽城國際水族館

3. 植物

★植物園（しょくぶつえん）や街角（まちかど）の樹木（じゅもく）など	★植物園和行道樹等	
植物（しょくぶつ）	植物	
植物園（しょくぶつえん）	植物園	
——小石川植物園（こいしかわしょくぶつえん）（東京都（とうきょうと））	小石川植物園	
園芸（えんげい）、ガーデニング（gardening）	園藝	
盆栽（ぼんさい）	盆栽	
マツ（松）	松樹	
——松（まつ）ぼっくり、松笠（まつかさ）	松果	
アカマツ（赤松）	日本赤松	
モミ（樅）	日本冷杉	
スギ（杉）	日本柳杉	
イトスギ（糸杉）	柏樹	
ヒノキ（檜、桧）	日本扁柏、檜木	
カエデ（楓）、モミジ（紅葉）	楓樹	＊據説「**カエデ**」是因為葉子像青蛙的手（**カエルの手**）而得名。
——イロハモミジ、イロハカエデ	雞爪槭	＊是秋天賞紅葉的代表品種。

ケヤキ（欅）	櫸樹
イチョウ（銀杏、公孫樹）	銀杏
——ギンナン（銀杏）	銀杏果（白果）
スズカケノキ（鈴掛の木）、プラタナス（platanus）	懸鈴木　　＊其語源來自拉丁語。
ヤナギ（柳）	柳樹
——しだれヤナギ（枝垂れ柳）	垂柳
——ネコヤナギ（猫柳）	細柱柳
ポプラ（poplar）、セイヨウハコヤナギ（西洋箱柳）	楊樹
アカシア（acacia）	相思樹
キリ（桐）	日本泡桐
ブナ（橅、山手欅）	日本山毛櫸
カシ（樫）	青剛櫟
ウバメガシ（姥目樫）	烏剛櫟
コナラ（小楢）	枹櫟
クヌギ（櫟）	麻櫟
カシワ（柏）	槲樹
ニレ（楡）	榆樹
ユーカリ（eucalyptus）	尤加利樹　　＊其語源來自拉丁語。

竹（たけ）	竹	
——松竹梅（しょうちくばい）	松竹梅	＊“**松竹梅**”在日本是吉祥物的象徵，也按此順序分類物品的優劣等級。
モウソウチク（孟宗竹）	孟宗竹	＊也唸成“**モウソウダケ**”。
ソテツ（蘇鉄）	蘇鐵	
ヤシ（椰子）、ヤシの実（み）、ココナッツ（coconut）	椰子	

★樹木（じゅもく）の種類（しゅるい）、植物（しょくぶつ）の部（ぶ）位名（いめい）	★樹木的種類、植物的部位名
木（き）	樹
——木材（もくざい）、材木（ざいもく）	木材
針葉樹（しんようじゅ）	針葉樹
広葉樹（こうようじゅ）	闊葉樹
常緑樹（じょうりょくじゅ）	常青樹
落葉樹（らくようじゅ）	落葉樹
葉（は）、葉（は）っぱ	葉子
芽（め）	芽
つぼみ（蕾）	花蕾
枝（えだ）	樹枝
幹（みき）	樹幹

茎（くき）	莖
根（ね）、根（ね）っこ	根
つる（蔓）	藤蔓
とげ	刺
実（み）、果実（かじつ）	果實
——木（き）の実（み）	樹木的果實

★人気（にんき）の花（はな）など	★人氣花種等	
（花屋（はなや）さんでよく使（つか）う表現（ひょうげん））	（在花店裡的常用的表現）	
この花（はな）は何（なん）という名前（なまえ）ですか？	這是什麼花？	
花束（はなたば）が欲（ほ）しいんですが。	我想買一束花。	
配達（はいたつ）してもらえますか？	能幫我送貨嗎？	
花（はな）	花	
——花言葉（はなことば）	花語	＊也寫成“**花ことば**”。是指花朵所象徵的意思。
バラ（薔薇）	薔薇	
チューリップ（tulip）	鬱金香	
ユリ（百合）	百合花	
キク（菊）	菊花	＊在日本，葬禮一般都用菊花祭悼。
ヒナギク（雛菊）、デイジー（daisy）	雛菊	

マーガレット（marguerite）	瑪格麗特菊	
ショウブ（菖蒲）	菖蒲	
ボタン（牡丹）	牡丹	
ヒマワリ（向日葵）	向日葵	
アジサイ（紫陽花）	繡球花	
カーネーション（carnation）	康乃馨	
ラベンダー（lavender）	薰衣草	
スミレ（菫）	紫花地丁	
サンショクスミレ（三色菫）、パンジー（pansy）	三色菫	＊也唸成“サンシキスミレ”。
ホウセンカ（鳳仙花）	鳳仙花	
ハイビスカス（hibiscus）	朱槿	
ゲッカビジン（月下美人）	曇花	
スイセン（水仙）	水仙花	
フリージア（freesia）	小蒼蘭	
カスミソウ（霞草）	滿天星	
ヒヤシンス（hyacinth）	風信子	
ポインセチア（poinsettia）	聖誕紅	＊其語源來自拉丁語。
ブーゲンビリア（bougainvillea）	九重葛	＊其語源來自拉丁語。
ダリア（dahlia）	大理花	

ラン（蘭）	蘭花	
ハス（蓮）	蓮	
——ハスの花	蓮花	
ホオズキ（酸漿）	燈籠草	
——ホオズキ市	燈籠草市集	編註 在日本每年7月燈籠草開花的時節，於東京淺草寺都會有舉辦販賣燈籠草的市集。此傳統自江戶時代延續至今，是個人山人海的大活動。
サボテン（仙人掌）	仙人掌	
アロエ（aloe）	蘆薈	＊其語源來自於拉丁語。
ヒョウタン（瓢箪）	葫蘆	
ウメ（梅）の花	梅花	
フジ（藤）の花	日本紫藤花	
ツバキ（椿）の花	茶花	
ツツジ（躑躅）の花	杜鵑花	
クチナシ（梔子）の花	梔子花	
モクレン（木蓮）の花	木蘭花	
——ハクモクレン（白木蓮）の花	白木蘭花	
ライラック（lilac）の花、リラ（lilas）の花	丁香花	＊“リラ”的語源來自於法語。

★春・秋の草花など	★春天、秋天的花卉等
ツクシ（土筆）	杉菜、問荊
クローバー（clover）、シロツメクサ（白詰草）	荻草（白花三葉草）
──四つ葉のクローバー	四葉草
アサガオ（朝顔）	牽牛花
──アサガオ市	牽牛花市集 編註 在日本每年7月6~8日這三天於東京祭祀「**入谷鬼子母神（いりやきしぼじん）**」（日本的註生娘娘）的「**真源寺（しんげんじ）**」為中心所開設的大型牽牛花市集。每年買花客絡繹不絕，至今已有60餘年的傳統歷史。
ハギ（萩）、ヤマハギ（山萩）	胡枝子
ススキ（芒）	芒草
キキョウ（桔梗）	桔梗
ナデシコ（撫子）、カワラナデシコ（河原撫子）	長萼瞿麥
フジバカマ（藤袴）	澤蘭
オミナエシ（女郎花）	黃花龍芽草
ヒナゲシ、グビジンソウ（虞美人草）	虞美人
マリモ（毬藻）	毬藻　＊為北海道阿寒湖的球藻是特別天然紀念物。
シダ（羊歯）	蕨
ツタ（蔦）	地錦
ヨシ（葦）、アシ（葦）	蘆葦

★花見(はなみ)と紅葉狩(もみじが)り	★賞櫻花和賞紅葉	
花見(はなみ)をする、花見(はなみ)	賞櫻花	＊美化語也説成“**お花見**”。在日本的３月末或４月初是賞櫻花的時節，人們會在櫻花下飲酒聚會等。
——夜桜(よざくら)	夜櫻	
——花吹雪(はなふぶき)	花吹雪	＊像雪一樣花瓣飄散紛飛的景色。
サクラの開花予想(かいかよそう)	櫻花開花預測	＊櫻花盛開的時節，電視天氣預報會預測各地的開花日程。
サクラ前線(ぜんせん)	櫻前線	＊在地圖上所表示出的日本各地的開花的預測線。
サクラ（桜）	櫻花	

（いろいろなサクラ）	（櫻花的種類）	
ソメイヨシノ（染井吉野）	染井吉野櫻	＊在日本，櫻花的 70-80% 的種類是染井吉野。
ヤマザクラ（山桜）	山櫻	
シロヤマザクラ（白山桜）	白山櫻	
シダレザクラ（枝垂れ桜）	枝垂櫻	
オオシマザクラ（大島桜）	大島櫻	
満開(まんかい)	盛開、全開	
八分咲(はちぶざ)き	開了 8 成	
五分咲(ごぶざ)き	開了 5 成	
紅葉(こうよう)	紅葉、楓葉	＊注意“**紅葉**”唸成“**こうよう**”或“**もみじ**”。“**こうよう**”指葉子變紅的現象、“**もみじ**”則指楓葉。
紅葉狩(もみじが)り	賞楓	

こうようぜんせん 紅葉前線	楓紅前線	

さくら　めいしょ **（桜の名所）**	（櫻花的知名地點）	
よしのやま　ならけん 吉野山（奈良県）	吉野山	
あらしやま　きょうとふ 嵐山（京都府）	嵐山	
てつがく　みち　きょうとふ 哲学の道（京都府）	哲學之道	
ぞうへいきょく　おおさかふ 造幣局（大阪府）	造幣局	
ちどり　ふちりょくどう　とうきょうと 千鳥ヶ淵緑道（東京都）	千鳥淵綠道	＊在主要地名中的“ヶ”唸成“が”。
しんじゅくぎょえん　とうきょうと 新宿御苑（東京都）	新宿御苑	

さくら　ゆうめい　こうえん **（桜で有名な公園など）**	（以櫻花聞名的公園等）	
まつまえこうえん　ほっかいどう 松前公園（北海道）	松前公園	
ごりょうかくこうえん　ほっかいどう 五稜郭公園（北海道）	五稜郭公園	
おおどおりこうえん　ほっかいどう 大通公園（北海道）	大通公園	
うえのこうえん　とうきょうと 上野公園（東京都）	上野公園	＊正式名稱為“**上野恩賜公園**”（うえのおんしこうえん）。
すみだこうえん　とうきょうと 隅田公園（東京都）	隅田公園	
よよぎこうえん　とうきょうと 代々木公園（東京都）	代代木公園	
いかしらこうえん　とうきょうと 井の頭公園（東京都）	井頭公園	＊正式名稱為“**井の頭恩賜公園**”（いのかしらおんしこうえん）。
まるやまこうえん　きょうとふ 円山公園（京都府）	圓山公園	
てんのうじこうえん　おおさかふ 天王寺公園（大阪府）	天王寺公園	

4. 宇宙・自然・社會問題・科學

★宇宙(うちゅう)と宇宙人(うちゅうじん)など	★宇宙和外星人等	
宇宙(うちゅう)	宇宙	
銀河(ぎんが)	銀河	
——天の川(あまのがわ)	銀河	
星座(せいざ)	星座	
星(ほし)	星星	
惑星(わくせい)	行星	
——準惑星(じゅんわくせい)	矮行星	
——エッジワース・カイパーベルト(Edgeworth-Kuiper belt)	古柏帶	編註 指海王星軌道的外側，密集著許多小行星、冰、塵結構的區域。
恒星(こうせい)	恆星	
太陽(たいよう)	太陽	
——太陽系(たいようけい)	太陽系	
水星(すいせい)	水星	
金星(きんせい)	金星	
地球(ちきゅう)	地球	
火星(かせい)	火星	
木星(もくせい)	木星	

土星（どせい）	土星	
天王星（てんのうせい）	天王星	
海王星（かいおうせい）	海王星	
冥王星（めいおうせい）	冥王星	
月（つき）	月亮	＊在日本，月亮的樣子被認為像兔子搗年糕的景觀。
——新月（しんげつ）	朔月	編註 一般指農曆初一晚上的月亮。
——三日月（みかづき）	新月	編註 一般指農曆初三晚上的月亮。
——満月（まんげつ）	滿月	
——上弦の月（じょうげんのつき）	上弦月	
——下弦の月（かげんのつき）	下弦月	
北極星（ほっきょくせい）	北極星	
すばる（昴）、プレアデス星団（せいだん）（Pleiades）	昴宿星團	
ブラックホール（black hole）	黑洞	
暗黒物質（あんこくぶっしつ）、ダークマター（dark matter）	暗質	
流れ星（ながれぼし）、流星（りゅうせい）	流星	
——流星群（りゅうせいぐん）	流星雨	
彗星（すいせい）	彗星	
隕石（いんせき）	隕石	

じんこうえいせい 人工衛星	人造衛星	
にっしょく 日食	日蝕	
かいきにっしょく ——皆既日食	日全蝕	
げっしょく 月食	月蝕	
かいきげっしょく ——皆既月食	月全蝕	
ビッグバン (Big Bang)	宇宙大爆炸	
プラネタリウム (planetarium)	星象儀	
てんたい 天体	天體	
てんたいかんそく 天体観測	天體觀測	
じてん 自転する	自轉	
こうてん 公転する	公轉	
うちゅうせん 宇宙船	太空梭	
——ロケット (rocket)	火箭	
うちゅう 宇宙ステーション	太空站	＊“ステーション”的語源是英語的“station”。
しょうわくせいたんさき 小惑星探査機	小行星探測器	
——はやぶさ	隼鳥號	編註 指日本人對於日本宇宙航空研究機構「JAXA」所發射至太空的小行星探測器 MUSES-C 的暱稱。
うちゅうひこうし 宇宙飛行士	太空人	
うちゅうじん 宇宙人、エイリアン (alien)、 いせいじん 異星人	外星人	

UFO	幽浮	＊UFO（ユーフォー、ユーエフオー）是"unidentified flying object"（**未確認飛行物体**）的簡稱。
——空飛ぶ円盤（そらとぶえんばん）	飛碟	

★気象（きしょう）	★氣象	
気象（きしょう）	氣象	
——気象衛星（きしょうえいせい）	氣象衛星	
気候（きこう）	氣候	
天気、天候（てんき、てんこう）	天氣	＊**"天候"（てんこう）**是指總合**"天気"（てんき）**和**"気候"（きこう）**大體上的狀況。
天気予報（てんきよほう）	天氣預報	
天気図（てんきず）	氣象圖	
気象庁（きしょうちょう）	氣象廳	
気象台（きしょうだい）	氣象台	
——観測する（かんそく）	觀測	
気象予報士（きしょうよほうし）	氣象預報員	＊在此指**"気象予報士"**資格的人。在日本，**"気象予報士"**必須通過國家考試。
気圧（きあつ）	氣壓	
ヘクトパスカル(hectopascal,hPa)	卡、百帕	
気圧配置（きあつはいち）	氣壓分布	
——西高東低（せいこうとうてい）	西高東低	＊是指日本的冬季氣壓分佈狀況。

——南高北低 （なんこうほくてい）	南高北低	＊是指日本的夏季氣壓分佈狀況。
アメダス（AMeDAS）	自動氣象數據採集系統	＊ "AMeDAS" 是氣象廳的 "Automated Meteorological Data Acquisition System"（**地域気象観測システム**）的簡稱。
気象注意報、気象警報 （きしょうちゅういほう、きしょうけいほう）	氣象警報	＊ "**注意報**" 是提醒大家注意嚴防災害發生的警報；"**警報**" 則是在重大災害時的發佈的警報。

★ 天気予報の言葉など （てんきよほう　ことば）	★天氣預報的用語等
温度 （おんど）	溫度
気温 （きおん）	氣溫
最高［最低、平均］気温 （さいこう　さいてい　へいきん　きおん）	最高〔最低、平均〕氣溫
摂氏 （せっし）	攝氏
——華氏 （かし）	華氏
氷点下〜度、零下〜度、 （ひょうてんか　ど　れいか　ど） マイナス（minus）〜度 （ど）	零下〜度
湿度 （しつど）	濕度
——湿度が高い［低い］ （しつど　たか　ひく）	濕度高〔低〕
湿気 （しっけ）	濕氣
風力 （ふうりょく）	風力
不快指数 （ふかいしすう）	溫溼指數
降水確率 （こうすいかくりつ）	降水機率

ゆき ふ かくりつ 雪の降る確率	降雪機率	
かぜ なみ よそう 風と波の予想	風級和浪級預報	
ひ で ひ たいよう のぼ 日の出、日［太陽］が昇る	日出	
ひ い にちぼつ ひ たい よう しず 日の入り、日没、日［太陽］が沈む	日落	
しぜんげんしょう 自然現象	自然現象	
は あめ 晴れのち雨	晴後轉雨	＊太陽雨叫“**キツネの嫁入り**”（**きつねのよめいり**），意為狐狸出嫁。
は あめ 晴れときどき雨	晴時陣雨	
は くも 晴れときどき曇り	晴時多雲	
くも あめ 曇りのち雨	陰時轉雨	
いちじあめ あめ 一時雨、ときどき雨	有陣雨	
そらもよう み 空模様を見る	看天色	
ぼうず てるてる坊主	晴天娃娃	
ゆうや 夕焼け	晩霞	
あさや 朝焼け	朝霞	＊在日本有形同「早霞不出門，晚霞行千里」的説法。即若天空出現晚霞後隔天就會放晴，若早霞出現後，接著就會下雨的認知。

しき きしょうひょうげん
（四季の気象表現） （四季的氣象表現）

はるいちばん 春一番	春一番	＊春初第一次刮來的比較強的南風。
かん もど 寒の戻り	晚春時，突然變寒冷的現象	

はなび 花冷え	櫻花季時突然變寒冷的現象	
はなぐも 花曇り	櫻花季時陰天朦朦的天空	
なたねづゆ 菜種梅雨	菜種梅雨	＊油菜花開花時的連續雨天（**3月下旬-4月上旬**）。
づゆ たけのこ梅雨	竹筍梅雨	＊出竹筍時的連續雨天（**4月末-5月**）。
つゆ 梅雨	梅雨	＊6月到7月的連續雨天。
つゆい 梅雨入り	進入梅雨季	
つゆあ 梅雨開け	梅雨季結束	
つゆ　は　ま　さつきば 梅雨の晴れ間、五月晴れ	梅雨季之內的晴天	
なつび 夏日	夏日	＊指最高氣溫25度以上的日子。
まなつび 真夏日	盛夏日	＊指最高氣溫30度以上的日子。
もうしょび 猛暑日	猛暑日	＊指最高氣溫35度以上的日子。
ねったいや 熱帯夜	熱帶夜	＊指最低氣溫25度以上的晚上。
こはるびより 小春日和	小春日和	＊指在初冬的相對暖和的天氣。
あきば　にほんば 秋晴れ、日本晴れ	秋天時萬里無雲的晴天	
ふゆび 冬日	冬日	＊最低氣溫零下的日子。
まふゆび 真冬日	隆冬日	＊最高氣溫零下的日子。

つか　てんき　ひょうげん **(よく使う天気の表現)**	（常用的天氣的表現）	
は 晴れる	放晴	
は　せいてん ——晴れ、晴天	晴天	＊完全無雲的晴天叫“**快晴**”（**かいせい**）。

曇(くも)る	（天氣）變陰	
——曇(くも)り、曇天(どんてん)	陰天	
風(かぜ)が吹(ふ)く	刮風	
——風(かぜ)がある	有風	
風(かぜ)がやむ	風停止	
雨(あめ)が降(ふ)る	下雨	
——土砂降(どしゃぶ)りの雨(あめ)	傾盆大雨	
雨(あめ)がやむ	雨停	
虹(にじ)が出(で)る、虹(にじ)がかかる	出現彩虹	
霧(きり)が出(で)る、霧(きり)がかかる	起霧	
霜(しも)が降(お)りる	結霜	
氷(こおり)が張(は)る	結冰	
氷(こおり)が溶(と)ける	溶冰	
雪(ゆき)が降(ふ)る	下雪	
雪(ゆき)が溶(と)ける	溶雪	
雪(ゆき)が積(つ)もる、積雪(せきせつ)	積雪	
あられが降(ふ)る	下霰	編註 在日本的氣象用語中，水滴凍結固體物在直徑大小在 0.5 公分以下稱為「**あられ**」。反之，在 0.5 公分以上的則稱之為「**ひょう**」。
ひょうが降(ふ)る	下冰雹	
雷(かみなり)が鳴(な)る	打雷	

雷(かみなり)が落(お)ちる	雷擊
稲光(いなびかり)がする、稲妻(いなずま)が走(はし)る	閃電
台風(たいふう)が来(く)る	刮颱風
天気(てんき)がいい［悪(わる)い］	天氣好〔不好〕
天気予報(てんきよほう)で、今日(きょう)は晴(は)れると言(い)ってましたよ。	天氣預報說，今天是晴天喲！
雨(あめ)が降(ふ)りそう。	看起來好像要下雨的樣子。
たぶん明日(あした)はとても暑(あつ)いでしょう。	明天說不定會很熱。
空(そら)	天空
空気(くうき)	空氣
雲(くも)	雲
──飛行機雲(ひこうきぐも)	凝結尾
風(かぜ)	風
偏西風(へんせいふう)	西風帶
貿易風(ぼうえきふう)	信風、貿易風
雨(あめ)	雨
霧雨(きりさめ)	毛毛雨
にわか雨(あめ)、夕立(ゆうだち)	雷陣雨　＊“夕立”指夏天傍晚時的陣雨。
雪(ゆき)	雪

——初雪（はつゆき）	初雪	
——細雪（ささめゆき）	細雪	
——粉雪（こなゆき）	粉末狀的雪	
——ぼたん雪（ゆき）（牡丹雪）、ぼた雪（ゆき）	大片的雪	＊像牡丹一樣的雪。
——風花（かざばな）	雪花	＊也唸成**“かざはな”**。晴天時雪花飄飄零零的樣子。
——名残雪（なごりゆき）、残雪（ざんせつ）	殘雪	＊春天來臨後殘留的雪。
みぞれ（霙）	雨雪交加	
あられ（霰）	霰	
ひょう（雹）	冰雹	＊**“あられ”**是不到 0.5 公分的冰粒、**“ひょう”**則是 0.5 公分以上的冰粒。
霧（きり）	霧	＊指使人視野看不到到 1 公里外狀況的霧氣。
もや（靄）	薄霧	＊指視野仍能看得到 1 公里外狀況的霧氣。另外春天的薄霧叫**“霞”**（**かすみ**）。
雷（かみなり）	雷	
雷鳴（らいめい）	雷聲	
落雷（らくらい）	落雷	
稲妻（いなずま）、稲光（いなびかり）	閃電	
虹（にじ）	彩虹	
霜（しも）	霜	
——霜柱（しもばしら）	霜柱	編註 指冬天的夜裡，土壤裡的水份滲出地表所凍結成一整片的細長冰柱。

つらら（氷柱）	冰柱	
——つららができる	凍結成冰柱	
流氷（りゅうひょう）	流冰	

★地震（じしん）などの自然災害（しぜんさいがい）	★地震等自然災害	
災害（さいがい）	災害	
——二次災害（にじさいがい）	二次災害	
——天災（てんさい）、自然災害（しぜんさいがい）	天災、自然災害	
——人災（じんさい）	人禍	
——震災（しんさい）	震災、地震	
被害（ひがい）	受害、受災	
被災者（ひさいしゃ）	天災的受難者	
被災地（ひさいち）	受災地區	
ハザードマップ（hazard map）	防災地圖	
防災訓練（ぼうさいくんれん）、避難訓練（ひなんくんれん）	防災訓練	
避難所（ひなんじょ）、避難場所（ひなんばしょ）	避難所	
避難（ひなん）ルート、避難経路（ひなんけいろ）	避難路線	＊“ルート”的語源是英語的“route”。
——避難（ひなん）する	避難	
防災（ぼうさい）グッズ	防災用品	＊“グッズ”的語源是英語的“goods”。

ひじょうしょく 非常食	防災食品	
かんぱん（乾パン）	緊急口糧	
ライフライン（lifeline）	維生必要資源	＊指生活中不可或缺的電、水、煤氣、通信等。
ていでん 停電する	停電	
だんすい 断水する	停水	
きゅうえん 救援する	救援	
きゅうじょ 救助する	救助	

じしん 地震	地震	
じしん　かみなり　かじ　おや　じ ——“地震、雷、火事、親父”	“地震、雷電、火災、父親”	＊按順序排列的是日本人自古以來認為最可怕的事物。
よしん 余震	餘震	
ちょっかがたじしん 直下型地震	直下型地震	
だいじしん 大地震	大地震	＊也唸成“おおじしん”。
とうかいだいじしん 東海大地震	東海大地震	＊據説近期將在日本以駿河灣為中心地區發生的大地震。
しんど 震度	震度	
マグニチュード（magnitude、M）	芮氏規模	
じしんよち 地震予知	地震預測	

にほん だいじしん （日本の大地震）	（在日本的大地震）
かんとうじしん 関東地震 ねん がつ （1923年9月、M7.9）	關東地震
かんとうだいしんさい ——関東大震災	關東大地震
みやぎけんおきじしん 宮城県沖地震 ねん がつ （1978年6月、M7.4）	宮城縣近海地震
にほんかいちゅうぶじしん 日本海中部地震 ねん がつ （1983年5月、M7.7）	日本海中部地震
ひょうごけんなんぶじしん 兵庫県南部地震 ねん がつ （1995年1月、M7.3） はんしん あわじだいしんさい ——阪神・淡路大震災	阪神大地震、神戸大地震
にいがたけんちゅうえつおきじしん 新潟県中越沖地震 ねん がつ （2007年7月、M6.8）	新潟縣中越近海地震
とうほくちほうたいへいようおきじしん 東北地方太平洋沖地震 ねん がつ （2011年3月、M9.0） ひがしにほんだいしんさい ——東日本大震災	日本東北地方太平洋近海地震 （日本311大地震）
とっぷう 突風	突然吹起的強風
ぼうふう 暴風	暴風
ぼうふうう あらし 暴風雨、嵐	暴風雨、風暴
たいふう 台風	颱風

たつまき 竜巻	龍捲風	
ごう う　おおあめ 豪雨、大雨	暴雨	
しゅうちゅうごう う ——集中豪雨	局部性豪大雨	
らい う 雷雨	雷雨	
ふぶ き 吹雪	暴風雪	
ごうせつ 豪雪	大雪	
なだれ 雪崩	雪崩	
じ すべ　やまくず 地滑り、山崩れ	坍方	＊山腰斜面部的土石崩落叫“**土砂崩れ**”（どしゃくずれ）。
ど せきりゅう 土石流	土石流	

つ なみ 津波	海嘯	
たかしお 高潮	滿潮、高潮	
こうずい 洪水	洪水	＊突然急遽飆漲襲來的河水叫做“**鉄砲水**”（てっぽうみず）。
か ざん　ふん か　ふん か 火山の噴火、噴火（する）	火山爆發	
か じ　か さい 火事、火災	火災	
いっぽん か じ　もと ——“マッチ一本火事の元。 ひ　ようじん 火の用心！”	「就算是一根火柴也會引發火災，小心火燭（星星之火，可以燎原）」	＊這是日本防範火災的標語。
やま か じ 山火事	森林大火	
かん　ひ で 干ばつ、日照り	乾旱、旱災	
みず ぶ そく ——水不足	缺水	

大惨事（だいさんじ）	嚴重的慘事
——生存者（せいぞんしゃ）	倖存者
——行方不明者（ゆくえふめいしゃ）	失蹤者
——けが人（にん）	傷者
——死者（ししゃ）	死者

★環境問題（かんきょうもんだい）とエネルギーなど	★環境問題和能源等	
環境（かんきょう）	環境	
自然環境（しぜんかんきょう）	自然環境	
自然保護（しぜんほご）	自然保護	
環境保護［破壊］（かんきょうほご［はかい］）	環境保護〔破壞〕	
——森林破壊（しんりんはかい）	森林破壞	
異常気象（いじょうきしょう）	極端氣候	
地球温暖化（ちきゅうおんだんか）	地球暖化	
温室効果（おんしつこうか）	溫室效應	
温室効果ガス（おんしつこうか）、温暖化ガス（おんだんか）	溫室氣體	＊“ガス”的語源是英語的“gas”。
——京都議定書（きょうとぎていしょ）	京都議定書	＊1997 年在京都議決關於控管溫室氣體的議定書。
紫外線（しがいせん）	紫外線	
酸性雨（さんせいう）	酸雨	

さばくか 砂漠化	沙漠化	
すなあらし ——砂嵐	沙塵暴	編註 指沙、塵被強風吹起，整片籠罩四周的災難。
こうさ ——黄砂	沙塵暴	＊伴隨西風帶在春初的時候刮至日本。 編註 在沙塵暴中，「**黄砂**」又特別指東亞內陸沙漠地區的沙被強風捲起，並四處向外擴散的現象。
そう オゾン層	臭氧層	
オゾンホール（ozone hole）	臭氧層破洞	
げんしょう エルニーニョ現象	聖嬰現象	＊“**エルニーニョ**”的語源是西班牙語的“El Niño”。
げんしょう ——ラニーニャ現象	反聖嬰現象	＊“**ラニーニャ**”的語源是西班牙語的“La Niña”。
こうがい 公害	公害	
こうがいもんだい ——公害問題	公害問題	
こうがいたいさく ——公害対策	公害對策	
おせん 汚染（する）	污染	
はいき　はい 排気ガス、排ガス	廢氣	
たいきおせん 大気汚染	大氣污染	
ほうしゃのうおせん 放射能汚染	放射線污染	
こうかがく 光化学スモッグ	光化學煙霧	＊“**スモッグ**”的語源是英語的“smog”。
ダイオキシン（dioxin）	戴奧辛	
フロンガス（flon gas）	氟氯碳化合物	＊和製英語。
いしわた アスベスト（asbest）、石綿	石棉	＊其語源來自於荷蘭語。

自然（しぜん）	自然	
生態系（せいたいけい）、エコシステム (ecosystem)	生態系統	
再利用（さいりよう）、リサイクル (recycle)	再利用	
再生紙（さいせいし）	再生紙	
省（しょう）エネ	節能	＊是“省エネルギー”的簡稱。
エコ製品（せいひん）	綠能產品	＊“エコ”是“エコロジー”（ecology）的簡稱。
エコマーク (eco mark)	環保標章	＊和製英語。
——環境（かんきょう）に優（やさ）しい～、地球（ちきゅう）に優（やさ）しい～	環保型～	
環境（かんきょう）ホルモン	環境荷爾蒙	＊“ホルモン”的語源是德語的“Hormon”。
3R	3R	＊3R（スリーアール）指“リデュース”（Reduce，減垃圾），“リユース”（Reuse，資源無限利用），“リサイクル”（Recycle，資源循環再用）的這 3 個英文單字的頭文字。
環境（かんきょう）アセスメント、環境影響評価（かんきょうえいきょうひょうか）	環境影響評價	＊“アセスメント”的語源是英語的“assessment”。
エネルギー (Energie)	能源	＊其語源來自於德語。
自然（しぜん）エネルギー、再生可能（さいせいかのう）エネルギー	可再生能源	
原子力（げんしりょく）、原子力（げんしりょく）エネルギー、核（かく）エネルギー	核能	
電力（でんりょく）	電力	

でんき ——電気	電
はつでんしょ 発電所	發電廠
げんしりょくはつでんしょ　げんぱつ ——原子力発電所、原発	核電廠
ふうりょくはつでんしょ ——風力発電所	風力發電廠
げんしりょくはつでん 原子力発電	核能發電
かりょくはつでん 火力発電	火力發電
すいりょくはつでん 水力発電	水力發電
——ダム（dam）	水壩
ふうりょくはつでん 風力発電	風力發電
ちねつはつでん 地熱発電	地熱發電
たいようこうはつでん 太陽光発電	太陽能發電
ソーラーシステム （solar system）	太陽能系統　＊和製英語。
ソーラーパネル （solar panel）	太陽能板
しげん 資源	資源
てんねんしげん ——天然資源	天然資源
こうぶつしげん ——鉱物資源	礦產資源
かせきねんりょう 化石燃料	化石燃料
せきゆ 石油	石油
せきたん 石炭	煤炭

メタンハイドレート （Methane hydrate）	甲烷水合物	
レアメタル（rare metal）、 きしょうきんぞく 希少金属	稀有金屬	＊和製英語。
レアアース（rare earth）、 き ど るいげん そ 希土類元素	稀土	

★ にほん しゃかいもんだい かくさ 日本の社会問題と格差 しゃかい 社会	★日本的社會問題和 M 型社會	
しゃかいもんだい 社会問題	社會問題	
せけん よ なか ——世間、世の中	人世間、世上	
ねんきんもんだい 年金問題	養老年金問題	
しょうしかもんだい 少子化問題	少子化問題	
しゅっせいりつ ——出生率	出生率	
しょうしこうれいか ——少子高齢化	少子高齡化	
こうれいかしゃかい 高齢化社会	老齡化社會	
ちょうじゅ ——長寿	長壽	＊日本是世界上最長壽的國家，男性的平均壽命為 80 歲、女性則為 87 歲。
きょういくもんだい 教育問題	教育問題	
もんだい いじめ問題	霸淩問題	

——村八分(むらはちぶ)、仲間(なかま)はずれ	村八分	編註 「**村八分**」的語源來自江戶時代的一種私刑制度，對於不守村規的村民施予「**村八分**」的處罰，即村民們八成與其斷絕社交往來，只剩下「火災」及「收屍」這兩成（件事）會出手相助。
格差社会(かくさしゃかい)	M 型社會	
——経済格差(けいざいかくさ)、貧富(ひんぷ)の差(さ)	貧富差距	
——貧困層(ひんこんそう)	貧困階級	
——富裕層(ふゆうそう)	富裕階級	
——中間層(ちゅうかんそう)	中產階級	
ニート (NEET)	尼特族	＊ "Not in Employment,Education or Training" 的頭文字構成的縮寫字。指不工作、不上學、不參加培訓職業的人。
引(ひ)きこもり	閉門不出	＊長時間把自己關在家裡的的尼特族。
ネットカフェ難民(なんみん)	網咖難民	＊ "**ネットカフェ**" 的語源是 "net café"。
モラルハザード (moral hazard)	道德淪喪	
自殺(じさつ)（する）	自殺	＊在日本，一年間自殺者超過 3 萬人。
家庭内暴力(かていないぼうりょく)（DV(ディーブイ)）	家暴	＊ "DV" 是 "domestic violence"（**ドメスティックバイオレンス**）的簡稱。
差別(さべつ)（する）	歧視	
——人種差別(じんしゅさべつ)	種族歧視	
——性差別(せいさべつ)	性別歧視	
在宅介護(ざいたくかいご)	在家看護病人	

——ホームヘルパー (home helper)	家庭看護	＊和製英語。
身体［精神］障害者 (しんたい せいしん しょうがいしゃ)	身體〔精神〕殘障者	
——バリアフリー (barrier free)	無障礙	
——ユニバーサルデザイン (universal design)	通用型設計	編註 指無論高齡者、殘障人士、常人都能適宜使用的物品或生活空間等的設計。
NGO（非政府組織）(エヌジーオー ひせいふそしき)	非政府組織	＊"NGO"是"non-governmental organization"的簡稱。
ソーシャルビジネス (social business)	社會企業	
ボランティア (volunteer)	志工	
——ボランティア活動 (かつどう)	志工活動	
——ボランティアをする	當志工	
過疎 (かそ)	人煙稀少	
村おこし、町おこし (むら まち)	村落振興、市鎮振興	
インフラ	基礎設施	＊是"インフラストラクチャー"(infrastrucure）的簡稱。

★文化交流など (ぶんかこうりゅう)	★文化交流等
政府開発援助（ODA）(せいふかいはつえんじょ オーディーエー)	政府開發援助
文化交流 (ぶんかこうりゅう)	文化交流
文化 (ぶんか)	文化
文明 (ぶんめい)	文明

しゃかい 社会	社會	
れきし 歴史	歴史	
でんとう 伝統	傳統	
ライフスタイル (lifestyle)、 せいかつようしき 生活様式	生活方式	
せいかつすいじゅん　せいかつ 生活水準、生活レベル	生活水平	＊“レベル”的語源是英語的“level”。
しゅうかん 習慣	習慣	
きげん 起源	起源	
せんにゅうかん 先入観	成見、先入為主的觀念	
へんけん ——偏見	偏見	
めいしん 迷信	迷信	
しんぴ 神秘	奧祕、神祕	
げんしょう 現象	現象	
じんこう 人口	人口	
こくせいちょうさ ——国勢調査	全國人口普查	
ベビーブーム (baby boom)	嬰兒潮	
だんかい　せだい　ねん 団塊の世代（1947-1949 年）	團塊世代、人口出生率高峰期的世代	
ねんだい ゼロ年代	2000 年代	＊指 2000 年到 2009 年的那 10 年間。
がいこく 外国	外國	
がいこくじん 外国人	外國人	＊口語中，也可以說成“**外人**”（がいじん）。

にほんじん ——日本人	日本人
たいわんじん ——台湾人	台灣人
こくみん 国民	國民
しょみん 庶民	老百姓
じゅうみん 住民	居民
ひとびと 人々	人們
ひと 人	人
にんげん　じんるい 人間、人類	人類

おも　げんそめい ★主な元素名	★主要的元素名
さんそ 酸素	氧
すいそ 水素	氫
ちっそ 窒素	氮
たんそ 炭素	碳
そ フッ素（弗素）	氟
イオウ（硫黄）	硫
リン（燐）	磷
ナトリウム（Natrium）	鈉　＊其語源來自於德語。
アルミニウム（aluminium）	鋁
マグネシウム（magnesium）	鎂

カリウム (Kalium)	鉀	＊其語源來自於德語。
カルシウム (calcium)	鈣	
鉄（てつ）	鐵	
ウラン (Uran)	鈾	＊其語源來自於德語。
プルトニウム (plutonium)	鈽	
ニッケル (nickel)	鎳	
スズ (錫)	錫	
亜鉛（あえん）	鋅	
銅（どう）	銅	

★科学技術（かがくぎじゅつ）、遺伝子工学（いでんしこうがく）など	★科學技術、基因工程等
科学技術（かがくぎじゅつ）、テクノロジー (technology)	科學技術、科技
——バイオテクノロジー (biotechnology)	生物科技
——エコテクノロジー (ecotechnology)	生態科技
——ハイテク、ハイテクノロジー (high-technology)	高科技
——ナノテク、ナノテクノロジー (nano-technology)	奈米科技
先端技術（せんたんぎじゅつ）	尖端科技

科学（かがく）	科學	
——化学（かがく）	化學	＊“科学”（かがく）和“化学”（かがく）的唸法相同，為了避免混同，“化学”也唸成“ばけがく”。
研究所（けんきゅうじょ）	研究所	編註 日語的「**研究所**」指的是有專業人士在做各項專業研究的機構，比較像是研究院。如果是大學裡修讀碩士學位的研究所，日語是「**大学院（だいがくいん）**」。
——実験（じっけん）（する）	實驗	
——観察（かんさつ）（する）	觀察	
遺伝（いでん）	遺傳	
遺伝子（いでんし）	基因、遺傳因子	
遺伝子工学（いでんしこうがく）	基因工程	
ヒトゲノム	人類基因體	＊“ヒト”（人）的“ゲノム”（genome）的意思。
遺伝子組み換え技術（いでんしくみかえぎじゅつ）	基因改造技術	
クローン技術（ぎじゅつ）	複製技術	＊“クローン”的語源是英語的“clone”。
ES細胞（イーエスさいぼう）、胚性幹細胞（はいせいかんさいぼう）	ES 細胞、胚胎幹細胞	
iPS細胞（アイピーエスさいぼう）、人工多能性幹細胞（じんこうたのうせいかんさいぼう）	iPS 細胞	
——再生医療（さいせいいりょう）、再生医学（さいせいいがく）	再生醫學	
ユビキタス（ubiquitous）	無所不在	＊其語源來自拉丁語。指隨時隨地能上網的環境。
——ユビキタス社会（しゃかい）	無所不在的網路社會	
——ユビキタス・ネットワーク（ubiquitous network）	無所不在的網路	

——ユビキタス・コンピューティング (ubiquitous computing)	無所不在的電腦運算
フェルマー (Fermat) の最終定理（さいしゅうていり）	費馬最後定理
ポアンカレ (Poincaré) 予想（よそう）	龐加萊猜想
リーマン (Rieman) 予想（よそう）	黎曼猜想
開発（かいはつ）（する）	開發
発展（はってん）（する）	發展
進歩（しんぽ）（する）	進步
発明（はつめい）（する）	發明
発見（はっけん）（する）、見（み）つける	發現
進化（しんか）（する）	進化
——進化論（しんかろん）	進化論
——ガラパゴス化（か）、ガラパゴス症候群（しょうこうぐん）	加拉帕戈斯綜合症 ＊“ガラパゴス”的語源是“Galápagos”。 編註 指與世隔絕，獨自進化的狀況。特別指 IT 技術、基礎設備、提供服務朝獨樹一格的狀況發展，到頭來產品難以與國際規格接軌，反而難責失去競爭力的現象。
突然変異（とつぜんへんい）	突變
細胞（さいぼう）	細胞
固体（こたい）	固體

液体（えきたい）	液體	
気体（きたい）	氣體	
理論（りろん）	理論	
仮説（かせつ）	假設	
——仮説（かせつ）を立（た）てる	提出假設	
ロボット（robot）	機器人	
人工知能（じんこうちのう）（ＡＩ）（エーアイ）	人工智慧	＊"AI"是"artificial intelligence"的簡稱。
化石（かせき）	化石	
絶滅（ぜつめつ）（する）	滅絕	
恐竜（きょうりゅう）	恐龍	
ティラノサウルス（Tyrannosaurus）、Ｔ（ティー）・レックス（T.rex）	暴龍	
ミステリーサークル（mystery circle）	麥田圈	
ミイラ（木乃伊）	木乃伊	＊其語源是葡萄牙語的"mirra"。
博物館（はくぶつかん）	博物館	

★想像上（そうぞうじょう）のものたち	★科幻世界裡的事物等
タイムマシン（time machine）	時光機
タイムトラベル（time travel）	時空旅行

——タイムスリップ (time slip)	回到過去或到達未來、穿越	
かいじゅう 怪獣	怪獸	
かいぶつ　ばもの 怪物、化け物	怪物	＊“**化け物**”也包含妖怪等，指各種妖和怪的東西。
ようかい 妖怪	妖怪	＊為了紀念漫畫家水木茂（**水木しげる**），在他的故鄉鳥取縣境港市立有上百個妖怪的銅像。
ゆうれい　ば 幽霊、お化け、もののけ (物の怪)	幽靈、鬼	＊“**お化け**”也包含妖怪。
かいだん ——怪談	怪談、鬼故事	
ひゃくものがたり ——百物語	百物語	＊數人準備好 100 根蠟燭，輪流講鬼故事。每講完一個鬼故事就吹滅一根。當 100 根都吹完之後，據説將會發生可怕的事情（會有妖怪現身之類的）。
まほうつか 魔法使い	魔法師	
まじょ ——魔女	魔女	
まほう ——魔法	魔法	
こびと 小人	矮人	
にんぎょ 人魚	美人魚、人魚	
きゅうけつき 吸血鬼	吸血鬼	
——ドラキュラ (Dracula)	德古拉	
おおかみおとこ 狼男	狼人	
フランケンシュタイン (Frankenstein)	科學怪人	
ツチノコ	土龍	＊在日本身體像槌，蛇形的未確認動物。

天狗（てんぐ）	天狗	＊傳說中的高鼻紅面會飛的怪物。
火の玉（ひのたま）、人魂（ひとだま）	鬼火	
雪女（ゆきおんな）	雪女	
河童（かっぱ）	河童	＊傳說中的頭上頂著盤子的像孩童的水生動物。
鬼（おに）	日本長角妖怪	＊日本所謂的鬼是擁有人形、有角、且會吃人的傳說中的怪物。
座敷（ざしき）わらし（座敷童子）	座敷童子	＊東北地區的傳說中，蓄留鮑伯髮型，孩童樣貌的妖怪。

（人気（にんき）の博物館（はくぶつかん））	（人氣博物館）
江戸東京博物館（えどとうきょうはくぶつかん）（東京都（とうきょうと））	江戶東京博物館
東京国立博物館（とうきょうこくりつはくぶつかん）（東京都（とうきょうと））	東京國立博物館
京都国立博物館（きょうとこくりつはくぶつかん）（京都府（きょうとふ））	京都國立博物館
国立民族学博物館（こくりつみんぞくがくはくぶつかん）（大阪府（おおさかふ））、民博（みんぱく）	國立民族學博物館
国立歴史民俗博物館（こくりつれきしみんぞくはくぶつかん）（千葉県（ちばけん））、歴博（れきはく）	國立歷史民俗博物館
国立科学博物館（こくりつかがくはくぶつかん）（東京都（とうきょうと））	國立科學博物館

住（す）む

居住

1. 住處和周邊

★最重要語（さいじゅうようご）&表現（ひょうげん）	★重要詞彙 & 表現	
住む（す）	住	
住まい（す）、住居（じゅうきょ）	住處	＊談到對方的住處時稱為“お住まい”。
住宅（じゅうたく）	住宅	
——集合住宅（しゅうごうじゅうたく）	公寓大廈	
——一戸建て（いっこだ）、戸建て（こだ）、一軒家（いっけんや）	透天厝	＊“一戸建て”是“一戸建て住宅”（いっこだてじゅうたく）的簡稱。
アパートを探す（さが）、部屋（へや）を探す（さが）	找公寓、找房子	
アパートを見つける（み）	找到公寓	
アパートを借りる（か）	租公寓	
——アパートを貸す（か）	出租公寓	
部屋代（へやだい）を払う（はら）	交房租	
引っ越し（ひこ）をする、引っ越す（ひこ）	搬家	
——移る（うつ）	搬遷	
ホームステイ（homestay）	寄宿家庭	
賃貸契約（ちんたいけいやく）	租屋契約	＊在日本的公寓合同是一般 2 年，然後再更新。
部屋代（へやだい）、家賃（やちん）	房租	

管理費(かんりひ)、共益費(きょうえきひ)	管理費	
敷金(しききん)、保証金(ほしょうきん)	押金	
礼金(れいきん)	酬謝金	*在日本搬家時房東不會退還這筆錢。這是在日本租房時才有所需給房東的錢，這點與台灣不同。
生活費(せいかつひ)	生活費	
——～費(ひ)、～代(だい)、～料金(りょうきん)	～費	
水道光熱費(すいどうこうねつひ)	水電瓦斯費	*在日本，一般水費兩個月繳一次，其他費用則是一個月繳交一次。可由銀行自動轉帳或定期支付。
——電気料金(でんきりょうきん)、電気代(でんきだい)	電費	
——ガス料金(りょうきん)、ガス代(だい)	瓦斯費	
——水道料金(すいどうりょうきん)、水道代(すいどうだい)	水費	
公共料金(こうきょうりょうきん)	指日本生活所必需用到的水電、能源、保險、電話等費用的總稱。	
店子(たなこ)、借家人(しゃくやにん)、テナント(tenant)	房客	*“**借家人**”也唸成“**しゃっかにん**”。另外“**テナント**”多指以店鋪或公司的身分進行法人性承租。
——賃借人(ちんしゃくにん)	承租人	
保証人(ほしょうにん)	保證人	
大家(おおや)、家主(やぬし)	房東	*常親切地稱為“**大家さん**”、“**家主さん**”。
地主(じぬし)	地主	*常親切地稱為“**地主さん**”。
管理人(かんりにん)	管理員	*常親切地稱為“**管理人さん**”。
お手伝(てつだ)いさん、家政婦(かせいふ)さん	褓姆	*也稱為“**メード**”（maid）。
隣人(りんじん)、隣近所(となりきんじょ)	鄰居	*常親切地稱為“**お隣さん**”（おとなりさん）。

★住まい（す）	★住處	
家（いえ）	家、房屋	＊也唸成“うち”。
マイホーム（my home）、持ち家（もちいえ）	私人房屋、私宅	＊和製英語。“マイホーム”也有我的家的意思。
借家（しゃくや）	租的房屋、租房	
アパート	日式公寓	＊“アパート”是“アパートメントハウス”（apartment house）的簡稱，多指平房或 2 層樓的木房。
マンション（mansion）	公寓大樓	＊“マンション”一般指 3 層樓以上用鋼筋水泥建造的房子。
ワンルームマンション（1R、one-room mansion）、ワンルーム	套房	＊和製英語。
高層マンション（こうそう）	高樓大廈	＊高達 20 層樓以上時，也叫成和製英語的“タワーマンション”（tower mansion）。
賃貸マンション（ちんたい）	出租公寓	
分譲住宅（ぶんじょうじゅうたく）	日式分讓住宅	編註 將土地跟房子一起購買的日式住宅。與一般只買一棟大樓中的某一戶的台灣購屋模式不太一樣。
——分譲マンション（ぶんじょう）	日式分讓公寓	編註 在「分讓住宅」的概念中，以「マンション」的型態存在的住宅。
——建売住宅（たてうりじゅうたく）	日式訂作住宅	編註 比較像是訂做房子。建設公司受買房者個人的委託，設計並建造房子的住宅。一般常見透天厝的獨戶型態。
大邸宅（だいていたく）、豪邸（ごうてい）	豪宅	
プレハブ住宅（じゅうたく）（prefab）	組合屋	
団地（だんち）	住宅區、工業區	

ログハウス（log house）	小木屋	＊和製英語。小間的也叫 **"丸太小屋"**（まるたごや）。
べっそう 別荘	別墅	＊在風景優美之處建造的用來避暑或避寒用的獨院樓房。
ひらや 平屋	日式平房	
はっかいだ 八階建て	八層樓的建築物	
にせたいじゅうたく 二世帯住宅	日式三代同堂住宅	**編註** 指日本可以同時容下祖、子、孫三代同住的設計房屋。
じゅうたく 住宅ローン	房貸	＊ **"ローン"** 的語源是英語的 "loan"。
リフォーム（reform）、 リノベーション（renovation）	整修	＊ **"リノベーション"** 是大規模的。
たいしん 耐震	抗震	＊在房地產業界也使用 **"免震"**（めんしん）或 **"制震"**（せいしん）的行話。
たいしんこうぞう ──耐震構造	抗震結構	
ふどうさんがいしゃ　ふどうさんや 不動産会社、不動産屋	房屋仲介公司	
ちゅうかいてすうりょう ──仲介手数料	仲介費	
てつけきん　てつ ──手付金、手付け	訂金	
ぶっけん 物件	樓房、房子	
どうさん 動産	動產	
ふどうさん 不動産	不動產	
とち 土地	土地	
ゼネコン	總承包商	＊為 "general contractor" 的簡稱。

★不動産広告の頻出表現	★房屋廣告裡的常用表現	
専有面積（せんゆうめんせき）	室內私有面積	編註 指不含任何公設及私人室外部分（包括露台、陽台、一樓平房前面外的小院等）的室內面積。
間取り（まどり）	格局	
——間取り図（まどりず）	房屋配置圖	＊也寫成"**間取図**"。
DK（ディーケー）（dining kitchen）	廚房和餐廳合成為一的空間	
1K（ワンケー）	廚房為單獨的一個空間	
2DK、2LDK	二室一廳	＊"2DK"和"2LDK"分別唸成"**ニーディーケー**"、"**ニーエルディーケー**"。另外"LDK"（**エルディーケー**、living dining kitchen）是比"DK"（**ディーケー**、dining kitchen）更大，通常八塊榻榻米以上的為"LDK"。
3DK、3LDK	三室一廳	＊"3DK"和"3LDK"分別唸成"**サンディーケー**"、"**サンエルディーケー**"。
洋室（ようしつ）、洋間（ようま）	洋式房間	＊房間的大小由平方公尺（**平方メートル**、㎡）表示。"**平方メートル**"（**へいほうめーとる**）也可使用"**平米**"（**へいべい**）。
和室（わしつ）、日本間（にほんま）	和式房間	＊表示單位是"**畳**"（**じょう**），"**2畳**"（**にじょう**）是3.3平方公尺（大約1坪）。
——4畳半（よじょうはん）	四塊半榻榻米	
——6畳（ろくじょう）	六塊榻榻米	
——8畳（はちじょう）	八塊榻榻米	
——10畳（じゅうじょう）	十塊榻榻米	
木造造（もくぞうづくり）、木造（もくぞう）	木造結構	

づくり コンクリート造	混凝土結構	＊“**コンクリート**”的語源是英語的“concrete”。
てっきん　づくり 鉄筋コンクリート造、 てっこつてっきん　づくり 鉄骨鉄筋コンクリート造	鋼筋混凝土結構	＊“**鉄骨鉄筋コンクリート造**”是樑柱裡使用鋼筋和鋼鐵打造的結構。
しんちくじゅうたく 新築住宅	新居	＊在日本指落成後不到 1 年，沒人住過的房子。另外建完後 2 年以上沒有人住的公寓或 1 年以上的獨棟的房子叫“**未入居**”（**みにゅうきょ**）。
ちゅうこじゅうたく 中古住宅	中古屋	
ちくさんねん 築三年	完工三年	
しききん 敷金なし	不需押金	
しきれい 敷礼なし	不需押金和酬謝金	
おうそうだん 応相談	可商議	
そな　つ　かぐ 備え付けの家具あり	附家具	
そくにゅうか 即入可	隨時可入住	
えきとほさんぷん 駅徒歩３分	從車站步行三分鐘	＊通常步行一分　（**徒歩1分**）指大約 80 公尺，所以“**駅徒歩３分**”是從車站大約 240 公尺的意思。
えきちか 駅近	離車站很近	
こうつう　べん 交通の便がいい	交通方便	
みなみむ　へや 南向きの部屋	房間面向南方	
ひあ　へや 日当たりのいい部屋	房間採光好	＊“**日当たり**”也寫成“**日当り**”或“**陽当り**”等。
しず　りっち 静かな立地	安靜的地方	
か ペット可	可養寵物	

(その他の広告表現)　（其他的廣告表現）

モデルルームオープン (model room open)	公開樣品屋	＊和製英語。獨棟的房子叫“**モデルハウスオープン**”（model house open）。
モニター付きの自動開閉システム	監控式自動開關系統	＊“**モニター**”的語源是英語的“monitor”。
24時間セキュリティーシステム	24小時保全系統	＊“**セキュリティー**”的語源是英語的“security system”。
ユニットバス (unit bath)	一體化浴室	＊和製英語。 編註「**ユニットバス**」是台灣的基本款。但是由於在日本的住家有很多仍是浴室及廁所分離，所以有此單字。
セントラルヒーティング (central heating)	輸送暖氣的中央空調	
駐車スペース	停車位	＊“**スペース**”的語源來自英語的“space”。
大理石の床	大理石的地板	
——御影石、花崗岩	花崗岩	

在日本，租房子時請先看該地區房屋仲介所立的廣告開始著手。

黃金地段和高級公寓的昂貴租金也會依距離車站的遠近而價格有所不同。一般來說，離車站越遠則價格會越便宜。

★家の周り(いえ/まわ)	★住居的周圍	
門(もん)	大門	
塀(へい)	圍牆	
柵(さく)、フェンス(fence)	圍欄	
垣根(かきね)	籬笆	
生け垣(いけがき)	樹籬	
ガレージ(garage)、車庫(しゃこ)	車庫	
——カーポート(carport)	日式車棚	編註 是指在日本只有設置屋頂的簡易車棚。
庭(にわ)	院子、庭院	
裏庭(うらにわ)	後院	
ガーデンテーブル(garden table)	庭園桌子	
屋根(やね)	屋頂	
屋上(おくじょう)	頂樓	
風見鶏(かざみどり)	風向雞	
瓦屋根(かわらやね)	日式瓦片屋頂	
瓦(かわら)	瓦	
スレート(slate)	石板	
アンテナ(antenna)	天線	
——BS(ビーエス)アンテナ	小耳朵	＊是為了收視衛星轉播電視節目。“BS”的語源是英語的“broadcasting satellite”。

ひらいしん 避雷針	避雷針	
せん アース線	接地線	＊“アース”的語源是英語的“earth”。
ブレーカー（breaker）	斷路器	
ヒューズ（fuse）	保險絲	
シャッター（shutter）	鐵捲門	
じょうげすいどう 上下水道	上下水道	
じょうすいどう ——上水道	上水道	
げすいどう ——下水道	下水道	
じゃぐち ——蛇口	水龍頭	
ゆうびんう 郵便受け	信箱	
ひょうさつ 表札	門牌	
げんかん 玄関	（日式房屋裡的）玄關	
げんかん 玄関マット	玄關的腳墊	＊“マット”的語源是英語的“mat”。
よ りん 呼び鈴	門鈴	
インターホン（interphone）	室內對講機	＊和製英語。
ドアノブ（doorknob）	把手	
あな ドアののぞき穴	（門上的窺視孔）貓眼	
ドアチェーン（door chain）	鏈條鎖	
ちょうつがい ——蝶番	鉸鍊	

まど ★間取りなど	★格局等
ゆか 床	地板
フローリング（flooring）	木頭地板
じゅうたん、カーペット（carpet）	地毯
くつばこ　げたばこ 靴箱、下駄箱	鞋櫃
てんじょう 天井	天花板
はしら 柱	柱子、樑柱
かべ 壁	牆壁
かべがみ 壁紙	壁紙
お　い 押し入れ	日式壁櫥　＊也寫成“**押入れ**”。
でんとう 電灯	電燈
でんきゅう ——電球	燈泡
しょうめい き ぐ ——照明器具	照明器具
シャンデリア（chandelier）	水晶燈
けいこうとう 蛍光灯	日光燈
まど 窓	窗戶
まど ——窓ガラス	玻璃窗戶
——ガラス（glas）	玻璃　＊其語言來自於荷蘭語。
あみ ど 網戸	紗窗

カーテン(curtain)	窗簾	
ブラインド(blind)	百葉窗	
リビング、居間(いま)	起居室、客廳	＊“リビング”是“リビングルーム”(living room)的簡稱。
リビングダイニング(LD)	起居室和飯廳	＊“リビングダイニングルーム”(living-dining room)的簡稱。
ダイニング(D)	飯廳	＊“ダイニングルーム”(dining room)的簡稱。
寝室(しんしつ)、ベッドルーム(bedroom)	臥室	
子(こ)ども部屋(べや)	兒童房	
屋根裏部屋(やねうらべや)、ロフト(loft)	閣樓	
物置(ものおき)、納戸(なんど)	儲藏室	
台所(だいどころ)、キッチン(kitchen)	廚房	
――システムキッチン(system kitchen)	系統廚具	＊和製英語。
洗面所(せんめんじょ)	盥洗室	
地下室(ちかしつ)	地下室	
ベランダ(veranda)	陽台	＊“ベランダ”指有屋頂的陽台。
バルコニー(balcony)、テラス(terrace)	露台	＊位於一樓的露台叫“テラス”。

★家具(かぐ)、インテリア用品(ようひん)など ★家具、室內裝潢用品等	
家具(かぐ)	家具

12 居住

インテリア用品(ようひん) (interior)	室內裝潢用品	
洋服(ようふく)だんす、たんす、クローゼット (closet)	衣櫃	＊也寫成“**クロゼット**”。
ウオークインクローゼット (walk-in closet)	衣櫥間	
——引(ひ)き出(だ)し	抽屜	
——ハンガー (hanger)	衣架	
——防虫剤(ぼうちゅうざい)、虫除(むしよ)け	防蟲劑	
——湿気取(しっけと)り	除濕劑	
化粧台(けしょうだい)、ドレッサー (dresser)、鏡台(きょうだい)	梳妝台	
三面鏡(さんめんきょう)	三面鏡	
姿見(すがたみ)	穿衣鏡、全身鏡	
棚(たな)	架子	
本棚(ほんだな)	書架、書櫃	
ガラス戸棚(とだな)	玻璃櫃	
食器棚(しょっきだな)	餐具櫃	
カラーボックス (color box)	收納櫃	＊和製英語。
テーブル (table)	桌子	
食卓(しょくたく)	餐桌	
折(お)り畳(たた)み式(しき)テーブル	折疊桌	

——テーブルクロス (tablecloth)	桌布	
——ランチョンマット (luncheon mat)	餐墊	＊和製英語。
机（つくえ）、書斎机（しょさいづくえ）、文机（ふみづくえ）	書桌	
学習机（がくしゅうづくえ）	兒童書桌	
椅子（いす）	椅子	
——背（せ）もたれ	椅背	
回転椅子（かいてんいす）	轉椅	
肘掛け椅子（ひじかけいす）	扶手椅	
ロッキングチェア (rocking chair)	搖椅	
ソファー (sofa)	沙發	
オットマン (ottoman)	腳凳	
クッション (cushion)	抱枕	
座布団（ざぶとん）	日式坐墊	

2. 日常用品和零星小物類

★調度品と小物類（ちょうどひん こものるい）	★日常用品和零星小物類	
日用品（にちようひん）	日用品	
植木鉢（うえきばち）	花盆	
——植木（うえき）	栽種的樹〔花木〕	
花瓶（かびん）	花瓶	
——じょうろ	澆花器	
電気スタンド（でんき）、卓上スタンド（たくじょう）	檯燈	＊"スタンド"的語源是英語的"stand"。
空気清浄器（くうきせいじょうき）	空氣清淨器	
加湿器（かしつき）	加濕器	
置き時計（おどけい）	座鐘	
掛け時計（かどけい）、柱時計（はしらどけい）	掛鐘	
——振り子時計（ふこどけい）	擺鐘	
砂時計（すなどけい）	沙漏	
マガジンラック(magazine rack)	書報架	
カレンダー(calendar)、暦（こよみ）	日曆、月曆	＊主要是指掛曆。每天撕去一頁的叫"日めくり"（ひめくり）。
卓上カレンダー（たくじょう）	桌曆	

ちょきんばこ 貯金箱	撲滿	
ほうせきばこ 宝石箱、アクセサリーケース（accessory case）	珠寶盒	
オルゴール（orgel）	音樂盒	＊其語源來自荷蘭語。
かけいぼ 家計簿	家計簿	
ペーパーナイフ（paper knife）	拆信刀	
た ペン立て	筆筒	＊“ペン”的語源是英語的“pen”。
しゃしんた 写真立て、フォトフレーム（photo frame）、フォトスタンド（photo stand）	相框	＊“フォトスタンド”是和製英語。
——デジタルフォトフレーム（digital photo frame）	數位相框	
でんたく 電卓	電子計算機	
たいじゅうけい 体重計、ヘルスメーター（health meter）	體重計	＊和製英語。
かご、バスケット（basket）	籃子	
みみ 耳かき	掏耳棒	
つめき 爪切り	指甲刀	
まごて 孫の手	不求人	
うちわ（団扇）	團扇	
おんどけい 温度計	溫度計	
かさ 傘	傘	

あまがさ 雨傘	雨傘	
お　たた　がさ 折り畳み傘	折疊傘	
がさ ビニール傘	塑膠傘	＊“ビニール”的語源是英語的“vinyl”。
しょうしゅうほうこう 消臭芳香スプレー	芳香噴霧劑	＊“スプレー”的語源是英語的“spray”。
きゅうきゅうばこ 救急箱	急救箱	
じょうびやく ——常備薬	常備藥	
さっちゅうざい 殺虫剤	殺蟲劑	
か　と　せんこう 蚊取り線香	蚊香	＊蚊香是大約 120 年前由日本所發明。
でんしかと 電子蚊取り	電蚊香	
ハエたたき	蒼蠅拍	
「ごきぶりホイホイ」	蟑螂屋	＊原本是驅蟲用品的名牌引申出來的慣稱。
かみ くずかご、紙くずかご、 い くず入れ	字紙簍	

圖為日本街頭的藥妝店。商品除了藥品之外，還有賣化妝品、日常生活用品等，十分方便。

3. 廚房・打掃・洗衣

★家電製品（かでんせいひん）など	★家用電器等	
家電（かでん）	家電	
——デジタル家電（かでん）	數位家電	
——省（しょう）エネ家電（かでん）	節能家電	
暖房器具（だんぼうきぐ）	暖氣設備	
ストーブ（stove）	暖爐	
電気（でんき）ストーブ	電暖爐	
石油（せきゆ）ストーブ、石油（せきゆ）ファンヒーター	煤油暖爐	＊“ファンヒーター”的語源是英語的“fan heater”，是帶有送風功能的煤油暖爐。
——灯油（とうゆ）	煤油	
ガスストーブ（gas stove）	煤氣暖爐	＊和製英語。
（ホーム）こたつ、電気（でんき）こたつ	日式被爐桌	＊“ホーム”的語源是英語的“home”。
流（なが）し台（だい）、流（なが）し、シンク（sink）	水槽	
換気扇（かんきせん）	換氣扇	
吊（つ）り戸棚（とだな）	（架高的）櫥櫃	
電気（でんき）オーブン、オーブン（oven）	電烤箱	
電子（でんし）レンジ、レンジ（range）	微波爐	＊另外還具電烤箱功能的叫“オーブンレンジ”（oven range）。

12 居住

——チンする	用微波爐加熱	＊口語。由於微波爐工作完後發出的“**チン**”的聲音，所以微波加熱稱為「**チンする**」。
トースター（toaster）	烤麵包機	＊另還帶電烤箱功能的叫“**オーブントースター**”（oven-toaster）。
IH(アイエイチ)クッキングヒーター（IH cooking heater）	IH 調理爐	
フードプロセッサー（food processor）	食物調理機	
ミキサー（mixer）、ジューサーミキサー（juicer mixer）	果汁機	＊和製英語。
ガス湯沸(ゆわ)かし器(き)	熱水器	
ガステーブル（gas table）、ガスレンジ（gas range）	瓦斯爐	＊和製英語。
ガス（gas）	瓦斯	
——都市(とし)ガス	天然氣	＊主要是輸送以甲烷（**メタン**、methane）為主要成分的天然氣。
——プロパンガス（propane gas）、ＬＰ(エルピー)ガス（liquefied petroleum gas）	液化瓦斯	＊和製英語。
——プロパンガスのボンベ（Bombe）	瓦斯桶	＊其語源來自於德語。
——ガス栓(せん)、ガスコック（gas cock）	煤氣開關	
——ガス漏(も)れ	瓦斯漏氣	
電気炊飯器(でんきすいはんき)、炊飯器(すいはんき)	電鍋	
冷蔵庫(れいぞうこ)	冰箱	

冷凍室(れいとうしつ)、フリーザー(freezer)	(冰箱的)冷凍	
魔法瓶(まほうびん)、電気(でんき)ポット、ポット(pot)	熱水瓶	

★台所用品(だいどころようひん)など	★廚房用品等	
台所用品(だいどころようひん)	廚房用品	
調理器具(ちょうりきぐ)	烹飪器具	
包丁(ほうちょう)	西式菜刀	
和包丁(わぼうちょう)	日式菜刀	
中華包丁(ちゅうかぼうちょう)	菜刀	
まな板(いた)	砧板	
麺棒(めんぼう)	擀麵棒	
鍋(なべ)	鍋子	
フライパン(frypan)	平底鍋	
中華鍋(ちゅうかなべ)	炒菜鍋	
圧力鍋(あつりょくなべ)、圧力釜(あつりょくがま)	壓力鍋	
土鍋(どなべ)	沙鍋	
ステンレス鍋(なべ)	不鏽鋼鍋	*"ステンレス"的語源來自英語的"stainless"。
蒸し器(むしき)	蒸鍋	
せいろう(蒸籠)	蒸籠	*也叫"せいろ"。

12 居住

やかん	茶壺	
ボウル (bowl)	不鏽鋼碗	
ざる	篩子	
しゃもじ	飯匙	
玉(たま)じゃくし、お玉(たま)	長湯匙	
穴(あな)じゃくし	漏孔湯匙	
網(あみ)じゃくし	網狀湯匙	
フライ返(がえ)し	鍋鏟	＊“**フライ**”的語源來自英語的“fry”。
泡立(あわだ)て器(き)	打蛋器	
ラップ、サランラップ (Saran Wrap)	保鮮膜	＊“**ラップ**”是“**ラップフィルム**”（wrap film）的簡稱。另外“**サランラップ**”是知名的保鮮膜品牌。
——ラップする	用保鮮膜包起	
タッパーウェア (Tupperware)、タッパー	特百惠（塑膠保鮮盒）	＊是有名的品牌，也作為商品名常用。
アルミホイル (aluminium foil)、アルミ箔(はく)	鋁箔	＊也稱為“**銀紙**”（ぎんがみ）。
栓抜(せんぬ)き	開瓶器	
缶切(かんき)り	開罐器	
コークスクリュー (corkscrew)、ワインオープナー (wine opener)	紅酒開瓶器	
クルミ割(わ)り	胡桃鉗	

おろし金(がね)、おろし器(き)	刨刀、刨切器	
皮(かわ)むき器(き)	削皮器、削皮刀	
すり鉢(ばち)	擂缽	
——すりこぎ	擂棒	
チャッカマン	點火器	＊是知名的品牌名，久了就成為「點火器」的慣稱。
はかり（秤）	秤	
計量(けいりょう)カップ	量杯	
計量(けいりょう)スプーン	量匙	
クッキングペーパー（cooking paper）、クッキングシート（cooking sheet）	吸油紙	＊“クッキングシート”是和製英語。微波爐做菜時用的半透明的耐熱性的紙。
キッチンペーパー（kitchen paper）、ペーパータオル（paper towel）	廚房紙巾	＊“キッチンペーパー”是和製英語。
鍋(なべ)つかみ	隔熱手套	
エプロン（apron）	圍裙	
水切(みずき)りかご	瀝水籃	
三角(さんかく)コーナー	三角形瀝水架	＊“コーナー”的語源來自英語的“corner”。
食器(しょっき)	餐具	
食器洗(しょっきあら)い機(き)	洗碗機	
食器乾燥機(しょっきかんそうき)	烘碗機	
洗剤(せんざい)、台所用洗剤(だいどころようせんざい)	洗潔精	

スポンジ（sponge）	菜瓜布	
金属（きんぞく）たわし、スチールウール（steel wool）	鐵絲球刷	＊“たわし”原是指使用椰子纖維做成的強力刷子。
布巾（ふきん）	（擦碗盤用的）抹布	

★掃除（そうじ）と洗濯（せんたく）	★打掃和洗衣
掃除（そうじ）をする	打掃
掃除機（そうじき）	吸塵器
はたき	撢子
ほうき	掃帚、掃把
ちり取（と）り	畚箕
雑巾（ぞうきん）	（總體居家打掃用的）抹布
——磨（みが）く	搓、（來回地）擦
——こする	擦
バケツ（bucket）	水桶
——ポリバケツ（poly bucket）	塑膠水桶
モップ（mop）	拖把
ほこり、ちり	灰塵
——ハウスダスト（house dust）	室內灰塵
洗濯（せんたく）する	洗滌

あら ——洗う	洗
よご ——汚れ	污垢
ひょうはく 漂白する	漂白
だっすい 脱水する	脫水
しぼ 絞る	擰
ほ　　かわ 干す、乾かす	曬乾
アイロンをかける	熨
ふく　たた 服を畳む	折衣服

せんたくき 洗濯機	洗衣機　＊口語稱為“せんたっき”。
かんそうき 乾燥機	乾衣機
せんたくかんそうき 洗濯乾燥機	洗衣乾衣機
ものほ 物干しハンガー	曬衣架
ものほ 物干しざお	曬衣桿
せんたくもの 洗濯物	要洗的衣物、要曬的衣物
せんざい　せんたくようせんざい 洗剤、洗濯用洗剤	洗衣粉、洗衣精
せんたく 洗濯のり	洗衣用粉漿
じゅうなんざい 柔軟剤	柔軟劑
ひょうはくざい 漂白剤	漂白劑
ホース (hose)	水管
せんたく 洗濯ばさみ	曬衣夾

ひも、ロープ（rope）	繩子	
アイロン（iron）	熨斗	
アイロン台（だい）	燙衣板	

廃品回収（はいひんかいしゅう）	廢物回收	＊一般業者會車到住宅區裡回收較大型難以丟棄的廢品，這時打電話委託的民眾，就需付費給回收業者。
ごみ袋（ぶくろ）	垃圾袋	
家庭（かてい）ごみ	家庭垃圾	
生（なま）ごみ	廚餘	＊是生的食物原料和剩飯菜等的垃圾。
資源（しげん）ごみ	資源垃圾	
粗大（そだい）ごみ、大型（おおがた）ごみ	大型垃圾	
可燃（かねん）ごみ、燃（も）えるごみ、燃（も）やすごみ	可燃垃圾	
不燃（ふねん）ごみ、燃（も）えないごみ、燃（も）やさないごみ	不可燃垃圾	
ごみの回収日（かいしゅうび）、ごみの日（ひ）	垃圾回收日	
分別回収（ぶんべつかいしゅう）	分類回收	
分別（ぶんべつ）ごみ	垃圾分類	＊隨著居住區域的不同，每週家庭垃圾回收的日期也不同。比如某區可燃垃圾日的回收日是星期一和星期五、瓶罐類垃圾則是星期二、不可燃垃圾是星期四。另外報紙、雜誌、廢布等每月也有指定的回收日期。
——古紙（こし）	廢紙	
——古布（ふるぎれ）	廢布	

4. 影音播放設備

★ハイビジョンテレビ、ブルーレイディスクなど	★高清電視、藍光片等	
AV 機器（きき）	AV 影音設備	＊“AV”（エーブイ）是“Audio-Visual”（オーディオ・ビジュアル）的簡稱。
ハイビジョンテレビ（Hi-vision TV）	高清電視	
液晶（えきしょう）テレビ	液晶電視	
——薄型（うすがた）テレビ	平面顯示器	
——大画面（だいがめん）テレビ	大螢幕電視	
——ブラウン管（かん）テレビ	映像管電視	＊“ブラウン”源於德語的“Braun”。
プラズマテレビ（plasma TV）	電漿電視	
有機（ゆうき）EL テレビ	有機電激發光電視	＊“EL”（イーエル）是“Electro-Luminescence”的簡稱。
双方向（そうほうこう）テレビ	互動電視	
ケーブルテレビ（CATV（シーエーティービー））	有線電視	
NTSC 方式（ほうしき）	美規（NTSC）	＊“NTSC”（エヌティーエスシー）是日本、台灣所使用的影像播放規格。
PAL 方式（ほうしき）	歐規（PAL）	＊“PAL”（パル）是中國等國家所使用的影像播放規格。
プロジェクター（projector）	投影機	
ホームシアター（home theater）	家庭劇院	

ハードディスクレコーダー (hard disk recorder)、HDD レコーダー	硬碟式錄放影機
ブルーレイレコーダー (Blu-ray recorder)、BD レコーダー	藍光錄放影機
ブルーレイディスク (Blu-ray Disk)	藍光光碟
ディーブイディー DVD レコーダー (DVD recorder)	DVD 錄放影機
DVD プレーヤー (DVD player)	DVD 播放器
ビデオデッキ (video deck)	錄影機
ビデオテープ (videotape)	錄影帶
シーディー ——ビデオ CD	VCD　　＊VCD 在日本幾乎沒有被使用過。
CD プレイヤー (CD player)	CD 音響
おんがく 音楽 CD	CD 唱片
テープレコーダー (tape recorder)	錄音機
カセットテープ (cassette tape)	卡帶、錄音帶
レコードプレーヤー (record player)	黑膠唱盤播放器
レコード (record)	黑膠唱盤
ラジオ (radio)	收音機

ラジカセ	收錄音機	＊為和製英語的“ラジオカセット”（radio cassette）的簡稱。
アンプ	放大器、揚聲器	＊為“アンプリファイアー”（amplifier）的簡稱。
スピーカー (speaker)	喇叭	
チューナー (tuner)	調諧器	
イヤホン (earphone)	耳機	
——ヘッドホン (headphone)	全罩式耳機	
テーブルタップ (table tap)	延長線、多頭插座	
電源(でんげん)コード (cord)	電源線	
録音(ろくおん)する	錄音	
録画(ろくが)する	錄影	
録画(ろくが)を再生(さいせい)する	放影、播放影像	
ダビングする (dubbing)	複製；影音後製；配音剪接	

圖為東京秋葉原。這裡匯集了大量的賣高清電視、藍光錄放影機、數位相機、數位攝影機等電器用品的店。

在著名的電器街秋葉原裡，漫畫店和女僕咖啡廳等流行次文化的匯集，也形成了這裡的知名特色。

5. 傳統的日式住宅

にほん　こみんか ★日本の古民家	★日式的古風的房子	
にほんかおく 日本家屋	日式住宅	＊具有 100 年歷史以上的也被稱為**“古民家”**（こみんか）。
つちかべ 土壁	土牆	
かべ しっくい壁（漆喰壁）	粉牆	＊多指老式房屋的白色牆壁。
やね わらぶき屋根	稻草屋頂	
やね かやぶき屋根	茅草屋頂	
はり 梁	樑	
むなぎ 棟木	大樑	編註 是指在日式房屋屋頂的三角結構中，內側最頂部的那根樑木。
しきい 敷居	門檻	
どま 土間	土間	＊指日式房屋裡未鋪設地板，只有地面露出來或鋪設瓷磚的地方。
かまど	大灶	
えんがわ 縁側	屋簷下的走廊	
とこ　ま 床の間	日式壁龕	＊一般都會掛畫軸之類等。
か　じく ──掛け軸	掛軸、掛畫	
ざしき 座敷	鋪著榻榻米的房間	
たたみ ──畳	榻榻米	＊關東地區和關西地區的榻榻米的大小不同。
たてぐ 建具	各種日式拉門的總稱	

雨戸（あまど）	防雨木板窗	
ガラス戸（ど）	日式玻璃推門	
障子（しょうじ）、ふすま（襖）	日式紙推門	＊“**障子**”是家中貼著白色和紙的用來採光的木格推門、“**ふすま**”則是貼著厚和紙不透光的木格推門。
神棚（かみだな）	日式神龕	
仏壇（ぶつだん）	日式佛龕	
びょうぶ（屏風）、ついたて（衝立）	屏風	＊“**びょうぶ**”是折疊式的，“**ついたて**”則是下方有台座，不能折疊的。
いろり（囲炉裏）	日式地爐	
まきストーブ（薪ストーブ）	暖爐	
——まき割り（わ）（薪割り）	劈柴	
掘（ほ）りごたつ	日式暖炕	
火鉢（ひばち）	日式火盆	
湯（ゆ）たんぽ	熱水袋	
すだれ	蘆葦簾、簾子	
蚊帳（かや）	蚊帳	
ちゃぶ台（だい）（卓袱台）	日式茶几	
おひつ	飯桶	
七輪（しちりん）	日式爐燒	
——炭（すみ）	炭	
練炭（れんたん）	煤球	

12 居住

かっぽうぎ 割烹着	日式傳統白色圍裙
ぐんて 軍手	尼龍手套
くまで 熊手	耙子
と ネズミ捕り	捕鼠器
いど 井戸	水井
せんたくいた 洗濯板	洗衣板
おけ（桶）	木桶
たらい（盥）	洗臉盆
しょくにん 職人	工匠
だいく 大工	木匠
さかん 左官	水泥匠　　＊也稱為“しゃかん”。

圖為京都金閣寺內的茶室。這裡是匯集與傳承日本傳統文化之處。

いなか　せいかつ ★田舎の生活など	★鄉間的生活等
た　　　　　すいでん 田んぼ（田圃）、水田	水田
はたけ 畑	旱田
か じゅえん 果樹園	果園
のうぎょう 農業	農業
のう か　　のうみん 農家、農民	農民
のうじょう 農場	農場
ほうさく　ふ さく　きょうさく 豊作［不作、凶作］	豐收〔歉收〕
ビニールハウス おんしつ (vinyl house)、温室	溫室　＊和製英語。
ひ りょう 肥料	肥料
か がく ひ りょう ──化学肥料	化學肥料、化肥
ゆう き ひ りょう ──有機肥料	有機肥料
のうやく 農薬	農藥
かかし（案山子）	稻草人
りんぎょう 林業	林業
ぎょぎょう 漁業	漁業
りょう し　ぎょみん ──漁師、漁民	漁夫
ようしょくじょう 養殖場	養殖場

牧畜業（ぼくちくぎょう）	畜牧業
牧場（ぼくじょう）	牧場
飼育する（しいく）	飼養
飼料（しりょう）	飼料

コンバイン（combine）	聯合收割機
田植機（たうえき）	插秧機
稲刈り機（いねかりき）	水稻收割機
耕運機（こううんき）	中耕機
リヤカー（rear car）	兩輪推車　＊和製英語。
一輪車（いちりんしゃ）	單輪手推車

圖為京都龍安寺的石庭。如果你在石庭前徘徊、冥想，或許能深刻感受到「日本之心」，並豁然開朗。

圖為東京上野公園裡熱鬧的賞櫻情景。賞花客們通常前幾天就開始搶佔櫻花樹下的絕佳賞花位置，這場激烈又熱鬧的「賞花爭奪戰」也是日本文化中非常有趣的一環。

圖為東京新宿御苑的賞櫻情景。在短暫的櫻花季裡賞花的人潮總是締造出萬人空巷的場面。

圖為櫻花樹盛開的季節時，漫步在街頭的人們。

13. 学ぶ（まなぶ）

學習

1. 學日語

★日本語（にほんご）コース	★日語課程
日本語（にほんご）を習（なら）いたいのですが。	我想學日語。
授業（じゅぎょう）は何時（なんじ）に始（はじ）まりますか?	幾點開始上課？
1つ（ひと）のクラスに生徒（せいと）は何人（なんにん）いますか?	一個班有多少個學生呢？
どんなコースがありますか?	有什麼樣的課程呢？
コースの授業料（じゅぎょうりょう）はいくらですか?	請問學費是多少錢？
語学学校（ごがくがっこう）	語言學校
——日本語学校（にほんごがっこう）	日語學校
コース (course)	教程、課程

（日本語（にほんご）コースやクラスなど）	（日語課程和班等）
標準（ひょうじゅん）コース	標準班
短期集中（たんきしゅうちゅう）コース	短期集中班
日本語能力試験（にほんごのうりょくしけん）コース	日語能力考試班
進学（しんがく）コース	升學班
実用日本語（じつようにほんご）コース	實用日語班
ビジネス日本語（にほんご）コース	商務日語班

プライベートクラス (private class)	一對一教學	
グループクラス (groupe class)	大班	＊和製英語。
コースを選(えら)ぶ	選課	
申(もう)し込(こ)む	報名	
——申込用紙(もうしこみようし)、申請用紙(しんせいようし)	申請表	＊“**申込用紙**”也寫成“**申し込み用紙**”或“**申込み用紙**”。
入学手続(にゅうがくてつづ)きをする	辦理入學手續	
——入学手続(にゅうがくてつづ)き	入學手續	
授業料(じゅぎょうりょう)	學費	＊每個月給的學費也叫“**月謝**”（げっしゃ）。
言語(げんご)、言葉(ことば)	語言	
言葉遣(ことばづか)い、言(い)い方(かた)	說法	
——口語(こうご)、話(はな)し言葉(ことば)	口語	
——書(か)き言葉(ことば)	書面語、文章體	＊明治時代以前稱之為“**文語**”（ぶんご）。
——ボディランゲージ (body language)	肢體語言	
日本語(にほんご)	日語	
標準語(ひょうじゅんご)	標準語	
公用語(こうようご)	官方語言	
母国語(ぼこくご)、母語(ぼご)	母語	
中国語(ちゅうごくご)	中文	

えいご 英語	英語	
がいこくご 外国語	外語	
——アルファベット (alphabet)	字母	
じゅん ——アルファベット順	字母的順序	＊日語的順序是“あいうえお順”。
——スペル (spell)、つづり	拼法	＊和製英語。

にほんご ★日本語クラス	★日語班
がっきゅう くみ クラス (class)、学級、組	班
ごぜん ——午前のクラス	上午班
ごご ——午後のクラス	下午班
じゅぎょう 授業	課程、授課
レベル (level)	等級

がくしゅう (学習レベル)	（學習等級）
にゅうもん 入門	入門
きそ 基礎	基礎
しょきゅう 初級	初級
ちゅうきゅう 中級	中級
じょうきゅう 上級	高級

にほんご べんきょう 日本語を勉強する	學日語

日本語(にほんご)に訳(やく)す	譯成日文	
話(はな)す、聞(き)く、読(よ)む、書(か)く	說、聽、讀、寫	
バイリンガル (bilingual)	雙語	
丸(まる)(○)、丸印(まるじるし)	圈、○	*表示正確。
ばつ (×)、ばつ印(じるし)、ばっ点(てん)	叉、×	*表示錯誤。
チェックマーク (✓、check mark)	打勾	
教科書(きょうかしょ)、テキスト (text)	課本、教科書	
ノート	筆記本	* "ノートブック" (notobook) 的簡稱。
原稿用紙(げんこうようし)	稿紙	
教材(きょうざい)	講義	
参考書(さんこうしょ)	參考書	
問題集(もんだいしゅう)	模擬試題本	
単語集(たんごしゅう)、単語帳(たんごちょう)	單字書	
入門書(にゅうもんしょ)	入門書	
辞書(じしょ)、辞典(じてん)、字引(じびき)	辭典	
——電子辞書(でんしじしょ)	電子辭典	
——国語辞典(こくごじてん)	國語辭典	編註 此單字指的是從日本人角度認知的國語辭典，即指日語辭典。
——中日辞典(ちゅうにちじてん)	中日辭典	
——日中辞典(にっちゅうじてん)	日中辭典	

——英和辞典（えいわじてん）	英日辭典	
——ポケット辞典（じてん）	袖珍辭典	＊“ポケット”的語源是英語的“pocket”。
事典（じてん）	事典	＊指説明典故或詳細內容的辭典。
——百科事典（ひゃっかじてん）	百科全書	
——人名事典（じんめいじてん）	人名辭典	
字典（じてん）	字典	＊“辞典”、“事典”、“字典”都唸成“じてん”，為了避免混同，也可唸成“ことばてん”，“ことてん”，“もじてん”。

（定評（ていひょう）ある日本（にほん）の辞典類（じてんるい））	（廣受好評的辭典）
『広辞苑（こうじえん）』	〔廣辭苑〕
『新明解国語辞典（しんめいかいこくごじてん）』	〔新明解國語辭典〕
『岩波国語辞典（いわなみこくごじてん）』	〔岩波國語辭典〕
『現代用語（げんだいようご）の基礎知識（きそちしき）』	〔現代用語的基礎知識〕

★授業（じゅぎょう）	★課程	
時間割（じかんわり）	課程表	
——４時間目（よじかんめ）	第四節（堂）	＊在大學裡也使用“4時限”（よじげん）的説法。
会話（かいわ）	會話	
文法（ぶんぽう）	文法	
作文（さくぶん）	作文	

読解（どっかい）	閱讀	
聞き取り（きとり）	聽力	
LL 教室（きょうしつ）	視聽教室	＊“LL”（エルエル）是“Language Laboratory”的簡稱。
IC レコーダー (IC recorder)	錄音筆	＊和製英語。“IC”（アイシー）是“integrated circuit”的簡稱。
章（しょう）	章	
課（か）	課	
ページ (page)	頁	
段落（だんらく）	段落	
行（ぎょう）、ライン (line)	行	
文章（ぶんしょう）、文（ぶん）	文章、句子	
——文体（ぶんたい）	文體	＊在句尾用“だ”或“である”的稱為“だ・である調”（だであるちょう），用“です”或“ます”的則是“です・ます調”（ですますちょう）。
——文の構造（ぶんこうぞう）	文章的結構	
文（ぶん）、センテンス (sentence)	句子	
単語（たんご）	單字	
——新出単語（しんしゅつたんご）	生字	
語句（ごく）	語句	
ごい(語彙)、ボキャブラリー (vocabulary)	詞彙、字彙	
専門用語（せんもんようご）	專業術語、專業用語	

文脈（ぶんみゃく）	文脈、上下文	
ニュアンス (nuance)	語感	＊其語源來自法語。
言外の意味（げんがいのいみ）	言外之意	
ことわざ	諺語	
格言（かくげん）	格言	
慣用句（かんようく）	慣用語	編註 指一組具有引伸意義的詞組。例如：「**頭に来る**」講出來的時候是「來到了頭上」，但事實上引申為「發怒、生氣」的意思。這種情況的表現即為「**慣用句**」。
熟語（じゅくご）、四字熟語（よじじゅくご）	成語、四字成語	
俗語（ぞくご）	俚語、俗語	
決まり文句（きまりもんく）	固定用語	編註 指日語中，不必特別引申，並在固定的場合下使用的詞組。例如進人家的房子時日本人會說的「**お邪魔します**」、見到常照顧自己的人說「**お世話になっております**」等。
方言（ほうげん）	方言	
——東京弁（とうきょうべん）	東京腔	＊是日本最流通的共同用語。
——関西弁（かんさいべん）、大阪弁（おおさかべん）	關西腔	＊因關西出身的搞笑藝人很多，娛樂搞笑節目中常常會聽到關西腔。
書き順（かきじゅん）	筆順	

★日本語の文字など（にほんごのもじなど）	★日語的文字等	
文字（もじ）、字（じ）	文字、字	＊在 9 世紀時，日本依據中國的漢字發明了 **"万葉仮名"**（まんようがな），之後再發展成了 **"片仮名"** 和 **"平仮名"**。

かな 仮名	假名	*當唸成“**仮名**”（かめい）時，是指人的化名。
ひらがな ——平仮名、ひらがな	平假名	
かたかな ——片仮名、カタカナ	片假名	*片假名在日文中扮演的角色來說，主要用來標記外來語和動、植物的名稱等。
おく　がな 送り仮名	送假名	*為了不誤唸漢字的發音，在漢字後面跟的假名。
ふ　がな 振り仮名、ルビ（ruby）、 よ　がな 読み仮名	振假名	*在漢字上方（直書時右方）所標註漢字讀音的假名。

**かな　つか　かた
（仮名の使い方）**　（假名的使用方法）

げんだい か な づか 現代仮名遣い	現代假名遣	*是指現代日語的假名標示法。
れきしてき か な づか 歴史的仮名遣い	歷史的假名遣	*是指舊文言的假名標示法。

かんじ 漢字	漢字	*據說大約是 4 世紀末或更早之前由中國傳入的。
こくじ ——国字	日本特有漢字	*由日本自行發明的漢字，例如“**峠**”（**とうげ**）、“**畑**”（**はたけ**）、“**躾**”（**しつけ**）等。

**かんじ　ぶんるい
（漢字の分類）**　（漢字的分類）

じょうようかんじ 常用漢字	常用漢字	*現在日本文部省頒佈的生活常用的日語漢字共有 2136 個。
きょういくかんじ　がくしゅうかんじ 教育漢字、学習漢字	教育漢字	*承上，在這些常用漢字中，小學6年級所必須學的漢字共有1006 個。
ひょうがいかんじ 表外漢字	表外漢字	*是指常用漢字以外的漢字。
じんめいようかんじ 人名用漢字	人名用漢字	*是指常用漢字以外，專用於人名的漢字。

**かんじ　よ　かた
（漢字の読み方）**　（漢字的讀法）

おんよ　おん 音読み、音	音讀	

訓読み、訓（くんよ、くん）	訓讀	
重箱読み（じゅうばこよ）	重箱讀法	＊指漢字前面的字唸音讀，後面的字唸訓讀的詞組唸法。
湯桶読み（ゆとうよ）	湯桶讀法	＊指漢字前面的字唸訓讀，後面的字唸音讀的詞組唸法。
慣用読み（かんようよ）	慣用讀法	編註 指雖然不符合發音邏輯，但已經定型習慣的唸法。例如：「憧」的發音規則應該是「しょう」，但除了「憧憬（しょうけい）」之外，也可以唸成「憧憬（どうけい）」。「憧憬（どうけい）」即是慣用讀法。

（日本語の音読みの発音）（にほんご、おんよ、はつおん）	（日語的音讀）	
呉音（ごおん）	吳音	＊吳音是日本古時，從中國經由朝鮮傳入的中國南方音系的發音。“1”（いち）、“2”（に）、“3”（さん）的發音模式即為吳音。
漢音（かんおん）	漢音	＊漢音是隋唐時代傳入日本的，屬於中國北方音系的發音。
唐音（とうおん）	唐音	＊唐音也唸“とういん”。是宋朝以後，由禪宗僧侶傳入日本的發音。
新字体（しんじたい）	新字體	
旧字体（きゅうじたい）	舊字體	
敬語（けいご）	敬語	＊敬語分為尊敬語、謙讓語、丁寧語三種。也有如以下分為五種的情況。
——尊敬語（そんけいご）	尊敬語	
——謙譲語（けんじょうご）	謙讓語	
——丁重語（ていちょうご）	丁重語	＊為謙讓語的一種。
——丁寧語（ていねいご）	丁寧語	＊指“です・ます調”等。
——美化語（びかご）	美化語	＊指“お茶”和“お酒”等，前面加上“お”的詞語等。

がいらいご　ご 外来語、カタカナ語	外來語	＊主要是指多數從歐美各國傳入的用語。
かんご 漢語	音讀漢語詞、漢字詞	＊指日語裡從中國傳入，字面為漢字組合的詞彙。也有很多是日本自製的**“和製漢語”（わせいかんご）**。
わご 和語、やまとことば（大和言葉）	和語	＊是漢字傳來前，日本原有的固有詞彙。
じ ローマ字	羅馬字	＊**“ローマ”**的語源是英語的“Roma”。日本主要使用**“ヘボン式”**的拼音模式。
りゃくご 略語	簡稱	
はつおん 発音（する）	發音	
アクセント（accent）	重音	
イントネーション（intonation）、抑揚（よくよう）	語調、抑揚鈍挫	
せいちょう 声調	聲調	
ぼいん 母音	母音	
しいん 子音	子音	
だくおん 濁音	濁音	
はんだくおん 半濁音	半濁音	
ようおん　はつおん　そくおん 拗音／撥音／促音	拗音／撥音／促音	
オノマトペ（onomatopée）、 ぎせいご　ぎおんご 擬声語、擬音語	擬聲擬態語	＊**“オノマトペ”**的語源來自法語。
《繰り返し記号》々、〃	重複記號	＊**“々”**的正式名稱是**“同の字点”**（どうのじてん），但在出版業界中稱為**“ノマ”**。

★クラスでの表現（ひょうげん）	★在班級裡的表現
勉強（べんきょう）する、学習（がくしゅう）する、学（まな）ぶ、習（なら）う	學習
練習（れんしゅう）する	練習
わかる	懂、明白　　＊“わかる”也寫成“分かる”。
理解（りかい）する	理解
——誤解（ごかい）する	誤解
知（し）る	知道、有深入了解
～と思（おも）う、～と感（かん）じる	覺得
覚（おぼ）える、記憶（きおく）する	記、記住
暗記（あんき）する	背
——丸暗記（まるあんき）	死背
思（おも）い出（だ）す	想起來
忘（わす）れる	忘、忘掉
考（かんが）える、考（かんが）え	想、思考；考慮
——頭（あたま）を使（つか）う	動腦筋
繰（く）り返（かえ）す、反復（はんぷく）する	反覆
質問（しつもん）する、尋（たず）ねる	提問
——問題（もんだい）	問題
——難問（なんもん）	難題

答(こた)える、答(こた)え	回答	＊稍鄭重的表現為"回答する"（かいとうする）。
解答(かいとう)する、解(と)く	解、解答	
表(あらわ)す	表示	
間違(まちが)える、誤(あやま)る	弄錯	
——間違(まちが)い、誤(あやま)り	錯誤	
——意味(いみ)	意思	
——内容(ないよう)	內容	
——違(ちが)い、差(さ)	差異	

（クラスでよく使(つか)う表現(ひょうげん)）	（在班級裡的常用的表現）
わかりましたか？（先生(せんせい)）	懂了嗎？（老師）
はい、わかりました。	是，懂了。
わかりません。	不懂。
よくかりません。	不太懂。
全(まった)くわかりません。	完全不懂。
だいたいわかりました。	大致上了解。
質問(しつもん)をもう一度(いちど)お願(ねが)いします。	請再問一遍。
忘(わす)れました。	忘了。
思(おも)い出(だ)せません。	想不起來。
思(おも)い出(だ)しました。	想起來了。

覚(おぼ)えています。	記得。
間違(まちが)えました。	我弄錯了。
何(なに)か質問(しつもん)はありますか？（先生(せんせい)）	有沒有什麼問題呢？（老師）

この単語(たんご)はどういう意味(いみ)ですか？	這個單字是什麼意思？
日本語(にほんご)で "football" は何(なん)といいますか？	"football" 用日語怎麼說？
——" サッカー " といいます。	叫 " サッカー "。
それはどう書(か)きますか？	這個怎麼寫？
これはどういう意味(いみ)ですか？	這是什麼意思？

授業(じゅぎょう)を始(はじ)めます！（先生(せんせい)）	現在開始上課！（老師）
教科書(きょうかしょ)を開(ひら)いて、八(はち)ページを見(み)てください！（先生(せんせい)）	打開課本，翻到第八頁！（老師）
今日(きょう)はこれまで！（先生(せんせい)）	現在下課！（老師）

★文法(ぶんぽう)	★文法
名詞(めいし)	名詞
代名詞(だいめいし)	代詞
形容詞(けいようし)	形容詞

どうし 動詞	動詞
ふくし 副詞	副詞
せつぞくし 接続詞	接續詞
じょし 助詞	助詞
りょうし　じょすうし 量詞、助数詞	量詞
かんし 冠詞	冠詞
ぜんちし 前置詞	介係詞
しゅご 主語	主詞
もくてきご 目的語	受詞
どういご 同意語	同義詞
はんたいご　たいぎご　はんいご 反対語、対義語、反意語	反義詞
ごび 語尾	詞尾
にんしょう 人称	人稱
じせい 時制	時態
かつよう　ごびへんか 活用、語尾変化	活用、詞尾變化

ぶんしょうきごう ★文章記号	★標點符號
ぶんしょうきごう 文章記号	標點符號
ふごう　きごう ——符号、記号	符號

句読点（くとうてん）	句讀	編註 指日文結構裡句點跟頓號的總稱。廣義的說也能包括更多其他的標點符號。
句点（くてん）（。）、丸（まる）	句號	＊在英文等語言中使用的是"**ピリオド**"（period）（．）。
読点（とうてん）（、）、点（てん）	頓號	
コンマ（comma）（,）、点（てん）	逗號	＊也稱為"**カンマ**"。在橫向書寫時，日文文章中也使用逗號。
疑問符（ぎもんふ）（？）、クエスチョンマーク（question mark）	問號	
感嘆符（かんたんふ）（！）	驚嘆號	＊在口語中也叫"**びっくりマーク**"或"**雨だれ**"（あまだれ）。
かっこ（括弧）	括弧	
丸（まる）かっこ（（））、パーレン（parentheses）	圓括號	
かぎかっこ（「」）	單引號	＊在日語中若引用文章是使用單引號（「」）。
引用符（いんようふ）（' '、" "）	單引號、雙引號	
ダッシュ（dash）（—）	破折號	＊也稱為"**ダーシ**"。
セミコロン（semicolon）（；）	分號	
コロン（colon）（：）	冒號	
中黒（なかぐろ）（・）、中点（なかてん）	中黑點	
アポストロフィ（'）	省略符號	

★数学（すうがく）と図形（ずけい）	★數學和圖形
数学（すうがく）	數學
——算数（さんすう）	算術

すうじ 数字	數字	
かず ——数	數	
かんすうじ 漢数字	中文數字	
さんようすうじ　すうじ 算用数字、アラビア数字	阿拉伯數字	＊“アラビア”的語源是英語的“Arabia”。
すうじ ローマ数字	羅馬數字	＊“ローマ”的語源是英語的“Roma”。因多使用在鐘錶上，故也稱為“**時計数字**”（**とけいすうじ**）。
ぐうすう　きすう 偶数［奇数］	偶數〔奇數〕	
けいさん 計算する	計算	
あんざん ——暗算	心算	
かぞ 数える	數	＊日本也會劃“**正**”字來做數量統計指標。
ごうけい 合計する	合計	
た　くわ 足す（＋）、加える、プラスする	加	
ひ 引く（－）、マイナスする	減	
か 掛ける（×）	乘	
わ 割る（÷）	除	
くく 九九	九九乘法	
ちょくせん 直線	直線	
へいこう ——平行	平行	
せん　ひ ——線を引く	劃線	

X軸（エックスじく）	X 軸	
Y軸（ワイじく）	Y 軸	
形（かたち）、形状（けいじょう）	形狀	
図（ず）、図形（ずけい）	圖形	
三角形（さんかくけい）	三角形	＊口語稱為“さんかっけい”。
四角形（しかくけい）、四辺形（しへんけい）	四邊形	＊口語稱為“しかっけい”。
正方形（せいほうけい）	正方形	
長方形（ちょうほうけい）	長方形	
扇形（おうぎがた）	扇形	
菱形（ひしがた）	菱形	
円（えん）、円形（えんけい）	圓、圓形	
楕円（だえん）	橢圓形	
球体（きゅうたい）、球（きゅう）	球體	
角度（かくど）	角度	
プラスマイナス（±）	正負	

圖為早稻田大學的大隈紀念堂。為日本的重要文化財。

2. 留學

りゅうがく ★留学する	★留學	
りゅうがく 留学（する）	留學	
りゅうがくせい 留学生	留學生	
りゅうがくせいしょう 留学生証	留學生證	
がくせいしょう 学生証	學生證	
こくさいがくせいしょう ——国際学生証	國際學生證	
じ ひ りゅうがく 自費留学	自費留學	
こう ひ りゅうがく 公費留学	公費留學	
こうかんりゅうがく 交換留学	交換留學	
にゅうがくきん 入学金	入學金	
しょうがくきん 奨学金	獎學金	
し ぼうこう 志望校	志願（學校）	
にゅうがくがんしょ だ 入学願書を出す	提交入學申請書	
にゅうがくがんしょ がんしょ ——入学願書、願書	入學申請書	
せいせきしょうめいしょ ——成績証明書	成績證明書	＊日本人在升學時，由原校評估學生在校表現並交給學生志願學校的調查書（推薦函）也稱**“内申書”**（ないしんしょ）。
そつぎょうしょうめいしょ ——卒業証明書	學歷證明書	編註 **「卒業証明書」**並不是畢業證書，而是校方開立已經交付學生畢業證書的證明書。

——身元保証書（みもとほしょうしょ）	保證人資料	
——預金残高証明書（よきんざんだかしょうめいしょ）	存款證明書	＊此外還有“**健康診断書**”（けんこうしんだんしょ）等。

★受験と入学（じゅけんとにゅうがく）	★應考和入學	
受験する（じゅけんする）、試験を受ける（しけんをうける）	應考	
——大学入試を受ける（だいがくにゅうしをうける）	考大學	
入学試験（にゅうがくしけん）、入試（にゅうし）	入學考試	
——AO入試（にゅうし）	AO 入學考試	＊“AO”（エーオー）是“Admissions Office”的簡稱。是指日本所盛行只用面試和小論文來選拔合格者的入學考試。
試験会場（しけんかいじょう）	考場	
試験日（しけんび）	考試日	
受験料（じゅけんりょう）	（考試）報名費	
受験生（じゅけんせい）	考生	
受験票（じゅけんひょう）	准考證	
マークシートの試験（しけん）	書卡式作答（考試）	
——マークシート (mark sheet)	答案卡	＊和製英語。
問題用紙（もんだいようし）、試験用紙（しけんようし）	問題卷	
答案用紙（とうあんようし）、解答用紙（かいとうようし）	答題卷	
模擬試験（もぎしけん）	模擬考	

大学に受かる、大学に合格する（だいがく う、だいがく ごうかく）	考上大學	
——試験に受かる、試験に合格する（しけん う、しけん ごうかく）	考上	
入学（する）（にゅうがく）	入學	
——入学式（にゅうがくしき）	開學典禮	＊大部分的日本學校的新學期是從四月一日開始。
進学（する）（しんがく）	升學	
——進学率（しんがくりつ）	升學率	
編入（する）（へんにゅう）	插班	
合格ライン（ごうかく）	及格標準	＊"ライン"的語源是英語的"line"。
合格通知書（ごうかくつうちしょ）	錄取通知書	
合格発表（ごうかくはっぴょう）	錄取榜單	

★日本の教育制度と教師（にほん きょういくせいど きょうし）	★日本的教育制度和教師	
教育（する）（きょういく）	教育	
教育制度（きょういくせいど）	教育制度	＊日本的學制是六三三四，即小學六年、初中三年、高中三年、大學四年。
義務教育（ぎむきょういく）	義務教育	＊包括了小學六年和初中三年。
学校（がっこう）	學校	
——公立校（こうりつこう）	公立學校	

しりつこう ——私立校	私立學校	
ゆうめいだいがく 有名大学	知名大學	＊也稱為 **"一流大学"**（いちりゅうだいがく）或 **"名門大学"**（めいもんだいがく）。
しけん　だいがくにゅうし　しけん センター試験、大学入試センター試験	大學聯考	＊ **"センター"** 的語源是英語的 "center"。此考之後各大學還有分別考 。
ようちえん 幼稚園	幼兒園	
ねんしょうぐみ ——年少組	小班	
ねんちゅうぐみ ——年中組	中班	
ねんちょうぐみ ——年長組	大班	
しょうがっこう 小学校	小學	
ちゅうがっこう 中学校	初中	
こうこう　こうとうがっこう 高校、高等学校	高中	
ていじせいこうこう 定時制高校	日式定時制高中	＊主要夜間上課。 編註 「**定時制高校**」近似台灣的夜間部，但授課時間可能會依每日而不同等，細節並不完全一樣。
せんもんがっこう 専門学校	職業學校	編註 日本的「**専門学校**」一般是取得高中同等學歷之後，再接受特定職業技能培訓的學校。故與台灣普遍認知的「高職」在層次上不太一樣。
こうせん　こうとうせんもんがっこう ——高専、高等専門学校	高等專科學校	＊一般為有施予關理科和工業技術方面職業技能的專門學校。
しょくぎょうくんれんがっこう 職業訓練学校	職業訓練中心、職訓局	編註 有領日本的失業補助金時方可參加職場技能訓練的學校。
だいがく 大学	大學	＊日本的大學有分 **"国立大学"**（こくりつだいがく）、**"私立大学"**（しりつだいがく）、和地方政府經營的 **"公立大学"**（こうりつだいがく）等。

総合大学(そうごうだいがく)	綜合大學	
単科大学(たんかだいがく)	單一學科大學	編註 指整座大學只以一個科系為教學目標的大學。
短期大学(たんきだいがく)、短大(たんだい)	短期大學、短大	
大学院(だいがくいん)	研究所	
法科大学院(ほうかだいがくいん)	法律研究所	
塾(じゅく)、学習塾(がくしゅうじゅく)、進学塾(しんがくじゅく)	補習班	＊**“予備校”**主要以大學升學為目的。 編註 日本補習班的分類中，「**進学塾**」特指為了考試而去上的補習班。
予備校(よびこう)	升（大）學補習班	
進学校(しんがくこう)	明星學校、（常有學生考上知名大學的）升學學校	
ミッションスクール (mission school)	基督書院	
夜間学校(やかんがっこう)、夜学(やがく)	夜校、夜間部	
養護学校(ようごがっこう)	特殊教育學校	
盲学校(もうがっこう)	啟明學校	
聾学校(ろうがっこう)	啟聰學校	
教育委員会(きょういくいいんかい)	教育委員會	
教員免許(きょういんめんきょ)	教師執照	＊正式名稱是**“教育職員免許状”**（きょういくしょくいんめんきょじょう）。
教育実習(きょういくじっしゅう)	教育實習	
母校(ぼこう)	母校	

じゅんがくし 準学士	準學士	
がくし 学士	學士	
しゅうし 修士	碩士	
はくし 博士	博士	＊也唸成“はかせ”。

せんせい 先生	老師
きょうし きょうゆ 教師、教諭	教師
がっきゅうたんにん たんにん せんせい ——学級担任、担任の先生	導師
かていきょうし ——家庭教師	家庭教師
こうちょう こうちょうせんせい 校長、校長先生	校長
がくちょう 学長	大學校長
がくぶちょう 学部長	系主任
きょうじゅ 教授	教授
じゅんきょうじゅ 准教授	副教授
こうし 講師	講師
じょきょう じょしゅ 助教、助手	助教

がくせい がっき ★学生と学期	★學生和學期
えんじ 園児	幼兒園兒童、托兒所兒童
じどう 児童	兒童

せいと　がくせい 生徒、学生	學生	＊“**生徒**”主要指中學生、“**学生**”則多指大學和專科學校等的學生。
しょうがくせい 小学生	小學生	
しょうがくいちねん　せい ——小学一年（生）	小學一年（級）	
ちゅうがくせい 中学生	初中生	
ちゅうがく に ねん　せい ——中学二年（生）	初中二年（級）	
こうこうせい 高校生	高中生	
こうこうさんねん　せい ——高校三年（生）	高中三年（級）	
ちゅうこうせい 中高生	中學生	
せんもんがっこうせい 専門学校生	專科學校學生	
だいがくせい 大学生	大學生	
たんだいせい　たん き だいがくせい ——短大生、短期大学生	短期大學生、短大生	
じょ し だいせい ——女子大生	女大學生	
だいがくいんせい　いんせい 大学院生、院生	研究生	
がく ぶ せい 学部生	本系生	
ちょうこうせい 聴講生	旁聽生	
よ び こうせい　じゅくせい 予備校生、塾生	補習班學生	
ろうにんせい 浪人生	重考生	
しんにゅうせい 新入生	新生	
どうきゅうせい 同級生、クラスメート （classmate）	同學	

(学校の) 先輩（がっこう／せんぱい）	學長、學姊	
(学校の) 後輩（がっこう／こうはい）	學弟、學妹	
上級生（じょうきゅうせい）	高年級生	
下級生（かきゅうせい）	低年級生	
優等生（ゆうとうせい）	優等生	
落第生、留年生（らくだいせい、りゅうねんせい）	留級生	＊“留年生”這個詞多用在大學裡。
男子学生、男子生徒（だんしがくせい、だんしせいと）	男學生	
女子学生、女子生徒（じょしがくせい、じょしせいと）	女學生	
学級委員長（がっきゅういいんちょう）	班長	

学年（がくねん）	學年	
学期（がっき）	學期	編註 在日本，有些學校有第三學期。
——一［二、三］学期（いち／に／さん／がっき）	第一〔二、三〕學期	
——前期（ぜんき）	上學期	
——後期（こうき）	下學期	
——新学期が始まる（しんがっき／はじ）	新學期開始	

★学部や科目（がくぶ／かもく）	★系所和科目
学部（がくぶ）	系（所）
学科、専攻（がっか、せんこう）	學系

文系（ぶんけい）	文科	
理系（りけい）	理科	
専門分野（せんもんぶんや）	專業領域	

一般教養課程（いっぱんきょうようかてい）、般教（ぱんきょう）	共同科目	
専門課程（せんもんかてい）	專業課程	
履修単位（りしゅうたんい）、単位（たんい）	學分	
科目（かもく）	科目	
必修科目（ひっしゅうかもく）	必修課	
選択科目（せんたくかもく）	選修課	

ゼミ	課堂討論	＊德語的“ゼミナール”（Seminar）的簡稱。
講座（こうざ）	講座	
カリキュラム（curriculum）	課程	
オリエンテーション（orientation）	新生訓練	
校則（こうそく）	校規	
レジュメ（résumé）	綱要	＊其語源來自法語。

（いろいろな学問（がくもん））	（各種學問）
医学（いがく）	醫學
物理学（ぶつりがく）	物理學
工学（こうがく）	工業工程學

ちがく 地学	地球科學	
せいぶつがく 生物学	生物學	
じんるいがく 人類学	人類學	
こうこがく 考古学	考古學	
ちりがく 地理学	地理學	
けいざいがく 経済学	經濟學	
けいえいがく 経営学	經營學	
せいじがく 政治学	政治學	
ほうがく 法学	法學	
れきしがく 歴史学	歷史學	
しゃかいがく 社会学	社會學	
げんごがく 言語学	語言學	
しんりがく 心理学	心理學	
てつがく 哲学	哲學	＊另外，“化学”（かがく），“数学”（すうがく），“文学”（ぶんがく）等。

圖為京都金閣寺。一年四季，外國觀光客、校外教學的中學生等會擠滿這個觀光勝地。

圖為東京淺草寺的雷門。是日本中學生常去校外教學的知名地點。

★学校で	★在學校	
登校する、学校に行く	上學	
下校する	放學	
——集団下校	集體放學	
出席をとる、出欠をとる	點名	
——名簿	名單	
——“はい！”	“有！”	
授業に出席する、授業に出る	去上課	
——出席（する）	出席	
授業を欠席する	缺課	
——欠席（する）	缺席	
——欠席届	請假單	
学校をサボる	逃學	＊“サボる”源於法語的“サボタージュ”（sabotage）。
授業をサボる	曠課、蹺課	
仮病をつかう	裝病	
遅刻（する）	遲到	
早退（する）	早退	
居眠りをする	打瞌睡	
飛び級（する）	跳級	

進級（する）	升級
合格（する）、受かる	及格
落第（する）、落ちる、すべる	不及格
留年（する）	留級
追試を受ける	補考
浪人する	重考
転校（する）	轉學
休学（する）	休學
停学する	（因違反校規等原因，遭到校方強制一段時間不能到校的處罰）停學
退学（する）	退學
——大学中退	大學肄業

授業をする、授業が始まる、授業を始める	上課
授業が終わる、授業を終える	下課
予習（する）	預習
復習（する）	復習
辞書を引く	查字典

宿題を出す	出作業

宿題（しゅくだい）をする	寫作業	
宿題（しゅくだい）を提出（ていしゅつ）する	交作業	
——宿題（しゅくだい）	作業	
レポートを書（か）く	寫報告	*“レポート”的語源是英語的“report”，也稱為“リポート”。
教科書（きょうかしょ）を暗記（あんき）する	背課文	
教科書（きょうかしょ）を音読（おんどく）する	唸課文	
日本語（にほんご）をマスターする	精通日語	*“マスター”的語源是英語的“master”。
徹夜（てつや）で勉強（べんきょう）する	徹夜學習	
お互（たが）い助（たす）け合（あ）う	互相幫助	
いい成績（せいせき）を取（と）る	取得好成績	
教育（きょういく）を受（う）ける	受教育	
基礎（きそ）を築（きず）く	打基礎	
レベルを上（あ）げる	提升水準	
休講（きゅうこう）になる	停課	
休校（きゅうこう）になる	學校停課	

教（おし）える	教
——教（おそ）わる	受教
講義（こうぎ）（をする）	講課
補習（ほしゅう）（をする）	補習

代講（だいこう）（する）	代課	
指導（しどう）（する）	指導	
誤（あやま）りを直（なお）す、誤（あやま）りを訂正（ていせい）する	訂正錯誤	
——訂正（ていせい）（する）	訂正	
例（れい）を挙（あ）げる	舉例	
メモをする、メモを書（か）き留（と）める	抄筆記	＊“メモ”的語源是英語的“memo”。
調（しら）べる、調査（ちょうさ）（する）	查、調查	
研究（けんきゅう）（する）	研究	
盜作（とうさく）（する）、盜用（とうよう）（する）	剽竊、盜用	＊更鄭重的表現為**“剽窃する”**（**ひょうせつする**）。
えこひいき（する）	偏坦、偏心	
注意（ちゅうい）（する）	注意、警告、小心	

★テスト・論文（ろんぶん）と成績（せいせき）など	★考試、論文和成績等	
テスト（test）、試験（しけん）、試験（しけん）をする	考試	
中間（ちゅうかん）テスト、中間試験（ちゅうかんしけん）	期中考試	
期末（きまつ）テスト、期末試験（きまつしけん）	期末考試	
小（しょう）テスト	小考	
——丸（まる）ばつテスト、丸（まる）ばつ試験（しけん）	是非題	

がくねんまつ しけん 学年末試験	期末考	
ひっき しけん 筆記試験、ペーパーテスト(paper test)	筆試	＊和製英語。
こうとう しけん 口頭試験	口試	
こうじゅつ か と しけん 口述書き取り試験、ディクテーション(dictation)	聽寫考試	
しけん レポート試験(report)、 しょうろんぶん しけん 小論文試験	小論文考試	
そつぎょうろんぶん そつろん 卒業論文、卒論	畢業論文	
がくい ろんぶん 学位論文	學位論文	
ろんぶん ——論文	論文	

にほんごのうりょくしけん 日本語能力試験	日本語能力測試、JLPT	
トーフル(TOEFL)	托福	
アイエルツ(IELTS)	雅思	
しけん てんすう 試験の点数	考分	
れいてん ——零点(0点)	零分	
ひゃくてん まんてん ——百点(100点)、満点	滿分	
さいてん てんすう 採点(する)、点数をつける	得分	
まんてん と 満点を取る	得滿分	
いちやづ 一夜漬け	臨時抱佛腳	

カンニングをする (cunning)	作弊	＊和製英語。
カンニングペーパー (cunning paper)	小抄	＊和製英語。

せいせき 成績	成績	
つうしんぼ　つうちひょう 通信簿、通知表	成績單	
ひょうか ——評価	評價	

だいがく　てんまんてんひょうか **（大学の 100 点満点評価）**	（大學的 100 分評分）	
ゆう　てんいじょう　てん 優（80 点以上 − 100 点）、A	優	＊也有用 A+（Aプラス）或 S。
りょう　てんいじょう　てんみまん 良（70 点以上 − 80 点未満）、B	良	
か　てんいじょう　てんみまん 可（60 点以上 − 70 点未満）、C	及格	
ふか　てんみまん 不可（60 点未満）、D	不及格	

きょうぐ　ぶんぼうぐ ★教具と文房具	★教具和文具
きょうしつ 教室	教室
きょうだん 教壇	講台
こくばん 黒板	黑板
こくばんけ 黒板消し	板擦
チョーク (chalk)、はくぼく 白墨	粉筆
ちきゅうぎ 地球儀	地球儀

けんびきょう 顕微鏡	顯微鏡	
でんしけんびきょう ——電子顕微鏡	電子顯微鏡	
ぶんぼうぐ　ぶんぐ 文房具、文具	文具	
ようし レポート用紙	筆記本用紙	
ちょう メモ帳	便條紙	
ルーズリーフ・バインダー (loose-leaf binder)	活頁筆記本	
——ルーズリーフ (loose-leaf)	活頁紙	
がようし 画用紙	圖畫紙	
したじ 下敷き	墊板	
ペン (pen)	筆	
えんぴつ 鉛筆	鉛筆	
ふでばこ　ふでい 筆箱、筆入れ	鉛筆盒	
いろえんぴつ 色鉛筆	彩色鉛筆	
け 消しゴム	橡皮擦	＊“ゴム”源於荷蘭語的“gom”。
しゅうせいえき 修正液	利可白、修正液	
ボールペン	原子筆	＊源於“ball-point pen”的和製英語。
まんねんひつ 万年筆	鋼筆	
シャーペン、シャープペンシル (sharp pencil)	自動鉛筆	＊“シャープペンシル”是“シャープ（Sharp）”的品牌名。“シャーペン”是簡稱，也常作為商品名使用。

——替え芯（か しん）	筆芯	
サインペン (Sign Pen)	簽字筆	＊此單字是由品牌名變成這項用品的代稱。
マジック	油性筆	＊是由品牌名“Magic Ink”變成這項用品的代稱。
蛍光ペン（けいこう）、マーカー	螢光筆	＊“マーカー”是“マーカーペン”（marker pen）的簡稱。
クレヨン (crayon)	蠟筆	＊其語源來自法語。
物差し（もの さ）、定規（じょう ぎ）	尺	
三角定規（さんかくじょう ぎ）	三角板	
コンパス (kompas)	圓規	＊荷蘭語。“コンパス”也有指南針的意思。
分度器（ぶん ど き）	量角器	
そろばん (算盤)	算盤	

鉛筆削り（えんぴつけず）	削鉛筆機、削鉛筆器	
はさみ	剪刀	
カッター、カッターナイフ (cutter knife)	美工刀	＊和製英語。
ホッチキス (Hotchkiss)、ホチキス	訂書機	＊“ホッチキス”是由品牌名變成這項用品的代稱。
——ホッチキスの針（はり）	訂書針	
パンチ (punch)	打孔機	
スティックのり	口紅膠	＊“スティック”的語源是英語的“stick”。
接着剤（せっちゃくざい）、セメダイン (Cemedine)	強力劑	＊“セメダイン”是由品牌名變成這項用品的代稱。

瞬間接着剤（しゅんかんせっちゃくざい）	三秒膠	
テープ（tape）	膠帶	
セロテープ（Cellotape）、セロハンテープ（cellophane tape）	透明膠帶	＊“セロテープ”是由品牌名變成這項用品的代稱。
両面（りょうめん）テープ	雙面膠帶	
付箋（ふせん）	便條紙	
——ポスト・イット（Post-it）	便利貼	＊是商品名。
クリップ、ゼムクリップ（Gem clip）	迴紋針	＊“ゼムクリップ”是由品牌名變成這項用品的代稱。
ダブルクリップ（double clip）	長尾夾	
安全（あんぜん）ピン	別針	＊“ピン”的語源是英語的“pin”。
画（が）びょう	圖釘	＊用塑膠製柄的則稱為“押しピン”（おしぴん）。
輪（わ）ゴム	橡皮筋	＊“ゴム”源於荷蘭語的“gom”。

★キャンパス内（ない）の施設（しせつ）など	★大學校園內的設施	
施設（しせつ）	設施	
——設備（せつび）	設備	
校門（こうもん）	校門	
キャンパス（campus）	大學校園	＊泛指大學的校園。
校舎（こうしゃ）	校舍	

講堂（こうどう）	禮堂
時計台（とけいだい）	西式鐘樓
職員室（しょくいんしつ）	教員辦公室
事務室（じむしつ）	辦公室
コンピュータルーム（computer room）	電腦室
図書室（としょしつ）	圖書室
図書館（としょかん）	圖書館

（図書館（としょかん）で）	（在圖書館）
図書館（としょかん）カード	借書卡
本（ほん）を借（か）りる	借書
本（ほん）を返却（へんきゃく）する、本（ほん）を返（かえ）す	還書
延滞（えんたい）する	到期未還
閲覧室（えつらんしつ）	閱覽室

学生寮（がくせいりょう）	學生宿舍	
——女子寮（じょしりょう）	女生宿舍	
——男子寮（だんしりょう）	男生宿舍	
学生食堂（がくせいしょくどう）、学食（がくしょく）	學生食堂	
保健室（ほけんしつ）、医務室（いむしつ）	保健室	＊在大學裡，一般說“**医務室**”（いむしつ）。
更衣室（こういしつ）	更衣室	

体育館（たいいくかん）	體育館	
グラウンド (ground)、運動場（うんどうじょう）	運動場、操場、田徑場	＊在小學校和中學校裡也稱為“**校庭**”（**こうてい**）。
プール (pool)	游泳池	
花壇（かだん）	花圃	
スクールバス (school bus)	校車	

★キャンパスライフ	★大學校園生活	
キャンパスライフ (campus life)	大學校園生活	
友達（ともだち）、友人（ゆうじん）	朋友	
親友（しんゆう）	好朋友、死黨	
仲間（なかま）	同伴	
知り合い（しりあい）、知人（ちじん）	熟人	
ルームメート (roommate)	室友	＊也寫成“**ルームメイト**”。
他人（たにん）	他人	
ライバル (rival)	競爭對手、情敵	
友情（ゆうじょう）	友情	
帰国子女（きこくしじょ）	歸國子女	＊指和父母在外國生活 1 年以上，然後回國的孩子們。
クラブ (club)、サークル (circle)、同好会（どうこうかい）	大學社團	

ぶかつどう ぶかつ かつどう 部活動、部活、クラブ活動	（大學以下）學生社團活動	
ともだち 友達になる	成為朋友	
ともだち 友達をつくる	交朋友	
かんげいかい 歓迎会	歡迎會	
そうべつかい 送別会	送別會	
こんしんかい しんぼくかい コンパ、懇親会、親睦会	聯誼會、懇親會	＊“コンパ”是“company”的簡稱。
しんかん しんにゅうせいかん げい ——新歓コンパ、新入生歓迎コンパ	新生歡迎會	
お お だ ——追いコン、追い出しコンパ	畢業生送別會	
う あ ——打ち上げ	慶功宴	
ごう 合コンをする	進行聯誼	
ごう ——合コン	聯誼	＊為“合同コンパ”（ごうどうこんぱ）的簡稱。指男女相等的人數一起聯歡的交際方式。
ホームシックにかかる (homesick)	想家、得思鄉病	
こ きょう ——故郷、ふるさと	故鄉	
ご がつびょう 五月病	五月病、新生憂鬱症	編註 因為日本與台灣不同，是在4月開學。所以當有一些新生在入學後因為適應不良陸續出現一些精神萎靡等類似憂鬱症的症狀時，即稱為「五月病」。
パーティー (party)	Party	
バースデーパーティー (birthday party)	生日派對、生日 Party	

——バースデーケーキ (birthday cake)	生日蛋糕	
ダンスパーティー (dance party)	舞會	編註 指多數男女在一片寬廣室內舞池跳國際標準舞，氣氛優雅的該種舞會。
仮装(かそう)パーティー	化妝舞會	
——女装(じょそう)する	男扮女裝	
制服(せいふく)、ユニフォーム (uniform)	校服、制服	
——学生服(がくせいふく)	學生服	*多指男學生穿的黑色中山裝領的制服。
——セーラー服(ふく)	水手服	*“セーラー”的語源是英語的“sailor”。
学生(がくせい)かばん	（一般手提式的）書包	
ランドセル (ransel)	（小學生揹的）雙肩書包	*其語源來自荷蘭語。
ホームルーム (homeroom)	班務會	
休(やす)み時間(じかん)	下課時間	
昼休(ひるやす)み	午休	
放課後(ほうかご)	放學後	
ラジオ体操(たいそう)	廣播體操	*“ラジオ”的語源是英語的“radio”。
始業(しぎょう)のチャイム、始業(しぎょう)のベル	上課鈴、上課鐘	*“チャイム”的語源是英語的“chime”、“ベル”的語源則是英語的“bell”。
学校給食(がっこうきゅうしょく)、給食(きゅうしょく)	營養午餐	*主要指在日本的幼兒園到初中的學校提供的午餐。

★学校行事（がっこうぎょうじ）、卒業（そつぎょう）など	★學校的行事曆、畢業等	
夏休み（なつやすみ）	暑假	＊日本的暑假一般為 7 月下旬～ 8 月末，大學則是 7 月下旬～ 9 月下旬。
冬休み（ふゆやすみ）	寒假	＊日本的寒假一般在陽曆年底，跨越元旦的一段期間。
春休み（はるやすみ）	春假	＊日本的春假一般為 3 月下旬～ 4 月上旬。
文化祭（ぶんかさい）、学園祭（がくえんさい）	學園祭、日式園遊會	＊在大學裡也稱為“**大学祭**”（だいがくさい）或簡稱為“**学祭**”（がくさい）。
弁論大会（べんろんたいかい）	辯論大賽	
修学旅行（しゅうがくりょこう）	校外教學	＊即小學、初中、高中的學生由老師帶隊的校外旅行。
卒業旅行（そつぎょうりょこう）	畢業旅行	＊在日本，主要是指大學生在畢業前的旅遊。
遠足（えんそく）	遠足	＊在日本，一般是指春遊和秋遊。
学位（がくい）を取（と）る	取得學位	
卒業（そつぎょう）（する）	畢業	
卒業証書（そつぎょうしょうしょ）	畢業證書	
卒業式（そつぎょうしき）	畢業典禮	
——『蛍（ほたる）の光（ひかり）』	《螢之光》	＊歌名。即日本的畢業歌。
卒業生（そつぎょうせい）	畢業生	
保護者会（ほごしゃかい）、PTA	家長會	＊“PTA”（ピーティーエー）是“Parent-Teacher Association”的簡稱。
同窓会（どうそうかい）	同學會	
授業参観（じゅぎょうさんかん）	教學觀摩	

偏差値（へんさち）	偏差值	
知能指数（ちのうしすう）（IQ）	智商	＊“ＩＱ”（アイキュー）是“Intelligence Quotient”的簡稱。
知識（ちしき）	知識	
知恵（ちえ）	智慧	
先生（せんせい）になる	當老師	
英才教育（えいさいきょういく）	英才教育、精英教育	
詰（つ）め込（こ）み式（しき）	填鴨式	
学歴社会（がくれきしゃかい）	學歷社會	
受験戦争（じゅけんせんそう）	激烈的升學競爭	
受験地獄（じゅけんじごく）	考試地獄	
モンスターペアレント（monster parent）	怪獸家長	＊和製英語。
登校拒否（とうこうきょひ）	不願上學	
落（お）ちこぼれ	學業不佳的學生、品性不良的學生	
不良（ふりょう）	不良少年	＊在關西地區也稱為“ヤンキー”（Yankee）。
非行少年（ひこうしょうねん）／非行少女（ひこうしょうじょ）	問題少男、問題少女	

圖為日本 10 月校園裡的體育日。許多家長和孩子們在小學運動會裡和樂融融的玩耍著。

圖為東京 JR 御茶水站。車站周圍有很多大學和高中。

圖為新宿歌舞伎町。這裡在中午還一片寂寥，一旦夜幕低垂就變得人聲鼎沸，許多前來飲酒聚餐和遊樂的大學生、打工族和遊客等蜂擁而至。

14.

余暇(よか)を楽(たの)しむ

娯樂休閒

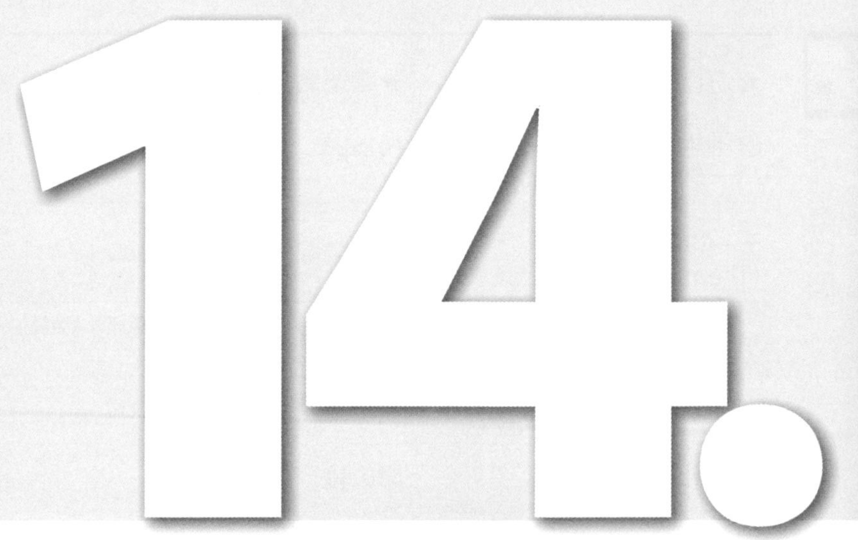

1. 遊樂和興趣

★遊園地(ゆうえんち)	★遊樂園	
遊園地(ゆうえんち)、アミューズメントパーク (amusement park)	遊樂園	＊“アミューズメントパーク”是指較大規模的遊樂園。
テーマパーク (Thema park)	主題樂園	＊和製英語。
ジェットコースター	雲霄飛車	＊和製英語。《英語》是 roller coaster。
フリーフォール (free fall)	自由落體	＊和製英語。
観覧車(かんらんしゃ)	摩天輪	
メリー・ゴー・ラウンド (merry-go-round)、回転木馬(かいてんもくば)	旋轉木馬	＊也稱為“メリー・ゴー・ランド”。
ティーカップ (teacup)	咖啡杯	
ゴーカート (go-cart)	碰碰車	
豆汽車(まめきしゃ)	小火車	
お化け屋敷(おばけやしき)	鬼屋	
迷路(めいろ)	迷宮	
流れるプール(ながれるプール)、流水プール(りゅうすいプール)	飄飄河	
スライダープール (slider pool)	滑水道	

アドバルーン (ad balloon)	充氣廣告氣球　＊和製英語。
飛行船（ひこうせん）	飛艇
迷子（まいご）センター	走失兒童協尋中心
——迷子（まいご）	走失兒童

ピンボール (pinball)	彈珠台
キックスクーター (kickscooter)	滑板車
ローラーシューズ (roller shoes)、ヒーリーズ (Heelys)	暴走鞋　＊“ヒーリーズ”是商品名。 編註 指外型類似布鞋，但鞋底的後方裝有一到兩個滑輪的鞋子。
ローラースケート (roller skates)	蹓冰鞋
インラインスケート (in-line skate)	直排輪
スケートボード (skateboard)、スケボー	滑板
ハンググライダー (hang glider)	滑翔翼
パラグライダー (paraglider)	（運動名）降落傘
——パラシュート (parachute)、落下傘（らっかさん）	降落傘
バンジージャンプ (bungy jump)	高空彈跳
スカイダイビング (skydiving)	高空跳傘

(人気（にんき）のアミューズメントパークやテーマパークなど)	（人氣遊樂園和主題樂園等）
東京（とうきょう）ディズニーリゾート (Tokyo Disney RESORT、千葉県（ちばけん）)	東京迪士尼渡假區
──東京（とうきょう）ディズニーランド (Tokyo Disneyland)	東京迪士尼樂園
──東京（とうきょう）ディズニーシー (Tokyo DisneySEA)	東京迪士尼海洋
ユニバーサル・スタジオ・ジャパン (Universal Studios Japan、USJ、大阪府（おおさかふ）)	日本環球影城
富士急（ふじきゅう）ハイランド (Fujikyu Highland、山梨県（やまなしけん）)	富士急高原樂園
スペースワールド (SPACE WORLD、福岡県（ふくおかけん）)	太空世界
サンリオピューロランド (SANRIO PUROLAND、東京都（とうきょうと）)	三麗鷗彩虹樂園
ナムコ・ナンジャタウン (NAMCO NAMJATOWN、東京都（とうきょうと）)	NAMCO NAMJATOWN
日光江戸村（にっこうえどむら） (栃木県（とちぎけん）)	日光江戸村
ナガシマスパーランド (Nagashima Spaland、三重県（みえけん）)	長島溫泉樂園

志摩スペイン村　パルケエスパーニャ（PARQUE ESPAÑA、三重県）	志摩西班牙村
東映太秦映画村（京都府）	東映太秦映畫村
ハウステンボス（HUIS TEN BOSCH、長崎県）	豪斯登堡
スパリゾート　ハワイアンズ（Spa Resort Hawaiians、福島県）	夏威夷式溫泉休閒地

★子どもの遊びなど	★兒童遊戲等
砂場	沙坑
ジャングルジム（junglegym）	方格攀爬架
ぶらんこ	鞦韆
滑り台	溜滑梯
鉄棒	單槓
うんてい（雲梯）	猴架、攀吊架
シーソー（seesaw）	蹺蹺板
平均台	平衡木
遊び	遊戲、玩耍
——遊ぶ	玩

鬼（おに）ごっこ	鬼捉人	
かくれんぼ、隠（かく）れん坊（ぼう）	捉迷藏	
馬跳（うまと）び	跳馬背	
縄跳（なわと）び	跳繩	
ゴム跳（と）び	跳橡皮筋 ＊"ゴム"源於荷蘭語的"gom"。 編註「**ゴム跳び**」主要是女孩子在玩的遊戲。即拿一條很長的橡皮筋，由兩個人站立在兩側以為身體將橡皮筋撐開成一個長方形，然後主要的遊玩者一邊跳一邊吟唱歌謠，並配合歌謠的節奏以腳部的肢體勾放橡皮筋的一種遊戲。	
缶蹴（かんけ）り	踢罐子	
石蹴（いしけ）り、けんぱ、けんけんぱ	跳格子	
水切（みずき）り	打水漂	
まりつき	拍皮球	編註 是一種以拍打皮球並加入巧妙的肢體動作的遊戲。
あやとり	翻花繩	
にらめっこ	表情變化遊戲	編註 遊戲由兩個人對看，相互作出奇怪的搞笑表情，哪一邊先笑就輸了的遊戲。
ちゃんばらごっこ	模擬日本刀比試遊戲	編註 遊戲是兩個以上的孩子拿長柄物（雨傘等）假裝成日本刀，以日本刀的刀術架式相互對砍、比劃的遊戲。
ままごと、ままごと遊（あそ）び	扮家家酒	
腕相撲（うでずもう）	比腕力	
指相撲（ゆびずもう）	指相撲	編註 兩個遊戲者將一手的食指到小指緊握，只露出大拇指。雙方以大拇指角力的遊戲。

かみずもう 紙相撲	紙相撲	編註 用折紙折出兩個相撲力士，放在一個簡單的紙面的相撲場上，然後雙方開始用手指快速敲擊紙面，透過震動讓兩個紙上互相推擠（動來動去）的遊戲。
と セミ捕り	（夏天）捉蟬	
だま シャボン玉	泡泡	＊“シャボン”源於西班牙語的“xabón”。
だま　ふ ——シャボン玉を吹く、シャ だまあそ ボン玉遊びをする	吹泡泡	
ゆきがっせん 雪合戦	雪仗	
ゆきがっせん ——雪合戦をする	打雪仗	
ゆき 雪だるま	雪人	
ゆき　つく ——雪だるまを作る	堆雪人	
かみしばい 紙芝居	紙話劇 編註 由一位主講人準備一個像相框的主框架，打開後框架裡準備好許多繪本圖樣，有連續故事性內容的圖畫。然後由主講人以生動活潑的語調及肢體動作表現講述故事，故事講到一個段落就抽掉一張圖畫讓故事繼續的表演。一般是講給兒童聽的。	
かげえしばい　かげえ 影絵芝居、影絵	皮影戲	

しょうがつ　あそ
（お正月の遊び）　（新年的遊戲）

あ　あ たこ揚げ、たこを揚げる	放風箏
——たこ（凧）	風箏
あし ——たこの脚	風箏尾端
まわ こま回し	打陀螺
——こま（独楽）	陀螺

はねつ 羽根突き	打羽子板	
はごいた ——羽子板	羽子	
はね ——羽根	羽毛毽	
すごろく（双六）	雙六	*棋類遊戲。 編註 擲骰子並依點數走格子的紙上遊戲。與大富翁類似，但不同的是，大富翁是在比賽累積財富，而雙六是有起點跟終點的設計，最先到達終點的人獲勝。
ふくわら 福笑い	貼鼻子	編註 遊戲用具主要有一張有空白的臉輪廓的底圖及一些印有五官部分的圖紙。遊玩者必須矇住眼睛，然後抓起五官部分的圖紙往輪廓底圖上排列，最後看會排出什麼樣滑稽的圖來，大家藉著以此為樂的遊戲。
と かるた取り	玩歌留多	
——かるた（carta）	歌留多	*葡萄牙語。 編註 將 100 張印有日本和歌的紙牌散開在地方。然後有一位吟詠者負責吟詠和歌，參與的玩家依吟詠者吟出的線索，快速搶到印有該和歌的紙牌。最後搶到最多的人獲勝。
ひゃくにんいっしゅ 百人一首	百人一首	*寫有一百位歌人的和歌為內容的日式紙牌。
はなふだ 花札	花牌	

がんぐ ★いろいろな玩具	★各種玩具	
おもちゃ	玩具	*更鄭重的表現為**“玩具”**（がんぐ）。
ミニカー（minicar）	小型模型車	
キュー ——チョロ Q	Q 版賽車	***“チョロQ”**是品牌名。
ラジコンカー	遙控車	***“ラジオコントロールカー”**（radio control car）的簡稱。

プラモデル、模型（もけい）	組合模型	＊“プラモデル”的字源是來自於商品名“プラスチックモデル”（plastic model）。
——ガンプラ	鋼彈模型	＊“ガンダムのプラモデル”的簡稱。
ベイブレード（Beyblade）	戰鬥陀螺	＊“ベイブレード”是商品名。
ぬいぐるみ	布娃娃	
人形（にんぎょう）	日本人偶、洋娃娃	編註 指日本傳統的人偶，或是洋製的人形洋娃娃。其共同點皆為五官表情做得非常像真人。
フィギュア（figure）	公仔	
着（き）せ替（か）え人形（にんぎょう）	換裝娃娃	編註 歐式的洋娃娃。可以換裝是其設計特色。
操（あやつ）り人形（にんぎょう）、マリオネット（marionnette）	傀儡	＊其語源來自法語。
パペット（puppet）	手掌娃娃	
指人形（ゆびにんぎょう）	手指娃娃	
ビー玉（だま）	玻璃彈珠	＊“ビー”是葡萄牙語“ビードロ”（vidro）的簡稱。
竹馬（たけうま）	高蹺	
ヨーヨー（yo-yo）	溜溜球	
けん玉（だま）	日本劍球	編註 日本的一種玩具。有一個木製的槌狀柄座，頂部是尖的，並用線連著一顆有孔洞的紅球。玩法是來回拋弄紅球讓紅球的孔洞可以嵌合在柄座尖頂。
めんこ	尪仔標	
パチンコ	彈弓	
やじろべえ	平衡偶人	編註 是一種人形或動物形，雙手處做得細長，尾端綁著法碼，保持平衡的玩具。

起き上がり小法師（おきあがりこぼし）	不倒翁	
だるま落とし（達磨落とし）（おとし）	打不倒翁	編註 是一種將不倒翁放在許多圓形木墊上架高，然後拿著小槌子技巧性地將圓形木墊逐一打掉，但不倒翁必須平穩降低，不能翻落下來的遊戲。
竹とんぼ（たけ）	竹蜻蜓	
風車（かざぐるま）	紙風車	＊當唸成“ふうしゃ”時，是指像荷蘭等的大型風車。
風船（ふうせん）	氣球	＊日語中的“**気球**”（**ききゅう**）指可以乘坐人的熱氣球。
紙風船（かみふうせん）	紙氣球	編註 是一種用紙製成的氣球，然後再朝預留的孔向內部吹氣使其膨成圓球狀。
紙飛行機（かみひこうき）	紙飛機	
水鉄砲（みずてっぽう）	玩具水槍	
お手玉（てだま）	小沙包	編註 是將紅豆等放入小小的袋子裡綁成圓狀的袋子。玩法就像一般小丑在表現玩丟球一樣。
塗り絵（ぬえ）	著色圖	
積み木（つき）	積木	
知恵の輪（ちえわ）	解套式益智玩具	
万華鏡（まんげきょう）	萬花筒	
黒ひげ危機一髪（くろききいっぱつ）	海盜桶	＊“**黒ひげ危機一髪**”是商品名。 編註 指一個桶子裡坐著一個海盜，桶子上有很多插孔，大家輪流拿玩具組附的塑膠短劍插插孔，插到某一個孔時，海盜就會彈出來。
笑い袋（わらぶくろ）	笑袋	編註 指一個畫有笑臉的布袋裡裝著一小台機器，按了它的按鈕後，機器就會一直發出笑聲的玩具。
スーパーボール（super ball）	彈力球	

ブーメラン (boomerang)	回力鏢	
ルービックキューブ (Rubik's cube)	魔術方塊	＊“ルービックキューブ”是商品名。
フリスビー (Frisbee)、フライングディスク (flying disc)	飛盤	＊“フリスビー”是商品名。
レゴ (LEGO)	樂高積木	＊“レゴ”是品牌名。
ドミノ (domino)	骨牌	

(日本(にほん)の人気(にんき)のキャラクターなど)	（日本人氣的動漫偶像等）
『ドラえもん』	《多拉 A 夢》
『ハローキティ』	《Hello Kitty（凱蒂貓）》
『ポケモン』	《神奇寶貝》
『マリオ』	《瑪利歐》
『涼宮(すずみや)ハルヒ』	《涼宮春日》
『プリキュア』	《光之美少女》
『セーラームーン』	《美少女戰士》
『クレヨンしんちゃん』	《蠟筆小新》
『ちびまる子(こ)ちゃん』	《櫻桃小丸子》
『アンパンマン』	《麵包超人》
『仮面(かめん)ライダー』	《假面騎士》
『ウルトラマン』	《鹹蛋超人》

★ジグソーパズルやなぞなぞなど	★拼圖和謎語等	
ジグソーパズル (jigsaw puzzle)	拼圖	
——ピース (piece)	（拼圖的）一片	
クロスワードパズル (crossword puzzle)	填字遊戲	
数独（すうどく）、ナンプレ	數獨	＊“**数独**”是日本的腦力激盪開發公司“**ニコリ**”的商品名。另外“**ナンプレ**”是“**ナンバープレース**”（number place）的簡稱。
なぞなぞ	謎語	
クイズ (quiz)	猜謎遊戲	
言葉遊び（ことばあそび）	語言遊戲	編註 利用音韻，聯想同音異義字的一種遊戲。
——キーワード (keyword)	關鍵字	
しりとり（尻取り）	接龍	
早口言葉（はやくちことば）	繞口令	
回文（かいぶん）	回文	＊指不論順的唸或倒著唸讀音都一樣且有意義的句子。 編註 例如：「中國美景在景美國中」，類似這樣的句子。

（早口言葉（はやくちことば）、回文（かいぶん））	（繞口令、回文）
“東京特許許可局（とうきょうとっきょきょかきょく）”	〔東京特許許可局〕（繞口令）
“生麦生米生卵（なまむぎなまごめなまたまご）”	〔生麥生米生卵〕（繞口令）
“隣（となり）の客（きゃく）はよく柿食（かきく）う客（きゃく）だ”	〔旁邊的客人吃柿子太多〕（繞口令）

“青巻紙赤巻紙黄巻紙”（あおまきがみあかまきがみきまきがみ）	〔青巻紙赤巻紙黃巻紙〕（繞口令）	
“坊主が屏風に上手に坊主の絵を描いた”（ぼうず びょうぶ じょうず ぼうず え か）	〔和尚畫上屏風和尚的畫了〕（繞口令）	
“すもももももももものうち”（李も桃も桃の内）（すもも もも もも うち）	〔李子和桃子也是桃子的種類〕（繞口令）	＊另外有“蛙ぴょこぴょこ三ぴょこぴょこ、合わせてぴょこぴょこ六ぴょこぴょこ”等。
“新聞紙”（しんぶんし）	〔報紙〕（回文）	
“竹やぶ焼けた”（たけ や）	〔竹林燒了〕（回文）	

★テレビゲームやボードゲームなど	★電動玩具和棋類遊戲等	
テレビゲーム（TV game）	電動玩具	＊和製英語。
──ゲームソフト（game soft）	遊戲片	＊和製英語。
オンラインゲーム（online game）、ネットゲーム（net game）	線上遊戲	
ボードゲーム（board game）	棋類遊戲	
オセロ、オセロゲーム（Othello game）	黑白棋	＊“**オセロ**”是商標名。
ダイヤモンドゲーム（diamond game）	跳棋	＊和製英語。
チェス（chess）	西洋棋	

バックギャモン (backgammon)	西洋雙陸棋 編註 指一種兩個人對玩的棋。棋盤上有編號 1-24 的尖狀條紋。大致來說，雙方各有 15 顆不同顏色的棋子及兩顆骰子，每人每回擲兩次骰子（一顆擲一次），擲骰子的玩家可以依兩次擲出的數字，自行決定要移動一個棋子還是兩個棋子向對方的地盤移動（一開始，一位玩家在編號 1-12 的那一邊擺棋布陣，另一位玩家則反過來在 13-24 號的地方擺棋布陣。從 1-12 號出發的玩家的棋需經過 24 號脫離棋盤，反之 13-24 號出發的玩家則經過 1 號脫離棋盤）。最早將 15 顆棋子都脫手的玩家便贏得勝利。	
シャンチー（象棋）	中國象棋	編註 也可稱為「**中国象棋（ちゅうごくしょうき）**」。

★じゃんけんと指切り（ゆびき）	★猜拳和打勾勾等	
じゃんけん	猜拳	
"最初（さいしょ）はグー、じゃんけんポン！"	"剪刀、石頭、布！"	＊當出拳相同時，在日語中，接下來的出拳會説"**あいこでしょ！**"。
グー	石頭	
チョキ	剪子	
パー	布	
指切り（ゆびき）り	打勾勾	
"指切り（ゆびき）りげんまん、うそついたら針千本飲（はりせんぼんの）ます、指切（ゆびき）った！"	"打勾勾，說謊要吞千根針"	＊打勾勾時説的詞語。

★宝（たから）くじ	★彩票
宝（たから）くじ	彩券

ジャンボ宝(たから)くじ	大寶籤	編註 日本的一種彩券名。
——ドリームジャンボ (dream jumbo)	夢想大寶籤	*日本的彩券名。
——サマージャンボ (summer jumbo)	夏季大寶籤	*日本的彩券名。
——年末(ねんまつ)ジャンボ宝(たから)くじ	年末大寶籤	*日本的彩券名。
スクラッチ (scratch)	刮刮樂	
サッカーくじ	足球彩券	*有"toto"(トト)等彩券種類。
ナンバーズ (NUMBERS)、ロト (LOTO)	樂透	
1等賞(いっとうしょう)	頭彩	
2等賞(にとうしょう)［3等賞(さんとうしょう)］	2獎〔3獎〕	
宝(たから)くじに当(あ)たる	中獎	
——当(あ)たった！	中啦！	
——はずれた！	沒中！	
あみだくじ	鬼腳圖	
くじ引(び)き、くじ、抽選(ちゅうせん)	抽籤	
福引(ふくびき)	免費摸彩	編註 「福引」的摸彩型式有一般的抽籤，或是日本節目裡常看到一個以人工手動搖轉，以掉出來的球的顏色來決定是否中獎的八邊型木製旋轉抽選器，其日語稱為「ガラガラ」或「ガラポン」。
ビンゴゲーム (bingo game)	賓果	

★ギャンブルと競馬(けいば)	★賭博和賽馬	
公営(こうえい)ギャンブル、公営賭博(こうえいとばく)	公營博奕	＊彩票以外還有“**競馬**”（**けいば**）、“**競艇**”（**きょうてい**）、“**競輪**”（**けいりん**）、“**オートレース**”等。
ギャンブル (gamble)、ばくち (博打)、賭(か)け事(ごと)	賭博	＊更鄭重的表現為“**賭博**”（**とばく**）。
お金(かね)を賭(か)ける	賭錢	
カジノ (casino)	賭場	＊其語源來自於法語。
ルーレット (roulette)	輪盤	＊其語源來自於法語。
バカラ (baccara)	百家樂	＊其語源來自於法語。
ポーカー (poker)	梭哈	
チップ (chip)	籌碼	
競馬(けいば)	賽馬	編註 為日本四大公營競技博奕之一。以跑馬作為比賽要素，即接受投注彩金賭輸贏的職業運動。
競馬場(けいばじょう)	賽馬場	
場外馬券売り場(じょうがいばけんうりば)	馬票販賣處	
馬券(ばけん)	馬票	＊其正式名稱是“**勝馬投票券**”（**かちうまとうひょうけん**）。
万馬券(まんばけん)	萬馬券	＊中獎額為 100 倍的馬票。
オッズ (odds)	賠率	
本命(ほんめい)	熱門馬	
ダークホース (dark horse)、穴馬(あなうま)	黑馬	

──大穴（おおあな）	大黑馬	
日本中央競馬会（にほんちゅうおうけいばかい）（JRA）	日本中央賽馬協會	
競艇（きょうてい）	日本競艇	＊是用小型快艇進行的比賽項目。 編註 為日本四大公營競技博奕之一。以小型快艇作為比賽要素，即接受投注彩金賭輸贏的職業運動。
競輪（けいりん）	日本競輪賽	編註 為日本四大公營競技博奕之一。以自行車作為比賽要素，即接受投注彩金賭輸贏的職業運動。注意「**競輪**」一詞強調的是博奕比賽，而不是台灣常見民間自行舉辦以單純娛樂為目的的自行車比賽。
オートレース (auto race)	摩托車賽	＊和製英語。 編註 為日本四大公營競技博奕之一。以機車作為比賽要素，即接受投注彩金賭輸贏的職業運動。

★釣り（つ）	★釣魚	
釣り（つ）、釣り（つ）をする	釣魚	
フライフィッシング (fly fishing)	用西式毛鉤釣魚	編註 單字前端的「**フライ**」在這裡指西式毛鉤。即將魚鉤用毛加工成各種飛蟲或是小魚的形狀，用以引誘魚來咬鉤。
ルアーフィッシング (lure fishing)	用假餌釣魚	
バスフィッシング (bass fishing)、バス釣り（づ）	釣鱸魚	＊“**バス**”指“**ブラックバス**”。
──ブラックバス (black bass)	加州鱸（大口黑鱸）	
──ブルーギル (bluegill)	藍鰓太陽魚	
穴釣り（あなづ）	冰釣	

釣(つ)り堀(ぼり)	海釣場
魚拓(ぎょたく)	魚拓
釣竿(つりざお)	釣竿
リール (reel)	（釣竿上的）捲線器
釣(つ)り針(ばり)	釣鉤
ルアー (lure)	假餌
毛針(けばり)	毛鉤
釣(つ)り糸(いと)	釣魚線
ハリス	子線
重(おも)り	鉛塊
浮(う)き	浮標
釣(つ)り餌(えさ)、つりえ、餌(えさ)	釣餌
アタリ (当たり)	上鉤

★ボウリング、ダーツ、ビリヤード	★保齡球、飛鏢、撞球
ボウリング場(じょう)	保齡球館
ボウリング (bowling)	保齡球
レーン (lane)	保齡球球道
ガター (gutter)	保齡球溝

ピン (pin)	保齡球瓶
ストライク (strike)	全倒、strike
10(テン) フレーム (10 frame)	第十局
スペア (spare)	兩球結束
ダーツ (darts)	飛鏢
ダーツボード (dartboard)	鏢靶
ビリヤード (billiards)、玉突(たまつ)き、スヌーカー (snooker)	撞球
ビリヤード台(だい)	撞球桌
キュー (cue)	撞球桿
キューボール (cue ball)	母球、白球
オブジェクトボール (object ball)	目標球
ポケット (pocket)	球袋
チョーク (chalk)	巧克、防滑粉塊
トライアングルラック (triangle rack)	三角框
レスト (rest)	架桿 編註 為了在打擊時能穩定撞球桿，所擺出貼在撞球桌上手形姿勢。

★トランプ	★撲克牌
トランプ (trump)	撲克牌

一組(ひとくみ)のトランプ	一副撲克牌	
ハート (heart)	紅心	
スペード (spade)	黑桃	
ダイヤ	方塊	*是“ダイヤモンド”（diamond）的簡稱。
クラブ (club)、三(み)つ葉(ば)	梅花	
エース (ace)	A	
キング (king)	K	
クイーン (queen)	Q	
ジャック (jack)	J	
ジョーカー (joker)	鬼牌	
切(き)り札(ふだ)	王牌	
トランプをする	玩撲克牌	
トランプを切(き)る、カットする (cut)	洗牌	
トランプを配(くば)る	發牌	
持(も)ち札(ふだ)を捨(す)てる	出牌	
持(も)ち札(ふだ)を見(み)せる	攤牌	
手札(てふだ)が悪(わる)い、手(て)が悪(わる)い	一副爛牌	

★麻雀（まーじゃん）	★麻將	
麻雀（まーじゃん）、マージャン	麻將	編註 日本的每一局麻將在初始時每家所擁有的牌是 13 張，跟台灣傳統的 16 張不太一樣。
麻雀（まーじゃん）をする	打麻將	
──接待麻雀（せったいまーじゃん）	打放水麻將	＊多指為了讓客人取勝和開心而打的麻將。
雀荘（じゃんそう）	麻將館	＊“**麻雀荘**”（**まーじゃんそう**）的簡稱。 編註 指在日本去打麻將的店（並非賣麻將用品的店）。在日本有這樣以店面式的經營的麻將館。
麻雀卓（まーじゃんたく）、雀卓（じゃんたく）	麻將桌	
全自動麻雀卓（ぜんじどうまーじゃんたく）	自動麻將桌	
麻雀牌（まーじゃんぱい）	（麻將）牌	
字牌（じはい）	字牌	編註 指「東、西、南、北、紅中、青發、白板」的總稱。
風牌（かぜはい）	風牌	編註 指「東、西、南、北」的總稱。
中（ちゅん）	紅中	
發（はつ）	青發	
白（はく）	白板	
マンズ（萬子）	萬子	
ソウズ（索子）	條子	
ピンズ（筒子）	筒子	
ドラ	加分牌	編註 日本麻將的規則裡，一開始會將一張牌翻開，當作「ドラ」。當胡牌時，如果排裡有跟「ドラ」一樣的牌，每多一張就加一台。

さいころ	骰子	
さいころを振(ふ)る	擲骰子	
親(おや)になる	坐莊	
親(おや)	莊家	
子(こ)	閒家	
点棒(てんぼう)	日本麻將的籌碼	編註 日本麻將的籌碼跟台灣不同，是細長條型的棒子。共有四種：「①左右平均有一顆黑點、三顆紅點、接著中間一顆大紅點的是10000點；②左右平均兩顆紅點、接著中間一顆大紅點的是5000點；③僅中間一顆大紅點的是1000點；④八點黑點分成兩排的是100點。」。通常開始打時，每家會發①一條、②兩條、③四條、④十條，共計25000點。
かみちゃ（上家）	上家	
しもちゃ（下家）	下家	
リーチ（立直）	聽牌	編註 日本麻將要喊聽牌需牌數完整，不能有吃、碰、槓。在喊聽牌後若胡了加一台，同時喊了聽牌後的即不可再更換手中的牌面組合，只能一直看別家打的牌能不能胡或拿牌自摸。這點跟台灣麻將不同。
上(あ)がった	胡了	
チョンボする	詐胡	
カモにされる	被當肥羊宰	
引(ひ)きが強(つよ)い	手氣好	

★将棋(しょうぎ)と囲碁(いご)	★日本將棋和圍棋	
将棋(しょうぎ)	日本將棋	＊當吃掉對方的棋子時，可以變成自己的棋利用是日本將棋的特色。
将棋(しょうぎ)を指(さ)す	下將棋	
将棋盤(しょうぎばん)	將棋盤	
駒(こま)	將棋子	
王将(おうしょう)	王將	
飛車(ひしゃ)	飛車	
角(かく)	角行	
金(きん)	金將	
銀(ぎん)	銀將	
桂馬(けいま)	桂馬	
香車(きょうしゃ)	香車	＊也唸成“**きょうす**”或“**やり**”。
歩(ふ)	步	
先手(せんて)	先走、先下	
後手(ごて)	後走、後下	
攻(せ)める	進攻	
守(まも)る	防守	
成金(なりきん)	變成金將	＊指“**歩**”（ふ）等進入敵陣就會變“**金**”（きん），棋子的機能由弱轉強。這句用語也引申有暴發戶的意思。

じょばん 序盤	開盤	
ちゅうばん 中盤	中盤	
しゅうばん 終盤	後盤	
ちょうこう 長考する	熟慮	
あいて こま 相手の駒をとる	吃	
おうて おうて 王手をする、王手をかける	將軍	
ま 待ったをする	悔棋	
ま 待ったなし	不許悔棋	

いご ご 囲碁、碁	圍棋	
ご う いご う 碁を打つ、囲碁を打つ	下圍棋	
おかめはちもく ――岡目八目	旁觀者清	
ごいし 碁石	（圍棋）棋子	
しろいし 白石	白子	
くろいし 黒石	黑子	
ごばん 碁盤	（圍棋）棋盤	
じょうせき 定石	固定下法	
ふせき 布石	佈局	編註 指圍棋開局初期雙方互棋盤上空地的階段。
きょく 局	局	
ごもくなら 五目並べ	五子棋	

圖為遊樂廳的抓娃娃機。近來因為日劇造成流行，所在中國遊客和韓國遊客中也產生熱潮。

圖為新宿的保齡球館。雖然近來有點門可羅雀，但仍然在街上持續地經營。

圖為日式將棋室。最近雖然電腦將棋遊戲日漸盛行，但還是到現場和活生生的對手的進行交手會更加燃起鬥志吧！

2. 書法・插花・浮世繪等

★書道（しょどう）	★書法	
書道（しょどう）、習字（しゅうじ）	書法	
書（か）き初（ぞ）め	新春試筆	＊也寫成“**書初め**”。 編註 指新年時間，第一次動毛筆寫書法的傳統習俗。
筆（ふで）	毛筆	
すずり（硯）	硯台	
墨（すみ）	墨	
墨汁（ぼくじゅう）	墨汁	
紙（かみ）	紙	
和紙（わし）	和紙	
文鎮（ぶんちん）	紙鎮	
筆立（ふでた）て	筆筒	
楷書（かいしょ）	楷書	
行書（ぎょうしょ）	行書	
草書（そうしょ）	草書	
書道教室（しょどうきょうしつ）	書法班	
ペン習字（しゅうじ）、ペン字（じ）	鋼筆書法	＊“**ペン**”的語源是英語的“pen”。 編註 指在日本，用鋼筆寫書法字的一項技能。

ひっせき 筆跡	筆跡
ひっせきかんてい ——筆跡鑑定	鑒定筆跡

かどう　こうどう ★華道と香道	★插花和香道	
かどう　い　ばな　はな　い 華道、生け花、花を生ける	插花	＊“**華道**”也寫成“**花道**”。
けんざん 剣山	劍山	
りゅうは 流派	流派	

ゆうめい　かどう　りゅうは **（有名な華道の流派）**	（有名的插花的流派）	
いけのぼう 池坊	池坊	
おはら 小原	小原	
そうげつ 草月	草月	
こうどう 香道	香道	
こう お香	（日本香道用的）香	編註 與台灣祭祀用的香相比，較粗較短。
こう お香をたく	焚香	
こう　き　もんこう お香を聞く、聞香	聞香	

たんか　はいく ★短歌や俳句など	★短歌和俳句等	
わか 和歌	和歌	編註 指相對於中國漢詩，為五、七言日本文學體的詩歌。為「**短歌**」、「**長歌**」等的總稱。

たんか 短歌	短歌	＊文體為五句三十一音，格式為五、七、五、七、七架構的短詩。
ちょうか 長歌	長歌	編註 指日本文學中五、七言交錯，最後常常以七言作結尾的長篇文學體。
まくらことば 枕詞	枕詞	編註 一般可見於和歌裡的修飾用詞，會擺在特定的語彙之前，具有調整語調，增添文學氣息感的作用。
はいく 俳句	俳句	＊文體為三句十七音，格式為五、七、五架構的短詩。
きご 季語	季語	編註 日本的俳句在書寫時，必須融入季節感。故在俳句中一定要有一個表現季節感的「**季語**」的含在文體中。故為創作俳句時用的字。例如：「**セミ**」（蟬）是夏天的季語、「**雪**」是冬天的季語等等。
まつおばしょう ──松尾芭蕉	松尾芭蕉	
おく　ほそみち ──『奥の細道』	〔奥之細道〕	
せんりゅう 川柳	川柳	編註 格式與「**俳句**」一樣，是指具有諷刺社會或幽默敘事的文體。
きょうか 狂歌	狂歌	編註 格式與「**短歌**」一樣，是指具有諷刺社會或幽默敘事的文體。

うきよえ　とうげい ★浮世絵や陶芸など	★浮世繪和陶藝等	
にほんが 日本画	日本畫	
うきよえ 浮世絵	浮世繪	編註 以江戶時代風俗為內容，特別是以繪畫遊廓、優伶等為主題的畫。有分肉筆畫（畫在紙或絹布上）跟木版畫。
うきよえし 浮世絵師	浮世繪師	
だいひょうてき　うきよえし （代表的な浮世絵師）	（代表性的浮世繪師）	
きたがわうたまろ 喜多川歌麿	喜多川歌麿	

安藤広重（歌川広重）（あんどうひろしげ／うたがわひろしげ）	安藤廣重（歌川廣重）	
東洲斎写楽（とうしゅうさいしゃらく）	東洲齋寫樂	
葛飾北斎（かつしかほくさい）	葛飾北齋	
歌川国芳（うたがわくによし）	歌川國芳	
芸術（げいじゅつ）	藝術	
芸術家（げいじゅつか）、アーティスト（artist）	藝術家	
アトリエ（atelier）、工房（こうぼう）	藝術工房	*其語源來自法語。
美術館（びじゅつかん）	美術館	
画廊（がろう）、ギャラリー（gallery）	畫廊	
個展（こてん）	個展	
画家（がか）	畫家	
絵画（かいが）	繪畫	
作品（さくひん）	作品	
——傑作（けっさく）	傑作、出色作品	
額縁（がくぶち）	畫框	
油絵（あぶらえ）、油彩画（ゆさいが）	油畫	
水彩画（すいさいが）	水彩畫	
水墨画（すいぼくが）	水墨畫	
オークション（auction）、競売（きょうばい）	拍賣	*"競売"也唸成"けいばい"。

まきえ 蒔絵	蒔繪	編註 指在器具上上漆畫上精美的圖樣，然後再灑金粉上去的一種日本傳統的藝術工法。
らでん（螺鈿）	螺鈿	編註 指將貝殼內側有光澤的一面磨切成薄片板狀，再嵌入漆器或木器的藝術工法。
ぞうがん 象眼	象嵌	編註 指在金屬、陶磁、木材等的表面雕刻出一個圖形，然後再將金、銀等其他材料嵌入的藝術工法。
ちょうこく 彫刻（する）	雕刻	
かんしょう 鑑賞（する）	鑒賞	
とうげい 陶芸	陶藝	
とうげいか 陶芸家	陶藝家	
かま 窯	窯	
のぼ　がま 登り窯	階梯窯	編註 是日本一種建築在斜坡上，多數的窯連接在一起的一種窯。主要是利用斜坡地形傳導熱能，讓各窯可以保持高溫。
ろくろ	轆轤	編註 作陶藝時，陶土下方的轉盤。

にほん　ふうりゅう ★日本の風流	★日本的古風情趣	
おもむき 趣	幽雅	
いき 粋	風流瀟灑	
かちょうふうげつ 花鳥風月	風花雪月	
せつげっか 雪月花	雪月花	＊“冬の雪”、“秋の月”、“春の花”（桜）是日本季節之美的象徵。
ぎり 義理	人情	

人情（にんじょう）	人之常情	
ちんどん屋（や）	日本康樂樂隊	編註 指由幾個人組成，穿著引人目光的服飾（一般是和服），使用敲鑼打鼓、拉三味線、吹單簧管等方式在街頭替委託主打廣告的職業。

★武士の時代（ぶしじだい）	★武士的時代	
武士（ぶし）、侍（さむらい）	武士	
武士道（ぶしどう）	武士道	
恥（はじ）	恥辱	
切腹（せっぷく）	剖腹自殺	
敵討ち（かたきうち）、仇討ち（あだうち）	報仇	
『忠臣蔵』（ちゅうしんぐら）	《忠臣藏》	
——赤穂浪士（あこうろうし）	赤穗浪士	
——四十七士（しじゅうしちし）	四十七士	
忍者（にんじゃ）	忍者	
忍術（にんじゅつ）	忍術	
——伊賀流（いがりゅう）	伊賀流	
——甲賀流（こうがりゅう）	甲賀流	
手裏剣（しゅりけん）	十字鏢	
くのいち	女忍者	＊據説是由“**女**”字解體為“くノ一”而得名。

圖為武士的頭盔和鎧甲。重量20-30kg，如果盛裝出擊一定也很辛苦。

圖為愛知縣的名古屋城，是日本三大名城之一。

3. 娛樂

(1) 日本の伝統芸能（にほんのでんとうげいのう）	(1) 日本的傳統曲藝
★歌舞伎（かぶき）	★歌舞伎
歌舞伎（かぶき）	歌舞伎
歌舞伎を見る（かぶきをみる）	看歌舞伎
観客（かんきゃく）	觀眾
前売り券（まえうりけん）	預售票
当日券（とうじつけん）	當天售票
——一階席（いっかいせき）	一樓座位
——二階席（にかいせき）	二樓座位
——三階席（さんかいせき）	三樓座位
歌舞伎劇場（かぶきげきじょう）	歌舞伎劇場

(有名な歌舞伎劇場)（ゆうめいなかぶきげきじょう）	（有名的歌舞伎劇場）	
歌舞伎座（かぶきざ）(東京都)（とうきょうと）	歌舞伎座	＊“座”（ざ）在這裡為劇場的意思。
新橋演舞場（しんばしえんぶじょう）(東京都)（とうきょうと）	新橋演舞場	
国立劇場（こくりつげきじょう）(東京都)（とうきょうと）	國立劇場	
南座（みなみざ）(京都府)（きょうとふ）	南座	
大阪松竹座（おおさかしょうちくざ）(大阪府)（おおさかふ）	大阪松竹座	

かぶきやくしゃ　ぶたい ★歌舞伎役者と舞台など	★歌舞伎演員和舞台等	
かぶきやくしゃ 歌舞伎役者	歌舞伎演員	編註 現代的歌舞伎全部都只有男性演員演出。
おやま 女形	男扮的女角	＊也唸成“おんながた”。
にまいめ 二枚目	美男子角色	
さんまいめ 三枚目	丑角	
くまど 隈取り	臉妝	
あらごと 荒事	武打戲	
わごと 和事	戀愛戲	
かた 型	特定的演技	
けれん	驚人、出乎意料的演出	
みえ　き 見得を切る	演員的肢體動作瞬間停止，眼睛放大或轉向在瞪人的演姿	
ま 間	（台詞與台詞間隙的）休止	編註 指歌舞伎台詞與台詞之間間隙的休止停頓。會用這樣的表現旨在圈引觀眾的目光並增加精采感。
か　ごえ 掛け声	叫好聲	
うらごえ 裏声	假音	
お こけら落とし	劇場落成後首次公演	
はなみち 花道	花道	＊指歌舞伎劇場結構中，演員自舞台走向觀眾席的細長的通道。
かぶりつき	最前排的座位	
ならく 奈落	舞台下的地下室	
がえ どんでん返し	快速翻轉舞台	

かみて 上手	舞台的左手邊	編註 指從表演者的方向看。
しもて 下手	舞台的右手邊	編註 指從表演者的方向看。
くろまく 黒幕	黑色布幕	編註 換場景時遮住舞台等狀況時使用。
まくあい 幕間	換幕時的空檔	
おおづ 大詰め	最後一幕	
しゅうめい 襲名	繼承藝名	編註 繼承師名對歌舞伎的演員來說，是極大的榮耀。也是觀眾會關注的事。
かおみせ 顔見世	全員大公演	編註 指歌舞伎每年都會新舊世代交替，交替之後所舉辦的全員大公演。還在的老面孔自當不在話下，含新面孔也全部上台露臉，也讓觀眾認識新演員。
うらかた 裏方	後台工作人員	
がくや 楽屋	演員休息室	
おおむ 大向こう	站票席的觀眾、站票區	
かぶきじゅうはちばん 歌舞伎十八番	歌舞伎十八番	＊歌舞伎的市川家的十八個拿手戲。
じゅうはちばん ——十八番	拿手	＊也叫“おはこ”。

にんき かぶき えんもく （人気の歌舞伎の演目）	（人氣歌舞伎劇目）
かんじんちょう 『勧進帳』	《勸進帳》
よしつねせんぼんざくら 『義経千本桜』	《義經千本櫻》
むすめどうじょうじ 『娘道成寺』	《娘道成寺》
かなでほんちゅうしんぐら 『仮名手本忠臣蔵』	《假名手本忠臣藏》
しらなみごにんおとこ 『白浪五人男』	《白浪五人男》

すけろく 『助六』	《助六》	

★能や人形浄瑠璃など （のう　にんぎょうじょうるり）	★能樂和人形淨瑠璃等	
でんとうげいのう 伝統芸能	傳統藝能	
のう　のうがく 能、能楽	能劇、能樂	
のうめん ——能面	能面具	
のうがくし 能楽師	能劇的演員	
たきぎのう 薪能	篝火能劇	編註 能劇的表演方式一種。夏夜於能劇劇場或野外臨時搭的能劇舞台旁焚起篝火，然後演員在中間舞台演出的能劇。
のうがくどう 能楽堂	能劇劇場	
こくりつのうがくどう ——国立能楽堂	國立能樂堂	
にんげんこくほう 人間国宝	（活生生的）國寶	
きょうげん 狂言	狂言	＊與能劇是同根源衍生出來的戲劇。但能劇的表演是以歌舞為主、狂言則是以台詞為主。
シテ	主角	
ワキ	配角	
じうたい 地謡	在一旁唱表演歌謠的人	
はやし 囃子	伴奏樂師	
かんあみ 観阿弥	觀阿彌	編註 日本南北朝時代的能劇演員及能劇作家，能劇流派觀世流的開山祖師。

ぜあみ 世阿弥	世阿彌	編註 日本室町時代前期能劇演員及能劇作家，觀阿彌之子。著有許多與能劇相等的作品。
にんぎょうじょうるり　ぶんらく 人形浄瑠璃、文楽	人形淨瑠璃、文樂	
たゆう 太夫	說唱師	
にんぎょうづかい 人形遣い	操偶師	
くろこ 黒子	黑子	*也唸成“くろご”。是戴黑頭巾，穿黑色衣服的操偶師助手。
ががく 雅楽	雅樂	編註 主要指宮廷、寺院吹奏的傳統優雅音樂。
ぶがく 舞楽	舞樂	編註 指帶有舞蹈的雅樂。
まい 舞	日本傳統舞	
にほんぶよう 日本舞踊	日本舞蹈	
そうきょく 箏曲	以日本箏彈奏出來的樂曲	
そう 箏	日本箏	編註 日本箏與中國古箏不盡相同。日本箏只有十三根弦，台灣常見的中國古箏則有二十一根弦。
わごん 和琴	和琴	編註 外觀亦為古箏狀日本弦樂器，共六根弦。為演奏雅樂時的使用樂器之一。
びわ 琵琶	琵琶	
こきゅう 胡弓	日式胡琴	*有分三弦和四弦。是和二胡類似的樂器。
しゃみせん 三味線	三味線	
つづみ 鼓	日本手鼓	
わだいこ　たいこ 和太鼓、太鼓	和太鼓	
しょう 笙	笙	

ひちりき 篳篥	篳篥	編註 指笛上有七個孔、內側有兩個孔的日本直笛樂器。為演奏雅樂時的使用樂器之一。
ふえ 笛	笛子	
しゃくはち 尺八	尺八	
チャルメラ (charamela)	嗩吶	*其語源來自葡萄牙語。

（2）漫才（まんざい）、その他（た）のエンターテインメントなど	(2) 相聲、其他的娛樂	
★漫才（まんざい）など	★相聲等	
よせ 寄席	相聲舞台	
お笑（わら）い芸人（げいにん）、コメディアン (comedian)	搞笑藝人	
まんざい 漫才	相聲	
まんざいし 漫才師	相聲演員	
つっこみ	逗哏	編註 相聲的主講人。
ぼけ	捧哏	編註 相聲中配合主講人的副手角色。
アドリブ (ad lib)	即興表演	
コント (conte)	小笑劇	*其語源來自法語。
“はっはは！”	「哈哈哈！」	
らくご 落語	落語、單口相聲	
らくごか　はなしか 落語家、噺家	落語家、單口相聲演員	

ものまね	模仿秀	
声帯模写（せいたいもしゃ）	口技	
講談（こうだん）	講談	編註 表演的形式與「**落語**」相似，但主要是以講述歷史故事的日本傳統藝能。
手品（てじな）、マジック (magic)	魔術	＊令人覺得程度相當不可思議的魔術稱為“**奇術**”（**きじゅつ**）。 編註 例如大衛高柏飛把自由女神變不見等便屬於「**奇術**」。
手品師（てじなし）、マジシャン (magician)	魔術師	
曲芸（きょくげい）、アクロバット (acrobat)	雜技、把戲	
サーカス (circus)	馬戲	
ピエロ (pierrot)、道化師（どうけし）	小丑	＊“**ピエロ**”的語源來自法語。
空中（くうちゅう）ぶらんこ	空中鞦韆	
綱渡（つなわた）り	走鋼絲	
トランポリン (trampoline)	彈翻床	編註 指一個圓形或方形底架，中間有一塊有彈力的墊子，人可以在上面彈來彈去，達到娛樂或運動的效果。
皿回（さらまわ）し	轉盤子	

★演劇（えんげき）など	★演戲等
演劇（えんげき）	演戲、話劇
芝居（しばい）、劇（げき）	戲劇
劇場（げきじょう）	劇場

悲劇（ひげき）	悲劇	
喜劇（きげき）	喜劇	
せりふ（台詞）	台詞	
演技（えんぎ）	演技	
幕（まく）	幕	
舞台（ぶたい）、ステージ（stage）	舞台	
舞台裏（ぶたいうら）	後台	
演出家（えんしゅつか）	戲劇導演	
舞台監督（ぶたいかんとく）	舞台導演	
劇評（げきひょう）	劇評	
ダフ屋（や）	黃牛	
バレエ（ballet）	芭蕾舞	＊其語源來自法語。
オペラ（opera）	歌劇	
——プリマドンナ（prima donna）	歌劇中的女主角	＊其語源來自義大利語。
ミュージカル（musical）	音樂劇	＊在日本，“宝塚歌劇団”（たからづかかげきだん）和“劇団四季”（げきだんしき）的音樂劇很有名。

（3）音楽（おんがく）	（3）音樂
★曲（きょく）やメロディー	★曲和旋律
音楽（おんがく）	音樂

おと 音	聲音	
きょく 曲	曲	
かし 歌詞	歌詞	
うた 歌	歌、歌曲	
メロディー（melody）、せんりつ 旋律	旋律	
リズム（rhythm）	節奏	＊音樂的速度節奏叫“テンポ”（tempo）。
ハーモニー（harmony）、 わせい 和声	和音	
がくふ 楽譜、スコア（score）	樂譜	
おんかい ——音階	音階	
おんぷ —— 音符	音符	
ドレミファソラシド （do re mi fa sol la si do）	do re mi fa so la si do	＊其語源來自義大利語。

ファン（fan）	粉絲	
おんがく 音楽ファン	樂迷	
おんがくか 音楽家、ミュージシャン （musician）	音樂家	＊“**音楽家**”常指古典音樂領域的音樂家、“**ミュージシャン**”則是指流行歌曲領域。
かしゅ　うた　て 歌手、歌い手	歌手	
さっきょくか 作曲家	作曲家	
さくしか 作詞家	作詞家	

コンサート (concert)、演奏会（えんそうかい）	音樂會、演奏會	＊“**演奏会**”主要指古典音樂的音樂會。在競技場開音樂會時，在賽事場上臨時設立的觀眾席叫“**アリーナ席**”（arena），看台上的觀眾席叫“**スタンド席**”（stand）。 編註 「**コンサート**」也指年輕人愛看的偶像歌手、團體的演唱會。
リサイタル (recital)	獨唱會、獨奏會	
ショー (show)	表演、秀	
コンクール (concours)、コンテスト (contest)	競技比賽	＊“**コンクール**”的語源來自法語。
アンコール (encore)	安可	＊其語源來自法語。
コンサートホール (concert hall)	音樂廳	
ダンスホール (dance hall)	舞蹈廳	
ジャズクラブ (jazz club)	爵士俱樂部	
ライブハウス (live house)	live house	＊和製英語。
作曲（さっきょく）（する）	作曲	
作詞（さくし）（する）	作詞	
歌う（うた）	唱	
踊る（おど）、ダンスをする	跳舞	
——踊り（おど）、ダンス (dance)	舞	
——社交（しゃこう）ダンス	國際標準舞、國標	
——ダンスパートナー (dance partner)	舞伴	

ワルツ (waltz)	華爾滋	
タンゴ (tango)	探戈	＊其語源來自西班牙語。
フラメンコ (flamenco)	佛朗明哥	＊其語源來自西班牙語。
サンバ (samba)	森巴	
サルサ (salsa)	騷莎舞	＊其語源來自西班牙語。
フラダンス (hula dance)	草裙舞	＊和製英語。
ベリーダンス (belly dance)	肚皮舞	
タップダンス (tap dance)	踢踏舞	
ブレイクダンス (break dance)	霹靂舞	
ヒップホップ (hip-hop)、ストリートダンス (street dance)	街舞	

★いろいろな音楽(おんがく)	★各種音樂	
ポップス (pops)	流行音樂	
J-POP	日本流行音樂	＊也唸成“**ジェイポップ**”。
K-POP	韓國流行音樂	＊也唸成“**ケイポップ**”。
——韓流(かんりゅう)	韓流	
懐(なつ)メロ、歌謡曲(かようきょく)	懷舊老歌	＊“**懐メロ**”是“**懐かしのメロディー**”的簡稱。
ロック (rock)	搖滾樂	

ハードロック (hard rock)	硬式搖滾	
パンクロック (punk rock)	龐克搖滾	
ラップ (rap)	Rap、饒舌歌	
——ラッパー (rapper)	饒舌歌手	
レゲエ (reggae)	雷鬼	
ジャズ (jazz)	爵士樂	
ブルース (blues)	藍調	
ソウル (soul)	靈歌	
クラシック音楽（おんがく）、クラシック (classic)	古典音樂	
演歌（えんか）	演歌	＊例如《北國之春》等。
民謡（みんよう）	民歌	
童謡（どうよう）	童謠	

★オーケストラや楽器（がっき）など	★管弦樂隊和樂器等	
オーケストラ (orchestra)	管弦樂隊	
指揮者（しきしゃ）	樂隊指揮	
——指揮棒（しきぼう）、タクト (Takt)	指揮棒	＊其語源來自德語。
演奏（えんそう）（する）	演奏	
ピアニスト (pianist)	鋼琴家	

バイオリニスト (violinist)	小提琴家	
チェリスト (cellist)	大提琴家	
ギタリスト (guitarist)	吉他手	
楽器(がっき)	樂器	
ピアノ (piano)	鋼琴	
——電子(でんし)ピアノ、電子(でんし)オルガン、エレクトーン (Electone)	電子琴	＊“エレクトーン”是自商品名變成的代名詞。
——アップライトピアノ (upright piano)	直立式鋼琴	
——グランドピアノ (grand piano)	平台式鋼琴	
ギター (guitar)	吉他	
——エレキギター	電吉他	＊語源是英語的“electric guitar”。
——エアギター (air guitar)	空氣吉他	編註 指配合音樂，作出好像在彈吉他的誇張動作；亦指一種只有吉他柄頭，透過內建音樂、手撥動作及紅外線感應後，可以擬真在彈吉他的玩具。
バイオリン (violin)	小提琴	
ビオラ (viola)	中提琴	＊其語源來自義大利語。
チェロ (cello)	大提琴	
チューバ (tuba)	低音號	
ホルン (horn)	法國號	
トロンボーン (trombone)	伸縮號	

トランペット (trumpet)	小號、小喇叭	
クラリネット (clarinet)	單簧管	
オーボエ (oboe)	雙簧管	＊其語源來自義大利語。
フルート (flute)	長笛	
シンバル (cymbals)	鐃鈸	
シンセサイザー (synthesizer)	合成器	
サキソフォン (saxophone)、サックス	薩克斯風	
ドラム (drum)	爵士鼓	
アコーディオン (accordion)	手風琴	
ハーモニカ (harmonica)	口琴	
タンバリン (tambourine)	鈴鼓	
カスタネット (castanet)	響板	＊其語源來自西班牙語。

(4) 映画(えいが)を見(み)る	(4) 看電影	
★映画(えいが)を見(み)る	★看電影	
映画(えいが)	電影	
マイクロムービー (micro movie)	微電影	
シネコン	影城	＊是“シネマコンプレックス”（cinema complex）的簡稱。

映画館（えいがかん）	電影院	
封切館（ふうきりかん）	首輪上映戲院	
——封切り（ふうき）り、ロードショー（road show）	首映	
——単館（たんかん）ロードショー	獨家首映	
——封切り映画（ふうきりえいが）	首映電影	
ミニシアター（mini theater）	小影院	＊一般指座位只有 200 人以下，有獨自的選片方式的電影院。
名画座（めいがざ）	老片電影院	
映画のタイトル、映画の名前（えいが、えいがのなまえ）	電影名	＊“**タイトル**”的語源是英語的“title”。
吹き替え映画（ふきかええいが）	配音的電影	
——吹き替える（ふきかえる）	配音	
字幕（じまく）	字幕	
スクリーン（screen）	銀幕	編註 此單字亦可指會議、簡報時拉下來的白色投影布。
映写室（えいしゃしつ）	放映室	
映写機（えいしゃき）	電影放映機	
映画を上映する（えいがをじょうえいする）	播放電影	
映画の日（えいがのひ）	電影日	＊特指電影票打折的日子。
映画のチケット（えいが）	電影票	＊“**チケット**”的語源是英語的“ticket”。
もぎり	驗票員	

半券（はんけん）	票根
席（せき）	座位
——前の席（まえのせき）	前排
——中央の席（ちゅうおうのせき）	中排
——後ろの席（うしろのせき）	後排

スター (star)	明星、偶像
映画スター（えいがスター）	電影明星
映画ファン（えいがファン）	影迷
追っかけ（おっかけ）	追星
映画音楽（えいがおんがく）	電影配樂
——サントラ版（サントラばん）	電影原聲帶　＊“サントラ”是“サウンドトラック”（soundtrack）的簡稱。
映画の予告編（えいがのよこくへん）	預告片
登場人物（とうじょうじんぶつ）	劇中角色、登場人物
主人公（しゅじんこう）	主角

★映画を撮る（えいがをとる）	★拍電影
映画を撮る（えいがをとる）	拍電影
アクション！(action)	開麥拉！
カット！(cut)	卡！
カチンコ	場記板

メガホン（megaphone）	大聲公	
SFX、特撮（とくさつ）	特效	＊"SFX"（エスエフエックス）是"special effects"（特殊効果）的簡稱。
3D	3D	＊"3D"（スリーディー）是"three dimensions"的簡稱。
クランクイン（crank in）	開拍	＊和製英語。
クランクアップ（crank up）	殺青	＊和製英語。
映画撮影所（えいがさつえいじょ）	電影製片廠	
セット（set）、書き割り（かきわり）	布景	＊"書き割り"主要使用於舞台劇表演。
ロケ、野外撮影（やがいさつえい）	外景攝影	＊"ロケ"是"ロケーション"（location）的簡稱。
——ロケ地（ち）	外景地	
——ロケハン	找外景	＊"ロケーションハンティング"（location hunting）的簡稱。
スポットライト（spotlight）	聚光燈	
脚本（きゃくほん）、シナリオ（scenario）	劇本	
——映画（えいが）のシナリオ（脚本（きゃくほん））	電影劇本	
役（やく）、役柄（やくがら）、配役（はいやく）	角色	
スタッフ（staff）	幕後工作人員	
映画監督（えいがかんとく）	電影導演	
映画（えいが）のプロデューサー（producer）	製片（人）	
俳優（はいゆう）、役者（やくしゃ）	演員、男演員	＊通常男演員叫"俳優"或"役者"。"男優"（だんゆう）多指色情電影的男演員。

女優（じょゆう）	女演員	
——AV女優（エーブイじょゆう）	AV女優	＊"AV"是自"Adult Video"（アダルトビデオ）的頭文字引申的用語。
主役（しゅやく）、主演（しゅえん）	主角	
——ヒロイン（heroine）	女主角	
共演者（きょうえんしゃ）、脇役（わきやく）	配角	
エキストラ（extra）	臨時演員	
スタントマン（stunt man）	特技演員	
声優（せいゆう）	配音員、聲優	
メイクアップアーティスト（make-up artist）	化妝師	＊"メイクアップ"也可以寫成"メークアップ"或"メーキャップ"。
ヘアメイク、ヘアメイクアーティスト（hair make artist）	髮型師	＊和製英語。
スタイリスト（stylist）	造型師	
脚本家（きゃくほんか）、シナリオライター（scenario writer）	編劇	

★日本映画（にほんえいが）など	★日本電影等
日本映画（にほんえいが）	日本片
台湾映画（たいわんえいが）	台灣片
中国映画（ちゅうごくえいが）	中國片
超大作（ちょうたいさく）	強片、超級大片

ビーきゅうえいが B級映画	B級片	

えいが (いろいろな映画)	（各種影片）	
えいが ファンタジー映画（fantasy）	奇幻片	
えいが サスペンス映画（suspense）	懸疑片	
えいが アクション映画（action）	動作片	
えいが カンフー映画	功夫片	＊“**カンフー**”（**功夫**）也唸成“**クンフー**”。
えいが ヤクザ映画	日本黑幫片	＊外國的黑幫片叫“**ギャング映画**”（gang）。
じだいげき 時代劇	日本時代劇	＊是明治時代以前的古裝劇，主要指武士的古裝劇。
えいが SF映画	科幻片	＊“**SF**”（**エスエフ**）是“science fiction”的簡稱。
れんあいえいが 恋愛映画	愛情片	
えいが コメディー映画（comedy）	喜劇片	
えいが ホラー映画（horror）	恐怖片	＊另外，以斷肢或血腥為賣點的電影叫稱“**スプラッター**”（splatter）。
せんそうえいが 戦争映画	戰爭片	
れきしえいが 歴史映画	歷史片	
せいぶげき 西部劇	西部片	
えいが ミュージカル映画（musical）	歌舞片	
えいが ドキュメンタリー映画 (documentary)	紀錄片	
えいが ポルノ映画（porno）	三級片	＊也叫“**ピンク映画**”（pink）或“**成人映画**”（せいじんえいが）。

アニメ、アニメ映画（えいが）、アニメーション（animation）、アニメーション映画（えいが）	動畫片	＊“アニメ”是“アニメーション”的簡稱，也可指電視動畫（テレビアニメ）。
——アニメファン	動畫迷	＊和製英語。“ファン”的語源是英語的“fan”。
——アニメキャラ	卡通公仔	＊和製英語。“キャラ”是“キャラクター”（character）的簡稱。
——アニメソング、アニソン	動畫歌曲	＊和製英語。“ソング”的語源是英語的“song”。
——OVA	OVA	＊“OVA”（オーブイエー）是和製英語“Original Video Animation”（オリジナル・ビデオ・アニメーション）的簡稱。指並非以電影或電視播放為目的，而專門製成 DVD 以銷售的動畫片。
サイレント映画（えいが）（silent）	默劇	
白黒映画（しろくろえいが）	黑白片	
名画（めいが）、名作映画（めいさくえいが）	經典影片	＊“名画”另也有出名的繪畫的意思。
アメリカ映画（えいが）、ハリウッド映画（えいが）（Hollywood）	美片、洋片	
映画（えいが）レーティング制度（せいど）	電影分級制	
（映倫（えいりん）のレーティング）	（電影分級的基準）	＊日本的電影分級制度與台灣不盡相同，「保護級」與「輔導級」的細則不能完全相對應。
R18 ＋（18 歳以上（さいいじょう）が見（み）られる）	限制級	＊“R”是指英語的“Restricted”的頭文字。
R15 ＋（15 歳以上（さいいじょう）が見（み）られる）	未滿 15 歲禁止入場	

PG12 (12歳未満には親や保護者の助言・指導が必要)	未滿12歲需成人陪伴觀賞	＊"PG"的語源是英語的"Parental Guidance" 編註 日本的「PG12」規定是指未滿12歲皆可觀賞，前提是未成年者需監護人陪同；而台灣的「(PG)輔導級」規定是6歲以不得觀賞，未滿12歲以下需由藍護人陪同觀賞、而「(P)保護級」則是12歲完全不得觀賞，細則皆不相同。
G(誰でも見られる)	普通級	＊"G"的語源是英語的"General audience"。

★その他の映画関連用語	★其他的電影相關用語	
映画祭	電影節	
芸能界	演藝圈	
芸人、芸能人	演員、演藝人員	
セレブ、著名人	名人、話題人物	＊"セレブリティ"(celebrity)的簡稱。"セレブ"也多指富商名流。
タレント(talent)	電視演員	＊和製英語。
——人気タレント	知名演員	
アイドル(idol)	偶像	
——アイドル歌手	偶像歌手	
——アイドルグループ(idol group)	偶像團體	＊和製英語。
娯楽、エンターテインメント(entertainment)	娛樂	
粗筋、ストーリー(story)	劇情簡介、故事大綱	

クライマックス（climax）	高潮
ラブシーン（love scene）	愛情場景
ラストシーン（last scene）	最後一幕
ハッピーエンド（happy end）	happy ending ＊和製英語。
映倫（えいりん）、映画倫理委員会（えいがりんりいいんかい）	播放道德；日本映畫倫理委員會
検閲（けんえつ）	（電影）強制性審核

（宮崎駿監督の代表作品）（みやざきはやおかんとくのだいひょうさくひん）	（宮崎駿導演的代表作品）
『風立ちぬ』（かぜたちぬ）（2013年）	《風起》
『借りぐらしのアリエッティ』（かりぐらしのアリエッティ）（2010年）	《借物少女艾莉緹》
『崖の上のポニョ』（がけのうえのポニョ）（2008年）	《崖上的波妞》
『ハウルの動く城』（ハウルのうごくしろ）（2004年）	《霍爾的移動城堡》
『猫の恩返し』（ねこのおんがえし）（2002年）	《貓的報恩》
『千と千尋の神隠し』（せんとちひろのかみかくし）（2001年）	《神隱少女》
『もののけ姫』（もののけひめ）（1997年）	《魔法公主》
『紅の豚』（くれないのぶた）（1992年）	《紅豬》
『魔女の宅急便』（まじょのたっきゅうびん）（1989年）	《魔女宅急便》
『となりのトトロ』（1988年）	《龍貓》

『天空の城ラピュタ』(1986年)	《天空之城》
『風の谷のナウシカ』(1984年)	《風之谷》
『ルパン三世　カリオストロの城』(1979年)	《魯邦三世－卡里奧斯特羅之城》

(そのほかの人気のアニメ映画)	(其他的人氣動畫片)
『新世紀エヴァンゲリオン』	《新世紀福音戰士》
『攻殻機動隊』	《攻殼機動隊》
『AKIRA』(アキラ)	《阿基拉》
『機動戦士ガンダム』	《機動戰士鋼彈》

(黒澤明監督の代表作品)	(黑澤明導演的代表作品)
『夢』(1990年)	《夢》
『乱』(1985年)	《亂》
『影武者』(1980年)	《影武者》
『椿三十郎』(1962年)	《大劍客》
『用心棒』(1961年)	《大鏢客》
『隠し砦の三悪人』(1958年)	《戰國英豪》
『蜘蛛巣城』(1957年)	《蜘蛛巢城》

『七人(しちにん)の侍(さむらい)』(1954 年)	《七武士》
『生(い)きる』(1952 年)	《生之慾》
『羅生門(らしょうもん)』(1950 年)	《羅生門》

圖為京都的歌舞伎劇場南座。據說自江戶時代起便開始盛興，是日本最古老的劇場。每年 11-12 月期間的公演相當有名。

圖為人形淨瑠璃的公演廣告。一具人形淨瑠璃的木偶是由一位操偶師和兩位黑子來共同操弄，演技非常細膩傳神。

圖為東京三社祭。慶典中，兒童太鼓是重頭戲。

15. スポーツをする

運動

足球和棒球

★サッカー	★足球
サッカー (soccer)、サッカーボール (soccer ball)	足球
サッカーをする	踢足球
サッカー選手（せんしゅ）	足球選手
サッカーチーム (soccer team)	足球隊
女子（じょし）サッカー	女子足球、女足
スローイン (throw-in)	擲界外球
キック (kick)	踢球
コーナーキック (corner kick)	角球
フリーキック (free kick)	自由球
ペナルティーキック (penalty kick)	踢 12 碼（球）
オーバーヘッドキック (overhead kick)	倒掛金鉤
タックル (tackle)	鏟球
パス (pass)	傳球
ショートパス (short pass)	短傳
ロングパス (long pass)	長傳

バックパス (back pass)	回傳	
ドリブル (dribble)	盤球	
フェイント (feint)	假動作	
ヘディング (heading)	用頭頂球	＊和製英語。
カットする (cut)、インターセプトする (intercept)	截球、搶球	
クロスを入(い)れる (cross)、クロスを上(あ)げる	調中	＊也稱為和製英語的“**センタリングをする**”（centering）。
シュートする (shoot)	射門	
ヘディングシュート (heading shoot)	頭槌	＊和製英語。
ゴール (goal)、ゴールを決(き)める	進球	
オウンゴール (own goal)	烏龍球	
アシスト (assist)	助攻	
ハットトリック (hat trick)	帽子戲法	
リフティング (lifting)	挑球	＊和製英語。 編註 用兩腳輕輕來回交互踢球的表演技巧或練習。
ゴールキーパー (goalkeeper)	守門員	
フォワード (forward)	前鋒	
——ストライカー (striker)	得分王	

ミッドフィルダー (midfielder)	中鋒	
——ボランチ (volante)	防守型中鋒	＊其語源來自葡萄牙語。
ディフェンダー (defender)	後衛	
——サイドバック (side back)	左（右）後衛	＊和製英語。
——センターバック (center back)	中後衛	
——リベロ (libero)	自由後衛、清道夫	＊其語源來自義大利語。
フォーメーション (formation)	隊形	
2トップ (two tops)、ツートップ	雙箭頭	
チーム (team)	隊	
キャプテン (captain)	隊長	
コーチ (coach)	教練	
監督（かんとく）	領隊	
審判員（しんぱんいん）	裁判	＊口語中，也稱為“**審判**”。
——主審（しゅしん）	主審	
——副審（ふくしん）	邊審	
ファウルをする (foul)、反則（はんそく）をする	犯規	
ハンド	手球	＊為“**ハンドリング**”（handling）的簡稱。

オフサイド (offside)	越位
イエローカード (yellow card)	黃牌
レッドカード (red card)	紅牌
退場（たいじょう）	退場
ホイッスル (whistle)	哨子
バニシングプレー (vanishing spray)	消散噴霧
ルール (rule)、規則（きそく）	規則

★観戦（かんせん）する	★觀賞
君（きみ）はどのチームのファン?	你是哪隊的球迷？
対戦（たいせん）チームはどこですか?	對手隊是哪隊？
どことどこの試合（しあい）ですか?	哪隊和哪隊的比賽？
試合（しあい）はどうですか?	比賽怎麼樣？
── 2 対（にたい）1（いち）で勝（か）ってます。	以 2 比 1 贏了。
──同点（どうてん）です。	平手、打平。
観戦（かんせん）する	觀賞（比賽）
応援（おうえん）する	聲援
ブーイング (booing)	噓聲

サポーター (supporter)	球迷	編註 指對足球異常狂熱，或固定支持某隊的球迷。
サッカーファン (soccer fan)	球迷	編註 指單純喜好足球的球迷。
フーリガン (hooligan)	足球流氓	
サッカー場（じょう）	足球場	
——ピッチ (pitch)、グラウンド (ground)、フィールド (field)	比賽場	
競技場（きょうぎじょう）、スタジアム (stadium)	體育場、巨蛋	
観客席（かんきゃくせき）、客席（きゃくせき）	觀眾席	
パブリックビューイング (public viewing)	室外大銀幕轉播	
ダービーマッチ (derby match)、ダービー	德比大戰	編註 指同城市或同地區出身的隊伍之間所進行的比賽。
フットサル (futsal)	五人制足球	*和製英語。其來源字源是西班牙語的“fútbol de salón”。
試合（しあい）	比賽	*有時稱為“ゲーム”（game）。
キックオフ (kickoff)	開球	
ホーム (home)	主場、主隊	
アウェー (away)	客場、客隊	
前半（ぜんはん）	上半場	
後半（こうはん）	下半場	
ハーフタイム (halftime)	中場休息	

ロスタイム (loss time)、 アディショナルタイム (additional time)	傷停時間	＊"ロスタイム"是和製英語。
<ruby>延長戦<rt>えんちょうせん</rt></ruby>	延長賽	
PK <ruby>戦<rt>せん</rt></ruby>	PK 賽	＊"PK"（ピーケー）是"Penalty Kick"的簡稱。
<ruby>勝<rt>か</rt></ruby>つ	贏	
<ruby>負<rt>ま</rt></ruby>ける、<ruby>敗<rt>やぶ</rt></ruby>れる	輸	
<ruby>引<rt>ひ</rt></ruby>き<ruby>分<rt>わ</rt></ruby>ける	打成平手	
──<ruby>引<rt>ひ</rt></ruby>き<ruby>分<rt>わ</rt></ruby>け、<ruby>同点<rt>どうてん</rt></ruby>、 　　ドロー (draw)	平手	
──<ruby>勝利<rt>しょうり</rt></ruby>、<ruby>勝<rt>か</rt></ruby>ち	勝利	
──<ruby>敗北<rt>はいぼく</rt></ruby>、<ruby>負<rt>ま</rt></ruby>け	敗北	
<ruby>逆転<rt>ぎゃくてん</rt></ruby>する	逆轉	
──<ruby>逆転勝<rt>ぎゃくてんが</rt></ruby>ち	反敗為勝	
──<ruby>逆転負<rt>ぎゃくてんま</rt></ruby>け	反勝為敗	
<ruby>得点<rt>とくてん</rt></ruby>する、<ruby>点<rt>てん</rt></ruby>を<ruby>取<rt>と</rt></ruby>る	得分	
<ruby>４対２<rt>よんたいに</rt></ruby>で<ruby>負<rt>ま</rt></ruby>けた。	4 比 2 輸了。	
<ruby>２対１<rt>にたいいち</rt></ruby>で<ruby>勝<rt>か</rt></ruby>った。	2 比 1 贏了。	
<ruby>優勝<rt>ゆうしょう</rt></ruby>する	優勝

★サッカーワールドカップとJリーグなど	★世界杯足球賽和Ｊ聯賽等	
ワールドカップ (World Cup)	世界杯	
——サッカーワールドカップ (Soccer World Cup)	世界杯足球賽	
——クラブワールドカップ (Club World Cup)	世界俱樂部杯（世俱杯）	
大会（たいかい）	大會	
選手権大会（せんしゅけんたいかい）、チャンピオンシップ (championship)	冠軍聯賽	
Ｊリーグ (J league)	Ｊ聯盟	＊“Jリーグ”（ジェイリーグ）是“Japan Professional Football League”（日本プロサッカーリーグ）的簡稱。
１部（いちぶ）リーグ	甲級聯賽	
——Ｊ１	J1	＊J1（ジェイワン）是Ｊ聯賽的甲級聯賽。
リーグチャンピオン (league champion)	聯賽冠軍	
首位（しゅい）、トップ (top)	第一名	
順位（じゅんい）、ランキング (ranking)	排名	
リーグ戦（せん） (league)	聯賽	
トーナメント戦（せん） (tournament)	淘汰賽	
エキシビションゲーム (exhibition game)	熱身賽	＊和製英語。

予選（よせん）	預選賽	
準々決勝（じゅんじゅんけっしょう）	八強賽	
準決勝（じゅんけっしょう）	準決賽	
決勝（けっしょう）、決勝戦（けっしょうせん）	決賽	

(サッカー場（じょう）)	（足球場）	
ゴール (goal)	球門	
ゴールポスト (goal post)	（球門）門柱	
クロスバー (crossbar)	（球門）横樑	
ゴールネット (goal net)	球網	＊和製英語。
ゴールライン (goal line)	球門線	
ゴールエリア (goal area)	球門區	
ペナルティーエリア (penalty area)	罰球區	
センターサークル (center circle)	中圈	
ハーフウエーライン (halfway line)	中線	
タッチライン (touchline)	邊線	

(J 1／日本（にほん）の1部（いちぶ）リーグ)	（J1 ／日本的甲級聯賽）
モンテディオ山形（やまがた）（山形県（やまがたけん））	山形山神

ベガルタ仙台（宮城県）	仙台維加泰
鹿島アントラーズ（茨城県）	鹿島鹿角
アルビレックス新潟（新潟県）	新瀉天鵝
浦和レッズ（埼玉県）	浦和紅鑽
大宮アルディージャ（埼玉県）	大宮松鼠
ヴァンフォーレ甲府（山梨県）	甲府風林
柏レイソル（千葉県）	柏雷素爾
川崎フロンターレ（神奈川県）	川崎前鋒
横浜F・マリノス（神奈川県）	橫濱水手
清水エスパルス（静岡県）	清水心跳
ジュビロ磐田（静岡県）	磐田山葉
名古屋グランパス（愛知県）	名古屋八鯨
ガンバ大阪（大阪府）	大阪飛腳
セレッソ大阪（大阪府）	大阪櫻花
ヴィッセル神戸（兵庫県）	神戶勝利船

サンフレッチェ広島(ひろしま)（広島県(ひろしまけん)）	廣島三箭	
アビスパ福岡(ふくおか)（福岡県(ふくおかけん)）	福岡黃蜂	

★野球(やきゅう)	★棒球	
野球(やきゅう)	棒球	
プロ野球(やきゅう)	職業棒球	＊“プロ”是“プロフェッショナル”（professional）的簡稱。
高校野球(こうこうやきゅう)	高校棒球	
少年野球(しょうねんやきゅう)	少年棒球	
草野球(くさやきゅう)	業餘棒球	
ストライク（strike）	好球	
ボール（ball）	壞球	
セーフ（safe）	安全上壘	
アウト（out）	出局	
スリーアウト（three out）	三出局	
空振(からぶ)り	揮棒落空	
三振(さんしん)	三振	
フォアボール（four ball）、四球(しきゅう)	四壞球	＊和製英語。

デッドボール (dead ball)、死球（しきゅう）	死球	＊和製英語。
盗塁（とうるい）、スチール (steal)	盜壘	
ダブルプレー (double play)	雙殺	
エラー (error)	失誤	
イニング (inning)、回（かい）	局	
——１回の表（いっかいのおもて）	一局上半	
——９回の裏（きゅうかいのうら）	九局下半	
ヒット (hit)、安打（あんだ）	安打	
ファウル (foul)	界外球	＊“ファウルボール”（foul ball）的簡稱。
ホームラン (home run)、本塁打（ほんるいだ）	全壘打	
満塁（まんるい）ホームラン	滿壘全壘打	
逆転満塁（ぎゃくてんまんるい）ホームラン	逆轉滿壘全壘打	
ランニングホームラン (running home run)	場內全壘打	＊和製英語。
サヨナラホームラン	再見全壘打	
フライ (fly)	高飛球	
ゴロ	滾地球	＊據説源於“グラウンダー”（grounder）。
バント (bunt)	短打	

タイムリーヒット(timely hit)、タイムリー、適時打(てきじだ)	適時安打	
サヨナラヒット	再見安打	
完投(かんとう)	完投	
完封(かんぷう)	完封	
ノーヒットノーラン(no hit no run)	無安打無失分	＊和製英語。
完全試合(かんぜんじあい)	完全比賽	＊也唸成“かんぜんしあい”。
マジックナンバー(magic number)、マジック	魔術數字	
フリーエージェント(free agent)、FA(エフエー)	自由球員	
ドラフト会議(かいぎ)	新秀選拔會	＊“ドラフト”的語源是英語的“draft”。
トレード(trade)	球員的交換或移籍	

★野球選手(やきゅうせんしゅ)など	★棒球選手等
打者(だしゃ)、バッター(batter)	打者
走者(そうしゃ)、ランナー(runner)	跑者
アンパイア(umpire)	棒球裁判員
バッテリー(battery)	投手及捕手
控(ひか)えの選手(せんしゅ)	候補選手

ルーキー (rookie)	新人選手
サウスポー (southpaw)	左投
エース (ace)	主力投手

(野球(やきゅう)のナイン (nine))	(九人棒球隊)
ピッチャー (pitcher)、投手(とうしゅ)	投手
キャッチャー (catcher)、捕手(ほしゅ)	捕手
ファースト (first)、一塁手(いちるいしゅ)	一壘手
セカンド (second)、二塁手(にるいしゅ)	二壘手
サード (third)、三塁手(さんるいしゅ)	三壘手
ショート (short)、遊撃手(ゆうげきしゅ)	游擊手
レフト (left)、左翼手(さよくしゅ)	左外野手
センター (center)、中堅手(ちゅうけんしゅ)	中外野手
ライト (right)、右翼手(うよくしゅ)	右外野手

(投手(とうしゅ)のいろいろな球種(きゅうしゅ))	(投手的各種投球)	
ストレート (straight)、直球(ちょっきゅう)	直球	
カーブ (curve)	曲球	＊指投出的球偏向投手非慣用手的那一側稱為曲球，而偏向慣用手的那一側時則稱為“シュート”（shoot）。
スライダー (slider)	滑球	

シンカー (sinker)	伸卡球	
チェンジアップ (change-up)	變速球	
フォークボール (forkball)	指叉球	＊落下的角度偏小的球叫“**スプリット・フィンガード・ファストボール**”（split fingered fastball）。
ナックルボール (knuckle ball)	蝴蝶球	

★野球観戦と野球場など（やきゅうかんせん・やきゅうじょう）	★觀賞棒球賽和棒球場等	
ナイター (nighter)、ナイトゲーム (night game)	夜間比賽	＊“**ナイター**”是和製英語。
デーゲーム (day game)	白天比賽	
野球場（やきゅうじょう）、球場（きゅうじょう）	棒球場	
ドーム球場（きゅうじょう）	巨蛋型棒球場	＊“**ドーム**”的語源是英語的“dome”。
東京（とうきょう）ドーム、ビッグエッグ (Big Egg)	東京巨蛋	
甲子園球場（こうしえんきゅうじょう）	甲子園球場	＊正式名稱是“**阪神甲子園球場**”（**はんしんこうしえんきゅうじょう**）。為日本高中棒球的聖地。
──バッティングセンター (batting center)	打擊練習場	＊和製英語。
外野（がいや）	外野	
内野（ないや）	內野	＊由於內野形狀很像鑽石，所以也叫“**ダイヤモンド**”（diamond）。
マウンド (mound)	投手丘	

15 運動

バッターボックス (batter's box)	打擊區	
でんこうけいじばん　やきゅうじょう 電光掲示板（野球場などの）	（在棒球場等的）電子計分板	
スコアボード（scoreboard）	計分板	
バックネット（back net）	後擋設置	＊和製英語。
じんこうしば 人工芝	人工草坪	
ベース（base）	壘包	
バット（bat）	球棒	
グラブ（glove）、グローブ （glove）	棒球手套	
いちぐん 一軍	一軍	
きゅうだん 球団	職業棒球隊	
セントラルリーグ（Central League）、セ・リーグ	中央聯盟	
パシフィックリーグ（Pacific League）、パ・リーグ	太平洋聯盟	
だい 大リーグ、メジャーリーグ （major league）	美國職棒大聯盟	
にほん 日本シリーズ	日本大賽	＊“シリーズ”的語源是英語的“series”。
オールスターゲーム（all-star game）、オールスター戦（せん）	明星賽	
オープン戦（せん）	表演賽	＊“オープン”的語源是英語的“open”。

ワールド・ベースボール・クラシック（World Baseball Classic,WBC）	世界棒球經典賽	
（セントラルリーグ）	（中央聯盟）	
よみうり 読売ジャイアンツ とうきょう と （Yomiuri Giants、東京都）、 よみうりきょじんぐん 読売巨人軍	讀賣巨人	
とうきょう 東京ヤクルトスワローズ （Tokyo Yakult Swallows、 とうきょう と 東 京都）	東京養樂多燕子	
よこはま 横浜ベイスターズ （Yokohama BayStars、 か な がわけん 神奈川県）	橫濱海灣之星	
ちゅうにち 中日ドラゴンズ（Chunichi あい ち けん Dragons、愛知県）	中日龍	＊**“中日”**是**“中部日本”**的意思。
はんしん 阪神タイガース（Hanshin ひょう ご けん Tigers、兵庫県）	阪神老虎	
ひろしまとうよう 広島東洋カープ（Hiroshima ひろしまけん Toyo Carp、広島県）	廣島東洋鯉魚	
（パシフィックリーグ）	（太平洋聯盟）	
ほっかいどうにっぽん 北海道日本ハムファイターズ（Hokkaido Nippon-Ham ほっかいどう Fighters、北海道）	北海道日本火腿鬥士	

東北楽天ゴールデンイーグルス（Tohoku Rakuten Golden Eagles、宮城県）	東北樂天金鷲
千葉ロッテマリーンズ（Chiba Lotte Marines、千葉県）	千葉羅德海洋
埼玉西武ライオンズ（Saitama Seibu Lions、埼玉県）	埼玉西武獅
オリックス・バッファローズ（Orix Buffaloes、大阪府）	歐力士野牛
福岡ソフトバンクホークス（Fukuoka SoftBank Hawks、福岡県）	福岡軟銀鷹

2. 籃球和乒乓球等

★バスケットボール	★籃球	
バスケットボール (basketball)、バスケ	籃球	
バスケットボールコート (basketball court)	籃球場	
フォワード (forward)	前鋒	
センター (center)	中鋒	
ガード (guard)	後衛	
シュート (shoot)	投籃	
スリー・ポイント・シュート (three point shoot)	三分球	＊和製英語。
ダンクシュート (dunk shoot)	扣籃	＊和製英語。
フリースロー (free throw)	罰球	
リバウンド (rebound)	籃板球	
トラベリング (traveling)	帶球走步	
センターサークル (center circle)	中圈	
センターライン (centerline)	中線	
サイドライン (sideline)	邊線	

エンドライン (end line)	底線
フリースローライン (free throw line)	罰球線
スリーポイントライン (three point line)	三分線
バスケット (basket)	球籃
リング (ring)	籃筐
バックボード (backboard)	籃板

たっきゅう ★卓球	★桌球、乒乓球
たっきゅう 卓球、ピンポン (ping-pong)	桌球、乒乓球
たっきゅう 卓球をする	打乒乓球
たっきゅうじょう 卓球場	桌球室、乒乓球場
たっきゅうだい 卓球台	乒乓球桌
——ネット (net)	乒乓球桌球網
——ネットサポート (net support)	乒乓球桌網柱
ラケット (racket)	乒乓球拍
グリップ (grip)	乒乓球拍握把
ペンホルダー (penholder)	直握　　＊和製英語。
シェイクハンド (shakehand)	橫握

フォアハンド (forehand)	正手
バックハンド (backhand)	反手
シングルス (singles)	單打
ダブルス (doubles)	雙打
サーブ (serve)、サービス (service)	發球
レシーブ (receive)	接球
スマッシュ (smash)	正手殺球
ループドライブ (loop drive)	正手拉弧圈球
サイドスピン (sidespin)	側旋球
エッジボール (edgeball)	擦邊球
ネットボール (netball)	觸網球
サービスエース (service ace)	發球得分
ジュース (deuce)	局末平分　＊也稱為“デュース”。

★テニスなど	★網球等
テニス (tennis)、テニスボール (tennis ball)	網球
テニスをする	打網球
テニスラケット (tennis racket)	網球拍

——ガット (gut)	球拍線	
テニスコート (tennis court)	網球場	
——グラスコート (grass court)	草地網球場	
——アンツーカー (en tout cas)	紅土網球場	＊其語源來自法語。“クレーコート”（clay court）的一種。
——ハードコート (hard court)	硬地網球場	
フォルト (fault)	發球失誤	＊也稱為“フォールト”。
ボレー (volley)	截擊	
ロブ (lob)	高吊球	
ラブ (love)	零分	
アドバンテージ (advantage)	佔先	
ブレークポイント (break point)	破發點	
タイブレーク (tie break)	搶七	
セット［マッチ］ポイント (set［match］point)	盤末〔賽末〕點	
ゲーム (game)	局	
セット (set)	盤	
試合（しあい）	場（比賽）	

ボールボーイ (ball boy)、ボールガール (ball girl)、ボールキッズ (ball kids)	球童	
バドミントン (badminton)、シャトルコック (shuttlecock)	羽毛球	＊ “シャトルコック” 也簡稱為 “シャトル”。 編註 「バドミントン」是指羽毛球這項體育項目、而「シャトルコック」則是指羽毛球體育裡打的那顆球。

★バレーボール	★排球	
バレーボール (volleyball)	排球	
六人制(ろくにんせい)バレーボール	六人制排球	
九人制(きゅうにんせい)バレーボール	九人制排球	
ビーチバレー	沙灘排球	＊ “ビーチバレーボール”（beach volleyball）的簡稱。
ラリーポイント制(せい) (rally-point)	贏球得分制	
サーブ権(けん)	發球權	
エースアタッカー (ace attacker)	大炮	＊和製英語。
セッター (setter)	舉球員	
センター (center)	6 號位	
トス (toss)	托球	
スパイク (spike)、アタック (attack)	殺球	
バックアタック (back attack)	後排進攻	

クイック攻撃（こうげき）(quick)、速攻（そっこう）	快攻	
時間差攻撃（じかんさこうげき）	時間差攻擊	編註 指排球裡，一個球員跳起來假意攻擊，吸引防守球員注意力後，再由另一個球員攻擊的攻擊法。
ブロック (block)	攔網	
アウト (out)	出界	
ホールディング (holding)	持球	
タッチネット (touch net)	觸網	＊和製英語。

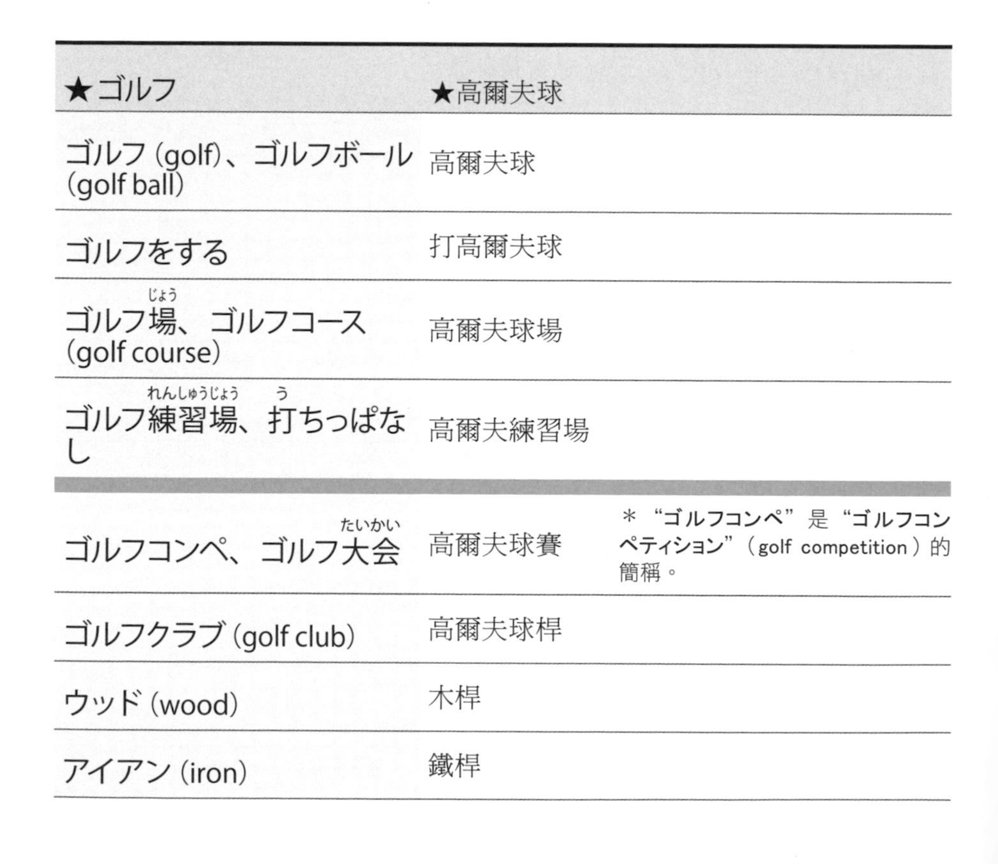

★ゴルフ	★高爾夫球	
ゴルフ (golf)、ゴルフボール (golf ball)	高爾夫球	
ゴルフをする	打高爾夫球	
ゴルフ場（じょう）、ゴルフコース (golf course)	高爾夫球場	
ゴルフ練習場（れんしゅうじょう）、打（う）ちっぱなし	高爾夫練習場	
ゴルフコンペ、ゴルフ大会（たいかい）	高爾夫球賽	＊"ゴルフコンペ"是"ゴルフコンペティション"（golf competition）的簡稱。
ゴルフクラブ (golf club)	高爾夫球桿	
ウッド (wood)	木桿	
アイアン (iron)	鐵桿	

パター (putter)	推桿
ティー (tee)	球座
ホール (hole)、カップ (cup)	球洞
グリーン (green)	果嶺
ピン (pin)	旗桿
フェアウエー (fairway)	球道
ラフ (rough)	長草區、亂草區
バンカー (bunker)	沙坑
パー (par)	標準桿
バーディー (birdie)	低於標準桿一桿
ボギー (bogey)	高於標準桿一桿
ホールインワン (hole in one)	一桿進洞
キャディー (caddie)	球童
ゴルフカート (golf cart)	高爾夫球車
接待(せったい)ゴルフ	陪打應酬
ナイスショット！(Nice shot!)	好球！

★その他(た)の球技(きゅうぎ)など	★其他的球賽等
ソフトボール (softball)	壘球

ラグビー（rugby）	橄欖球	
アメリカンフットボール（American football）、アメフト	美式足球	
ホッケー（hockey）	曲棍球	
ラクロス（lacrosse）	長曲棍球	編註 分成兩隊相互競賽，球員們手上的球桿前端有一個袋子。亦為將球打進對方球門得分的曲棍球類運動。
ハンドボール（handball）	手球	
水球（すいきゅう）	水球	編註 分成兩隊在游泳池內相互競賽，球員們在游泳池內游泳搶球，將球丟入對方球門得分的水中球類運動。
クリケット（cricket）	板球	
ポロ（polo）	馬球	
スカッシュ（squash）	壁球	
ゲートボール（gate ball）	槌球	＊和製英語。 編註 5 人一組分兩隊競賽，場地上有三個門跟一個終點柱，將自己隊的球依序通過三個門及打到終點柱（皆有得分）即得個人分數，最後兩隊 5 位隊員的分數加起來比高下的運動。

3. 大相撲、柔道及其他的運動等

★大相撲（おおずもう）	★大相撲	
相撲（すもう）、相撲（すもう）を取（と）る、相撲（すもう）をする	相撲	＊大相撲是一種於 8 世紀的史書《古事記》中便有記載的運動。以把對手的腳掌以外的部位推倒在地或者把對方推出土俵來取勝的日本傳統體育競技。
大相撲（おおずもう）	大相撲	
力士（りきし）、相撲取（すもうと）り	力士	＊更親切地也稱為“**お相撲さん**”（**おすもうさん**）。
外国人力士（がいこくじんりきし）、外国出身力士（がいこくしゅっしんりきし）	外籍力士	
関取（せきとり）	關取	＊對幕內和十兩力士的敬稱。
行司（ぎょうじ）	（相撲裁判）行司	
——軍配（ぐんばい）	（行司用的指揮扇）軍配	
土俵（どひょう）	（相撲的比賽場地）土俵	
両国国技館（りょうごくこくぎかん）（東京都（とうきょうと））	兩國國技館	
“はっけよい、残（のこ）った残（のこ）った！”	“勝負未分！”	
決（き）まり手（て）	決定勝負的招式	
禁（きん）じ手（て）	比賽禁用招式	
金星（きんぼし）	金星	＊指“**前頭**”（まえがしら）位階的相撲力士打敗了橫綱。

日文	中文	備註
物言い（ものいい）	抗議誤判	
髷（まげ）	髮髻	
回し（まわし）	兜襠布	
清めの塩（きよめのしお）	驅邪的鹽	
本場所（ほんばしょ）	本場所	＊一年間每個單月所舉行的 6 回相撲賽，每回進行 15 天。
地方巡業（ちほうじゅんぎょう）	地方巡迴賽程	
取組（とりくみ）	比賽排程	
——番付表（ばんづけひょう）	排名表	
星取表（ほしとりひょう）	比賽結果表	＊勝方加註以白圓圈（○）作表示、負方則加註黑圓圈（●）表示。
——白星（しろぼし）（○）、勝ち星（かちぼし）	（表示贏的記號）白星	
——黒星（くろぼし）（●）、負け星（まけぼし）	（表示輸的記號）黑星	
初日（しょにち）	第一天	
中日（なかび）	（比賽正中間的日子）中日	
千秋楽（せんしゅうらく）	（比賽最後一天的日子）千秋樂	
角界（かっかい）、相撲界（すもうかい）	相撲界	
懸賞金（けんしょうきん）	獎金	＊由企業等贊助的獎金。
がちんこ、真剣勝負（しんけんしょうぶ）	認真的比賽	
八百長相撲（やおちょうずもう）	（相撲）打假賽	
日本相撲協会（にほんすもうきょうかい）	日本相撲協會	

（大相撲の番付）（おおずもう ばんづけ）	（大相撲力士的位階順序）	
横綱（よこづな）	橫綱	
大関（おおぜき）	大關	*大關、關脇、小結一起合稱“三役”（さんやく）。
関脇（せきわけ）	關脇	
小結（こむすび）	小結	
前頭（まえがしら）、平幕（ひらまく）	前頭	*上述“**前頭**”以上的力士通稱為“**幕内力士**”（まくうちりきし）。
十両（じゅうりょう）	十兩	
幕下（まくした）	幕下	
三段目（さんだんめ）	三段目	
序二段（じょにだん）	序二段	
序ノ口（じょのくち）	序之口	

（代表的な決まり手）（だいひょうてき き て）	（代表性的決勝手法）
突き出し（つきだし）	撞出場外
突き倒し（つきたおし）	撞倒
押し出し（おしだし）	推出場外
押し倒し（おしたおし）	推倒
寄り切り（よりきり）	逼出場外
寄り倒し（よりたおし）	（抓著對手力士的兜襠布）擠到場外
上手投げ（うわてなげ）	推擠時抓住對方兜襠布然後側腰摔出

したてな 下手投げ	相互推擠時兩手緊抓對方兜襠布然後向下摔出
ほんばしょ (本場所)	（本場）
いちがつばしょ　とうきょうと 一月場所（東京都）、 はつばしょ 初場所	（一月舉行）初場所
さんがつばしょ　おおさかふ 三月場所（大阪府）、 はるばしょ　おおさかばしょ 春場所、大阪場所	（三月舉行）春場所、大阪場所
ごがつばしょ　とうきょうと 五月場所（東京都）、 なつばしょ 夏場所	（五月舉行）夏場所
しちがつばしょ　あいちけん 七月場所（愛知県）、 なごやばしょ 名古屋場所	（七月舉行）名古屋場所
くがつばしょ　とうきょうと 九月場所（東京都）、 あきばしょ 秋場所	（九月舉行）秋場所
じゅういちがつばしょ　ふくおかけん 十一月場所（福岡県）、 きゅうしゅうばしょ 九州場所	（十一月舉行）九州場所

じゅうどう　けんどう ★柔道と剣道	★柔道和劍道
ぶどう 武道	武道　編註 指後述各種武術的總稱。
じゅうどう 柔道	柔道
じゅうどうぎ 柔道着	柔道服
おび 帯	腰帶

くろおび ——黒帯	黑色腰帶
いっぽん 一本	一分
わざ 技あり	半分
ゆうこう 有効	四分之一分
た　わざ 立ち技	立技
ね わざ 寝技	寢技
とく い わざ 得意技	擅長的攻擊技巧
う　み 受け身	（被摔時落地的自我保護法）受身
はいしゃふっかつせん 敗者復活戦	敗部復活賽
どうじょう 道場	道場
けい こ　れんしゅう 稽古（をする）、練習（する）	練習、鍛練

けんどう 剣道	劍道
かま 構え	備戰的姿勢
すき　すき 隙がある［隙がない］	有〔沒有〕縫隙
す ぶ 素振り	攻擊落空
きゅうしょ 急所	致命處
たんでん 丹田	丹田

しない 竹刀	竹劍
めん 面	頭部護具

胴（どう）	胸腹部護具
垂れ（た）	下腹部似裙狀的護具
小手（こて）	手部護具
面打ち（めんう）	擊面
胴打ち（どうう）	擊腹
小手打ち（こてう）	擊手
突き（つ）	刺喉
二刀流（にとうりゅう）	二刀流

★ボクシング、そのほかの格闘技（かくとうぎ）	★拳擊及其他的格鬥技巧
ボクシング（boxing）	拳擊
——キックボクシング（kick boxing）	自由搏擊　＊和製英語。
ボクサー（boxer）	拳擊手
ストレート（straight）	直拳
フック（hook）	鉤拳
アッパーカット（uppercut）	上鉤拳
KO（けーおー）、ノックアウト（knock out）	擊倒、KO
合気道（あいきどう）	合氣道

弓道（きゅうどう）	弓道	
空手（からて）	空手道	＊據説空手道是中國拳術經由沖繩的傳統武術融合後所形成的。
——ヌンチャク	雙節棍	
拳法（けんぽう）	拳法	
太極拳（たいきょくけん）	太極拳	
プロレス	職業摔角	＊是“プロフェッショナルレスリング”（professional wrestling）的簡稱。
格闘技（かくとうぎ）	格鬥技	
総合格闘技（そうごうかくとうぎ）	綜合格鬥技	
——八百長試合（やおちょうじあい）、八百長（やおちょう）	打假賽	

★陸上競技（りくじょうきょうぎ）	★田徑賽	
陸上競技（りくじょうきょうぎ）	田徑賽	
——トラック競技（きょうぎ）（track）	徑賽	編註 指田徑賽裡，各種使用田徑跑道的運動項目。例如：接力賽等。
——フィールド競技（きょうぎ）（field）	田賽	編註 指田徑賽裡，各種在田徑跑道內環的部分進行的運動項目。例如標槍、跳遠等等。
陸上選手（りくじょうせんしゅ）、アスリート（athlete）	田徑選手	＊現在“アスリート”也能指全部的體育選手。
競走（きょうそう）、レース（race）	賽跑、速度競賽	
短距離走（たんきょりそう）	短跑	
——100 m走（ひゃくめーとるそう）	100 米（公尺）短跑	
長距離走（ちょうきょりそう）	長跑	

きょうほ 競歩	競走
マラソン (marathon)、 フルマラソン (full marathon)	馬拉松
とうきょう ——東京マラソン	東京馬拉松
ハーフマラソン (half marathon)	半程馬拉松、半馬
トライアスロン (triathlon)	鐵人三項
えきでんきょうそう　えきでん 駅伝競走、駅伝	長跑接力賽
せかいきろく 世界記録	世界紀錄
せかいさいこうきろく 世界最高記録	世界最高紀錄
せかいきろく　やぶ 世界記録を破る	打破世界紀錄

はし　はばと 走り幅跳び	跳遠	
さんだんと 三段跳び	三段跳	
——ホップ (hop)	單腳跳	
——ステップ (step)	跨步跳	
——ジャンプ (jump)	跳	
はし　たかと 走り高跳び	跳高	
ぼうたかと 棒高跳び	撐竿跳	
ほうがんな 砲丸投げ	鉛球	
えんばんな 円盤投げ	鐵餅	
な ハンマー投げ	鏈球	＊“ハンマー”的語源是英語的“hammer”。

15 運動

な やり投げ	標槍	
じっしゅきょうぎ 十種競技	十項全能	

うんどうかい ★スポーツと運動会	★運動和運動會	
うんどうかい 運動会	運動會	
こくみんたいいくたいかい　こくたい 国民体育大会、国体	國民體育大會	
たいいく 体育	體育	
うんどう スポーツ（をする）、運動（をする）	運動	＊“スポーツ”的語源是英語的“sports”。
ゼッケン（Decken）	號碼背心	＊其語源來自德語。
はちま 鉢巻き	頭巾	＊戴在頭上的條布巾。加油用。
そう リレー走（relay）	接力賽	
——アンカー（anchor）	最後一棒	
——バトン（baton）	接力棒	
——たすき	接力揹帶	編註 像台灣選舉時候選人身上斜肩揹帶。
ドッジボール（dodge ball）	躲避球	
ばんこくき 万国旗	萬國旗	編註 指一個場合插有世界各國國旗，或指世界各國的國旗串。
おうえんだん 応援団	日式啦啦隊、應援團	
チアリーダー（cheerleader）	美式啦啦隊	編註 即指台灣的校園常見由一個班級或一個社團整體作出舞動競技的團體表演。
——チアガール（cheer girl）	啦啦隊女孩	＊和製英語。

位置(いち)について！	各就各位！
用意(ようい)！	預備！
ドン！	跑！
ゴール（goal）	終點
ゴールテープ（goal tape）	終點布條　＊和製英語。
ゴールライン（goal line）	終點線
スタートライン（start line）	起跑線　＊和製英語。
スタート地点(ちてん)	起點
ランニングシューズ（running shoes）	跑步鞋
スパイクシューズ（spike shoes）、スパイク	釘鞋　＊和製英語。
ストップウオッチ（stopwatch）	碼錶

（小学校(しょうがっこう)の運動会(うんどうかい)の種目(しゅもく)）	（小學運動會的項目）
かけっこ、徒競走(ときょうそう)	賽跑
騎馬戦(きばせん)	騎馬打戰
組(く)み体操(たいそう)、組(く)み立(た)て体操(たいそう)	疊羅漢
玉転(たまころ)がし	滾球
障害物競走(しょうがいぶつきょうそう)	障礙競賽

玉入れ（たまいれ）	日式投球	編註 指日本的小學裡一種分隊進行，小朋友們將許多在地上的球撿起，往竿子上的籃子裡丟，最後看哪一隊丟進的球多的體育遊戲。
二人三脚（ににんさんきゃく）	兩人三腳	
綱引き（つなひき）	拔河比賽	
借り物競走（かりものきょうそう）	日式借物賽跑	編註 指跑到終點之前，跑者必須依指示向朋友或旁觀人潮借到指示物的一種趣味賽跑。
パン食い競走（パンくいきょうそう）	吃麵包賽跑	編註 指跑到終點之前，跑者必須不用雙手去咬下懸掛的麵包，銜著跑到終點的趣味賽跑。

★オリンピックなど	★奧林匹克運動會等	
オリンピック (Olympics)	奧林匹克運動會	
——五輪（ごりん）	五輪	
——マスコット (mascot)	吉祥物	
アジア競技大会（アジアきょうぎたいかい）	亞運會	＊“アジア”的語源是英語的“Asia”。
ナショナルチーム (national team)	國家代表隊	
プロ	專業人士	＊“プロフェッショナル”（professional）的簡稱。
アマチュア (amateur)	業餘人士	
選手（せんしゅ）	選手	
シード選手（シードせんしゅ）	種子選手	＊“シード”的語源是英語的“seed”。
ドーピング (doping)	服用藥物	

ドーピング検査（けんさ）	藥物檢查
出場（しゅつじょう）（する）	參賽
棄権（きけん）（する）	棄權
失格（しっかく）になる	失去參賽的資格
第1位（だいいちい）、優勝（ゆうしょう）	冠軍
第2位（だいにい）、準優勝（じゅんゆうしょう）	亞軍
第3位（だいさんい）	季軍
金（きん）［銀（ぎん）、銅（どう）］メダル	金〔銀、銅〕牌　＊“メダル”的語源是英語的“medal”。
トロフィー（trophy）、カップ（cup）	獎盃

★トレーニングをする	★訓練
トレーニング（をする）（training）、訓練（くんれん）（をする）	訓練
ウエートトレーニングをする（weight training）、筋力（きんりょく）トレーニングをする、筋（きん）トレをする	重量訓練
柔軟体操（じゅうなんたいそう）をする、柔軟（じゅうなん）をする、ストレッチをする（stretch）	做柔軟體操、做伸展操

準備運動(じゅんびうんどう)をする、ウオーミングアップをする (warming -up)	做熱身運動	
腕立(うでた)て伏(ふ)せをする	伏地挺身	
腹筋(ふっきん)をする、腹筋(ふっきん)を鍛(きた)える	仰臥起坐	
持久力(じきゅうりょく)	耐力	
体力(たいりょく)、パワー (power)	體力	
柔軟性(じゅうなんせい)	柔軟度	
スピード (speed)、速(はや)さ	速度	
瞬発力(しゅんぱつりょく)	瞬間爆發力	
バランス (balance)	平衡	
プロテインサプリメント (protein supplement)、プロテイン	蛋白質營養補給品	
フィットネスクラブ (fitness club)、スポーツクラブ (sports club)、スポーツジム (sports gym)	健身房、運動俱樂部	
エアロビクス (aerobics)、エアロビ	有氧體操	
ボディービル	健美	＊是“ボディービルディング”(body-building)的簡稱。
トレーニングマシン (training machine)	健身器材	
ダンベル (dumbbell)、鉄亜鈴(てつあれい)	啞鈴	

万歩計（まんぽけい）、歩数計（ほすうけい）	計步器	
ジョギング（jogging）	慢跑	
ウオーキング（walking）	健走	
新体操（しんたいそう）	韻律體操	
——体操（たいそう）	體操	
e（イー）スポーツ（e-Sports）	電子競技、電競	＊是“エレクトロニックスポーツ”（electronic sports）的簡稱。

圖為日本相撲比賽。一般來說，若能看到體形小的力士巧妙地扳倒體形壯碩的力士，那正是相撲比賽的妙趣所在。

圖為東京的兩國國技館裡的壁畫。日本相撲協會自打假相撲等醜聞發生以後，便開始致力於重新挽回相撲界優質形象的各種努力。

圖為小販在棒球賽看台上賣啤酒的情形。在現場暢飲啤酒並觀看棒球賽，是熱血球迷們的人生最高享受。

工作

1. 工作

★最重要語(さいじゅうようご)&表現(ひょうげん)	★重要詞彙 & 表現	
働(はたら)く、仕事(しごと)をする、仕事(しごと)	工作	
——フルタイムの仕事(しごと)	正職工作	＊“フルタイム”的語源是英語的“full-time”。
——アルバイト (Arbeit)、パートタイム (part-time)、パートタイマー (part-timer)	打工、part-time	＊“アルバイト”的語源是德語，也簡稱為“バイト”。“パートタイム”和“パートタイマー”也簡稱為“パート”。另外“アルバイト”多指學生在課餘後的打工，“パート”多指成年人的打工。
アルバイトをする、パートで働(はたら)く	去打工、去 part-time	
転職(てんしょく)する	轉職、跳槽、換工作	
正社員(せいしゃいん)	正職員工	
——非正社員(ひせいしゃいん)	非正職員工	
契約社員(けいやくしゃいん)	約聘人員	＊退休後還和原單位簽約繼續工作的人也叫“嘱託社員”（しょくたくしゃいん）。
派遣社員(はけんしゃいん)、派遣(はけん)	派遣員工	
フリーター	飛特族	＊和製英語。“フリーアルバイター”（free Arbeiter）或“フリーランスアルバイター”（freelance Arbeiter）的簡稱。並非學生或主婦，以打工的方式工作的人，不是正式員工。
——出稼(でかせ)ぎ	一段期間內，離家到遠地去工作	
ビジネス (business)	商務	

職業(しょくぎょう)、職(しょく)	職業	
サイドビジネス (side business)、副業(ふくぎょう)	副業	＊和製英語。
——本業(ほんぎょう)	本職	
キャリア (career)	職務經歷	
キャリアを積(つ)む	積累資歷	
会社員(かいしゃいん)	公司職員	
サラリーマン (salary man)	薪水階級	＊和製英語。
OL	粉領族、OL	＊ “OL”（オーエル）是和製英語的 “office lady”（オフィスレディー）的簡稱。
キャリアウーマン (career woman)	職業婦女	
ビジネスマン (businessman)	男業務	＊也能指公司裡的業務人員。另外也是 “キャリアウーマン” 的總稱是 “ビジネスパーソン”（business person）。
企業家(きぎょうか)	企業家	
起業家(きぎょうか)	創業家	
——起業(きぎょう)する、創業(そうぎょう)する、事業(じぎょう)を起(お)こす	創業	
——脱(だつ)サラ	另起爐灶	＊ “サラ” 是 “サラリーマン” 的簡稱。指薪水階級的獨立出來開公司並經營業務的意思。
——ベンチャービジネス (venture business)	創投事業	＊和製英語。

じつぎょうか 実業家	實業家	
じぎょう ——事業	事業	
けいえいしゃ 経営者	經營者	
かんりしょく 管理職	管理職	
ちゅうかんかんりしょく ——中間管理職	中層管理職	
セクハラ	性騷擾	＊為“セクシュアルハラスメント”（sexual harassment）的簡稱。
パワハラ	職場霸凌	＊和製英語的“パワーハラスメント”（power harassment）的簡稱。指上司利用職權或同事間惡意找他人的麻煩的情事。
かろうし 過労死	過勞死	
——ワーカホリック (workaholic)、仕事の虫（しごと むし）	工作狂	
きぎょうせんし ——企業戦士	企業戰士	
しょくぎょうびょう ——職業病	職業病	
イエスマン (yes-man)	應聲蟲	
ざいたくきんむ 在宅勤務	在家工作	
フレックスタイム制（せい） (flextime)	彈性工作制	
ワークシェアリング (work-sharing)	工作分攤制	編註 指降低時薪及工作時間，用更多的人來分擔掉一個人原本應有工作量的制度。
チームワーク (teamwork)	團隊精神	
じっしゅうせい 実習生	實習生	

研修生（けんしゅうせい）	研修生	
不法就労（ふほうしゅうろう）	非法就業	
ピンハネ	剝削、扒皮	

★IT 企業（きぎょう）とグローバル化（か）	★ IT 企業和全球化	
IT 企業（きぎょう）	IT 企業	＊“IT”（アイティー）是“information technology”的簡稱。
IT ビジネス（IT business）	IT 商務	
ネットビジネス（net business）、インターネットビジネス（internet business）	網路商業	
グローバルスタンダード（global standard）、国際標準（こくさいひょうじゅん）、世界標準（せかいひょうじゅん）	國際標準	＊和製英語。
グローバル化（か）、グローバリゼーション（globalization）	全球化	
ビジネスモデル（business model）	商業模式	
設立（せつりつ）する	設立	
経営（けいえい）する	經營	
合併（がっぺい）する	合併	
買収（ばいしゅう）する	收購	
敵対的買収（てきたいてきばいしゅう）	惡意收購	

M & A(エムアンドエー)(Mergers and acquisitions)、合併買収(がっぺいばいしゅう)する	併購	
アウトソーシング(outsourcing)、外部委託(がいぶいたく)	業務外包	
コンプライアンス(compliance)、法令遵守(ほうれいじゅんしゅ)	遵守法規	
コーポレートガバナンス(corporate governance)、企業統治(きぎょうとうち)	公司治理	
費用対効果(ひようたいこうか)、費用便益(ひようべんえき)、コストパフォーマンス(cost performance)	成本效益	
コストダウン(cost down)	降低成本	*和製英語。
合理化(ごうりか)	合理化	
民営化(みんえいか)	民營化	*JR(原日本國有鐵道)、NTT(原日本電信電話公社)、JT(原日本菸草產業)、日本郵便(原日本郵政公社)等皆已陸續民營化。
分業(ぶんぎょう)、分担(ぶんたん)	分工	
会社(かいしゃ)のロゴ、会社(かいしゃ)ロゴ	公司的商標	
——ロゴマーク(logo mark)、ロゴ(logo)	商標	*“ロゴ”是“ロゴタイプ”(logotype)的簡稱。另外“ロゴマーク”是和製英語。
バックマージン(back margin)、キックバック(kickback)	回扣	*“バックマージン”是和製英語。

歩合（ぶあい）、インセンティブ(incentive)、コミッション(commission)、報奨金（ほうしょうきん）	績效獎金	
ノルマ（Норма）	標準工作量、標準營業額	＊其語源來自於俄語。
ＩＣ（アイシー）タグ(IC tag)	電子標籤	
バーコード(bar code)	條碼	
薄利多売（はくりたばい）	薄利多銷	
第１四半期（だいいちしはんき）	第一季	
第３次産業（だいさんじさんぎょう）	第三次產業	
サービス業（ぎょう）	服務業	＊“サービス”的語源是英語的“service”。
シェア(share)、マーケットシェア(market share)、市場占有率（しじょうせんゆうりつ）	市場占有率	
独占状態（どくせんじょうたい）	壟斷狀態	
エリート(élite)	社會精英	＊其語源來自於法語。
ホワイトカラー(white-collar)	白領	
ブルーカラー(blue-collar)	藍領	
3K	3K（累、髒、危險）	＊“3K”（サンケー）是指就業環境中的“きつい”（Kitsui）、“汚い”（Kitanai）、“危険”（Kiken）。
初心者（しょしんしゃ）、ビギナー(beginner)	初學者、菜鳥	
ベテラン(veteran)	資深者、老鳥	

専門家（せんもんか）	專家	

★日本の企業形態など（にほんのきぎょうけいたいなど）	★日本的企業形態等	
会社（かいしゃ）	公司	
企業（きぎょう）	企業	
公営企業（こうえいきぎょう）	公營企業	
民間企業（みんかんきぎょう）	私人企業、民間企業	
大企業（だいきぎょう）	大企業	
中小企業（ちゅうしょうきぎょう）	中小企業	
零細企業（れいさいきぎょう）	極型企業	
——下請け企業（したうけきぎょう）	承包商	
多国籍企業（たこくせききぎょう）、グローバル企業（きぎょう）	跨國企業	＊“グローバル”的語源是英語的“global”。
外国企業（がいこくきぎょう）	外國企業	
外資系企業（がいしけいきぎょう）	外資企業	
合弁企業（ごうべんきぎょう）	合資企業	
ベンチャー企業（きぎょう）	創投企業	＊“ベンチャー”的語源是英語的“venture”。
——ハイテク企業（きぎょう）	高科技企業	＊“ハイテク”是“ハイテクノロジー”（high technology）的簡稱。
株式会社（かぶしきがいしゃ）	股份有限公司	＊常簡寫成（**株**）。
有限会社（ゆうげんがいしゃ）	有限公司	＊常簡寫成（**有**）。

年功序列（ねんこうじょれつ）	年資（資歷）制	
終身雇用（しゅうしんこよう）	終身雇用	
──雇用する（こよう）	雇用	
──雇う（やと）	雇	
接待する（せったい）	招待	
宴会（えんかい）	宴會	
忘年会（ぼうねんかい）	尾牙	＊在年底所舉行，慰勞員工們一年辛勞的宴會。
新年会（しんねんかい）	新年會	
── 2次会／3次会（にじかい　さんじかい）	（二次會／三次會）續攤	
ワンマン経営（けいえい）	獨斷經營	＊“ワンマン”源自於和製英語的“one-man”。
労働組合、組合（ろうどうくみあい　くみあい）	工會	
ストライキ (strike)、スト	罷工	
──ゼネスト	大罷工	＊“ゼネラルストライキ”（general strike）的簡稱。

汚職（おしょく）	貪污、收賄
賄賂を贈る（わいろ　おく）	行賄
賄賂を受ける（わいろ　う）	受賄
談合（だんごう）	圍標
脱税（だつぜい）	逃稅
天下り（あまくだ）	指高級官僚退休後利用其人脈關係到私人企業裡擔任要職

ペーパーカンパニー（paper company）	空頭公司	＊和製英語。
商売（しょうばい）をする	做生意	
——商売人（しょうばいにん）	生意人	
——商売（しょうばい）	生意	
——水商売（みずしょうばい）	水商販	＊經營夜裡營業的餐廳、酒店、酒吧等的生意。 編註 語感中常指有女性坐檯陪酒的特種行業。
倒産（とうさん）する	倒閉	
破産（はさん）する	破產	
——自己破産（じこはさん）	自願性破產	
フランチャイズ（franchise）	連鎖經營、特許加盟	
自営業者（じえいぎょうしゃ）	自營業者	
自営業（じえいぎょう）	自營業	
仕入（しい）れる、買（か）い付（つ）ける	購入、採購	
卸売（おろしう）り	批發	
小売（こう）り	零售	
——小売店（こうりてん）	零售店	

圖為東京車站前丸之內的高樓大廈群。丸之內原是以辦公室發跡的地區，逐漸發展成繁華的商業地帶。

★本社（ほんしゃ）・支社（ししゃ）、会社組織（かいしゃそしき）	★總公司、分公司及公司組織	
本社（ほんしゃ）、本店（ほんてん）	總公司	
支社（ししゃ）、支店（してん）	分公司	＊應用在銀行業或店鋪時，會使用“**本店**”和“**支店**”的稱呼。
親会社（おやがいしゃ）	母公司	
——持（も）ち株会社（かぶがいしゃ）	控股公司	
子会社（こがいしゃ）	子公司	
グループ会社（がいしゃ）、グループ企業（きぎょう）、系列企業（けいれつきぎょう）	集團企業	＊“**グループ**”的語源是英語的“group”。
ライバル会社（がいしゃ）、ライバル企業（きぎょう）	對手公司、競爭對手	＊“**ライバル**”的語源是英語的“rival”。
当社（とうしゃ）	本公司	
——わが社（しゃ）	我們公司	＊也寫成“**我が社**”。
弊社（へいしゃ）	敝公司	
貴社（きしゃ）、御社（おんしゃ）	貴公司	
部門（ぶもん）、セクション（section）	部門	
部（ぶ）／課（か）	部／課	
——営業部（えいぎょうぶ）	銷售部	
——総務部（そうむぶ）	總理企業事務部	編註 在台灣的企業裡，修水管、換燈泡等進行諸雜事的總務部，日語是「**庶務課（しょむか）**」。
——人事部（じんじぶ）	人事部	

★役職名など（やくしょくめい）	★職務名等	
やくしょく 役職、ポスト (post)	職務	
かたが ——肩書き	頭銜、名銜	
とりしまりやくかい 取締役会	董事會	
とりしまりやく 取締役	董事	
だいひょうとりしまりやく　さいこうけいえいせきにんしゃ　かいちょう 代表取締役、最高経営責任者 (CEO)、会長	董事長、會長	＊“CEO”（シーイーオー）是“chief executive officer”的簡稱。在日本，**“会長”（かいちょう）**多指總經理等退休後獲得的榮譽職稱。
しゃちょう 社長	總經理	
ぶちょう 部長	部長	
かちょう 課長	課長	
かかりちょう 係長	股長	
しゅにん 主任、チーフ (chief)	主任	
じょうし 上司	上司	
どうりょう 同僚	同事	
ぶか 部下	部下	
せんぱい 先輩	前輩	
こうはい 後輩	後輩	
しんにゅうしゃいん 新入社員	新進員工	
しんじん　しんい 新人、新入り	新人	

★仕事を探す しごと さが	★找工作
仕事を探す、職を探す しごと さが しょく さが	找工作
就職活動を始める しゅうしょくかつどう はじ	開始就業活動
応募する おうぼ	應聘
アポイントを取る と	預約面試　* "アポイント"是"アポイントメント"（appointment）的簡稱，也可簡稱為"アポ"。
会社訪問をする、かいしゃほうもん 企業訪問をする きぎょうほうもん	企業訪問
採用試験 さいよう しけん	求職考試
──採用する さいよう	錄取
入社試験、就職試験 にゅうしゃ しけん しゅうしょく しけん	就業考試、入社測驗
面接を受ける めんせつ う	接受面試
──面接試験 めんせつ しけん	面試
就職する しゅうしょく	就職
ヘッドハンティング (headhunting)、引き抜き ひ ぬ	獵人頭、挖角
就職難 しゅうしょくなん	就業不易
──就職氷河期 しゅうしょくひょうがき	就業冰河期
就職率 しゅうしょくりつ	就業率
就職活動、就活 しゅうしょくかつどう しゅうかつ	就業活動、就職活動

かいしゃせつめいかい　きぎょうせつめいかい 会社説明会、企業説明会、 しゅうしょくせつめいかい 就職説明会	就職說明會	
しゅうしょく 就職サイト	求職資訊網	＊"サイト"的語源是英語的"site"。"リクナビ"和"マイナビ"很有名。
ハローワーク (Hello Work)、 こうきょうしょくぎょうあんていじょ 公共職業安定所	就業輔導中心	＊和製英語。
そつぎょうしょうめいしょ 卒業証明書	畢業證明書	
りれきしょ 履歴書	履歷書	
しんそつ 新卒	應屆畢業生	
だいにしんそつ ——第二新卒	大學畢業後，就業過 2-3 年的人	
こうそつ 高卒	高中畢業	
だいそつ 大卒	大學畢業	
そうごうしょく 総合職	儲備幹部	＊指將來能成為管理層的職位。
いっぱんしょく 一般職	一般職位	＊指助理等輔佐性質的職位。
せんもんしょく 専門職	專業職位	

きゅうじんこうこく 求人広告	徵才廣告	
きゅうじんじょうほう 求人情報	徵才資訊	
しゅうしょくじょうほう 就職情報	就業資訊	
こようけいやく 雇用契約	僱用契約書	
ちゅうとさいよう 中途採用	錄用有經驗者	＊指企業錄取有豐富業務經驗的員工。

試用期間（しようきかん）	試用期	
新人研修（しんじんけんしゅう）、新入社員（しんにゅうしゃいん）のオリエンテーション	職前教育	＊“オリエンテーション”的語源是英語的“orientation”。
OJT	在職訓練	＊“OJT”（オージェーティー）是“on-the-job training”的簡稱。
ビジネスマナー (business manner)	商業禮儀	＊和製英語。
リクルートスーツ (recruit suit)	求職時穿的套裝	＊和製英語。
入社式（にゅうしゃしき）	入社儀式	

（求人広告（きゅうじんこうこく）の語句（ごく）など） （徵人廣告中的用語等）

高卒以上（こうそついじょう）	高中以上畢業
学歴不問（がくれきふもん）	學歷不拘
資格（しかく）・経験（けいけん）により厚遇（こうぐう）	有證照、經驗者待優
未経験者歓迎（みけいけんしゃかんげい）	無經驗可
経験者優遇（けいけんしゃゆうぐう）	有經驗者優先錄用
責任感（せきにんかん）のある人（ひと）	有責任感的人
交通費支給（こうつうひしきゅう）	含車馬費
ノルマなし	無業績壓力
委細面談（いさいめんだん）	面議
要普免（ようふめん）	具駕照

（履歴書（りれきしょ）の記入（きにゅう）項目（こうもく））	（履歷的登載項目）	
氏名（しめい）、姓名（せいめい）	姓名	
名前（なまえ）	名字	*口語中，**“姓名”（せいめい）**中的**“名”（めい）**也稱為**“下の名前”（したのなまえ）**。另外，日本人在填寫姓名時，若姓名欄上寫著**“ふりがな”**時，則須用平假名書寫、寫著**“フリガナ”**時，則須用片假名寫。
——姓（せい）、名字（みょうじ）	姓	*日本人的姓，較常見的有**“佐藤”（さとう）**、**“鈴木”（すずき）**、**“高橋”（たかはし）**、**“田中”（たなか）**，**“渡辺”（わたなべ）**等。
住所（じゅうしょ）	地址	
年齢（ねんれい）	年齡	
——満年齢（まんねんれい）	實歲	*日本人多使用周歲的年齡。
——数え年（かぞえどし）	虛歲	
性別（せいべつ）	性別	
出生地（しゅっしょうち）	出生地	*也唸成**“しゅっせいち”**。
学歴（がくれき）	學歷	
職歴（しょくれき）	經歷	
免許（めんきょ）	證照	
資格（しかく）	資格	
資格試験（しかくしけん）、検定試験（けんていしけん）	資格考試	
——英語検定（えいごけんてい）、英検（えいけん）	英語檢定	*正式名稱是**“実用英語技能検定”（じつようえいごぎのうけんてい）**。

——トーイック (TOEIC)	多益、TOEIC
趣味(しゅみ)	愛好、興趣
特技(とくぎ)	專長
得意科目(とくいかもく)	拿手科目
志望動機(しぼうどうき)	報名原因
——動機(どうき)	動機
自己(じこ) PR	自我介紹　＊“PR”（ピーアール）是“Public Relations”的簡稱。
顔写真(かおじゃしん)	大頭照

(面接(めんせつ)でよく聞(き)かれる質問(しつもん))	（面試時常會遇到的問題）
なぜこの仕事(しごと)を選(えら)んだのですか?	為什麼選擇這份工作？
当社(とうしゃ)を選(えら)んだ理由(りゆう)を聞(き)かせてください。	請問選本公司的原因是？
前(まえ)の会社(かいしゃ)ではどのような仕事(しごと)をしていましたか?	在上一個公司做了什麼樣的工作？
前(まえ)の会社(かいしゃ)はどうして辞(や)められたのですか?	上一個公司的離職原因為何？
当社(とうしゃ)ではどんな仕事(しごと)がしたいですか?	你想在本公司應徵什麼樣的職缺？
働(はたら)く上(うえ)で一番大切(いちばんたいせつ)にしていることは何(なん)ですか?	你覺得在工作上什麼是最重要的？

★給料（きゅうりょう）や手当（てあて）など	★薪水和津貼等	
給料（きゅうりょう）	薪水	
——額面（がくめん）	面額	
——手取（てど）り	實發金額	
——給料日（きゅうりょうび）	發薪日	
月給（げっきゅう）	月薪	
——日給（にっきゅう）	日薪	
——時給（じきゅう）、時間給（じかんきゅう）	時薪	
年俸制（ねんぽうせい）	年薪制	
ボーナス (bonus)、賞与（しょうよ）	獎金	
——夏（なつ）のボーナス	年中獎金	
——冬（ふゆ）のボーナス	年終獎金	
初任給（しょにんきゅう）	第一份薪水	＊指就業後第一次獲得的工資。
基本給（きほんきゅう）	基本薪資	
能力給（のうりょくきゅう）	績效獎金	
手当（てあて）	津貼	
——残業手当（ざんぎょうてあて）、残業代（ざんぎょうだい）	加班費	
——家族手当（かぞくてあて）	扶養津貼	編註 ①指日本的企業裡，對於有扶養人的員工，為了讓他的生活持維在一定的水準而給予的加給；②日本的社會保障制度之一，為了讓工作者能扶養家人，由國家發出的補助。

——資格手当（しかくてあて）	證照津貼
業績評価（ぎょうせきひょうか）、勤務評定（きんむひょうてい）	業績考核
収入が多い（しゅうにゅうがおおい）［少ない（すくない）］	收入多〔少〕
年金（ねんきん）	老人年金
企業年金（きぎょうねんきん）	企業年金　編註 指日本企業為了自家員工老後而設的私人年金制度。
社会保険（しゃかいほけん）	社會保險
社会保障（しゃかいほしょう）	社會保障

★職場や勤務時間など（しょくば、きんむじかん）	★職場和工作時間等
職場（しょくば）	職場
勤務先（きんむさき）、勤務地（きんむち）	工作地點
事務所（じむしょ）、オフィス (office)	辦公室
——事務机（じむづくえ）	辦公桌
寮（りょう）	宿舍
社宅（しゃたく）	員工住宅
社員寮（しゃいんりょう）、会社の寮（かいしゃのりょう）	員工宿舍
——独身寮（どくしんりょう）	單身宿舍
社員食堂（しゃいんしょくどう）、社食（しゃしょく）	員工食堂
従業員（じゅうぎょういん）	職員

讀音	日文	中文	編註
じむいん	事務員	辦事員	
ひしょ	秘書	秘書	
かいけいがかり	会計係	會計人員	編註 在台灣的會計師要負責多項業務，但日本分工分得很細。「**会計係**」指主要處理與會計有關的工作。
こうにんかいけいし	公認会計士	（公認）會計師	
ぜいりし	税理士	會計人員	編註 指負責台灣會計師的工作概念裡，與稅務方面有關的工作。
ろうどうしゃ	労働者	勞動者	
がいこくじんろうどうしゃ	——外国人労働者	外勞	
ひやと ろうどうしゃ	——日雇い労働者	臨時工	

讀音	日文	中文
きんむじかん	勤務時間	工作時間
しぎょうじかん	始業時間	上班時間
しゅうぎょうじかん	終業時間	下班時間
ゆうきゅうきゅうか	有給休暇	年假、特休
しゅっさんきゅうか さんきゅう	出産休暇、産休	產假
きびき	忌引	喪假
しゅうきゅうふつかせい	週休二日制	週休二日制
きゅうじつしゅっきん	休日出勤	假日上班
だいきゅう	代休	補休

讀音	日文	中文
かいしゃ そうげい	会社の送迎バス	公司接駁巴士
しゃいんりょこう	社員旅行	員工旅遊

けんしゅう 研修	工作進修、研修	
じんじいどう 人事異動	人事異動	

しゅっきん ★出勤する	★上班	
にっきん　やきん 日勤／夜勤	白班／夜班	
しゅっきん 出勤する	上班	
たいしゃ 退社する	下班	＊“**退社する**”也有辭職的意思。
ざんぎょう 残業する	加班	
てつや　しごと 徹夜で仕事をする	徹夜工作	
ちょっこう 直行する	直接公出	＊多指早上不進公司打卡，直接到客戶那裡。
ちょっき 直帰する	直接回家	＊多指不進公司打卡，由客戶處直接回家。
ちょっこうちょっき ——直行直帰	公出不進公司並直接回家	
しゅっちょう 出張する	出差	
きゅうか　と　やす　と 休暇を取る、休みを取る	請假	
けっきん 欠勤する	沒來	
しごと ——仕事をさぼる	曠職	＊不請假的未到也稱為“**無断欠勤**”（むだんけっきん）。
ふにん 赴任する	赴任	
たんしんふにん ——単身赴任	單身赴任	
しょうしん 昇進する	晉升	

降格(こうかく)する	降職	
左遷(させん)される	貶職	
名刺(めいし)を交換(こうかん)する、名刺交換(めいしこうかん)をする	交換名片	
お客(きゃく)の応対(おうたい)をする	接待客人	
企画(きかく)を立(た)てる、企画(きかく)を考(かんが)える	做企劃	
企画(きかく)を通(とお)す	批准企劃	
——企画書(きかくしょ)	企劃書	
スケジュールを変更(へんこう)する	更改日程	＊“スケジュール”的語源是英語的“schedule”。
書類(しょるい)を整理(せいり)する、書類整理(しょるいせいり)をする	整理文件	

圖為日本年輕人的天堂：澀谷。在這裡，既使是中午，路上也來回穿梭著許多的上班族們。

★事務機器(じむきき)、事務用品(じむようひん)など	★辦公設備、辦公用品等	
事務機器(じむきき)	辦公設備	
事務用品(じむようひん)	辦公用品	
ファックス（fax）	傳真	＊也寫成“ファクス”。
ファックスする、ファックスを送(おく)る	傳真	
コピー機(き)	影印機	
——コピー用紙(ようし)	影印紙	
——トナー（toner）	碳粉	
——インクカートリッジ（ink cartridge）	墨水匣	
——トナー切(ぎ)れ	碳粉沒了	
——インク切(ぎ)れ、インクカートリッジ切(ぎ)れ	墨水沒了	
——紙(かみ)づまり	卡紙	
コピーする（copy）、コピーを取(と)る	影印	
——縮小(しゅくしょう)する	縮小	
——拡大(かくだい)する	放大	
シュレッダー（shredder）	碎紙機	

タイムレコーダー (time recorder)	打卡機	＊和製英語。
——タイムカードを押(お)す	打卡	＊“タイムカード”的語源是英語的“timecard”。
ファイルキャビネット (file cabinet)	文件櫃	
クリアファイル (clear file)	透明文件夾	
書類(しょるい)	文件	
プリント (print)、プリントアウト (printout)、出力紙(しゅつりょくし)	列印出來的紙張（文件）	
ブリーフケース (briefcase)、アタッシェケース (attaché case)	公事包	＊“アタッシェケース”是指硬皮的包包。
手帳(てちょう)	筆記本	
システム手帳(てちょう)	萬用手冊	＊“システム”的語源是英語的“system”。
社員証(しゃいんしょう)	員工證	
名刺(めいし)	名片	
名刺入(めいしい)れ	名片夾	
名刺(めいし)ホルダー	名片簿	＊“ホルダー”的語源是英語的“folder”，也寫成“フォルダー”。

★リストラ、退職(たいしょく)	★裁員、辭職	
リストラする、リストラ	裁員	＊“リストラ”是“リストラクチャリング”（restructuring）的簡稱。
——リストラされる	被裁員	

解雇(かいこ)する、首(くび)にする	解雇、炒魷魚	＊在日本，**“リストラ”**和**“解雇”（かいこ）**多被作為同義詞使用。
——解雇(かいこ)される、首(くび)になる	被解雇、被炒魷魚	
レイオフ (layoff)	（因景氣變差等原因）暫時解雇	
会社(かいしゃ)を辞(や)める、辞職(じしょく)する、退職(たいしょく)する、退社(たいしゃ)する	辭職	
——辞表(じひょう)を出(だ)す	提出辭呈	
失業(しつぎょう)する、失業(しつぎょう)	失業	
失業率(しつぎょうりつ)	失業率	
失業者(しつぎょうしゃ)	失業者	
無職(むしょく)	無業	
定年退職(ていねんたいしょく)する	退休	
——早期退職(そうきたいしょく)	提前退休	
退職者(たいしょくしゃ)	退休者	
引退(いんたい)する	引退、退伍	＊在日本，運動員和政治家等使用**“引退する”**。軍人則使用**“退役する”**（たいえきする）。

2. 工廠

★工場（こうじょう）	★工廠	
工場（こうじょう）	工廠	
機械（きかい）	機器	＊簡單的小型的設備也稱為“器械”（きかい）。
——工作機械（こうさくきかい）	工具機	
器具（きぐ）	器具	
電機（でんき）	電機	
電器（でんき）	電器	
高付加価値製品（こうふかかちせいひん）	高附加價值產品	
——付加価値（ふかかち）	附加價值	
知的所有権（ちてきしょゆうけん）、知的財産権（ちてきざいさんけん）	知識財產權	
特許（とっきょ）、パテント（patent）	專利	
技術（ぎじゅつ）	技術	
品質管理（ひんしつかんり）、QC	品質管制	＊“QC”（キューシー）是“Quality Control”的簡稱。
PL法（ほう）（製造物責任法（せいぞうぶつせきにんほう））	日本製造物責任法	＊“PL”（ピーエル）是“product liability”的簡稱。 編註 指製品不佳，導致消費者的權益受到損害時，規範製造者必須負責連帶賠償責任的法律。
OEM	委託代工	＊“OEM”（オーイーエム）是“original equipment manufacturing”的簡稱。

エンジニアリング(engineering)、工学(こうがく)	工程技術	
エンジニア(engineer)、技術者(ぎじゅつしゃ)、技師(ぎし)	工程師	
整備士(せいびし)、修理工(しゅうりこう)	修理技師	
工員(こういん)	工人	

オートメーション(automation)、自動化(じどうか)	自動化	
工程(こうてい)、製造工程(せいぞうこうてい)	工程	
生産(せいさん)ライン	生產線	＊“ライン”的語源是英語的“line”。
設計(せっけい)する	設計	
組(く)み立(た)てる、組立(くみたて)	組裝	
操作(そうさ)する	操作	
生産(せいさん)する	生產	
製造(せいぞう)する、作(つく)る	製造	
加工(かこう)する	加工	
——委託加工(いたくかこう)	委託加工	
点検(てんけん)する、チェックする(check)、検査(けんさ)する	檢查	
調整(ちょうせい)する、調節(ちょうせつ)する	調整	

しゅうり 修理する	修理
けんせつ 建設する	建設
けんちく 建築する	建築
けんせつちゅう　けんちくちゅう ——建設中、建築中	建設中
しんちく 新築する	新建
かいちく 改築する	改建
かいそう 改装する	改裝
かんせい 完成する	完成
はこ 運ぶ	運送
つ 積む	堆積、裝載

せいさん ★生産など	★生產等
きかく　しよう 規格、仕様	規格
ぶひん 部品、パーツ (parts)	零件、配件
よび　ぶひん ——予備の部品、スペアパーツ (spare parts)	備用零件
げんりょう 原料	原料
かた 型、タイプ (type)、モデル (model)	型
しんがた ——新型	新型
みほん サンプル (sample)、見本	樣品

せいひん 製品	產品	
はんせいひん ——半製品	半成品	
かんせいひん ——完成品	成品	
しょうひん 商品	商品	
しょうひん ——商品カタログ	商品目錄	＊“**カタログ**”的語源是英語的“catalogue”。
しなもの　ぶっぴん 品物、物品	物品	
ざいこ 在庫	庫存	
ざいこひん　ざいこしょうひん 在庫品、在庫商品	庫存商品	
ざいこかじょう 在庫過剰	庫存過多	
そうこ 倉庫	倉庫	
ほぜいそうこ 保税倉庫	保稅倉庫	編註 指經海關核准登記儲存儲保稅貨物（即零關稅）的倉庫。

こうりつ　のうりつ 効率、能率	效率	
せいさんせい 生産性	生產率	
かどう ——稼動する	（機器）運轉	
かどう ——フル稼動	全面運轉	＊“**フル**”的語源是英語的“full”。
たいきゅうせい 耐久性	耐久性	
あんぜんせい 安全性、セキュリティー（security）	安全性	
あんぜんだいいち ——安全第一	安全第一	
せいさんりょう 生産量	產量	

日文	中文	備註
数量（すうりょう）	數量	
品質（ひんしつ）	品質	

★工具類（こうぐるい）	★工具類	
工具（こうぐ）	工具	
工具箱（こうぐばこ）	工具箱	
ドライバー、ねじ回し（まわし）	螺絲起子	＊為“スクリュードライバー”（screwdriver）的簡稱。
——プラスドライバー	十字起子	＊“プラス”的語源是英語的“plus”。
——マイナスドライバー	一字起子	＊“マイナス”的語源是英語的“minus”。
スパナ (spanner)、レンチ (wrench)	扳手	
ペンチ (pinchers)、プライヤー (pliers)	老虎鉗	
バール	鐵撬	＊為“crowbar”的簡稱。
ボルト (bolt)、ねじ	螺絲	＊小的也叫“ビス”（bis），其語源來自於法語。
ナット (nut)	螺帽	
ワッシャー (washer)、座金（ざがね）	墊片	
針金（はりがね）	鐵絲	
有刺鉄線（ゆうしてっせん）	有刺鐵絲	
コンベックス (convex)、メジャー (measure)、巻尺（まきじゃく）	捲尺	＊“コンベックス”是和製英語。

万力(まんりき)、バイス (vice)	虎鉗	編註 是指一般具有旋轉握柄，利用轉動該握柄固定工作物的桌上器具。
のこぎり	鋸子	
チェーンソー (chain saw)	電鋸	
かんな	刨刀	
かなづち、ハンマー (hammer)	槌子	＊“ハンマー”是較大型的槌子。
──くぎ (釘)	釘子	
──くぎを打(う)つ	釘釘子	
スコップ (schop)、シャベル (shovel)	鏟子、鐵鍬	＊“スコップ”的語源是荷蘭語。
はしご	梯子	
──はしごを立(た)てる	架起梯子	
脚立(きゃたつ)	A 字梯	
コンクリート (concrete)	混凝土	
セメント (cement)	水泥	
石灰石(せっかいせき)	石灰石	
コンクリートブロック (concrete block)、ブロック	空心磚	
れんが	磚頭	
磁石(じしゃく)	磁鐵	

ブリキ (blik)	馬口鐵	＊其語源來自荷蘭語。 編註 指鍍有錫的薄鋼鈑。
ペンキ (pek)	油漆	＊其語源來自荷蘭語。
ポンプ (pomp)	幫浦	＊其語源來自荷蘭語。

3. 營業銷售活動

★営業活動（えいぎょうかつどう）	★營業銷售活動
代理店（だいりてん）	代理店、經銷公司
顧客（こきゃく）、クライアント (client)	客戶
販売（はんばい）する	銷售
販売促進（はんばいそくしん）をする、プロモーションをする (promotion)	促銷
宣伝（せんでん）する	宣傳
交渉（こうしょう）する	洽談
商談（しょうだん）する	展開商務洽談
——商談（しょうだん）	商務洽談
発注（はっちゅう）する、注文（ちゅうもん）する	訂貨
受注（じゅちゅう）する	接受訂貨
納品（のうひん）する、納入（のうにゅう）する	交貨
納期（のうき）を守（まも）る	遵守交貨期
——納期（のうき）	交貨時間
決算（けっさん）する	結算
キャンペーンセール (campaign sale)、キャンペーン	促銷活動　＊和製英語。

販路（はんろ）	（銷售）通路	
物流（ぶつりゅう）	物流	
——流通する（りゅうつう）	流通	
プラン (plan)、計画（けいかく）	方案	＊大規模的也稱為“**プロジェクト**”（project）。
スケジュール (schedule)、日程（にってい）	行程表	
買い手市場（かいてしじょう）	買方市場、供過於求	
売り手市場（うりてしじょう）	賣方市場、供不應求	
展覧会（てんらんかい）	展覽會	
展示即売会（てんじそくばいかい）	展銷會	
——展示する（てんじ）	展覽、展示	
見本市（みほんいち）、フェア (fair)	商品交易會	
見積書（みつもりしょ）	估價單	
注文書（ちゅうもんしょ）、発注書（はっちゅうしょ）、オーダーシート (order sheet)	訂單	
——最低注文量（さいていちゅうもんりょう）	（訂貨）基本量	
請求書（せいきゅうしょ）、伝票（でんぴょう）	帳單、收據	
貸借対照表（たいしゃくたいしょうひょう）、バランスシート (balance sheet)	資產負債表	
損益計算書（そんえきけいさんしょ）	損益表	

あら り えき　あら り 粗利益、粗利	毛利
えいぎょう り えき 営業利益	營業利益
けいじょう り えき 経常利益	經常利益
じゅん り えき　じゅん り 純利益、純利	淨利
メインバンク (main bank)	主要往來銀行　＊也寫成“メーンバンク”。
とりひきぎんこう 取引銀行	開戶銀行
ぜいきん　はら 税金を払う	交稅
せつぜい 節税	節稅
こうじょ 控除	扣除
ぜい こ 税込み	含稅

しゅうにゅう　し しゅつ ★収入と支出など	★收入和支出等
たん か 単価	單價
きゃくたん か ——客単価	顧客平均消費額
げん か 原価	原價
おろしうり か かく 卸売価格	批發價格
こ うり か かく 小売価格	零售價格
し じょう か かく 市場価格	市場價格
ぶっ か 物価	物價

——物価（ぶっか）が上（あ）がる［下（さ）がる］	物價上漲〔下跌〕
収入（しゅうにゅう）	收入
支出（ししゅつ）	支出
人件費（じんけんひ）	人事費
交際費（こうさいひ）	交際費
住宅費（じゅうたくひ）	住宅費
交通費（こうつうひ）	車馬費
コスト（cost）、原価（げんか）、費用（ひよう）	成本
イニシャルコスト（initial cost）、初期費用（しょきひよう）	初期成本
ランニングコスト（running cost）、運転資金（うんてんしきん）、維持費（いじひ）	營運成本
生産（せいさん）コスト	生產成本
売上高（うりあげだか）	銷售額
借金（しゃっきん）	借債
負債（ふさい）	負債
損失（そんしつ）	損失
利益（りえき）、もうけ	利益
黒字（くろじ）	盈餘
赤字（あかじ）	赤字

16 工作

★ミーティング、会議（かいぎ）	★會議	
会議室（かいぎしつ）	會議室	
会議（かいぎ）、ミーティング (meeting)	會議	
テレビ会議（かいぎ）	視訊會議	
パネルディスカッション (panel discussion)	座談會	
——パネリスト (panelist)、パネラー (paneler)	與談人	*“パネラー”是和製英語。
シンポジウム (symposium)	專題研討會	
討論会（とうろんかい）	討論會	
ブレーンストーミング (brainstorming)、ブレスト	腦力激盪	
プレゼン、プレゼンテーション (presentation)	簡報	
議論（ぎろん）する	議論	
討論（とうろん）する、ディスカッションする (discussion)、ディベートする (debate)	討論	
議題（ぎだい）、会議（かいぎ）のテーマ	議題、會議主題	*“テーマ”源於德語的“Thema”。
会議（かいぎ）の出席者（しゅっせきしゃ）	與會者	
会議（かいぎ）に出席（しゅっせき）する	與會	
途中退席（とちゅうたいせき）する	中途退席	

組織（そしき）、組織（そしき）する	組織
システム (system)	系統
本音（ほんね）	心裡話
建前（たてまえ）	表面話
駆（か）け引（ひ）き	討價還價
根回（ねまわ）し	事前工作
コンセンサス (consensus)、共通認識（きょうつうにんしき）、合意（ごうい）	共識
雰囲気（ふんいき）	氣氛
人間関係（にんげんかんけい）	人際關係
コネ、人脈（じんみゃく）	人脈　＊“コネ”是“コネクション”（connection）的簡稱。
——コネがある、人脈（じんみゃく）がある	有人脈
——裏取引（うらとりひき）をする、コネを使（つか）う	走後門、靠關係

集（あつ）まる、集合（しゅうごう）する	集合
参加（さんか）する	參加
準備（じゅんび）する、用意（ようい）する	準備
連絡（れんらく）する、連絡（れんらく）を取（と）る	聯絡
通知（つうち）する、知（し）らせる	通知

提案（ていあん）する	提議
報告（ほうこく）する	報告
説明（せつめい）する	說明
表現（ひょうげん）する	表達
表明（ひょうめい）する	表明
発表（はっぴょう）する	發表、發布
強調（きょうちょう）する	強調
比較（ひかく）する	比較
確認（かくにん）する、確（たし）かめる	確認
相談（そうだん）する	商量
断（ことわ）る	拒絕
批判（ひはん）する	批評　＊在日本 **“批評”**（ひひょう）主要用於對藝術品的評論。
非難（ひなん）する	譴責
抗議（こうぎ）する、文句（もんく）を言（い）う	抗議
反対（はんたい）する	反對
賛成（さんせい）する	贊成
——私（わたし）は賛成（さんせい）［反対（はんたい）］です。	我贊成〔反對〕。
同意（どうい）する	同意
承認（しょうにん）する	承認
競争（きょうそう）する	競爭

妥協（だきょう）する	妥協
譲歩（じょうほ）する	讓步
評価（ひょうか）する	評估
——過大評価（かだいひょうか）する	高估
——過小評価（かしょうひょうか）する	低估
推薦（すいせん）する	推薦
アドバイスをする（advise）、助言（じょげん）する	建言、忠告
採決（さいけつ）する	表決
多数決（たすうけつ）をとる	採用多數的決定
過半数（かはんすう）を得（え）る	獲得過半數
決定（けってい）する、決（き）める	決定、通過
——満場一致（まんじょういっち）で決（き）まる	全場一致通過
許可（きょか）する	許可
禁止（きんし）する	禁止
命令（めいれい）する	命令
任命（にんめい）する	任命
派遣（はけん）する	派遣
任（まか）せる、委託（いたく）する	委託
引（ひ）き受（う）ける	承辦

保証(ほしょう)する	保證
利用(りよう)する	利用
——使(つか)う	用
続(つづ)ける、継続(けいぞく)する	繼續
やめる	取消、停止
変更(へんこう)する、改(あらた)める、変(か)える	更改
改良(かいりょう)する	改良
改善(かいぜん)する	改善
解決(かいけつ)する	解決
協力(きょうりょく)する、コラボレートする (collaborate)	協力、協助
提携(ていけい)する	合作

予定(よてい)する	預定
計画(けいかく)する	計劃
計画(けいかく)を立(た)てる	訂定計劃
アイデアを出(だ)す	提出創想
意見(いけん)を変(か)える	更改意見
チャンスをつかむ [逃(のが)す]	抓住〔錯過〕機會　＊“チャンス”的語源是英語的“chance”。
達成(たっせい)する	達成
責任(せきにん)を持(も)つ、責任(せきにん)を負(お)う	負責

責任を取る（せきにん と）	負起責任
結果が良い [悪い]（けっか い わる）	結果好〔不好〕
成功する（せいこう）	成功
失敗する（しっぱい）	失敗
ミスをする (miss)	失誤
リフレッシュする (refresh)	恢復精神、振作
リニューアルする (renewal)	重新整裝
工夫する（くふう）	精心打造（完成）
経験する（けいけん）	吸取經驗
経験を積む（けいけん つ）	積累經驗
行動する（こうどう）	行動
増加する、増やす、増える（ぞうか ふ ふ）	增加
減少する、減らす、減る（げんしょう へ へ）	減少
始める、始まる（はじ はじ）	開始
終える、終わる（お お）	結束
物事（ものごと）	事物
——物（もの）	東西
原因（げんいん）	原因
理由（りゆう）	理由

けっか 結果	結果
せいか 成果	成果
こうか 効果	效果
けつろん 結論	結論
けいこう 傾向	傾向
えいきょう 影響	影響
たいさく 対策	對策
ほうほう　かた 方法、やり方	方法、作法
れいがい 例外	例外
むじゅん 矛盾	矛盾
はんだん 判断	判斷
いよく　き 意欲、やる気	熱情、幹勁
もくてき 目的	目的
もくひょう 目標	目標
りそう 理想	理想
いと 意図	意圖
いし 意志	意志
いけん 意見	意見
かんそう 感想	感想

アイデア (idea)	新意
がいねん 概念	概念
りくつ　どうり 理屈、道理	道理
へりくつ 屁理屈	歪道理

たすうは 多数派	多數派
しょうすうは 少数派	少數派
かはんすう 過半数	過半數
きょうそうりょく 競争力	競爭力
ちつじょ 秩序	秩序
きりつ 規律	規律
けってん 欠点	缺點
りてん 利点、アドバンテージ (advantage)	優點
ゆうせんじゅんい 優先順位、プライオリティー (priority)	優先順序
かのうせい 可能性	可能性
きかい チャンス (chance)、機会	機會
みとお　みこ 見通し、見込み	預測、預期
ノウハウ (know-how)	秘技、技巧
シミュレーション (simulation)	模擬試驗

サポート (support)、 フォロー (follow)	贊助	
じゅうようせい 重要性	重要性	
かんけい 関係	關係	
せいげん 制限	限制	
き かん 期間	期間	
ぎ せい 犠牲	犧牲	
じょうけん 条件	條件	
じょうきょう 状況	情況	
じょうたい 状態	狀態	
ど たん ば 土壇場	最後關頭	
き けん リスク (risk)、危険	風險、危險	
き き 危機、ピンチ (pinch)	危機	＊“ピンチ”是口語的表現。
お あな 落とし穴、わな (罠)、トラップ (trap)	陷阱、圈套	

圖為從丸之內向著東京灣延伸林立的高樓大廈群。

4. 貿易・合同・投訴

★貿易（ぼうえき）	★貿易
貿易（ぼうえき）	貿易
引き合い（ひきあい）	洽詢
見積もりをする、見積もる（みつもり、みつもる）	估價
オファーする (offer)、値段を知らせる（ねだん、し）	報價
カウンターオファー (counteroffer)	還價
輸出する（ゆしゅつ）	出口
——輸出品（ゆしゅつひん）	出口貨
輸入する（ゆにゅう）	進口
——輸入品（ゆにゅうひん）	進口貨、舶來品
出荷する、発送する（しゅっか、はっそう）	出貨
積み込む（つみこむ）	裝貨
積出港（つみだしこう）	出口港
仕向港（しむけこう）	目的港
出荷人（しゅっかにん）	發貨人
荷受人（にうけにん）	收貨人

16 工作

ふなづ 船積み	裝船	
ぼうえきしょうへき 貿易障壁	貿易障礙	
ぼうえき まさつ 貿易摩擦	貿易摩擦	
ぼうえきあか じ にゅうちょう 貿易赤字、入超	貿易逆差	＊“入超”是“輸入超過”（ゆにゅうちょうか）的簡稱。
ぼうえきくろ じ しゅっちょう 貿易黒字、出超	貿易順差	＊“出超”是“輸出超過”（ゆしゅつちょうか）的簡稱。
フェアトレード (fair trade)	公平貿易	
エフティーエー ＦＴＡ（Free Trade Agreement)、じゆうぼうえききょうてい 自由貿易協定	FTA、自由貿易協定	
イーピーエー ＥＰＡ（Economic Partnership Agreement)、けいざいれんけいきょうてい 経済連携協定	EPA、經濟合作協定	
ティーピーピー ＴＰＰ（Trans-Pacific Partnership)、かんたいへいよう 環太平洋パートナーシップ協定（きょうてい）	TPP、環太平洋經濟合作協定	
ダブリュティーオー ＷＴＯ（World Trade Organization)、せかいぼうえききかん 世界貿易機関	WTO、世界貿易組織	

★通関手続き（つうかんてつづき）	★通關手續
通関手続き（つうかんてつづき）	通關手續
——関税（かんぜい）	關稅
船積書類（ふなづみしょるい）	貨運單據
船荷証券（ふなにしょうけん）（B/L）（ビーエル）	提單、BL
インボイス（invoice）、送り状（おくりじょう）	發貨單
パッキングリスト（packing list）	裝箱單、Packing list
プライスリスト（price list）、価格表（かかくひょう）	價目表
信用状（しんようじょう）（L/C）（エルシー）	信用狀、LC
FOB（エフオービー）（free on board）	船上交貨條件、FOB
CIF（シーアイエフ）（cost, insurance and freight）	含運保費交貨條件、CIF
運送費（うんそうひ）、輸送費（ゆそうひ）	運費
保険（ほけん）	保險
——保険（ほけん）をかける	投保
保険料（ほけんりょう）	保險費
保険金（ほけんきん）	保險金

16 工作

そんがい 損害	損害
ほ しょう ——補償する	補償

し はらいほうしき 支払方式	付款方式
し はらいじょうけん 支払条件	付款條件
とりけし ふ のう 取消不能	不可撤銷
いちらんばらい て がた 一覧払い手形	即期匯票
か わせ て がた 為替手形	匯票

パレット（pallet）	棧板
コンテナ（container）	貨櫃
に じるし 荷印	裝運標誌
しょう み じゅうりょう 正味重量	淨重

けいやく ★契約とクレーム	★合約和投訴	
けいやく 契約	合約、契約	
けいやくしょ 契約書	合約書、契約書	
じょうこう ——条項	條款	
かりけいやく 仮契約	草約	
けいやく 契約する	立約	
けいやくしょ ——契約書にサインする	簽約	＊“サイン”的語源是英語的“sign”。

契約(けいやく)に違反(いはん)する	違約
契約(けいやく)を更新(こうしん)する	續約
解約(かいやく)する、契約(けいやく)を解除(かいじょ)する	解約
契約(けいやく)を破棄(はき)する	毀約
契約不履行(けいやくふりこう)	不履行合約

問題(もんだい)が発生(はっせい)する	發生問題	
トラブルが発生(はっせい)する	發生麻煩	＊“トラブル”的語源是英語的“trouble”。
クレーム (claim)、クレームをつける、苦情(くじょう)を言(い)う	投訴	
変形(へんけい)した	變形了	
変質(へんしつ)した	變質了	
壊(こわ)れた	壞了	
割(わ)れた、砕(くだ)けた	碎了	
折(お)れた	折到了	
曲(ま)がった	彎曲了	
腐(くさ)った	爛掉了	
かびが生(は)えた	發霉了	
さびた	生鏽了	
湿(しめ)った	受潮了	

ぬれた	弄濕了
ひんしつ ふ りょう 品質不良	品質不佳
すうりょう ぶ そく 数量不足	數量不足
ふなづみ ち えん 船積遅延	裝船延誤
に づくり は そん 荷造破損	包裝破損
そんしょうひん 損傷品	受損貨物
ほうそう ふ りょう 包装不良	包裝不良
ふ りょうひん 不良品	不良品
けっかん ──欠陥	缺陷
い ぶつ こんにゅう い ぶつ 異物、混入異物	混入雜物
かいしゅう リコール (recall)、回収	回收

在日本時代潮流中的商務人士，都需要時時刻刻關注道瓊斯指數和日經指數。

5. 經濟・金融

★経済、株式市場など	★經濟、股市等	
けいざい 経済	經濟	
こうけいき　こうきょう 好景気、好況	景氣好	
——バブル経済	泡沫經濟	＊ "バブル" 的語源是英語的 "bubble"。
——持続可能な発展、 　　持続可能な開発	可持續發展	
けいきかいふく 景気回復	景氣復甦	
けいきこうたい 景気後退、リセッション (recession)	經濟衰退	
ふけいき　ふきょう 不景気、不況	不景氣	
けいざいきき 経済危機	經濟危機	
せかいきんゆうきき 世界金融危機	金融海嘯	
——100年に一度の金融危機	百年一度的金融危機	
デフレ	通貨緊縮	＊為 "デフレーション" (deflation) 的簡稱。
インフレ	通貨膨脹	＊為 "インフレーション" (inflation) 的簡稱。
スタグフレーション (stagflation)	停滯性通膨	
こくさいざんだか 国債残高	國債餘額	

16
工作

がいこくかわせそうば 外国為替相場	外匯匯率	
えんだか 円高	日元升值	
えんやす 円安	日元貶值	
やす　だか ドル安［高］	美元貶值〔升值〕	
じゅよう 需要	需要	
きょうきゅう 供給	供給	
しょうひ 消費	消費	
せんしんこく 先進国	先進國家	
しんこうこく 新興国	新興國家	
はってんとじょうこく 発展途上国	開發中國家	
BRICs	金磚四國	＊“BRICs”（ブリックス）是指巴西、俄國、印度、中國這四個國家。
ジーディーピー　こくないそうせいさん GDP（国内総生産）	國內生產毛額	＊為“Gross Domestic Product”的簡稱。
ジーエヌピー　こくみんそうせいさん GNP（国民総生産）	國民生產毛額	＊為“Gross National Product”的簡稱。
さんぎょう 産業	產業	
こうぎょう 工業	工業	
しょうぎょう 商業	商業	
しほん 資本	資本	
とうし 投資	投資	
ゆうし 融資	融資	

しょうけんとりひきじょ 証券取引所	證券交易所	
とうしょう　とうきょうしょうけんとりひきじょ ——東証、東京証券取引所	東證	
——ジャスダック（JASDAQ）	JASDAQ	
しじょう マーケット（market）、市場	市場	
かぶしき しじょう 株式市場	股市	
しょうけん しじょう 証券市場	證券市場	
きんゆう しじょう 金融市場	金融市場	
にっけいへいきんかぶ か　にっけいへいきん 日経平均株価、日経平均	日經指數	
とうしょうかぶ か し すう 東証株価指数	東證指數	
ニューヨーク　へいきんかぶ か NY ダウ、ダウ平均株価	道指、道瓊指數	＊“ダウ”的語源是英語的“Dow”。
かぶしき 株式	股份	
ちゅうごくかぶ 中国株	中國股份	
かぶけん 株券	股票	
さいけん 債券	債券	
ふ りょうさいけん　ふ りょう か　つ 不良債権、不良貸し付け	不良債權	
とりひき インサイダー取引	內幕交易	＊“インサイダー”的語源是英語的“insider”。
かぶしきこうかい か　つ　ティーオービー 株式公開買い付け（TOB）	公開收購股票	
ディスクロージャー（disclosure）	資訊公開	

デリバティブ（derivative）、 金融派生商品（きんゆうはせいしょうひん）	衍生性金融產品
ヘッジファンド （hedge fund）	避險基金

圖為沖繩名產：飯匙倩毒蛇酒。該店有承接宅配至日本全國各地的業務。

圖為山珍之松茸。新鮮松茸半價出售，讓消費者們大為驚喜。

圖為大阪名產的炸串店。因為蘸醬是共用的，請在吃炸串之前先沾醬，而不要邊吃邊沾醬。

17. 情報(じょうほう)を得(え)る・発信(はっしん)する

獲取資訊・發出訊息

1. 大眾傳媒

★出版（しゅっぱん）	★出版	
出版（しゅっぱん）	出版	
出版社（しゅっぱんしゃ）	出版社	
出版物（しゅっぱんぶつ）	出版物	
編集部（へんしゅうぶ）	編輯部	
編集長（へんしゅうちょう）	總編輯	
編集者（へんしゅうしゃ）	編者	
出版権（しゅっぱんけん）	版權	
著作権（ちょさくけん）	著作權	
印税（いんぜい）	版稅	
著作権使用料（ちょさくけんしようりょう）	預付版稅	
原稿（げんこう）	原稿	
校正（こうせい）	校對	編註 指核對稿子時，只針對明顯字面上的誤植而做的校稿。
校閲（こうえつ）	校閱	編註 指核對稿子時，不光修正明顯的誤植，更需要加以思考、確認原稿的內容是否合邏輯（有正確）並修正而做的校稿。
イラスト、挿絵（さしえ）	插圖	＊"イラスト"是"イラストレーション"（illustration）的簡稱。
校正記号（こうせいきごう）	校對符號	

推敲(すいこう)する	推敲	
ゲラ (galley)、校正刷(こうせいず)り	(校對用的)稿子	
落丁(らくちょう)	缺頁	
乱丁(らんちょう)	錯頁	
誤植(ごしょく)	誤植	

★本(ほん)の部分名(ぶぶんめい)など	★書體的構成等	
装丁(そうてい)	裝訂	
表(ひょういち) 1	封面	編註 「表1」是比較偏叢書相關業界的用語。另外也稱為「表紙(ひょうし)」。
表(ひょうよん) 4	封底	編註 「表4」是比較偏叢書相關業界的用語。另外也稱為「裏表紙(うらひょうし)」。
しおり	書籤	
ブックカバー (book cover)	書衣、書套	*和製英語。
見出(みだ)し	標題	
小見出(こみだ)し	副標題	
ページレイアウト (page layout)、レイアウト	版面設計	
天(てん)	(書的上緣)天	
小口(こぐち)	書口	
ノンブル (nombre)、ページ番号(ばんごう)	頁碼	*其語源來自法語。

日文	中文	備註
地（ち）	（書的下緣）地	
のど	裝訂邊	
見返し（みかえし）	黏在封面內側的紙	編註 指日本的書籍裝訂時，為了固定書籍，會在裝訂時挑了更厚的紙黏在封面內側的紙。同樣的裝訂，在封面內側及封底內側能夠翻的那頁稱為「**見返しの遊び（みかえしのあそび）**」。一般日本的書都會做這樣的裝訂，但台灣的作法不同。
遊び紙（あそびがみ）	蝴蝶頁	編註 介於封面及本文之間，可以翻動且完全沒印東西的空白頁（一般與內文用同樣的紙張）。不論是細分之下的「**見返し**」或是「**遊び紙**」，在台灣都統稱叫蝴蝶頁。
扉（とびら）	書名頁	
目次（もくじ）	目錄	
前書き（まえがき）、序文（じょぶん）	前言、序言	
後書き（あとがき）	後記	
奥付（おくづけ）	版權頁	

★印刷（いんさつ）	★印刷	
印刷所（いんさつじょ）、印刷工場（いんさつこうじょう）	印刷廠	
台数（だいすう）	台數	
印刷部数（いんさつぶすう）、刷り部数（すりぶすう）、発行部数（はっこうぶすう）	印量、發行本數	
国際標準図書コード（こくさいひょうじゅんとしょコード）（ISBN）	國際標準書號、ISBN	＊"コード"的語源是英語的"code"。"ISBN"（アイエスビーエヌ）是"International Standard Book Number"的簡稱。

組版（くみはん）	排版	
ゴシック体（たい）（Gothic）	黑體	
明朝体（みんちょうたい）	明體	
DTP	桌面出版〔DTP〕	＊“DTP”（ディーティーピー）是“desktop publishing”（デスクトップパブリッシング）的簡稱。指透過個人電腦編輯排版的作業。
製版（せいはん）	製版	
刷版（さっぱん）	印刷版、曬版	
オフセット印刷（いんさつ）（offset）	平版印刷	
凸版印刷（とっぱんいんさつ）	凸版印刷	
凹版印刷（おうはんいんさつ）	凹版印刷	
オンデマンド印刷（いんさつ）（on demand）	按需印刷	
印刷（いんさつ）する	印刷	
増刷（ぞうさつ）する	加印	

★放送（ほうそう）	★播放	
マスコミ、マスメディア（mass media）	大眾傳媒、大眾傳播業	＊“マスコミ”是“マスコミュニケーション”（mass communication）的簡稱，是和製英語。
放送局（ほうそうきょく）	電台、電視台	編註 「放送局」是「テレビ局」跟「ラジオ局」的總稱。
テレビ局（きょく）	電視台	＊“テレビ”是“テレビジョン”（television）的簡稱。
ラジオ局（きょく）	電台	＊“ラジオ”的語源是英語的“radio”。

テレビ塔（とう）	電視塔	
テレビスタジオ	攝影棚	＊“**スタジオ**”的語源是英語的“studio”。
民間放送（みんかんほうそう）、民放（みんぽう）	民間播放	編註 由民間資本設立並經營，以廣告費為主要收入來源。
公共放送（こうきょうほうそう）	公共播放	編註 不以營利為目的，一般由公共的事業機構所經營，以收視費為主要收入來源。

地上（ちじょう）デジタルテレビ放送（ほうそう）、地上（ちじょう）デジタル放送（ほうそう）、地（ち）デジ	數位電視地面廣播	
ハイビジョンテレビ放送（ほうそう）	高畫質電視播放	＊“**ハイビジョン**”的語源是英語的“Hi-Vision”。
デジタル放送（ほうそう）	數位播放	＊“デジタル”的語源是英語的“digital”。
アナログ放送（ほうそう）	類比播放	＊“**アナログ**”的語源是英語的“**analogue**”。除了某些地區之外，日本電視類比播放已於 2011 年 7 月結束。

放送（ほうそう）（する）	播放	
中継（ちゅうけい）（する）	轉播	
生放送（なまほうそう）	現場直播	編註 「**生放送**」指直播在電視公司攝影棚裡的節目。
生中継（なまちゅうけい）	實況轉播	編註 「**生中継**」指的是可能到球賽的現象或社會事件案發現場的實況轉播。
地上波放送（ちじょうはほうそう）、地上波（ちじょうは）	無線電視	
衛星放送（えいせいほうそう）	衛星廣播電視	
——衛星生中継（えいせいなまちゅうけい）	衛星轉播	
データ放送（ほうそう）	數據傳輸	＊“**データ**”的語源是英語的“data”。
再放送（さいほうそう）（する）	重播	

しかいしゃ 司会者、MC	主持人、司儀	＊“MC”（エムシー）是“master of ceremony”的簡稱。
アナウンサー (announcer)	播報員、主播；(百貨公司等）播音員	
じょし ──女子アナウンサー、 じょし 女子アナ	女播音員、女主播；(百貨公司等）女播音員	
ニュースキャスター (newscaster)	新聞主持人、新聞評論員	
ほうそう き しゃ 放送記者	電視記者	
レポーター (reporter)	現場記者	＊也稱為“リポーター”。
ナレーター (narrator)	旁白員	
スポンサー (sponsor)	贊助商	
こうこくぬし 広告主	廣告主	
ちょうしゅしゃ 聴取者、リスナー (listener)	（電台）聽眾	
し ちょうしゃ 視聴者	電視觀眾	

ばんぐみ 番組、プログラム (program)	節目

ばんぐみ (いろいろな番組)	（各種節目）
ばんぐみ テレビ番組	電視節目
ばんぐみ ラジオ番組	電台節目
じょうほうばんぐみ 情報番組	（提供生活、娛樂等資訊的）資訊節目
ほうどうばんぐみ 報道番組	新聞節目

ニュース番組(ばんぐみ)	新聞節目	
——ニュース (news)	新聞	
——最新(さいしん)ニュース	最新消息	
——芸能(げいのう)ニュース	娛樂新聞	
——ゴシップ (gossip)、ゴシップニュース	八卦新聞	
テレビドラマ	電視劇	＊“ドラマ”的語源是英語的“drama”。
——連続(れんぞく)テレビドラマ、連(れん)ドラ	電視連續劇	編註 日劇稱為「日本ドラマ」。
——海外(かいがい)ドラマ、海外(かいがい)テレビドラマ	（對日本而言）外國電視劇	
——メロドラマ (melodrama)	肥皂劇	＊白天播放的肥皂劇也叫“昼メロ”（ひるめろ）。
スポーツ番組(ばんぐみ)（sports）	體育節目	
音楽番組(おんがくばんぐみ)	音樂節目	
バラエティー番組(ばんぐみ)（variety）、娯楽番組(ごらくばんぐみ)	綜藝節目	
トーク番組(ばんぐみ)（talk）	談話性節目	
——ワイドショー (wide show)	綜藝談話性節目	＊和製英語。是白天播放的長時間節目。內容取材比較廣泛多元。
クイズ番組(ばんぐみ)（quiz）	益智節目	
スペシャル番組(ばんぐみ)（special）、特別番組(とくべつばんぐみ)、特番(とくばん)	特別節目	

子ども向け番組（こども むけ ばんぐみ）	兒童節目	
テレホンショッピング (telephone shopping)	電視購物	
ニュース速報（そくほう）	新聞快報	
ゴールデンタイム (golden time)、プライムタイム (prime time)	黃金時段	＊“**ゴールデンタイム**”是和製英語。嚴格的説，在日本“**ゴールデンタイム**”是指晚上 7-10 點、“**プライムタイム**”則是指晚上 7-11 點。
コマーシャル、CM、広告（こうこく）	廣告	＊“**コマーシャル**”和“CM”（**シーエム**）的語源是英語的“commercial message”，指廣告播放。
視聴率（しちょうりつ）	收視率	
リハーサル (rehearsal)	預演、彩排	
本番（ほんばん）	正式演出	
同時通訳（どうじつうやく）	同步口譯	
アンケート調査（ちょうさ）	問卷調查	
——アンケート (enquête)	問卷	＊其語源來自於法語。
世論調査（よろんちょうさ）	民意調查	
——世論（よろん）	輿論	
メディア (media)	媒體	
コミュニケーション (communication)	溝通、社交	
口コミ（くち）	口碑	＊也寫成“**クチコミ**”。“**コミ**”是“**コミュニケーション**”的簡稱。指用語言交談傳頌。
情報（じょうほう）	資訊	

個人情報（こじんじょうほう）	個人情報	
メディアリテラシー (media literacy)	媒體素養	
NHK（日本放送協会（にっぽんほうそうきょうかい））	NHK	＊“NHK”（エヌエイチケイ）是“Nippon Hoso Kyokai”的簡稱。

★新聞（しんぶん）	★報紙	
新聞社（しんぶんしゃ）	報社	
ジャーナリズム (journalism)	新聞界	
ジャーナリスト (journalist)	新聞工作者	
記者（きしゃ）	記者	
新聞記者（しんぶんきしゃ）	報社記者	
特派員（とくはいん）	特派記者	
記者会見（きしゃかいけん）	記者會	
記者（きしゃ）クラブ	記者俱樂部	＊“クラブ”的語源來自英語的“club”。 編註 為了跑公家新聞，日本各社的新聞記者為了採訪或親善而加入的團體。或指其群聚的地方。
新聞（しんぶん）	報紙	
——全国紙（ぜんこくし）	（全國性）報紙	＊在日本的全國性報紙都有早報和晚報。
——地方紙（ちほうし）	地方報紙	
——朝刊紙（ちょうかんし）、朝刊（ちょうかん）	早報	
——夕刊紙（ゆうかんし）、夕刊（ゆうかん）	晚報	

スポーツ紙（し）	體育報	
号外（ごうがい）	號外	
通信社（つうしんしゃ）	通訊社	
——共同通信社（きょうどうつうしんしゃ）	共同通訊社	＊為日本最大的通訊社。

記事（きじ）	文字報導	＊指報紙或雜誌上登的文章。
特（とく）ダネ、スクープ（scoop）	獨家新聞	
トップ記事（きじ）、トップニュース（top news）	頭條新聞	
社説（しゃせつ）	社論	
特集記事（とくしゅうきじ）	專題報導	
報道記事（ほうどうきじ）	報導	
三面記事（さんめんきじ）	社會新聞	
コラム（column）	專欄	
雑報（ざっぽう）	一般新聞	
横組（よこぐ）み	横排	
縦組（たてぐ）み	直排	
縦書（たてが）き	直書	
横書（よこが）き	横書	
大見出（おおみだ）し	大標題	
リード（lead）	內容提要	

事件（じけん）	事件	
現実（げんじつ）	現實	
事実（じじつ）	事實	
真実（しんじつ）	真實	
報道（ほうどう）する	報導	
インタビューする（interview）、取材（しゅざい）する	採訪	
折（お）り込（こ）み広告（こうこく）、新聞（しんぶん）チラシ	廣告單	＊指夾在報紙裡的廣告單。
ガセネタ	不可靠的消息	＊單字結構中，**“ガセ”** 是假貨的意思，而 **“ネタ”** 是 **“タネ”**（**種**）的反過來唸的音。
下（しも）ネタ	低級題材	編註 指與「性」、「排泄」等相關引人發笑的題材。
野次馬（やじうま）	圍觀的人潮	
不祥事（ふしょうじ）、スキャンダル（scandal）、醜聞（しゅうぶん）	醜聞	

（日本（にほん）の 4 大全国紙（よんだいぜんこくし））	（日本的 4 大全國性報紙）
『読売新聞（よみうりしんぶん）』	《讀賣新聞》
『朝日新聞（あさひしんぶん）』	《朝日新聞》
『毎日新聞（まいにちしんぶん）』	《每日新聞》
『日本経済新聞（にほんけいざいしんぶん）』	《日本經濟新聞》

2. 電腦

★最重要語&表現	★重要詞彙 & 表現	
コンピュータ (computer)	電腦	＊也寫成“コンピューター”。
――パソコン (PC)、パーソナルコンピュータ (personal computer)	個人電腦	
――スーパーコンピュータ (supercomputer)	超級電腦	
コンピュータウイルス (computer virus)	電腦病毒	
コンピュータを操作する	操作電腦	
コンピュータを使う	使用電腦	
プログラムをつくる、プログラムをする	撰寫程式	
――プログラム (program)	（電腦）程式	
アットマーク (@、at mark)	小老鼠	＊和製英語。
――ドット (.、dot)	句點	
――ハイフン (_、hyphen)	底線	
――チルダ (~、tilde)	波浪號	
――スラッシュ (/、slash)	斜線	
ID	帳號名、ID	＊“ID”（アイディー）是“identification”的簡稱。

パスワード（password）	密碼
テラ（tera）	tera、T
ギガ（giga）	giga、G
メガ（mega）	mega、M

バーチャルリアリティー（virtual reality）	虛擬實境
コンピュータゲーム（computer game）	電腦遊戲
ウインドウ（window）	window、視窗
アイコン（icon）	icon
カーソル（cursor）	郵標
ごみ箱（ばこ）	資源回收筒
スクリーンセーバー（screensaver）	螢幕保護程式

★ネットの世界（せかい）	★網路世界
ソーシャル・ネットワーキング・サービス（Social Networking Services）、SNS（エスエヌエス）	社群網站〔SNS〕
——フェイスブック（facebook）	臉書、facebook
——ミクシィ（mixi）	mixi　＊為日本最大的 SNS。

ツイッター (twitter)	推特	
動画(どうが)投稿(とうこう)サイト、動画(どうが)共有(きょうゆう)サービス	影片分享網站	
——YouTube (ユーチューブ)	YouTube	
——ニコニコ動画(どうが)、ニコ動(どう)	Niconico 動畫	
——Ustream (ユーストリーム)、ユースト	Ustream	
ネット掲示板(けいじばん)、電子(でんし)掲示板(けいじばん)、BBS	BBS、網路論壇	＊ “BBS”（ビービーエス）是 “Bulletin Board System” 的簡稱。
——スレッド (thread)、スレ	執行緒	
ブログ (blog)	部落格、blog	
メールマガジン (mail magazine)、メルマガ	電子雜誌	

クラウドコンピューティング (cloud computing)	雲端運算	
無線(むせん) LAN	無線區域網路	＊ “LAN”（ラン）是 “local area network” 的簡稱。
Wi-Fi	Wi-Fi	＊ “Wi-Fi”（ワイファイ）是 “wireless fidelity” 的簡稱。
ホットスポット (hot spot)、アクセスポイント (access point)	無線基地台	
光(ひかり)ファイバー	光纖	＊ “ファイバー” 的語源是英語的 “fiber”。
ブロードバンド (broadband)	寬頻	

ADSL（非対称デジタル加入者回線）	ADSL	＊“ADSL”（エーディーエスエル）是“Asymmetric Digital Subscriber Line”的簡稱。
秋葉原	秋葉原	
海賊版、コピー版（copy）	盜版	
クラッカー（cracker）	駭客	編註 「クラッカー」與下一個條目的「ハッカー」在日語中都是駭客的意思。「ハッカー」最早是尊稱精通電腦技術的人（電腦高手），但近年來也變成了具有惡意的駭客之意；而「クラッカー」原本就是惡質電腦使用者的意思。
ハッカー（hacker）	駭客	
情報処理技術者	信息處理技術員	
システムエンジニア（systems engineer）、SE	系統工程師	
プログラマー（programmer）	程式設計師	
ウェブデザイナー（web designer）	網頁設計師	
——グラフィックデザイナー（graphic designer）	平面設計師	
——コンピュータグラフィックス（computer graphics）、CG	電腦繪圖、CG	

★パソコン本体（ほんたい）と周辺機器（しゅうへんきき）	★電腦主機和外部設備	
ノートパソコン、ノートブック（notebook）	筆記型電腦	＊“ノートパソコン”是和製英語“notebook personal computer”的簡稱。
——ネットブック（net-book）、ミニノート（mini-note）	小筆電	＊“ミニノート”是和製英語。
タブレット型端末（がたたんまつ）、タブレットPC（ピーシー）（tablet PC）	平板電腦	
デスクトップ（desktop）	桌上型電腦	編註 亦有電腦畫面裡「桌面」的意思。
ハードディスクドライブ（hard disk drive、HDD）、ハードディスク（hard disk）	硬碟	
——外付（そとづ）けハードディスク、外付（そとづ）けHDD	外接硬碟	
SSD	固態硬碟	＊“SSD”（エスエスディー）是“solid state drive”（ソリッドステートドライブ）的簡稱。
モニター（monitor）、ディスプレー（display）	monitor、螢幕	＊“ディスプレー”也寫成“ディスプレイ”。
キーボード（keyboard）	鍵盤	
マウス（mouse）	滑鼠	
マウスパッド（mouse pad）	滑鼠墊	
プリンター（printer）	印表機	
カラープリンター（color printer）	彩色印表機	

インクジェットプリンター (inkjet printer)	噴墨印表機	
レーザープリンター (laser printer)	雷射印表機	
——プリントする (print)、プリントアウトする (print out)	列印	
スキャナー (scanner)	掃描器	
モデム (modem)	modem	
ルータ (router)	路徑器	＊也寫成“ルーター”。
サーバー (server)	伺服器	
同軸（どうじく）ケーブル	同軸電纜	＊“ケーブル”的語源是英語的“cable”。
LAN（ラン）ケーブル	局域網電纜	
モジュラージャック (modular jack)	電話線接口	
USB（ユーエスビー）ポート (USB port)	USB 孔	
USB メモリ (USB memory)	隨身碟、USB	
DVD（ディーブイディー）	DVD 片	
CD-ROM（シーディーロム）	CD-ROM	
ウインドウズ (Windows)	視窗	
マッキントッシュ (Macintosh)、マック (Mac)	麥金塔	
——アップル (Apple)	蘋果公司	

★ハードウェア、ソフトウェア	★硬體、軟體	
ハードウェア（hardware）	硬體	
CPU（シーピーユー）	中央處理器、CPU	
マザーボード（motherboard）	主機板	
チップ（chip）	晶片	
半導体（はんどうたい）	半導體	
ソフトウェア（software）、ソフト	軟體	
シェアウェア（shareware）	共享軟體	
フリーウェア（freeware）	免費軟體	
アプリケーションソフト（application soft）、アプリケーション、アプリ	應用軟體	＊和製英語。
ワープロソフト	文字處理軟體	＊和製英語。“ワープロ”是“ワードプロセッサー”（word processor）的簡稱。
表計算（ひょうけいさん）ソフト	試算表軟體	
圧縮（あっしゅく）・解凍（かいとう）ソフト	壓縮、解壓縮軟體	
——圧縮（あっしゅく）ソフト	壓縮軟體	
——解凍（かいとう）ソフト	解壓縮軟體	
バージョン（version）	版本	
——バージョンアップ（version up）	版本更新	＊和製英語。

OS（オーエス）	作業系統〔OS〕	
プログラム言語（げんご）	程式語言	＊“プログラム”的語源是英語的“program”。
フォント (font)、書体（しょたい）	字型、字體	
ビット (bit)	bit、位元	
解像度（かいぞうど）	解析度	
メモリ (memory)	記憶體	＊也寫成“メモリー”。
データ (data)	資料	
——データベース (database)	資料庫	

17 獲取資訊・發出訊息

★インターネット	★網際網路	
インターネット (internet)	網際網路	
インターネットをする	上網	
チャットをする (chat)	網路聊天	
Eメール（イーメール） (e-mail)、電子メール（でんしメール）	電子郵件、E-mail	
メールをチェックする	確認電子郵件（E-mail）	＊“メール”的語源是英語的“mail”、“チェック”的語源則是英語的“check”。
——下書き（したがき）	草稿	
——送信済みメール（そうしんずみメール）	寄件備份	
——迷惑メール（めいわくメール）	垃圾郵件	

Eメールを送る［受け取る］	發送〔接收〕電子郵件（E-mail）	
——送信する	寄信	
——受信する	收信	
——返信する	回信	
——転送する	轉寄	
Eメールアドレス (e-mail address)	電子郵件位址	＊也稱為“メールアドレス”。
ウェブサイト (web site)、サイト (site)	網站	
ウェブページ (web page)	網頁	
ホームページ (homepage)	首頁	＊在日語中，“ホームページ”多和“ウェブページ”作為同義詞使用。
リンク (link)	連結	
プロバイダー (provider)	網際網路服務供應商	
通信速度、ネットワークの速度	網路速度	
ネットワーク (network)	網路	
アップロードする (upload)	上載、upload	
ダウンロードする (download)	下載、download	
登録する	登錄	
——お気に入り	我的最愛	

検索(けんさく)する	搜尋	
検索(けんさく)エンジン	搜尋引擎	＊“エンジン”的語源是英語的“engine”。
——グーグル (google)	谷歌、google	
オンラインショッピング (online shopping)、ネットショッピング (net shopping)	網路購物	
インターネットオークション (internet auction)、ネットオークション (net auction)	網路拍賣	
——オークションに参加(さんか)する	參加網路拍賣	
ユーザー (user)	用戶、user	
インターネットの利用者(りようしゃ)、インターネットユーザー (internet user)、ネチズン (netizen)	網路使用者	＊“ネチズン”的語源是英語的“network citizen”。
ユーザー名(めい)、ユーザーネーム (user name)	用戶名	
ハンドルネーム (handle name)	網路帳號（暱稱）	＊和製英語。
ネチケット (netiquette)	網路禮儀	＊“network etiquette”的簡稱。
よくある質問(しつもん)、FAQ (Frequently Asked Questions)	常見問題	
メンテナンス (maintenance)	維修	

★基本操作	★基本操作
コンピュータを立ち上げる [起動する]	啟動電腦
コンピュータを終了する	關閉電腦
再起動する	重新啟動
セーブする (save)、保存する	儲存、存檔
終了する	關機
挿入する	插入
入力する	輸入、打字
——ブラインドタッチ (blind touch)	盲打　　＊和製英語。
——新規作成する	新建、開新檔案
変換する	變換
元に戻す	取消
選択する	選擇
上書きする	覆蓋
編集する	編輯
初期化する	初始化
インストールする (install)、セットアップする (set up)	安裝

アンインストールする (uninstall)	移除
バックアップをとる (backup)	備份
アップグレードする (upgrade)	升級
圧縮(あっしゅく)する	壓縮
解凍(かいとう)する	解壓縮
クリックする (click)	點擊
ダブルクリックする (double click)	連擊
ドラッグ&(アンド)ドロップ (drag and drop)	拖曳
カット&(アンド)ペースト (cut and paste)	剪下&貼上
コピー&(アンド)ペースト (copy and paste)	複製貼上
コピーする (copy)	複製
ペーストする (paste)、貼(は)り付(つ)ける	貼上
カットする (cut)、切(き)り取(と)る	剪下
削除(さくじょ)する	刪除
置換(ちかん)する	替換
フリーズする (freeze)	當機

文字化け（もじば）	亂碼
エラー (error) ——エラーメッセージ (error message)	錯誤 錯誤訊息
バグ (bug)	bug

★ファイル形式（けいしき）など	★檔案格式等
ファイルを開く（ひら）	開啟檔案
ファイルを閉じる（と）	關閉檔案
フォルダ (folder)	資料夾
共有（きょうゆう）フォルダ	共用資料夾
共有（きょうゆう）ファイル	共享文件
添付（てんぷ）ファイル ——添付（てんぷ）する	附件 附上
テキストファイル (text file)	純文字檔
プログラムファイル (program file)	程式檔案
画像（がぞう）ファイル	圖片檔案
ファイル形式（けいしき）、ファイルフォーマット (file format)	檔案格式
拡張子（かくちょうし）	副檔名

ファイル名（めい）	檔案名稱

その他

其他

1. 政治

せいじ　こっかいぎいん ★政治と国会議員など	★政治和國會議員等	
せいじ 政治	政治	
せいふ 政府	政府	
せいとう 政党	政黨	
みんしゅとう ——民主党	民主黨	
じゆうみんしゅとう　じみんとう ——自由民主党、自民党	自由民主黨、自民黨	
よとう 与党	執政黨	
やとう 野党	在野黨	
せいじか 政治家	政治家	
せいじや 政治屋	政客	
ほしゅ 保守	保守	
かくしん 革新	革新	
うは 右派	右派	
さは 左派	左派	
しゅしょう　ないかくそうりだいじん 首相、内閣総理大臣	首相	
そうとう ——総統	總統	編註 用在形容台灣的總統時，主要會使用「**総統**」。
だいとうりょう ——大統領	總統	編註 一般常用於形容韓國等其他共和制國家的元首。

ないかく 内閣	內閣	＊為日本擔綱最高行政權的合議機關。
ぎかい 議会	議會	
こっかい 国会	國會	＊日本的國會是 2 院制。
こっかいぎじどう 国会議事堂	國會議事堂	
しゅうぎいん 衆議院	眾議院	
さんぎいん 参議院	參議院	
ぎいん 議員	議員	
にんき ——任期	任期	
ていいん ——定員	名額	
ぎいんひしょ ——議員秘書	議員秘書	
こっかいぎいん 国会議員	國會議員	
しゅうぎいんぎいん　だいぎし 衆議院議員、代議士	眾議員	
さんぎいんぎいん 参議院議員	參議員	
だいじん 大臣	大臣	
ふくだいじん 副大臣	副大臣	
みんしゅしゅぎ 民主主義	民主主義	
せいてい 制定する	制定	
はいし 廃止する	廢止	
よさん 予算	預算	
せいさく 政策	政策	

公益(こうえき)	公益
条約(じょうやく)	條約

★選挙(せんきょ)をする	★選舉	
選挙(せんきょ)をする	選舉	
立候補(りっこうほ)する	登記參選	
投票(とうひょう)する	投票	
——投票率(とうひょうりつ)	投票率	
当選(とうせん)する	當選	
落選(らくせん)する	落選	
選挙権(せんきょけん)	選舉權	
有権者(ゆうけんしゃ)	選民	
選挙違反(せんきょいはん)	違反選舉規定	
総選挙(そうせんきょ)	大選	
衆議院議員総選挙(しゅうぎいんぎいんそうせんきょ)、衆院選(しゅういんせん)	眾議院選舉	
参議院議員総選挙(さんぎいんぎいんそうせんきょ)、参院選(さんいんせん)	參議員選舉	
比例代表制(ひれいだいひょうせい)	比例代表制	編註 是指依政黨得票比例分配席位的制度。在台灣，此制度下的產物即為立法委員選舉時的「政黨票」。

18 其他

マニフェスト(manifesto)、政権公約(せいけんこうやく)	宣言
権利(けんり)	權利
義務(ぎむ)	義務
平等(びょうどう)	平等
公平(こうへい)	公平
――不公平(ふこうへい)	不公平
自由(じゆう)	自由
情報公開(じょうほうこうかい)	資訊公開
派閥(はばつ)	派系
三権分立(さんけんぶんりつ)	三權分立　＊也唸成“さんけんぶんりゅう”。
憲法第九条(けんぽうだいきゅうじょう)	日本憲法第九條
――戦争放棄(せんそうほうき)	放棄戰爭
税金(ぜいきん)	稅金
住民税(じゅうみんぜい)	居民稅
所得税(しょとくぜい)	所得稅
源泉徴収(げんせんちょうしゅう)	扣繳稅額
確定申告(かくていしんこく)	報稅

こくさいれんごう　こくさいしゃかい ★国際連合と国際社会	★聯合國和國際社會	
こくさいれんごう　こくれん 国際連合、国連	聯合國	
あんぜんほしょうりじかい ——安全保障理事会、 こくれんあんぽり 国連安保理	安理會	
おうしゅうれんごう　イーユー 欧州連合（EU）	歐盟	
サミット（summit）	高峰會議	
ちょうたいこく 超大国	超級大國	
かくめい 革命	革命	
せいへん 政変、クーデター（coup d'État）	政變	＊「クーデター」的語源來自法語。 編註 一般指使用比較激進、暴力、武裝的手法進行。
こくみんとうひょう 国民投票、レファレンダム（referendum）	公民投票	
たいせい 体制	體制	
きょうわせい 共和制	共和制	
どくさいせい 独裁制	獨裁制	
どくさいしゃ ——独裁者	獨裁者	
くんしゅせい 君主制	君主制	
りっけんくんしゅせい ——立憲君主制	君主立憲制	＊日本的政治體制。
てんのう 天皇	天皇	
こうごう 皇后	皇后	
こうたいし 皇太子	皇太子	

皇居（こうきょ）	皇宮	
デモ	遊行、示威	*是“デモンストレーション”（demonstration）的簡稱。
——反戦（はんせん）デモ	反戰示威遊行	
——反政府（はんせいふ）デモ	反政府示威遊行	
——反日（はんにち）デモ	反日示威遊行	

（東アジアの問題など）（ひがし／もんだい）	（日本在東亞的問題等）	
靖国問題（やすくにもんだい）	靖國神社問題	
歴史教科書問題（れきしきょうかしょもんだい）	歷史教科書問題	編註 指日、韓、中三國之間歷史教科書內容爭議的諸問題的總稱。
東シナ海ガス田問題（ひがし／かい／でんもんだい）	東海油氣田問題	編註 指日本與中國在東海經濟海域界線處針對「**白樺（しらかば）**」（中國稱呼：春曉）等油氣田所發生的諸爭議問題。
潜水艦による領海侵犯問題（せんすいかん／りょうかいしんぱんもんだい）	潛艇侵犯領海問題	編註 指2004年11月，中國以核子潛艇入侵日本領海石垣島的事件。
尖閣諸島問題（せんかくしょとうもんだい）	釣魚台列島問題	
北朝鮮問題（きたちょうせんもんだい）	北韓問題	
——脱北者（だっぽくしゃ）	脫北者、逃離北韓的北韓人	
拉致問題（らちもんだい）	北韓綁架日本人問題	編註 指昭和50年代陸續發生北韓暗中綁架日本人的事件。
竹島問題（たけしまもんだい）	獨島問題	編註 指日本與韓國之間發生島嶼所有權的問題。竹島位於島根縣隱岐島的西北方。韓國方面稱為「**獨島（독도）**」。
北方領土問題（ほっぽうりょうどもんだい）	北方領土問題	編註 指日本要求歸還由俄羅斯實際支配的「**択捉島（えとろふとう）、国後島（くなしりとう）、色丹島（しこたんとう）、歯舞群島（はぼまいぐんとう）**」這些島嶼的領土爭論問題。

イデオロギー（Ideologie）	意識形態	＊其語源來自德語。

しゅぎ （いろいろな“主義”）	（各種“主義”）
り こ しゅ ぎ 利己主義、エゴイズム （egoism）	利己主義
こ じんしゅ ぎ 個人主義	個人主義
フェミニズム（feminism）	女權主義
ひ かんしゅ ぎ 悲観主義	悲觀主義
らっかんしゅ ぎ 楽観主義	樂觀主義
ナショナリズム（nationalism）	民族主義
あいこくしゅ ぎ 愛国主義	愛國主義
し ほんしゅ ぎ 資本主義	資本主義
きょうさんしゅ ぎ 共産主義	共產主義
しゃかいしゅ ぎ 社会主義	社會主義
ぐんこくしゅ ぎ 軍国主義	軍國主義
ファシズム（fascism）	法西斯主義
ナチズム（Nazism）	納粹主義

2. 犯罪等

★犯罪（はんざい）など	★犯罪等
法（ほう）を犯（おか）す	犯法
——未遂（みすい）	未遂
犯罪（はんざい）	犯罪
犯行（はんこう）	罪行
容疑者（ようぎしゃ）	嫌疑人、嫌犯
犯罪者（はんざいしゃ）、犯人（はんにん）	罪犯
捜査（そうさ）する	搜查
逃（に）げる	逃跑、逃逸
追（お）う	追、追捕
尾行（びこう）する、後（あと）をつける	跟蹤
張（は）り込（こ）む	埋伏
逮捕（たいほ）する、捕（つか）まえる	逮捕
取（と）り調（しら）べる、尋問（じんもん）する	審訊
白状（はくじょう）する	招供
警棒（けいぼう）	警棍
手錠（てじょう）	手銬

アリバイ（alibi）	不在場證明
せいとうぼうえい 正当防衛	正當防衛
りゅう ち じょう 留置場	拘留所
マジックミラー （magic mirror）	單面鏡　　＊和製英語。
ほ しゃく 保釈する	保釋
しゃくほう 釈放する	釋放
さつじん 殺人	殺人
ころ ——殺す	殺
さつじんはん 殺人犯	殺人犯
きょうはく 脅迫する	脅迫、恐嚇
きょうはくじょう ——脅迫状	恐嚇信
ゆうかい 誘拐する	綁架
ひとじち ——人質	人質
みのしろきん ——身代金	贖金
しっそう 失踪する	失蹤
せいはんざい 性犯罪	性犯罪
せいてきぎゃくたい 性的虐待	性虐待
せいてきぼうこう 性的暴行、レイプ（rape）、 ごうかん 強姦	強姦、強暴

ばいしゅん 売春	賣淫	
かいしゅん 買春	嫖娼	
ストーカー (stalker)	跟蹤狂	
あ　す 空き巣	闖空門	
しゃじょう あ 車上荒らし	偷車內物品	
ほう か 放火	縱火	
とお　ま 通り魔	隨機殺傷過路行人的歹徒	
さ ぎ 詐欺	詐騙、詐欺	
ふ　こ　さ ぎ　さ ぎ 振り込め詐欺、オレオレ詐欺	詐騙電話	＊因為歹徒會在電話中說“是我，是我呀！”（**おれだよ、おれ**），冒充受害人的親朋好友進一步詐騙金錢，所以稱為“**オレオレ詐欺**”。
さ ぎ フィッシング詐欺 (phishing)	網絡釣魚	
けっこん さ ぎ 結婚詐欺	結婚詐欺	
きんゆう　きん ヤミ金融、ヤミ金	地下錢莊	
ちょさくけんしんがい 著作権侵害	侵犯版權、侵害著作權	
マネーロンダリング (money laundering)	洗錢	
ぎ ぞう 偽造する	偽造	
みつ ゆ 密輸する	走私	
みっこう 密航する	偷渡	
ごろつき	流氓	

マフィア（Mafia）	黑手黨
ぼうりょくだん 暴力団	黑社會、暴力團
ぼうりょくだんいん やくざ、暴力団員	流氓、暴力團團員
じゃとう 蛇頭	人蛇
かく ざい 覚せい剤（覚醒剤）	興奮劑
ま やく 麻薬、ドラッグ（drug）、 やくぶつ 薬物	毒品
ま やくちゅうどく やくぶつちゅうどく 麻薬中毒、薬物中毒、 やくぶつ い ぞん 薬物依存	染上毒癮
たい ま 大麻、マリファナ （marihuana）	大麻
ヘロイン（heroin）	海洛因
アヘン（阿片）	鴉片
コカイン（cocaine）	古柯鹼
エクスタシー（ecstasy）、 エムディーエムエー MDMA	搖頭丸

3. 司法

★司法（しほう）	★司法
憲法（けんぽう）	憲法
民法（みんぽう）	民法
刑法（けいほう）	刑法
商法（しょうほう）	商事法
法律（ほうりつ）	法律
裁判（さいばん）	審判
裁判所（さいばんしょ）	法院
裁判長（さいばんちょう）	庭長
裁判官（さいばんかん）	法官
裁判員制度（さいばんいんせいど）	日本陪審員制度　＊日本自 2009 年開始這項制度。
──裁判員（さいばんいん）	陪審員
訴訟（そしょう）、訴える（うったえる）	訴訟
──民事訴訟（みんじそしょう）	民事訴訟
──刑事訴訟（けいじそしょう）	刑事訴訟
訴訟を起こす（そしょうをおこす）	提起訴訟
告訴する（こくそする）	控告

こくはつ 告発する	告發	
こうそ　じょうこく 控訴する、上告する	上訴	*在日本，向“**第二審**”（だいにしん）上訴叫“**控訴**”、向“**第三審**”（だいさんしん）上訴則叫“**上告**”。

けんじ　けんさつかん 検事、検察官	檢察官	
べんごし 弁護士	律師	
げんこく 原告	原告	
ひこく　ひこくにん 被告、被告人	被告	*在日本，“**被告**”用於民事訴訟、“**被告人**”則用於刑事訴訟。
しょうこ 証拠	證據	
ぶってきしょうこ　ぶっしょう ——物的証拠、物証	物證	
じょうきょうしょうこ ——状況証拠	旁證	
しょうげん 証言	證人的證詞	
ぎしょう 偽証	偽證	
しょうにん 証人	證人	
もくげきしゃ 目撃者	目擊者	
きょうじゅつ 供述	供述	
ごうほう 合法	合法	
ひごうほう 非合法	非法	
ほうりつ　まも 法律を守る	遵守法律	
ほうりつ　やぶ 法律を破る	違反法律	

はんけつ　はんけつ　くだ 判決、判決を下す	判決	

裁判(さいばん)に勝(か)つ[負(ま)ける]、勝訴(しょうそ)する[敗訴(はいそ)する]	勝〔敗〕訴	
有罪(ゆうざい)	有罪	
無罪(むざい)	無罪	
えん罪(ざい)（冤罪）、ぬれぎぬ	冤罪、冤獄	
判例(はんれい)	案例	
正義(せいぎ)	正義	
罰金(ばっきん)	罰款	
刑務所(けいむしょ)	監獄	＊監獄的日文舊稱是 **“監獄”**（かんごく）。
懲役(ちょうえき)	徒刑	
死刑(しけい)	死刑	
──絞首刑(こうしゅけい)	絞刑	
恩赦(おんしゃ)	赦免	
時効(じこう)	時效	

4. 軍事

★軍事（ぐんじ）	★軍事
軍人（ぐんじん）	軍人
兵士（へいし）	士兵
自衛隊（じえいたい）	自衛隊
軍隊（ぐんたい）	軍隊
陸軍（りくぐん）	陸軍
空軍（くうぐん）	空軍
海軍（かいぐん）	海軍
兵役（へいえき）	兵役
徴兵制（ちょうへいせい）	徵兵制
特殊部隊（とくしゅぶたい）	特種部隊
軍事基地（ぐんじきち）	軍事基地
在日米軍（ざいにちべいぐん）	駐日美軍
国連平和維持軍（こくれんへいわいじぐん）	聯合國維和部隊
——有事の際（ゆうじ さい）	發生緊急情況
空母、航空母艦（くうぼ、こうくうぼかん）	航母、航空母艦
軍艦（ぐんかん）	軍艦

18 其他

せんすいかん 潜水艦	潛艇	
げんしりょくせんすいかん げんせん ——原子力潜水艦、原潜	核子潛艇	
せんとうき 戦闘機	戰鬥機	
せんしゃ 戦車	坦克	
へいき ぶき 兵器、武器	武器	＊一般而言，“**兵器**”指戰爭時用的武器、“**武器**”用於非戰爭時的攻擊器具。
せいぶつかがくへいき 生物化学兵器	生化武器	
かくへいき 核兵器	核子武器、核武	
げんしばくだん げんばく 原子爆弾、原爆	原子彈	
げんばく ひろしまけん 原爆ドーム（広島県）	原爆圓頂	＊“ドーム”的語源是英語的“dome”。
ひばくしゃ 被爆者	原子彈爆炸受害者	
ひかくさんげんそく 非核三原則	非核三原則	＊是指「不製造核武器、不擁有核武器、核武器禁止入境」的日本政策的三原則。
ミサイル（missile）	飛彈	
ばくだん 爆弾	炸彈	
じらい 地雷	地雷	
けんじゅう ピストル（pistol）、拳銃	手槍	
くうきじゅう 空気銃、エアガン（airgun）	空氣槍	
う はっぽう ——撃つ、発砲する	開槍	
ライフル（rifle）	來福槍	

きかんじゅう 機関銃、マシンガン (machine gun)	機關槍	
じどうしょうじゅう 自動小銃	自動步槍	
ほう バズーカ砲、バズーカ (bazooka)	火箭筒	
ゲリラ (guerrilla)	游擊隊	
スパイ (spy)	間諜	
せんそう 戦争	戰爭	
だいにじせかいたいせん 第二次世界大戦	第二次世界大戰	
ろっこくきょうぎ 六カ国協議	六方會談	編註 指 2003-2007 年之間，為了維持和平安定，解決朝鮮半島（北韓）核開發問題而開的數次會議。參與國有美國、日本、俄羅斯、中國、北韓、南韓六國，故稱六方會談。
たたか　せんとう 戦う、戦闘する	戰鬥	
こうげき 攻撃する	攻擊	
まも　ぼうえい 守る、防衛する	防守、保衛	
ばくはつ 爆発する	爆炸	
しんりゃく 侵略する	侵略	
せんりょう 占領する	占領	
てったい 撤退する	撤退	
こうふく 降伏する	投降	
ていせん 停戦する	停戰	

テロ	恐怖攻擊	＊ “テロリズム”（terrorism）或“テロル”（Terror）的簡稱。“テロル”的語源來自德語。
——サイバーテロ	網路恐怖攻擊	＊ “サイバー”的語源是英語的“cyber”。
テロリスト (terrorist)	恐怖份子	
テロ事件（じけん）	恐怖攻擊事件	
独立（どくりつ）	獨立	
国境（こっきょう）	邊境、國境	
領土（りょうど）	領土	
国土（こくど）	國土	
国歌（こっか）	國歌	
国旗（こっき）	國旗	
——日の丸（ひのまる）、日章旗（にっしょうき）	太陽旗	
——旗（はた）	旗幟	
平和（へいわ）	和平	
平和共存（へいわきょうぞん）	和平共處	
敵（てき）	敵人	
難民（なんみん）	難民	

5. 地理

にほん　ちいきくぶん ★日本の地域区分など	★日本的地域劃分等	
にほん 日本	日本	＊也唸成“にっぽん”。
ひがしにほん ——東日本	東日本	＊一般是指中部日本以東的地區。
にしにほん ——西日本	西日本	＊指近畿地區以西的地域。
しゅとけん 首都圏	首都圏	＊其範圍泛指關東地方和山梨縣的地區。
ほっかいどう 北海道	北海道	
ほんしゅう 本州	本州	
とうほくちほう ——東北地方	東北地方	
かんとうちほう ——関東地方	關東地方	
ちゅうぶちほう ——中部地方	中部地方	
きんきちほう　かんさいちほう ——近畿地方、関西地方	近畿地方、關西地方	
ちゅうごくちほう ——中国地方	中國地方	＊在平安時代，依靠近首都京都的距離遠近，劃分了“近国”（きんごく）、“中国”（ちゅうごく）、“遠国”（おんごく）等地區。其中只有“中国”的部分以“中国地方”的稱呼被保留到了現代。
しこく 四国	四國	
きゅうしゅう 九州	九州	
おきなわけん ——沖縄県	沖繩縣	
きたぐに 北国	北國	＊用在日本國內時，是指北海道或東北地區等的北方區域。

なんごく 南国	南國	＊用在日本國內時，是指九州或沖繩等的南方區域。

くに　ちいき ★国と地域	★國家和地區	
せかい 世界	世界	
くに 国	國	
そこく 祖国	祖國	
アジア（Asia）	亞洲	
とうなん ——東南アジア	東南亞	＊日本外交部常說成“**南東アジア**”，但民間卻習慣說“**東南アジア**”。
オセアニア（Oceania）	大洋洲	
アフリカ（Africa）	非洲	
おうしゅう ヨーロッパ（Europa）、欧州	歐洲	＊其語源來自葡萄牙語。
なんぼく 南北アメリカ	美洲	
きた　ほくべい 北アメリカ、北米	北美洲	
みなみ　なんべい 南アメリカ、南米	南美洲	
ちゅうなんべい 中南米、ラテンアメリカ（Latin America）	拉丁美洲	
なんきょく 南極	南極	
ほっきょく 北極	北極	
せきどう 赤道	赤道	
みなみはんきゅう 南半球	南半球	

日文	中文	備註
北半球（きたはんきゅう）	北半球	
緯度（いど）	緯度	
経度（けいど）	經度	

★アメリカや欧州（おうしゅう）の国々（くにぐに）など	★美國和歐洲的國家等	
アメリカ合衆国（がっしゅうこく）、アメリカ (America)、米国（べいこく）	美國	＊日文常簡寫成“**米**”。
——ハワイ (Hawaii)	夏威夷	
——グアム (Guam)	關島	
——サイパン (Saipan)	塞班島	
カナダ (Canada)	加拿大	
ロシア (Rossiya)	俄羅斯	＊日文常簡寫成“**露**”。
オーストラリア (Australia)	澳大利亞	
ニュージーランド (New Zealand)	紐西蘭	
イギリス (Inglez)、英国（えいこく）	英國	＊「**イギリス**」的語源來自於葡萄牙語。日文常簡寫成“**英**”。
フランス (France)	法國	＊日文常簡寫成“**仏**”。
ドイツ (Duits)	德國	＊其語源來自於荷蘭語。日文常簡寫成“**独**”。
イタリア (Italia)	義大利	＊其語源來自義大利語。
スペイン (Spain)	西班牙	

オランダ (Olanda)	荷蘭	＊其語源來自葡萄牙語。
ベルギー (België)	比利時	＊其語源來自荷蘭語。
デンマーク (Denmark)	丹麥	
ギリシャ (Grécia)	希臘	＊其語源來自葡萄牙語。
ポルトガル (Portugal)	葡萄牙	
オーストリア (Austria)	奧地利	
スウェーデン (Sweden)	瑞典	
フィンランド (Finland)	芬蘭	
ハンガリー (Hungary)	匈牙利	
ポーランド (Poland)	波蘭	
スイス (Suisse)	瑞士	＊其語源來自法語。
ノルウェー (Norway)	挪威	
トルコ (Turco)	土耳其	＊其語源來自葡萄牙語。

★アジアの国々(くにぐに)など	★亞洲諸國等
台湾(たいわん)	台灣
──華僑(かきょう)	華僑
──華人(かじん)	華人
中国(ちゅうごく)	中國
──シルクロード (Silk Road)	絲路

ほんこん 香港	香港
かんこく 韓国	韓國
きたちょうせん 北朝鮮	北韓
フィリピン (Philippines)	菲律賓
タイ (Thai)	泰國
ベトナム (Vietnam)	越南
カンボジア (Cambodia)	柬埔寨
ラオス (Laos)	寮國
ミャンマー (Myanmar)	緬甸
マレーシア (Malaysia)	馬來西亞
シンガポール (Singapore)	新加坡
インドネシア (Indonesia)	印尼
インド (India)	印度

索引

索引

英文字及其他符號

い、イ

う、ウ、ヴ

え、エ

お、オ

か、カ、が、ガ

き、キ、ぎ、ギ

く、ク、ぐ、グ

け、ケ、げ、ゲ

こ、コ、ご、ゴ

さ、サ、ざ、ザ

し、シ、じ、ジ

す、ス、ず、ズ

そ、ソ、ぞ、ゾ

た、タ、だ、ダ

ち、チ、ぢ、ヂ

つ、ツ、づ、ヅ

て、テ、で、デ

と、ト、ど、ド

な、ナ

に、ニ

は、ハ、ば、バ、ぱ、パ

ひ、ヒ、び、ビ、ぴ、ピ

ふ、フ、ぶ、ブ、ぷ、プ

へ、へ、べ、べ、ぺ、ぺ

ほ、ホ、ぼ、ボ、ぽ、ポ

ま、マ

み、ミ

む、ム

め、メ

も、モ

や、ヤ

ゆ、ユ

よ、ヨ

ら、ラ

り、リ

る、ル

れ、レ

ろ、ロ

わ、ワ

を、ヲ

國家圖書館出版品預行編目資料

專賣在日本的華人！日本語單語14000 [日中版]
／佐藤正透 著. --初版.--【新北市】:
語研學院, 2015.01
面；　公分

ISBN 978-986-91197-2-6（平裝）

1.日語　2.詞彙

803.12　　103023269

臺灣廣廈出版集團
Taiwan Mansion Books Group

專賣在日本的華人！
日本語単語(にほんごたんご)14000 [日中版(にっちゅうばん)]

編著者　佐藤正透
出版者　台灣廣廈出版集團
語研學院出版
發行人／社長　江媛珍
地址　235新北市中和區中山路二段359巷7號2樓
電話　886-2-2225-5777
傳真　886-2-2225-8052
讀者服務信箱　cs@booknews.com.tw
總編輯　伍峻宏
執行編輯　王文強
美術編輯　許芳莉
排版／製版／印刷／裝訂　東豪／紘億／弼聖／明和
法律顧問 第一國際法律事務所　余淑杏律師
北辰著作權事務所 蕭雄淋律師
代理印務及圖書總經銷　知遠文化事業有限公司
地址　222新北市深坑區北深路三段155巷25號5樓
訂書電話　886-2-2664-8800
訂書傳真　886-2-2664-8801
港澳地區經銷　和平圖書有限公司
地址　香港柴灣嘉業街12號百樂門大廈17樓
電話　852-2804-6687
傳真　852-2804-6409
出版日期　2015年1月初版
2023年7月7刷
郵撥帳號　18788328
郵撥戶名　台灣廣廈有聲圖書有限公司
（購書300元以內需外加30元郵資，滿300元（含）以上免郵資）